BASTEI
LÜBBE

Bisher sind im BASTEI-LÜBBE Taschenbuchprogramm von PIERS ANTHONY nachstehende Bände erschienen:

---

20 024 Hassans Reise
20 053 Chamäleon-Zauber
24 046 Omnivor

Aus der Taschenbuch-Reihe FANTASY sind nachstehende Romane erhältlich. Fragen Sie im Buch- oder Zeitschriftenhandel nach diesen Titeln:

20 031 Richard Kirk
Raven,
die Schwertmeisterin
20 032 Robert Holdstock
Odins Wolf
20 033 Randall Garrett
Komplott der Zauberer
20 034 Richard Kirk
Raven und
der Hexenmeister
20 035 Larry Niven
Wenn der Zauber
vergeht
20 036 Richard Kirk
Raven und der Eisgott
20 037 Eva Eppers
Wanderer unter dunklen
Himmeln
20 038 Richard Kirk
Raven und der
Schattenlord
20 039 Robert Holdstock
Die Jägerinnen
von Connacht
20 040 Richard Kirk
Raven –
Göttin des Todes
20 041 Randall Garrett
Mord und Magie
20 042 Poul Anderson
Ein Mittsommernachts-
Sturm
20 043 Michael Moorcock
Die ewige Schlacht
20 044 Michael Moorcock
Der Phönix im Obsidian

20 045 Tanith Lee
Sabella oder:
Der letzte Vampir
20 046 Brian Stableford
Der blinde Wurm
20 047 M. John Harrison
Die Pastell-Stadt
20 048 Roger Zelazny
Wechselbalg
20 049 Robert Asprin
Drachenfutter
20 050 Tanith Lee
Das Lied des Exorziste
20 051 Poul Anderson/
Mildred Downey Broxon
Die Schlange von
Scattery
20 052 Jessica Salmonson (Hg)
Neue Amazonen-
Geschichten
20 054 Roger Zelazny
Sieben Statuen
20 055 Jörg Weigand (Hg.)
Vergiß nicht den Wind
20 056 Andre Norton
Die Krone der Hexenwelt
20 057 William Morris
Die Zauberin jenseits
der Welt
20 058 M. John Harrison
Das Rauschen dunkler
Schwingen

FANTASY

PIERS ANTHONY

ZAUBER-SUCHE

Die Saga vom magischen Land Xanth
Band 2

BASTEI LÜBBE

BASTEI-LÜBBE-TASCHENBUCH
Science Fiction Fantasy
Band 20 059

Deutsche Lizenzausgabe 1984
Bastei-Verlag Gustav H. Lübbe GmbH & Co., Bergisch Gladbach
Originaltitel: THE SOURCE OF MAGIC
Ins Deutsche übertragen von Ralph Tegtmeier
Titelillustration: Clyde Caldwell
Umschlaggestaltung: Quadro-Grafik, Bensberg
Druck und Verarbeitung: Elsnerdruck GmbH, Berlin
Printed in Western Germany
ISBN 3-404-20059-4

Der Preis dieses Bandes versteht sich einschließlich
der gesetzlichen Mehrwertsteuer.

PIERS ANTHONY

ZAUBER-
SUCHE

1 Gute Magier, 2 Schloß Roogna, 3 Nördliches Dorf, 4 Baum, 5 Insel der Illusionen, 6 Tränensee, 7 Ogersee, 8 Magischer Staub, 9 Unbekannt, 10 Zentaureninsel, 11 Istmus, 12 Drachen, 13 Kobolde, 14 Greife, 15 Vögel, 16 Ogre Fen-Ogre, 17 Luft, 18 Erde, 19 Feuer, 20 Wasser, 21 Leere.

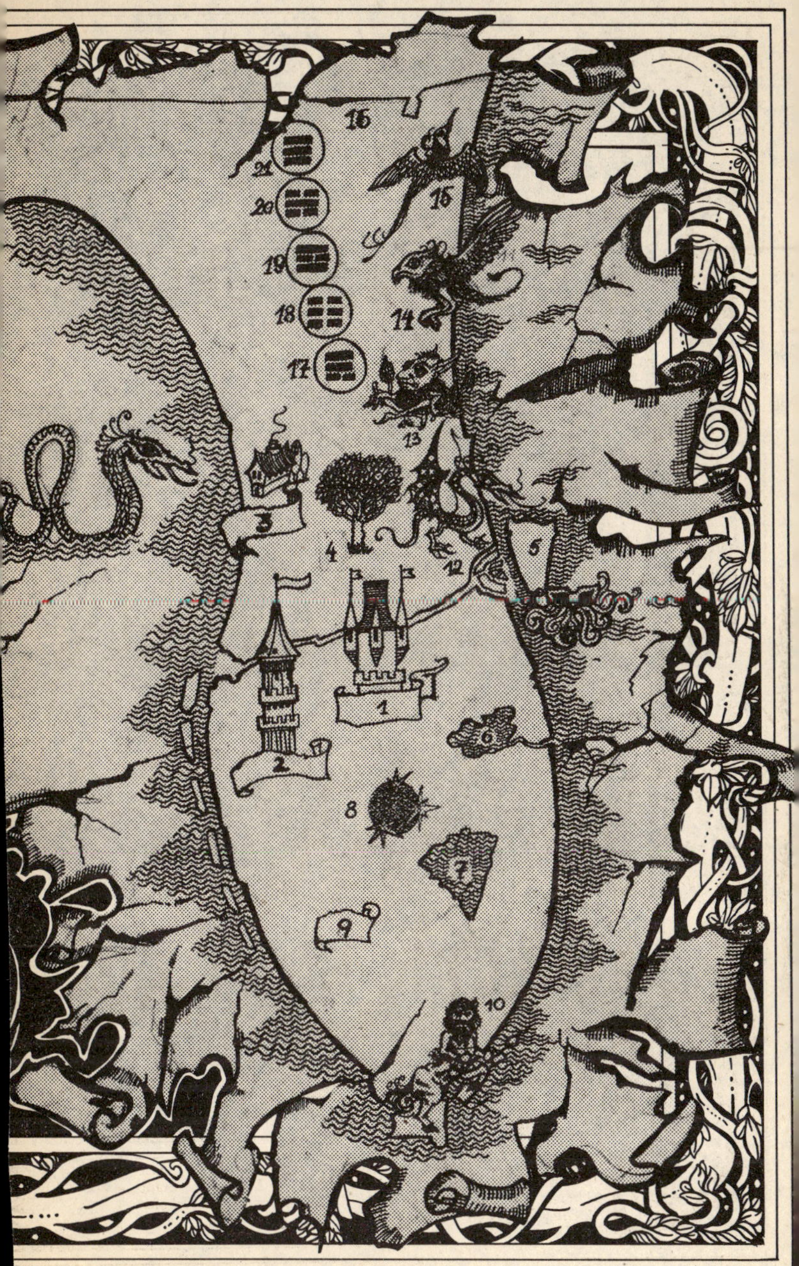

1
2
3
4
5
6
7
8
9
10
12
13
14
15
16
17
18
19
20
21

I

Das Skelett im Kleiderschrank

Der Zauberschnüffler näherte sich Bink in gemächlichem Tempo. Seine gelenkige Schnauze schnüffelte eifrig. Als er ihn dann erreicht hatte, gebärdete er sich wie wild vor Entzücken, stieß flötende Geräusche aus, wedelte mit seiner buschigen Rute und rannte unablässig im Kreis um Bink herum.

»Klar, Schnüffler, ich mag dich ja auch!« sagte Bink und kauerte sich nieder, um das Tier zu umarmen. Der Zauberschnüffler gab ihm einen feuchten Kuß auf die Nase. »Du warst einer der ersten, die an meine Magie geglaubt haben, als –«

Bink hielt inne, denn das Wesen benahm sich seltsam. Es tanzte plötzlich nicht mehr umher, sondern machte einen bedrückten, beinahe verängstigten Eindruck. »Was ist los, kleiner Freund?« fragte Bink besorgt. »Habe ich irgendwas gesagt, was dich verletzt hat? Entschuldige!«

Doch der Schnüffler zog den Schwanz ein und schlich sich davon. Bink starrte ihm betrübt nach. Es war fast, als sei die Magie plötzlich abgestellt worden, so daß das Wesen seine Funktion plötzlich verloren hatte. Doch Binks Talent war, wie alle magischen Talente, angeboren. Solange er lebte, lebte es mit ihm. Es mußte irgend etwas anderes gewesen sein, was den Schnüffler vertrieben hatte.

Bink blickte sich beunruhigt um. Im Osten befand sich der Obstgarten von Schloß Roogna, dessen Bäume alle möglichen exotischen Früchte trugen, aber auch Gemüse und verschiedene Gegenstände wie Kirschbomben und Türknäufe. Im Süden lag die ungezähmte Wildnis des Landes Xanth. Bink erinnerte sich daran, wie bedrohlich der Urwald ihm und seinen Gefährten damals erschienen war, als er sie hierhin getrieben hatte. Doch das war lange her. Heute waren die Bäume freundlich gesinnt. Ihr einziger Wunsch war es gewesen, daß auf Schloß Roogna ein Magier leben sollte, der es wieder seiner ursprünglichen Größe entgegenführen würde. Das hatte König Trent auch getan, und nun wirkte die beträchtliche Kraft dieses Ortes im Dienste des Königreichs. Alles schien in bester Ordnung zu sein.

Also dann, an die Arbeit! Heute abend sollte ein Ball stattfinden, und seine Schuhe waren ziemlich durchgetreten. Er schritt an den Rand des Obstgartens, wo sich ein Schuhbaum hin verirrt und Wurzeln gefaßt hatte. Schuhe liebten die Bewegung und das Reisen und pflanzten sich oft an den unwahrscheinlichsten Orten an.

Dieser Baum trug einige reife Schuhe. Bink musterte sie, ohne welche zu pflücken, bis er sicher war, ein passendes Paar für sich gefunden zu haben. Er drehte sie vom Ast ab, schüttelte die Samen heraus und zog sie vorsichtig über seine Füße. Sie waren recht bequem und sahen auch nett aus, weil sie noch frisch waren.

Er machte sich auf den Rückweg, wobei er mit vorsichtigen Bewegungen versuchte, die Schuhe einzulaufen, ohne sie zu sehr zu belasten. Dabei mußte er immer noch an das Erlebnis mit dem Zauberschnüffler denken. War es ein Omen? Hier im Lande Xanth trafen Omen stets ein, aber es war nur selten möglich, sie richtig zu verstehen, bevor es zu spät war. Würde ihm etwas Schlimmes widerfahren? Das war doch recht unwahrscheinlich. Bink wußte, daß er ohne jede Übertreibung davon ausgehen konnte, daß erst ganz Xanth vom Unheil heimgesucht werden mußte, bevor ihm selbst Schaden zugefügt werden konnte. Er mußte das Omen also falsch gedeutet haben. Der Zauberschnüffler litt wahrscheinlich nur unter schlechter Verdauung und hatte sich deswegen davonmachen müssen.

Bald erblickte er sein Heim. Es war ein schöner Hüttenkäse direkt am Rande der Palastanlagen, in den er nach seiner Heirat eingezogen war. Die Rinde war schon lange hart geworden und hatte den größten Teil ihres Aromas verloren, und die Wände bestanden aus feinkörnigem kremgelbem, versteinertem Käse. Es war weit und breit eine der schönsten Hütten, doch da er den Käse nicht selbst ausgehöhlt hatte, hielt er es für unangemessen, damit zu prahlen.

Bink atmete tief durch, beruhigte sich etwas und öffnete die vordere Rindentür. Ein süßlicher Duft von reifem Käse schlug ihm entgegen, zusammen mit einem markerschütternden Schrei.

»Bist du's, Bink? Wird aber auch Zeit! Wohin hast du dich denn schon wieder verdrückt, gerade jetzt, wo es so viel Arbeit gibt? Du nimmst aber auch nicht die geringste Rücksicht auf andere!«

»Ich brauchte Schuhe«, sagte er knapp.

»Schuhe!« rief sie ungläubig. »Du *hast* doch Schuhe, Idiot!«

Im Augenblick war seine Frau wesentlich klüger als er, denn Chamäleons Intelligenz schwankte in einem monatlichen Zyklus, genau wie ihr Aussehen. Wenn sie schön war, war sie dumm – und zwar beides im Übermaß. Wenn sie schlau war, war sie häßlich. Äußerst schlau und äußerst häßlich. Im Augenblick befand sie sich auf dem Höhepunkt dieser letzteren Phase. Deshalb hatte sie sich auch von der Außenwelt zurückgezogen und sich praktisch in ihrem Zimmer eingesperrt.

»Heute abend brauche ich aber schöne«, sagte er mit so viel Geduld, wie er nur aufbringen konnte. Doch noch während er die Worte aussprach, merkte er, daß er es recht unglücklich ausgedrückt hatte. Jede Anspielung auf schönes Aussehen brachte sie im Augenblick zur Weißglut.

»Den Teufel brauchst du, du Dämlack!«

Er wünschte sich, daß sie ihm nicht ständig seine geringere Intelligenz unter die Nase reiben würde. Normalerweise war sie eigentlich klug genug, das nicht zu tun. Bink wußte wohl, daß er kein Genie war, aber ausgesprochen dumm war er auch nicht. Sie war es, auf die beides zutraf. »Ich muß am Jubiläumsball teilnehmen«, erklärte er, obwohl sie das natürlich bereits wußte. »Es wäre eine Beleidigung der Königin, wenn ich dort schlampig gekleidet auftreten würde.«

»Blödmann!« schrie sie ihn aus ihrem Versteck an. »Du bekommst sowieso ein Kostüm verpaßt! Kein Mensch wird deine Stinkkähne sehen!«

Hmph, das stimmte allerdings. Er war umsonst Schuhe holen gegangen.

»Aber das ist mal wieder typisch für deine Ichsucht«, fuhr sie in gerechtem Zorn fort. »Auf die Party zu verschwinden, während ich leidend zu Hause sitze und in die Wände beiße.« Das war durchaus wörtlich gemeint: Der Käse war zwar alt und hart, aber wenn sie wütend war, biß sie häufig hinein, und im Augenblick war sie eigentlich fast immer wütend.

Trotzdem versuchte er, konstruktiv und positiv gestimmt zu bleiben. Er war erst ein Jahr verheiratet, und er liebte Chamäleon. Er hatte von Anfang an gewußt, daß es sowohl schöne als auch schlimme Zeiten geben würde, und jetzt war eben eine schlimme Zeit. Eine ziemlich schlimme Zeit. »Warum kommst du nicht mit auf den Ball, Liebling?«

Sie explodierte vor zynischem Zorn. »Ich? Während ich *so* aussehe? Du kannst dir deinen schwachsinnigen Sarkasmus ruhig schenken!«

»Aber du hast mich doch selbst daran erinnert, daß es ein Kostümfest ist. Die Königin kleidet jeden Teilnehmer in ein Kostüm ihrer Wahl. Also wird niemand sehen –«

»Du durchgedrehtes Weichhirn!« schrie sie durch die Wand, und er hörte, wie etwas schepperte. Jetzt war sie so weit, mit Gegenständen zu werfen, in einem echten Wutanfall. »Wie soll ich in *irgendeiner* Kostümierung zu einer Party gehen – wo ich im neunten Monat schwanger bin?«

Das war es, was ihr wirklich Sorgen machte. Nicht ihre normale klug-häßliche Phase, die sie schon ihr ganzes Leben lang begleitet hatte, sondern die großen Unannehmlichkeiten und Einschränkungen, die ihre Schwangerschaft ihr auferlegte. Bink hatte diesen Zustand in ihrer schön-dummen Phase herbeigeführt und erst später, als sie wieder schlauer geworden war, erfahren, daß sie sich zu dieser Zeit noch nicht derart hatte festlegen wollen. Sie befürchtete, daß das Kind so werden könnte wie sie – oder wie er. Sie hatte erst einen Zauber ausfindig machen wollen, der dafür gesorgt hätte, daß das Kind entweder mit positiven Talenten oder wenigstens normal begabt geboren worden wäre. Doch nun hing alles vom blinden Zufall ab. Sie war nicht gerade begeistert über ihre Lage gewesen und hatte Bink bis heute auch nicht verziehen. Und je intelligenter und schwangerer sie wurde, um so mehr wuchs ihr Zorn.

Nun, bald würde sie über den Berg sein und wieder schöner werden – gerade rechtzeitig für das Baby, das in etwa einer Woche kommen mußte. Vielleicht würde das Kind ja normal, möglicherweise sogar sehr talentiert. Dann würden Chamäleons Ängste sich wieder legen. Dann würde sie auch nicht mehr alles an ihm auslassen.

Wenn das Kind allerdings anormal sein sollte ... doch darüber dachte man lieber gar nicht erst nach. »Entschuldige, das hatte ich vergessen«, murmelte er.

»*Vergessen!*« Wie ein magisches Schwert schnitt ihre Ironie durch den Käse der Hütte. »Schwachkopf! Das würdest du ganz gerne vergessen, was? Warum hast du nicht letztes Jahr daran gedacht, als du –«

»Ich muß gehen, Chamäleon«, murmelte er und schlüpfte hastig durch die Tür. »Die Königin regt sich immer auf, wenn man zu spät kommt.« Überhaupt schien es zum Wesen der Frauen zu gehören, sich über Männer aufzuregen und in Rage zu geraten. Das unterschied sie unter anderem von Nymphen, die zwar genauso aussahen wie Frauen, sich aber jeder männlichen Laune willig fügten. Wahrscheinlich durfte er sich glücklich schätzen, daß seine Frau kein gefährliches Talent besaß, etwa die Fähigkeit, Leute zum Brennen zu bringen oder Gewitter zu erzeugen.

»Warum muß die Königin ihre lächerliche, sinnlose, langweilige Party jetzt geben?« fragte Chamäleon, »wo sie doch genau weiß, daß ich nicht teilnehmen kann.«

Ach, die Logik der Frauen! Warum sich abmühen, sie zu verstehen? Alle Intelligenz im Lande Xanth reichte nicht aus, um dem Unsinnigen einen Sinn abzugewinnen. Bink schloß die Tür hinter sich.

Chamäleons Frage war rein rhetorisch gewesen. Sie kannten beide die Antwort. Königin Iris nahm jede passende und unpassende Gelegenheit wahr, mit ihrem Status zu protzen, und heute war das einjährige Jubiläum dieses Status. Theoretisch wurde der Ball zu Ehren des Königs abgehalten, aber König Trent legte keinen Wert auf solches Theater und würde vermutlich den Feierlichkeiten fernbleiben. In Wirklichkeit war das Fest für die Königin – und da sie den König nicht dazu zwingen konnte, daran teilzunehmen, wehe den untergeordneten Amtsträgern, die heute abend schwänzten! Bink war ein solcher Amtsträger.

Und warum das? fragte er sich, während er mißmutig weiter schritt. Er galt als wichtige Person, als Königlicher Erforscher Xanths, dessen Pflicht es war, die Geheimnisse der Magie zu erkunden und dem König persönlich Bericht zu erstatten. Doch wegen Chamäleons Schwangerschaft und seiner häuslichen Verpflichtungen hatte Bink bisher keine richtigen Forschungen anstellen können. Aber das hatte er sich selbst zuzuschreiben, wenn man es genau nahm. Er hätte sich vorher die Konsequenzen einer Schwängerung seiner Ehefrau überlegen sollen. Aber wenn Chamäleon schön war, konnte sie einem völlig den Verstand rauben und die Sinne – darüber schweigt man lieber.

Ach, die Nostalgie! Damals, als die Liebe noch frisch, sorglos, unkompliziert und verantwortungslos war! Die schöne Chamäleon war wie eine Nymphe –

Nein, es war nicht richtig, so zu empfinden. Bevor er Chamäleon kennengelernt hatte, war sein Leben keineswegs so einfach gewesen, und außerdem war er ihr dreimal begegnet, bevor er sie erkannt hatte. Er hatte befürchtet, kein magisches Talent zu besitzen –

Er begann zu flimmern – und im nächsten Augenblick hatte er sich verwandelt. Das Kostüm der Königin war da. Geistig und körperlich war Bink immer noch der alte, doch sah er nun wie ein Zentaur aus. Die Illusion der Königin, die ihn so in die Lage versetzte, in ihrem Spiel mitzuspielen, das sie mit ihrem unbegrenzten Talent, Leute zu ärgern, entworfen hatte. Jeder mußte die Identität möglichst vieler anderer erraten, bevor er in den Ballsaal gelangte, und es war ein Preis für denjenigen ausgesetzt, der die meisten Treffer aufzuweisen hatte.

Hinzu kam, daß sie um Schloß Roogna die Illusion eines Heckenlabyrinths errichtet hatte. Selbst wenn man nicht am Ratespiel teilnahm, war man dazu gezwungen, sich seinen Weg durch das Riesenpuzzle zu bahnen. Verdammte Königin!

Doch er mußte einfach da durch, genau wie alle anderen auch. Der König war so weise, sich nicht in Hofangelegenheiten einzumischen und ließ der Königin weitgehend freien Lauf. Resigniert trat Bink ins Labyrinth und schickte sich an, im Gewirr falscher Pfade den richtigen Weg zum Schloß zu suchen.

Der größte Teil der Hecke war reine Illusion, aber es war genug davon in der Wirklichkeit verankert, so daß man besser daran tat, dem Labyrinth die Ehre zu erweisen, anstatt sich einfach seinen Weg mit Gewalt zu bahnen. Die Königin würde schon ihren Spaß haben, besonders bei diesem wichtigen ersten Krönungsjubiläum. Wenn man ihren Launen nicht entgegenkam, konnte sie häßlicher werden als Chamäleon.

Bink lief um eine Ecke – und wäre beinahe mit einem Zombie zusammengeprallt. Das wurmzerfressene Gesicht des Dings verlor bröckelnde Erde und Schleim, und die großen, eckigen Augenhöhlen waren Schaufenster der Verwesung. Der Gestank war fürchterlich.

In morbider Faszination starrte Bink in diese Augen. Tief in ihrem Innern war ein matter Schimmer zu erahnen, wie von einem Spuk im Mondlicht oder von Schimmelpilzen, die sich vom verfaulten Gehirn des Leichnams nährten. Er hatte das Gefühl, durch zwei Schächte hinunterzublicken auf die Urquelle seiner unheiligen Belebtheit und vielleicht sogar auf die Wurzel aller Magie in Xanth. Doch es war ein Alptraum, denn der Zombie war ein lebender Toter, eine Abscheulichkeit, die man schnellstens hätte begraben und vergessen sollen. Warum hatte dieser sich aus seinem unruhigen Grab losgerissen? In der Regel standen die Zombies nur auf, wenn es galt, Schloß Roogna zu verteidigen, und seit König Trent hier die Leitung übernommen hatte, hatten sie sich nicht mehr gerührt.

Der Zombie trat auf ihn zu und öffnete seinen verwesten Mund: »Wwuumm!« sagte er und gab sich ersichtliche Mühe, aus dem stinkenden Gas, das seine Atemluft darstellte, ein Wort zu bilden.

Bink wich angewidert zurück. Er fürchtete wenig in Xanth; denn seine körperliche Kraft und sein magisches Talent machten ihn auf subtilste Weise zu einem der stärksten Menschen im ganzen Königreich. Doch Zombies ekelten ihn an, und er drehte sich um und rannte eine Seitenallee entlang, so daß das untote Ding hinter ihm zurückblieb. Mit seinen morschen Knochen und seinem verfaulten Fleisch war es ihm unmöglich, Bink einzuholen, und es machte nicht einmal den Versuch.

Plötzlich erhob sich vor ihm ein blitzendes Schwert. Bink blieb erstaunt vor dieser zweiten Erscheinung stehen. Er sah keinen Menschen und keine Verbindungsfäden, sondern nur die Waffe. Was sollte das?

Ach ja, es mußte sich um einen weiteren kleinen Trick der Königin handeln. Sie liebte es, ihre Feste aufregend und herausfordernd zu gestalten. Er brauchte nur durch das Schwert hindurchzugehen und den Bluff zu entlarven.

Und doch zögerte er. Die Klinge sah schrecklich echt aus. Bink erinnerte sich an seine Erlebnisse mit Jama, als er noch ein Junge gewesen war. Jamas Talent bestand darin, daß er fliegende Schwerter manifestieren konnte, die in den wenigen Sekunden, die sie existieren, durchaus hart und scharf waren, und er hatte eine arrogante Art an sich, sein Talent auszuüben. Jama war kein Freund von Bink, und wenn er sich hier irgendwo aufhalten sollte –

Bink zog sein eigenes Schwert. »En garde!« rief er und schlug gegen die andere Waffe. Halb erwartete er, daß seine Klinge ohne Widerstand durch das Trugbild schneiden würde. Die Königin hätte zufrieden festgestellt, daß ihr Bluff funktioniert hätte, und er wäre kein Risiko eingegangen, nur für den Fall –

Das andere Schwert *war* echt. Stahl stieß klirrend auf Stahl. Dann wich es mit einer Seitendrehung aus und stieß auf seinen Brustkorb zu.

Bink parierte und machte einen Ausfallschritt. Das war keine illusorische Klinge und auch kein geistlos umherfliegendes

Ding! Es wurde von einer unsichtbaren Hand geführt, und das hieß – von einer unsichtbaren Person.

Wieder schlug das Schwert zu, und Bink parierte erneut. Das Ding wollte ihm tatsächlich ans Leder! »Wer bist du?« fragte Bink, doch er bekam keine Antwort.

Bink hatte sich nunmehr ein Jahr lang im Schwertkampf geübt, und sein Lehrer hatte ihn als einen begabten Schüler angesehen. Bink besaß Mut, Schnelligkeit und Kraft. Er wußte, daß er sich kaum als Experten bezeichnen konnte, aber ein Amateur war er auch nicht mehr. Die Herausforderung machte ihm sogar Spaß, selbst wenn es sich um einen unsichtbaren Gegner handeln mochte.

Doch ein ernst gemeinter Kampf . . . das war etwas anderes. Warum wurde er bei dieser festlichen Gelegenheit angegriffen? Wer war dieser schweigende, geheimnisvolle Feind? Bink hatte Glück, daß der Unsichtbarkeitszauber seines Gegners sich nicht auch noch auf dessen Schwert erstreckt hatte, denn dann hätte er wirklich Schwierigkeiten gehabt. Doch die Magie in Xanth bezog sich stets nur auf eine Sache. Ein Schwert konnte nicht seine notwendigen Schärfe- und Härtezauber haben und gleichzeitig unsichtbar sein. Na ja, möglich war es schon, denn in der Magie war eben alles möglich; es war aber höchst unwahrscheinlich. Auf jeden Fall sah er die Waffe, und mehr brauchte er nicht.

»Halt!« rief er. »Laß ab, oder ich muß kontern!«

Wieder schlug das Schwert auf ihn ein. Bink hatte bereits gemerkt, daß er es nicht mit einem Experten zu tun hatte: Der Fechtstil war eher kühn als geschickt. Er blockte die Waffe ab und konterte mit einem halbherzigen Stoß in die Richtung, wo er seinen Gegner vermutete.

Seine Klinge fuhr ohne jeden Widerstand durch den unsichtbaren Oberkörper hindurch. Da war ja gar nichts!

Bink erschrak und verlor Konzentration und Gleichgewicht. Der Gegner zielte nach seinem Gesicht, und er konnte dem Stoß nur mit knapper Mühe ausweichen. Crombie, sein Ausbilder, hatte ihm solche Ausweichmanöver beigebracht, doch diesmal war zum Teil auch eine gehörige Portion Glück im Spiel gewesen. Ohne sein Talent wäre er jetzt tot gewesen.

Bink verließ sich nicht gerne auf sein Talent. Das war auch der Grund, warum er Fechten gelernt hatte; er wollte sich selbst auf seine Weise verteidigen, offen, stolz, ohne das heimliche Gekicher der anderen zu fürchten, die, was ja auch ganz natürlich war, glaubten, daß ihm immer nur der Zufall zu Hilfe kam. Seine Magie konnte ihn etwa dadurch schützen, daß sein Angreifer auf einer Obstschale ausrutschte, Binks Stolz war ihr unwichtig. Doch wenn er auf faire Weise mit seinem Schwert siegte, konnte ihn niemand auslachen. Zwar war im Augenblick niemand da, der hätte lachen können, aber dennoch gefiel es ihm nicht, sich hier verteidigen zu müssen gegen – ja, gegen was?

Es mußte sich um eine der magischen Waffen aus dem Privatarsenal des Königs handeln, und sie wurde ganz bewußt geführt. Doch der König hatte damit bestimmt nichts zu tun; denn der neigte weder zu Schabernack, noch ließ er es zu, daß man mit seinen Waffen Unfug anstellte. Irgend jemand hatte dieses Schwert aktiviert und ausgeschickt, um Unheil anzurichten, und dieser Jemand würde schon bald den gewaltigen Zorn des Königs zu spüren bekommen.

Doch im Augenblick war ihm das ein schwacher Trost. Er wollte sich nicht hinter dem Schutz des Königs verstecken. Er wollte seinen Kampf selbst führen und auch gewinnen. Nur daß er wohl Schwierigkeiten haben würde, an eine Person ranzukommen, die gar nicht da war.

Als er darüber nachdachte, kam er zu dem Schluß, daß es eigentlich niemand geben konnte, der dieses Schwert aus der Entfernung lenkte. Magisch gesehen war es zwar möglich, doch soweit er wußte, hatte er keine persönlichen Feinde. Wer würde ihn angreifen wollen, sei es mit magischen oder mit gewöhnlichen Mitteln, und wer würde es wagen, ihn mit einem der königlichen Schwerter im Garten von Schloß Roogna zu überfallen?

Bink wandte sich wieder dem feindlichen Schwert zu und manövrierte es in eine solche Position, daß er mit seiner eigenen Klinge den unsichtbaren Arm durchtrennen konnte. Natürlich war da kein Arm. Kein Zweifel: Das Schwert lenkte sich selbst. Er hatte noch nie mit einer solchen Waffe gekämpft;

denn der König traute der Urteilskraft geistloser Waffen nicht.

Doch warum sollte ein Schwert ihm nach dem Leben trachten? Bink respektierte alle Blankwaffen. Er pflegte sein eigenes Schwert sehr sorgfältig und achtete darauf, daß es stets scharf blieb und nicht mißbraucht wurde. Kein Schwert, gleich welchen Typs und welchen Glaubens, konnte etwas gegen ihn haben.

Vielleicht hatte er dieses Schwert ja unbemerkt beleidigt. »Schwert, wenn ich dir Unrecht angetan oder dich beleidigt haben sollte, so bitte ich um Verzeihung und biete dir Wiedergutmachung an«, sagte er. »Ich will nicht ohne guten Grund gegen dich kämpfen müssen.«

Das Schwert hieb wild gegen seine Beine. Kein Pardon!

»Dann sag mir wenigstens, was dich verletzt hat!« rief Bink und hüpfte gerade noch rechtzeitig beiseite.

Das Schwert fuhr unbeirrt mit seinem Kampf fort.

»Dann muß ich dich außer Gefecht setzen«, sagte Bink mit einer Mischung aus Bedauern, Wut und Vorfreude. Das war eine richtige Herausforderung! Zum ersten Mal nahm er eine richtige Fechtposition ein und ging zum Angriff über. Er wußte, daß er besser war.

Aber er konnte den Fechter nicht niederstrecken, weil es keinen gab. Niemand da, den man hätte durchbohren können, keine Hand zum Abhacken. Das Schwert wirkte unermüdlich. Es wurde von Magie getrieben. Wie sollte er es da besiegen?

Die Herausforderung war doch größer, als er gedacht hatte. Bink machte sich zwar keine Sorgen, denn er war wesentlich geschickter. Doch wenn der Gegner unverwundbar war . . .

Aber sein Talent würde es nicht zulassen, daß das Schwert ihm Schaden zufügte. Ein Schwert, das von einem gewöhnlichen Mann geführt wurde, konnte ihm schaden, denn das war eine mundanische Sache. Doch wenn es um Magie ging, hatte er nichts zu fürchten. In Xanth gab es kaum etwas, das gänzlich unmagisch gewesen wäre, also war er außerordentlich gut geschützt. Die Frage war jetzt nur, ob er auf ehrliche Weise weitermachen und sich auf seine Geschicklichkeit und seine Tapferkeit verlassen wollte, oder ob er irgendeinem phantastisch anmutenden Zufall vertrauen sollte. Wenn er es mit der ersten Methode nicht schaffte, würde sein Talent es mit der zweiten tun.

Wieder drängte er das Schwert in eine verwundbare Position und schlug voll auf die Klinge ein, in der Hoffnung, sie zu zerbrechen. Doch er hatte keinen Erfolg; das Metall war zu stark. Er hatte eigentlich auch nicht erwartet, daß es klappen würde, denn Stärke gehörte zu den Grundzaubern, die in moderne Schwerter eingebaut wurden. Was nun?

Er hörte, wie sich jemand klappernd näherte. Er mußte die Sache schnell über die Bühne bringen, sonst würde es noch zu der Peinlichkeit kommen, daß man ihn rettete. Sein Talent sorgte sich nicht um seinen Stolz, sondern nur um sein leibliches Wohlergehen.

Bink fand sich mit dem Rücken gegen einen Baum gedrängt – es war ein echter Baum. Das Heckenlabyrinth war unter Einbeziehung existierender Vegetation errichtet worden, so daß alles zu einem Teil des Verwirrspiels geworden war. Es war ein Leimrindenbaum: Alles, was seine Rinde durchdrang, blieb magisch daran haften. Dann wuchs der Baum langsam um den Gegenstand herum und nahm ihn in sich auf. Er war völlig harmlos, solange seine Rinde intakt war. Kinder konnten ohne Gefahr daran hochklettern und in seinen Ästen spielen, wenn sie keine Steigeisen dabei benutzten. Spechte hielten sich von diesen Bäumen fern. Bink konnte sich also getrost gegen ihn lehnen, aber er mußte darauf achten, daß er nicht –

Wieder zuckte das feindliche Schwert nach seinem Gesicht. Hinterher wußte Bink nicht mehr genau, ob er seine Eingebung vor oder nach seiner Reaktion gehabt hatte. Wahrscheinlich erst danach, was wiederum bedeutete, daß sein Talent wieder in Aktion getreten war, obwohl er versucht hatte, das zu verhindern. Jedenfalls parierte er nicht, sondern duckte sich.

Das Schwert fuhr über seinen Kopf hinweg tief in den Baum hinein. Sofort wurde die Magie des Baums wachgerufen, und die Klinge war gefangen. Sie bäumte sich auf und versuchte, sich loszureißen, doch ohne Erfolg. Wenn ein Ding in seinem eigenen Spezialbereich tätig wurde, war seine Magie einfach nicht zu schlagen! Bink war der Sieger.

»Tschüß, Schwert«, sagte er und steckte seine eigene Waffe

wieder in ihre Scheide. »Tut mir leid, daß es nur so kurz gedauert hat.« Doch hinter seinem lässigen Gehabe verbarg sich ein grimmiges Unbehagen: Wer oder was hatte dieses Schwert dazu bewegt, ihm nach dem Leben zu trachten? Er mußte offenbar doch irgendwo einen Feind haben, und das gefiel ihm gar nicht. Nicht, daß er sich vor einem Angriff fürchtete. Es ging ihm mehr um das unangenehme Gefühl, daß ihn jemand so wenig leiden konnte, wo er sich doch solche Mühe gab, es allen recht zu machen.

Er schritt geduckt um eine weitere Ecke – und lief geradewegs in einen Nadelkaktus hinein. Es war kein echter, sonst wäre er jetzt ein menschliches Nadelkissen gewesen, sondern ein falscher.

Der Kaktus griff mit einem stacheligen Ast nach ihm und packte Bink am Hals. »Tolpatsch!« schnaubte er. »Soll ich dir dein häßliches Gesicht im Schlamm verschönen?«

Bink erkannte die Stimme und den Griff. »Chester!« krächzte er mit Mühe. »Chester Zentaur!«

»Alle Pferdebremsen!« fluchte Chester. »Du hast mich dazu überlistet, meine Identität preiszugeben!« Er lockerte seinen schrecklichen Griff etwas. »Aber jetzt sagst du mir entweder, wer *du* bist, oder ich drücke dich aus, etwa so.« Er drückte zu, und Bink glaubte, daß sein Kopf vom Körper abplatzen würde. Wo war denn sein Talent jetzt?

»Fink! Fink!« quietschte er und versuchte, seinen Namen auszusprechen, obwohl seine Lippen sich nicht richtig schließen ließen. »Hink!«

»Ich stinke nicht!« sagte Chester und wurde wütend. Das ließ seinen Klammergriff wieder stärker werden. »Du bist nicht nur häßlich wie die Hölle, du bist auch noch unverschämt.« Dann zuckte er erschreckt zusammen. »He – du trägst ja mein Gesicht!«

Bink hatte es ganz vergessen – er war ja kostümiert. Die Verblüffung des Zentauren ließ ihn kurz seinen Griff lockern, und Bink packte die Gelegenheit sofort am Schopf. »Ich bin Bink! Dein Freund! Im Illusionskostüm!«

Chester überlegte. Kein Zentaur war dumm, aber er war einer von denen, die lieber mit den Muskeln nachdachten.

»Wenn du versuchst, mich reinzulegen –«

»Erinnerst du dich noch an Herman den Einsiedler? Wie ich ihn in der Wildnis getroffen habe und wie er Xanth mit seiner Irrlichtermagie vor dem Zapplerschwarm gerettet hat? Das war der beste aller Zentauren!«

Schließlich ließ Chester Bink los. »Onkel Herman«, stimmte er ihm lächelnd zu. Der Effekt auf dem Kaktusgesicht war schauerlich. »Du bist wohl doch in Ordnung. Aber was tust du in meiner Gestalt?«

»Das gleiche, was du in der Kaktusgestalt tust«, sagte Bink und massierte sich den Hals. »Ich besuche den Maskenball.« Sein Hals schien unverletzt zu sein, deshalb hatte sein Talent den Angriff wohl auch zugelassen.

»Ach ja«, erwiderte Chester und bog redegewandt seine Stacheln. »Der Unfug der Guten Königin Iris, diesem Zauberinnen-Aas. Hast du den Weg zum Palast schon gefunden?«

»Nein, ich bin einem –« Doch Bink wollte noch nicht über das Schwert reden. ». . . einem Zombie begegnet.«

»Einem Zombie!« Chester lachte. »Der arme Kerl! Was für ein Kostüm!«

Ein Kostüm! Aber natürlich! Der Zombie war gar nicht echt gewesen, sondern wieder nur eine Illusions-Verkleidung der Königin. Bink hatte ebenso kurzsichtig reagiert wie Chester und war vor dem Ding geflohen. Und dabei war er dem Schwert begegnet, das freilich weder eine Kostümierung noch eine Illusion gewesen war. »Na ja, ich mag dieses Spiel sowieso nicht besonders«, sagte er.

»Ich auch nicht«, meinte Chester. »Aber der Preis – für den würde ich schon ein Jahr meines Lebens geben.«

»Per definitionem«, stimmte Bink düster zu. »Eine Antwort vom Guten Magier Humfrey auf eine beliebige Frage, und zwar kostenlos. Aber jeder will den Preis erringen. Jemand anders wird gewinnen.«

»Nicht, wenn wir jetzt die Hufe schwingen!« sagte Chester. »Komm, wir wollen den Zombie demaskieren, bevor er auf und davon ist.«

»Ja«, willigte Bink ein. Im nachhinein schämte er sich für seine erste Reaktion.

Sie kamen an dem Schwert vorbei, das noch immer im Baum stak. »Wer's findet, dem gehört's!« rief Chester fröhlich und packte das Schwert.

»Das ist Leimrinde, das geht nicht ab.«

Doch der Zentaur riß bereits an dem Schwert. Er war so kräftig, daß ein Schauer aus Rinde und Holz herabrieselte. Das Schwert ließ sich freilich dennoch nicht aus dem Stamm ziehen.

»Hm«, machte Chester. »Hör mal, Baum, wir haben im Zentaurendorf auch eine Leimrinde. Als die große Dürre herrschte, habe ich sie jeden Tag gewässert, damit sie nicht einging. Jetzt bitte ich dich nur darum, daß du mir im Gegenzug dieses Schwert überläßt, das du sowieso nicht gebrauchen kannst.«

Das Schwert glitt mühelos aus dem Holz. Chester steckte es in seinen Pfeilköcher, jedenfalls deutete Bink die Verrenkungen des Kaktus so. Bink hatte vorsichtshalber die Hand auf seinen eigenen Schwertknauf gelegt, doch die Waffe verhielt sich friedlich. Was immer sie auch belebt haben mochte, jetzt war es verschwunden.

Chester merkte, wie Bink ihn anstarrte. »Man muß mit Bäumen eben umgehen können«, sagte er und ging weiter. »Es stimmt natürlich; ein Zentaur lügt niemals. Ich habe den Baum tatsächlich gewässert. Das war bequemer als das stille Örtchen.«

Dieser Leimrindenbaum hatte also seine Beute preisgegeben. Warum eigentlich nicht? Zentauren waren meistens nett zu Bäumen, obwohl Chester keine besondere Vorliebe für Nadelkakteen hegte. Das war zweifellos auch der Grund, weshalb die Königin ihn in ihrem Humor mit diesem Kostüm gestraft hatte.

Sie kamen an den Ort, wo Bink dem Zombie begegnet war, doch das schreckliche Ding war verschwunden. Nur ein schleimiger Dreckklumpen lag am Boden. Chester stieß ihn mit einem Huf an. »Echter Dreck von einem falschen Zombie?« fragte er verwundert. »Die Illusionen der Königin werden ja immer besser.«

Bink nickte. Das war wirklich beunruhigend. Offenbar hatte die Königin ihre Illusion weit ausgedehnt. Doch warum? Ihre Magie war stark und reichte weit über die Talente gewöhnlicher

Leute hinaus, denn sie gehörte zu den drei Bürgern von Xanth mit Magierstatus. Doch selbst für sie mußte es eine ziemliche Anstrengung bedeuten, jede Einzelheit der Kostüme der Ballteilnehmer zu beachten und aufrechtzuerhalten. Binks und Chesters Verkleidung war rein optischer Art, sonst wäre es ihnen auch schwergefallen, sich zu unterhalten.

»Hier liegt noch mal ein Dreckhaufen«, bemerkte Chester. »Echter Dreck, kein Zombiedreck.« Er trat mit einem Kakteenfuß darauf, der nichtsdestoweniger einen Hufabdruck hinterließ. »Könnte das Ding hier vielleicht wieder in den Boden zurückgekehrt sein?«

Neugierig geworden, scharrte Bink mit seinem eigenen Fuß über die kleine Aufwerfung. Doch er brachte nichts zutage als weiteres Erdreich. Kein Zombie. »Den haben wir wohl verloren«, sagte Bink und war aus irgendeinem ihm selbst unerklärlichen Grund wütend. Der Zombie hatte so echt ausgesehen! »Suchen wir lieber den Palast, als uns hier draußen lächerlich zu machen.«

Chester nickte, und sein Kaktuskopf wackelte, daß es zum Schieflachen war. »Ich bin noch nie sehr gut darin gewesen, andere Leute zu erraten«, gestand er. »Und auf die einzige Frage, die ich dem Guten Magier stellen könnte, gibt es keine Antwort.«

»Keine Antwort?« fragte Bink, während sie in einen anderen Gang traten.

»Seit Cherie das Fohlen geboren hat – wohlgemerkt, es ist ein prima kleiner Zentaur mit buschigem Schweif –, hat sie kaum noch Zeit für mich. Ich bin so was wie ein fünfter Huf im Stall. Was soll ich also –?«

»Du auch!« rief Bink und erkannte die Ursache seiner eigenen schlechten Laune. »Chamäleon ist zwar noch nicht so weit, aber –« Er zuckte mit den Schultern.

»Mach dir mal keine Sorgen – es wird bestimmt kein Fohlen.« Bink gluckste, obwohl es eigentlich gar nicht komisch war.

»Stuten – mit ihnen läuft nichts und ohne sie auch nicht«, sagte Chester betrübt.

Plötzlich kam eine Harpyie um die Ecke. Wieder trappelten sie hin und her, um einen Zusammenstoß zu vermeiden. »Bist du schnabelblind?« fragte Chester. »Zisch ab, Vogelhirn!«

»Hast du wirklich einen Gemüsekopf?« konterte die Harpyie im Flötton. »Geh mir aus dem Weg, bevor ich dich mit deinen eigenen stumpfen Nadeln zu einem Stinkball vernähe.«

»Stumpfe Nadeln!« Chester, der immer zu einem Kampf aufgelegt war, selbst bei bester Laune, plusterte sich empört auf. Wäre er tatsächlich ein Kaktus gewesen, so hätte er auf der Stelle eine Nadelsalve abgeschossen – und seine Nadeln sahen keineswegs stumpf aus. »Soll ich dir deine schmierigen Federn in deinen Rotzschnabel stopfen?«

Jetzt war die Harpyie an der Reihe, sich aufzublähen. Die meisten Harpyien waren weiblichen Geschlechts, diese hier war jedoch männlich. Einmal mehr ein Beweis des ätzenden Humors der Königin. »Natürlich«, flötete der Vogelmann. »Sobald ich dir den Saft aus deiner Maische gepreßt habe, Grüngesicht.«

»Ach ja?« fragte Chester und vergaß mal wieder, daß Zentauren sich sonst nur ungern prügelten. Die Harpyie war offenbar in Wirklichkeit ein erheblich größeres Wesen, das sich von Fremden niemals hatte einschüchtern lassen. Diese seltsame, halb melodische Sprechweise –

»Manticora!« rief Bink.

Die Harpyie hielt inne. »Eins zu null für dich, Zentaur. Deine Stimme kommt mir zwar bekannt vor, aber –«

Verblüfft erinnerte sich Bink daran, daß *er* ja jetzt die Gestalt eines Zentauren besaß, so daß das Wesen mit ihm und nicht mit Chester sprach. »Ich bin Bink. Wir haben uns bei meinem Besuch beim Guten Magier kennengelernt, damals, als –«

»Ach ja. Du hast seinen magischen Spiegel zerdeppert. Zum Glück hatte er noch einen. Was ist denn aus dir geworden?«

»Ich bin ziemlich heruntergekommen. Ich habe geheiratet.«

Die Manticora lachte musikalisch. »Doch wohl nicht diesen Kaktus, hoffe ich?«

»Hör mal –« fing Chester drohend an.

»Das hier ist mein Freund, Chester Zentaur«, sagte Bink hastig. »Er ist der Neffe von Herman dem Einsiedler, der Xanth vor den –«

»Herman kannte ich!« sagte die Manticora. »Der größte aller

Zentauren, auch bevor er sein edles Leben für Xanth aufopferte. Der einzige, den ich kannte, der sich seines magischen Talents nicht geschämt hat. Seine Irrlichter haben mich mal aus einem Drachennest herausgeführt. Als ich von seinem Tod hörte, da war ich so traurig, daß ich rausgegangen bin und einen kleinen Gewirrbaum zu Tode gestochen habe. Er war so viel mehr wert als diese hufköpfigen Gäule der großen Herde, die ihn ins Exil verbannt haben –« Er brach ab. »Soll keine Beleidigung sein, Kaktus, wo du doch sein Neffe bist und so. Auch wenn ich das eine oder andere auszustechen hätte, würde ich nichts tun, was die Erinnerung an jenen großen Einsiedler beleidigen könnte.«

Es gab keinen zuverlässigeren Weg, Chesters Sympathie zu erringen, als seinen heldenhaften Onkel zu loben, was die Manticora vielleicht auch wußte. »Keine Ursache!« sagte er sofort. »Alles, was du sagst, stimmt! Mein Volk hat Herman ins Exil geschickt, weil die Leute meinten, daß Magie bei einem Zentaur obszön sei. Das denken die meisten immer noch. Selbst meine eigene Stute, die ja nun wirklich das netteste Stück Pferdefleisch ist, das man sich –« Er schüttelte seinen Kaktuskopf, als er merkte, daß er etwas Unangebrachtes zu sagen im Begriff war. »Es sind wirklich Hufköpfe.«

»Die Zeiten ändern sich«, meinte die Manticora. »Eines Tages werden alle Zentauren mit ihren Talenten prahlen, anstatt sie zu verheimlichen.« Mit einer Flügelbewegung fuhr sie fort: »Na ja, ich muß mal ein paar Leute demaskieren. Nicht, daß ich den Preis nötig hätte, es ist einfach nur eine Herausforderung.«

Das Wesen ging weiter. Bink konnte erneut nur über den Humor der Königin staunen, die es fertigbrachte, ein solch beeindruckendes Wesen wie eine Manticora, die einen Menschenkopf mit dreifachem Kiefer, den Körper eines Löwen, Drachenflügel und den Schwanz eines monströsen Skorpions besaß, als Harpyie zu kostümieren. Das tödlichste Ungeheuer in Xanth – verwandelt in das abscheulichste. Und doch trug die Manticora ihr Los mit Würde und spielte das Kostümspiel mit. Wahrscheinlich fühlte sich das Wesen so sicher in seinem Bewußtsein, eine Seele zu haben, daß es sich nur wenig aus äußerem Schein machte.

»Ich frage mich, ob ich wohl ein magisches Talent besitze«, meinte Chester mit ein wenig schuldbewußter Stimme. Von der Obszönität zum Stolz war es aber auch wirklich kein leichter Schritt!

»Wenn du diesen Preis gewinnen würdest, könntest du das herausfinden«, schlug Bink vor.

Die Miene des Kaktus hellte sich auf. »Stimmt!« Das war offenbar die unbeantwortbare Frage, die Chester nicht auszusprechen gewagt hatte. Doch dann verfinsterte sich der Kaktus wieder. »Aber Cherie würde es nie zulassen, daß ich ein Talent besitze, nicht einmal ein winziges. Da ist sie fürchterlich prüde.«

Bink nickte. Es erinnerte ihn an die Einstellung seiner Mutter zur Sexualität junger Menschen. Für Tiere war das ganz natürlich, aber wenn es sich um Wildhafer-Nymphen handelte – na ja, jedenfalls hatte Chester wirklich ein Problem.

Sie schritten um eine Ecke – in diesem schrecklichen Labyrinth gab es anscheinend kaum etwas anderes als Ecken – und erblickten das Palasttor, das am Ende der Zugbrücke auf der anderen Seite des Grabens leuchtete. »Schnell rüber, bevor das Labyrinth sich verändert!« rief Bink.

Sie rannten darauf zu, doch schon begann das Heckenmuster zu schimmern und neblig zu werden. Das Schlimmste an diesem Gewirrmuster war seine Unbeständigkeit. Es veränderte seine Anordnung in unregelmäßigen Abständen, so daß man es unmöglich auf methodische Weise durchdringen konnte. Für einen Ausbruch war es schon zu spät.

»Jetzt reicht's mir!« rief Chester. Sein Kaktus-Galopp wurde immer lauter. »Steig auf meinen Rücken!«

Bink sprang ohne zu zögern auf den stacheligsten Teil des Kaktus hinauf, wobei er fast erwartete, von den Nadeln aufgespießt zu werden. Doch er landete sauber auf Chesters Rücken, der sich recht pferdig anfühlte. Puh!

Als er Bink auf sich spürte, beschleunigte Chester. Bink hatte zwar bereits einmal auf einem Zentaurenrücken gesessen, nämlich als Cherie ihn freundlicherweise mitgenommen hatte – doch noch nie auf einem solchen Kraftpaket! Chester, der auch nach Zentaurenmaßstäben stämmig war, hatte es eilig, und so bäumten sich seine Muskeln mit einer solchen Kraft auf, daß Bink schon fürchtete, genauso schnell wieder abgeworfen zu werden, wie er aufgesprungen war. Doch er packte zwei Händevoll Mähnenhaare und hielt sich fest. Sein Talent würde ihn selbst hier beschützen.

Nur wenige Bewohner von Xanth wußten etwas von Binks Talent, und er selbst hatte fünfundzwanzig Jahre lang ebenfalls nichts darüber gewußt. Das lag daran, daß sich das Talent selbst verhüllte, um nicht bekannt zu werden. Es verhinderte, daß ihm durch Magie Schaden zugefügt werden konnte, doch wer davon erfuhr, konnte ihm immer noch mit mundanischen Mitteln zu Leibe rücken. Deshalb verbarg sich Binks Talent hinter scheinbaren Zufällen. Außer Bink wußte davon nur König Trent. Der Gute Magier Humfrey hatte wahrscheinlich so seine Vermutungen, und auch Chamäleon mußte etwas ahnen.

Zwischen ihnen und dem Tor bildete sich eine neue Hecke. Wahrscheinlich war es eine Illusion, da sie das Tor ja gerade gesehen hatten. Chester stürmte hindurch – da flogen die Äste! Also doch keine Illusion: diesmal mußte das Tor wohl die Illusion gewesen sein. Die Zauberkönigin konnte Dinge verschwinden lassen, indem sie die Illusion offenen Raumes schuf. Daran hätte er früher denken müssen.

Der Zentaur war jetzt richtig in Fahrt. Unsichtbares Blattwerk schlug Bink ins Gesicht wie eine heftige Bö, doch er hielt sich unbeirrt fest. Wieder erschien ein neues Hindernis. Chester bog ein, um einem weiteren Gang zu folgen, der in die richtige Richtung führte, und durchbrach eine weitere Hecke. Wenn sich dieser Zentaur einmal in Bewegung gesetzt hatte, dann wehe dem Menschenwesen, Tier oder Gebüsch, das sich ihm in den Weg stellte!

Plötzlich waren sie aus dem Labyrinth heraus am Schloßgraben. Chesters Schwenk hatte sie jedoch zwanzig Schritte seitlich von der Zugbrücke ins Freie gebracht – und es gab keinen Platz mehr für eine Kurskorrektur. »Halt dich fest!« schrie Chester und sprang.

Diesmal war der Stoß so gewaltig, daß Bink eine doppelte Handvoll Mähnenhaare herausriß und dennoch nach hinten abglitt. Dann rutschte er vollends ab und fiel platschend in den Graben.

Sofort kamen die Grabenungeheuer mit eifrig aufgerissenen Mäulern auf ihn zu geschwommen. Sie waren stets auf der Hut. Das mußten sie auch sein, denn sonst wären sie gefeuert worden. Eine riesige Schlange stürzte sich auf ihn, mit glitzernden Fängen, die so lang waren wie Binks Finger. Auf der anderen Seite riß ein purpurnes Krokodil das riesige Maul auf und zeigte Zähne, die noch länger waren. Und unter Bink erhob sich ein Behemoth aus dem wirbelnden Grabenschlamm. Sein Rücken war so breit, daß er den ganzen Graben auszufüllen schien.

Bink schlug verzweifelt um sich und versuchte, sich schwimmend in Sicherheit zu bringen, doch er wußte genau, daß kein Mensch auch nur einem dieser Ungeheuer entkommen konnte, geschweige denn gleich dreien. Der Behemoth tauchte auf und hob ihn halb aus dem Wasser. Das Krokodil kam mit weit geöffnetem Rachen auf ihn zu, und die Schlange stieß blitzschnell von oben auf ihn herab.

Doch da – stießen Krokodil und Schlange zusammen, und ihre Zähne stoben Funken. Beide Ungeheuer wurden von den Massen des auftauchenden Behemoths beiseite geschleudert – und Bink rutschte wie geschmiert auf dem schrägliegenden Rücken des Untiers sicher auf die Steinwand der Schloßseite. Wirklich ein erstaunliches Zusammentreffen von Ereignissen. –

Chester war ebenfalls sicher auf der Schloßseite aufgekommen und zerrte ihn endgültig aus dem Graben. Es schien ihn nicht im mindesten anzustrengen. Doch als er sprach, bebte seine Stimme. »Ich dachte schon ... als du mitten in diese Ungeheuer gestürzt bist ... so was habe ich noch nie gesehen, wie du –«

»Ach, die waren nicht wirklich hungrig«, versuchte Bink das Ereignis herunterzuspielen. »Sie haben nur mit ihrem Fressen gespielt und es einfach übertrieben. Gehen wir rein. Inzwischen dürften die Erfrischungen aufgetischt werden.«

»Au ja!« stimmte Chester ihm zu. Wie alle kräftigen Wesen litt er unter einem chronischen Appetit.

Sie schritten auf das Schloß zu – und die Illusionen verschwanden. Der Zauber war gebrochen, sie waren wieder sie selbst, Mensch und Zentaur. »Weißt du, ich wußte ja gar nicht, wie scheußlich mein Gesicht aussieht, bis ich es an dir gesehen habe«, meinte Chester nachdenklich.

»Aber dafür hast du ein extrem gutaussehendes Hinterteil«, erwiderte Bink.

»Das stimmt, das stimmt«, sagte der Zentaur besänftigt. »Ich hab's ja immer gesagt, daß Cherie mich nicht wegen meiner Visage genommen hat.«

Bink fing an zu lachen, merkte jedoch, daß sein Freund es ernst meinte. Außerdem befanden sie sich nun am Eingang und in Hörweite der anderen.

Der Posten am Tor furchte die Stirn. »Wie viele hast du erraten, Bink?« fragte er mit gezücktem Notizbuch.

»Einen, Crombie«, sagte Bink und zeigte auf Chester. Dann fiel ihm die Manticora wieder ein. »Nein, zwei.«

»Dann bist du nicht mehr im Rennen«, sagte Crombie. »Der beste Bewerber bisher hat zwölf.« Er blickte Chester an. »Und du?«

»Ich will den Preis sowieso nicht haben«, sagte der Zentaur brummig.

»Ihr Jungs habt euch einfach keine Mühe gegeben«, sagte Crombie. »Wenn *ich* dort draußen gewesen wäre, anstatt für die Königin den Laufburschen zu spielen –«

»Ich dachte, du magst diesen Palastjob«, sagte Bink.

»Ja, schon, aber Abenteuer gefallen mir besser. Der König ist ja ganz in Ordnung, aber –« Crombie zog eine Grimasse. »Ihr kennt ja die Königin.«

»Alle Stuten sind schwierig«, sagte Chester. »Das liegt in ihrer Natur. Sie können nichts dafür, selbst wenn sie es anders wollten.«

»Da hast du recht!« bekräftigte Crombie Chesters Worte. Er war der typische Frauenhasser. »Und erst mal die mit der stärksten Magie – wer wäre sonst auf diese idiotische Maskerade gekommen? Die will doch nur mit ihrer Zauberei prahlen.«

»Viel mehr hat sie ja auch nicht zum Prahlen«, sagte Chester. »Der König beachtet sie nicht.«

»Der König ist ein kluger Magier!« stimmte Crombie ihm zu.

»Wenn sie nicht gerade solchen Unfug veranstaltet wie jetzt, macht sie mir den Palastdienst zur Hölle. Ach, ich wünschte, ich wäre mal wieder draußen auf einer richtigen Männermission wie damals, als Bink und ich –«

Bink lächelte, als er sich daran erinnerte. »Dieser Technicolor-Hagelsturm war wirklich sagenhaft, nicht wahr? Wir hatten unter dem friedlichen Gewirrbaum gelagert –«

»... und dann ist das Mädchen weggelaufen«, ergänzte Crombie. »Das waren noch Zeiten!«

Überrascht merkte Bink, wie er zustimmte. Damals hatte ihm das Abenteuer überhaupt keinen Spaß gemacht, doch jetzt, so im nachhinein, war es von einer gewissen schimmernden Aura des Glanzes umhüllt. »Du hast mir gesagt, daß sie eine Gefahr für mich sei.«

»Und das war sie ja auch«, meinte Crombie. »Sie hat dich schließlich geheiratet, nicht wahr?«

Bink lachte, aber es wirkte ein bißchen gequält. »Wir gehen besser hinein, bevor die Erfrischungen alle sind.« Er drehte sich um und stolperte fast über einen weiteren kleinen Erdhaufen. »Habt ihr Maulwürfe im Palast?« fragte er in einem etwas scharfen Ton.

Crombie blinzelte den Erdhaufen an. »Der war eben noch nicht da. Vielleicht hat die Party ja einen magischen Maulwurf angezogen. Ich werde den Hofgärtner benachrichtigen, wenn meine Schicht zu Ende ist.«

Bink und Chester schritten hinein. Der Ballsaal des Palasts war von Königin Iris ausgeschmückt worden – natürlich. Es war eine Untersee-Dekoration: Seetang wogte aus felsigen Tiefen empor, und bunte Fische schwammen umher. An den Wänden hingen Entenmuscheln, und überall waren unterseeische Strände zu sehen, die sich auf magische Weise verschoben, so daß die Szenerie auf einen zukam, wenn man stehenblieb. Eine riesige Seeschlange zog sich um den Saal und schlängelte sich in pulsierenden Windungen durch die Wände.

Chester blickte sich um. »Sie ist zwar ein Aas und eine Angeberin, aber ich muß zugeben, daß ihre Magie beeindrukkend ist. Aber ich mache mir Sorgen wegen der Essensmenge. Ob wirklich genug da ist?«

Doch diese Befürchtung erwies sich als unbegründet. Die Happen türmten sich berghoch und wurden von Königin Iris persönlich bewacht. Sie hatte eine Marinadekatze an einer Leine bei sich. Wenn jemand es wagte, sich an einer Delikatesse zu vergreifen, wurde diese von der Marinadekatze sofort mit Essig bespritzt. »Niemand bekommt etwas zu essen, bevor der große Preis vergeben worden ist«, verkündete Iris mit strengem Blick. Da sie sich als kriegerische Meerjungfrau verkleidet hatte, komplett mit spitzer Krone, Dreizack, und einem mächtigen Schwanz, und die Spitzen des Dreizacks schleimüberzogen glänzten, was wohl ebenfalls eine Illusion war, aber ebensogut auch echtes Gift hätte sein können, genügte dies, um die Leute auch ohne Marinadekatze abzuschrecken.

Bink und Chester trennten sich und mischten sich unter die anderen Gäste. Fast jedes bemerkenswerte Wesen in Xanth war anwesend bis auf Chesters Stute Cherie, die sich wahrscheinlich noch immer um das Fohlen kümmern mußte, und Binks Chamäleon, die noch immer mit ihrem Unglück beschäftigt war. Auch der Gute Magier Humfrey, der niemals freiwillig unter Leute ging, fehlte.

Bink entdeckte seinen Vater Roland, der vom Norddorf gekommen war. Roland achtete darauf, Bink nicht durch allzu offene Gefühlsbezeugungen in Verlegenheit zu bringen. Sie gaben sich die Hand. »Hübsche Schuhe, mein Sohn.«

Nach der Szene mit Chamäleon war das allerdings nicht die geeignete Ablenkung. »Frisch vom Baum«, sagte Bink verlegen.

»Was hast du denn in den letzten paar Monaten so getrieben?« fragte Roland, wobei ihm Luftblasen aus dem Mund perlten. Wenn die Königin einmal eine Illusion erzeugte, dann aber auch richtig! Gewöhnliche Bürger mit ihren diversen Einzeltalenten, die die Arbeit der Zauberin sahen, konnten nur verzweifeln. Und das war ja wohl auch der Grund, weshalb die Königin diese Schau abzog.

»Och, ein bißchen Schwertkampftraining, den Garten umpflügen und so weiter«, sagte Bink.

»Ich höre, daß Chamäleon jeden Augenblick so weit sein kann.«

»Ja, das auch«, erwiderte Bink und mußte wieder daran denken, wie entnervend doch die Situation war.

»Ein Sohn wird das Haus lebendiger machen.«

Vorausgesetzt, es ist ein normaler, talentierter Sohn. Bink wechselte das Thema. »Wir haben eine zarte junge Damenschuhpflanze, die gerade blüht. Ich denke, daß sie bald ihr erstes Pantoffelpaar tragen wird.«

»Das wird den Damen gefallen«, sagte Roland ernst, als sei dies eine wichtige Nachricht. Plötzlich merkte Bink, daß er für das vergangene Jahr eigentlich kaum etwas vorzuweisen hatte. Was hatte er denn schon erreicht? So gut wie nichts. Kein Wunder, daß er sich unbehaglich fühlte!

Die Beleuchtung wurde matter. Es war, als ob die Dämmerung eingesetzt hätte und das Meer ebenfalls dunkel geworden wäre. Doch dann wurde das Tageszwielicht durch nächtliches Leuchten ersetzt. Die Schwimmkörper der Algen glommen wie kleine Lampen, und die Neon-Korallen leuchtete in verschiedensten Farben. Sogar die flauschigen Schwämme strahlten warmes Licht ab. Die Fauna war schärfer beleuchtet, elektrische Aale strahlten mit ihren Scheinwerfern, und verschiedene Fische glühten durchsichtig. Alles sah betörend schön aus.

»Wenn ihr Charakter doch nur so ausgezeichnet wäre wie ihr Geschmack«, murmelte Roland.

»Wir werden jetzt den Preis für unser Spiel vergeben«, verkündete Königin Iris. Sie leuchtete am kräftigsten von allen: Aus den Spitzen ihrer Krone und ihres Dreizacks strömten Lichtfäden, und ihr schöner Meerjungfraubusen war deutlich zu erkennen. Sie war eine Meisterin der Illusion. Sie konnte sich so schön machen, wie sie wollte – und sie wußte, was sie wollte.

»Es soll ja eine Zweckheirat gewesen sein«, fuhr Roland fort. Obwohl er selbst kein Magier war, hielt er den Posten eines königlichen Regenten nördlich der Spalte inne und begegnete dem Königtum keineswegs nur voller Ehrfurcht. »Manchmal muß das äußerst zweckmäßig sein.«

Bink nickte. Er war etwas verlegen, als er merkte, wie sehr sein Vater die wohlpräsentierten, wenn auch illusionären Reize der Königin zu schätzen wußte. Der Mann war schließlich schon fast fünfzig! Und doch stimmte es wohl. Der König hatte nie vorgegeben, die Königin zu lieben, und beherrschte die temperamentvolle Frau mit feinfühliger, aber eiserner Hand, was jene verwunderte, die Iris vor ihrer Eheschließung gekannt hatten. Und doch blühte sie unter diesem Regiment auf. Jene, die den König gut kannten, wußten, daß er nicht nur ein stärkerer Magier war als sie, sondern auch eine stärkere Persönlichkeit. Tatsächlich schien das magische Land Xanth seinen fähigsten König seit der Vierten Welle und der Regentschaft von Roogna, dem Erbauer des Palastes, gefunden zu haben. Schon jetzt waren erhebliche Veränderungen zu verzeichnen: Der magische Schild, der Xanth vor Eindringlingen geschützt hatte, war abgeschafft worden, und man gestattete es mundanischen Wesen, über die Grenze zu kommen. Als erste waren die Mitglieder der früheren mundanischen Armee des Königs nach Xanth gekommen. Sie hatten sich in wilden Gegenden angesiedelt und waren dabei, zu produktiven Bürgern Xanths zu werden. Die Vorschrift, daß jeder Bürger ein magisches Talent nachweisen mußte, war ebenfalls außer Kraft gesetzt worden – und zur großen Verwunderung einiger Konservativer war das gefürchtete Chaos ausgeblieben. Jetzt wurden Leute nicht nur wegen ihrer zufälligen Magie bekannt, sondern man respektierte und schätzte sie auch wegen ihrer anderen Charaktereigenschaften. Ausgesuchte Trupps erkundeten das nahe Mundania, wo es keine Magie gab, und vorgeschobene Beobachtungsposten sorgten dafür, daß das Land nicht im Überraschungsangriff überrannt werden konnte. Der König hatte den Schildstein nicht vernichtet. Wenn es sein mußte, würde er den Schild sofort wieder errichten.

Bink war jedenfalls überzeugt davon, daß König Trent einen Blick für alles Gute und Nützliche besaß, auch was schöne Frauen betraf. Er brauchte nur ein Wort zu sagen, und die Königin würde genau das sein, was der König sich wünschte – und er wäre kein Mann gewesen, wenn er nicht zumindest gelegentlich davon Gebrauch gemacht hätte. Die Frage war eher, *was* er sich wohl wünschte. Das war ein im Palast gängiges Spekulationsthema, und die vorherrschende Meinung besagte, daß der König sich Vielfalt wünschte. Die

Königin erschien nur selten zweimal in der gleichen Gestalt.

»Palastwache, den Bericht!« verlangte die Königin gebieterisch.

Langsam trat Soldat Crombie vor. Er sah schneidig aus in seiner Palastuniform, jeder Zoll ein Soldat, in einem Königreich, das nur weniger Soldaten bedurfte. Er wußte gut und mörderisch mit dem Schwert oder auch seinen bloßen Händen zu kämpfen, und er haßte es, den Diener einer Frau zu spielen – und machte keinen Hehl daraus. Deshalb gefiel es ihr auch, ihn herumzukommandieren. Doch sie konnte ihn nicht zu weit treiben; denn seine Treue galt dem König, und er stand in der Gunst des Herrschers.

»Der Gewinner –«, fing Crombie an und blickte auf seine Notizen.

»Doch nicht so, du Trottel!« schrie sie ihn an und ließ ihn in einer Wolke undefinierbarer Färbung verschwinden. Natürlich war auch das nur eine Illusion, aber eine recht eindrucksvolle. »Erst gibst du den Zweitbesten bekannt und *dann* den Sieger! Kannst du denn gar nichts richtig machen?«

Crombies zorniges Gesicht erschien aus der dünner werdenden Wolke. »Frauen!« knurrte er mit ätzendem Ton. Die Königin lächelte. Sie genoß seine Wut. »Zweitbester mit neun richtigen Demaskierungen ist –« Wieder zog er eine Grimasse. »Eine Frau. Bianca vom Norddorf.«

»Mutter!« flüsterte Bink erstaunt.

»Rätsel haben ihr schon immer Spaß gemacht«, sagte Roland stolz. »Ich glaube, du hast ihre Intelligenz und ihr gutes Aussehen mitbekommen.«

»Und meine Tapferkeit und meine Kraft habe ich von dir«, erwiderte Bink, den das Kompliment freute.

Bianca schritt gefaßt zum Podest. Sie war eine gutaussehende Frau, die in ihrer Jugend einmal sehr schön gewesen war, und anders als bei der Königin war es echt. Ihr Talent war nicht die Illusion, sondern die Wiederholung von Ereignissen.

»Die Frauen haben sich also mal wieder behauptet«, sagte die Königin und blickte Crombie, den Frauenhasser, hämisch an. »Der Preis ist –« Sie machte eine Pause. »Türsteher, hole den zweiten Preis. Du hättest ihn schon längst hier haben sollen.«

Crombies Miene verfinsterte sich unheildrohend, aber er schritt zum Schrank, der halb von Algen überwuchert war, und holte einen bedeckten Behälter hervor.

»Der Preis ist«, wiederholte die Königin und riß den Deckel auf, »ein eingetopftes Löwenmäulchen!«

Als die zahlreichen Mäulchen der Pflanze sich auf ihren Stielen drehten und heimtückisch um sich schnappten, stießen die anwesenden Damen Rufe wohlgemeinter Ehrfurcht und des Neides aus. Löwenmäulchen waren sehr brauchbar, um Insekten und Ungeziefer zu vernichten, und sie waren auch gute Hauswächter. Wehe dem Eindringling, der auf eine solche Pflanze trat oder sich ihr nur näherte! Doch sie ließen sich nicht ohne weiteres eintopfen, so daß sie mit einem besonderen Zauber festgehalten werden mußten. Folglich waren wild wachsende Löwenmäulchen oft zu finden, eingetopfte hingegen stellten eine geschätzte Rarität dar.

Bianca strahlte vor Freude, als sie die Pflanze entgegennahm, und drehte den Kopf mit einem Lächeln zur Seite, als ein kleines Löwenmaul nach ihrer Nase schnappte. Zum Eintopfungsvorgang gehörte es auch, die Pflanze für den Besitzer verträglich zu machen, doch es dauerte immer eine Weile, bis das Gewächs wußte, wer sein Besitzer war. »Sie ist sehr schön«, sagte sie. »Danke, Königin Iris.« Dann fügte sie diplomatisch hinzu: »Ihr seid ebenfalls sehr schön – aber auf andere Weise.«

Die Königin schnappte mit ihren Zähnen wie ein Löwenmäulchen und lächelte huldvoll. Sie sehnte sich nach der Anerkennung und dem Lob solch angesehener und alteingesessener Bürger und Bürgerinnen wie Bianca, weil sie vor der Krönung jahrelang quasi im Exil gelebt hatte. »Und jetzt zum Gewinner, Lakai«, sagte sie zu Crombie. »Und diesmal mit ein bißchen Flair, sofern du welchen aufbringen kannst.«

»Der Sieger ist, mit dreizehn Punkten«, sagte Crombie in langgezogenem Tonfall und ohne das geringste Flair, »Millie das Gespenst.« Er zuckte mit den Schultern, wie um seiner Verwirrung Ausdruck zu verleihen, daß schon wieder eine Frau gewonnen hatte. Er hatte die Punkte selbst ausgezählt, so daß er sicher war, daß niemand geschummelt hatte. Doch es war allgemein bekannt, daß die Männer sich auch nicht sonderlich angestrengt hatten.

Das hübsche, jugendlich wirkende Gespenst schwebte herbei. Sie war sozusagen sowohl die jüngste als auch die älteste Bewohnerin von Schloß Roogna. Sie war noch ein junges Mädchen gewesen, als sie vor achthundert Jahren gestorben war. Als Bink sie zum ersten Mal erblickt hatte, war sie nur ein formloser Nebelfleck gewesen, doch seit das Schloß wieder von Menschen bewohnt wurde, hatte sie ihre Umrisse gefestigt, und nun war sie so ansehnlich und stofflich anzuschauen wie eine lebendige Frau. Sie war ein äußerst liebenswürdiges Gespenst, das alle mochten, und ihr Sieg wurde mit großem Beifall begrüßt.

»Und der große Preis ist –« Die Königin breitete theatralisch die Hände aus, »... dieser Gutschein über eine kostenlose Antwort vom Guten Magier Humfrey!« Im Hintergrund erschollen Fanfaren, deren Klänge vom magisch verstärkten donnernden Applaus übertönt wurden, während Iris dem Gespenst das Papier überreichte.

Millie zögerte. Da sie keine stoffliche Substanz besaß, konnte sie das Zertifikat nicht festhalten.

»Das geht schon in Ordnung«, sagte die Königin. »Ich werde einfach deinen Namen darauf schreiben, dann weiß der Magier Humfrey, daß es dir gehört. Wahrscheinlich beobachtet er uns im Augenblick sowieso in seinem magischen Spiegel. Warum stellst du deine Frage nicht gleich?«

Millies Antwort war nicht zu hören, denn sie konnte nur gespenstisch flüstern.

»Mach dir keine Sorgen, ich bin sicher, daß dir alle gerne helfen werden«, meinte die Königin. »Hier – wir schreiben es auf die magische Tafel, dann kann der Magier Humfrey auf gleiche Weise antworten.« Sie winkte Crombie herbei.

»Los, Drückeberger, die Tafel!«

Crombie zögerte, doch schließlich gewann seine Neugier die Oberhand, und er brachte die Tafel. Die Königin verpflichtete den nächsten Zentauren (das war zufällig Chester, der die ganze Zeit erfolglos versucht hatte, einen Keks vom Buffet zu stibitzen, ohne daß er mariniert wurde), die unhörbaren Worte des Gespensts aufzuschreiben. Zentauren konnten lesen und schreiben, und viele von ihnen waren Lehrer, so daß ihnen stets die Schreibarbeiten übertragen wurden.

Chester mochte die Königin ebensowenig wie Crombie, aber auch er machte gute Miene zum bösen Spiel. Was konnte ein Gespenst einem Magier nur für eine Frage stellen? Er schrieb in großen Schnörkeln: WIE KANN MILLIE WIEDER LEBENDIG WERDEN?

Noch mehr Applaus. Den Gästen gefiel diese Frage. Sie stellte eine Herausforderung dar – und von der öffentlich verkündeten Antwort konnten sie vielleicht selbst neue Einsichten gewinnen. Normalerweise verlangte der Magier Humfrey für die Beantwortung einer Frage einen Jahresdienst, und nur diejenigen erhielten Antworten, die ihre Fragen auch stellten. Das Fest wurde immer interessanter!

Wie von einem unsichtbaren Schwamm fortgewischt verschwanden die Worte. Dann erschien die Antwort des Magier: DAFÜR GIBT ES DREI BEDINGUNGEN: ERSTENS – DU MUSST WAHRHAFTIG LEBENDIG WERDEN WOLLEN.

Es war offensichtlich, daß dies der Fall war. Sie bat die Tafel mit einer beschwörenden Geste, weiterzumachen, um zu sehen, ob die anderen Bedingungen ebenso einfach waren – oder auch unmöglich. Rein technisch gesehen, wie man so sagte, war der Magie nichts unmöglich, aber in der Praxis erwiesen sich manche Zauber als geradezu verboten schwierig. Bink fühlte mit ihr: Auch er hatte sich einmal heftig nach etwas gesehnt, nämlich nach magischem Talent, wovon damals sein Bürgerstatus, sein Wohlergehen und seine Selbstachtung abhingen. Was mußte die Sterblichkeit für jemanden, der zwar nicht mehr am Leben, aber auch nicht wirklich tot war, für eine Verheißung sein! Wenn Millie wirklich zum Leben erweckt wurde, würde sie natürlich eines Tages endgültig sterben, aber damit würde sie das Leben beenden, das sie vor vielen Jahrhunderten begonnen hatte. Als Gespenst hing sie in der Schwebe – sie konnte ihr Schicksal nicht erfüllen, da sie unfähig war, Liebe, Furcht und Gefühle zu empfinden.

Nein, das stimmte nicht ganz, berichtigte Bink sich selbst. Es war offensichtlich, daß sie Gefühle hatte, aber auf andere Weise als stoffliche Menschen. Sie konnte weder körperliche Freuden noch Schmerz erfahren.

ZWEITENS, fuhr die Tafel fort, BRAUCHST DU EINEN ZAUBERDOKTOR, DER DEIN TALENT WIEDER VOLL UND GANZ HERSTELLT.

»Haben wir einen Zauberdoktor im Haus?« fragte die Königin und blickte sich mit blitzenden Zacken um. »Nein? Also gut. Dienstbote – zeig uns, wo der nächste Zauberdoktor ist.«

Crombie wollte wütend losknurren, doch wieder behielt seine Neugier die Oberhand. Er schloß die Augen, wirbelte um seine eigene Achse und streckte den rechten Arm aus. Seine Hand zeigte Richtung Nordosten.

»Das kann nur das Spaltendorf sein«, sagte die Königin. Auf der Spalte, jener gewaltigen Schlucht, die das Land Xanth in einen Nord- und einen Südteil unterteilte, ruhte ein Vergessenszauber, doch man hatte einen punktuellen Gegenzauber für das Schloß verhängt, damit seine Bewohner und Besucher sich daran erinnern konnten, denn sonst wäre dem König das Regieren sicherlich sehr schwer gefallen. »Wo ist unser Reisezauberer?«

»Schon unterwegs, Hoheit«, sagte ein Mann. Er richtete sich in die von Crombie angezeigte Richtung aus und konzentrierte sich – da stand plötzlich eine alte Frau vor ihnen. Sie blickte verwirrt um sich, als sie all die Leute und das Wasser sah, denn sie befanden sich immer noch in der Unterseeillusion.

»Du bist eine Zauberdoktorin?« fragte die Königin.

»Ja«, erwiderte die Alte. »Aber ich doktore nicht für komische Leute auf dem Meeresgrund. Erst recht nicht, wenn man mich von der Wäsche wegholt, ohne mich –«

»Du befindest dich auf König Trents Krönungsjubiläumsball«, sagte die Königin kühl. »Und jetzt hast du die Wahl, Alte. Entweder du doktorst uns einen Zauber und darfst dafür an dem Fest teilnehmen, mit soviel Essen und Spaß, wie du nur willst, und in einem solchen Kostüm –« Plötzlich trug die alte Frau die Kleidung einer Hofmatrone – dank der Illusionsmagie der Königin. »Oder du doktorst den Zauber *nicht* und wirst dafür von diesem Wesen hier mariniert.« Sie hielt ihr die Marinadekatze entgegen, die eifrig zischte.

Die alte Frau machte, wie Crombie und Chester auch, ein unwirsches Gesicht, entschied sich aber fürs Einlenken. »Was für einen Zauber?«

»Millies Zauber«, sagte die Königin und zeigte auf das Gespenst.

Die Zauberdoktorin musterte Millie und fing an zu gackern. »Fertig«, sagte sie und lächelte so breit, daß alle ihre vier Zähne zu sehen waren.

»Was ist daran wohl so komisch?« murmelte Roland. »Weißt du, welches Talent Millie besitzt?«

»Gespenster haben keine Talente«, meinte Bink.

»Ihr Zauber im Leben. Es muß irgend etwas Besonderes sein.«

»Muß wohl. Ich nehme an, wir werden es feststellen, wenn sie die dritte Bedingung erfüllen kann.«

DRITTENS, fuhr die Tafel fort, MUSST DU DEIN SKELETT IN HEILELIXIER TAUCHEN.

»Davon haben wir jede Menge«, sagte die Königin. »Lakai –«

Doch der Soldat war schon unterwegs. Kurz darauf kehrte er mit einem Bottich voll Elixier zurück.

»So – wo ist jetzt dein Skelett?« wollte die Königin wissen.

Doch Millie zögerte. Sie schien reden zu wollen, war aber offenbar unfähig, ein Wort herauszubringen.

»Ein Schweigezauber!« rief die Königin. »Du darfst nicht verraten, wo es ist! Deshalb ist es auch all die Jahrhunderte verborgen geblieben!«

Millie nickte traurig.

»Das wird ja immer besser!« sagte die Königin. »Wir werden eine Schatzsuche veranstalten! In welchem Schrank verbirgt sich Millies Skelett? Einen Sonderpreis für denjenigen, der es findet!« Sie überlegte kurz. »Hm, ich habe keine normalen Preise mehr . . . Ich weiß! Das erste Rendezvous mit Millie, der Sterblichen!«

»Aber was, wenn eine Frau das Skelett findet?« fragte jemand.

»Dann lasse ich sie von meinem Mann für die Zeit in einen Mann verwandeln«, sagte die Königin.

Unsicheres Lachen – war das ein Scherz, oder meinte sie

das etwa ernst? Soweit Bink wußte, konnte der König jedes Lebewesen in ein beliebiges anderes Lebewesen gleichen Geschlechts verwandeln. Im übrigen wandte er sein Talent niemals aus reiner Laune oder frivol an. Also mußte sie doch scherzen. »Aber was ist mit dem Essen?« fragte Chester.

»Jetzt haben wir's!« entschied sie. »Die Frauen haben bereits ihre Überlegenheit unter Beweis gestellt, also dürfen sie an der Schatzsuche nicht teilnehmen. Sie werden sich schon mal an das Buffet machen, während die Männer auf die Suche gehen –« Doch da sah sie, wie Chester anschwoll, und begriff, daß sie zu weit gegangen war. »Also gut, die Männer dürfen auch etwas essen, selbst die, die einen Appetit haben wie ein Ackergaul. Aber keiner rührt die Jubiläumstorte an! Die wird der König anschneiden – wenn die Schatzsuche vorbei ist.« Einen Augenblick lang wirkte sie nachdenklich, was sehr ungewöhnlich war. War sie sicher, daß der König mitmachen würde?

Die Torte war wunderbar: Schicht auf Schicht köstlichster Zuckergußglasur, mit einer großen 1 und gekrönt mit einer lebensechten Büste von König Trent. Die Königin versuchte stets, den Ruhm und Glanz des Königs zu erhöhen, weil ihr eigener Ruhm ein Abglanz davon war. Irgendein armer Küchenmeister hatte sich sehr viel Mühe mit der Magie für dieses verschnörkelte Backwerk geben müssen!

»Marinadekatze, bewach diese Torte und marinier mir jeden, der es wagt, sie anzurühren«, sagte die Königin und befestigte die Leine der Katze an einem Bein des Tortenständers. »Und nun, Männer – auf Schatzsuche!«

Roland schüttelte den Kopf. »Skelette in Kleiderschränken läßt man lieber in Ruhe«, bemerkte er. »Ich glaube, ich werde mal deiner Mutter gratulieren.« Er blickte Bink an. »Du wirst unsere Familie bei der Schatzsuche vertreten müssen. Aber du brauchst dich bei der Suche nicht übermäßig anzustrengen.« Mit einer Abschiedsgeste verschwand er in den schimmernden Fluten des Meeres.

Bink blieb einen Augenblick nachdenklich stehen. Es war offensichtlich, daß sein Vater wußte, daß etwas mit ihm nicht stimmte, sich aber nicht näher dazu äußern wollte.

Aber was war denn nun nicht in Ordnung? Bink wußte, daß er ein angenehmes Leben führte, mit einer guten, wenn auch etwas wandelbaren Frau und in der Gunst des Königs stand. Warum träumte er dann von Abenteuern in fernen Gegenden, vom Gebrauch seiner Schwertkunst, von Gefahr und sogar vom Tod, obwohl er wußte, daß sein Talent ihn vor allen echten Bedrohungen schützen würde? Was war nur los mit ihm? Irgendwie schien es, als sei er glücklicher gewesen, als seine Zukunft noch ungewisser gewesen war – und das war doch lächerlich!

Warum war Chamäleon nicht dabei? Sicher, sie stand kurz vor der Niederkunft, aber wenn sie gewollt hätte, hätte sie durchaus am Ball teilnehmen können. Zum Palaststab gehörte auch eine magische Hebamme.

Er faßte seinen Entschluß. Auf zur Schatzsuche! Vielleicht konnte er sich ja selbst beweisen, indem er das Skelett im Wandschrank entdeckte.

II

Die Schatzsuche

Jetzt besaß er endlich eine Herausforderung, so oberflächlich diese auch sein mochte. Zuerst mußte er nachdenken, Millie befand sich nicht unbedingt wirklich in einem Wand- oder Kleiderschrank. Ihre Gebeine mußten sich wohl auf dem Gelände des Palastes befinden; denn ihr Geist war ja auch hier – aber das konnte auch im Graben sein oder sogar im Garten. Jedenfalls abseits der vielbesuchten Teile. Es sei denn, die Knochen waren unter dem Fußboden oder zwischen irgendwelchen Wänden begraben. Doch das war unwahrscheinlich; denn die Mauern des Palastes waren recht solide, von Haltbarkeitszaubern verstärkt. Den Fußboden oder eine Wand aufzubrechen würde schwere Arbeit bedeuten. Angenommen, daß Millie plötzlich und unter verdächtigen Umständen gestorben war (denn sonst wäre sie nicht zum Gespenst geworden), dann hatte ihr Mörder ihre Leiche schnell und heimlich verstecken müssen. Nein, der hatte bestimmt keine Wände hochgezogen, um sie zu verbergen! Das hätte der alte König Roogna niemals geduldet.

Wo konnte man einen Leichnam binnen weniger Minuten verstecken, und zwar so, daß er für Jahrhunderte verborgen blieb? Die Renovierungsarbeiten des Königs hatten das ganze

Schloß Roogna abgedeckt, um es in einen Palast für das jetzige Königreich umzuwandeln. Die Arbeiter hätten bestimmt kein Skelett übersehen. Folglich schien die Sache vom Technischen her unmöglich. Es konnte hier keine Skelette in Wandschränken geben.

Bink sah, wie andere Männer bereits eifrig alle Schränke durchstöberten. Es hatte gar keinen Zweck, sich auf einen Wettbewerb mit ihnen einzulassen, selbst wenn sich das Skelett tatsächlich dort befinden sollte.

Technisch unmöglich – ah, das war es! Magisch war es nicht unmöglich! Man mußte die Knochen in etwas anderes, Unauffälliges verwandelt haben, in etwas Irreführendes. Die Frage lautete nur – in *was*? Im Palast gab es tausend Gegenstände, die alle dafür in Frage kamen. Und doch war eine Verwandlung große Magie, und welche einfache Zofe würde sich mit einem Magier anlegen? Vielleicht waren ihre Knochen also doch in ihrem Urzustand verblieben, vielleicht auch aufgelöst oder zu Pulver zermahlen worden? Egal, auf jeden Fall mußte es einen Hinweis auf sie geben, man mußte ihn nur erraten. Wirklich ein höchst aufregendes Rätsel!

Bink schritt an das Buffet. Es war üppig belegt mit Torten, Teigkringeln, Keksen, Kuchen, Pasteten und verschiedensten Getränken. Chester war gerade dabei, sich vollzustopfen. Bink schritt um den Tisch, auf der Suche nach etwas Interessantem. Als er sich der Jubiläumstorte näherte, zischte die Marinadekatze ihn warnend an. Sie hatte einen Katzenkörper und eine grüne, stachelige Schnauze wie eine marinierte Gurke, und ihre Augen waren feucht von Salzwasser. Einen Augenblick lang war er versucht, seine Magie gegen ihre zu stellen. Magie konnte ihm nichts anhaben, und doch würde das Katzenvieh sicherlich versuchen, ihn einzulegen. Was würde dann wohl geschehen?

Doch nein – er war schließlich kein jugendlicher Draufgänger, der sich mit närrischen Herausforderungen beweisen mußte. Warum sollte er seinem Talent unnötige Mühe bereiten?

Er entdeckte einen Lächelkeks und hob ihn auf. Als er ihn an seinen Mund führte, verwandelte sich das Lächeln in ein entsetztes O. Bink zögerte. Er wußte zwar, daß dies nur mal wieder eine der Illusionen der Königin war, dennoch mochte er nicht hineinbeißen. Der Keks zog eine Grimasse, offenbar in Erwartung seines grausigen Endes. Als der Biß schließlich ausblieb, öffnete er langsam ein Zuckergußauge.

»Hier, Pussy, nimm du ihn«, sagte Bink und reichte dem angebundenen Wesen den Keks. Ein leises *Zupp!*, und der Keks war mariniert, mit einem geöffneten und einem geschlossenen Auge. Nun stank er nach Salzlake. Er legte ihn auf den Boden, und die Marinadekatze kroch hervor und nahm den Keks ins Maul. Bink war plötzlich nicht mehr hungrig.

»Ihr Zauber ist krank«, sagte eine Frau neben ihm. Es war die alte Zauberdoktorin, die ihre unerwartete Teilnahme am Fest sichtlich genoß. Theoretisch war das Fest für jeden offen, doch die wenigsten Feld-Wald-und-Wiesen-Bürger hatten den Mut, daran teilzunehmen. »Aber er ist zu stark, als daß ich ihn heilen könnte. Sind Sie ein Magier?«

»Nein, nur ein stark talentierter Niemand«, sagte Bink und wünschte, es wäre wirklich so spaßig, wie es sich anhören sollte.

Sie konzentrierte sich. »Nein, ich habe mich geirrt. Ihr Zauber ist gar nicht krank, er ist nur blockiert. Ich glaube, ihm fehlt es an Übung. Haben Sie Ihr Talent im letzten Jahr viel benutzt?«

»Ein bißchen«, sagte Bink und dachte an seine knappe Rettung von den Grabenungeheuern. »Nicht viel.«

»Man muß seine Magie gebrauchen, sonst verliert man sie«, sagte sie weise.

»Aber wenn man keine Gelegenheit dazu hat?«

»Es gibt immer eine Gelegenheit – in Xanth.«

Das erschien ihm kaum als zutreffend, zumindest nicht hier im Palast. Sein Talent schützte ihn vor den meisten Bedrohungen – aber das tat die Gunst des Königs auch. Deshalb kam sein Talent vielleicht tatsächlich aus der Übung und schlaffte ab. Sein Kampf mit dem belebten Schwert war die erste echte Gelegenheit seit langem für ihn gewesen, sein Talent anzuwenden, und selbst dann hatte er versucht, es zu vermeiden. Also hatte er praktisch nur seine Schwimmpartie im Graben vorzuweisen. Er war immer noch etwas feucht am Leib, doch die

Unterseedekoration verdeckte dies. Mußte er tatsächlich die Gefahr suchen, um sein Talent bei Gesundheit zu halten? Das wäre wirklich eine Ironie des Schicksals.

Die Frau zuckte die Schultern und ging weiter, um neue Köstlichkeiten zu probieren. Bink blickte sich um – und sah in Millies gespenstische Augen.

Er ging auf sie zu. »Wie läuft's?« fragte er höflich.

Aus großer Nähe konnte man das Gespenst gut verstehen. Vielleicht war es eine Hilfe, daß Millie ihre weißen Lippen beim Sprechen bewegte. »Es ist alles so aufregend!« flüsterte sie. »Wieder vollständig und ganz sein zu dürfen!«

»Bist du sicher, daß es sich lohnt, sterblich zu sein?« fragte er. »Manchmal wird ein Traum ja wahr, und das versauert einem dann das ganze Leben.« Für wen hatte er das gesagt – für Millie oder für sich selbst?

Sie blickte ihn voller Sympathie an. Er konnte die anderen Gäste hinter ihr umhergehen sehen; denn sie war durchsichtig. Es war nicht ganz einfach, sich auf sie zu konzentrieren. Und doch war sie schön, auf eine ganz aparte Weise: nicht nur ihr Gesicht und ihre Figur, sondern auch ihr nettes Wesen und ihre Anteilnahme. Millie hatte Chamäleon viel geholfen, hatte ihr gezeigt, wo was lag, welche Früchte eßbar waren und welche nicht, hatte das Schloßprotokoll erläutert. Millie war es gewesen, die Bink ungewollt eine andere Seite des Magiers Trent offenbart hatte, damals, als Bink den Mann noch für böse gehalten hatte. »Es wäre so nett, wenn du meine Gebeine finden würdest.«

Bink lachte verlegen. »Millie, ich bin ein verheirateter Mann!«

»Ja«, sagte sie, »verheiratete Männer sind die besten. Sie sind – geschult, erfahren, zärtlich, ausdauernd und reden nicht einfach so daher. Für meine Wiederkehr ins Leben, für die erste Erfahrung, wäre es so nett, wenn –«

»Du verstehst mich nicht, Millie«, sagte Bink. »Ich liebe meine Frau, Chamäleon.«

»Ja, natürlich bist du treu«, erwiderte Millie. »Aber ich weiß, daß sie gerade in ihrer häßlichen Phase ist und im neunten Monat schwanger. Und ihre Zunge ist so spitz wie der Stachel einer Manticora. Gerade jetzt brauchst du etwas Trost und

Entlastung, und wenn ich mein Leben zurückgewinnen sollte –«

»Bitte hör auf!« rief Bink. Das Gespenst hatte voll ins Schwarze getroffen.

»Und ich liebe dich auch, mußt du wissen«, fuhr sie fort. »Du erinnerst mich an – an den Mann, den ich wirklich liebte, als ich noch lebendig war. Aber er ist seit achthundert Jahren tot.« Nachdenklich betrachtete sie ihre nebligen Finger. »Als ich dich das erste Mal sah, Bink, da konnte ich dich nicht heiraten. Ich konnte dich nur sehnsuchtsvoll anschauen. Weißt du, wie das ist, alles mitzubekommen und niemals daran teilhaben zu dürfen? Ich wäre so gut zu dir gewesen, wenn ich nur –« Sie brach ab und verbarg ihr Gesicht. Ihr ganzer Kopf wurde unscharf.

Bink war verlegen und gerührt. »Es tut mir leid, Millie, das wußte ich nicht.« Er legte seine Hand auf ihre zitternde Schulter, doch sie drang natürlich sofort hindurch. »Es ist mir nie in den Sinn gekommen, daß du einmal dein Leben wiedererlangen könntest. Wenn ich das –«

»Ja, natürlich«, schluchzte sie.

»Aber du wirst ein sehr hübsches Mädchen sein. Ich bin sicher, daß es viele andere nette junge Männer gibt, die –«

»Ja, ja«, sagte sie und zitterte immer heftiger. Jetzt verschwomm ihr ganzer Körper vor seinen Augen. Die anderen Gäste starrten sie an. Das wurde ja langsam peinlich!

»Wenn ich irgend etwas für dich tun kann –« sagte Bink. Sofort erhellte sich ihre Miene und wurde entsprechend schärfer. »Finde meine Knochen!«

Zum Glück ließ sich das nicht so leicht bewerkstelligen. »Ich werde danach suchen«, versprach Bink. »Aber ich habe auch nicht mehr Chancen als die anderen.«

»O doch. Du weißt, wie man es tun muß, wenn du deinen wunderbaren Verstand nur etwas anstrengst. Ich darf dir ja nicht sagen, wo sie sind, aber wenn du es wirklich versuchst –« Sie blickte ihn eindringlich an. »Es ist schon so viele Jahrhunderte her. Versprich mir, daß du es versuchen wirst!«

»Aber ich – was würde Chamäleon denken, wenn ich –«

Millie legte das Gesicht in ihre Hände. Die Blicke der anderen

Gäste wurden immer deutlicher, während die Umrisse des Gespenstes immer undeutlicher wurden. »Also gut, ich will's versuchen«, versprach Bink erneut. Warum hatte ihn sein Talent nicht hiervor beschützt? Doch sein Talent hatte sich ja noch nie um seine Gefühle gekümmert.

Das Gespenst lächelte. »Beeil dich«, sagte Millie und schwebte davon, ohne mit den Füßen den Boden zu berühren.

Bink entdeckte Crombie und ging auf ihn zu. »Langsam verstehe ich deine Ansichten«, meinte er.

»Ja, ich habe gesehen, wie sie dich bearbeitet hat«, stimmte Crombie ihm zu.

»Sie hat schon eine ganze Weile heimlich ein Auge auf dich geworfen. Als Mann hat man ja kaum noch eine Chance, wenn man von einem dieser Weiber in die Mangel genommen wird.«

»Sie glaubt, daß ich ihre Knochen als erster finden kann. Und jetzt muß ich es auch versuchen, und zwar richtig, nicht nur halbherzig.«

»Ein Kinderspiel«, meinte Crombie. »Ihre Knochen liegen in dieser Richtung.« Er schloß die Augen und zeigte schräg empor.

»Ich habe dich nicht um deine Hilfe gebeten!« fauchte Bink.

»Huch, ja, entschuldige! Vergiß es wieder.«

»Das kann ich nicht. Jetzt muß ich dort nachsehen, und du kannst schon Gift darauf nehmen, daß ich sie nun auch finden werde. Millie muß gewußt haben, daß ich dich fragen würde. Vielleicht ist das ja ihr Talent: Dinge im voraus zu wissen.«

»Warum ist sie dann nicht abgehauen, bevor sie ermordet wurde?«

Eine gute Frage. »Vielleicht lag sie gerade im Schlaf –«

»Na ja, du bist jedenfalls nicht am Schlafen. *Du* kannst deinen Kopf immer noch aus der Affäre ziehen. Irgend jemand anders wird sie schon finden, besonders wenn ich ihm einen Hinweis gebe.«

»Warum suchst du denn dann nicht die Knochen selbst?« fragte Bink. »Du brauchst doch nur deinem Finger zu folgen, dann hast du sie im Nu gefunden.«

»Kann ich nicht. Bin im Dienst.« Crombie lächelte selbstzufrieden. »Außerdem hast du mir schon genug Frauenprobleme aufgehalst.«

Oh. Bink hatte den Frauenhasser seiner ehemaligen Verlobten, Sabrina, vorgestellt, einem talentierten, schönen Mädchen, das er doch nicht wirklich geliebt hatte. Offenbar hatte das Folgen gehabt. Jetzt genoß Crombie seine Rache.

Bink raffte sich auf und ging in die angezeigte Richtung. Die Knochen mußten sich irgendwo in einem der Obergeschosse befinden. Doch vielleicht würde man sie auch dort nicht so ohne weiteres entdecken. Wenn er sich ehrliche Mühe gab und das Skelett doch nicht fand –

Doch wäre ein Rendezvous mit Millie wirklich so schlimm? Alles, was sie gesagt hatte, war wahr: Chamäleon machte wirklich eine schlechte Zeit durch, und man überließ sie wirklich am besten sich selbst. So lange, bis sie wieder in ihre schöne, nette Phase kam und ihr Kind geboren hatte.

Nein, das war der erste Schritt in den Ruin. Er hatte Chamäleon schon vor ihrer Heirat gekannt und genau gewußt, daß es gute und schlechte Zeiten geben würde. Er mußte es einfach durchstehen und konnte es sich nicht erlauben, mit Millie oder irgendeiner anderen Frau anzubändeln.

Er konzentrierte sich auf den Raum, der in der von Crombie angezeigten Richtung lag. Es war die Königliche Bibliothek, in der die Überlieferungen von Jahrhunderten gesammelt waren. Sollte sich das gespenstische Skelett dort befinden?

Bink trat ein – da saß der König. »Oh, Verzeihung, Euer Majestät. Ich wußte nicht –«

»Kommen Sie herein, Bink«, erwiderte König Trent mit einem herzlichen Lächeln. Er war immer noch jeder Zoll ein Monarch, selbst jetzt, wo er halb über den Tisch gebeugt dasaß. »Ich habe gerade über ein persönliches Problem nachgedacht, und vielleicht sind Sie mir geschickt worden, um mir die Antwort zu bescheren.«

»Ich kann mein eigenes Problem schon nicht lösen«, sagte Bink etwas eingeschüchtert. »Ich bin wohl kaum geeignet, Euch bei Euren Problemen behilflich zu sein.«

»Sie haben ein Problem?«

»Chamäleon ist sehr schwierig, ich selbst bin ruhelos,

jemand versucht, mich umzubringen, und Millie das Gespenst will mich verführen.«

König Trent lachte – und hielt inne. »Ich sehe plötzlich, daß das kein Witz war«, sagte er. »Chamäleon wird sich schon wieder bessern, und Ihre Unruhe wird sich auch wieder legen. Aber was das andere angeht – wer trachtet Ihnen nach dem Leben? Ich kann Ihnen versichern, daß dies nicht mit königlicher Duldung geschieht.«

Bink schilderte sein Erlebnis mit dem Schwert. Der König wirkte nachdenklich. »Wir wissen beide, daß Ihnen allenfalls ein Magier mit solchen Mitteln schaden könnte, Bink – und es gibt nur drei Menschen dieses Kalibers in Xanth. Keiner davon will Ihnen übel, und keiner besitzt das Talent, Schwerter zu beleben. Also sind Sie auch nicht wirklich in Gefahr. Aber ich stimme Ihnen zu, das kann sich noch als äußerst lästig und unangenehm erweisen. Ich werde der Sache nachgehen. Da Sie das Schwert sichergestellt haben, müßten wir seinen Zauber eigentlich zurückverfolgen können. Wenn sich jemand an den Waffen aus meinem Arsenal vergriffen haben sollte –«

»Äh, ich glaube, daher kommt es auch«, sagte Bink. »Doch Chester Zentaur hat es gesehen und an sich genommen.«

»Ach so. Na ja, lassen wir das also. Es ist mir wichtig, daß mir die Zentauren treu verbunden bleiben, wie es jedem König in Xanths Geschichte wichtig gewesen ist. Chester kann das Schwert behalten, aber ich glaube, wir sollten seinen Eigenzauber ausschalten. Mir fällt allerdings auf, daß hier gewisse Ähnlichkeiten mit Ihrer eigenen Magie vorliegen. Was immer sich gegen Sie stellt, verbirgt sich und benutzt eine andere Magie als seine eigene, um Sie anzugreifen. Das Schwert ist nicht Ihr Gegner, es war lediglich das Werkzeug einer feindseligen Macht.«

»Magie wie meine eigene ...« wiederholte Bink. »Das wäre denkbar. Es wäre zwar nicht genau die gleiche Magie, da sich Magie in Xanth ja niemals wiederholt, aber ähnlich –« Besorgt sah er den König an. »Das bedeutet aber, daß ich überall mit Schwierigkeiten rechnen muß, bei allem und jedem, und immer scheinbar zufälliger Art!«

»Von einem Zombie, einem Schwert, einem Grabenungeheuer oder einem Gespenst«, stimmte der König ihm zu. »Vielleicht liegt hier ja ein bestimmtes Schema vor.« Er machte eine Pause und dachte nach. »Aber wie könnte ein Gespenst –«

»Sie soll ja wieder zum Leben erweckt werden, sobald ich ihr Skelett gefunden habe – und das könnte sich in diesem Raum befinden. Was mir am meisten Sorgen macht ist, daß ich mich ernsthaft versucht fühle.«

»Millie ist ja auch recht ansehnlich«, sagte König Trent. »Diese Versuchung kann ich gut verstehen. Ich fühle mich manchmal selbst versucht. Darüber habe ich ja auch gerade nachgedacht.«

»Die Königin kann doch bestimmt jeder . . . äh, Versuchung gerecht werden«, sagte Bink vorsichtig. »Sie kann sich doch allem ähnlich machen –«

»Eben. Seit meine Frau gestorben ist, habe ich weder die Königin noch irgendeine andere Frau angerührt.« Das Wort »Frau« bedeutete für Trent nur die Frau, die er in Mundania geheiratet hatte. »Und doch stehe ich unter Druck, Xanth einen Erben zu schenken, entweder durch Geburt oder durch Adoption, für den Fall, daß es keinen geeigneten Magier gibt, wenn die Zeit der Nachfolge da ist. Ich hoffe, es *wird* einen solchen Magier geben! Trotzdem fühle ich mich dazu verpflichtet, den Versuch zu machen, da es ja zu den Bedingungen gehörte, als ich den Thron bestieg. Aus ethischen Gründen hat dies mit der Königin zu geschehen; es kommt niemand sonst in Frage. Also werde ich es tun, obwohl ich sie nicht liebe und niemals lieben werde. Die Frage ist nur, welche Gestalt ich sie dabei annehmen lassen soll.«

Dieses Problem war zu persönlich, als daß Bink sich ihm gewachsen gefühlt hätte. »Jede Gestalt, die Euch gefällt, würde ich sagen.«

»Aber ich will nicht, daß sie mir gefällt. Ich will lediglich meine Pflicht erfüllen.«

»Warum denn nicht beides miteinander verbinden? Soll die Königin doch ihre verlockendste Illusionsgestalt annehmen, Ihr könntet sie ja sogar selbst entsprechend verwandeln. Wenn dann ein Erbe da ist, könntet Ihr sie zurückverwandeln. Es ist doch wohl nichts Schlimmes dabei, wenn Ihr Eure Pflichten auch genießt, oder nicht?«

Der König schüttelte den Kopf. »Normalerweise hätten Sie schon recht. Aber das hier ist ein besonderer Fall. Ich bin mir nicht sicher, ob ich bei einer schönen Frau – oder überhaupt bei einer anderen Frau, die nicht meiner Ehefrau gleicht – dazu in der Lage wäre.«

»Dann soll die Königin doch die Gestalt Ihrer Frau annehmen«, sagte Bink ohne nachzudenken.

»Ich fürchte nur, daß dies meine Erinnerung an sie beflecken würde.«

»Ah, ich verstehe. Ihr meint, wenn sie Eurer Frau zu sehr gliche, könnte sie ihre Stelle einnehmen und –«

»So ungefähr.«

Das war eine echte Sackgasse. Wenn der König nur bei seiner verstorbenen Frau potent sein konnte, es andererseits aber auch bei keiner Frau aushielt, die ihr körperlich glich, was sollte er dann tun? Das Problem der Thronnachfolge war wirklich ernst. Niemand wollte eine Wiederholung der Flickschusterei, die sich stets dann ergab, wenn die königliche Linie nicht gesichert war. Es mußte einen Thronfolger geben, der das Reich regierte, bis sich ein geeigneter Magier fand.

»Wir stehen offenbar vor einem ähnlichen Dilemma, Euer Majestät«, sagte Bink. »Wir ziehen es beide vor, unseren eigentlichen, ursprünglichen Ehefrauen treu zu bleiben, und doch ist es schwierig. Mein Problem wird vorübergehen, aber Eures –« Plötzlich hatte er eine ziemlich zweifelhafte Eingebung. »Millie soll wiederhergestellt werden, indem man ihr Skelett in Heilwasser taucht. Angenommen, Ihr würdet die Gebeine Eurer Gattin nach Xanth bringen lassen –«

»Wenn es funktionierte, wäre ich plötzlich ein Bigamist«, meinte König Trent. Doch er sah erschüttert aus. »Und dennoch, wenn meine Frau wieder lebendig sein könnte –«

»Ihr könntet an Millie überprüfen, wie gut es funktioniert«, schlug Bink vor. »Millie ist ein Gespenst und nicht gänzlich tot. Das ist ähnlich wie bei einem Schatten. So etwas geschieht immer dann, wenn der Geist noch irgend etwas Wichtiges zu erledigen hat. Meine Frau ist kein Gespenst. Sie hat nichts Unvollendetes zurückgelassen außer ihrem Leben. Wenn man ihren Körper ohne eine Seele wiederbelebte –«

Jetzt tat es Bink leid, auf diesen Gedanken gekommen zu sein. Welche Abscheulichkeiten würden Xanth heimsuchen, wenn man alle Gebeine ohne jede Auswahl wiederbelebte! »Sie könnte zu einem Zombie werden«, sagte er.

»Es ist sehr riskant«, entschied der König. »Trotzdem, Sie haben mir etwas zum Nachdenken gegeben. Vielleicht besteht ja doch noch Hoffnung für mich! Bis dahin werde ich es jedenfalls nicht dulden, daß die Königin das Äußere meiner Frau annimmt. Vielleicht blamiere ich mich ja nur, wenn ich es versuche und dabei scheitere, aber –«

»Schade, daß Ihr Euch nicht selbst verwandeln könnt«, sagte Bink.

»Dann könntet Ihr Eure Männlichkeit auf die Probe stellen, ohne daß jemand davon erführe.«

»Die Königin würde es merken. Und ich kann es mir nicht leisten, bei ihr eine Schwäche zu zeigen. Sie würde sich mir überlegen fühlen und erkennen, daß das, was wie eiserne Selbstbeherrschung aussieht, in Wirklichkeit Impotenz ist. Das könnte viel Ärger geben.«

»Könntet Ihr es vielleicht, äh, mit anderen Frauen versuchen? Wenn Ihr dann scheitern solltet –«

»Nein«, sagte der König entschieden. »Die Königin ist zwar nicht meine große Liebe, aber sie ist meine legale Ehefrau. Ich werde sie nicht betrügen, ebensowenig wie jeden anderen Untertan meines Reiches, weder hierbei noch sonst.«

Ja, darin zeigte sich die Größe seines Edelmuts! Und doch würde die Königin *ihn* vermutlich betrügen, wenn sie eine Möglichkeit dafür sähe und wüßte, daß er impotent war. Dieser Gedanke gefiel Bink nicht. Er hatte die Herrschaft König Trents immer als Beginn eines Goldenen Zeitalters gesehen. Doch auf welch tönernen Füßen dieses Gebäude stand!

Dann hatte er einen neuen Einfall. »Eure Erinnerung an Eure Frau ist ja nicht nur die Erinnerung an sie, sondern auch an Euch selbst. An Euch selbst, als Ihr glücklich wart. Ihr könnt mit keiner anderen Frau zusammensein oder eine andere Frau so aussehen lassen wie sie. Doch wenn zwei andere Leute sich lieben – ich meine die Königin und ein Mann, der Euch nicht gleicht –, so würde doch keine Erinnerung befleckt werden, nicht wahr? Wenn die Königin also Euer Aussehen verändern würde –«

»Das ist ja lächerlich!« bellte der König.

»Ja, wahrscheinlich«, sagte Bink. »Ich hätte es nicht erwähnen sollen.«

»Ich werde es versuchen.«

»Tut mir leid, Euch belästigt zu haben. Ich –« Bink unterbrach sich. »Ihr wollt es versuchen?«

»Ich weiß, daß meine fortgesetzte Bindung an meine verstorbene Frau und an meinen Sohn objektiv gesehen unvernünftig sind«, sagte der König. »Dadurch werde ich in der Ausübung meines Amtes behindert. Vielleicht würde ein unvernünftiger Umweg das ausgleichen. Ich werde mir von Iris die Gestalt eines anderen Mannes verleihen lassen, und sie wird eine andere Frau sein, so daß wir es als Fremde miteinander versuchen können. Ich möchte Sie nur um die Höflichkeit der Diskretion bitten, Bink.«

»Ja, natürlich, auf jeden Fall«, sagte Bink verlegen. Er hätte es vorgezogen, wenn der König keinerlei menschliche Schwächen gehabt hätte, obwohl er ihn paradoxerweise doch gerade wegen dieser Schwächen respektierte. Doch er wußte, daß dies eine Seite des Königs war, die niemand sonst zu sehen bekam. Bink war ein Vertrauter, so unbequem diese Stellung manchmal auch sein konnte.

»Ich ... äh, ich wollte Millies Gebeine suchen. Sie müßten irgendwo hier in der Bibliothek sein.«

»Bitte, bitte. Setzen Sie Ihre Suche fort. Ich werde die Königin aufsuchen.« Der König erhob sich abrupt und ging.

Einfach so! Wieder wunderte er sich über den Eifer, mit dem der Mann ans Werk zu gehen pflegte, wenn er erst einmal zu einem Entschluß gekommen war. Doch das gehörte zu seinen Herrscherfähigkeiten, etwas, was Bink abging.

Bink musterte die Bücher. Plötzlich kam ihm der Gedanke, daß Millies Skelett vielleicht in ein Buch verwandelt worden war. Das würde auch erklären, wieso es jahrhundertelang unbeachtet geblieben war und wieso Millie sich hier so häufig aufzuhalten pflegte. Meistens schwebte sie an der Südmauer. Die Frage war nur: Welches Buch?

Er schritt die dichtgefüllten Regale entlang und las die Titel auf den Buchrücken. Es war eine ausgezeichnete Bibliothek mit Hunderten von Werken. Wie sollte er da das richtige finden? Und selbst wenn ihm dies gelänge, wie konnte man seinen Urzustand wiederherstellen? Zuerst müßte man es wieder in ein Skelett zurückverwandeln – und das war Magie von Magierformat. Immer wieder traf er auf dieses Problem: Es war hier einfach zu viel Magie im Spiel! Soweit er wußte, lebte heute kein Magier, der tote Gegenstände verwandeln konnte. Also schien Millies Problem doch hoffnungslos zu sein. Aber warum hatte der Gute Magier ihr dann geraten, es mit einem einfachen Heilelixier zu versuchen? Das ergab doch keinen Sinn!

Doch er hatte versprochen, sein Möglichstes zu tun, auch wenn es seine persönliche Lage erheblich komplizierter machte. Als erstes mußte er das Buch ausfindig machen, dann konnte er sich Gedanken über den nächsten Schritt machen.

Das Absuchen der Bücher dauerte seine Zeit. Einige Werke konnte er sofort ausschließen, etwa *Die Anatomie des Purpurdrachen* oder *Hagelkörner: Magische und Mundane*. Andere erwiesen sich als problematischer, zum Beispiel *Der Status von Geistern in Königlichen Häusern* oder *Lesebuch für Gespenster*. Diese mußte er aus dem Regal nehmen und sie durchblättern, obwohl er nicht genau wußte, wonach er eigentlich suchte.

Weiter verstrich die Zeit. Er kam nicht voran. Er blieb völlig ungestört; offenbar war er der einzige, der dieser Spur nachging. Was die Bücher anging, mußte er sich geirrt haben. Über der Bibliothek gab es noch einen weiteren Raum in einem Turm, der ebenfalls auf Crombies gezeigter Linie lag. Vielleicht würde er ja dort –

Dann sah er es. *Das Skelett im Kleiderschrank.* Das mußte es sein!

Er nahm das Buch herunter. Es war merkwürdig schwer. Der Einband bestand aus geflecktem Leder und sah seltsam scheußlich aus. Er öffnete es, und ein fremdartiger, unangenehmer Duft schlug ihm entgegen, wie von Zombiefleisch, das zu lange in der Sonne gelegen hatte. Die erste Seite war unbedruckt und wies nur einen getrockneten Brei aus Farbe auf, der ihn an die Überreste eines plattgedrückten Käfers erinnerte.

Hastig schlug er das Buch wieder zu. Nun hatte er keinen Zweifel mehr.

Der Eimer mit dem Elixier befand sich unten im Ballsaal. Bink umklammerte das Buch mit beiden Armen – es war zu schwer, um es längere Zeit mit einer Hand festzuhalten – und machte sich auf den Weg nach unten.

Wieder traf er auf einen Zombie. Vielleicht war es auch derselbe von vorhin. Es war schwierig, sie auseinanderzuhalten! Er kam gerade die Treppe hoch. Er wußte, daß dieser echt sein mußte, denn die Königin hatte ihre Maskeradenillusion nicht aufs Innere des Palastes ausgedehnt, und hier oben war sie ohnehin nicht aktiv. Nun hatte Bink den Verdacht, daß der Zombie im Garten ebenfalls echt gewesen war. Was hatten die Zombies hier zu suchen, fernab von ihren erdigen Ruhestätten?

»Hau ab!« schrie Bink und umklammerte das Buch schützend. »Raus aus dem Palast! Zurück ins Grab mit dir!« Drohend machte er einen Schritt auf den Zombie zu, der auch sofort zurückwich. Jeder gesunde Mensch konnte einen Zombie mühelos in Stücke reißen, sofern ihm danach war. Der Zombie stolperte auf der Treppe und stürzte mit grausiger Hingabe die Stufen hinunter. Auf der ganzen Treppe lagen nun Knochenstücke und Schleim, sowie Spritzer einer dunklen Flüssigkeit, die von dem feinen alten Holz aufgesogen wurde. Der Gestank genügte, um Bink den Magen umzudrehen, und seine Augen schmerzten. Zombies waren nicht sonderlich haltbar.

Bink folgte dem Wesen hinab und verzog angewidert die Lippen. Zum Schloß Roogna gehörte eine Anzahl Zombies, die dabei mitgeholfen hatten, daß es zum königlichen Palast wurde. Doch nun sollten sie eigentlich friedlich und still in ihren Gräbern liegen. Welcher grausige Drang hatte sie nur zu dem Fest geführt?

Nun, er würde den König bei passender Gelegenheit benachrichtigen. Doch zuerst mußte er sich um Millies Skelett kümmern. Er betrat den Ballsaal – und stellte fest, daß die Unterseedekoration verschwunden war. Jetzt waren wieder die normalen Säulen und Wände zu sehen. Hatte die Königin das Interesse an der Dekoration verloren?

»Ich hab's!« rief er, und sofort versammelten sich die Gäste um ihn. »Was ist mit dem Wasser passiert?«

»Die Königin war plötzlich fort, und ihre Illusion hat aufgehört«, sagte Chester und wischte sich grüne Kuchenkrümel aus dem Gesicht. Das Buffet war also wenigstens echt gewesen. »Komm, ich helf dir mal mit dem Buch.« Der Zentaur griff mit einer Hand nach dem Buch und nahm es mit einer mühelosen Bewegung aus Binks erschlaffenden Armen. Ach, die Kraft eines Zentauren müßte man haben!

»Ich meinte eigentlich das Heilwasser, das Elixier«, sagte Bink. Jetzt, bei näherem Nachdenken war ihm klar, was aus der Königin geworden war! Der König hatte sie zu sich gerufen.

»Hier unten«, sagte Crombie und holte den Bottich unter einem Tisch hervor. »Ich wollte nicht, daß Krumen hineinfallen.« Nun stand der Bottich auf dem Boden, neben der Jubiläumstorte.

»Das sieht aber gar nicht wie ein Skelett aus«, meinte die Manticora.

»Es ist verwandelt worden oder irgend so etwas«, erklärte Bink. Er öffnete das Buch, während Chester es abstützte. Allgemeines Geraune. Welche Magie!

Die Zauberdoktorin musterte das Buch. »Das ist keine Verwandlung. Das ist topologische Magie. Hab noch nie so einen schlimmen Fall gesehen.«

Die anderen auch nicht. »Was ist topologische Magie?« fragte Crombie.

»Wenn man die Form verändert, ohne sie zu verändern«, antwortete sie.

»Oma, du redest Quatsch!« sagte Crombie in gewohnt diplomatischer Weise.

»Ich rede *Magie*, junger Spund!« erwiderte sie. »Man nimmt einen Gegenstand, streckt ihn, drückt ihn platt, faltet ihn usw. So hat man seine Gestalt verändert, aber ihn selbst nicht. Topologisch gesehen bleibt er seiner alten Form ähnlich. Dieses Buch ist ein Mensch.«

»Aus dem man den Geist gepreßt hat«, sagte Bink. »Wo ist Millie?«

Schweigend erschien das Gespenst. Millie befand sich immer

noch im Bann des Zaubers und konnte zu ihrem eigenen Körper keinen Kommentar abgeben. Welch ein schreckliches Schicksal sie all die Jahrhunderte hinweg hatte erleiden müssen! Plattgedrückt und zu einem Buch zusammengefaltet, ohne jemanden etwas davon erzählen zu dürfen! Bis der Kostümierungspreis der Königin ihr zufällig den Weg geöffnet hatte.

Zufällig? Bink argwöhnte, daß sein Talent wieder am Werk war.

»Soll die Königin die Wiederherstellung überwachen?« fragte die Manticora.

»Die Königin ist anderweitig verhindert und darf nicht gestört werden«, sagte Bink. Tatsächlich wollte er damit eigentlich den König schützen. »Wir werden es am besten ohne sie durchführen.«

»Prima«, sagte Chester und warf das Buch in den Bottich.

»Halt!« schrie Bink, doch er wußte, daß es schon zu spät war. Eigentlich hatte er an ein sanftes Eintunken gedacht. Aber vielleicht war es ja besser so.

Das dunkle Buch fing an zu schimmern. Millie das Gespenst stieß einen fast lautlosen Schrei aus, als sie auf den Bottich zugetrieben wurde. Dann blähte sich das Buch auf, saugte immer mehr Elixier auf, öffnete und entfaltete sich, als sich sein Gewebe zu füllen begann. Aus den Seiten wurden menschliche Gliedmaßen, aus dem schweren Einband ein Kopf und Oberkörper, der zunächst schrecklich plattgedrückt erschien, aber bereits dabei war, sich zu puppenähnlichen Zügen aufzublähen. Zuerst war es nur ein bizarres Männchen, bis sich schließlich die festen Umrisse einer Frau auszuformen begannen.

Millie, die immer noch versuchte zu schreien, trieb auf ihre eigene Körpermasse zu und verschmolz schließlich mit dem entstehenden Körper. Mit einemmal waren sie vollends vereint. Bis an die Knie stand sie in dem Bottich, eine so wunderschöne Nymphe, wie man sie sich nur wünschen konnte. Es war ein erstaunlicher Kontrast zu dem, was sie kurz zuvor hatten erblicken müssen. »Ich bin ganz!« rief sie voll Staunen aus.

»Das kann man wohl sagen«, meinte Chester. »Hol ihr mal einer was zum Anziehen!«

Plötzlich kam es zu einem Aufruhr. Eine Gestalt näherte sich, in einer Hand eine verfaulte Robe. Es war ein Zombie. Die Frauen stießen Schreie aus. Alles stob auseinander, um ihm aus dem Weg zu gehen.

Mit zorniger Miene stürzte Crombie vor. »Ihr Faulpelze habt hier drin nichts zu suchen! Raus! Raus!«

Der Zombie wich zurück, wobei er in die Nähe der Jubiläumstorte geriet. »Nein, nicht da lang!« rief Bink, wieder einmal zu spät. Der Zombie kam in Reichweite der Marinadekatze, die zu fauchen begann.

Ein plötzliches *Zupp!*, und der Zombie war mariniert. Stinkende Säfte von sich gebend, stürzte er in die Torte. Die Marinadekatze schlug erneut zu und marinierte die ganze Torte, während der Zombie darin verschwand. Wie bei einer Explosion spritzten Zuckergußstücke umher und bedeckten die Gäste. Die Marinadekatze riß sich von ihrer Leine los und stürzte sich auf das Buffet. Dabei machte sie alles, was ihr in den Weg kam, ein. Wieder stießen die Frauen spitze Schreie aus. Das gehörte auch zu ihren närrischen, bezaubernden Unsitten.

»Was ist denn hier los?« fragte ein unbekannter junger Mann im Saaleingang.

»Zurück!« rief Bink. »Die verdammte Marinademieze der blöden Königin ist frei!« Da erblickte er eine hübsche junge Frau, die hinter dem jungen Mann stand. Es waren offenbar irgendwelche Schnorrer, die sich uneingeladen Zutritt verschafft hatten.

Crombie jagte auf sie zu. »Ich werde diese Idioten aus dem Weg putzen!« schrie er und zog sein Schwert.

Die Marinadekatze zog es vor, sich selbst vorzustellen und sich auch ihren Weg selbst freizumachen. Sie stürzte direkt auf die Fremden zu. Ein plötzliches *Schnapp!* – doch diesmal war es die Marinadekatze, die in gewisser Weise eingelegt worden war. Erstaunt landete sie auf dem Boden, schwang ihre Flügel und hob ab. Sie war zu einer Rehfliege geworden, zu einem zarten Miniaturreh mit Flügeln.

»Meine Torte!« rief die fremde junge Frau.

Da begriff Bink, was los war. »Die Königin!«

»Und der König!« sagte Crombie entsetzt. »Im Illusionskostüm.«

Wie hatte Bink die Königin in seiner Aufregung genannt? Und Crombie hatte doch sein Schwert gegen den König gezückt!

Doch Königin Iris war schon zu ihrer Torte gestürzt. »Eingemacht – mit einem Zombie drin! Wer war das?« In ihrer Wut ließ sie ihre Illusion fahren. Plötzlich erschien sie vor der Menge in ihrer natürlichen Gestalt, und ebenso der König. Beide waren sie unbekleidet.

Crombie, der Frauenhasser, hatte einen Anfall von Galanterie. Er steckte sein Schwert zurück, zog seine Jacke aus und legte es der Königin um die Schultern, so daß ihr nicht mehr ganz junger Oberkörper verdeckt wurde. »Es ist kühl hier drinnen, Euer Hoheit.«

Hastig reichte Bink dem König sein eigenes Jackett. Der nahm es entgegen, als sei es das Natürlichste auf der Welt. »Danke, Bink«, murmelte er.

Millie stieg in all ihrer nackten Pracht aus dem Bottich. Sie fror offenbar nicht im geringsten. »Ich fürchte, daß ich das war, Euer Majestäten. Der Zombie kam, um mir zu helfen, und die Marinadekatze riß sich los –«

Die Königin musterte Millie einen langen Augenblick. Dann glitt ihr Blick über ihren eigenen Körper. Plötzlich waren beide wieder königlich gekleidet, wobei sie Millie deutlich glich, während Trent so aussah wie immer, da er sich durchaus sehen lassen konnte. Bink wußte, wie alle anderen Anwesenden auch, daß die beiden nur geliehene Jacketts trugen und peinliche Teile ihrer Anatomie unbedeckt blieben, doch davon war nichts zu sehen. Einen Augenblick später war auch Millie in ein illusionäres Zofenkleid gekleidet. Noch immer sah sie äußerst hübsch aus.

Bink nickte vor sich hin. Offenbar war sein Vorschlag erfolgreich gewesen. Nur daß Millies Wiederherstellung und der damit verbundene Lärm die beiden unterbrochen hatte.

Die Königin musterte die Buffetruine und blickte schließlich den König schräg an. Sie entschied sich, großzügig zu sein. »Es hat also geklappt! Du bist kein Gespenst mehr!« Sie blickte

Millie bewundernd an. »Aber du solltest eigentlich etwas tragen, das zu der Gelegenheit paßt. Heute brauchst du nicht zu arbeiten.« Da erschien Millie in einem betörenden Abendkleid, mit Glaspantoffeln und einer funkelnden Tiara. »Wer hat dein Skelett gefunden?«

Millie lächelte gewinnend. »Bink hat mich gerettet.«

Die Königin blickte Bink an. »Du scheinst deine Nase aber auch in alles zu stecken«, murmelte sie. Dann, lauter: »So erhält Bink den ausgesetzten Preis. Das erste Rendezvous mit –«

Sie brach ab, was aber auch kein Wunder war. Hinter ihr hatte sich nämlich der eingemachte Zombie aus der Torte erhoben. Selbst Einmachen konnte Zombies nicht umbringen. Sie waren ja von Natur aus halb eingemacht. Salzige Fleischfetzen fielen, zusammen mit Kuchenstückchen, von ihm ab. Einer der formlosen Klumpen war der Königin auf die Schulter getropft, war durch das Illusionskleid gedrungen und irgendwo hängengeblieben. Das war auch der Grund, weshalb sie in ihrer Rede innegehalten hatte.

Wütend wirbelte sie herum. »Verschwinde aus dem Palast, du faulendes Aas!« Sie schoß dem König einen Blick zu. »Trent, verwandle dieses Ungeheuer! Es hat meine Torte ruiniert!«

Doch König Trent wirkte nachdenklich. »Ich glaube, der Zombie wird schon aus freien Stücken verschwinden, Iris. Besorge einen anderen Rendezvouspartner für Millie, ich brauche Bink jetzt für etwas anderes.«

»Aber Euer Majestät –« protestierte Millie.

»Laß den Ersatzmann so aussehen wie Bink«, murmelte der König der Königin zu. »Bink, kommen Sie mit in die Bibliothek!«

Als sie sich in der Bibliothek befanden, sagte König Trent: »Hier in Xanth gibt es eine magische Hierarchie. Als mächtigster Magier bin ich König, und die mächtigste Zauberin ist meine Gemahlin. Der Gute Magier Humfrey ist unser ältester Staatsmann. Doch Sie Bink – Sie sind anonym. Sie besitzen Magie in vollem Ausmaß, aber sie ist geheim. Das bedeutet, daß Sie nicht den Rang innehaben, der Ihrem Talent angemessen ist. Vielleicht ist das eine der Gefahren, in denen Sie schweben.«

»Aber es gibt doch gar keine Gefahr –«

»Das stimmt nicht, Bink. Wer immer Ihnen dieses Schwert geschickt haben mag, stellt eine Gefahr für Sie dar, obwohl diese Gefahr vermutlich nicht allzu groß sein dürfte. Doch Ihr Talent ist stark und nicht schlau. Es schützt Sie zwar vor feindlicher Magie, doch mit unsichtbaren, ungreifbaren Gefahren hat es so seine Schwierigkeiten. Wir wissen ja, daß es um Ihre häusliche Situation nicht zum Besten steht, und –«

Bink nickte. »Aber wir wissen auch, daß das vorübergehen wird, Euer Majestät.«

»Einverstanden. Aber Ihr Talent ist nicht so rational. Also hat es Ihnen verschafft, was es für eine bessere Frau hielt – und ich mache ihm allenfalls wegen seiner Moralvorstellungen Vorhaltungen, nicht wegen seines Geschmacks. Als Ihnen klar wurde, welchen Ärger das beinhalten würde, hat es einen Rückzieher gemacht. Deshalb hat es Sie daran gehindert, das Rendezvous mit Millie zu bekommen. Die Wiederbelebung des Zombies war ein Teil davon. Wahrscheinlich sollte der Zombie Ihnen bei der Skelettsuche helfen, aber dann mußte er anders tätig werden. Es ist nicht auszudenken, welchen Ärger es gegeben hätte, wenn Millie und die Königin darauf bestanden hätten, daß Sie Ihren Termin einhalten. Wir wissen freilich, daß alles wie rein zufällig ausgesehen hätte, denn so funktioniert Ihr Talent nun einmal. Vielleicht wäre der ganze Palast über unseren Köpfen eingestürzt, oder Millie wäre durch irgendeinen unvorhergesehenen Unfall wieder zum Gespenst geworden.«

»Nein!« rief Bink entsetzt.

»Ich weiß, daß Sie das einem solch liebenswerten Geschöpf nicht wünschen würden. Ich übrigens auch nicht. Das ist auch der Grund, weshalb ich eingegriffen habe. Wir müssen uns einfach damit abfinden, daß Sie das Rendezvous mit Millie nicht wahrnehmen können, obwohl es Ihr Talent war, das ihr die Wiederbelebung ermöglicht hat. Ich glaube, daß ich das Problem vorläufig aus der Welt geschafft habe. Es ist offensichtlich, daß Millies Talent der Sex-Appeal ist. Das erklärt auch, wieso sie so früh zu einem Gespenst wurde. Es wird ihr an männlicher Gesellschaft nicht fehlen – außer an Ihrer!«

»Sex-Appeal!« rief Bink. »Deshalb hat sich die Zauberdoktorin auch so amüsiert! Und deshalb bin ich durch ihr Angebot auch so in Versuchung geraten, obwohl ich –«

»Ganz genau. Ich spüre es auch – und dabei hatte ich dank Ihres Vorschlags gerade meine Liaison mit der Königin vollzogen. Hier, Ihr Jackett.« Mit ernster Miene reichte es ihm der König.

»Es ist meine Schuld, wenn jetzt der ganze Palast erfährt –«

». . . daß ich nicht nur als König meinen Mann stehe?« fragte der König. »Das ist keine Schande. Jetzt wird Iris nie etwas von der Schwäche erfahren, die ich sonst vielleicht gezeigt hätte. Es ist jedenfalls offensichtlich, daß ich mich in einem solchen Augenblick nicht von einer anderen Frau angezogen fühlen dürfte, doch bei Millie war das der Fall. Deshalb wußte ich auch, daß Magie im Spiel sein mußte. Doch Sie, Bink, mit Ihren Schwierigkeiten zu Hause und Millies Begierde nach Ihnen – ich glaube, wir müssen Sie für eine Weile hier aus dem Verkehr ziehen, jedenfalls mindestens so lange, bis Millie sich gefestigt hat.«

»Aber Chamäleon – ich kann sie doch nicht allein lassen –«

»Machen Sie sich keine Sorgen. Ich werde sie einladen, im Palast zu wohnen, unter der Obhut meines eigenen Personals. Ich glaube sogar, daß Millie für sie eine ausgezeichnete Zofe abgeben würde, bis wir die Situation in den Griff bekommen haben. Wir müssen sie einfach nur dem Streß und der Versuchung hier entziehen. Denn Ihr Talent ist zwar stark, stört aber das Palastleben empfindlich. Deshalb will ich ihm eine neue Richtung verleihen. Bink, ich ordne an, daß Sie eine Königliche Mission erfüllen: Suchen Sie nach der Quelle der Magie von Xanth.«

König Trent machte eine Pause, und Bink verhielt sich abwartend. Nichts geschah. »Ich glaube, mein Talent ist einverstanden«, sagte Bink schließlich.

»Gut«, sagte der König und entspannte sich sichtlich. Nur er wußte, wie gefährlich es war, gegen Binks Talent zu handeln. »Ich werde Ihnen alles, was Sie an Ausrüstung brauchen, zur Verfügung stellen. Sie brauchen jemand, der Sie beschützt, denn immerhin werden Sie möglicherweise gefährliches Gebiet betreten, in dem auch unmagische Gefahren lauern, jemand, der Sie führt –« Er schnippte mit den Fingern. »Chester der Zentaur! Er ist in einer ähnlichen Situation wie Sie, und Sie beide sind Freunde. Sie können auf ihm reiten, und einen besseren Verbündeten können Sie sich in der Gefahr nicht wünschen.«

»Aber die Zentauren sind keine Menschen. Vielleicht will er nicht gehen.«

»Es stimmt, was die Zentauren angeht, ist meine Macht eher symbolisch. Ich kann ihm nicht befehlen, Sie zu begleiten. Aber ich glaube, daß er Sie zumindest bis zum Schloß des Guten Magiers Humfrey begleiten wird.«

»Warum das denn?« fragte Bink verblüfft.

»Weil nur Humfrey ihm sagen kann, welches magische Talent er besitzt.«

Der König war ja wirklich auf dem laufenden! »Aber diese Antwort würde ihn einen Jahresdienst kosten!«

Der König zuckte die Schultern. »Es kann aber nicht schaden, mal mit Humfrey zu reden. Chester kann Sie begleiten, einfach nur so, damit Sie nicht allein reisen müssen, und sich zufällig mit dem Guten Magier unterhalten, während Sie beide dort sind.«

Bink begann zu lächeln. »Und Cherie Zentaur braucht nicht einmal etwas davon zu erfahren.«

»Ja, auch darüber könnten Sie mit Chester mal reden.« Der König überlegte. »Und Crombie kann Ihnen den Weg zeigen.«

»Ich glaube nicht, daß Crombie mit Chester Schritt halten kann«, meinte Bink. »Kein Mensch ist so schnell wie ein Zentaur. Und Chester mag bestimmt nicht zwei Leute auf seinem Rücken tragen –«

»Kein Problem! Ich werde Crombie in eine Gestalt verwandeln, die das Tempo halten kann. Einen Drachen –«

»Der würde die Leute nur erschrecken und Aufmerksamkeit erregen –«

»Stimmt. Also gut, einen Greif. Es gibt einige zahme Greife, deshalb werden die Leute nicht allzu neugierig werden. Dann kann er zwar nicht sprechen, aber immerhin fliegen: ein fairer Tausch. Außerdem gibt es wohl kaum ein besseres Kampftier als den Greif. In Begleitung eines Zentauren und eines Greifen brauchen Sie sich wegen irgendwelcher mundanischen Bedrohungen keine Sorgen zu machen.« Er machte erneut eine Pause. »Trotzdem ist es wohl besser, wenn Sie Humfrey um Rat bitten. Es könnte sein, daß wir uns auf etwas Größeres eingelassen haben, als wir erwartet haben.«

Bink spürte, wie ihn die Erregung durchpulste. Endlich mal wieder ein Abenteuer! »Euer Majestät, ich werde die Quelle der Magie für Euch ausfindig machen. Wann soll ich abreisen?«

»Morgen früh«, sagte König Trent lächelnd. »Nun gehen Sie nach Hause und erzählen Sie Ihrer Frau von Ihrer Mission und daß sie keinen Aufschub duldet. Aber sagen Sie nichts von Millie dem Gespenst.«

»Ganz bestimmt nicht«, sagte Bink und lächelte ebenfalls. Doch als er sich abwenden wollte, fiel ihm etwas anderes ein. »Wißt Ihr, ob sich im Gelände ein magischer Maulwurf herumtreibt?«

Der König nahm diese Information mit Würde entgegen. »Davon hat man mir noch nichts gesagt. Ich habe nichts dagegen, solange er nicht die Gräber der Zombies stört.« Doch dann zuckte er zusammen. »Dieser Zombie –«

»Im Garten war noch einer, neben einem der Erdhaufen. Vielleicht war es auch derselbe.«

»Ich werde zu gegebener Zeit eine Untersuchung veranlassen.« Er blickte Bink geduldig an. »Noch irgend etwas Wichtiges?«

»Oh, nein«, sagte Bink, der plötzlich sehr verlegen war. Warum erzählte er dem König bloß eine solche Lappalie? Er hatte offenbar jeden Sinn dafür verloren, was wirklich wichtig war!

III

Die Nickelfüßler-Jagd

Am nächsten Morgen begannen sie ihre Mission: drei Männer mit Frauenproblemen. Alle waren sie froh, ihrer Lage entrinnen und auf Abenteuer ausziehen zu können. Crombie war besonders erfreut über seine neue Gestalt: Er spreizte häufig seine Schwingen und unternahm kleinere Übungsflüge.

Tatsächlich hatte der Soldat auch manches, auf das er nun stolz sein konnte: Seine Löwenläufe waren kräftig und muskulös, sein Adlerkopf mit den scharfen Augen sah beeindruckend aus, und seine Flügelfedern schimmerten. Sein Halsgefieder war blau, seine Rückenfedern schwarz, die Brust war rot und die Schwingen weiß. Ein hübscheres Ungeheuer fand man in ganz Xanth nicht.

Doch stießen sie in die Wildnis vor, was kein Zuckerschlekken war.

Kaum hatten sie Schloß Roogna verlassen, als die feindselige Magie sich auch schon bemerkbar machte. Die meisten Pfade waren auf Befehl des Königs verzaubert worden, so daß keinem Reisenden Gefahr drohte, der auf ihnen blieb. Doch der Gute Magier Humfrey hatte noch nie allzu großen Wert auf Gesellschaft gelegt; deshalb gab es keinen Weg, der direkt zu seinem Schloß führte. Magisch gesehen führten alle

Pfade *von seinem Schloß fort*. Deshalb war die Strecke nicht gesichert.

Glücklicherweise ermöglichte Crombies Talent der Richtungsfindung es ihnen, stets den richtigen Weg zu wählen. In regelmäßigen Abständen machte der Soldat eine Pause, streckte einen Flügel aus, wirbelte um seine eigene Achse, und wenn er innehielt, zeigte er in eine ganz bestimmte Richtung. Sein Orientierungssinn irrte niemals. Leider scherte er sich aber auch nicht um die Unannehmlichkeiten, die mit Reisen in Vogelfluglinie verbunden waren.

Als erstes begegneten sie einem Haufen Glockenblumen. Die Stengel der Pflanzen reckten sich empor, und ihre Glocken läuteten unentwegt. Der Lärm wurde immer lauter, ohrenbetäubender – und schließlich auch verwirrender. »Wir müssen hier raus!« rief Bink, doch er wußte, daß man ihn in dem Getöse nicht verstehen konnte. Chester hatte die Hände auf die Ohren gelegt und schlug mit den Hinterhufen aus – doch für jede Glocke, die er zertrümmerte, läuteten zwölf neue um so lauter.

Crombie breitete die Schwingen aus und flatterte wild. Bink dachte erst, daß er davonfliegen wollte, doch der Greif schlug alle vier Krallenpranken in die Schlingpflanzen und riß sie empor. Die Pflanzen streckten sich, und die Glocken klangen immer schriller, bis sie plötzlich verstummten. Die Spannung verhinderte, daß sie frei hin und her schwangen, so daß sie nicht richtig läuten konnten.

Bink und Chester nutzten die Gelegenheit und kletterten aus dem Gestrüpp. Dann ließ Crombie los und flog davon, außer Reichweite der Glocken. Sie waren wieder frei, aber es war eine Warnung gewesen: Sie konnten nicht einfach drauflos marschieren wie auf den königlichen Verkehrswegen.

So schritten sie weiter und umgingen die Gewirrbäume sowie freiliegende Schlinggewächse. Crombie befragte sein Talent nun auch nach der nächstgelegenen Gefahr. Manchmal mußten sie scheinbar harmlose Orte umgehen und sich ihren Weg durch Juckkraut und Rutschtorf bahnen. Doch sie vertrauten auf Crombies Talent. Besser jucken und rutschen als einen ruhmlosen Tod zu erleiden!

Nun, da sie mitten drin waren, schien das Abenteuer nicht

mehr halb so aufregend zu sein. Wenn man in der Bequemlichkeit des Heims oder Palastes darüber nachdachte, vergaß man allzu oft, daß Abenteuer mit zahllosen schmierigen kleinen Einzelheiten und Unannehmlichkeiten verbunden waren. Binks Schenkel waren bereits vom Reiten wundgescheuert, und er schwitzte höchst ungemütlich.

Als sie hungrig wurden, zeigte Crombie auf einen Limonadenbaum, der auf einem Fleckchen Zuckersand wuchs. Chester nahm einen spitzen Stein und schlug ein Zapfloch in den Stamm, damit sie die hervorschäumende Limonade trinken konnten. Die Flüssigkeit sah zunächst wie Blut aus, was ein Schock war, bis sie merkten, daß es sich um Erdbeerlimonade handelte. Der Zuckersand war so süß, daß man davon immer nur ein bißchen auf einmal essen konnte. Crombie zeigte auf einen Brotfruchtbaum, und das war schon viel besser. Die Laibe waren gerade reif geworden, so daß sie beim Brechen warm dampften, und schmeckten vorzüglich.

Doch kaum fühlten sie sich wieder sicher, wurden sie von der nächsten Gefahr heimgesucht. Crombies Talent funktionierte nur, wenn es befragt wurde, es handelte sich also nicht um ein automatisches Warnsystem. Diesmal bestand die Bedrohung aus einem hungrigen, feuerspeienden Landdrachen mittlerer Größe – ungefähr der schlimmste Gegner außer einem großen Drachen, dem man in Xanth begegnen konnte. Diese Ungeheuer waren die Herren der Wildnis und dienten als Maßstab, an dem alle Heimtücke gemessen wurde. Wären sie einem großen Drachen begegnet, so wären sie verloren gewesen. Doch so hatten ein Mensch, ein Zentaur und ein Greif eine gewisse Chance, einen Kampf zu gewinnen. Doch warum war dieser Drachen auf sie losgegangen? Normalerweise griffen Drachen weder Menschen noch Zentauren an. Sie kämpften zwar gegen sie, doch nur, wenn es sich nicht vermeiden ließ. Denn obwohl Drachen die Herren der Wildnis waren, waren Menschen und Zentauren so zahlreich, gut organisiert und hervorragend bewaffnet, daß Drachen an ihnen keinen besonderen Gefallen fanden. Manche Menschen, wie etwa der König, besaßen Magie, die jeden Drachen fertigmachen konnte. Für gewöhnlich gingen Menschen und Drachen sich aus dem Weg.

Konnte jener anonyme Feind ihnen vielleicht den Drachen auf den Hals gehetzt haben? Ein kleiner Anstoß im kleinen, heißen Gehirn des Drachen – und das Ergebnis würde wie ein Unfall in der Wildnis aussehen. Bink mußte an die Analyse des Königs denken: daß die Magie seines Gegners der seinen glich. Natürlich war es nicht dieselbe, aber sie war ihr ähnlich und deshalb heimtückisch und schwer greifbar.

Da erblickte er einen kleinen Erdhaufen, der frisch aussah. War hier etwa auch ein magischer Maulwurf? Offenbar war ja ganz Xanth mit den Viechern übersät!

Crombie und Chester liebten beide den Kampf. Doch Bink verließ sich im Endeffekt auf sein verborgenes Talent. Das Problem bestand darin, daß sich dieser Schutz nicht unbedingt auch auf seine beiden Freunde erstreckte. Nur wenn er sich selbst ins Handgemenge stürzte, durfte er hoffen, daß er ihnen damit half, denn dann würde sein Talent sie wahrscheinlich ebenfalls retten müssen, damit er überlebte. Er fühlte sich schuldig, weil sein Mut nicht echt war. Es konnte durchaus sein, daß sie starben, während er magisch davor geschützt war. Und doch durfte er ihnen nicht einmal davon berichten.

Jedenfalls befanden sie sich auf einer ebenen Lichtung, dem idealen Jagdgelände für einen Drachen. Weder waren dort hohe Bäume, die ihnen als Schutz oder Fluchtmöglichkeit hätten dienen können, noch irgendwelche Ortszauber, deren sie sich rechtzeitig bedienen konnten. Der Drache stürzte auf sie zu. Ein langer Feuerstrahl schoß aus seinem Maul. Ein ordentliches Flämmen reichte, einen Menschen durch und durch zu rösten. Gerüchten zufolge fanden Drachen geröstetes Menschenfleisch besonders lecker.

Chester hatte seinen Bogen gespannt und einen Pfeil eingelegt. Er war gut ausgerüstet: ein Bogen, Pfeile, ein Schwert und ein geschmeidiges Seil, und er konnte mit allen Waffen meisterhaft umgehen. »Bleibt von der Flamme weg!« brüllte er. »Er muß zwischendurch mal Luft holen. Wenn er anfängt, vorzuschnappen, springt zur Seite!«

Ein guter Rat. Jedes Wesen von der Größe eines Drachen war etwas behäbig und langsam, und der Feuerstrahl mußte wohlgezielt werden. Tatsächlich waren sie in unmittelbarer Nähe des Ungeheuers wahrscheinlich am sichersten, denn dann konnten sie seitlich um das Tier herumlaufen, bevor es sich neu orientieren konnte. Allerdings durften sie ihm auch nicht allzu nahe kommen, denn die Fänge und Klauen eines Drachen konnten verheerende Wirkungen haben.

Crombie besaß allerdings ebenfalls Klauen, und sein Schnabel war ebenso wirkungsvoll wie seine Fänge. Außerdem hatte er den Vorteil, fliegen zu können. Er war wesentlich schneller als der massige Drache. Allerdings war er kein natürlicher Greif, so daß er nicht mit der gleichen Schnelligkeit und Präzision wie ein echter Greif reagieren konnte.

Bink war das schwächste Glied in der Verteidigungskette – jedenfalls würden die anderen das so sehen. »Bink, zurück!« rief Chester, als Bink vorstürzte. Bink konnte dem Zentauren sein scheinbar dummes Vorgehen nicht erklären.

Als er noch eine Drachenlänge von dem Tier entfernt war, wurde der Drache langsamer und richtete seinen Blick auf seinen gefährlichsten Gegner, den Greif. Crombie stieß einen schrillen Kampfschrei aus und stürzte sich auf den Schwanz des Drachen. Als das Ungeheuer den Kopf wandte, um ihn zu verfolgen, schoß Chester ihm einen Pfeil in den Nacken. Der Pfeil war mit der ganzen Kraft eines Zentauren abgeschossen worden, dennoch prallte er wirkungslos von den metallischen Schuppen ab. »Muß ihn ins Maul treffen, wenn er gerade nicht Feuer speit«, brummte Chester.

Bink wußte, wie gefährlich das war. Einen solchen Schuß konnte man nur plazieren, wenn man direkt vor dem Drachen stand und dieser sein Maul aufgesperrt hatte – was normalerweise nur der Fall war, wenn er zubeißen oder Feuer speien wollte. »Tu's nicht!« rief Bink. »Laß Crombie einen Fluchtweg finden!«

Doch Crombie war außer Hörweite und stark beschäftigt, und außerdem war der sture Zentaur nicht in Rückzugsstimmung. Wenn sie den Drachen nicht auf eine für sie geeignete Weise angriffen, würde er sie auf eine für ihn geeignete Weise verspeisen.

Bink trat mit gezücktem Schwert näher und suchte eine ungeschützte Stelle. Je näher er ihm kam, um so größer schien der Drache zu werden. Seine Schuppen überlappten einander. Sie mochten wohl gegen die meisten Pfeile gefeit sein, doch wahrscheinlich nicht gegen eine dazwischengeschobene Klinge. Wenn er den Panzer in der Nähe eines lebenswichtigen Organs durchbohren konnte –

Mit schrillem Geschrei stürzte Crombie sich wieder auf den Drachen. Der Sturzkampfflug eines Greifen war etwas, das zu ignorieren sich nicht einmal ein Drache erlauben konnte. Der Drache peitschte herum, sein Körper rollte sich geschmeidig zusammen, und mit dem Kopf stieß er in einem Kreis empor, um den Greif zu schnappen. Das riesige Maul klaffte offen, doch war es weniger aufs Feuerspeien eingestellt, denn der Drache wollte seinem Gegner nach Möglichkeit einen Flügel oder vielleicht sogar den Kopf abbeißen. Sein Hals war in Binks Richtung gekrümmt; offenbar sah er Bink nicht als ernstzunehmende Bedrohung an.

Chester schoß einen Pfeil in den Rachen ab, doch er kam im falschen Winkel auf und prallte von einem Zahn ab. Mit ausgefahrenen Krallen näherte sich Crombie und wich dem schnappenden Maul aus. Er versuchte, dem Ungeheuer ein Auge auszureißen. Bink rannte herbei und rammte seine gehärtete Schwertspitze zwischen die gespreizten Schuppen unterhalb des Halses.

Der Drache war ungefähr so breit wie Bink groß war, und jede Schuppe hatte den Durchmesser einer gespreizten Hand. Die Schuppen glänzten blau und leuchteten an ihren messerscharfen Kanten. Als sich Binks Klinge in das Fleisch senkte, glitten die Schuppen wieder zusammen und kamen seiner Hand bedrohlich nahe. Plötzlich begriff er, daß sie ihm die Hand durchtrennen konnten, bevor sein Schwert das Ungeheuer ernsthaft verletzt hatte. Es war wirklich müßig für einen Menschen, einen Drachen töten zu wollen!

Immerhin tat Binks Stoß dem Tier weh, so wie ein Dorn einem Menschen weh tun konnte. Der Drache wirbelte peitschend herum, um sich dem lästigen Gegner zu stellen. Sein Hals drehte sich in einer S-Kurve, als er Bink seine Schnauze entgegenstreckte. Die Schnauze sah plötzlich doppelt so groß aus wie zuvor. Sie befand sich auf Hüfthöhe, war kupferfarben und wies zwei Nüsternventile auf, die nach innen gestülpt waren, damit keine Luft entweichen konnte. Der Drache atmete durch die Nase ein und durch das Maul aus. Vermutlich hätte eine Nase voll Feuer die empfindlichen Nasenhöhlen zerstört; so hatte das System einen eingebauten Sicherheitsmechanismus. Die darunter liegenden Lippen waren heller und sahen wie poliert aus, als ob sie mit einem widerstandsfähigerem Metall legiert worden waren, um die Hochofenhitze des Drachenatems auszuhalten. Die Fänge waren braun versengt, und in den Zahnlücken war schwarzer Ruß zu erkennen.

Die Augen lagen seitlich der Drachenstirn, doch die Schnauze wies eine Vertiefung auf, so daß das Tier geradeaus blicken konnte um zu sehen, wohin sein Feuerstrahl traf. Diese Augen waren gerade auf Bink gerichtet, dessen Hand noch immer auf dem Knauf des Schwertes ruhte, dessen Klinge in die untere Krümmung der S-Kurve des Nackens gefahren war. Wie alle anderen Wesen auch, besaßen Drachen eine unterschiedliche Intelligenz, doch selbst ein dummer Drache mußte merken, daß Bink etwas mit seinem Schmerz zu tun hatte. Mit leisem Scheppern schlossen sich die Nüsternventile. Das Maul wurde aufgerissen. Nun würde Bink ordentlich geröstet werden.

Bink erstarrte. Er konnte nur noch an sein Schwert denken. Es war eine gute Waffe, die verzaubert worden war, um stets scharf zu bleiben und leicht in der Hand zu liegen. Es war ein Geschenk aus dem Waffenarsenal des Königs. Wenn er jetzt floh, mußte er die treue Klinge im Hals des Drachen zurücklassen, denn er hatte keine Zeit mehr, das Schwert vorher herauszuziehen. Doch er wollte es nicht verlieren, also blieb er stehen – unfähig, dem drohenden Feuerstrahl auszuweichen.

Im Bauch des Drachen grollte es. Der Hals blähte sich zu einer runden Röhre auf und schickte sich an, die Flammensäule auszuspeien. Bink war ein unbewegliches Ziel.

Da surrte ein Pfeil über Binks reglose Schulter hinweg, direkt in den aufgesperrten Rachen hinein. Ein perfekter Schuß des Zentauren!

Zu perfekt. Anstatt das weiche Gewebe des tiefen Schlunds zu durchbohren und ein lebenswichtiges Organ zu verletzen, verschwand der Pfeil in den züngelnden Flammen. Da schoß das Feuer bereits heraus, ein tödlicher, goldener Lichtstrahl, der direkt gegen Binks Kopf gerichtet war.

In diesem Augenblick schlug der Greif auf die Schnauze des Drachen auf und drückte sie hinab. Die Schnauze prallte gegen den Boden zu Binks Füßen. Es kam zu einer Art Explosion. Der Drachenkopf wurde vom flammenden Rückstoß erfaßt, und im Boden bildete sich ein verbrannter Krater. Um ein Haar hätte der Greif sich einen Flügel versengt. Bink stand völlig unversehrt am Rande des Kraters, das Schwert in der Hand.

Der Greif packte Bink mit seinen Klauen und riß ihn empor, als der Drache sich neu orientierte. Da schoß auch schon ein zweiter Feuerstrahl direkt unter Binks schwebenden Füßen vorbei.

Crombie konnte Binks Gewicht nicht lange halten. »Such einen Fluchtweg!« rief Bink. »Benutze dein Talent!«

Verblüfft ließ der Greif Bink in einen Kissenbusch fallen und versuchte mitten im Flug, die richtige Fluchtrichtung zu finden. Der Drache hustete einige staubige Feuerbälle aus, um seine Feuerröhre von Rußteilchen zu reinigen und jagte ihnen nach. Chester galoppierte neben ihm her und versuchte, einen Pfeil zu plazieren. Es war offensichtlich, daß der Drache ein zu starker Gegner für sie war.

Crombies rechter Flügel zeigte seitwärts. »Skwaaak!« rief er.

Chester kam in einer Kurve auf Bink zu und schrie: »Auf meinen Rücken!«

Bink machte einen Satz und lag plötzlich schräg über dem Rücken des Zentauren. Er rutschte ab, griff wild um sich, erwischte die Mähne und richtete sich mühsam auf, während der Zentaur mit gesenktem Kopf davongaloppierte. Beinahe wäre Bink über Chesters Kopf hinweggestürzt, doch er umklammerte den Körper des Zentauren mit seinen Knien.

Er blickte hoch – und sah den Drachen, der direkt auf sie zukam. Das Ungeheuer mußte ebenfalls einen Bogen geschlagen haben! »Chester!« schrie Bink panisch. »Vor uns!«

»Vor uns? Ich glaube ich spinne!« schrie der Zentaur hinter ihm. »Du sitzt verkehrt rum auf!«

Oh ja! Das stimmte. Der Drache verfolgte sie und versuchte,

seine Gegner einzuholen. Bink hielt sich an Chesters imposantem Schweif fest!

Na ja, so konnte man den Drachen immerhin gut beobachten. »Das Ungeheuer holt auf«, meldete Bink. »Wo zeigt Crombie hin?«

»Dort, wo ich hinlaufe«, rief Chester. »Aber ich weiß nicht, wie weit es noch ist.« Seine offensichtliche Wut war verständlich. Er mochte es nicht, vor einem Feind davonzulaufen, nicht einmal vor einem mächtigen Drachen. Wenn Bink nicht gewesen wäre, hätte der Zentaur niemals den Rückzug angetreten.

Crombie hatte zwar die Richtung angezeigt, wußte aber nicht, ob sie rechtzeitig in Sicherheit sein würden. Was, wenn der Drache sie vorher einholte? Bink fürchtete, daß dann sein Talent wieder in Aktion treten würde.

»So eine tapfere Tat habe ich noch nie bei einem Menschen gesehen«, rief Chester. Offenbar meinte er, daß Zentauren besonders hohe Maßstäbe an Tapferkeit anlegten. »Du bist direkt vor der Schnauze des Drachen stehengeblieben, hast seine Aufmerksamkeit auf dich gezogen und dich absolut still verhalten, damit ich meinen Pfeil auf ihn abfeuern konnte. Du hättest geröstet werden können.«

Oder von einem Zentaurenpfeil aufgespießt werden. Aber Zentauren verfehlten ihr Ziel nur selten. »Das war keine Tapferkeit«, erwiderte Bink. »Ich war so verschreckt, daß ich keinen Muskel bewegen konnte.«

»Ach ja? Und als du der alten Feuerschnauze die Klinge in den Nacken geschoben hast?«

Ja, das sah nach Tapferkeit aus. Wie konnte Bink seinem Freund erklären, daß der Schutz, den sein Talent ihm verlieh, ihm so etwas leichtmachte? Wenn er wirklich geglaubt hätte, daß er in Lebensgefahr schwebte, hätte er wahrscheinlich nicht den erforderlichen Mut aufgebracht. »Ich habe nur getan, was ihr auch getan habt: Angreifen, um die eigene Haut zu retten.«

Chester schnaubte abfällig und galoppierte weiter. Der Drache holte immer noch auf und war nun in Flämmweite. Seine Nase war erdverkrustet, aber sein inneres Feuer loderte weiter. Er sperrte das Maul auf –

Chester sackte in ein Erdloch hinunter. »Halt dich fest!«

schrie er, ein wenig zu spät. »Die Grube ist zu groß zum Überspringen.«

Das war offensichtlich. Bink hätte fast einen Purzelbaum über Chesters Schweif hinweg geschlagen, hielt sich aber fest und kam hart auf dem Rücken des Zentauren auf. Die Wände zu beiden Seiten wurden allmählich immer steiler. Offenbar hatten sie sich der Schlucht in schrägem Winkel genähert, so daß es leicht war, seitwärts hinunterzulaufen. Das mußte der Fluchtweg sein, den Crombie gemeint hatte. Tatsächlich kreiste der Greif bereits herab, um sich ihnen wieder anzuschließen.

Doch der Drache folgte ihnen ebenfalls. Mit seinem langen, gewundenen Körper war er hier wie zu Hause. Bink war verunsichert: Ob dies wirklich der beste Fluchtweg war? War es nicht vielleicht ein Irrweg?

Plötzlich bremste Chester. »Nicht anhalten!« schrie Bink. »Das Ungeheuer ist uns dicht auf den Fersen!«

»Einen prima Fluchtweg hat uns dieser Federkopf da ausgesucht!« knurrte Chester angewidert. »Wir stellen uns besser dem Drachen.«

»Das werden wir wohl müssen«, meinte Bink und drehte den Kopf dem Zentauren zu. »Wir können ihn nicht mehr abhängen –«

Da sah er, weshalb Chester stehengeblieben war. »Nickelfüßler!« schrie er entsetzt.

Der Drache hatte die Nickelfüßler ebenfalls erblickt. Er bremste rutschend ab und versuchte, umzukehren – doch dafür war die Spalte zu eng. Er hätte sich wohl über seinen eigenen Körper zurückschlängeln können, doch dabei hätte er seinen verwundeten Nacken wieder freilegen müssen.

Crombie landete zwischen ihnen. »Ist das etwa dein Fluchtweg, Spatzenhirn?« fragte Chester, als die Nickelfüßler herbeiklapperten und überall, wo sich Schatten befanden, eine lebende Barriere bildeten.

»Skwaaak!« erwiderte der Greif wütend. Er verstand sowohl Chesters Sprache als auch seine Beleidigung, konnte aber nicht verständlich antworten. Er stellte sich auf und rollte die Flügel etwas ein, damit sie nicht an die Wände streiften und besudelt wurden. Dann schloß er die Augen, drehte sich unbeholfen im

Kreis und zeigte mit einer Vordertatze die Richtung an. Doch die Tatze wackelte unbestimmt in einem Halbkreis umher.

Einige mutige Nickelfüßler griffen an. Jeder von ihnen besaß etwa fünfhundert Beine und eine Kneifzange und liebte frisches Fleisch. Ein einzelner Nickelfüßler war zwar unangenehm, aber man konnte ihn mit Müh und Not noch vernichten. Hunderte dagegen konnte man allenfalls mit außergewöhnlicher Panzerung oder Magie besiegen. Doch sie mußten es versuchen, denn wenn es etwas noch Unangenehmeres gab, als sich von einem Drachen rösten zu lassen, so war es, von Nickelfüßlern aufgefressen zu werden.

Der Drache schrie auf. Ein Nickelfüßler hatte seine kleinste Vordertatze umklammert und stanzte nun eine etwa ein Zoll breite Scheibe aus seiner Tatze. Die Tatze bestand zwar aus Eisen, doch die Greifer des Nickelfüßlers waren auf magische Weise nickelgehärtet und konnten so ziemlich jedes Material angreifen. Chester lachte grimmig.

Da machte der Zentaur einen Satz und gab einen wiehernden Schrei von sich. Ein weiterer Nickelfüßler hatte ihm ein Stück aus dem Huf gerissen. Chester stampfte heftig auf das kleine Ungeheuer, doch der Nickelfüßler wich zur Seite aus – während neue Nickelfüßler Chesters andere Hufe attackierten. Nun kicherte der Drache hämisch.

Doch ihre Lage war alles andere als komisch. Die Erdspalte war sehr tief, mit einem ebenen Fußpfad zwischen steilen Wänden. Die Schlucht war zu tief, als daß Bink hätte hinausspringen können. Auf Chesters Rücken stehend, hätte er es vielleicht schaffen können – doch wie hätte der Zentaur dann entkommen sollen? Der Drache konnte seinen Kopf wohl über die Schlucht hinausrecken, aber nicht seine Vorderpranken. Nur der Greif hätte fliehen können – wenn die enge Spalte es ihm nicht unmöglich gemacht hätte, die Flügel auszubreiten. Er war zwar hinabgeglitten, doch zum Hinauffliegen brauchte er mehr Bewegungsfreiheit. Mit Chesters Hilfe könnte er vielleicht hoch genug kommen – doch dann stellte sich wiederum die Frage, was aus Chester werden sollte. Sie saßen in der Falle.

Wenn sie nicht bald entkamen, würden sie dem Schwarm als Nahrung dienen. Doch der Drache versperrte mit seinem Körper den Ausgang. Er zappelte gerade umher und versuchte, sich vom Boden zu erheben, um seine empfindlichen Stellen zu schützen, während die Nickelfüßler sich munter auf seine Tatzen stürzten. Chester ging es nicht anders, desgleichen Crombie, der im Augenblick flugunfähig war. Und Bink selbst, dessen Gliedmaßen die empfindlichsten von allen waren. Wo blieb nur sein Talent?

»Nur das Sonnenlicht hält sie in Schach«, bemerkte Chester. »Wenn die Sonne hinter dem Rand der Schlucht verschwunden ist, werden sie alle gemeinsam über uns herfallen.«

Bink musterte die Schattenlinie. Noch stand die Sonne hoch am Himmel, so daß nur ein kleiner Teil im Schatten lag, doch der wimmelte dafür auch nur so von den kneifenden Ungeheuern.

Da hatte Bink einen Einfall. »Wir müssen zusammenarbeiten!« rief er.

»Alle zusammen, bevor wir zusammen aufgefressen werden!«

»Natürlich«, sagte Chester. »Aber wie werden wir den Drachen los?«

»Ich meinte, *mit* dem Drachen zusammenarbeiten!«

Chester, Crombie und der Drache blickten ihn verblüfft an. Alle tanzten immer noch auf der Stelle umher. »Drachen sind zu blöd, um mit anderen zusammenarbeiten zu können, selbst wenn sie wollten«, wandte Chester ein. »Sofern das überhaupt Zweck hätte. Das Biest denkt doch immer nur an das eine. Warum sollen wir ihm auch noch dabei helfen, uns hinterher aufzufressen?«

»Wir müßten ein Abkommen schließen«, erwiderte Bink. »Wir helfen ihm, und dafür frißt es uns nicht auf. Der Drache kann sich nicht umdrehen und kann seinen Körper auch nicht lange hochstemmen. Er ist also genauso verwundbar wie wir. Aber er kann wesentlich besser gegen die Nickelfüßler kämpfen. Wenn wir seine Flanke schützen –«

»Flammen!« rief Chester. »Nickelfüßler hassen Licht – und Flammen enthalten verdammt viel Licht!«

»Richtig«, sagte Bink. »Wenn wir also seine dunkle Seite und seine Pranken schützen –«

»Und seinen Rücken«, fügte Chester hinzu und blickte Crombie an. »Wenn er uns traut...«

»Er hat gar keine andere Wahl«, sagte Bink und schritt auf den Drachen zu.

»Das weiß er aber nicht! Paß auf – er wird dich versengen!«

Doch Bink wußte, daß sein magisches Talent ihn davor bewahren würde. Er stellte sich vor den kupfernen Nüstern des Drachen auf, aus denen kleine Dampfwölkchen hervorkamen. Wenn sein System nicht aktiviert war, verlor er meistens etwas Dampf. »Drache«, sagte Bink, »du verstehst mich, nicht wahr? Du kannst zwar nicht sprechen, aber du weißt, daß wir alle in der Patsche sitzen und von den Nickelfüßlern zerrissen und aufgefressen werden, wenn wir uns nicht gegenseitig helfen, stimmt's?« Und er machte einen Satz, um einem weiteren angreifenden Nickelfüßler auszuweichen.

Der Drache gab keine Antwort, sondern blickte ihn nur an. Bink hoffte, daß das ein gutes Zeichen war. Er durchbohrte den Nickelfüßler mit seiner Schwertspitze und hob das zappelnde Ungeheuer auf.

»Ich kann immer nur einen Nickelfüßler auf einmal erledigen«, fuhr Bink fort und zeigte dem rechten Auge des Drachen seinen Gefangenen. »Ich könnte mich auf eine deiner Pranken setzen und sie beschützen. Mein Freund der Zentaur könnte deinen Schwanz bewachen. Der Greif ist in Wirklichkeit ein verwandelter Soldat und auch ein Freund von mir. Er könnte deinen Rücken bewachen und die Feinde mit seinem Schnabel zerquetschen. Wir könnten dir helfen – sofern du uns vertraust.«

»Wie können wir *ihm* denn trauen?« wollte Chester wissen.

Der Drache reagierte immer noch nicht. War er einfach zu dumm, oder hatte er verstanden? Chester ergriff das Wort. »Drache, du weißt, daß wir Zentauren Wesen von Ehre sind. Das weiß doch jeder! Ich gebe dir mein Wort, ich werde dich nicht angreifen, wenn du mich vorbei läßt! Ich kenne Bink gut. Obwohl er ein Mensch ist, ist er auch ein Wesen von Ehre. Und der Greif –« Er zögerte.

»Skwaaak!« sagte Crombie wütend.

»Crombie ist auch ein Wesen von Ehre«, sagte Bink schnell. »Und wir nehmen an, daß du das auch bist, Drache.«

Doch der Drache starrte ihn unentwegt an. Bink begriff, daß er es darauf ankommen lassen mußte. Vielleicht war der Drache zu dumm, um zu verstehen, vielleicht traute er ihnen auch nicht. Möglicherweise konnte er auch nicht reagieren. Sie mußten das Risiko einfach eingehen, es war ihre letzte Chance.

»Ich werde über deinen Rücken klettern«, sagte Bink. »Meine Freunde werden mir folgen. Das Abkommen soll so lange gelten, bis wir alle aus dieser Erdspalte geflohen sind.«

»Wenn du mir nicht glaubst, dann kannst du uns ja auf der Stelle versengen und allein gegen die Nickelfüßler kämpfen«, fuhr er fort als der Drache schwieg.

Mutig schritt er um den Kopf des Drachen zum Halsansatz, wo die Vorderbeine hervortraten. Der Drache versengte ihn nicht. Er erblickte die Wunde, die er ihm mit seinem Schwert zugefügt hatte. Blut tropfte daraus herunter, das gierig von einem Nickelfüßler am Boden aufgeschnappt wurde. Das winzige Ungeheuer riß ganze Scheiben aus dem Steinboden, um auch den letzten Tropfen dieser Delikatesse aufsaugen zu können. Trotz ihrer geringen Größe mußten die Nickelfüßler wohl die gierigsten Ungeheuer in ganz Xanth sein!

Bink schob sein Schwert wieder in seine Scheide, nachdem er den aufgespießten Nickelfüßler abgewischt hatte. Dann hob er die Arme und machte einen Satz. Er klammerte sich am Bein fest und kletterte auf den schuppigen Rücken. Da die Schuppen flach lagen, konnten sie ihm mit ihren messerscharfen Rändern nichts anhaben, solange er nicht in der falschen Richtung darüber streifte. Der Drache rührte sich nicht. »Kommt, Chester, Crombie!« rief Bink.

Die beiden Wesen folgten prompt, von den nahenden Nikkelfüßlern ermuntert. Der Drache musterte sie mißtrauisch, hielt sein Feuer jedoch zurück. Kurz darauf hatten sie ihre Kampfstellungen bezogen, keinen Augenblick zu früh: Inzwischen hatten sich die Nickelfüßler immer stärker zusammengerottet, so daß die schattigen Wände zu leuchten begannen. Gnadenlos rückte der Schatten näher.

»Flämm den Weg frei!« rief Bink dem Drachen zu. »Wir sichern deine Flanke!« Dann zog er sein Schwert und spießte einen weiteren Nickelfüßler auf.

Der Drache reagierte, indem er ein gewaltiges Flammenmeer ausrülpste. Das Feuer versengte die ganze Erdspalte und hüllte alles in Flammen und Rauch. Es war wie ein Blitzschlag: Die Nickelfüßler kreischten mit dünnen Stimmen auf, als sie brennend von den Wänden fielen. Manche explodierten sogar. Ein voller Erfolg!

»Sehr gut!« sagte Bink zu dem Drachen und fuhr sich mit der Hand über seine tränenden Augen. Er hatte eine Menge heißes Gas abbekommen. »Und jetzt rückwärts hinauskriechen.«

Doch das Wesen bewegte sich nicht vom Fleck.

»Der kann nicht zurück«, sagte Chester, der das Problem plötzlich erfaßt hatte. »Er ist dafür einfach nicht gebaut. Ein Drache weicht niemals zurück.«

Das stimmte. Drachen waren sehr gelenkig und schlängelten sich normalerweise herum, wenn sie zurück wollten. Ihre Beine und Pranken waren nur für Vorwärtsbewegungen gedacht. Kein Wunder, daß er Binks Vorschlag nicht offen zugestimmt hatte, das war ihm schlichtweg unmöglich gewesen. Ohne Sprache konnte er sich nicht erklären, und jede Verneinung hätte so ausgesehen, als wollte er das Abkommen ablehnen. Selbst ein hochintelligentes Wesen hätte in einem solchen Dilemma keine Antwort gewußt, und das war der Drache keineswegs. Also hatte er einfach die Klappe gehalten.

»Aber das bedeutet, daß wir nur noch tiefer in die Spalte eindringen können!« sagte Bink entsetzt. »Oder warten müssen, bis es dunkel ist.« Beides verhieß Desaster: Wenn es dunkel war, würden sich die Nickelfüßler zuhauf auf sie stürzen und sie alle in kleine, mundliche Scheibchen zerlegen. Was für ein entsetzliches Schicksal – zu Tode genickelt zu werden!

Der Drache hatte auch keine unbegrenzten Flammenmengen zur Verfügung; ab und zu mußte er für Brennstoff sorgen. Nichts anderes hatte er ja auch zunächst gewollt, als er ihnen nachgejagt war. Sobald sein Feuer erloschen war, waren sie den Nickelfüßlern hilflos ausgeliefert.

»Der Drache läßt sich nicht retten«, sagte Chester. »Komm, Bink, steig auf. Ich galoppiere hinaus, jetzt liegt ja kein Hindernis mehr vor uns. Crombie kann von seinem Rücken herunterspringen und losfliegen.«

»Nein«, sagte Bink entschieden. »Das wäre gegen unser Abkommen. Wir haben vereinbart, uns gegenseitig zu retten.«

»Haben wir nicht«, erwiderte der Zentaur pikiert. »Wir haben vereinbart, uns gegenseitig nicht anzugreifen. Wir werden ihn ja auch nicht angreifen, sondern ihn einfach nur zurücklassen.«

»Damit die Nickelfüßler ihn angreifen?« setzte Bink Chesters Vorschlag fort. »So habe ich das nicht verstanden. Geh nur, wenn du meinst. Ich stehe zu meiner Verpflichtung, zur ausgesprochenen wie zur unausgesprochenen.«

Chester schüttelte den Kopf. »Du bist nicht nur der tapferste Mann, der mir je begegnet ist, sondern auch der menschenköpfigste.«

Damit meinte er tapfer und stur. Bink wünschte, das wäre wirklich wahr. Doch sein Talent ermöglichte es ihm, Risiken und Ehrenverpflichtungen einzugehen, vor denen er sonst zurückgeschreckt wäre. Crombie und Chester waren wirklich mutig, denn sie wußten, daß sie sterben konnten. Wieder fühlte er sich schuldig, weil er wußte, daß er schon irgendwie aus der Klemme freikommen würde, während das bei seinen Freunden keineswegs gewiß war. Und doch wußte er auch, daß sie ihn nicht im Stich lassen würden. Also steckte er in der Zwickmühle: Er mußte sie einer entsetzlichen Gefahr aussetzen, um ein Abkommen mit einem Feind einzuhalten, der versucht hatte, sie alle umzubringen. Wo blieb da die Moral?

»Wenn wir nicht zurück können, bleibt nur die Offensive«, entschied Chester. »Sag deinem Freund, er soll Dampf machen.«

Seine Ironie war nicht eben galant – aber Chester war auch kein eleganter Zentaur. Genau genommen war er ein zänkischer Raufbold. Aber ein treuer Freund. Bink fühlte sich weiterhin schuldig. Seine einzige Hoffnung war, daß sein Talent sie alle gemeinsam retten würde, solange sie zusammenblieben. Vielleicht.

»Drache, wenn du bitte –« rief Bink. »Vielleicht liegt vor uns noch ein Ausgang.«

»Vielleicht besteht der Mond ja wirklich nicht aus grünem Käse«, brummte Chester. Das war zwar der reine Sarkasmus, erinnerte Bink jedoch plastisch an seine Kindheit, als das eingetreten war, was die Zentauren eine Eklipse genannt hatten: Die Sonne war in den Mond gedonnert, und ein großes Stück Käse war heruntergefallen. Das ganze Norddorf hatte sich darüber hergemacht, bevor er schlecht wurde. Grüner Käse war der beste – aber wuchs nur am Himmel wirklich gut. Am Himmel wuchsen übrigens auch die besten Pasteten.

Der Drache kroch vorwärts. Bink hielt sich mit beiden Armen fest, um nicht abgeworfen zu werden. Das war ja schlimmer, als auf einem Zentauren zu reiten! Crombie breitete die Flügel ein Stück aus, um sein Gleichgewicht zu halten, und Chester, der die Nachhut bildete, kam rückwärts hinterher. Was für den Drachen ein vorsichtiges Schleichen war, war für die anderen schon ein kräftiger Trott.

Bink fürchtete, daß die Spalte sich verengen und ihnen den Weg versprerren könnte. Dann würde er erst richtig in einen Gewissenskonflikt geraten! Doch die Öffnung blieb so, wie sie war, und die Schlucht schlängelte sich anscheinend endlos weiter, ohne daß sie einen Ausgang erblickten. In regelmäßigen Abständen flämmte der Drache den Weg frei, doch Bink bemerkte, daß die Flammen immer schwächer wurden. Das Feuerspeien bedurfte einer Menge Energie, und der Drache war hungrig und ermüdet. Es konnte nicht mehr lange dauern, bis er unfähig wurde, die Nickelfüßler zu vertreiben. Ob Drachen wohl grünen Käse mochten? Wirklich ein unpassender Gedanke! Selbst wenn Käse das Feuer aufs neue zu speisen vermochte, schien im Augenblick kein Mond. Und selbst wenn er schiene, wie sollten sie ihn vom Himmel holen?

Da teilte sich die Schlucht. Der Drache hielt verwirrt inne. Welche Abzweigung war die beste?

Crombie schloß seine Greifaugen und drehte sich, so gut es auf dem Rücken des Drachen ging, um seine eigene Achse. Doch wieder schwankte sein Flügel unruhig umher, an beiden Pfaden vorbei und senkte sich. Eine Niederlage! Offenbar bedurfte Crombies Talent der Zauberdoktorin – wirklich eine höchst unpassende Zeit dafür!

»Man kann sich doch immer darauf verlassen, daß dieses Spatzenhirn die Sache versiebt«, knurrte Chester.

Crombie, dessen Vogelgehör offenbar völlig intakt war, reagierte zornig. Er krächzte und schritt über den Drachenrücken auf den Zentauren zu. Seine Nackenfedern waren gesträubt wie die Halshaare eines Werwolfes.

»Immer mit der Ruhe!« rief Bink. »Wenn wir uns zanken, kommen wir hier nie heraus.«

Zögernd ging Crombie zurück auf seinen Platz. Nun mußte Bink den richtigen Weg bestimmen.

Konnte es vielleicht sein, daß die beiden Abzweigungen einen Bogen schlugen und sich später wieder trafen? Wenn dies der Fall sein sollte, wäre das eine ausgezeichnete Gelegenheit, den Drachen zu wenden und auf dem gleichen Weg zu entkommen, den sie bisher entlanggekrochen waren. Doch das war unwahrscheinlich. Immerhin wäre es dann egal, welchen Pfad sie einschlugen.

»Links lang.«

Der Drache kroch links weiter. Die Nickelfüßler folgten ihnen. Es wurde immer schwieriger, sie abzuwehren, denn der Schatten kroch ebenfalls weiter, und das Sonnenlicht schien nur noch in einem schrägen Winkel in die Öffnung.

Bink blickte empor. Das war ja noch schlimmer, als erwartet! Am Himmel ballten sich Wolken zusammen. Es würde nicht mehr lange dauern, und sie würden überhaupt kein Sonnenlicht mehr haben. Dann würden die Nickelfüßler erst richtig frech werden!

Wieder teilte sich der Weg. O nein! Das wurde ja langsam zum Labyrinth, und zwar zu einem todernsten. Wenn sie sich darin verlaufen sollten –

»Wieder nach links«, sagte Bink. Das war wirklich schrecklich: Er konnte nur noch raten, und sie gerieten immer mehr in die Klemme. Wenn doch nur Crombies Talent funktionieren würde! Merkwürdig, daß es so plötzlich versagt hatte. Bis sie in die Spalte eingedrungen waren, schien es völlig in Ordnung gewesen zu sein. Tatsächlich hatte es sie sogar hierher geführt. Warum hatte es sie bloß in eine Gegend geführt, in der es unwirksam wurde? Und warum hatte Binks Talent das zugelassen? Hatte es etwa auch versagt?

Er bekam es mit der Angst zu tun. Er hatte gar nicht gemerkt, wie sehr er sich auf sein Talent zu verlassen begonnen hatte. Ohne sein Talent war er verwundbar! Dann konnte er durch Magie verletzt oder getötet werden.

Nein! Das konnte er nicht glauben. Seine Magie mußte noch existieren – und Crombies auch. Er mußte herausfinden, wieso beide gerade versagten.

Versagten? Woher wollte er das eigentlich wissen? Vielleicht gaben die beiden Talente ja ihr Bestes und wurden nur falsch gedeutet? Wie der Drache, waren auch sie stark, aber stumm. Crombie mußte einfach nur die richtige Frage stellen. Wenn er fragte: »Welcher Weg führt aus dem Labyrinth?« dann war es möglich, daß alle das taten – oder keiner. Was würde sein Talent dann tun? Wenn er eine genaue Richtung verlangte, der Fluchtweg aber in einem Bogen verlief, mußte sein Flügel doch eine Kreisbewegung zeigen, nicht wahr? Es gab keine bestimmte Richtung. Der Weg ins Freie war ein Labyrinth. Also war Crombie verwirrt und glaubte, daß sein Talent versagt hatte, während es in Wirklichkeit einfach überfordert war.

Angenommen, daß Binks Talent davon wußte. Es würde sich keine Sorgen machen, sondern ihm eine Möglichkeit aufzeigen, Crombies Talent zu gegebener Zeit wieder nutzbar zu machen. Doch es wäre besser, wenn Bink selbst auf diese Möglichkeit kam, weil er dann sichergehen konnte, daß sie alle entkamen. Auf diese Weise wäre auch der Freundschaft und der Ehre Genüge getan.

Also war er selbst herausgefordert. Wie konnte er das Rätsel des blockierten Talents lösen? Auf die Frage nach dem Ausweg gab es offenbar keine gerade Richtungsanzeige. Und doch war Crombies Talent richtungsorientiert. Er fragte, wo sich irgend etwas befand, und es zeigte dann in die entsprechende Richtung. Wenn die Richtung hier jedoch nicht die Antwort war, was war es dann? Und wie konnte Crombie es identifizieren?

Vielleicht konnte er das ja mit Hilfe von Crombies Talent feststellen. »Crombie!« rief er unter dem Drachenkörper hervor. »Wo gibt es hier etwas, das uns hier heraus bringen wird?«

Der Greif versuchte erneut, die Richtung zu bestimmen, doch wieder ohne Erfolg.

»Es hat keinen Zweck«, grollte Chester. »Sein Talent ist sauer geworden. Nicht daß es jemals viel gebracht hätte. Ja, wenn *ich* ein Talent besäße...«

Crombie krächzte, und der Ton ließ keinerlei Zweifel daran, daß er dem Zentauren in schillerndster Weise ausmalte, in welche Körperöffnungen er sich ein solches Talent stecken könnte. Chesters Ohren liefen rot an.

»Das willst du ja erst noch feststellen«, erinnerte Bink ihn. »Im Augenblick ist Crombie alles, was wir haben. Ich glaube, daß es einen Schlüssel gibt, ich muß ihn nur rechtzeitig finden.« Er machte eine Pause, um einen weiteren Nickelfüßler aufzuspießen. Die Dinger starben nur langsam, aber sie griffen wenigstens nicht mehr an, nachdem man sie erst einmal aufgespießt hatte. Das konnten sie auch gar nicht, denn ihre Gefährten verspeisten sie auf der Stelle. Bald würden sie den Nickelfüßlern ihre ganze Aufmerksamkeit widmen müssen. »Crombie, wo gibt es hier etwas, das uns zeigen kann, wie wir hier herausfinden?«

»Das hast du gerade schon einmal gefragt«, brummte Chester.

»Nein, ich habe die Worte etwas verändert. Zeigen ist nicht dasselbe wie –« Er unterbrach sich, um den Greif zu beobachten. Einen Augenblick lang sah es fast so aus, als würde sein Talent wieder funktionieren, doch dann schwankte sein Flügel wieder hin und her und gab es auf.

»Immerhin, langsam scheinen wir der Sache doch näher zu kommen«, meinte Bink, wenn es auch nicht überzeugend klang. »Crombie, wo gibt es hier etwas, das die Nickelfüßler aufhalten wird?«

Crombies Flügel zeigte steil nach oben.

»Klar«, sagte Chester angewidert. »Die Sonne. Aber die versteckt sich hinter einer Wolke.«

»Wenigstens beweist das, daß sein Talent funktioniert.«

Wieder kamen sie an eine Gabelung. »Crombie, auf welchem Pfad treffen wir am schnellsten auf irgend etwas, das uns helfen kann?«

Der Flügel zeigte entschieden nach rechts. »He, es klappt ja!« höhnte Chester. »Wenn er nicht bloß schauspielert.«

Crombie stieß wieder ein übles Krächzen aus, das allein

schon fast gereicht hätte, ein paar Nickelfüßler auf der Stelle zu verbrennen.

Doch nun wurde die Sonne von Wolken bedeckt, und die ganze Spalte versank im Schatten. Mit freudigem Geklicke und altgewohnter Gier kamen die Nickelfüßler näher. »Drache, nimm die rechte Abzweigung!« rief Bink. »Flämm sie frei und *lauf!* Gebrauch deine letzten Feuerreserven, wenn's sein muß. Vor uns liegt etwas Gutes.« Hoffte er.

Der Drache stieß einen Flammenbolzen aus, der die Spalte vor ihnen in grelles Licht tauchte. Wieder quiekten die Nickelfüßler, als sie starben. Der Drache galoppierte über ihre kohlenden Kadaver hinweg und riß Bink, Chester und Crombie mit sich. Doch es war sehr ermüdend.

Vor ihnen glitzerte irgend etwas im Dunkeln. Bink wollte schon hoffnungsfroh losjubeln, als er erkannte, daß es nur ein Irrlicht war. Das war auch keine Hilfe.

Keine Hilfe? Plötzlich fiel ihm etwas ein. »Das ist es!« schrie er. »Drache, folge dem Irrlicht!«

Trotz Chesters ungläubigem Wiehern gehorchte der Drache. Er schnaubte kein Feuer mehr aus, denn sein Ofen war beinahe erloschen, aber rennen konnte er noch ganz gewaltig. Das Irrlicht flackerte hin und her, wie Irrlichter das gerne taten. Es bewegte sich stets am Rande der Sichtbarkeit. Irrlichter waren die geborenen Hänsler. Der Drache wälzte sich weiter, Abzweigung um Abzweigung, völlig desorientiert – da kamen sie plötzlich in einem trockenen Flußbett heraus.

»Wir sind draußen!« rief Bink, der es selbst kaum glauben konnte. Doch in Sicherheit waren sie noch nicht, denn jetzt strömten die Nickelfüßler aus der Schlucht hervor.

Bink und Chester machten, daß sie vom Drachen herunter und aus der Wasserrinne heraus kamen, worauf sie sich plötzlich in der Asche einer alten Brandstelle wiederfanden. Crombie spreizte die Flügel und hob sich in den Himmel empor, wobei er einen Krächzer reinster Erleichterung ausstieß. Die Nickelfüßler verfolgten nicht einmal den Drachen; denn erstens konnten sie nur sehr mühsam durch Asche trippeln und zweitens konnten sie dabei von der rückkehrenden Sonne erwischt werden. Jetzt waren sie endlich in Sicherheit.

Japsend brach der Drache in einer Aschewolke zusammen. Bink schritt an seine Schnauze. »Drache, wir haben gut miteinander gekämpft, und du warst im Begriff, zu gewinnen. Wir sind geflohen, du hast uns verfolgt und wir saßen alle in der Spalte fest. Wir haben ein Fluchtabkommen getroffen, und du hast dich gut daran gehalten, genau wie wir auch. Dadurch, daß wir zusammengearbeitet haben, haben wir auch unser Leben gerettet. Jetzt wäre es mir lieber, du wärst unser Freund als unser Gegner. Wirst du unsere Freundschaft annehmen, bevor wir wieder auseinandergehen?«

Der Drache blickte ihn an. Schließlich senkte er die Nase in einer bejahenden Geste leicht nach vorn.

»Gut, bis zum nächsten Mal – Waidmannsheil!« sagte Bink. »Hier, wir können dir ein bißchen helfen. Crombie, wo gibt es hier eine gute Drachenbeute – irgend etwas, was selbst ein müder Drache noch erjagen kann?«

Crombie wirbelte in der Luft herum und zeigte im Sturzflug mit einem Flügel nach Norden. Da hörten sie auch schon, wie irgend etwas Großes wütend zappelte. Irgend etwas Dickes, Dummes, das vermutlich einem Schlingschlaufenbusch in die Falle gelaufen war und nun elendiglich verrecken würde, wenn es nicht von einem Drachen den Gnadenfeuerstoß erhielt.

»Waidmannsheil«, wiederholte Bink und tätschelte die lauwarme Kupfernase des Drachen. Dann wandte er sich ab, und der Drachen kroch in Richtung Norden davon.

»Was sollte denn das?« fragte Chester leise. »Wir brauchen keine Drachenfreundschaft!«

»Ich wollte, daß hier Friede herrscht«, sagte Bink. »Das ist ein ganz besonderer Ort, wo alle Wesen Xanths miteinander in Frieden leben sollten.«

»Bist du verrückt geworden? Das ist eine Brandstelle!«

»Ich zeig's dir«, sagte Bink. »Wir werden dem Irrlicht folgen.«

Das Irrlicht schwebte immer noch umher, weit genug entfernt, um nicht eingeholt werden zu können. »Hör mal, Bink«, protestierte Chester. »Mit diesem Irrlicht haben wir Glück gehabt – aber wir können es nicht riskieren, ihm weiter zu folgen. Es wird uns in die Vernichtung führen.«

»Dieses nicht«, sagte Bink und folgte ihm. Chester zuckte mit den Schultern, schlug mit dem Hinterhuf, als wollte er sagen: Was soll's! und ging ihm hinterher. Crombie glitt hinab, um sich ihnen anzuschließen.

Kurz darauf hielt das Irrlicht an einem Glühstein an, der ein Grab markierte. Als sie sich ihm näherten, leuchteten darauf die Worte HERMAN DER EINSIEDLER auf.

»Onkel Herman!« rief Chester. »Soll das heißen, daß dies der Ort ist, an dem er –«

». . . an dem er Xanth vor den Zapplern gerettet hat«, sagte Bink. »Indem er viele Wesen mit seinen Irrlichtern herbeigerufen und die Zappler schließlich mit einem Salamanderfeuer ausgebrannt hat. Er hat sein edles Leben dafür hingegeben und starb als Held. Ich wußte, daß das Irrlicht uns hierher führen würde, als ich die Brandstelle erkannt hatte; denn du bist ein Verwandter von ihm, und die Irrlichter ehren sein Gedächtnis. Crombies Talent hat das Irrlicht geortet, und dann hat es –«

»Onkel Herman! Der Held!« sagte Chester, und sein Gesicht verzog sich zu einem Ausdruck, den Bink noch nie an ihm gesehen hatte. Der kampflustige Zentaur war es nicht gewohnt, zarte Gefühle wie Verehrung und Respekt zu empfinden. Es schien fast, als erklänge plötzlich eine traurige Flötenmelodie, die Stimmung zu untermalen.

Bink und Crombie zogen sich zurück, um Chesters Meditation nicht zu stören. Bink stolperte über einen Erdhaufen, der einen Augenblick zuvor noch nicht dagewesen war, und wäre beinahe gefallen. Das war der einzige Wermutstropfen.

IV

Das Schloß des Magiers

Das Schloß des Guten Magiers Humfrey war noch ganz das alte. Schlank ragte es empor, mit dicken Brüstungen und einem hohen Innenturm, der mit Zinnen, Brustwehr und anderen Dingen geschmückt war, wie es sich für ein Schloß gehörte. Es war kleiner als Bink es in Erinnerung gehabt hatte, aber er wußte, daß es noch genauso aussah. Vielleicht lag das Problem ja darin, daß seine Erinnerung an das Innere des Schlosses es größer erscheinen ließ als seine Erinnerung an sein Äußeres. Bei der Magie war es durchaus möglich, daß das Innere tatsächlich größer war als das Äußere.

Die magischen Zugangswege waren allerdings verlegt worden, und der Hippocampus, das Wasserpferd, befand sich nicht mehr im Graben. Offenbar war seine Dienstzeit abgelaufen. Bestimmt stand auch ein anderes Tier im Inneren Wache, das die Manticora abgelöst hatte, die Bink auf der Jubiläumsfeier wiedergetroffen hatte. Selbst Ungeheuer mußten dem Guten Magier einen Jahresdienst bezahlen, wenn sie eine Antwort auf eine Frage von ihm wollten, und normalerweise dienten sie als Wachen. Humfrey liebte keinen unangemeldeten Besuch.

Als sie sich dem Graben näherten, wurde die Natur des neuen

Wächters offenbar. Ein Ungeheuer? Dutzende! Das ganze Wasser war voll von schlangenähnlichen Buckeln, manche davon weiß, andere schwarz, die unentwegt aneinander vorbeiglitten.

»Aber wo sind die Köpfe und Schwänze?« fragte Chester erstaunt. »Ich sehe nur Buckel.«

Zu dritt standen sie nachdenklich am Grabenrand. Was konnte eine ganze Flotte von Seeschlangen dem Magier nur für eine Frage gestellt haben, die wichtig genug war, daß sie bereit waren, seinen hohen Preis zu zahlen? Und wie waren sie überhaupt hierher gekommen?

Zum Glück brauchte Bink diese Gefahr nicht zu fürchten. Er war in königlicher Mission unterwegs und würde ins Schloß eingelassen werden, sobald er seine Anwesenheit kundgetan hatte. »Magier Humfrey!« rief er.

Keine Antwort. Zweifellos war der Gute Magier wieder in ein gutes Zauberbuch vertieft und nahm gar nicht wahr, was draußen vor sich ging. »Magier, ich bin es, Bink, in königlicher Mission!« rief er erneut.

Wieder keine Antwort. »Der alte Gnom muß schwerhörig sein«, brummte Chester. »Laß mich mal.« Er legte die Hände muschelförmig vor den Mund und brüllte: »MAGIER! BESUCH!«

Das Gebrüll wurde zwar von den Schloßmauern mehrfach zurückgeworfen, doch das Schloß selbst blieb stumm. »Er müßte eigentlich zu Hause sein«, meinte Bink. »Er geht niemals aus. Trotzdem, wir können es ja mal überprüfen. Crombie, wo ist der Gute Magier?«

Der Greif befragte sein Talent und zeigte – genau aufs Schloß.

»Dann muß er sich hinter dem Schloß aufhalten«, sagte Chester. »Sofern dein Talent nicht mal wieder Mist baut.«

Crombie krächzte empört und stellte seine blauen Halsfedern auf. Er stellte sich auf die Hinterbeine und machte Boxbewegungen mit den Vorderpranken, als wolle er den Zentaur zum Kampf herausfordern. Chester schien nichts dagegen zu haben.

»Nein, nicht!« rief Bink und stellte sich zwischen die beiden. »Wir wollen doch keinen schlechten Eindruck machen!«

»Verdammt, ich will schon einen guten Eindruck machen – und zwar auf seinem gefiederten Gesicht!« grollte Chester.

Bink wußte, daß er die beiden Zankhähne voneinander trennen mußte. »Geh hinter das Schloß und orte den Magier noch mal«, sagte er zu Crombie.

»Triangulieren!« sagte Chester.

Triangulieren? Bink, der sich mittlerweile an die barsche Art seines Freundes gewöhnt hatte, hatte schon ganz vergessen, wie gebildet die Zentauren waren. Das Triangulieren war eine mathemagische Methode, mit deren Hilfe man etwas orten konnte, ohne es direkt aufzusuchen. Chester war recht intelligent und besaß ein umfangreiches Wissen, auch wenn er es sich nicht immer anmerken ließ.

Der Greif war inzwischen zu dem Schluß gekommen, daß das Wort wohl doch keine Fäkalinjurie war und flatterte an seine Seite des Schlosses, wo er erneut zeigte. Wieder in Richtung Schloß. Keine Frage: Der Magier war zu Hause.

»Dann flieg besser hin und benachrichtige ihn, daß wir hier sind«, sagte Bink. »Es hat keinen Sinn, sich mit diesen Grabenungeheuern herumzuschlagen.«

Crombie flog wieder davon. Zwischen dem Graben und dem Schloß befand sich zwar ein freier Raum, doch da in der Mauer keine Öffnung zu erkennen war, flog er zu den Türmen empor. Doch dort schien es ebenfalls keine Öffnung zu geben, die groß genug für ihn gewesen wäre. Also umrundete er den Turm zweimal und kehrte zurück.

»Jetzt fällt's mir wieder ein«, sagte Bink. »Die Fenster sind vergittert. Da paßt zwar ein kleiner Vogel durch, aber kein Greif. Also müssen wir es doch mit den Ungeheuern aufnehmen.«

»Wir sind im Auftrag des Königs hier!« rief Chester wütend. Sein unattraktives Gesicht eignete sich vorzüglich für zornige Grimassen. »Wir haben es doch nicht nötig, hier an einem Spießrutenlauf teilzunehmen!«

Bink war selbst etwas pikiert. Doch er wußte, daß er es wegen seines Talents schon schaffen würde. »Das ist meine Aufgabe. Ich werde versuchen, die Hindernisse zu umgehen – beziehungsweise zu umschwimmen – und ihn zu benachrichtigen, dann wird er euch einlassen.«

»Wir lassen dich doch nicht allein in diesen Graben springen!« protestierte Chester, und Crombie krächzte zustimmend. Die beiden mochten ja Rivalen sein, aber sie wußten, wem sie Treue schuldig waren.

Das war wirklich peinlich. Schließlich hatten sie keinen magischen Schutz. »Ich möchte es lieber allein versuchen«, sagte Bink. »Ich bin kleiner als ihr und kann deshalb leichter hindurchschlüpfen. Wenn ich in den Graben falle, könnt ihr mich mit dem Lasso schnell herausziehen. Aber ich könnte euch niemals mit dem Lasso herauszerren, wenn –«

»Na gut, das stimmt wohl«, gab Chester brummig zu. »Crombie kann über das Wasser hinwegfliegen, aber wir wissen bereits, daß er nicht ins Innere des Schlosses eindringen kann. Schade, daß er nicht kräftig genug ist, um dich über den Graben zu tragen.«

Crombie wurde wieder unruhig, doch Bink unterbrach ihn hastig. »Er könnte mir im Notfall ja dein Seil bringen. Ich glaube wirklich, daß es so am besten ist. Ihr könnt mir viel mehr helfen, indem ihr feststellt, was das nur für Ungeheuer im Graben sind. Gibt es irgend etwas im Zentaurenlexikon über kopflose Schlangen?«

»Ein bißchen – aber die Buckel passen nicht ins Bild. Sie sehen eher aus wie Stücke eines –« Chester unterbrach sich selbst und starrte den Graben an. »Aber ja! Das ist ein Ouroboros!«

»Ein Ouroboros?« wiederholte Bink verständnislos. »Was ist das denn? Eine Flotte von Seeungeheuern?«

»Ein einziges Ungeheuer, ein Wasserdrache, der seinen eigenen Schwanz zwischen die Zähne nimmt. Die eine Hälfte ist weiß, die andere schwarz. Die Symbolik –«

»Aber das sind doch Dutzende von Segmenten, über den ganzen Graben verteilt! Einige davon liegen in Richtung Schloß, andere am Grabenrand. Schau doch mal – da liegen drei Stück, parallel nebeneinander! Das können doch nicht die Teile ein und desselben Ungeheuers sein!«

»Doch, das können sie«, sagte Chester in belehrendem Ton. »Der Ouroboros umschlingt das ganze Schloß –«

»Aber dann wäre das doch nur eine einzige Buckelreihe –«

». . . und zwar mehrfach, wobei sein Kopf unter den Buckeln

hindurch greift, um sein Schwanzende zu packen. Ein bißchen wie bei einem Möbius-Band. Deshalb –«

»Ein was?«

»Egal. Das ist Spezialmagie. Glaub's mir: Das ist ein einziges Ungeheuer, und beißen kann es auch nicht, weil es seinen Schwanz nie losläßt. Wenn du einen guten Gleichgewichtssinn hast, kannst du also auf ihm zum Schloß spazieren.«

»Aber die Segmente, die aus dem Wasser ragen, sind alle höchstens anderthalb Meter lang. Wenn ich von einem zum anderen springen würde, würde ich doch ins Wasser fallen.«

»Du sollst ja gar nicht springen«, sagte Chester mit ungewöhnlicher Geduld. »Du sollst gehen. Auch wenn es sich mehrmals zusammengerollt hat, ist es trotzdem viel zu lang für den Graben, also muß es sich auch senkrecht kringeln. Diese Buckel kann es nie strecken, denn sobald einer verschwindet, muß der nächste sich erheben, und das geschieht in einer sich fortsetzenden Wellenbewegung. Auf diese Weise bewegt sich der Ouroboros in dieser engen Umgebung. Du brauchst also gar nicht naß zu werden, sondern der Wellenbewegung nur bis zum Ende folgen.«

»Das kapiere ich nicht!« sagte Bink. »Jetzt sprichst du Zentaurisch. Kannst du das nicht mal etwas einfacher erklären?«

»Hüpf einfach auf den nächsten Buckel und bleib wo du bist«, meinte Chester. »Wenn du erst mal dabei bist, wirst du's schon schnell kapieren.«

»Du traust mir einfach zuviel zu«, sagte Bink zweifelnd. »Ich hoffe, du weißt, was ich tue.«

»Ich habe dir vertraut, als du uns aus der Nickelfüßlerspalte hinausführen wolltest, in die Crombie uns gebracht hat«, sagte Chester. »Jetzt mußt du eben mir vertrauen, daß ich dich heil über den Graben bringe. Ist schließlich nicht das erste Mal, daß du auf einem Ungeheuer reitest.«

»Skwaaak!« machte Crombie und zeigte mit einem Flügel auf den Zentaur. Bink mußte grinsen. Er hatte den Zentaur tatsächlich geritten. Ein Punkt für den Soldaten.

»Du darfst nur nicht herunterfallen«, fuhr Chester gelassen fort. »Sonst wirst du von den Buckeln zerquetscht.«

»Hm«, stimmte Bink ihm ernüchtert zu. Selbst mit seinem

Talent im Hintergrund gefiel ihm die Sache nicht. Da konnte er ja gleich über die Schwingen eines fliegenden Rokh spazieren!

Er blickte um sich, wie er es immer tat, wenn er sich in einer aussichtslosen Situation befand – da erblickte er einen weiteren Erdhaufen. Wütend schritt er darauf zu und stampfte ihn nieder.

Doch als sich ihm ein geeigneter Buckel bot, sprang er darauf und machte Windmühlenbewegungen mit seinen Armen, ganz wie ein Mühlenbaum, um sein Gleichgewicht wiederzuerlangen. Der Buckel des Ungeheuers senkte sich etwas unter seinem Gewicht, doch dann stabilisierte er sich. Obwohl die weiße Haut vor Feuchtigkeit glitzerte, war sie nicht rutschig. Gut. Vielleicht klappte es ja doch.

Das Ungeheuer regte sich. Der vor ihm liegende Buckel verschwand im Wasser. »Umdrehen!« rief Chester vom Grabenrand. »Immer am Ball bleiben!«

Bink drehte sich mit wirbelnden Armen um. Dort, hinter/vor ihm streckte sich der Buckel. Er schritt weiter und wich hastig dem Wasser aus, das seine Sohlen umlappte. Es war wie ein magischer Wanderpfad, der sich vor ihm öffnete und sich hinter ihm wieder schloß. Vielleicht war das das Grundprinzip solcher Einbahnwege: Es waren die Rücken von Ungeheuern! Doch obwohl es so aussah, als ob die Schlange sich unter ihm hinwegbewegte, blieb der Buckel an Ort und Stelle, so daß Bink relativ schnell weiterging und doch nur langsam vorankam. »So komme ich nie vom Fleck«, klagte er. »Ich gehe ja nicht mal auf das Schloß zu!«

»Du wirst schon ankommen«, rief Chester. »Weiterlaufen!«

Bink lief weiter, und der Zentaur und der Greif folgten ihm langsam am Grabenrand, um auf gleicher Höhe zu bleiben. Plötzlich erschien ein Buckel zwischen Bink und seinen Freunden. »He, ich bin ja plötzlich auf einer Innenschlaufe, und ich hab die andere gar nicht verlassen!« rief Bink.

»Du bewegst dich in einer Spiralbewegung aufs Schloß zu«, erklärte Chester. »Anders geht das nicht. Wenn du am inneren Grabenrand bist, springst du einfach an Land.«

Bink schritt weiter. Langsam gefiel ihm die Sache, nachdem er sich an den Seegang gewöhnt und das Prinzip verstanden hatte. Solange er auf der Stelle trat, würde er unweigerlich ans andere Ufer kommen. Und doch – was für ein raffiniertes Rätsel! Hätte er es auch ohne Chesters Hilfe lösen können?

Plötzlich wurde das Segment immer schmaler. Er bewegte sich langsam auf das Schwanzende zu! Da erschien auch der Kopf des Ouroboros, der die Zähne fest in seinen eigenen Schwanz geschlagen hatte. Bink, der wieder nervös geworden war, hatte keine andere Wahl: Er mußte auf den Kopf des Ungeheuers treten. Was, wenn es sich nun dazu entschloß, seinen Schwanz nur dies eine Mal fahren zu lassen, um sich in ihn zu verbeißen? Die großen Drachenaugen starrten ihn kurz an und jagten ihm einen Schauer über den Rücken.

Dann war der Kopf auch schon verschwunden und wogte unter dem Wasser weiter, während Bink auf den massigen Hals trat, der nach dem schmalen Schwanz breit wie ein Wanderpfad wirkte. Offenbar brauchte dieser Drache oder diese Schlange oder was immer es nun sein mochte keine Luft. Das Ungeheuer konnte seinen Kopf unbegrenzte Zeit unter Wasser behalten. Aber wie aß es denn dann, wenn es seinen Schwanz niemals losließ? Es fraß sich doch wohl nicht selbst auf, oder? Vielleicht war das die Frage, die es dem Magier gestellt hatte: wie es seinen Schwanz loslassen konnte, um die Idioten zu verspeisen, die auf seinem Rücken entlangspazierten. Nein, wenn es darauf eine Antwort erhalten hätte, hätte es Bink schon längst verschlungen, als er an seinem Rachen vorbeigekommen war.

»Spring, Bink!« rief Chester.

Huch – hatte die Schlange es sich etwa anders überlegt und ihren Schwanz losgelassen, um ihn anzuknabbern? Bink blickte zurück, konnte jedoch nichts Auffälliges erkennen. Dann sah er vor sich, daß der Körper sich unter der nächstgelegenen Spiralwindung hinwegdrehte. Der Weg war zu Ende! Er sprang an Land.

Jetzt befand er sich an der Außenmauer des Schlosses. Er suchte das große Tor, das er beim ersten Mal entdeckt hatte, damals, noch bevor Trent König geworden war – und sah einen Wasserfall.

Einen Wasserfall? Wie war denn *der* hierher gekommen? Er

verfolgte ihn zurück und entdeckte einen Vorsprung. Der Wasserfall entsprang an einem Ort, der außer Sichtweite war, und rauschte über den Türrahmen.

Befand sich hinter der Wasserschicht etwa eine Öffnung? Bink gefiel der Gedanke, jetzt doch noch naß zu werden, nachdem er den ganzen Graben trocken überwunden hatte, ganz und gar nicht, aber nachsehen mußte er wohl. Er zog seine Kleider aus und legte sie beiseite, damit sie trocken blieben, dann schlüpfte er vorsichtig in den Wasserfall.

Das Wasser war zwar kühl aber nicht eisig. Dahinter war eine leere Einbuchtung und ein Türrahmen. Er betastete die Oberfläche, drückte hier und dort, doch nirgendwo war eine bewegliche Stelle auszumachen. Hier war kein Eingang.

Er trat rückwärts aus dem Wasserfall und schüttelte den Kopf, um das Wasser aus seinen Haaren zu entfernen. Wohin jetzt? Der Vorsprung zog sich um das ganze Schloß, doch er wußte, daß die Mauer an allen Stellen aus dickem Stein war. Da konnte man nirgends hinein.

Dennoch machte Bink einen Rundgang, um seinen Verdacht zu erhärten. Tatsächlich, nirgendwo ein Eingang. Was nun?

Wut stieg in ihm empor. Er war in königlicher Mission hier. Warum sollte er sich diesen ganzen Unfug bieten lassen? Der alte Gnom-Magier hielt sich wohl für mächtig schlau, sich in einem Labyrinth zu verstecken! Von Labyrinthen hatte Bink die Nase langsam voll. Erst das Labyrinth der Königin, dann die Nickelfüßlerschlucht und jetzt das hier!

Doch im Grunde seines Herzens war Bink ein praktisch denkender Mensch. Nach und nach legte sich seine Wut wieder. Erneut blickte er den Wasserfall an. Hier war kein Berg mit natürlichem Wasserabfluß, also mußte das Wasser mit magischen oder mundanischen Mitteln nach oben befördert werden, damit es hinabfließen konnte. Bestimmt handelte es sich um ein Kreislaufsystem, das dem Graben das Wasser entnahm, um es ihm wieder zuzuführen. Konnte er vielleicht dort hinschwimmen, wo das Wasser hochgesaugt wurde?

Nein, Wasser konnte auch durch Öffnungen fließen, durch die er nicht paßte. Zum Beispiel durch Siebe. Nein, so würde er womöglich noch ertrinken.

Die einzige andere Richtung war nach oben. Ob er hochklettern konnte?

Ja, das ging. Jetzt bemerkte er kleine Haltelöcher im Holz am Rande des Wasserfalls. »Ich komme«, knurrte er.

Er kletterte empor. Als er den Kopf über den Vorsprung hob, versteifte sich plötzlich sein ganzer Körper. Auf dem Dach kauerte ein Wasserspeier, aus dessen groteskem Maul das Wasser strömte.

Dann wurde ihm klar, daß dieses Ungeheuer ebenso ungefährlich sein mußte wie der Ouroboros, wenn er es richtig behandelte. Der Wasserspeier hatte die Aufgabe, Wasser zu speien, und würde ihn deshalb wohl kaum verfolgen.

Bink kletterte auf das kleine Dach. Als er wieder festen Boden unter den Füßen hatte, blickte er sich um, um die Lage besser einschätzen zu können. Der Wasserspeier war etwa so groß wie er, bestand aber zum größten Teil aus Gesicht. Der Rumpf war so kurz, daß er kaum mehr als ein Säulenfuß war. Der Kopf war so verzerrt, daß Bink nicht feststellen konnte, ob er menschlicher, tierischer oder sonstiger Art war. Die riesigen Augen waren vorgewölbt, die Nase glich der eines Pferdes, die enormen Ohren standen ungeheuer weit ab, und das Maul nahm ein gutes Drittel des ganzen Gesichts ein, wobei es so aussah, als würde der Wasserstrom durch eine ständige Würgebewegung hervorgebracht.

Hinter dem Ungeheuer stieg die Schloßmauer steil empor. Diesmal waren keine Grifflöcher vorhanden, und selbst wenn es ihm gelingen sollte hochzuklettern, sah er oben doch nichts als vergitterte Öffnungen. Nicht sehr ermutigend.

Bink musterte den Wasserspeier. Wie war er hier heraufgekommen? Er besaß weder Hände noch Füße wie Bink. Ob sich hinter ihm eine Tür befand? Das schien einleuchtend zu sein.

Er mußte das Ungeheuer von der Tür wegbekommen. Aber wie? Bisher hatte ihn das Ding nicht angegriffen, doch das konnte sich schnell ändern, wenn er es belästigte. Der Wasserspeier war massiger als er selbst und konnte ihn durchaus vom Dach herunterstoßen. Wirklich zu dumm, daß er sein Schwert nicht dabei hatte, denn das lag unten bei seinen Kleidern.

Sollte er noch einmal hinuntersteigen, um es zu holen? Nein, er war überzeugt davon, daß das unklug wäre, denn damit würde er seine Absicht verraten. Der Wasserspeier konnte ihm beim Aufstieg mit dem Schwert immer noch die Finger zerquetschen.

Vielleicht ging es ja mit einem Bluff. »Beweg deinen Hintern, Glotznase! Ich bin hier in Mission des Königs.«

Der Wasserspeier ignorierte ihn. Das war auch so etwas, das Bink auf die Nerven ging: ignoriert zu werden. »Beweg dich, sonst mach ich dir Beine!« Er machte einen Schritt auf das Ungeheuer zu.

Keine Reaktion. Wie konnte er jetzt noch einen Rückzieher machen? Bink vertraute auf sein Talent, stellte sich neben den Wasserspeier, dem Strahl ausweichend, und legte Hand an das Ungeheuer. Das bizarre Gesicht fühlte sich wie harter Stein an. Außerdem war es so schwer, daß er es nicht beiseite schieben konnte.

Dieses Ungeheuer war im Begriff, ihn zu besiegen – und dabei hatte es ihn noch nicht einmal wahrgenommen!

Da hatte Bink einen brillanten Einfall. Manchmal waren solche Wesen für ihre eigene Spezialität anfällig. Die Spezialität des Wasserspeiers war Häßlichkeit.

Bink stellte sich mit gespreizten Beinen über dem Wasserstrom vor ihm auf. »He, Hübscher – schau dir mal an, wie du aussiehst!« Er legte die gekrümmten Zeigefinger in die Mundwinkel, zog den Mund breit und ließ seine Augen hervortreten.

Da reagierte der Wasserspeier. Er schürzte die Lippen, um Bink anzuspeien. Bink hüpfte behende beiseite. »Nyaaa!« schrie er und plusterte die Wangen auf, um eine weitere Grimasse zu schneiden.

Das Ungeheuer bebte vor Wut. Es spie einen weiteren Wasserstrahl in seine Richtung. Der Strahl streifte Bink, und fast wäre er vom Dach gespült worden. Die Sache war doch ziemlich riskant!

Er riß den Mund auf und streckte die Zunge aus. »Haaa!« schrie er.

Der Wasserspeier wurde immer wütender. Er riß sein Maul auf, bis es so groß war wie der Rest des Gesichts. Das führte allerdings dazu, daß der Wasserdruck nachließ, und das Wasser sein häßliches Kinn hinabtropfte.

Bink sprang mitten in das Maul hinein. Er kletterte gegen den trägen Wasserstrom an – und kam in einem Reservetank im Inneren des Schlosses heraus. Kurz darauf war er an die Wasseroberfläche geschwommen und kletterte ins Trockene. Er war im Schloß!

Doch immer noch nicht in Sicherheit: Am Rande des Tanks saß eine Kaktuskatze. Sie war ungefähr so groß wie Bink und besaß ein gewöhnliches Katzengesicht. Ihr Pelz bestand jedoch aus Dornen. In der Ohrengegend waren die Dornen besonders lang und steif, wie schlanke Stacheln. Doch die eigentlichen Waffen der Katze befanden sich an ihren Vorderbeinen, aus denen scharfe, glitzernde Knochen wie Messerschneiden hervortraten. Als Schlitzinstrumente waren sie verheerend.

Der Dornenpelz war waagrecht grün und braun gestreift, ebenso die drei Schwänze. Es war ein hübsches, aber gefährliches Wesen, dem niemand, der recht bei Sinnen war, mit einem »Süße Pussy!« den Kopf tätscheln würde.

War das nun eine weitere Bewacherin des Schlosses, oder war sie nur zu Gast hier? Gewöhnlich lebten Kaktuskatzen in der Wildnis, schlitzten Kakteen auf und ernährten sich von ihrem fermentierenden Saft. Nadelkakteen wehrten sich allerdings, indem sie ihre Nadeln auf alles verschossen, was sie ärgerte, weshalb sie auch die natürlichen Feinde der Kaktuskatzen waren. Es hieß, daß es ein beeindruckendes Schauspiel sei, wenn beide aufeinander träfen. Doch Bink sah nirgendwo einen Kaktus. Vielleicht wollte dieses Tier dem Guten Magier ja nur eine Frage stellen.

Bink versuchte, ihr auszuweichen, doch die Katze lief geschmeidig zum einzigen erkennbaren Ausgang und setzte sich davor nieder. Offenbar mußte er sich seinen Zugang doch erzwingen.

Plötzlich überkam ihn die Wut. Er hatte genug von diesem Hindernisrennen. Er war schließlich nicht als bloßer Bittsteller hier, sondern im Auftrag des Königs! »Katze, geh mir aus dem Weg!« sagte er laut.

Das Tier begann zu schnarchen. Doch Bink wußte, daß sie

sofort wieder aufwachen würde, wenn er versuchen sollte, sich an ihr vorbeizuschleichen. Katzen waren da sehr störrisch. Dieses Tier spielte Katz und Maus mit ihm – und das machte ihn noch wütender.

Doch was sollte er tun? Er war kein Nadelkaktus, der Hunderte von Dornpfeilen verschießen konnte. Wie konnte er dieser unerträglichen Katze beikommen?

Nadeln. Es gab noch andere Geschosse als Nadeln.

»Dann trägst du eben die Konsequenzen!« fauchte Bink. Er beugte sich über das Wasserbecken und fuhr heftig mit der Hand durch das Wasser. Das Wasser spritzte in hohem Bogen und klatschte gegen die Wand neben der Katze.

Mit einem schrillen Wutschrei sprang das Wesen auf. Seine Ohren sprühten Funken. Die meisten Katzen haßten Wasser, außer kleine Mengen zum Trinken, und Wüstenkatzen gerieten stets in Rage, wenn sie damit konfrontiert wurden. Mit glitzernden Vorderbeinsicheln stürmte das Tier auf Bink zu.

Bink begrüßte es mit einer weiteren Wassersalve. Die Katze sprang vor Entsetzen senkrecht in die Luft, und das Wasser platschte unter ihr vorbei. Oh, jetzt war sie aber wirklich köstlich wütend!

»Wir haben zwei Möglichkeiten, Kaktus«, sagte Bink ruhig, eine Hand über dem Wasser haltend. »Entweder ich weiche dich durch und durch ein – oder du läßt mich vorbei. Oder beides, ganz wie du willst.«

Die Katze fauchte. Sie blickte erst Bink an und dann das Wasser. Schließlich tat sie völlig desinteressiert, als sei sie beleidigt, und stolzierte mit drei steif aufgerichteten Ruten beiseite.

»Sehr gut, Kaktus«, sagte Bink. »Aber laß dir eins noch sagen: Keine Tricks! Wenn ich unterwegs angegriffen werden sollte, hätte ich keine andere Wahl als meinen Gegner zu packen, ihn in das Becken zu werfen und ihn zu ertränken, egal, was es kosten mag. Das wäre höchst lästig, und ich hoffe ja sehr, daß es nicht nötig sein wird.«

Die Katze tat, als habe sie nicht zugehört und kringelte sich wieder zum Schlafen nieder.

Bink schritt mit der gleichen gespielten Gelassenheit zur Tür.

Er blieb auf der Hut, doch zum Glück war sein Bluff erfolgreich: Die Katze rührte sich nicht.

Jetzt hatte er die Hindernisse überwunden. Er durchsuchte das Schloß, bis er den Guten Magier Humfrey aufgespürt hatte. Der Mann sah aus wie ein Gnom und saß auf drei riesigen Büchern, damit er in einem vierten lesen konnte. Er war alt, vielleicht sogar der älteste Mensch im Lande Xanth, und seine Haut war runzlig und fleckig. Doch er war ein sehr guter und ehrlicher Magier, und Bink wußte, daß er unter seiner rauhen Schale ein gütiges Wesen verbarg.

»Magier!« rief Bink, der immer noch wegen der Schwierigkeiten beim Zutritt wütend war. »Warum achten Sie nicht darauf, wer vor der Tür steht? Ich mußte all Ihre höllischen Hindernisse überwinden – und dabei bin ich nicht einmal als Bittsteller gekommen. Ich bin im Auftrag des Königs hier!«

Humfrey blickte auf und rieb sich eines seiner geröteten Augen mit einer knorpeligen Hand. »Ach, hallo Bink! Warum bist du nicht schon früher mal vorbeigekommen?«

»Wir haben über den Graben hinweg gebrüllt, so laut wir konnten! Sie haben uns nicht einmal geantwortet!«

Humfrey furchte die Stirn. »Warum sollte ich einem verwandelten Greif antworten, der so erbärmlich krächzt, daß jeder echte Greif rot würde vor Scham? Warum sollte ich einem sturen Zentauren antworten, der mich anbrüllt? Der eine hat keine Frage, die er mir stellen will, und der andere will für die Antwort nicht bezahlen. Beide verschwenden nur meine Zeit.«

»Dann wußten Sie also die ganze Zeit, daß wir da sind!« rief Bink, halb wütend und halb bewundernd, mit einem Schuß undefinierbaren Gefühls. Was für eine Persönlichkeit! »Sie haben mich durch diese ganze unnötige Hindernisbahn gejagt –«

»Unnötig, Bink? Du kommst in einer Mission, die mich ungeheuer viel Zeit kosten und Xanths Wohlergehen selbst bedrohen wird. Warum sollte ich dich da noch ermutigen?«

»Ich brauche keine Ermutigung!« erwiderte Bink hitzig. »Ich brauche lediglich einen Rat – weil der König der Meinung war, das sei besser so.«

Der Gute Magier schüttelte den Kopf. »Der König ist ein

reichlich schlauer Kunde. Du brauchst mehr als nur einen Rat, Bink.«

»Na ja, jedenfalls brauche ich von *Ihnen* bloß einen Rat!«

»Den sollst du haben, und sogar kostenlos: Vergiß diese ganze Mission.«

»Ich kann diese Mission aber nicht vergessen! Ich bin im Auftrag des –«

»Das sagtest du bereits. Ich sagte auch, daß du mehr als nur einen Rat brauchst. Du bist genauso störrisch wie deine Freunde. Warum habt ihr diesen armen Drachen nicht in Frieden gelassen?«

»Den armen –« Bink starrte ihn empört an. Dann lachte er. »Sie sind mir aber einer, Magier! Aber jetzt hören Sie mal auf, mich aufzuziehen, und sagen Sie mir, warum Sie uns nicht ohne diesen ganzen Aufwand hereingelassen haben, wenn Sie schon genau wußten, daß ich unterwegs war.«

»Weil ich es nicht eben liebe, wenn man mich mit Kleinigkeiten belästigt. Wenn meine üblichen Verteidigungsanlagen dich aufgehalten hätten, dann hättest du auch kaum den erforderlichen Willen besessen, um deine Mission wirklich zu erfüllen. Aber du hast nicht aufgegeben, ganz, wie ich befürchtet hatte. Was als harmlose Ablenkung durch ein wohlgestaltetes Gespenst begann, ist zu einer ernsthaften Suche geworden – und was dabei herauskommen wird, entzieht sich sogar meiner Wissensmagie. Ich habe Beauregard befragt und er hat sich dermaßen aufgeregt, daß ich ihn wieder in seine Flasche stopfen mußte, bevor er einen Nervenzusammenbruch erlitt.«

Beauregard – das war der bebrillte, hochgebildete Dämon, der in einem Behälter verkorkt war. Bink fühlte sich plötzlich unbehaglich. »Was kann einen Dämon denn derart erschüttern?«

»Das Ende Xanths«, antwortete Humfrey knapp.

»Aber ich suche doch bloß nach der Quelle der Magie!« protestierte Bink. »Ich werde Xanth doch nichts Schlimmes antun. Ich liebe Xanth!«

»Als du letztes Mal hier warst, wolltest du den Bösen Magier auch nicht auf dem Thron sehen«, erinnerte Humfrey ihn. »Deine kleinen Abenteuer haben so eine Art, außer Kontrolle zu geraten ...«

»Sie meinen, daß diese Mission noch schlimmer wird als die letzte?« fragte Bink. Er war gleichzeitig erregt und entsetzt. Das letzte Mal hatte er nur sein Talent aufspüren wollen.

Der Magier nickte ernst. »So sieht's aus. Ich kann zwar nicht genau sagen, auf welche Weise deine Suche Xanth bedrohen wird, aber ich bin überzeugt davon, daß die Risiken ungeheuer groß sind.«

Bink dachte daran, wie es wäre, die Suche aufzugeben: Er würde zu Chamäleon zurückkehren, die häßlicher und scharfzüngiger war denn je, und zu Millie, jetzt kein Gespenst mehr, die durch seine Träume spukte. Plötzlich interessierte er sich brennend für die Quelle der Magie Xanths. »Danke für Ihren Rat. Ich werde weitermachen.«

»Nicht so eilig, Bink! Das war nicht mein magischer Rat, sondern nur gesunder Menschenverstand. Dafür verlange ich nichts. Ich wußte, daß du diesen Rat nicht befolgen würdest.«

Manchmal fiel es Bink wirklich schwer, Geduld mit dem Guten Magier zu haben. »Dann geben Sie mir Ihre magische Antwort.«

»Und was bietest du mir als Bezahlung?«

»Bezahlung?« keuchte Bink.

»Das ist eine –«

». . . Mission des Königs«, beendete der Magier Binks Satz. »Sei doch realistisch, Bink! Der König zieht dich doch bloß für eine Weile aus dem Verkehr, bis sich deine häusliche Situation bessert. Er kann es nicht zulassen, daß du jedesmal den ganzen Palast auf den Kopf stellst, wenn er gerade versucht, mit der Königin klarzukommen. Das rechtfertigt doch wohl kaum, mir die Bezahlung zu verweigern.«

Nur dumme Menschen versuchten, mit einem Magier zu diskutieren, dessen Talent in der Informationsbeschaffung bestand. Bink entschied sich fürs Diskutieren. »Der König hat meine Mission lediglich zeitlich günstig gelegt. Es war schon immer meine Aufgabe, die Quelle der Magie ausfindig zu machen. Ich habe bloß eine Weile gebraucht, bis ich mich damit befassen konnte. Dieses Wissen ist dem König wichtig. Jetzt, wo ich auf der Suche danach bin, steht die Autorität des Königs dahinter, und er kann Ihre Fähigkeiten in Anspruch nehmen.

Das haben Sie auch gewußt, als Sie dabei geholfen haben, ihn zum König zu machen.«

Humfrey schüttelte den Kopf. »Die Macht hat Trent arrogant werden lassen. Er nutzt skrupellos die Talente anderer aus, um seine Ziele zu erreichen.« Dann lächelte er. »Mit anderen Worten: Er ist genau der Monarch, den Xanth braucht. Er bittet nicht, er befiehlt. Als loyaler Bürger muß ich diese Machtausübung sogar unterstützen.« Er blickte Bink an. »Auch wenn sie reichlich launenhaft ausgeübt wird. So muß ich denn meine Bezahlung dem Wohle Xanths opfern. Obwohl ich glaube, daß es diesmal eher zum Unwohle Xanths sein dürfte.«

Diese Kapitulation kam zu plötzlich und zu liebenswürdig. Irgendwo mußte da noch ein Haken sein. »Wie lautet Ihre Antwort denn dann?« »Wie lautet denn deine Frage?«

Bink mußte husten. »Was brauche ich für diese Suche?« platzte er heraus.

»Deine Suche kann nur dann Erfolg haben, wenn du einen Magier mitnimmst.«

»Einen Magier mitnehmen!« rief Bink. »Es gibt nur drei Menschen im Rang eines Magiers in Xanth, und zwei davon sind der König und die Königin! Ich kann doch nicht –« Da begriff er. *»Sie?«*

»Ich sagte doch, daß es mich viel Zeit kosten würde!« grollte Humfrey. »Meine ganzen Geheimstudien muß ich unterbrechen, muß mein ganzes Schloß einmotten – nur weil du nicht ein paar Tage abwarten kannst, bis die Schwangerschaft deiner Frau beendet ist und sie wieder nett und schön wird.«

»Altes Schlitzohr!« rief Bink. »Sie *wollen* ja mitkommen!«

»Das würde ich nicht gerade behaupten«, meinte der Magier säuerlich. »Tatsache ist, daß diese Suche viel zu wichtig ist, als daß man sie einem Amateur überlassen könnte. Das wußte der König auch sehr gut, als er dich zu mir geschickt hat. Da sonst niemand von gleichem Format zur Verfügung steht, bin ich gezwungen, das Opfer zu bringen. Das heißt jedoch nicht, daß ich deswegen gleich Freudensprünge vollführen muß.«

»Aber Sie hätten die Quelle der Magie doch jederzeit allein ausfindig machen können! Sie hätten sich doch nicht die Suche selbst zu eigen zu machen brauchen, gerade als ich –«

»Gar nichts mache ich mir zu eigen. Es ist deine Suche. Ich werde dich lediglich begleiten, als Retter in der Not.«

»Soll das heißen, daß Sie nicht die Leitung übernehmen wollen?«

»Was soll ich denn mit der Leitung? Ich werde mich um meinen eigenen Kram kümmern und dir die ganzen vertrackten Details der Organisation und der Wegfindung überlassen, bis man mich braucht. Ich hoffe nur, daß das nicht allzu bald und allzu oft sein wird.«

Bink war sich jetzt selbst nicht sicher, wie ernst Humfrey es meinte. Ein Mann, der sich auf magische Information spezialisiert hatte, mußte sich doch wohl ernsthaft für die Quelle der Magie interessieren. Andererseits liebte der Gute Magier aber auch seine Bequemlichkeit und seine Abgeschiedenheit. Wahrscheinlich war Humfrey hin- und hergerissen zwischen Wissensdurst und Bedürfnis nach Zurückgezogenheit, so daß er zwar ablehnend reagierte, aber doch tat, was er für das Richtige hielt. Jedenfalls hatte es keinen Sinn, die Lage noch schlimmer zu machen. Humfrey würde bei einer solchen Suche ein unschätzbarer Gewinn sein. »Es tut mir leid, Ihnen derartige Unannehmlichkeiten bereiten zu müssen. Auf der anderen Seite bin ich allerdings froh, auf Ihre Hilfe rechnen zu können. Ihr Sachverstand ist erheblich größer als meiner.«

»Hmph«, stimmte Humfrey ihm zu und vermied es, besänftigend auszusehen. »Dann bringen wir's endlich über die Bühne. Sag dem Troll, er soll die Zugbrücke für deine Gefährten herablassen.«

»Äh, da ist noch etwas«, sagte Bink. »Es kann sein, daß mir jemand nach dem Leben trachtet –«

»Und du möchtest wissen, wer es ist.«

»Ja, und auch warum. Mir gefällt der Gedanke nicht –«

»Das hat nichts mit den Geschäften des Königs zu tun. Das muß einzeln bezahlt werden.«

Oh. Gerade als Bink zu vermuten begonnen hatte, daß der Gute Magier auch eine gewisse Großzügigkeit an sich hatte, zeigte er sich wieder voll und ganz von seiner merkantilen Seite. Ein ganzer Jahresdienst für eine Antwort? Da zog Bink es vor, seinen Feind selbst ausfindig zu machen und sich mit ihm auseinanderzusetzen. »Vergessen Sie's«, sagte er.

»Schon vergessen«, sagte Humfrey gnädig.

Verschnupft stieg Bink die Treppe hinab, entdeckte den Troll und gab ihm Anweisungen. Das Ungeheuer ließ die von außen nicht zu erkennende Zugbrücke hinab, und kurz darauf traten Chester und Crombie durch ein Tor herein. Wie konnte es hier nur eine Öffnung geben, wo sich doch in der Wand nicht das kleinste Loch erkennen ließ? Der Magier hatte hier offenbar eine Menge Magie verschwendet! Vielleicht war ja irgendein begabter Techniker mit einer Frage zu ihm gekommen und hatte mit diesem Mechanismus bezahlt.

»Ich wußte, daß du es schaffen würdest, Bink«, sagte der Zentaur. »Was meint der alte Gnom zu deinem Auftrag?«

»Er kommt mit.«

Chester schüttelte den Kopf. »Dann steckst du aber wirklich in der Patsche.«

Der Magier kam die Treppe herunter, um sie zu begrüßen. »Du willst also dein obszönes Talent erfahren«, sagte er zu dem Zentaur. »Was willst du dem alten Gnom denn dafür bezahlen?«

Chester war ausnahmsweise einmal verlegen. »Ich weiß nicht so recht . . . äh . . . Zentauren sollen ja eigentlich nicht . . .«

». . . um den heißen Brei herumreden?« fragte Humfrey in ätzendem Tonfall.

»Chester ist einfach nur mitgekommen, damit ich nicht zu Fuß gehen muß«, sagte Bink. »Und um gegen Drachen zu kämpfen.«

»Bink wird immer noch ein Reittier brauchen«, sagte Humfrey. »Da ich nun mit dieser Suche persönlich zu tun habe, ist es auch mein Behuf, dafür zu sorgen. Ich schlage dir folgendes Geschäft vor: Anstatt einen ganzen Jahresdienst abzuleisten, brauchst du mir nur für die Dauer der Suche zu dienen, wenn du eine Antwort bekommen hast.«

Chester starrte ihn erschrocken an. »Soll das heißen, daß ich tatsächlich ein Talent habe? Ein magisches?«

»Zweifellos.«

»Und Sie kennen es? Was ist es denn?«

»Ich weiß es.«

»Dann –« Doch der Zentaur zögerte. »Wenn es für Sie derart leicht ist, könnte ich es auch versuchen. Warum sollte ich Sie dann dafür bezahlen?«

»Ja, warum eigentlich?« pflichtete der Magier ihm bei.

»Aber wenn ich es nicht herausbekommen sollte und Bink Ärger mit einem Drachen bekommt, nur weil ich nicht dabei bin –«

»Ich würde dich ja zu gerne für alle Zeiten in deinem Dilemma schmoren lassen«, sagte Humfrey, »aber ich habe es eilig, und Bink braucht eine Transportmöglichkeit, also will ich es kurz machen. Leiste den von mir geforderten Dienst im voraus, bevor ich dir eine Antwort gebe. Wenn du dein Talent bis zum Ende der Suche nicht selbst herausgefunden hast, werde ich es dir sagen. Wenn du es aber selbst herausfindest, werde ich dir eine zweite Frage beantworten. Auf diese Weise bekommst du zwei Antworten für den Preis von einer.«

Chester überlegte. »In Ordnung«, sagte er schließlich. »Ich mag Abenteuer sowieso.«

Der Magier drehte sich zu Crombie um. »Du stehst ja ohnehin im Dienst des Königs. Er hat dir eine brauchbare Gestalt verliehen, aber du kannst nicht verständlich sprechen. Ich meine, daß es besser wäre, wenn du etwas kommunikativer wärst. Deshalb stelle ich euch einen meiner Jahresdiener vor: Grundy den Golem.« Eine winzige Menschengestalt erschien, die kaum größer war als eine Männerhand. Er schien aus Bindfäden, Lehm, Holz und Abfällen hergestellt worden zu sein, war aber lebendig.

Der Greif starrte den Golem mit einer Mischung von Staunen und Verachtung an. Er hätte die Gestalt mit einem einzigen Biß zerfetzen können. »Skwaaak!« meinte Crombie.

»Gleichfalls, Vogelschnabel«, erwiderte der Golem ohne besondere Betonung, als sei es ihm eigentlich gleichgültig.

»Grundys Talent ist das Übersetzen«, erklärte der Magier. »Ich werde ihm auftragen, das Greifgeschnatter des Soldaten in menschliche Sprache zu übersetzen, damit wir ihn besser verstehen können. Da er uns seinerseits bereits verstehen kann, wie so manche Tiere, brauchen wir umgekehrt keinen Dolmetscher. Der Golem ist so klein, daß jeder von uns ihn ohne

Anstrengung tragen kann, also gibt es da keine Transportprobleme. Bink wird den Zentauren reiten und ich den Greif. So werden wir schnell vorankommen.«

So einigten sie sich. Die Suche nach der Magie des Landes Xanth hatte begonnen.

V

Golem-Höhen

Sie standen draußen vor dem Schloß, jenseits des Grabens, und sahen zu, wie der Magier seine Residenz einmottete. Der Ouroboros und die anderen Tiere in seinem Dienst hatten Urlaub bekommen und waren bereits verschwunden. Humfrey fummelte in seiner Robe und holte aus einem mit vielen Taschen besetzten Gürtel ein schmales, verkorktes Fläschchen. Er drückte mit den Daumen gegen den Korken, bis er heraussprang.

Rauch wirbelte hoch in den Himmel empor. Dann verdichtete er sich zu der größten Motte, die Bink jemals gesehen hatte. Ihre Flügelspanne war größer als das ganze Schloß. Nun erhob sich das Wesen, flog über das Schloß und ließ eine Kugel fallen. Als die Kugel auf den höchsten Turm aufprallte, explodierte sie. Grauweiße Schwaden breiteten sich zu einer riesigen Kugelgestalt aus und senkten sich auf das ganze Bauwerk herab. Dann zogen sie sich zusammen, und plötzlich war das ganze Schloß in ein dichtes, seidiges Netz gehüllt. Es sah aus wie ein riesiges Zelt. Ein kalter, bitterer Duft wehte vom Gebäude herüber. Er roch leicht aseptisch.

»So«, sagte Humfrey mit grimmiger Zufriedenheit. »Das hält hundert Jahre, wenn's sein muß.«

»Hundert Jahre!« rief Chester. »Meinen Sie etwa, daß die Mission so lange dauern wird?«

»Kommt, kommt, wir verschwenden nur unsere Zeit«, grollte der Gute Magier.

Bink, der auf dem Zentaur saß, blickte zu dem Greif hinüber. »Was er meint, Crombie, ist, daß wir die Richtung der Quelle der Magie wissen müssen. Mit deiner Hilfe sollten wir es in ein paar Tagen geschafft haben.«

Der Greif krächzte zornig. »Warum sagt der alte Narr es dann nicht?« übersetzte der Golem prompt. Er teilte sich den Greifrücken mit dem Magier, da beide zusammen nicht einmal halb soviel wogen wie Bink.

»Wohlgesprochen, Soldat«, brummte Chester leise.

Crombie wirbelte herum, wobei er um ein Haar seine Reiter abgeworfen hätte. »Da lang«, sagte Grundy und zeigte – im Kreis, bis sich sein winziger Arm wieder senkte.

»O nein!« stöhnte Chester. »Sein Talent ist wieder auf Urlaub!«

»Es funktioniert durchaus!« fauchte Humfrey. »Du hast die falsche Frage gestellt.«

Bink furchte die Stirn. »Das Problem hatten wir schon einmal. Welches ist die richtige Frage?«

»Diese Suche ist deine Aufgabe«, sagte Humfrey. »Ich muß mein Wissen für Notfälle aufsparen.« Und er lehnte sich gemütlich zwischen den Federn des Greifs zurück und schloß die Augen.

Der Gute Magier blieb also so schweigsam wie immer. Er war es nicht gewöhnt, irgend jemandem kostenlos zu helfen, selbst wenn er selbst persönlichen Nutzen daraus ziehen konnte. Jetzt war Bink wieder gefordert. Er mußte sich überlegen, wie sie Crombies Talent nutzbringend anwenden konnten – während der Magier schnarchte.

In der Nickelfüßlerschlucht hatte Crombie versagt, weil es nicht nur eine Fluchtrichtung gegeben hatte. War das jetzt vielleicht auch der Fall – daß es keine alleinige Quelle der Magie gab? Dann würde es sehr schwer sein, sie ausfindig zu machen. Doch mußte er die Gruppe führen, und zwar möglichst sofort. Es war deutlich, daß der Gute Magier ihm keinen Gefallen damit getan hatte, ihm die Führung zu überlassen. »Wo befindet sich der kürzeste Weg zur Quelle der Magie?«

Diesmal zeigte der Greif mit seinem Flügel schräg nach unten.

Aha, die Quelle lag unter ihnen! Das nützte freilich nicht viel. Sie konnten nicht auf die schnelle ein tiefes Loch in den Boden graben. Dazu mußten sie sich erst jemanden holen, dessen Talent im magischen Tunnelbau bestand, und das würde die Sache noch beschwerlicher machen und sie noch weiter verzögern. Die Gruppe war ohnehin schon größer, als Bink es eigentlich vorgehabt hatte. Es war besser, einen natürlichen Zugang zu suchen.

»Wo gibt es einen Zugang zu dieser Quelle, von der Oberfläche aus?« fragte Bink.

Der Flügel begann, hin und her zu schwingen. »Den nächsten!« korrigierte Bink sich hastig. Der Flügel zeigte grob nach Süden.

»Ins Herz der unerforschten Wildnis«, sagte Chester. »Das hätte ich wissen müssen. Vielleicht sollte ich mir lieber jetzt meine Antwort geben lassen und aufhören.«

Crombie krächzte. »Vogelschnabel sagt, daß du eben *nicht* mehr aufhören kannst, wenn du jetzt deine dämliche Antwort einforderst, Pferdehintern.«

Chesters Brustkorb schwoll wütend an. »Das hat Vogelschnabel gesagt? Du kannst ihm von mir ausrichten, daß er Vogelscheiße im Gehirn hat und –«

»Immer mit der Ruhe«, mahnte Bink. »Crombie kann dich auch ohne Übersetzung verstehen.«

»Eigentlich hat er dich einen Eselsarsch genannt«, sagte Grundy hilfsbereit. »Ich dachte, daß er wohl dein Hinterteil meinen müßte, weil –«

Der Greif krächzte erneut. »Hoppla, mein Fehler«, sagte der Golem. »Er meinte doch dein Vorderteil.«

»Hör mal zu, Spatzenhirn!« schrie Chester. »Auf deine bescheuerte Meinung kann ich verzichten! Warum stopfst du sie dir nicht in den –«

Doch zur gleichen Zeit krächzte Crombie dazwischen. Zornig bauten sich die beiden voreinander auf. Der Zentaur war zwar größer und muskulöser als der Greif, doch der Greif war wahrscheinlich der tödlichere Gegner, weil er das Bewußtsein eines ausgebildeten Soldaten und den Körper eines natürlichen Kampftiers besaß.

»Skwaaak!« schrie Bink. »Ich meine: Aufhören! Der Golem versucht bloß, Ärger zu machen. Es ist doch offensichtlich, daß Crombie bloß ›Zentaur‹ gesagt hat. Stimmt's, Crombie?«

Crombie krächzte bejahend. »Spielverderber«, brummte Grundy vor sich hin. »Gerade jetzt, wo's interessant wird.«

»Ich glaube, ich werde dir mal dein großes Maul zu einem niedlichen kleinen Ball quetschen«, sagte Chester und griff nach dem Golem.

»Das kannst du nicht, Muli!« protestierte Grundy. »Ich stehe im Dienst des Zwergen.«

Chester hielt inne, als der Gute Magier sich rührte. »In wessen Dienst?«

»Im Dienst dieses Wichtelmännchens!« sagte Grundy und wies mit einem steifen Finger über seine Schulter auf Humfrey.

Chester blickte Humfrey in gespieltem Erstaunen an. »Mein Herr, wie ist es zu erklären, daß Sie sich solche Beleidigungen von einem Wesen gefallen lassen, das immerhin in Ihrem Dienst steht?«

»Hoppla«, brummte der Golem, als er die Falle bemerkte, in die er gelaufen war. »Ich dachte, er wäre noch am Schlafen.«

»Der Golem besitzt keine persönliche Realität«, sagte Humfrey. »Deshalb sind seine Worte auch nicht persönlich zu verstehen. Genausogut kann man auf einen Lehmklumpen wütend werden.«

»Richtig so, Wichtel!« sagte Grundy. Doch er wirkte etwas eingeschüchtert.

»Machen wir uns endlich an die Arbeit«, sagte Bink, als der Gute Magier wieder die Augen schloß. Er fragte sich, wie ein unwirkliches Konstrukt wie der Golem dem Magier einen Dienst schuldig sein konnte. Grundy mußte ihm eine Frage gestellt und auch eine Antwort erhalten haben – doch was konnte diese magische Wesenheit dazu bewegt haben, eine solche Information zu suchen?

Als sie sich in Richtung Süden auf den Weg machten, hatte

Bink plötzlich eine mittelschwere Eingebung. »Crombie, irgend jemand oder irgend etwas hat versucht, mich auszulöschen. Ich glaube, daß der Drache uns deswegen verfolgt hat. Kannst du mir zeigen, wo sich dieser Gegner befindet?«

»Skwak!« willigte Crombie ein. Er wirbelte herum – und zeigte in die gleiche Richtung, in der die Quelle der Magie lag.

»Sieht so aus, als hätte dein Gegner etwas gegen deine Mission«, meinte Chester ernst. »Beeinflußt das deine Einstellung irgendwie?«

»Ja«, erwiderte Bink. »Jetzt bin ich mehr denn je entschlossen, weiterzumachen.« Obwohl er daran denken mußte, daß das Schwert ihn schon angegriffen hatte, bevor er auf seine Mission ausgezogen war. Hatte sein Gegner ihn etwa schon erwartet? Das wäre wirklich eine böse Neuigkeit, die auf etwas Mächtigeres als gewöhnliche Magie hinwies. »Los, gehen wir.«

In der Nähe des Schlosses war die Gegend einigermaßen ruhig, doch als sie tiefer in die Wildnis eindrangen, änderte sich das. Hohes Gestrüpp verdeckte die Sicht, und als sie daran vorbeikamen, sprühte die Statik vom Blattwerk auf sie herab, so daß ihre Haare, Federn, Pelze und Bindfäden auf gespenstische Weise zu Berge standen. Hinter dem Buschwerk ragte eine Antenne empor, die unfehlbar auf sie gerichtet blieb. Bink hatte sich diesen Dingern noch nie so weit nähern können, um herauszufinden, was es damit auf sich hatte, und jetzt wollte er auch nicht gerade damit anfangen. Warum beobachteten diese Antennen alles so genau, ohne jemals einzugreifen?

Da kamen Schweißmücken und machten ihnen das Leben schwer, bis Humfrey aufwachte, ein winziges Fläschchen hervorholte und es öffnete. Aus der Öffnung strömte Dampf, breitete sich aus, umhüllte den Mückenschwarm – und wurde plötzlich wieder in die Flasche eingesogen, wobei er die Mükken mitnahm. »Dunsti mußte sowieso gefüttert werden«, erklärte der Gute Magier und verstaute das Fläschchen wieder. Mehr sagte er nicht, und keiner fühlte sich bemüßigt, nachzuhaken. Wieder schlief Humfrey ein.

»Das muß schön sein, ein Magier zu sein«, bemerkte Chester. »Er hat auf jedes Problem eine Antwort in irgendeiner Flasche.«

»Das müssen Anschaffungen aus früheren Bezahlungen sein«, stimmte Bink ihm zu.

Dann trafen sie auf einen Schwarm Fluchzecken. Die Dinger verteilten sich über ihre Beine und juckten teuflisch. Man konnte eine solche Zecke nur durch einen Fluch beseitigen. Das Problem bestand darin, daß sich kein Fluch an einem Tag wiederholen durfte, es mußten also stets verschiedene Flüche sein.

Humfrey war nicht sonderlich erfreut, schon wieder geweckt zu werden. Diesmal hatte er freilich keine Lösung in einer Flasche parat. »Beim Bart meines Großonkels Humbug, verschwinde!« sagte der Gute Magier, worauf die angesprochene Zecke wie betäubt von ihm abfiel. »Bei der Schnauze einer kranken Seeschlange, hau ab!« Wieder stürzte eine Zecke zu Boden.

Chester war etwas direkter, denn in seinem prachtvollen Schweif hatten sich gleich mehrere Zecken verfangen. »Ins Grab mit dir, Juckgesicht! Ich stampf dich flach wie die Fraßscheibe eines Nickelfüßlers! Raus, raus, verdammte Zecke.«

Drei Zecken fielen überwältigt von ihm ab.

»Laßt mich!« sagte Bink und beneidete die anderen um ihren Einfallsreichtum. »Los, juckt von mir aus einen Drachen!« Da begannen auch seine Zecken, von ihm abzufallen, wenn auch nicht so reibungslos wie die Zecken, die von den wesentlich kräftigeren Flüchen der anderen getroffen wurden. Bink hatte einfach kein Händchen dafür.

Crombie jedoch war in echten Schwierigkeiten. In diesem Teil von Xanth lebten keine Greife, und die Zecken verstanden seine Flüche nicht. Doch dann begann der Golem, sie zu übersetzen, worauf sie gleich zu Dutzenden herunterplumpsten. »Bei den blutigen Mäulern eines Feldes wilder Löwenmäulchen, tunkt eure häßlichen roten Hinterteile gefälligst in die nächste stinkende Kloake, und am besten gleich seitwärts! Wenn eure Gesichter Blumen wären, würdet ihr einem den ganzen Garten verpesten! Rammt eure rosa Pfefferwurzeln gefälligst in eure –« Der Golem hielt verblüfft inne. »Geht das überhaupt? Ich glaube, das kann ich nicht übersetzen.« Aber die Zecken hatten verstanden, und plötzlich waren die hellen

Federn des Greifs frei von ihnen. Es konnte doch niemand so schön fluchen wie ein Soldat!

Dennoch war es unmöglich, allen Zecken in dieser Gegend auszuweichen, und bis sie sie schließlich hinter sich gelassen hatten, waren ihre Flüche reichlich blumig und weithergeholt worden. Manchmal mußten sie eine einzelne Zecke mit zwei oder sogar drei Flüchen bearbeiten, bis sie den gewünschten Erfolg erzielten.

Nun waren sie hungrig geworden. Es ging doch nichts über eine richtige Fluchorgie, um den Appetit anzuregen. »Sie kennen dieses Gebiet doch«, sagte Chester zu dem Magier, bevor er wieder einschlafen konnte. »Wo gibt es denn hier etwas zu essen?«

»Laß mich mit diesem Kleinkram in Ruhe«, fauchte Humfrey. »Ich habe mir etwas zu essen mitgenommen. Was ihr übrigens auch hättet tun können – wenn ihr genügend Voraussicht gehabt hättet.« Er zückte ein weiteres Fläschchen. Diesmal verdichtete sich der Dampf zu einem Schichtkuchen, komplett mit Zuckerguß. Der Magier nahm den Kuchen aus der Luft, brach ein perfektes Keilstück heraus und biß hinein, während der Rest des Kuchens sich wieder auflöste und als Dampf in die Flasche zurückschwebte.

»Es stimmt, wir haben es versäumt, Proviant mitzunehmen«, sagte Bink. »Meinen Sie, Sie könnten uns vielleicht etwas davon abgeben, nur dieses eine Mal?«

»Warum sollte ich so etwas meinen?« fragte Humfrey neugierig.

»Na ja, wir haben Hunger, und es wäre wesentlich einfacher, wenn –«

Der Magier rülpste. »Such dir dein Freßchen selber, Schnorrer«, übersetzte der Golem.

Bink überlegte, daß der Gute Magier ein wesentlich unangenehmerer Reisegefährte war als es der Böse Magier gewesen war, als er damals die Wildnis Xanths durchqueren mußte. Aber er wußte auch, daß der äußere Schein trügen konnte.

Crombie krächzte. »Vogelschnabel meint, daß es hier ein paar Obstbäume geben müßte. Er wird sie uns zeigen.« Und das tat der Greif auch.

Kurz darauf entdeckten sie einen riesigen Obstbecher. Die Pflanze hatte die Gestalt einer offenen Schale, die bis zum Rand mit verschiedensten Früchten gefüllt war. Froh rannten sie darauf zu – als die Früchte emporstiegen und die Luft bunt färbten.

»O nein! Es ist Flügelobst!« stöhnte Bink. »Wir hätten uns anschleichen müssen. Warum hast du uns denn nicht vorher gewarnt, Crombie?«

»Du hast schließlich nicht gefragt, Sülzkopf!« erwiderte der Golem.

»Fangt sie!« rief Chester und sprang mit ausgestreckten Armen hoch, um einen Apfel aus der Luft zu fischen. Bink stieg hastig ab.

Eine reife Birne schwebte einen Augenblick auf der Stelle, um sich zu orientieren. Bink sprang sie an und erwischte sie mit einer Hand. Die Flügel flatterten verzweifelt, dann gaben sie es auf. Es waren gewöhnliche grüne Blätter, die sich an diese Aufgabe angepaßt hatten. Er riß sie gnadenlos ab, damit seine Frucht nicht entkommen konnte, dann machte er sich auf die Suche nach der nächsten.

Er stolperte plötzlich und stürzte zu Boden, wobei ihm ein wackelnder Pfirsich entwischte. Wütend musterte er das Hindernis, über das er gestolpert war. Es war einer der allgegenwärtigen Erdhaufen. Diesmal stand er auf und stampfte den Haufen in den Boden, bis er völlig eingeebnet war. Dann jagte er weiteren Früchten nach.

Bald hatte er eine kleine Sammlung Obst beisammen: einen Apfel, einen Pfirsich, eine Pflaume, zwei Birnen, einige Trauben und eine Banane. Die hatte monströse, raubvogelähnliche Flügelblätter besessen und sich schrecklich gewehrt, schmeckte aber dafür vorzüglich. Bink war nicht ganz wohl dabei, solche Früchte zu essen, denn sie glichen doch stark Lebewesen, aber wußte auch, daß die Flügel nur magische Anpassungen waren, die den Zweck hatten, daß die Pflanzen ihren Samen weiter aussäen konnten. Obst war dazu da, gegessen zu werden. Es besaß weder richtiges Bewußtsein noch Gefühl. Oder?

Bink schob diesen Gedanken beiseite und blickte sich um. Sie befanden sich am Rande eines abgestorbenen Waldes. Humfrey erwachte. »Mir ist nicht wohl bei der Sache«, meinte er von sich aus. »Ich will nicht meine Zeit damit vergeuden, herauszufinden, wer oder was diese Bäume umgebracht hat. Am besten, wir gehen drum herum.«

»Was nützt es, Magier zu sein, wenn man seine Magie nicht einsetzen will?« fragte Chester kühl.

»Ich muß meine Magie für Notfälle aufheben«, sagte Humfrey. »Bisher hatten wir es allenfalls mit ein paar lästigen Hindernissen zu tun. Dafür ist mir mein Talent zu schade.«

»Genau, gib's ihnen, Winzling«, stimmte der Golem ihm zu.

Chester sah zwar nicht überzeugt aus, hatte aber immer noch so viel Respekt vor dem Magier, um nicht auf seiner Meinung zu beharren. »Es geht langsam auf Abend zu«, sagte er. »Wo ist ein guter Ort, um die Nacht zu verbringen?«

Crombie wirbelte wieder so heftig herum, daß er beinahe seine Reiter abgeworfen hätte. »Hmph!« machte Humfrey, und der Golem übersetzte pflichtbewußt: »Du dämliche Flugkatze! Stell gefälligst deine Pranken auf den Boden!«

Der Greif drehte den Kopf, bis seine tödlichen Augen und sein Schnabel nach hinten zeigten. »Skwaak!« sagte Crombie selbstbewußt. Der Golem übersetzte ihn nicht, wirkte aber eingeschüchtert. Crombie beendete sein Manöver und zeigte in eine neue, leicht von ihrem Hauptziel abweichende Richtung.

»Das ist nicht weit ab. Wir werden dort hingehen«, entschied Chester, und niemand hatte etwas einzuwenden.

Ihr Weg führte am Rand des toten Waldes entlang, und das war ein Glück, denn dadurch war die Gegend relativ sicher: Was immer den Wald getötet haben mochte, hatte auch so gut wie alle darin enthaltene Magie ausgerottet, sowohl die gute als auch die böse. Und doch machten die riesigen Bäume zu ihrer Seite Bink immer neugieriger. Sie wiesen keinerlei Markierungen auf, und das zu ihren Füßen wachsende Gras wuchs üppig, da es nun mehr Licht erhielt. Das wies darauf hin, daß der Boden nicht von irgendeinem Ungeheuer vergiftet worden war. Tatsächlich waren bereits neue Schößlinge zu erkennen, die sich an die langwierige Arbeit machten, den Wald wiederherzustellen. Irgend etwas hatte hier spurlos zugeschlagen.

Um sich von dem unlösbaren Rätsel abzulenken, wandte

Bink sich an den Golem. »Grundy, falls du darüber reden magst – welche Frage hast du dem Magier gestellt?«

»Ich?« fragte der Golem erstaunt. »Du interessierst dich für *mich*?«

»Natürlich tue ich das«, sagte Bink. »Du bist doch auch eine –« Beinahe hätte er »Persönlichkeit« gesagt, doch dann fiel ihm ein, daß der Golem technisch gesehen doch keine war. ». . . ein Wesen«, beendete er seinen Satz etwas lahm. »Du hast doch Bewußtsein, Gefühle –«

»Nein, Gefühle nicht«, erwiderte Grundy. »Ich bin bloß ein Gegenstand aus Bindfäden und Lehm und Holz, der durch Magie belebt wurde. Ich tue, was von mir verlangt wird, ohne persönliches Interesse oder Gefühl.«

Ohne Interesse und Gefühle? Das klang aber nicht sehr überzeugend. »Als ich mich gerade für dich interessiert habe, hast du aber persönliche Beteiligung gezeigt.«

»Habe ich das? Das muß eine Routine-Nachahmung menschlicher Reaktionen gewesen sein. So etwas ergibt sich beim Dolmetscher öfter.«

Bink war zwar immer noch nicht überzeugt, wollte es jedoch nicht anfechten. »Wenn dich menschliche Angelegenheiten nicht interessieren, warum bist du dann zum Guten Magier gekommen? Was hast du ihn gefragt?«

»Ich habe ihn gefragt, wie ich wirklich werden könnte«, antwortete der Golem.

»Aber du *bist* doch wirklich! Du bist doch hier, nicht wahr?«

»Wenn man den Zauber, der mich geschaffen hat, von mir nimmt, bleibt nichts zurück als ein kleiner Haufen Abfall. Ich möchte wirklich sein, wie du es auch bist. Ohne Magie.«

Wirklich sein ohne Magie. Das ergab also doch einen Sinn. Bink erinnerte sich, wie er als Junge darunter gelitten hatte, weil er geglaubt hatte, kein magisches Talent zu besitzen. Das hier war die andere Seite der Medaille: das Wesen, das keine Wirklichkeit *außer* der Magie besaß. »Und wie lautete die Antwort?«

»Sorgen.«

»Was?«

»Sorgen, Dumpfbacke!«

»Sorgen?«

»Sorgen.«

»Das ist alles?«

»Das ist alles.«

»Die ganze Antwort?«

»Die ganze Antwort, Blödmann!«

»Und dafür leistest du einen Jahresdienst ab?«

»Meinst du etwa, du hättest die Dummheit für dich allein gepachtet?«

Bink wandte sich an den Guten Magier, der inzwischen offenbar ausgeschlafen hatte, aber nun vergnügt vor sich hin schwieg. »Wie können Sie es rechtfertigen, für eine solche Antwort einen solchen Preis zu verlangen?«

»Ich muß überhaupt nichts rechtfertigen«, meinte Humfrey. »Niemand ist gezwungen, zu dem gierigen alten Gnom zu kommen, um ihm Fragen zu stellen.«

»Aber wenn jemand einen Preis bezahlt, hat er doch das Recht, eine vernünftige Antwort zu erhalten.«

»Der Golem hat eine vernünftige Antwort erhalten. Er hat sie bloß nicht verstanden.«

»Na, das habe ich auch nicht«, sagte Bink. »Diese Antwort ergibt doch für niemanden einen Sinn!«

Der Magier zuckte die Schulter. »Vielleicht hat er ja die falsche Frage gestellt.«

Bink wandte sich zu Chesters menschlicher Partie um. »Nennst du das auch eine faire Antwort?«

»Ja«, erwiderte der Zentaur.

»Ich meine, das eine Wort ›Sorgen‹? Nichts sonst? Und dafür ein Jahr arbeiten müssen?«

»Ja.«

»Du glaubst, daß es das wert ist?« Bink hatte jetzt ernsthafte Verständnisprobleme.

»Ja.«

»Würde dir eine solche Antwort auf deine Frage genügen?«

Chester überlegte. »Ich glaube nicht, daß diese Antwort zu der Frage passen würde.«

»Dann wärst du also *doch* unzufrieden?«

»Nein, ich wäre durchaus zufrieden, wenn das meine Antwort wäre. Ich glaube einfach nur, daß sie es nicht ist. Ich bin schließlich kein Golem.«

Bink schüttelte verwundert den Kopf. »Dann muß *ich* wohl zum Teil ein Golem sein. Ich glaube nicht, daß die Antwort genügt.«

»Du bist kein Golem«, sagte Grundy. »Dafür bist du nicht klug genug.«

Sehr diplomatisch! Doch Bink versuchte es noch einmal. »Chester, kannst du uns die Antwort einmal erklären?«

»Nein, ich verstehe sie auch nicht.«

»Aber du hast doch gesagt –«

»Ich habe gesagt, daß ich das für eine faire Antwort halte. Wenn ich ein Golem wäre, würde mir ihr Sinn bestimmt einleuchten. Das ist jedenfalls wahrscheinlicher als die Annahme, daß der Gute Magier keine echte Gegenleistung erbringt.«

Bink erinnerte sich daran, wie der Magier der Manticora klargemacht hatte, daß sie eine Seele besaß – auf eine Weise, die das Wesen sowohl gefühls- als auch verstandesmäßig befriedigt hatte. Das war ein überzeugendes Argument. Es mußte irgendeinen Grund dafür geben, warum die Antwort für den Golem so rätselhaft war.

Doch was für eine Frustration, bis man diesen Grund erkannt hatte!

Als es dämmerte, erspähten sie ein Haus. Crombies Talent meinte, daß dies ihre Unterkunft für diese Nacht sei.

Das einzige Problem war die Größe. Die Tür war zehn Fuß hoch.

»Das ist das Heim eines Riesen – oder eines Ogers!« sagte Humfrey stirnrunzelnd.

»Ein Oger?« wiederholte Bink. »Dann können wir nicht hierbleiben!«

»Ja, der hat uns doch im Nu in seinen Topf gesteckt und ein Feuer entfacht«, sagte Chester. »Oger betrachten Menschenfleisch als Delikatesse.«

Crombie krächzte. »Der Idiot behauptet, daß sein doofes Talent sich niemals irren würde«, berichtete Grundy.

»Ja, aber man sollte nicht vergessen, was sein Talent einfach nicht abdeckt«, meinte Bink. »Wir haben nach einem guten Ort gefragt, wo wir die Nacht verbringen können. Wir haben nicht gesagt, daß er sicher sein müßte.«

»Klar, ein großer Topf mit heißem Wasser ist auch nicht unbequemer als alles andere, wenn man sich entspannen will«, stimmte Chester ihm zu. »Bis das Wasser zu heiß wird. Dann wird aus einem Bad –«

»Ich fürchte, ich werde wieder etwas von meiner kostbaren Magie verschwenden müssen«, klagte Humfrey. »Es ist schon zu spät, um noch durch den Wald zu schleichen und eine andere Ruhestätte zu suchen.« Er holte eine weitere verkorkte Flasche hervor und entkorkte sie. Der Korken war ziemlich widerspenstig, wie die meisten Korken, deshalb dauerte das Ganze seine Zeit.

»Äh, ist das nicht ein Dämonenbehälter?« fragte Bink, der die Flaschenart wiederzuerkennen glaubte. Manche Flaschen waren dicker als andere und sorgfältiger hergestellt, mit eingeritzten magischen Symbolen. »Sollten Sie nicht –«

Der Magier hielt inne. »Umph.«

»Er meint, daß er das gerade tun wollte, du Knallkopf«, sagte der Golem. »Das kannst du ruhig glauben – wenn dir danach ist.«

Der Magier kratzte ein Pentagramm in den Boden, stellte die Flasche hinein und murmelte ein paar unverständliche Beschwörungsformeln. Der Korken knallte aus der Flasche, und der rauchige Dämon trat hervor und verdichtete sich, bis Bink ihn als Beauregard wiedererkannte.

Der hochgebildete, bebrillte Dämon wartete gar nicht erst die Frage ab. »Dafür belästigst du mich, alter Mann? Natürlich ist der Ort sicher. Dieser Oger ist Vegetarier. Unsicher ist bloß deine Mission.«

»Nach der Mission habe ich dich nicht gefragt«, schnauzte Humfrey ihn an. »Ich weiß selbst, daß sie unsicher ist. Deshalb bin ich schließlich dabei.«

»Sieht dir gar nicht ähnlich, dich für einen solchen Unfug herzugeben. Schon gar nicht auf Kosten deiner eigenen Bequemlichkeit«, meinte Beauregard und schob seine Brille auf der Nase hoch. »Bei dir rieselt wohl langsam der Kalk? Wirst wohl senil, eh? Oder willst du einfach mit Pauken und Tröten untergehen?«

»Verzieh dich, Höllengeist! Ich werde dich schon wieder rufen, wenn ich mir dein nutzloses Geschwätz anhören will.«

Beauregard schüttelte mitleidig den Kopf und verschwand wieder in der Flasche.

»Das ist wieder so ein Geist, der auch fühlen kann«, sagte Bink beunruhigt. »Müssen Sie ihn unbedingt in so einer winzigen Flasche einsperren?«

»Niemand kann einen Dämon einsperren«, sagte der Magier kurzangebunden. »Außerdem ist seine Dienstzeit noch nicht beendet.«

Manchmal war es wirklich schwierig, der Logik dieses Mannes zu folgen! »Er war aber doch schon bei Ihnen, als ich Ihnen das erste Mal begegnet bin, vor über einem Jahr.«

»Er hatte eine ziemlich komplizierte Frage.«

»Ein Informationsdämon, der Ihnen die Fragen beantwortet, für die Sie Bezahlung verlangen, muß Sie für eine Antwort bezahlen?«

Humfrey antwortete nicht. Bink hörte ein schwaches, dröhnendes Gelächter, das offenbar aus der Flasche des Dämons kam. Irgend etwas hier mußte wirklich zum Lachen sein, wenn es auch nicht gerade komisch war.

»Es ist wohl besser, wenn wir hineingehen, bevor es dunkel wird«, meinte Chester und musterte die Tür des Ogers mit mißtrauischen Blicken.

Bink wäre zwar lieber erst der Sache mit dem Dämon nachgegangen, aber der Zentaur hatte nicht unrecht.

Sie traten an die Tür. Es war ein massives Portal aus behauenen, geschälten Eisenholzstämmen, die mit Würgschranken verknüpft waren. Bink staunte. Rostfreies Eisenholz ließ sich gewöhnlicherweise nur aus frisch gefällten Bäumen gewinnen, und das schaffte nicht einmal eine magische Axt zufriedenstellend. Und welches Ungeheuer konnte es wagen, fröhlich ein paar tödliche Würgranken abzureißen, die ihre Opfer doch normalerweise erwürgten, und das recht kräftig?

Chester hämmerte laut gegen die Tür. Als das metallische Echo nachließ, entstand eine Pause. Dann näherten sich langsame, dumpfe Schritte. Die Tür wurde mit einer solchen Heftigkeit aufgerissen, daß die Eisenholzscharniere heiß wurden und der Luftzug den Zentauren einen Schritt vorwärts riß. Grelles Licht kam aus der Öffnung, und sie erkannten die furchterregende Silhouette des Ogers. Er war doppelt so groß wie Bink, und neben ihm wirkte sogar die hohe Tür fast winzig. Sein Leib war entsprechend umfangreich, und seine Gliedmaßen waren knotig wie knorrige alte Bäume. »Ungh!« dröhnte das Wesen.

»Er fragt, was es wohl bringt, daß es hier stinkt«, übersetzte der Golem.

»Es stinkt?« rief Chester. »*Er* stinkt hier!«

Das war wahr. Der Oger schien weder ans Waschen noch an Reinigungsmagie zu glauben. Sein Fleisch war schmutzüberkrustet, und er stank nach fauligem Gemüse. »Aber wir wollen die Nacht doch nicht im Freien verbringen«, warnte Bink.

Crombie krächzte. »Vogelschnabel meint, wir sollten es hinter uns bringen, Schlafmützen!«

»Klar, typisch Vogelschnabel«, brummte Chester.

Der Oger grunzte. »Steingesicht meint, es stinkt nach Schweif und faulem Greif.«

Hochgewachsen und zornig stand der Greif da und breitete seine schimmernden Flügel aus. »Wie wär's, wenn wir dem Problem dadurch beikommen, daß wir deine Rotznase amputieren?« übersetzte Grundy.

Der Oger schwoll an vor Wut. Er knurrte. »Ich mahl dich in Schrot und back' draus Brot«, übersetzte Golem.

Nun folgte ein Potpourri aus Krächzen und Knurren, das der Golem fröhlich übersetzte.

»Komm raus und sag das noch mal, Taubnuß!«

»Komm in mein Haus, du Schnabelmaus! Ich brech' dich klein in Kochtopf rein!«

»Du brichst dir höchstens den Schädel beim Denken«, krächzte Crombie.

»Reden alle Oger in reimenden Zweizeilern?« fragte Bink, als die Kontrahenten gerade ihr Schimpfwortarsenal auffüllten. »Oder erfindet der Golem das bloß?«

»Das kleine Biest so schlau nicht ist«, sagte der Golem – und reagierte wütend. »Wer ist ein Biest, du Froschgesicht –?«

»Oger sind sehr verschieden, wie andere Wesen auch«, warf Humfrey elegant ein. »Der hier scheint wirklich freundlich zu sein.«

»Freundlich!« rief Bink.

»Für einen Oger, ja. Wir gehen besser hinein.«

»Werd' ab dich schmecken, in Kessel stecken!« grollte der Oger mit Umweg über den Golem. Aber der Greif schlüpfte dennoch hinein, und sein Gastgeber ließ ihn knurrend vorbei.

Drinnen war es dumpf und finster, wie es sich für den Unterschlupf eines Ungeheuers gehörte. Das grelle Licht, das ihnen beim Eintreten entgegengestrahlt war, war verschwunden. Offenbar hatte ihr Gastgeber zur Feier des Tages eine neue Fackel angesteckt, die bereits ihren Geist aufgegeben hatte. Der Boden war mit feuchten Strohmatten belegt, an den Wänden war Riffelholz aufgeschichtet, und über einer Feuermulde mitten im Raum blubberte es in einem Kessel wie Vulkanschlamm. Es waren allerdings nirgendwo Knochenhaufen zu erkennen. Das war natürlich ermutigend. Bink hatte noch nie von einem vegetarischen Oger gehört, aber der Dämon Beauregard verstand wirklich etwas von seinem Geschäft.

»Wie heißt du?« fragte er den Oger.

»Du mach Happs, ich Knacks.«

Offenbar hatte das Ungeheuer ihn nicht verstanden. »Ich heiße Bink, und du?«

»Ich merke stracks du nicht kennst Knacks.« Der Oger tunkte eine haarige, schmierige Faust in den brodelnden Kessel, fischte darin herum, holte eine Faustvoll schleimige Masse hervor und knallte sie in eine knorrige Holzschüssel, die er schließlich Bink vor die Nase schob.

»Trink, Bink.«

»Er will sagen, daß sein Name ›Knacks‹ ist«, erklärte Chester. »Er bietet dir etwas zu essen an. Er unterscheidet nicht zwischen den einzelnen Mahlzeiten zu verschiedenen Tageszeiten. Für ihn ist alles nur ein Happs!«

»Oh. Äh, danke, Knacks«, sagte Bink verlegen. *Du mach Happs, ich Knacks* – jetzt ergab das einen Sinn. Das war eine Einladung zum Essen und eine Antwort auf seine Frage, keine Drohung. Er nahm den Klumpen in Empfang. Der Oger teilte an die anderen die gleichen Portionen aus. Seine riesigen Pranken schienen hitzeunempfindlich zu sein.

Bink musterte seine Portion mißtrauisch. Das Zeug war zu dick, um es zu löffeln, und zu dünn, um es mit der Hand herauszuheben, und machte trotz seiner enormen Hitze einen alles andere als toten Eindruck. Es war von dunkelroter Farbe und schimmerte an manchen Stellen grünlich. Eigentlich roch es ganz appetitlich, obwohl eine schuppige Fliege auf der Brühe trieb.

Chester schnüffelte zufrieden. »He, das ist ja rote Bouillon mit grünem Süßholz – das ist ja eine phantastische Delikatesse! Aber dafür muß man auf magische Weise den Bouillonsaft herausziehen, und nur eine süße Grünelfe kann einem Süßholz beschaffen. Woher hast du das bloß?«

Der Oger lächelte. Selbst im Halbdunkel war der Effekt nervenzerrüttend. »Ich hab' Elfen, die tun mir helfen«, übersetzte der Golem. Knacks hob ein Holzscheit vom Stapel und hielt es über den Kessel. Mit einer einzigen Drehbewegung wrang er das Scheit wie ein feuchtes Handtuch aus. Ein dünnes rotes Rinnsal tropfte in den Kessel. Als das Scheit ausgewrungen war, zerriffelte es der Oger in seine Bestandteile und warf sie ins Feuer, wo sie munter aufflackerten. Na ja, so konnte man Riffelholz natürlich auch verbrennen!

Noch nie hatte Bink eine solche Zurschaustellung roher Kraft erlebt. Statt eines Kommentars fischte er die Fliege aus der Brühe, stippte einen Finger in seinen sich abkühlenden Pudding und führte einen sahnigen Klumpen an die Lippen. Er schmeckte köstlich. »So etwas Gutes habe ich ja noch nie gegessen!« rief er erstaunt.

»Du sagst das, Bink. Du meinst: schön stink!« erwiderte Knacks geschmeichelt.

Crombie krächzte, während er in seiner Schüssel herumpickte. »Mag sein, daß *du* stinkst. Das Zeug hier ist jedenfalls großartig«, dolmetschte der Golem.

Knacks, den das doppelte Kompliment sichtlich freute, bediente sich selbst, indem er sich eine brodelnde Handvoll ohne Umwege in sein aufgerissenes Maul stopfte. Er leckte sich die Finger und schaufelte sich einen neuen Klumpen hinein.

Als die anderen fertig waren, füllte er ihre Schüsseln mit derselben Pranke. Keiner wagte zu protestieren. Aber welche magischen Mikroben würden diese gewaltige Hitze schon überleben?

Nach dem Essen ließen sie sich auf dem Stroh nieder. Die anderen schienen gleich einschlafen zu wollen, doch Bink war beunruhigt. Kurz darauf hatte er es. »Sag mal, Knacks, bei uns bedankt man sich für Gastfreundschaft mit irgendeiner Gegenleistung. Was können wir für dich tun, um uns für dieses tolle Essen und die Unterkunft erkenntlich zu zeigen?«

»Ja, stimmt«, meinte Chester. »Sollen wir ein bißchen Holz für dich hacken oder so?«

»Holz nicht gut – schon ganz kaputt«, grunzte der Oger. Er hiebt mit der Faust auf ein Scheit und zersplitterte es mühelos. Nein, da brauchte er wohl keine Hilfe.

Crombie krächzte. »Vogelschnabel meint, er könnte zeigen, wo sich was befindet. Was willst du wissen, Felsnase?«

»Schlaf, du Aff!« brummte Knacks.

»Erst wenn wir uns erkenntlich gezeigt haben«, beharrte Bink.

»Bin drauf nicht scharf, da kein Bedarf!« Knacks nahm eine Handvoll Stroh auf, drückte es zusammen und benutzte den daraus entstandenen Stab als Zahnstocher.

Chester riet ausnahmsweise einmal zur Vorsicht. »Wir können ihm doch keine Dienstleistung aufdrängen, die er gar nicht haben will!«

»Vielleicht weiß er gar nicht, was er haben will«, meinte Bink. »Wir müssen den Ehrenkodex erfüllen.«

»Du bist aber wirklich ein sturer Bock«, meinte Grundy, der sich ausnahmsweise einmal persönlich zu Wort meldete. »Warum willst du denn Ärger aufstochern?«

»Es ist eine Frage des Prinzips«, meinte Bink verunsichert. »Crombie, kannst du uns zeigen, wo das ist, was Knacks sich wünscht?«

Der Greif krächzte bejahend, wirbelte herum bis das Stroh emporgeweht wurde und zeigte – auf den Guten Magier Humfrey, der in einer Ecke vor sich hin döste, einen Strohhalm auf dem Kopf.

»Vergiß es«, fauchte Humfrey schläfrig. »Ich bin nicht für den Verzehr freigegeben.«

»Aber er ist doch Vegetarier!« erinnerte Bink ihn. »Er will Sie unmöglich fressen. Vielleicht möchte er Ihnen eine Frage stellen.«

»Aber nicht für eine einzige schäbige Übernachtung! Dafür muß er mir einen Jahresdienst ableisten.«

»Hab' keine Fragen, nichts zu sagen«, grunzte der Oger.

»Offenbar wollen wir unserem Gastgeber doch etwas aufdrängen«, sagte Chester mit erstaunlicher Diplomatie. Knacksens Kraft hatte ihn offenbar stark beeindruckt.

»Es gibt irgend etwas, das Knacks haben will, und wenn er es selbst nicht weiß«, sagte Bink. »Es ist unsere Pflicht, es für ihn zu finden.« Keiner brachte irgendeinen Einwand dagegen vor, obwohl er davon überzeugt war, daß alle lieber das Thema gewechselt hätten. »Crombie, vielleicht will er ja gar nicht den Magier, sondern irgend etwas *am* Magier. Wo hast du genau hingezeigt?«

Crombie krächzte müde und resigniert. Wieder zeigte er. »Da!« sagte Bink. »Irgend etwas in seinem Schoß.« Dann hielt er verlegen inne. »Äh, vielleicht in seiner Jacke.«

Doch der Magier war müde und schlief bereits. Ein Schnarchen war seine einzige Antwort.

»Ach, herrje!« sagte Grundy. »Ich werd' nachsehen.«

Und er kletterte auf den Magier und in seine Jacke hinein.

»Ich glaube nicht –« fing Bink an, den diese Frechheit verblüffte.

»Das ist dein Problem«, sagte der Golem aus der Jacke. »Das hier – das muß es sein.« Er kam wieder hervor mit einer Flasche in beiden Armen.

»Das ist ja die Dämonenflasche!« sagte Chester. »Mach bloß keinen Un-«

Doch Grundy war bereits damit beschäftigt, die Flasche zu entkorken. Bink sprang auf ihn zu, doch wieder einmal kam er zu spät. Diesmal war der Korken alles andere als widerspenstig: Er ploppte heraus, als Bink eben die Flasche grabschte.

»Jetzt hast du's!« rief Chester. »Wenn Humfrey jetzt aufwacht –«

Bink blieb nichts anderes übrig, als die Flasche festzuhalten, während der Dämon, von keinem magischen Zeichen und keiner Beschwörung gebremst, hervorschoß. »W-warum m-macht nicht j-jemand ei-ein –« stammelte Bink.

Beauregard verfestigte sich und stand nun, einen dicken Wälzer unter dem Arm, vor ihnen. Er blinzelte Bink unter seinen Brillengläsern an. ». . . ein Pentagramm?« beendete er seinen Satz. »Zu spät.«

»Was habe ich getan?« stöhnte Bink.

Beauregard wedelte lässig mit seiner freien Hand. »Du hast gar nichts getan, Bink. Das war der närrische Golem.«

»Aber ich habe ihn doch überhaupt erst dazu gebracht.«

»Mag sein. Aber mach dir keine Sorgen. Betrachte dich lieber als Werkzeug des Schicksals. Wisse, daß weder die Flasche noch das Pentagramm mich einengen können. Ich habe diese Konventionen stets geachtet, weil ich dem Magier einen Gefallen tun wollte und ihm beruflichen Respekt schuldig war. Wir sind so verblieben, daß ich ihm in meiner Eigenschaft als Hilfsinformant dienen soll, bis ich nach den normalen Gesetzen der Dämonenkontrolle zufällig freigesetzt werde. Diese Gelegenheit bietet sich jetzt, wie es vom Schicksal vorgesehen war. Ein echt gebannter Dämon wäre an meiner Stelle entflohen, darum kann ich jetzt gehen. Ich danke dir für diesen Zufall und mache mich nun davon.« Er begann zu verblassen.

»Warte mal!« rief Bink. »Dann beantworte wenigstens die Frage dieses netten Ogers!«

Beauregards Umrisse wurden wieder schärfer. »Er hat überhaupt keine Frage. Er will nur schlafen. Oger brauchen viel Schlaf, sonst werden sie zu nett.«

»Aber Crombies Talent hat doch –«

»Ach, das! Ja, rein technisch gesehen ist da irgend etwas, aber es ist kein bewußtes Verlangen.«

»Das wird schon genügen«, meinte Bink. Er hätte gar nicht gedacht, daß Oger auch unbewußte Bedürfnisse haben konnten. »Dann sag's uns, bevor du gehst.«

»Er will wissen, ob er sich eine Frau nehmen soll«, sagte der Dämon. Der Oger knurrte. »Hab ich 'ne Frau – wird mein Leben rauh?« sagte der Golem.

»He, was haben wir denn da?« meinte Beauregard. »Einen Golem, der den Preis für eine Antwort bezahlt, die er nicht versteht!«

»Wer kann schon eine Antwort verstehen, die aus einem einzigen Wort besteht?« fragte Grundy.

»Nur ein wirkliches Wesen«, erwiderte Beauregard.

»Das ist ja gerade das Problem – er ist nicht wirklich«, warf Bink ein. »Er will doch wissen, wie er wirklich werden kann.«

Beauregard wandte sich an den Zentaur. »Und du willst dein Talent erfahren. Ich könnte es dir natürlich verraten, aber dann müßtest du mir dienen, und das wollen wir doch sicher beide nicht!«

»Warum beantwortest du nicht einfach die Frage des Ogers und gehst?« fragte Bink, der diesem viel zu weisen befreiten Dämon nicht ganz traute.

»Das kann ich nicht direkt tun, Bink. Ich bin ein Dämon. Er würde meine Antwort nicht akzeptieren, auch wenn sie ganz vernünftig wäre. Er gehört zu einer irrationalen Spezies, genau wie du. Du mußt es ihm sagen.«

»Ich? Ich –« Bink unterbrach sich selbst, weil er keine Lust verspürte, jetzt auf sein Problem mit Chamäleon einzugehen.

»Ihr«, sagte Beauregard herablassend. »Du und Chester und Crombie, ihr solltet einmal über eure Partnerbeziehungen diskutieren, dann bekommt der Oger die Perspektive, die er braucht.« Er dachte kurz nach. »Hm, vielleicht kann ich zu diesem Thema auch noch etwas beitragen.« Worauf er sich neben sie aufs Stroh setzte. Schweigen. Dann fragte Bink den Oger: »Äh, woher hast du ... öh, kennst du schon eine bestimmte ... äh, Oger-Dame, die in ... äh, Frage käme?«

Der Oger antwortete mit einer Grunz- und Schnaubsalve und knirschte heftig mit seinen gelben Zähnen. Der Golem hatte seine liebe Mühe, Schritt zu halten, erwies sich aber als in Hochform:

»Es war ein herrlich mieser Tag, so wie ihn jeder Oger mag. Ich suchte 'was eklig Schönes zu fressen und hatte den Weg schon ganz vergessen. Ich komm' in 'nen großen Urwald rein, mit Bäumen so hoch, ich fühl' mich ganz klein. Da hab' ich ein schönes Schloß geschaut, das war ganz aus alten Knochen gebaut. Drin war ein Brunnen voll mit Blut, da hab' ich gedacht, das schmeckt sicher gut. Ich stampfte also zum Burghof hin, da sah ich 'ne liebliche Ogerin. Haare wie Disteln, Haut wie Eiter, da weiß kein Zombie vor Neid noch weiter. Sie stank aus dem Mund wie altes Aas, der Geruch war so doll, daß ich mich vergaß. Ich gab ihr eins mit der Faust vor die Rübe, so erklären wir Oger unsere Liebe. Dann hab' ich sie mir am Bein gepackt und hab' mein Schätzchen eingesackt. Doch die Leute da fanden das Stück beschissen und haben uns mit faulen Äpfeln beschmissen. Sie machten so 'n Krach, der weckte gleich die Ungeheuer vom Strudelteich. Die hatten das Schloß in Schlaf versenkt und fühlten sich wohl durch den Lärm gekränkt. Sie schickten uns einen gewaltigen Fluch, da hab' ich gedacht, jetzt ist es genug. Ich hab' noch versucht, ihm auszuweichen, doch mit dem Weib auf'm Rücken konnt' ich nur schleichen. Dann ist der Fluch doch explodiert und hat den ganzen Wald ruiniert. Ich hab' mich auf die Socken gemacht und nicht mehr an die Schlampe gedacht. Jetzt liegt sie dort, wie vor'n Kopf gehauen – und ich weiß nicht: soll ich mich trauen?«

Die anderen saßen schweigend da und verdauten erst einmal diese außergewöhnliche Erzählung. Schließlich krächzte Crombie: »Das war ja ein gewaltiges Abenteuer und eine beeindrukkende Romanze«, übersetzte Grundy für ihn. »Auch wenn ich verstehe, wie sehr du deine Freundin schätzt, kann ich aus eigener Erfahrung nur sagen, daß alle Frauen höllische Geschöpfe sind, deren oberster Lebenszweck darin besteht, die Männer zu täuschen, in die Falle zu locken und ihnen das Leben schwer zu machen. Deshalb –«

Der Oger unterbrach den Greif mitten in einem Krächzer. »Hihihihi, hihihihi!« übersetzte Grundy und hielt dann selbst vor Überraschung inne. »Jawohl, dann geh' ich und hole sie!«

Chester lächelte. »Trotz der Empfehlung meines Freundes muß ich doch eine kleine Warnung aussprechen. Egal wie sehr die Stute dem Hengst auch das Leben zur Hölle machen mag und wie unvernünftig sie sonst ist, kommt doch stets einmal die Zeit, da sie ihr erstes Fohlen wirft. Dann verliert die Dame plötzlich jegliches Interesse –«

»Und keift nicht mehr? Oh, Leben schwer!« grunzte Knacks enttäuscht.

»Aber nach einer Weile«, sagte Bink, »wird sie wieder normal, oft mit sagenhaft spitzer Zunge. Ich würde jedenfalls sagen, daß ein bißchen Nörgeln und Keifen immer noch besser sind als kein Nörgeln und Keifen. Also schlage ich vor, daß du deine Schöne weckst und ihr Gelegenheit gibst, dir das Leben herrlich schwer zu machen.«

Die Augen der Ogers leuchteten plötzlich wie Fackeln.

»Dem kann ich mich nur anschließen«, meinte Beauregard. »Dieses Gespräch hat mir einige höchst faszinierende Einsichten in das Wesen menschlicher, tierischer und ogrischer Gefühle beschert. Was für den Menschen Nörgeln ist, ist für den Oger Liebesgeflüster. Das wird einen hübschen Schluß für meine Dissertation abgeben.«

»Für deine was?« fragte Bink.

»Meine Doktorarbeit über die Schwächen intelligenten Lebens auf der Oberfläche von Xanth«, erklärte Beauregard. »Ich wollte Informationen von dem menschlichen Magier Humfrey haben, und er hat mir versichert, daß ich beim Dienst in seiner Flasche alle Einsichten erlangen würde, die ich benötige, weil man das Wesen eines Menschen am besten durch die Fragen erkennt, die er für am wichtigsten hält. Dem war auch so, und nun ist mir mein Titel so gut wie sicher. Das wird mich qualifizieren, eine ständige Bindung mit meiner auserwählten Dämonin einzugehen, die meiner Meinung nach eine solche Anstrengung durchaus wert ist. Das verleiht mir eine gewisse dämonische Freude. Aus diesem Grund will ich jeden von euch mit einem kleinen Geschenk bescheren, das eine Frucht meiner Studien ist.«

Der Dämon drehte sich zu Chester um. »Ich ziehe es vor, dir nicht direkt zu sagen, welches dein magisches Talent ist; ich habe dir ja schon erklärt, warum. Aber ich will dir einen Hinweis geben: Es ist eine Widerspiegelung des unterdrückten Teils deines Charakters. Denn wie die meisten anderen Zentauren hast auch du geglaubt, daß deine Rasse keine Magie besitzt. Deshalb sind ganze Aspekte deiner Persönlichkeit sozusagen in den Untergrund abgedrängt worden. Wenn es dir gelingt, diese Konditionierung abzuschütteln, wird sich dein Talent auf natürliche Weise offenbaren. Vergeude nicht ein Jahr deines Lebens für die Antwort des Guten Magiers, sondern bring das zum Ausdruck, was du im Innern fühlst.«

Dann wandte er sich an Crombie. »Du kannst deinem Schicksal nicht auf diese Weise entgehen. Wenn du von dieser Suche zurückkommst – sofern du *überhaupt* zurückkehren solltest –, wird Sabrina dich in eine unglückliche Ehe locken, wenn es dir nicht gelingt, schon vorher eine geeignetere Verpflichtung einzugehen. Genieße also das Leben, bleib im Hier und Jetzt und denk nicht an das Morgen, denn das wird noch schlimmer sein als das Heute. Dennoch ist die Ehe für dich kein Schicksal, das schlimmer wäre als der Tod. Das wirst du erst richtig merken, wenn du dich dem Tod stellen mußt.«

Er wandte sich von dem niedergeschlagenen Greif ab und blickte den Golem an. »Die Antwort des Magiers bedeutet: Daß sich Leute Sorgen machen, sich um etwas kümmern. Das tun tote Gegenstände nicht. Erst wenn du echte Gefühle erfährst, die deiner Logik zuwiderlaufen, bist du wirklich. Diese Höhen kannst du nur dann erklimmen, wenn du hart daran arbeitest. Aber Vorsicht! Denn die Gefühle von Lebewesen können oft ziemlich ungemütlich werden.«

Er drehte sich Knacks zu. »Dir sage ich, Oger: Geh und hol dir deine Dame. So wie du sie schilderst, ist sie die richtige Gefährtin für dich: ein wirklich schreckliches Rabenaas.« Knacks war so gerührt, daß er beinahe errötet wäre.

Beauregard wandte sich an Bink. »Deine Magie habe ich nie richtig begreifen können, aber ich spüre, daß sie gerade in Aktion ist. Sie ist außerordentlich stark – doch das, was du suchst, ist unendlich viel stärker. Wenn du stur bleibst, läufst du Gefahr, vernichtet zu werden und auch jene Dinge zu vernichten, die dir am teuersten sind. Aber du wirst ja doch stur bleiben, deshalb möchte ich dir mein Beileid aussprechen. Bis zum nächsten Mal!« Er verblaßte.

Die Verbliebenen blickten sich an. »Gehen wir schlafen«, meinte Chester schließlich. Das war der beste Vorschlag des ganzen Abends.

VI

Magischer Staub

Am Morgen bedankten sie sich bei dem Oger und machten sich wieder auf die Suche, während Knacks eifrig in den toten Wald hineintrampelte, um seine schöne Braut aufzuwecken.

Aus seiner Erzählung wußten sie, daß die Bäume einem Fluch zum Opfer gefallen waren – doch was war mit den bösen Ungeheuern, die im See wohnten und über solch verheerende Flüche herrschten? Gab es vielleicht Magier unter ihnen, und war die Quelle der Magie dort zu finden?

Der Magier Humfrey war besonders nachdenklich. Entweder hatte er am Vorabend doch nicht ununterbrochen geschlafen, oder er hatte mit Hilfe seiner Wissensmagie die neue Lage erfaßt. Er mußte doch wissen, daß Beauregard fort war! »Welche Magie«, murmelte er, »kann mit einem einzigen Fluch einen ganzen lebenden Wald vernichten? Warum habe ich davon vorher nichts gewußt?«

»Sie haben einfach nicht daran gedacht, nachzusehen«, meinte Chester undiplomatisch.

»Jetzt sehen wir ja nach«, warf Bink ein. »In der Nähe ihres Ursprungs müßte die Magie ja auch stärker sein.«

Crombie krächzte. »Starke Magie ist eine Sache, Flüche der Magie-Kategorie sind eine andere. Ich will nochmal die Richtung überprüfen.« Erneut befragte er sein Talent.

Sie hatten die richtige Richtung eingeschlagen. Die Landschaft wirkte ganz normal: Hohe Bäume funkelten die Eindringlinge an, während kleine ihnen auswichen so gut es ging. Fruchtfliegen summten umher. Beeren, Kirschen und Pampelmusen trieben unschuldig in der Luft, als suchten sie einen neuen Obstbecher. Zwischen den verschlungenen Büschen erschienen verlockende Pfade, die die Reisenden aus Gewohnheit mieden. In Xanth war der leichteste Weg nur selten auch der beste!

Doch schon bald wurde die Strecke beschwerlicher. Dornensträucher mit scharfen Spitzen und üblem Charakter versperrten ganze Landstriche, während andere Stellen dafür von einem Rudel Ameisenlöwen bewacht wurden. Der nächstgelegene Pfad war von Stinkkraut umsäumt, das einer besonders starken und großen Art angehörte. Sie versuchten, sich ihren Weg hindurchzubahnen, doch der Gestank wurde so entsetzlich, daß wahrscheinlich selbst der Oger den Versuch aufgegeben hätte. Keuchend zogen sie sich zurück.

Sie musterten die Alternativen: Dorngestrüpp und Ameisenlöwen. Bink versuchte, mit seinem Schwert eine Schneise durch die Vegetation zu schlagen, doch bei jedem Hieb griffen neue Äste und Zweige nach ihm und bedrohten ihn. Diese Dornensträucher waren ungewöhnlich wachsam, und ihre Dornen schimmerten verdächtig nach Gift. Bink wich zurück und wandte sich dem von Ameisenlöwen beherrschten Teil zu. Die löwenköpfigen Ameisen hatten gute Pfade ins Unterholz geschlagen und alles, was sich ihnen in den Weg gestellt hatte, rücksichtslos ausgemerzt. So waren die Wege völlig frei von Gefahren – bis auf die Ameisenlöwen selbst.

Gemeinsam mit Chester und Crombie konnte er vielleicht ein halbes Dutzend besiegen, aber die Wesen würden ohne die geringste Furcht und Nachsicht gleich zu Dutzenden angreifen. Wieder würde Bink wahrscheinlich wegen seines Talents auf irgendeine unwahrscheinliche Weise ungeschoren davonkommen, doch was war dann mit den anderen?

Er blickte sich um und sah nach oben. Zwischen den Baumwipfeln erkannte er einen Pfad.

Er rieb sich ungläubig die Augen. Ein Pfad, mitten in der Luft? Aber warum eigentlich nicht? Mit Magie war schließlich alles möglich, wie er sich zum x-ten Mal erinnerte. Die Frage war nur, ob Menschen und Halbmenschen ihn auch benutzen konnten und wo er dann hinführte.

Dennoch schien dies der vielversprechendste Weg zu sein. Wenn er auf Chester ritt, würde sein Talent sie nur dann auf den luftigen Pfad lassen, wenn er sie beide tragen konnte. Der Greif, der Magier und der Golem wogen viel weniger, konnten ihnen in einem solchen Fall also auch unbesorgt folgen. »Ich glaube, ich habe einen Weg gefunden«, sagte Bink.

Sie versuchten es. Sie entdeckten eine Stelle, an der sich der magische Pfad dem Boden näherte, und Crombie stellte fest, daß dieser Highway keine unmittelbare Gefahr bot. Sie kletterten hinauf und folgten ihm empor zu den Baumwipfeln. Das Merkwürdigste war, daß der Pfad stets eben zu verlaufen schien, obwohl er zahlreiche Windungen machte. Der Wald drehte sich freilich heftig um sie herum. Manchmal strahlte die Sonne unter ihren Füßen, manchmal seitlich von ihnen, während die Bäume die unmöglichsten Winkelstellungen einnahmen. Bink griff, neugierig geworden, nach dem Stamm eines Baumes, dessen Wurzeln über ihm im Boden verschwanden. Er war wirklich. Natürlich wußte er, daß er es war, der in Wirklichkeit auf dem Kopf stand. Als er sich umblickte, sah er den Greif, der schräg zu ihnen lief, und erkannte, daß es für den Greif, den Magier und den Golem der Zentaur war, der schief ging. Wirklich eine erstaunliche Magie, aber wenigstens harmlos. Vorläufig.

Bink entschied sich, die Aussicht zu genießen. Er sah alles, nicht aus der Menschen- oder Vogelperspektive, sondern aus einem neuartigen Gemisch von beidem. Der Pfad führte sie sicher über das Revier der Ameisenlöwen, aber doch deutlich unterhalb der Flughöhe der Raubvögel. Bink erblickte mehrere kleine Flugdrachen, eine Harpyie und, weit entfernt, einen Rokh, aber keiner davon näherte sich dem Pfad.

Auch die Pflanzen waren ungewöhnlich ruhig. Zwar hingen Constrictortentakel drohend neben dem Pfad herab, doch niemals *auf* den Pfad selbst. Dieser Weg war offenbar verzaubert, was sehr verdächtig war. Denn für gewöhnlich waren die besten Pfade immer die schlechtesten. Wohin mochte dieser Weg sie nur führen?

Crombies Talent meinte, daß in der vor ihnen liegenden Richtung keine Gefahr lauerte, doch Crombies Talent konnte die Sache auch allzu wörtlich betrachten. Für Bink stellte alles, was seine Suche verzögerte, eine Gefahr dar. Man konnte es sich einfach nicht leisten, fremder Magie zu vertrauen. Es war besser, den Guten Magier zu befragen.

»Natürlich ist der Pfad sicher, Bink«, sagte Humfrey irritiert. »Meinst du, daß ich ihn sonst benutzen würde?«

Dabei hatte Bink seine Frage noch nicht einmal formuliert! Der Magier besaß wirklich eine außergewöhnliche Gabe, auch wenn er sich meistens gruffig weigerte, sie zugunsten anderer anzuwenden, so daß er als Reisegefährte kaum angenehmer war als eine Harpyie. Was nutzte es, einen Magier dabei zu haben, der seine Magie nie einsetzte, um einem die Sache zu erleichtern? Selbst der Böse Magier war stets freigiebig eingesprungen, wenn Gefahr drohte –

»Eben, Bink«, meinte Humfrey. »Im Augenblick droht aber keine Gefahr. Wenn sich die Lage ändern sollte, werde ich meine gierig gehortete Magie schon anwenden. Du bist noch jung, du verschwendest deine Kräfte achtlos und kommst dadurch in Schwierigkeiten, die du durchaus vermeiden könntest.«

Das geschah ihm recht, wenn er so unvorsichtig war, seine Gedanken frei fließen zu lassen! Bink schwieg im Geiste und ritt weiter. Bald darauf wand sich der Pfad hinab, auf ein hübsches kleines Dorf zu, dessen Häuser mit Stroh und buntem Lehm gedeckt waren. Saubere Gehsteige verbanden die verschiedenen Sehenswürdigkeiten miteinander.

»Fällt dir auch auf«, fragte Chester, »daß die Gebäude ohne Magie erbaut worden sind? Mit rein mundanischem Material?«

»Stimmt«, sagte Bink überrascht. »Wenn wir uns auf einem magischen Pfad der Quelle der Magie nähern, sollte es doch eigentlich noch wesentlich mehr Magie geben als sonst, nicht wahr?« Er drehte sich zu dem Greif um. »Crombie, bist du sicher –«

Crombie krächzte. »Vogelschnabel ist überzeugt davon, daß dies die richtige Richtung ist«, sagte der Golem. »Aber es kann sein, daß das Dorf eine bloße Zwischenstation ist und nicht das eigentliche Ziel.«

Eine alte graue Harpyie flatterte ihnen entgegen, als sie sich dem Ende ihres Pfades näherten. Sie machten sich auf Ärger gefaßt, denn Harpyien waren dafür berüchtigt. Doch obwohl diese gebührend scheußlich aussah, war sie sauber und schien recht friedlich zu sein.

»Willkommen, Wandersleute!« sagte sie, ohne sich auch nur die Mühe zu geben, sie zu beleidigen. Wirklich eine höchst gemäßigte Harpyie!

»Äh, danke«, sagte Bink. »Wir suchen . . . ein Nachtlager. Wir wollen niemandem etwas Böses.« Er hatte noch nie von einer freundlichen Harpyie gehört, deshalb blieb er auf der Hut, die Hand auf dem Schwertknauf.

»Das sollt ihr haben«, sagte sie. »Ihr seid alle männlichen Geschlechts?«

»Ja«, erwiderte Bink nervös. »Wir suchen die Quelle der Magie. Dein Dorf scheint in der Nähe zu liegen. Wir –«

»Fünf Männer!« sagte die Harpyie. »Was für eine Goldgrube!«

»Wir interessieren uns nicht für eure Frauen«, sagte Chester in gewohnt herausfordernder Manier.

Crombie krächzte. »Nur für das, was an ihnen dran ist«, dolmetschte der Golem.

Chester schürzte die Lippen. Bink mußte sich einschalten, bevor ein neuer Streit entbrannte. »Wir werden euch gern einen Gegendienst erbringen, wenn ihr uns heute nacht beherbergt und uns Kost gewährt. Und morgen können wir ja vielleicht über die Magie –«

»Das müßt ihr mit Trolla aushandeln«, sagte die Harpyie. »Hier entlang, bitte.« Dann flatterte sie davon, wobei sie mit einer abscheulichen Erregtheit »Männer!« murmelte.

»Vielleicht hast du gar nicht so unrecht«, brummte Chester Crombie zu. »Wenn wir hier in ein Harpyiennest gefallen sein sollten . . .«

». . . dann begeben wir uns besser zurück auf den Luftpfad

und kehren zurück«, beendete Bink Chesters Satz und blickte sich dabei um.

Doch der Pfad war verschwunden.

Trolla stellte sich als weiblicher Troll heraus. Sie war beinahe so häßlich wie die Harpyie, war aber ebenso erstaunlich höflich und zuvorkommend. »Ich merke, daß ihr beunruhigt seid, ihr attraktiven männlichen Besucher«, sagte Trolla. »Und ihr habt auch allen Grund dazu. Aber nicht wegen der Bewohner dieses Dorfes. Erlaubt mir, euch das Abendessen zu servieren, während ich euch unsere Lage schildere.«

Trolla klatschte in die hornigen Hände, und mehrere Waldnymphen erschienen mit Tellern. Ihr Haar war grün, ihre Haut braun, ihre Fingernägel rot: ganz wie blühende Bäume. Doch ihre Gestalt war menschlich. Jede von ihnen war eine straffe, geschmeidige, vollbusige und nackte Schönheit. Alle blickten sie Bink und Humfrey mit mehr als nur oberflächlichem Interesse an. »Hunger« wäre wohl das treffendere Wort gewesen.

Das Essen erwies sich als fast vollständig mundanisch: Gemüse und Obst vom Ort und kleine Drachensteaks. Milchkrauthülsen spendeten gute, aber völlig normale Milch.

»Vielleicht habt ihr schon bemerkt, daß wir bei der Zubereitung dieses Essens keinerlei Magie verwendet haben«, sagte Trolla. »Wir benutzen so wenig Magie wie möglich hier, weil es hier mehr Magie gibt als sonst irgendwo auf Xanths Oberfläche. Ich verstehe, wenn ihr das etwas unverständlich findet...«

»Völlig verständlich«, sagte Humfrey und machte sich über ein weiteres Steak her.

Trolla musterte ihn. »Sie müssen ein Magier sein, mein Herr.«

»Hmph.« Er schien sich mehr für das Essen als für ihre Schilderung zu interessieren. Bink wußte, daß das täuschte: Humfrey achtete genauestens auf alles Magische.

»Wenn das der Fall sein sollte – wenn jemand von euch starke Magie besitzen sollte –, dann möchte ich euch davor warnen, sie anzuwenden«, sagte sie. »Versteht mich bitte nicht falsch – das soll keine Drohung sein. Wir möchten nicht, daß ihr euch auch nur im geringsten unwohl fühlt. Es ist nur so, daß alle Magie – ach, gestattet mir, es euch einmal vorzuführen.« Sie klatschte in die Hände, und eine Nymphe trat ein, die ebenso üppig und nackt war wie die anderen. »Bring eine kleine Feuerfliege«, befahl Trolla ihr.

Einen Augenblick später kehrte die Nymphe mit der Feuerfliege zurück. Es war ein sehr kleines Tier, von der Sorte, die kaum mehr als einen harmlosen Funken von sich gab. Sie setzte sich auf den Tisch. Mit ihren zusammengefalteten, flammenfarbenen Flügeln und isolierten Beinen sah sie recht hübsch aus. »So, und jetzt seht mal, was passiert, wenn ich sie erschrecke«, sagte Trolla.

Mit einem hufähnlichen Knöchel klopfte sie auf die Tischplatte. Die Feuerfliege sprang erschrocken auf und gab ihr kurzes Feuer von sich. Ein Lichtblitz, große Hitze – und eine Rauchkugel stieg zur Decke empor. Auf dem Tisch war ein handbreiter verkohlter Fleck zu sehen. Die Feuerfliege selbst war verschwunden.

»Die hat sich ja selbst verbrannt!« rief Chester.

»Das wollte sie gar nicht«, sagte Trolla. »Das war eine ganz normale xanthische Feuerfliege, die nicht an diese Gegend gewöhnt war. Hier, in der Nähe der Quelle, wird ihre Magie hundertfach verstärkt. So wird aus ihrem kleinen Funken ein selbstzerstörerischer Feuerball. Bevor ihr Männer euch hier akklimatisiert habt, solltet ihr eure Magie in diesem Dorf nicht ausüben. Wir schätzen es, euch hier zu haben, und wollen nicht, daß euch irgend etwas zustößt.«

Bink blickte Humfrey an, doch der Gute Magier fuhr mit dem Essen fort. »Äh, keiner von uns besitzt Brennmagie«, sagte Bink. Und doch fragte er sich, was sein Talent wohl tun würde, wenn eine Gefahr drohte. Was immer es vielleicht als rein »zufällige« Verbesserung planen würde, könnte viel schlimmer ausfallen. »Aber es wäre besser, wenn ... wenn uns nichts bedrohte.«

»Leider gibt es eine höchst gefährliche Bedrohung für euch«, sagte Trolla ernst. »Weil ihr nämlich männlichen Geschlechts seid. Es ist euch bestimmt schon aufgefallen, daß es in diesem Dorf keine Männer gibt.«

»Das ist uns aufgefallen«, bestätigte Bink. »Eure Nymphen scheinen äußerst fasziniert von uns zu sein.« Tatsächlich drängten sich die Nymphen so nahe an sie, daß Binks Ellenbogen ihnen beim Essen des öfteren leicht in die weichen Mittelpartien stieß.

»Wir haben folgendes Problem«, fuhr Trolla fort. »Eine Sirene hat unsere Männer fortgelockt. Ursprünglich waren wir mal ein ganz gewöhnliches menschliches Dorf, wenn man einmal von unserer besonderen Lage und Aufgabe absieht. Dann kam die Sirene und hat uns unserer Männer beraubt. Weil unsere Arbeit erledigt werden mußte, haben wir unter größten persönlichen Risiken jenen verzauberten Zugangsweg errichtet, den ihr auch entlanggekommen seid, um damit den Zuzug anderer Männer zu erleichtern. Doch auch die neuen Männer wurden uns schon bald wieder genommen. Wir dehnten unsere Suche auch auf nichtmenschliche Wesen aus. Auf diese Weise bin ich selbst zusammen mit meinem Mann, dem Troll, hierhergekommen. Aber die schreckliche Minderung hielt an. Ich war schon bald eine Witwe, und das auf keineswegs natürliche Weise.«

Bink war plötzlich sehr beunruhigt. Manche weiblichen Trolle fraßen ihre Männer auf. Es hieß, daß sich ein Troll nur vor einer Sache fürchtete, nämlich vor seiner Frau – und das aus sehr gutem Grund.

Suchte dieses räuberische weibliche Wesen etwa einen neuen Mann?

»Unser Dorf setzt sich inzwischen aus intelligenten weiblichen Wesen aller Art zusammen«, fuhr Trolla fort. »Außerdem sind da noch ein paar hilfreiche Tiere. Der magische Pfad befördert zwar nur intelligente Lebewesen, aber manchmal stoßen Tiere durch den Dschungel zu uns. Aber die Sirene – das ist die Gefahr, von der ich sprach. Wenn ihr sie auch nur einmal rufen hört, werdet ihr im Wald verschwinden und niemals wieder zurückkehren. Wir würden euch das gerne ersparen, aber wir sind da völlig hilflos, es sei denn, wir greifen zu skrupelloseren Mitteln.«

»Und das wäre?« fragte Bink nervös.

»Wir könnten euch taub machen, damit ihr den Ruf nicht hören könnt«, erklärte Trolla. »Oder euch kastrieren, damit ihr nicht reagiert, wenn –«

»Warum zieht ihr eigentlich nicht aus und erschlagt die Sirene?« fragte Chester.

»Ich würde die Sirene nur zu gern in Stücke reißen und roh verzehren«, erwiderte Trolla. »Aber ich komme nicht an dem Gewirrbaum vorbei. Die Sirene hat mit ihm ein Abkommen geschlossen. Er läßt alle Männer durch, packt dafür aber die Frauen.«

»Dann müßt ihr den Gewirrbaum ausschalten«, meinte Bink. »Wenn die Magie hier so stark ist, wie ihr es uns gezeigt habt, dürfte das nicht allzu schwierig sein. Ein paar Feuerfliegen oder ein paar Handgranatäpfel –«

»Das ist kein gewöhnlicher Gewirrbaum«, sagte Trolla. »Wir haben versucht, ihn zu vernichten, aber obwohl er außerhalb unseres Dorfes liegt, hat er genügend zusätzliche Magie aufgenommen, um unsere Bemühungen zunichte zu machen. Schließlich sind wir ja nur Frauen. Und die Männer kämpfen nicht gegen ihn, wenn sie von der Sirene erst einmal betört worden sind.«

Bink atmete tief durch. »Ich glaube, das ist die Gegenleistung, die wir euch für eure Gastfreundschaft anbieten können. Morgen werden wir den Gewirrbaum umlegen.«

Doch Trolla schüttelte nur traurig den Kopf. »Das ist nett von euch, uns das anzubieten«, sagte sie. »Aber die Sirene wird es nicht zulassen.«

Die Sirene wußte nichts von Binks Talent. Da sowohl sie als auch der Gewirrbaum magische Wesen waren, würde seine Magie ihn vor ihnen schützen. Irgendwie. Aber wenn er an die Komplikationen dachte, die eine verstärkte Magie hier mit sich bringen konnte, war es besser, wenn er es allein versuchte. Er wollte nicht, daß seine Freunde vom »Rückstoß« verletzt wurden.

Vielleicht konnte er sich ja in der Nacht heimlich davonstehlen, während die anderen schliefen.

Crombie krächzte. »Alte, was hat dieses Dorf für eine Aufgabe?«

»Wir liegen direkt über dem Quellenflöz der Magie«, antwortete Trolla. »Hier liegt der Ursprung der Magie von Xanth. Der Staub ist magisch stark aufgeladen, und wenn man es zuließe, daß er sich anhäuft, würde der Rest von Xanth nach und nach mundanisch werden, während das Dorf eine tödliche Magie-Konzentration bekäme. Deshalb müssen wir den Staub verteilen, damit ein vernünftiges Gleichgewicht aufrechterhalten werden kann.« Sie blickte sich im Kreis um. »Wir sind wohl alle mit dem Essen fertig. Erlaubt mir, daß ich euch unsere Arbeitsweise vorführe.« »Hmph«, stimmte Humfrey zu.

Trolla führte sie in ein hohes, zentral gelegenes Gebäude aus mundanischem Gestein. Im Inneren befand sich eine riesige Grube, in der kleine Elfen, Gnome und Feen mit winzigen Schaufeln und Pickeln Sand ausgruben und freischabten. Diesen luden sie in Wagen, die von weiblichen Zentauren, einer Manticora und einer kleinen Sphinx gezogen wurden. Als Bink sich dem Sand näherte, spürte er, wie seine Haut zu kribbeln begann. Kein Zweifel: Dieser Sand hatte mit starker Magie zu tun! Und doch war es das erste Mal, daß er auf undifferenzierte Magie gestoßen war. Dieser Sand verhängte selber keine Zauber, übte keine Magie aus. Er *war* einfach Magie, die auf Anleitung und Zielsetzung wartete. Bink war sich nicht ganz sicher, ob er das glauben konnte.

Der Sand wurde in ein anderes Gebäude gebracht, wo drei riesige Hephalumphe ihn ununterbrochen zu feinem Staub zerbliesen. Die Hephalumphe waren wilde Tiere, doch diese schienen gezähmt, wohlversorgt und glücklich zu sein. Dann wurde der Staub von einem gefangenen Vogel Rokh mit gewaltigen Flügelbewegungen zu kleinen Tornados emporgewirbelt.

»Die Technicolor-Hagelstürme!« rief Bink. »Jetzt weiß ich, wo sie herkommen!«

»Genau«, sagte Trolla. »Wir versuchen, den Staub möglichst weit emporzuwirbeln, damit er über ganz Xanth hinweggetragen wird, bevor er hinabfällt, aber wenn irgendwo ein Sturm herrscht, wird er natürlich vorzeitig hinabgerissen. Die Region, die unmittelbar in Windzugrichtung vor uns liegt, ist für intelligentes Leben unbewohnbar, denn die starke Staubkonzentration bringt das ökologische Gleichgewicht durcheinander und führt zum Wahnsinn. Deshalb ist unsere Operation also auch nicht ohne Risiken – aber wir müssen dennoch weitermachen. Wir wären froh, wenn ihr Männer hierbleiben könntet, um unsere Frauen zu ermutigen, aber wir wissen, daß ihr fliehen müßt, bevor die Sirene euch ruft. Leider ist unser Zugangsweg nur in einer Richtung zu beschreiten. Wir waren in letzter Zeit zu sehr beschäftigt, um auch einen Rückweg zu bauen. Ihr könnt nur durch das Gebiet des Wahnsinns entkommen. Aber das ist immer noch besser, als der Sirene zum Opfer zu fallen. Wir werden euch so weit helfen, wie wir nur können, aber –«

»Nicht bevor wir unseren Gegendienst geleistet haben«, sagt Bink. »Wir haben verschiedenste Talente und müßten die Sache eigentlich deichseln können.« Doch innerlich war er nervös. Es fiel ihm schwer, daran zu glauben, daß ausgerechnet sie dort Erfolg haben würden, wo alle anderen Männer bereits gescheitert waren. Außerdem fragte er sich, warum die Quelle der Magie Xanths seit Jahrhunderten unbekannt geblieben war, wenn die Bewohner dieses Dorfes doch die ganze Zeit davon gewußt hatten.

»Wir haben heute abend eine Feier«, sagte Trolla. »Einige von unseren jüngeren Mädchen haben noch nie einen Mann gesehen, und sie haben es sich verdient, euch einmal zu betrachten. Wir werden euch allen vorstellen, und dann überlegen wir, wie wir euch dabei helfen können, der Sirene zu entgehen. Bisher haben wir noch keine Möglichkeit gefunden, ihren Gesang von den Ohren der Männer fernzuhalten, obwohl wir Frauen ihn nicht hören können. Wenn ihr erlaubt, könnten wir euch in Käfige sperren, so daß ihr nicht –«

»Nein!« sagten Bink und Chester mit einer Stimme, und Crombie krächzte.

»Ihr seid echte Mannsbilder, immer bereit, einer Herausforderung die Stirn zu bieten«, sagte Trolla mit trauriger Bewunderung. »Na ja, wir müßten euch sowieso ab und zu mal herauslassen, und dann würde euch die Sirene doch erwischen, also sind die Käfige auch keine echte Lösung. Wir müssen die Sirene loswerden!« Einen Augenblick lang wurde ihr Gesicht von einem Ausdruck wilden Hasses überzogen, wie er für Trolle charakteristisch war. Doch dann milderten sich ihre Züge wieder. »Ich werde euch eure Unterkunft zeigen und euch zur Dämmerung wieder rufen. Seid bitte höflich zu unseren Dorfbewohnerinnen. Eure Anwesenheit stellt ein bedeutendes Ereignis dar, und die Mädchen sind den Umgang mit Männern nicht gewohnt.«

Als sie allein waren, fragte Bink den Magier: »Irgend etwas stimmt hier nicht. Würden Sie mal mit Ihrer Magie versuchen, die Lage richtig einzuschätzen?«

»Muß ich eigentlich alles machen?« fragte Humfrey verärgert.

»Hör mal, Zwergengnom!« bellte Chester ihn an. »Wir haben uns die ganze Zeit den Hintern abgeschuftet, während du bloß faul herumhängst!«

Doch Humfrey blieb ungerührt. »Wenn du die Gegenleistung für deine Bemühungen haben willst – jederzeit!«

Bink entschloß sich, einzugreifen, auch wenn er den Zentauren sehr gut verstehen konnte. Er hatte gar nicht gewußt, daß es so viele Probleme mit sich bringen würde, die Leitung zu übernehmen! »Es sieht so aus, als seien wir am Ziel, an der Quelle der Magie. Aber das war bisher alles viel zu einfach, und die Dorfbewohnerinnen sind viel zu entgegenkommend. Nur Sie können uns sagen, ob wir unsere Suche wirklich beendet haben, oder ob wir in eine Männerfalle gelaufen sind. Das ist doch wohl bestimmt ein Anlaß, Ihre Magie anzuwenden, wenn Sie so freundlich sein würden.«

»Ach herrje, also gut!« sagte Humfrey ungnädig. »Verdient habt ihr es nicht, so, wie ihr Beauregard freigesetzt habt. Aber ich werde mal nachsehen.«

Der Magier holte einen Spiegel hervor. »Spieglein, Spieglein in der Hand, bist du der schönste im ganzen Land?«

Der Spiegel trübte sich und färbte sich tiefrot. »Herrje, hör auf, rot zu werden!« polterte Humfrey. »War doch bloß ein Versuch!«

Bink konnte sich an einen ähnlichen Spiegel erinnern. Der hatte nur in Bildern geantwortet, und meistens auf etwas umständliche Weise. Eine allzu direkte Frage konnte ihn dazu bringen, zu zerbrechen.

»Kennst du die Quelle der Magie von Xanth?« fragte der Magier.

Ein lächelnder Säugling erschien im Spiegel. Das bedeutete offensichtlich »Ja«.

»Kannst du mir sagen, wo sich diese Quelle befindet?« Und den anderen murmelte er zu: »Das ist der kritische Punkt. Zu Hause konnte er mir das nie preisgeben, aber hier, mit verstärkter Magie –«

Der Säugling lächelte erneut. Humfrey lächelte ebenfalls, der Sieg schien nahe. »Würdest du mir diesen Ort nennen?«

Wieder ein cherubisches Lächeln. Bink spürte, wie sein Herz klopfte. Er merkte, daß sich der Magier mit äußerster Vorsicht dem Thema näherte. Der Spiegel faßte jede Frage wörtlich auf und bot von sich aus keinerlei Informationen an. Dieses umständliche Vorgehen sorgte dafür, daß der Spiegel nicht von einer allzu plötzlichen Herausforderung überfordert wurde.

»Bitte zeige uns diesen Ort in deinem Spiegel.«

Der Spiegel wurde schwarz.

»Huch!« sagte Bink. »Ist er kaputt?«

Der Spiegel erhellte sich, und ein weinender Säugling erschien.

»Er sagt nein«, fauchte Humfrey. »Seid bitte so freundlich, mir zu gestatten, meine Untersuchung fortzusetzen.« Er wandte sich wieder dem Spiegel zu. »Zeigst du mir einen Ort unter der Erde?«

Der Säugling lächelte.

»Das heißt also, daß du bestätigst, daß die Quelle der Magie sich nicht in diesem Dorf befindet, in dem wir uns gegenwärtig aufhalten?«

Nun erschien ein Fragezeichen auf der Spiegelfläche.

»Willst du mir sagen, daß sich die Quelle der Magie *doch* in diesem Dorf befindet?« fragte der Gute Magier in scharfem Tonfall.

Wieder erschien das Fragezeichen. »Hm, eine Frage der Entscheidung«, brummte Humfrey. »Der Spiegel kann nicht zwischen mehreren Wahrheiten auswählen. Weiß jemand einen anderen Ansatz?«

»Das ist eine Frage der Perspektive«, meinte Chester. »Wenn der magische Staub die Quelle sein sollte, dann ist es möglich, daß es mehr als nur ein Vorkommen davon gibt. Wahrscheinlicher handelt es sich um einen Kanal, der aus den Tiefen emporführt. Man kann die Quelle auf verschiedenste Weise definieren, je nachdem, ob man dabei an die Quelle an der Oberfläche denkt oder an die Quelle der Quelle.«

»Hm, das ist mal ein Wesen mit einem disziplinierten Verstand«, lobte Humfrey. »Wenn er ihn nur etwas öfter disziplinieren würde, anstatt sich dauernd mit dem Soldaten zu streiten.« Er blickte den Spiegel an. »Stimmt die Analyse des Zentauren?«

Der Säugling lächelte.

»So«, fuhr der Magier fort. »Weißt du um die Absichten dieser Dorfbewohnerinnen?« Als er als Antwort wieder ein Lächeln erhielt, fragte er: »Wollen sie uns Gutes?« Ein bejahendes Lächeln. Bink war erleichtert. »Und hat Trolla die Wahrheit über den Fluch der Sirene gesagt?« Wieder ein Lächeln.

Humfrey blickte auf. »Jetzt wird's schwierig«, sagte er, offenbar zufrieden. Bink begriff, daß auch dieser Mann es genießen konnte, herausgefordert zu werden. »Bisher haben wir uns bloß bestätigen lassen, was wir bereits wußten. Jetzt begeben wir uns in unbekanntes Gebiet.« Er drehte sich wieder zu dem Spiegel um. »Kannst du uns sagen, wie wir mit dem Problem der Dörflerinnen umgehen sollen?«

Der Cherub lächelte. »Ungewöhnlich gesprächig«, bemerkte Humfrey zu den anderen. »Die Magieverstärkung hier erhöht die Kraft des Spiegels tatsächlich. Jetzt haben wir ein Untersuchungsinstrument erster und nicht mehr bloß zweiter Ordnung zur Verfügung.« Dann wandte er sich wieder dem Spiegel zu. »Wie –«

»Seid ihr Männer fertig?« fragte Trolla, die plötzlich in der Tür stand.

Sie zuckten zusammen. Bink wollte ihr die Lage erklären, als er Humfreys schnelles Kopfschütteln bemerkte. Der Spiegel war verschwunden. Der Gute Magier wollte den Dörflerinnen nicht das Geheimnis seiner Magie verraten, zumindest jetzt noch nicht.

Na ja, immerhin hatten sie bereits eine Menge in Erfahrung gebracht und konnten den Spiegel bei passenderer Gelegenheit immer noch befragen. »Das ist aber ein hübsches Kleid«, sagte Bink zu Trolla. Das war nicht gelogen: Das Kleid war wirklich sehr hübsch, auch wenn sie ein weiblicher Troll blieb. Sie folgten ihr aus dem Gebäude.

Der Mittelplatz des Dorfes war mit unmagischen Mitteln verwandelt worden. Ein echtes Holzfeuer loderte dort, und am Himmel waren bereits die Sterne zu erkennen. Es sah fast so aus, als ob die emporsteigenden Feuerfunken am Himmel zu Sternen wurden. Vielleicht war dem ja sogar so, dachte Bink, bewirkt durch die starke Magie an diesem Ort. Irgendwie mußten die Sterne schließlich nach oben kommen.

Die Dorfbewohnerinnen sahen hübsch aus in ihrer Festkleidung. Es waren wesentlich mehr Jüngere da als es am Anfang den Anschein gehabt hatte, und nun, da ihre Arbeit beendet war, waren sie mehr als nur begierig, sich unter die fremden Gäste zu mischen. Bink war von Nymphen, Elfen und Mädchen umringt, während Humfrey von Feen, älteren Elfen und Kurtisanen bestürmt wurde. Drei hübsche Zentaurenfüllen kümmerten sich um Chester. Ein paar Greifenkühe beäugten Crombie, doch bei diesem dezidierten Frauenhasser hatten sie kaum eine Chance. Schließlich waren sie ja auch Tiere. Es war sogar ein weiblicher Golem für Grundy dabei.

Doch wie traurig sahen die anderen weiblichen Wesen aus – die Manticora, die Sphinx und die Harpyien! Sie hatten keine Männer, die sie umhegen konnten.

»Äh, Mädchen ich bin ein verheirateter Mann«, protestierte Bink, als sein Weiberschwarm immer aufdringlicher wurde.

»Sie wird nie davon erfahren«, sagte eine vollbusige Holde mit blauer Mähne. »Wir brauchen dich mehr als sie.« Und sie gab ihm einen festen Kuß aufs linke Auge – die einzige Stelle, die sie bei der Mädchendichte erreichen konnte.

»Ja, kein Mann verläßt dieses Dorf, außer wenn diese singende Schickse ruft«, ergänzte eine pelzige Schönheit. »Es ist unsere Pflicht, dich hierzubehalten, um dein Leben zu retten. Deiner Frau wäre es doch wohl auch lieber, wenn du am Leben bliebst als zu sterben, oder?«

Eine verzwickte Frage! Wie würde Chamäleon wirklich darauf reagieren? In ihrer schönen, dummen Phase würde sie verletzt, verwirrt und verzeihend sein. In ihrer häßlichen, klugen Phase würde sie die Situation erfassen und realistisch sein. Sie würde also hinnehmen, was hingenommen werden mußte, und würde ihn sicherlich nicht sterben sehen wollen.

Aber trotzdem – wenn er sich nun gar nicht mit ihnen vergnügen wollte –

Da wurde er abgelenkt. Es war ein schwacher, gespenstischer, aber irgendwie höchst betörender Klang.

Er versuchte, dem Klang zu lauschen, aber der Lärm der Mädchen übertönte ihn fast gänzlich. »Bitte, ich will mal horchen – da ist eine Melodie –«

»Das ist die Sirene!« kreischte eine Fee. »Singt, Mädchen, singt! Übertönt das Aas!«

Sie sangen, laut, leidenschaftlich und schräg. Dennoch war diese unterschwellige Melodie durch den ganzen Lärm zu hören und zwang Bink, darauf zuzugehen.

Sofort hielten die Mädchen ihn zurück. Sie umarmten ihn heftig, zerrten ihn zu Boden und bedeckten ihn mit ihren weichen Leibern. Bink ging in einem wahren Meer von Armen, Beinen, Brüsten und verschiedensten anderen Teilen weiblicher Anatomie unter, die zu benennen er sich lieber nicht die Mühe machte.

Die Mädchen meinten es gut – aber der Ruf der Sirene ließ sich damit nicht aus der Welt schaffen. Bink wehrte sich und sah um sich herum, wie seine männlichen Gefährten sich ebenfalls heftig zur Wehr setzten. Bink war stärker als alle Nymphen, denn es waren zarte, hübsche Wesen. Er wollte ihnen nicht wehtun. Und doch mußte er sich aus ihrer geradezu erstickenden Umklammerung befreien. Er schob sie beiseite, riß ihre Hände los und gelangte unter großem Geschrei und Gequiekse schließlich wieder auf die Beine.

Chester, Crombie und der Magier schlossen sich ihm an. Alle waren sie von dem betörenden Gesang gefangen. »Nein, nicht!« rief Trolla verzweifelt hinter ihnen. »Ihr lauft in den sicheren Tod! Was seid ihr eigentlich, zivilisierte Männer oder geistlose Wesen?«

Diese Bemerkung bekümmerte Bink. Was wollte er mit einer magischen Verführerin? Und doch konnte er der Sirene nicht widerstehen. Ihr Ruf hatte etwas Unirdisches an sich, das die tiefsten Urwurzeln seiner Männlichkeit ansprach, tief unterhalb der Schicht seines Intellekts. Er war männlichen Geschlechts, deshalb mußte er einfach darauf reagieren.

»Laßt sie gehen, sie sind verloren«, sagte Trolla verzweifelt. »Wir haben es versucht, wie wir es stets versucht haben – und sind gescheitert.«

Obwohl er bereits im Banne der Sirene stand, empfand Bink tiefes Mitgefühl für Trolla und die Mädchen. Sie hatten Leben und Liebe zu bieten und waren doch dazu verdammt, stets abgewiesen zu werden. Ihre positive Ausrichtung konnte dem negativen Zwang der Sirene nicht die Stirn bieten. Die Dörflerinnen waren ebenso verdammt wie die Männer! Lag es vielleicht daran, daß es nette Mädchen waren, die nur versprachen, was sie auch halten konnten, während die Sirene keiner solchen Einschränkung unterlag?

Crombie krächzte. »So, wie alle Weiber immer scheitern!« übersetzte Grundy. »Aber warum wir uns mit dem Ruf dieses Aases abgeben sollen –« Der Greif zuckte mit den Schwingen und flog weiter.

Spürte sogar der Golem den Zauber? Offenbar, denn er weigerte sich nicht, mitzugehen.

Sie liefen einen Pfad entlang, der sich auf magische Weise vor ihnen öffnete. Es war ein vollkommener Pfad, genau wie die Pfade, die meistens zu irgend etwas Riesigem, Räuberischem und Ortsgebundenem führten – zum Beispiel zu einem Gewirrbaum. Doch dieser Gewirrbaum würde sie nicht angreifen, weil sie Männer waren, die im Banne der Sirene standen. Nein, umbringen würde sie die Sirene, und das auf ihre Weise.

Welche Weise würde das wohl sein, fragte sich Bink. Er konnte es sich nicht so recht vorstellen, aber der Gedanke hatte etwas entsetzlich Faszinierendes an sich. »Was für ein Tod!« hauchte er.

Da erblickten sie den Baum. Er war ungewöhnlich groß, und seine herabhängenden Tentakel waren so dick wie Männerbeine, extrem lang und äußerst gelenkig. Betörende Düfte umgaben ihn und ließen ihn als sehr begehrenswert erscheinen. Von seinem Blattwerk ging sanfte Musik aus, zwar kein Sirenenruf, aber doch sehr hübsch: die Art von Musik, die einen dazu bewegen konnte, sich hinzulegen, ihr zu lauschen und sich zu entspannen.

Doch niemand, der mit der Wildnis von Xanth vertraut war,

ließ sich davon täuschen. Dies war eines der tödlichsten Lebewesen überhaupt. Nicht einmal Drachen wagten sich in die Nähe von Gewirrbäumen!

Der Pfad führte direkt unter dem Baum her, wo die Tentakel sich teilten und weiches Gras wuchs. Doch an anderen Stellen häuften sich verblichene Knochen – die Überbleibsel früherer Beute des Baumes. Wohlgeformte weibliche Knochen, dachte Bink und bekam wieder ein schlechtes Gewissen.

Doch die Sirene rief sie unentwegt weiter, und sie gehorchten. Sie schritten im Gänsemarsch einher, weil der Pfad unter dem Baum sehr eng war. Chester galoppierte als erster voran, dann folgte Crombie, denn die beiden waren die schnellsten. Bink und der Magier folgten so schnell sie konnten. Sie hatten keine Gelegenheit gehabt, ihre Reittiere zu besteigen.

Chester blieb unter dem schrecklichen Baum stehen, und die Tentakel zuckten vor Erregung, packten aber nicht zu. Es stimmte also: Der Sirenengesang neutralisierte den Greifreflex des Baumes! Die ferne Musik war lauter und noch betörender geworden. Es war, als ob der Sex-Appeal sämtlicher Frauen auf einmal –

Der Greif hielt plötzlich vor Bink inne. »Skwaak!« rief Crombie. »Was mache ich eigentlich hier?« übersetzte der Golem, der für seine kurzen Beine erstaunlich gut Schritt hielt, von hinten. »Diese Sirene ist doch nur wieder so ein verdammtes, hinterlistiges Weibsbild, das es auf mein Blut abgesehen hat!«

Das stimmte zwar haargenau, doch die anderen ignorierten ihn. Natürlich war die Sirene ein hinterlistiges Weibsbild, das Weibsbild schlechthin sogar! Aber was änderte das schon? Man mußte ihrem Ruf folgen!

Doch der Frauenhasser hatte es darauf angelegt, Schwierigkeiten zu machen. »Sie versucht, mich einzufangen!« krächzte er. »Alle Frauen sind Fallen! Sollen sie doch zur Hölle fahren!« Und er pickte heftig auf den nächsten Gegenstand ein, der sich ihm bot – zufällig einen schlanken Tentakel des Greifes.

Von einem anderen Vogel wäre dieses Picken allenfalls eine kleinere Belästigung gewesen. Crombie war jedoch ein Greif. Sein Schnabel war messerscharf und stark wie ein Schraubstock, eine Waffe, die einem ausgewachsenen Mann mit einem einzigen Biß das Bein am Knöchel hätte abtrennen können. Der fragliche Tentakel hatte ungefähr den Durchmesser eines Knöchels, und der Biß durchtrennte ihn säuberlich. Das abgebissene Ende fiel zu Boden und wand sich wie eine kopflose grüne Schlange.

Einen Augenblick lang erstarrte der Baum vor Entsetzen. Das gab es doch gar nicht! *Niemand* wagte es, einen Gewirrbaum anzubeißen! Der obere Teil des Tentakels gab eine dunkle Flüssigkeit von sich, während er umherschwenkte, als suche er sein Endstück. Die sanfte Hintergrundmusik wurde säuerlich.

»Ich glaube, das Abkommen ist verletzt worden«, sagte Bink. Doch es war ihm nicht wirklich wichtig, denn der Klang der Sirene verhieß ihm wesentlich Schöneres. »Los, Crombie, beweg dich! Du versperrst mir den Weg!«

Doch dem Soldaten war mit Vernunft offenbar nicht beizukommen. »Skwaak! Skwaak! Skwaak!« rief er, und bevor Grundy seine Schreie übersetzen konnte, hatte er auch schon einen weiteren Tentakel abgebissen und noch einen dritten.

Der Baum erschauerte. Dann reagierte er wütend: Seine Musik wurde zu einem ohrenbetäubenden Wutgebrüll, und seine Tentakel griffen nach dem Greif – und nach dem Zentauren, dem Mann und dem Magier.

»Jetzt hast du's geschafft, Spatzenhirn!« schrie Chester und übertönte den Lärm. Er packte den nächsten Tentakel wie der Oger den Holzscheit und wrang ihn aus. So fest sie auch zupacken konnten, konnten sich die Tentakel nur unzulänglich gegen Druck und Schnitte wehren, so daß sie im Nu zerquetscht und nicht mehr zu gebrauchen war.

Plötzlich übertönte das Wutgetöse des Baumes den Sirenenruf, und sie kämpften um ihr nacktes Leben. Bink zog sein Schwert und hieb auf die Tentakel ein. Crombie pickte und kratzte, und all seine vier Beine waren in wütender Aktion. Wo er die Tentakel traf, zeigten sich gewaltige Schnitt- und Rißwunden, und eine grüne Flüssigkeit tropfte herab, doch es kamen immer mehr Tentakel auf sie zu.

Chester lehnte sich mit seiner Hinterpartie gegen den Stamm und feuerte einen Pfeil nach dem anderen ins Dickicht über ihren Köpfen ab, wo er die Tentakel lähmte, doch –

»Nein, Chester, nicht!« schrie Bink. »Weg vom –«

Zu spät. Das riesige Maul des Baumes öffnete sich im Stamm, die Rindenlippen stülpten sich vor, um das beeindruckende Hinterteil des Zentauren zu ergreifen.

Bink sprang seinem Freund zu Hilfe. Doch eine Tentakel erwischte ihn am Knöchel und ließ ihn stürzen. Er konnte nur noch schreien: »Austreten, Chester! Austreten!« Dann war er auch schon von Tentakeln umschlungen, die ebenso fest und rund und nachgiebig waren wie die Gliedmaßen der Dorfmädchen, aber nicht halb so angenehm. Sein Schwertarm war gefesselt, und er konnte nur noch zubeißen, was aber kaum Wirkung erzielte. Dieser grüne Saft schmeckte außerdem abscheulich.

Chester trat aus. Der Tritt eines Zentauren war eine kräftige Sache. Er senkte Kopf und Schultern, um ein Gleichgewicht zu schaffen und trat mit aller Kraft mit beiden Hinterhufen aus. Die Hufe trafen das Mark des Baumes, voll in seinen hölzernen Schlund, und der Aufprall ließ den Boden beben. Ein paar alte Knochen fielen scheppernd aus dem Tentakeldach herab. Doch das hölzerne Maul ließ nicht locker. Klebrige Säfte wurden ausgespien, um das köstliche Fleisch des Zentauren zu verdauen.

Chester trat wieder und wieder heftig aus. Selbst ein Raubbaum konnte so etwas nicht allzu lange aushalten. Normalerweise war seine Beute bereits bewußtlos oder hilflos, wenn er daranging, sie zu verspeisen, und wehrte sich nicht mit heftigen Tritten. Langsam und zögernd ließ die Rinde los, und der Zentaur war wieder frei. Sein einst so schönes Hinterteil war vom Speichelsirup verfärbt, und ein Huf war beim Aufprall gespalten worden, aber wenigstens lebte er. Nun zog er sein Schwert und machte sich über die Tentakel her, die Bink langsam und genüßlich zu ersticken drohten.

Der Magier Humfrey hatte seine eigenen Probleme. Er versuchte, eines seiner Fläschchen zu entkorken, doch die Tentakel waren schneller als der Korken. Der Baum war im Begriff, sie alle zu überwältigen!

Crombie hatte sich inzwischen bis an den Rand durchgebissen und -gekratzt. Plötzlich stürzte er hinaus. »Ich bin frei, du

Gemüsemonster!« krächzte er jubelnd. »Ich wette, du bist auch so ein Weibsbild!« Jetzt wurde er aber wirklich beleidigend! Der Golem war wieder aufgestiegen und stand deshalb für das Simultandolmetschen zur Verfügung. »Mich kriegst du nicht!«

Das stimmte, denn der Baum war festverwurzelt. Crombie breitete die Flügel aus und flog davon.

Aber was war mit den anderen? Als habe ihn dieser Verlust noch weiter gereizt, konzentrierte sich der Baum auf seine verbliebenen Opfer. Wie Pythonschlangen peitschten die Tentakel ihre Gegner, umschlangen sie immer fester. Chester versuchte, Bink zu helfen, aber er wollte es nicht riskieren, zu nahe neben ihm zuzuschlagen, weil er ihn sonst womöglich zusammen mit einem Tentakel durchtrennt hätte. Bink, der nun dem Stamm am nächsten war, merkte, wie er mit dem Kopf zuerst auf die schaurige Öffnung zugezogen wurde.

Endlich bekam Humfrey sein Fläschchen auf. Rauch trat hervor, dehnte sich aus, verdichtete sich – und wurde zu einem scharf gewürzten Käsekuchen.

»Verflucht!« schrie der Magier. »Die falsche Flasche!«

Chester gab dem Käsekuchen einen Tritt. Der rutschte über den Boden – direkt in das sabbernde Maul des Baumes. Die Rindenlippen schlossen sich. Er hätte gar nicht besser treffen können, wenn er es bewußt versucht hätte.

Der Baum bekam einen Hustenanfall, gefolgt von einem holzigen Nieser. Große Käsebrocken spritzten aus seiner Öffnung.

»Der ist *wirklich* ein bißchen sehr pikant gewürzt«, meinte Humfrey, während er nach einer weiteren Flasche suchte.

Nun befand sich Binks Kopf bereits unmittelbar vor der Öffnung. Die Rinde verzog und verkrampfte sich, um den Geschmack des gewürzten Käsekuchens wieder loszuwerden. Dieses Ungeheuer liebte Fleisch, aber keine Milchprodukte. Sirup tropfte von den zahnähnlichen Knoten herab und reinigte das Maul. Es konnte nur noch einen Augenblick dauern, dann würde der Baum bereit sein, Bink zu verschlingen.

Chester versuchte noch immer, Bink zu befreien, aber drei Tentakel hatten sich um seinen Schwertarm gewickelt und auch seine anderen Extremitäten wurden langsam aber sicher eingefangen. »Und dieser feige Soldat ist verduftet!« grunzte er beim Kämpfen. »Wenn ich den jemals zwischen die Hände kriege –« Er wrang eine weitere Tentakel aus, bevor sein freier Arm umschlungen wurde.

Humfrey hatte ein weiteres Fläschen geöffnet. Der Dampf entwich – und wurde zu einer Vampirfledermaus. Das Wesen blickte um sich, erfaßte die Lage, quiekte entsetzt auf, schwor allem Blut ab und flatterte davon. Mit einer lässigen Bewegung wurde es von einer Tentakel zu Boden geschleudert. Der Baum bekam langsam wirklich die Oberhand!

Endlich waren auch die letzten Käsereste beseitigt. Die Öffnung wurde geschäftsbereit wieder aufgerissen, und Bink war der Kunde. Er erblickte die Knotenreihen, die als Zähne dienten, und auch den triefenden Sirupspeichel. Aus den Rachenwänden ragten Fasern wie winzige Tentakel hervor, bereit, die Körpersäfte des Opfers aufzunehmen. Plötzlich wurde ihm klar: Der Gewirrbaum war mit dem fleischfressenden Gras verwandt! Wenn man einem solchen Grasflecken einen Stamm und Tentakel hinzufügte –

Humfrey hatte ein weiteres Fläschchen geöffnet. Diesmal bildete sich ein Basilisk, der mit seinen kleinen Flügeln flatterte und unheildrohend umherblickte. Bink schloß die Augen, um seinem Blick auszuweichen, und Chester tat dasselbe. Kein Wesen Xanths konnte es wagen, diesem kleinen Drachenhahn ins Auge zu schauen!

Bink hörte das Flattern, als der Basilisk in das Baummaul hineinflog – und innehielt. Doch nichts geschah. Vorsichtig öffnete Bink ein Auge. Der Baum lebte immer noch, der Basilisk hatte ihn nicht mit einem Blick vernichtet.

»Ach so, ein falscher Basilisk!« sagte Bink enttäuscht.

»Irgendwo habe ich ein ausgezeichnetes Mittel gegen Greifer«, beharrte Humfrey, der immer noch seine Flaschen durchging. Wann immer sich eine Tentakel zu weit näherte, betäubte er sie mit einer magischen Geste. Bink hatte gar nicht gewußt, daß es überhaupt solche magischen Gesten gab – aber natürlich war er ja auch kein Wissensmagier. »Sie sind alle durcheinander –«

Die Tentakel führten Bink in das Maul ein. Der Aasgeruch

wurde immer stärker. Hilflos starrte er in sein eigenes Verhängnis hinab.

»Skwaak!« erscholl es hinter dem Baum. »Attacke!«

Crombie war zurückgekehrt! Aber was wollte er allein schon ausrichten?

Nun hörten sie Fußgetrappel. Der Gewirrbaum erschauerte. Plötzlich roch es nach Qualm und verbrennenden Pflanzen. Aus einem Augenwinkel sah Bink ein flackerndes orangefarbenes Licht, wie ein tobender Waldbrand.

Fackeln! Crombie hatte die Frauen aus dem Dorf des Magischen Staubes rekrutiert, und nun griffen sie die Tentakel mit brennenden Scheiten an. Welch eine tapfere Tat!

Nun mußte sich der Greifer mit einer überlegenen Macht auseinandersetzen. Er ließ Bink fahren, um seine Tentakel zur Verteidigung frei zu haben. Bink sah, wie eine hübsche Nymphc ergriffen und in die Luft emporgehoben wurde. Schreiend ließ sie ihre Fackel fallen.

»Skwaak! Skwaak!« befahl Crombie, und man eilte der Gefangenen zu Hilfe, indem man sie mit einer Feuerwand abschirmte. Sie versengten weitere Tentakel, und der Baum ließ die Nymphe fallen.

Bink fand sein Schwert wieder und hackte von innen auf den Tentakelvorhang ein. Da sich der Baum jetzt auf die Bedrohung von außen konzentrierte, war er von innen angreifbarer geworden. Mit jedem Hieb schlug Bink einen weiteren Tentakel ab.

»Skwaak!« rief Crombie. »Rauskommen!« übersetzte der Golem.

Das leuchtete ein. Wenn sich der Baum wieder seinem Innenraum zuwenden sollte, waren Bink, Chester und Humfrey erneut in der Klemme. Besser, hier zu verschwinden, solange es noch ging!

Kurz darauf standen sie neben dem Greif. »Skwaak!« schrie Crombie. »Laßt uns dieses Ungeheuer endlich erledigen!« rief Grundy.

Die Frauen machten sich verbissen ans Werk. Es waren ungefähr fünfzig, die den Baum umzingelten, mit ihren Fackeln die angreifenden Tentakel versengten und zurückschlugen. Sie hätten dem Baum jederzeit den Garaus machen können, anstatt sich von ihm jahrelang terrorisieren zu lassen – wenn sie männliche Anleitung und Initiative gehabt hätten. Es lag eine gehörige Ironie in der Tatsache, daß ausgerechnet der Frauenhasser Crombie dies bewerkstelligt hatte!

Aber andererseits war das auch nur gerecht: Crombies Verfolgungswahn hinsichtlich Frauen und ihrer Absichten hatte ihn dazu gebracht, dem Ruf der Sirene zu widerstehen und ihren Zauber zu brechen. Nun benutzte er diese Frauen auf eine Weise, wie es nur ein Soldat tun konnte: als Kanonenfutter.

Der Baum schrumpfte immer mehr zusammen, die Hälfte seiner schrecklichen Gliedmaßen war inzwischen entweder abgehauen oder gelähmt. Es würde noch eine Weile dauern, bis er tot war, aber der Sieg schien sicher. Dank Crombie und den tapferen Dörflerinnen.

»Wißt ihr, solche Frauen könnte ich glatt noch ernst nehmen«, murmelte Crombie, als er eine Pause einlegte, um die Aufräumarbeiten zu beobachten. »Sie gehorchen gut und kämpfen so verdammt effektiv, wie Männer, was –« Er stockte mitten im Krächzen und lauschte.

Dann hörte Bink erneut den Sirenengesang. O nein! Er versuchte, ihm zu widerstehen – doch ohne Erfolg.

Schweigend schlossen sich seine Gefährten ihm an und machten sich auf den Weg. Die kämpfenden Dörflerinnen bemerkten es nicht.

VII

Tödliche Frauen

Hinter ihnen verklang das Kampfgetöse. Vom Sirenengesang angelockt, liefen die Männer, Crombie eingeschlossen, den Pfad entlang. Der Gesang wurde immer betörender, und Bink wußte, daß er einen noch sichereren Tod bedeutete als der Gewirrbaum – doch was für ein schöner Tod!

Es war ein guter Pfad: Nichts stellte sich ihnen entgegen. Bald kamen sie ans Ufer eines kleinen Teichs. Auf dem Teich befanden sich zwei winzige Inseln, die wie Berggipfel aus dem Wasser herausragten. Der Pfad führte über das Wasser zu einer der Inseln. Von dort kam die Sirenenmusik.

Sie betraten den Wasserpfad. Crombie, dessen Widerstand gegen Frauen durch das tapfere Verhalten der Dörflerinnen offenbar gebrochen worden war, ging als erster. Dann folgte der Magier, Bink war Dritter und –

Da hörten sie von der Seite ein wütendes Blöken. Ein kleines Wesen kam das Ufer entlanggerannt. Es war vierbeinig und wollig, wie ein Schaf, mit breiten, gebogenen Hörnern. Offenbar verlief der Pfad durch sein Revier, und dagegen wollte es nun etwas unternehmen.

Chester, der dem Ding direkt im Weg stand, blieb stehen. »Ein Rammbock«, sagte er. »Unterliegt nicht dem Sirenenzauber, weil er bloß ein Tier ist. Hat keinen Zweck, mit ihm zu diskutieren.«

Ein Rammbock! Einen Augenblick war Binks Neugier stärker als der Sirenenzauber. Er hatte von diesen Tieren und ihren Verwandten, den hydraulischen Rammen, schon gehört, war aber noch nie einem begegnet. Soweit er wußte, lebten sie nur, um zu rammen, was sie sehr genossen. Wenn man ein Tor einrammen oder eine Burg schleifen wollte, war ein solcher Rammbock unschätzbar. Zu anderen Zeiten waren sie oft recht lästig, weil sie es nicht bleiben lassen konnten, mit ihren Schädeln gegen Hindernisse anzurennen.

Chester war wesentlich größer als der Rammbock, doch der hatte ihn vom Sirenenpfad abgeschnitten. Chester wich ihm aus, doch der Rammbock bremste quietschend – wirklich eine beachtliche Leistung im Sand, sogar mit Magie! – und wirbelte herum, um erneut anzugreifen. Wenn er den Rammbock ignorierte, würde ihn dieser voll in sein geliebtes Hinterteil rammen, also drehte er sich wieder zu ihm um, um seinem nächsten Angriff auszuweichen.

Doch das würde kein Ende nehmen. Der Bock würde fröhlich endlos weitermachen. Chester mußte jedoch dem Ruf einer Sirene folgen. Irgendwie mußten sie den Rammbock aufhalten.

Bink fragte sich, ob der Bock wieder ein Produkt seines Talents war, das ihn von der Sirene abhalten sollte. In diesem Fall müßte *er* sich eigentlich dem Rammbock stellen und nicht Chester.

Chester manövrierte sich zwischen verschiedenen Angriffen so geschickt vor einen Baum, daß der Rammbock bei seiner nächsten Attacke nur noch gegen den Stamm prallen konnte, wenn er ihm rechtzeitig auswich. Doch da erkannte Bink den Baum.

»Nicht den Baum, Chester!« rief er. »Das ist ein –«

Doch da war es schon zu spät. Warum kam er immer nur zu spät? Das wurde langsam wirklich ärgerlich! Der Rammbock griff an, Chester tänzelte zur Seite, ein flötengleiches Trillern erscholl, und der Rammbock donnerte mit dem Schädel mit voller Wucht gegen den Baum. Der Baum begann zu beben.

»... Granatapfelbaum«, beendete Bink seinen Satz zu spät:

Nun plumpsten die Früchte herab: dicke rote Granatäpfel, die alle schon recht reif waren. Als sie auf dem Boden aufprallten, explodierten sie. Auf diese Weise pflanzte sich dieser Baum auch fort: Die explodierenden Früchte schleuderten ihre Schrappnellsamen durch die Landschaft, wo sie mit viel Glück und Magie einen neuen Granatapfelbaum keimen lassen konnten. Es war allerdings nicht sehr ratsam, währenddessen daneben zu stehen.

Eine Granate traf den Rammbock am Hinterteil. Der Bock blökte und wirbelte herum, um sich ihr mit versengtem und zerschrammtem Hinterteil entgegenzustellen, doch das war natürlich zwecklos. Zu allen Seiten explodierten weitere Früchte. Eine Frucht fiel direkt vor dem Rammbock nieder. Mit einem herausfordernden Schnauben sprang das Tier vor, um sie auf die Hörner zu nehmen. Als der Granatapfel schließlich explodierte, wurde der Rammbock vom Schock völlig um den Verstand gebracht und lief, glücklich blökend, davon.

In der Zwischenzeit vollführte Chester ein wahres Meisterwerk des Tanzes, indem er versuchte, seinen Schweif und seine glänzenden Flanken in Sicherheit zu bringen. Mit seinem Schweif wedelte er einen Apfel beiseite – doch da explodierte er direkt unter seinem Kinn. Sein Kopf wurde von Flammen und Qualm eingefaßt, und als sich der Rauch wieder verzogen hatte, stand er wie betäubt da.

Obwohl er sich Sorgen um seinen Freund machte, war Bink unfähig, zu ihm zurückzulaufen. Das lag zum Teil am Sirenenzauber, zum anderen Teil aber auch daran, daß der Pfad, der über das Wasser führte, mal wieder ein Einbahnpfad war. Wenn er voranschritt, war er fest und sicher, doch wenn er zurückging, war da nur Wasser. Der Teich war zwar klein, wirkte jedoch sehr tief, und er zögerte, sich den Fluten preiszugeben. Böse Magie lauerte oft in den Tiefen. Deshalb konnte er nur zusehen und rufen: »Chester! Ist alles in Ordnung?«

Der Zentaur stand einfach nur da und schüttelte langsam den Kopf. Die Explosion hatte seinem immer schon häßlichen Gesicht nicht weiter geschadet, aber Bink sorgte sich um den scharfen Verstand seines Freundes. Hatte der Apfel etwa sein Gehirn beschädigt?

»Chester! Kannst du mich hören?« Doch als Chester ihn nicht anblickte, begriff Bink, was geschehen war: Die Explosion hatte ihn taub gemacht!

Bink wedelte heftig mit den Händen, bis Chester ihn bemerkte. »Lauter – ich kann dich nicht verstehen!« Da begriff der Zentaur es auch. »Ich bin taub! Ich kann nichts hören!«

Wenigstens schien er ansonsten in Ordnung zu sein. Bink war erleichtert und spürte, wie ihn die Sirene wieder anlockte. Er winkte Chester.

»Zum Teufel mit der Sirene!« rief Chester. »Ich kann sie nicht mehr hören. Es ist die reine Dummheit, zu ihr zu gehen. Sie will nur euren Tod!«

Doch Bink, dessen Talent wahrscheinlich für diese Hindernisse verantwortlich war, stand selbst im Bann der Sirene und schritt auf die Insel zu. Crombie und der Gute Magier waren nicht so lange stehengeblieben und waren bereits fast am Ziel.

Chester galoppierte den Pfad entlang und packte Bink mit kräftigen Pranken an den Ellenbogen. »Geh nicht, Bink! Das ist Wahnsinn!«

Doch Bink ließ sich nicht beirren. »Laß mich runter, Pferdehintern! Ich muß gehen!« Und seine Füße liefen weiter, mitten in der Luft.

»Ich kann dich zwar nicht verstehen, weiß aber, was du sagst. Es lohnt sich nicht, darauf zu hören«, sagte Chester. »Es gibt nur eine Methode, diese Sache zu beenden, bevor die anderen verloren sind.«

Er setzte Bink ab und holte seinen riesigen Bogen hervor. Die Sirene war noch weit entfernt, aber mit der Bogenschießkunst eines Zentauren konnte es niemand aufnehmen. Chesters Sehne surrte, dann jagte der tödliche Pfeil auch schon über das Wasser, auf die Insel und die weibliche Gestalt zu, die dort stand.

Ein Schmerzensschrei, und die Melodie hörte abrupt auf. Chesters Pfeil hatte sein Ziel getroffen! Plötzlich waren sie alle frei und der Zwang wich von ihnen ab. Binks Talent hatte endlich die Oberhand behalten und ihn vor dem Verderben bewahrt, ohne sich dabei bloßzustellen.

Sie liefen auf die Insel zu. Dort lag die Sirene – die schönste

Meerjungfrau, die Bink jemals gesehen hatte. Ihr Haar war wie flüssiger Sonnenschein und ihr Schwanz wie ein Wasserstrom. Der grausame Pfeil hatte ihre Brust durchbohrt, eine Spur unterhalb ihrer phantastischen Brüste, und sie blutete aus Brust und Rücken. Mit ihrem Oberkörper war sie über ihrer Harfe zusammengesackt.

Doch sie war noch nicht tot, sondern atmete noch, obwohl der Pfeil sie mit gespenstischer Treffgenauigkeit mitten ins Herz getroffen haben mußte. Sie war sogar noch bei Bewußtsein. Matt hob sie ihr schönes Gesicht, um Chester anzublikken. »Warum hast du mich erschossen, schöner Mann?« flüsterte sie.

»Er kann dich nicht verstehen, er ist taub«, sagte Bink.

»Ich wollte nichts Böses – nur Liebe«, fuhr sie fort. »Liebe für alle Männer, für dich – warum hast du dich dagegengestellt?«

»Welches Vergnügen bietet der Tod schon?« fragte Bink. »Wir haben dir gebracht, was du Hunderten von Männern gebracht hast.« Er sprach mit barscher Stimme, doch sein Herz tat ihm weh, als er das Leiden dieser schönen Kreatur mit ansehen mußte. Er dachte daran, wie Chamäleon einmal ähnlich schlimm verwundet gewesen war.

»Ich habe keinen Tod gebracht!« protestierte sie so heftig, wie sie noch konnte und keuchte, als die Anstrengung ihr einen weiteren Blutstrahl aus dem Brustkorb trieb. Von ihren Schultern abwärts war ihr ganzer Körper blutüberströmt, und sie wurde von Minute zu Minute schwächer. »Nur – nur Liebe!«

Dann sackte sie schließlich bewußtlos zusammen. Bink, der trotz allem tief bewegt war, drehte sich zu dem Magier um. »Ist – ist es möglich, daß sie die Wahrheit sagt?«

Humfrey holte seinen magischen Spiegel hervor. Darauf war ein lächelndes Säuglingsgesicht zu erkennen. »Es ist möglich«, sagte er im Stil des Spiegels. Dann befragte er den Spiegel direkt: »*Hat* die Sirene die Wahrheit gesprochen?«

Wieder lächelte der Säugling. »Sie wollte nichts Böses«, sagte der Magier. »Sie ist keine Mörderin, auch wenn sie die Männer hierher gelockt hat.«

Die Männer blickten sich an. Dann holte Humfrey seine Flasche mit Heilelixier hervor und träufelte etwas davon auf die schreckliche Wunde. Sofort heilte sie, und die Sirene war wieder gesund.

Der Magier bot Chester an, ihm etwas ins Ohr zu träufeln, damit er wieder hören konnte, doch der Zentaur lehnte ab. Da besprengte Humfrey Chesters Hinterteil damit, und plötzlich war es schöner denn je.

»Ihr habt mich geheilt!« rief die Sirene verwundert und befühlte ihren Oberkörper. »Es ist nicht einmal Blut zurückgeblieben und auch nicht der geringste Schmerz!« Dann, wie erschrocken: »Ich muß singen!« Sie griff nach ihrer Harfe.

Chester verpaßte dem Instrument einen Tritt, daß es zerbrach und ins Wasser fiel. »Da haben wir die Quelle ihrer Magie!« rief er. »Ich habe sie vernichtet!«

Die Quelle der Magie . . . vernichtet. War das etwa ein Omen?

Die Sirene begann, versuchsweise zu singen. Ihr Oberkörper hob sich wunderbar, als sie Luft holte, und ihre Stimme war sehr schön – doch ohne jeden Zwang. Der Zentaur hatte sie tatsächlich ihrer vernichtenden Wirkung beraubt.

Sie hielt inne. »Soll das heißen, daß die ganzen Männer *davon* angezogen wurden? Ich habe immer geglaubt, daß sie meinen Gesang mögen.« Sie wirkte unglücklich.

Offenbar war sie wirklich die unschuldige Schöne, genau wie Chamäleon in ihrer schönen Phase. »Was ist mit all den Männern passiert?« fragte Bink.

»Sie sind nach drüben gegangen, um meine Schwester aufzusuchen«, sagte sie und zeigte auf die andere Insel. Sie machte einen Schmollmund. »Ich biete ihnen all meine Liebe – aber sie gehen immer zu ihr.«

Seltsam! Wer konnte einer Sirene denn noch die Opfer fortlocken? »Wer ist deine Schwester?« fragte Bink. »Ich meine, was ist ihre Magie? Ist sie auch eine Sirene?«

»Aber nein! Sie ist eine Gorgone, sehr sehr hübsch.«

»Eine Gorgone!« rief Bink. »Aber das bedeutet doch sicheren Tod!«

»Nein, sie würde niemandem etwas zuleide tun, ebensowenig wie ich«, protestierte die Sirene. »Sie liebt die Männer. Ich wünschte nur, daß sie mir ab und an welche zurückschicken würde.«

»Weißt du denn nicht, was der Blick einer Gorgone bewirkt?« fragte Bink. »Was jemandem widerfährt, der in das Gesicht einer Gorgone blickt –«

»Ich habe meiner Schwester oft ins Gesicht geblickt! Es ist nichts Böses an ihr!«

Humfrey hob wieder seinen Spiegel. »Wirkt sie nur auf Männer?« fragte er, und das lächelnde Kleinkind bejahte die Frage.

Offenbar wußte die Sirene nichts von der verheerenden Wirkung, die das Antlitz ihrer Schwester auf Männer hatte. Und so hatte sie jahrelang Männer herbeigelockt – damit die Gorgone sie in Stein verwandeln konnte.

»Wir müssen mit deiner Schwester reden«, sagte Humfrey.

»Der Pfad führt zu ihrer Insel weiter«, erklärte die Sirene. »Was werde ich ohne meine Harfe machen?«

»Deine Stimme ist auch ohne Begleitinstrument schön, und du selbst bist es auch«, sagte Bink diplomatisch. »Du kannst *a capella* singen, ohne Begleitung.«

»Das kann ich?« fragte sie erfreut. »Kommen dann auch so nette Männer wie du?«

»Nein, aber vielleicht wird doch noch ein netter Mann zu dir kommen.« Bink wandte sich an den Magier. »Wie sollen wir uns der Gorgone nähern? Ein Blick und –«

»Das wird bis morgen früh warten müssen«, entschied Humfrey. Bink hatte das Zeitgefühl verloren. »Sirene«, fuhr Humfrey fort, »hast du vielleicht etwas zu essen und ein Bett für uns –«

»Eigentlich bin ich nicht *so eine*«, schmollte sie.

Bink musterte ihren glatten Fischschwanz. »Offenbar nicht. Wir brauchen nur ein Plätzchen zum Schlafen.«

»Oh.« Das klang enttäuscht. »Das heißt, ich könnte eigentlich so eine werden, wenn –« Sie begann zu schimmern, und ihr Schwanz verwandelte sich in zwei attraktive Beine.

»Einfach nur schlafen«, sagte Chester. Offenbar kehrte sein Gehör auf natürliche Weise zurück. »Und was zu essen.«

Doch ihr Zorn war noch nicht verraucht. »Nachdem ihr mich mit diesem schrecklichen Pfeil durchbohrt und meine Harfe kaputtgemacht habt?«

»Tut mir leid«, sagte Chester kurz angebunden. »Ich habe Kopfschmerzen.«

Aus gutem Grund, dachte Bink. Warum hatte das sture Geschöpf auch das Heilelixier abgelehnt?

»Wenn es dir wirklich leid tut, dann beweis es auch«, sagte sie.

Crombie krächzte. »Sie wirft schon wieder die Angel aus, du Esel!«

Doppelt verärgert, blickte Chester die Sirene finster an. »Wie denn?«

»Indem du mich auf deinem Rücken reiten läßt.«

Bink hätte beinahe gelacht. Nymphen liebten alle das Reiten!

»Na gut, dann sitz auf«, sagte Chester verblüfft.

Sie schritt an seine Seite »Du bist zu groß!« maulte sie.

Chester drehte sich zu ihr um, schlang einen Arm um ihre Hüfte und hob sie auf seinen Rücken. »Huuuuch!« schrie sie entzückt. »Du bist aber stark!«

Crombie krächzte erneut, und diesmal bedurfte seine Bemerkung keiner Übersetzung. Sie war wirklich dabei, den Zentauren um den Finger zu wickeln, auch ohne Sirenengesänge.

Chester, der nach seinem Erlebnis mit den Granatäpfeln nicht gerade allerbester Laune war, war sichtlich beschwichtigt. »Alle Zentauren sind stark.« Dann schritt er vor.

Die Sirene packte seine Mähne.

»Oh, sind deine Schultern aber breit! Und was für ein glänzendes Fell du hast! Du mußt der attraktivste von allen Zentauren sein!«

»Von hinten vielleicht«, meinte er und setzte sich in Trab.

»Huuuu, das macht aber Spaß!« kreischte sie und klatschte kurz in die Hände wie ein kleines Mädchen. »Du mußt der schlauste Zentaur sein, der schnellste –« Sie hielt inne. »Könntest vielleicht mal einen kleinen Sprung machen?«

Chester, von ihrem Lob ziemlich aufgeplustert, machte einen gewaltigen Satz. Die Sirene kreischte und stürzte ins Wasser.

»Äh, tut mir leid«, sagte Chester entsetzt. »Hab's wohl ein bißchen übertrieben.« Er beugte sich vor, um sie aus dem Wasser zu fischen.

Was er im wörtlichen Sinne tat: Ihre Beine hatten sich wieder in einen Fischschwanz verwandelt. »Macht nichts«, sagte die Meerjungfrau. »Im Wasser fühl ich mich wie zu Hause.« Und sie kuschelte sich an ihn heran und gab ihm einen feuchten Kuß.

Crombie skwaakte. »Es gibt doch keinen schlimmeren Tölpel als einen Pferdenarren«, übersetzte der Golem.

»Stimmt genau«, sagte Chester gutgelaunt. »Erzähl's bloß Cherie nicht.«

»Cherie?« fragte die Sirene mit gefurchter Stirn.

»Meine Stute. Das schönste Ding in Xanth. Sie ist zu Hause und kümmert sich um unser Fohlen. Er heißt Chet.«

Sie schluckte. »Wie nett«, sagte sie pikiert. »Ich glaube, ich kümmere mich mal um dein Futter und um einen Stallplatz.«

Bink lächelte vor sich hin. So dumm war Chester also doch nicht!

Nach einem bescheidenen Essen aus Fisch und Seegurken streckten sie sich auf einem Haufen weicher, trockener Schwämme aus. Als Bink die Füße ausstreckte – stieß er gegen einen weiteren Erdhaufen. Doch diesmal war er zu müde, um ihn flachzutreten, also ignorierte er ihn.

Die Sirene hatte den Zentauren inzwischen abgeschrieben und legte sich im Dunkeln neben Bink. »He, da fällt mir ein«, sagte er, »wir müssen ihr noch etwas für ihre Gastfreundschaft geben.«

Crombie krächzte. »Das mach *du* mal, Nudelhirn!« sagte Grundy. »Du liegst am nächsten.«

»Etwas geben?« fragte die Sirene und schmiegte sich an ihn.

Bink merkte, wie er plötzlich im Dunkeln fürchterlich errötete. Sollte der Teufel doch Crombies Anzüglichkeiten holen! »Öh, nichts, gar nichts«, sagte er und tat, als ob er plötzlich eingeschlafen wäre. Kurz darauf brauchte er sich auch nicht mehr zu verstellen.

Am Morgen verabschiedeten sie sich von der Sirene, nachdem sie etwas Feuerholz gehackt hatten, was sie durchaus zu schätzen wußte, da ihr diese Art von Arbeit nicht sonderlich lag. Dann machten sie sich auf den Weg, um ihre Schwester aufzusuchen. »Ihr müßt euch Augenbinden anlegen«, entschied Humfrey. »Ich werde in den Spiegel blicken.«

Natürlich, damit er die Gorgone indirekt anschauen konnte. Jeder wußte, daß das die einzige Möglichkeit war, ein solches Wesen anzublicken. Aber warum funktionierte das mit einem Spiegel? Das Spiegelbild müßte doch eigentlich ebenso entsetzlich sein wie das Urbild.

»Das liegt an der Polarisation«, erklärte der Magier, ohne gefragt worden zu sein. »Die Magie der partiellen Abbildung.«

Das erklärte allerdings auch nicht viel. Doch es gab noch eine wesentlich wichtigere Frage. »Was sollen wir tun, um sie... abzuhalten –« Er wollte das Wort »töten« nicht in Gegenwart der unschuldigen Sirene verwenden. Sich der Gorgone zu nähern war eine Sache; sie mit verbundenen Augen zu töten war eine ganz andere.

»Das werden wir schon sehen«, sagte Humfrey.

Sie ließen sich die Augen verbinden, der Golem eingeschlossen. Dann bildeten sie eine Kette, um dem Guten Magier zu folgen, der rückwärts den Pfad entlangschritt und sich mit Hilfe seines Spiegels orientierte.

Es war seltsam und eher unangenehm, das Wasser blind überqueren zu müssen. Wie schrecklich mußte es sein, für alle Zeit das Augenlicht zu verlieren! Welche Magie konnte die der angeborenen Sinne schon übertreffen?

Bink spürte festen Boden unter den Füßen. »Bleibt mit den Gesichtern nach außen stehen«, sagte Humfrey. »Für alle Fälle. Ich werde mich um die Gorgone kümmern.«

Bink gehorchte nervös. Er war versucht, sich die Binde von den Augen zu reißen und die Gorgone anzublicken – aber die Versuchung war nicht allzu groß.

»Gorgone«, sagte Humfrey.

Unmittelbar hinter Bink erwiderte sie: »Hier bin ich. Willkommen auf meiner Insel.« Ihre Stimme klang lieblich, sogar noch anziehender als die ihrer Schwester. »Warum blickst du mich nicht an?«

»Weil dein Blick mich in Stein verwandeln würde«, sagte Humfrey grob.

»Bin ich nicht schön? Wer hat solche Schlangenlocken wie

meine?« fragte sie bittend, und Bink hörte das leise Zischeln der Schlangen. Er fragte sich, wie es wohl sein mußte, die Gorgone zu küssen, wenn die Schlangenhaare die Gesichter umzüngelten. Der Gedanke war ebenso beunruhigend wie verlockend. Aber was war eine Gorgone schon anderes als eine Verkörperung aller Verheißungen und Bedrohungen der Frau schlechthin?

»Ja, du bist schön«, sagte Humfrey ernst. Sie mußte wirklich sehr schön sein, dachte Bink, denn der Gute Magier machte keine überflüssigen Komplimente. Ach, wenn er doch nur einen einzigen Blick auf sie werfen könnte! »Wo sind die anderen Männer, die dich besucht haben?«

»Sie sind fortgegangen«, erwiderte sie traurig.

»Wohin?«

»Dorthin«, sagte sie, und Bink nahm an, daß sie in eine bestimmte Richtung zeigte. »Hinter die Felsen dort.«

Humfrey machte einige Schritte in die angezeigte Richtung. »Das sind Statuen«, sagte er ohne jede Überraschtheit. »Statuen von Männern. Sie sind wirklich hervorragend echt und realistisch. Wie aus dem Leben gegriffen.«

»Ja«, antwortete sie fröhlich. »Sie sehen genauso aus wie die Männer, die mich besucht haben.«

»Und? Bringt dich das nicht auf etwas?«

»Die Männer haben Geschenke zurückgelassen, Bilder ihrer selbst, Statuen. Aber es wäre mir lieber gewesen, wenn sie bei mir geblieben wären. Ich habe keine Verwendung für Steine.«

Sie wußte nicht einmal, was sie angerichtet hatte! Vielleicht verdrängte sie ja die eigene Wahrheit, wollte sie nicht glauben! Welch eine fatale Selbsttäuschung!

Und doch, dachte Bink, war das nicht typisch für die Gedankengänge aller Frauen? Welche Frau hätte zugegeben, welche Verheerung ihr Geschlecht unter den Männern anrichtete?

Doch das war Crombies Standpunkt und deswegen wahrscheinlich etwas übertrieben. Es war zwar möglich, daß jedes Mädchen etwas von einer Sirene und einer Gorgone an sich hatte, aber nicht allzuviel. Chamäleon hatte von beiden kaum etwas.

»Wenn noch mehr Männer kommen«, fuhr Humfrey mit

ungewöhnlicher Sanftheit fort, »werden nur noch mehr Statuen zurückbleiben. Das ist nicht gut.«

»Ja, es gibt schon zu viele Statuen hier«, stimmte sie treuherzig zu. »Meine Insel ist schon ziemlich überfüllt.«

»Die Männer dürfen nicht mehr kommen«, sagte Humfrey. »Sie müssen zu Hause bleiben, bei ihren Familien.«

»Könnte nicht einfach nur ein Mann kommen – und ein bißchen bleiben?« fragte sie flehend.

»Ich fürchte nein. Männer sind einfach nicht das, äh, Richtige für dich.«

»Aber ich hab doch so viel Liebe zu geben! Wenn doch nur einer bliebe! Es kann ruhig ein kleiner sein! Ich würde ihn in alle Ewigkeit lieben und ihn so glücklich machen –«

»Du mußt ins Exil gehen«, sagte Humfrey. »Der König hat befohlen, den magischen Schild abzuschalten, du kannst Xanth also ohne Schwierigkeiten verlassen. In Mundania wird sich deine Magie auflösen, und du wirst fähig sein, freie Beziehungen zu einem Mann oder zu Männern zu unterhalten.«

»Xanth verlassen?« rief sie entsetzt. »Oh nein! Lieber würde ich sterben! Ich kann doch nicht mein Zuhause verlassen!«

Bink konnte sie gut verstehen. Er hatte auch einmal ins Exil gemußt...

»Aber in Mundania wärst du ein ganz gewöhnliches Mädchen, ohne jeden Fluch. Du bist äußerst schön und hast ein liebenswürdiges Wesen. Dort kannst du dir so viele Männer aussuchen wie du willst.«

»Ich liebe Männer«, erwiderte sie langsam. »Aber mein Zuhause liebe ich noch mehr. Ich kann nicht fort. Wenn das meine einzige Wahl ist, dann bitte ich dich darum, mich umzubringen und meinem Leiden ein Ende zu machen.«

Der Gute Magier schien zum ersten Mal in seinem Leben erschüttert zu sein. »Dich umbringen? Das würde ich nicht tun! Du bist das anziehendste Geschöpf, das ich je gesehen habe, selbst im Spiegel! In meiner Jugend hätte ich –«

Da griff sie zu einer kleinen, ganz normalen weiblichen List. »Aber du bist doch gar nicht alt! Du bist ein sehr attraktiver Mann.«

Crombie unterdrückte mit knapper Not ein Krächzen, Chester hüstelte, und Bink wäre beinahe erstickt. Da hatte sie aber wirklich übertrieben, um nicht zu sagen, die Dinge verfälscht! Humfrey war ein guter, ein talentierter Mann, aber wohl kaum ein attraktiver. »Du schmeichelst mir«, erwiderte der Magier ernst. »Aber ich habe zu tun.«

»Von allen Männern, die mich hier aufgesucht haben, bist du der einzige gewesen, der sich mit mir unterhalten hat«, fuhr die Gorgone fort. »Ich bin ja so einsam! Ich flehe dich an – bleib hier, damit ich dir auf alle Zeiten dienen kann.«

Da krächzte Crombie laut auf. »Dreh dich bloß nicht um, du Narr!« rief der Golem. »Blick nur in den Spiegel!«

»Äh, ja«, meinte Humfrey. Der Greif mußte wirklich ein gutes Gehör haben, dachte Bink, wenn er es schon wahrnahm, daß der Magier im Begriff war, sich umzudrehen! »Gorgone, wenn ich dich direkt anschaute –«

». . . dann würdest du dich gezwungen fühlen, fortzugehen und mir lediglich ein steinernes Denkmal deiner selbst zu hinterlassen«, beendete sie seinen Satz. »Ich verstehe nicht, warum die Männer so sind! Aber komm doch, schließ die Augen, wenn es sein muß, und küß mich, damit ich dir zeigen kann, wieviel Liebe ich dir zu geben habe. Dein letztes Wort ist mir Befehl, wenn du nur bleibst!«

Der Magier seufzte. Ob der alte Gnom in Versuchung geführt war? Bink überlegte, daß Humfrey vielleicht nicht deswegen Junggeselle geblieben war, weil er sich nicht für Frauen interessierte, sondern weil er bisher nur noch nicht die Richtige gefunden hatte. Die Durchschnittsfrau interessierte sich nicht für einen ergrauten, zwergenhaften alten Mann – und wenn sie so tat als ob, dann nur, um eine gehörige Portion seiner Magie zu ergattern. Hier aber war eine Frau, die nur sein Äußeres kannte, die nichts über ihn wußte und sich danach sehnte, ihn lieben zu dürfen, wenn er nur blieb.

»Meine Liebe, ich fürchte, es geht nicht«, sagte Humfrey schließlich. »Ein solches Vorgehen hätte sicherlich seine Reize, das will ich gar nicht leugnen! Und normalerweise wäre ich durchaus nicht abgeneigt, ein bis drei Tage mit dir zu plänkeln, und wenn es mit verbundenen Augen wäre. Aber es bedürfte eines Magiers, um sicher mit dir umgehen zu können, und außerdem befinde ich mich auf einer Suche, die Vorrang hat, und darf nicht –«

»Dann plänkel doch ein bis drei Tage mit verbundenen Augen!« rief sie. »Ich kenne zwar keinen Magier, der sich für mich interessieren würde, aber nicht einmal ein Magier könnte wunderbarer sein als du!«

Ob sie die Kraft von Humfreys Talent ahnte? Aber machte das überhaupt etwas aus? Der Magier seufzte erneut. »Vielleicht besuchst du mich nach meiner Suche mal auf meinem Schloß –«

»Aber ja, aber ja!« jubelte sie. »Wo liegt denn dein Schloß?«

»Du mußt nur nach Humfrey fragen, dann wird man es dir schon sagen. Aber auch dann darfst du keinem Mann dein Gesicht zeigen. Du mußt einen Schleier tragen – nein, nicht einmal der würde genügen, denn es sind schließlich deine Augen, die –«

»Verdeck mir nicht die Augen! Ich muß doch sehen können!«

»Laß mich mal nachsehen«, sagte Humfrey. Sie hörten ein Rascheln, als er sein magisches Zubehör durchwühlte. Dann: »Das hier ist zwar nicht ideal, wird aber erst einmal genügen. Halte diese Flasche vor dein Gesicht und öffne sie.«

Noch mehr Rascheln als sie die Flasche entgegennahm, die er ihr über die Schulter reichte. Dann das Knallen des Korkens, das Zischen des entweichenden Dampfes, ein Keuchen, dann Stille. Hatte der Magier sie doch mit giftigem Dampf hingerichtet?

»Freunde, nun könnt ihr eure Augenbinden ablegen und euch umdrehen«, sagte Humfrey. »Die Gorgone ist unschädlich gemacht.«

Bink riß sich die Binde vom Kopf. »Magier, Sie haben sie doch nicht etwa –«

»Nein, ich habe ihr nichts zuleide getan. Seht selbst.«

Vor ihnen stand eine atemberaubend schöne junge Frau, deren Haar aus zahllosen winzigen kleinen Schlangen bestand. Doch ihr Gesicht – fehlte! Es war einfach nichts da.

»Ich habe einen Unsichtbarkeitszauber über ihr Gesicht verhängt«, erklärte Humfrey. »Sie kann zwar nach außen sehen, aber kein Mann kann ihr Gesicht erkennen. Das ist insofern schade, als es das Schönste an ihr ist. Aber auf diese Weise kann niemand ihrem Blick begegnen. So ist sie harmlos, und wir sind in Sicherheit.«

Wirklich schade, dachte Bink. Sie war ein solch nettes Mädchen, mit einem derart schrecklichen Fluch belastet! Die Magie war keineswegs immer freundlich. Der Magier hatte ihren Fluch zwar neutralisiert, aber es war beunruhigend, einfach nur in ein Vakuum zu starren, anstatt ein Gesicht zu sehen.

Crombie schritt über die Insel und musterte die Statuen. Einige davon waren Zentauren, einige auch Greife. »Skwaak!« »Schaut euch nur mal an, was dieses Aas angerichtet hat! Sie muß ja Hunderte von unschuldigen Männern versteinert haben. Was nützt es da, sie jetzt zu neutralisieren? Das ist doch, als würde man das Tor verriegeln, nachdem der Gefangene bereits entkommen ist.« Es war offensichtlich, daß er jetzt mehr wie ein Greif dachte. Das war eine der Gefahren fortgesetzter Verwandlung.

»Ja, wegen der Statuen müssen wir etwas unternehmen«, stimmte Humfrey ihm zu.

»Aber ich habe schon genug von meiner wertvollen Magie verbraucht. Zu viel sogar! Crombie, zeig mir, wo die Lösung dieses Problems liegt.«

Der Greif wirbelte herum und zeigte nach unten.

»Hm. Und jetzt zeig uns nochmal, wo die Quelle der Magie liegt.«

Das gleiche. »Das hab ich mir gedacht«, sagte Humfrey. »Unsere Suche dient also nicht nur dem Wissenserwerb.«

Da begriff Bink noch etwas: Die ganze Episode mit dem Gewirrbaum und den tödlichen Schwestern war ihm zunächst wie eine Ablenkung von seiner Suche und als eine persönliche Bedrohung erschienen, und doch hatte sein Talent es dazu kommen lassen. Nun war ihm klar, daß dieses Erlebnis unmittelbar mit seiner Suche zu tun hatte. Dennoch wäre es nicht nötig gewesen, daß er dabei in Gefahr geraten war. Offenbar war da noch etwas anderes am Werk.

Ob der Erdhaufen letzte Nacht damit zu tun hatte? Er konnte sich zwar nicht im geringsten vorstellen, wie dies der Fall sein konnte, mochte aber keinen zufälligen Zusammentreffen trauen, die nicht von seinem Talent herleitbar waren. Wenn tatsächlich ein Feind –

Der Gute Magier holte wieder seinen Spiegel hervor. »Verbinde mich mit der Königin«, sagte er.

»Mit der Königin?« fragte Bink überrascht.

Der Spiegel wurde neblig, dann erschien das Gesicht der Königin Iris. »Wurde auch Zeit, daß du dich mal meldest, Humfrey«, sagte sie. »Wieso hängst du auf dieser Gorgoneninsel herum, anstatt deiner dämlichen Suche nachzugehen?«

Crombie krächzte grimmig. »Nicht übersetzen!« fuhr Humfrey den Golem an. Dann, an die Zauberin gewandt: »Das ist Binks Suche, nicht meine. Wir haben die Sirene und die Gorgone ausgeschaltet und machen uns auf den Weg zur Quelle der Magie. Gebt dem König Bescheid.«

Iris machte eine abfällige, gelangweilte Geste. »Wenn ich mal Zeit habe, Zwerg«, sagte sie.

Hinter ihr erschien das Gesicht des Königs Trent. Sofort verwandelte sie sich in ein süßes junges Ding, komplett mit Zöpfen. »Das wird schon sehr bald sein, Guter Magier«, fügte sie hastig hinzu. Trent winkte jovial und zupfte sie an einem Zopf. Dann verschwand das Bild.

»Wieso kann sie im Spiegel reden?« fragte Bink. »Er gibt doch sonst nur stumme Bilder wieder.«

»Sie ist eine Meisterin der Illusion«, erklärte Humfrey. »Wir glauben nur, daß wir sie hören«, fuhr er fort und steckte den Spiegel wieder weg. »Und der König glaubt auch nur, daß er an einem eingebildeten Zopf zerren kann. Aber die Illusion hat durchaus ihre praktischen Seiten.«

»Ich hätte gern die Illusion der Wirklichkeit«, meinte der Golem betrübt.

Humfrey wandte sich wieder der Gorgone zu. »Wir kehren bald zurück. Ich schlage vor, daß du in der Zwischenzeit deine Schwester trösten gehst. Sie hat ihre Harfe verloren.«

»Das werde ich, das werde ich!« rief sie. »Lebwohl, schöner Zauberer!« Sie umarmte ihn und gab ihm einen unsichtbaren Kuß auf den Mund, während die Schlangen nach seinen Ohren schnappten und stürmisch zischten. »Beeil dich! Ich habe soviel Liebe aufgestaut –«

»Hm. Ja«, meinte der Magier verlegen. Er schnippte eine Schlangen-Locke fort, die etwas zu aufdringlich an seinem Ohrläppchen knabberte.

Da der magische Pfad auf der Gorgoneninsel endete, mußten sie zurückschwimmen. Mit Hilfe von Crombies Talent machten sie eine Strecke aus, die frei von Teichungeheuern war. Dann stieg Bink auf Chester, und Humfrey ritt auf dem Greif. Es war spät am Vormittag, und so kehrten sie ohne Schwierigkeiten recht schnell zum Dorf des magischen Staubes zurück.

Der Gewirrbaum, an dem sie vorbeikamen, war nur noch ein verkohlter Stumpf. Die Dörflerinnen hatten wirklich ganze Arbeit geleistet, als sie ihren Erzfeind vernichtet hatten. Doch das Dorf selbst war vollkommen still, und die Fenster waren schwarz verhangen – Trauer für die letzte verlorengegangene Männergruppe.

Doch wie schnell änderte sich das, als diese Männer ins Dorf marschiert kamen! »Ihr seid noch am Leben!« rief Trolla und weinte vor untrollischer Freude. »Wir haben versucht, euch zu folgen, aber da wir die Sirene nicht hören konnten, konnten wir den Pfad im Dunkeln nicht finden. Am Morgen wußten wir dann, daß es zu spät war. Außerdem mußten wir uns um unsere Verwundeten kümmern . . .«

»Wir haben die Sirene und ihre Schwester, die Gorgone, ausgeschaltet«, sagte Bink. »Jetzt werden keine Männer mehr dorthin gehen. Aber die Männer, die früher dorthin gegangen sind –«

»Die sind alle tot, das wissen wir.«

»Nein, sie sind versteinert. Es ist möglich, daß sie mit einem Zauber wieder ins Leben gerufen werden können. Wenn wir unsere Suche erfolgreich beendet haben –«

»Kommt, wir müssen feiern!« rief Trolla. »Wir werden ein Fest für euch geben, daß ihr –«

»Äh, nein danke«, sagte Bink. »Ihr seid sehr freundlich, aber wir müssen mit unserer Suche fortfahren. Wir suchen die Urquelle der Magie – die Quelle eures magischen Staubes. Unter der Erde.«

»Es gibt keinen Weg nach unten«, erwiderte Trolla. »Der Staub wird durch einen Schacht emporgeworfen –«

»Ja, das wissen wir. Deshalb wollen wir woanders nach einem Zugang suchen. Wenn es irgendwo einen gibt –«

Trolla nahm ihre Enttäuschung mit Würde hin. »In welche Richtung wollt ihr denn dann ziehen?«

»Dort entlang«, sagte Bink und zeigte in die Richtung, die Crombie ihnen gewiesen hatte.

»Aber da kommt ihr doch in das Gebiet des Wahnsinns!«

Bink lächelte. »Dann liegt unser Eingang vielleicht im Wahnsinn.«

»Ihr Männer seid immer so unvernünftig! Wartet wenigstens ein paar Tage damit. Wir werden keinen Staub mehr in die Luft abgeben, dann wird die Magie nachlassen, und ihr könnt ungefährdeter reisen.«

»Nein, wir haben beschlossen, uns gleich auf den Weg zu machen.« Bink fürchtete, daß einige Tage der Rast in diesem Dorf voller eifriger, entgegenkommender Frauen sich als nicht minder verheerend erweisen könnte als ein längeres Zusammensein mit der Sirene und der Gorgone. Sie mußten weiter.

»Dann werden wir euch eine Führerin mitgeben. Sie kann euch vor den naheliegendsten Fallen warnen, so daß ihr es *vielleicht* so lange überleben könnt, bis ihr das Schlimmste hinter euch gebracht habt. Ihr seid schließlich sowieso schon halb wahnsinnig.«

»Stimmt«, sagte Bink mit schiefem Lächeln. »Wir sind schließlich Männer.« Kein Geschlecht konnte das andere verstehen. Das war auch ein Aspekt der Magie von Xanth. Dieser weibliche Troll gefiel ihm eigentlich ganz gut. Offenbar konnte man jedes Ungeheuer schätzen lernen, wenn man sich erst einmal persönlich mit ihm bekannt gemacht hatte.

Die Führerin stellte sich als äußerst hübscher weiblicher Greif heraus. »Skwaak!« protestierte Crombie. »Aaak! Aaak!« erwiderte sie schelmisch. »Nun würgt uns doch nicht so ein Hühnchen rein!« übersetzte Grundy erfreut. »Wer ist hier ein Hühnchen? Ich bin eine Löwin!« »Du bist eine Qual!« »Und du bist ein Langweiler!« »Weib!« »Mann!«

»Äh, das reicht, Grundy«, sagte Bink. »Jetzt sind sie bei den tödlichen Beleidigungen angelangt.« Er drehte sich zu Trolla um. »Danke für eure Führerin. Wir werden uns jetzt auf den Weg machen.«

Alle Dörflerinnen stellten sich in einer Reihe auf, um ihnen zuzuwinken. Es war ein trauriger, aber notwendiger Abschied.

Doch in der Wildnis von Xanth wich die Sentimentalität schnell von ihnen. Die Bäume dieser Gegend waren extrem groß und bildeten einen dichten Dschungel. Dieses Gebiet lag in der Windzugrichtung des magischen Staubes, genau wie Trolla es gesagt hatte. Hier gedieh die Magie überall prächtig. Ganz unten wuchsen monströse Nadelkissen, die jeden stachen, der ihnen zu nahe kam. Dazwischen ragten lebende Stalagmiten hervor, deren steinerne Spitzen feucht glitzerten. Überall, wo sich geeignete Mulden befanden, schlängelten sich Ölschlieren. Das Öl war glitschiger als alles andere, und gleichzeitig wesentlich zäher. »Diese Tankerbäume sollten ihre Abfälle nicht auf der ganzen Oberfläche verteilen«, brummte Chester. »Sie sollten sie vergraben, wie es alle zivilisierten Wesen tun.«

Doch die höher stehenden Gewächse waren auch nicht vielversprechender. Die riesigen metallenen Stämme der Eisenholzbäume drängten sich dicht an dicht mit ausgebrannten Ascheneschen. Rost und Asche bedeckten den Boden um sie herum. Hier und dort schnaubten Bullenschößlinge und drehten drohend ihre Asthörner auf sie zu. Darüber war alles noch schlimmer: Raupendisteln krochen umher und blickten in stachliger Vorfreude auf sie herab, während Kotzpilze aus ihren schleimigen Vertiefungen herunterbaumelten. Wo war denn hier ein sicherer Pfad?

»Aak!« machte die Führerin und wies ihnen den Weg. Sie glitt an einem Knäuel Schlangenwurz vorbei, zwischen den beiden scharfen Klingen einer Säbelkiefer hindurch und über die Sprossen eines umgestürzten Leiterbusches. Die anderen folgten ihr, vorsichtig zwar, aber doch schnell.

Es war düster, fast finster, obwohl es erst der Mittagszeit entgegenging. Das Baumdach, dem es offenbar nicht genügte, das Sonnenlicht abzuhalten, zog sich nun wie ein Gummiband zusammen, bis es sie wie eine enge Blase umhüllte. Wie ein Gummiband? Da erkannte Bink, daß es tatsächlich Gummi war, denn er sah die gewaltigen Gummilianen, die zwischen den anderen Gewächsen gespannt waren. Gummi stellte zwar keine ernste Gefahr dar, wenn man Schwerter oder Messer dabei hatte, aber es konnte äußerst lästig sein.

Große Lebewesen waren keine zu sehen, dafür aber zahlreiche kleine. Überall gab es Käfer. Manche davon erkannte Bink: Blitzkäfer, die sich zischend entluden, Soldatenkäfer, die in Reih und Glied zu ihrem Lager marschierten, Damenkäfer und Damselfliegen hielten sich in ihrer Nähe auf, wie es leichtlebige Frauen so häufig mit Armeen taten.

Dann bemerkte Bink, daß Humfrey wie verzaubert vor sich hin starrte. Ein beunruhigendes Zeichen. »Ist Ihnen nicht wohl, Magier?«

»Wunderbar!« murmelte Humfrey entzückt. »Eine Schatzkammer der Natur!«

»Meinen Sie damit die Käfer?«

»Dort ist ein Federflügelkäfer«, sagte Humfrey. Tatsächlich: Ein Käfer mit zwei grellen Federn flatterte an ihnen vorüber. »Und eine Eulenfliege. Und zwei Netzflügler!« Bink erblickte den großäugigen, gepunkteten Käfer, der zwei schwebende Netze musterte, die vor ihm in der Luft hingen. Niemand wußte genau, wie ein Netzflügler fliegen konnte, da seine Netze offensichtlich keinerlei Luftwiderstand erzeugen konnten. Doch was machte das bei Magie schon? »Und ein Gemäldeflügler auch!« rief der Magier, der jetzt wirklich äußerst erregt war. »Das muß eine neue Art sein. Sie muß mutiert sein. Ich werde mal mein Buch befragen.« Ungeduldig nestelte er eine Flasche auf. Der hervortretende Dampf verdichtete sich zu einem riesigen Buch, das der Magier zwischen den Flügeln auf dem Rücken des Greifs balancierte, während er die Seiten umblätterte. »GEMÄLDEFLÜGLER«, las er laut. »Landschaft, Stilleben, Naturalistisch, Surrealistisch, Kubistisch, Aquarell, Öl, Pastellkreide, Federzeichnung, Kohle – ich hatte recht! Das hier ist eine Buntstiftart, die noch nicht in der Liste steht! Bink, überzeuge dich davon, damit der Bericht beglaubigt werden kann!« Bink beugte sich vor und betrachtete das auf dem rechten Ohr des Greifs hockende Insekt, das mit bunten Mustern geschmückt war. »Sieht aus wie Buntstift«, sagte er.

»Genau!« rief Humfrey. »Ich muß es aufschreiben! Was für eine phantastische Entdeckung!« Bink hatte den Mann noch nie derart aufgeregt erlebt. Und plötzlich kam ihm eine wichtige Erkenntnis: Das war es, wofür der Gute Magier lebte! Humfreys Talent war die Information, das Wissen, und die Entdekkung und die Klassifizierung von Lebewesen gehörte dazu. Es gab nichts Wichtigeres für ihn, als Wissen anzusammeln, weshalb er natürlich auch nicht gerade erfreut gewesen war, sich davon losreißen zu müssen. Nun hatte das Glück ihn dafür mit einer Neuentdeckung entschädigt. Humfrey war also keineswegs nur ein gefühlskalter, habgieriger Mensch, sondern er war genauso lebhaft und gefühlsfähig wie andere auch – wenn er es sich anmerken ließ.

Bink merkte, wie plötzlich jemand an seinem Schwert zupfte. Er fuhr mit der Hand an den Griff – und zwei Raubfliegen schwirrten davon. Sie hatten versucht, sein Schwert zu rauben! Plötzlich machte Chester einen Satz, der Bink beinahe abgeworfen hätte. »Ich habe keine Lust, mir jetzt auch noch eine Blase am Huf zuzuziehen.«

Die Greifin drehte den Kopf zurück, ohne ihren Körper zu wenden, wie Greife das stets zu tun pflegten. »Aak!« rief sie ungeduldig. »Beeil dich, Krabbe!« übersetzte der Golem. »Wir nähern uns der Wahnsinnszone.«

»Skwaal!« erwiderte Crombie gereizt. »Wir tun schon unser Bestes. Warum zeigst du uns nicht einen besseren Weg, Spatzenhirn?«

»Jetzt hör mir mal gut zu, Katzenschwanz!« krächzte sie zurück. »Ich mach das hier nur, um euch einen Gefallen zu tun. Wenn ihr Hohlschädel im Dorf geblieben wärt, wie es sich gehört hätte –«

»In einem Dorf voller Weiber? Dich hat der Wahnsinn wohl schon gepackt!«

Dann mußten sie ihren Streit beenden und einer Schlangenfliege ausweichen, die sich mit gebleckten Fängen zwischen ihnen durchschlängelte. Diesmal trat Chester doch auf ein Insekt – auf einen Stinkkäfer. Ein entsetzlicher Gestank drang empor, und sie beeilten sich zu fliehen. Die Greifin schreckte eine bunte Schar von Rehfliegen, Baumhüpfern, Tigermotten und einen fetten Butterling auf, der den Magier von oben bis unten mit Butter bespritzte.

Da flatterte ein hübscher Goldkäfer Bink unter die Nase. »Vielleicht ist das hier auch eine neue Spezies!« rief er, vom Enthusiasmus des Magiers angesteckt. Er griff danach, doch in diesem Augenblick stolperte Chester, so daß er ihn knapp verfehlte. »Er fliegt auf Sie zu, Magier!« rief er. »Fangen Sie ihn!«

Doch Humfrey wich dem Insekt aus. »Das ist eine Midasfliege!« rief er entsetzt. »Faß die bloß nicht an!«

»Eine Midasfliege?«

»Alles, was sie anfaßt, verwandelt sich in Gold.« Die Fliege surrte nun um den Kopf des Magiers herum und suchte einen Landeplatz.

»Aber das ist doch wunderbar!« meinte Bink. »Wir müssen sie einfangen. Gold können wir gut gebrauchen!«

»Nicht, wenn wir dabei selbst zu Gold werden!« schnauzte Humfrey. Er duckte sich so tief, daß er von dem Greif herunterfiel. Die Midasfliege schickte sich an, zu landen.

»Crombie!« schrie Bink. »Paß auf!«

Da prallte die Greifin auch schon gegen Crombie und stieß ihn mit ihrer Löwenschulter beiseite. Er entkam – doch dafür landete die Midasfliege auf ihr.

Plötzlich war sie zu einer goldenen Statue geworden. Die Fliege surrte harmlos davon, doch der Schaden war angerichtet. »Sie sind extrem rar und landen nur selten«, sagte Humfrey aus dem Busch, in den er gestürzt war. »Ich bin erstaunt, daß wir dieser überhaupt begegnet sind. Vielleicht hat der Staub sie verrückt werden lassen.« Er erhob sich.

»Vielleicht hat sie auch jemand geschickt«, meinte Bink. »Sie ist jedenfalls zuerst bei mir erschienen.«

Crombie kam gelenkig wie eine Katze wieder auf die Füße. »Skwaak!« »Das hat sie für mich getan – um mir das Leben zu retten!« übersetzte Grundy. »Warum bloß?«

»Das muß wirklich Wahnsinn sein«, meinte Chester trocken.

Bink musterte die Statue. »Wie das Werk der Gorgone«, murmelte er. »Nur nicht aus Stein, sondern aus Gold. Ob es möglich ist, sie wiederherzustellen?«

Crombie wirbelte herum und deutete. »Skwaak!« »Die Antwort liegt in derselben Richtung wie die Suche«, sagte Grundy. »Jetzt hat Vogelschnabel auch einen persönlichen Grund, die Suche zu einem Ende zu führen.«

»Zuerst müssen wir durch den Wahnsinn – und zwar ohne Führerin«, warf Chester ein.

Bink blickte bestürzt voraus. Plötzlich war die Lage äußerst ernst geworden – und dabei war sie vorher schon alles andere als unernst gewesen. »Wie kommen wir hier sicher durch, und zwar ohne wahnsinnig zu werden?«

»Crombie muß uns Schritt für Schritt den sichersten Weg zeigen«, sagte Humfrey. »Schaut mal, da ist ein Spazierstock.« Er zeigte auf einen Stock, der auf zwei winzigen Füßen wakkelnd durch das Dickicht spazierte. »Mit Mahagonigriff – ein Prachtstück.«

Crombie zeigte ihnen den Weg, und sie schritten langsam voran. Die goldene Greifin ließen sie zurück. Sie konnten nichts für sie tun – außer darauf zu hoffen, daß das Ergebnis ihrer Suche auch eine Lösung erbrachte.

Viel zu bald setzte die Dämmerung ein. Glühwürmchen erschienen aus ihren Erdtunneln, und die Bettwanzen schnarchten bereits auf ihren Pritschen. Schwalbenschwänze machten die Schwalbe und verschwanden. Eine Gruppe Sägefliegen war damit beschäftigt, die Bretter für ihr nächtliches Nest zurechtzusägen.

Bink blickte um sich. »Im Augenblick hätte ich nichts dagegen, selbst ein Insekt zu sein«, sagte er. »Die fühlen sich hier wie zu Hause.«

Chester stimmte ihm nüchtern zu. »Ich hab ja schon mal einen Abend im Freien verbracht, aber noch nie in der tiefsten Wildnis. Diese Nacht werden wir wohl kaum sehr genießen.«

Bink blickte den Magier an, der noch immer mit seiner Artenbestimmung beschäftigt war. »Dort ist ein Nashornkäfer, der versucht, ein paar Häuser umzubaggern!« sagte Humfrey. »Das wird den Hausfliegen aber gar nicht passen!«

»Mein Herr, es wird gefährlich sein, hier draußen zu schlafen. Wenn Ihre Magie uns dabei behilflich sein könnte, ein sicheres Lager –«

»Jetzt holen sie Holzameisen, um das Gebälk abzustützen!«

»Vielleicht haben Sie etwas in Ihren Flaschen, ein provisorisches Nachtlager oder so –« fuhr Bink fort.

»Aber dieses Nashorn ist ja viel zu dumm, um aufzugeben! Der –«

»Magier!« bellte Bink ungeduldig.

Humfrey hob den Blick. »Ach, hallo Bink! Hast du dich noch nicht zur Ruhe gelegt?« Er blickte wieder zu Boden. »Schau mal! Jetzt haben sie einen Killerkäfer angeheuert! Sie wollen damit diesem –«

Es war zwecklos. Der Magier interessierte sich mehr für den Wissenserwerb als für die Sicherheit. Humfrey war kein geborener Führer, weshalb er diese Aufgabe auch willig Bink überlassen hatte.

»Wir müssen uns irgendeinen Schutz bauen«, entschied Bink schließlich. »Und abwechselnd Wache halten.« Er dachte über ihr Problem nach. Wie sollten sie einen Schutz bauen, wenn jedes Stück Holz, jeder Stein, jedes Blatt wütend seine Rechte verteidigen würde? Sie befanden sich schließlich in der ungezähmten Wildnis.

Da erblickte er etwas Vielversprechendes: die großen, gebogenen Knochen eines verblichenen Ungeheuers. Er konnte zwar nicht sagen, um welches Tier es sich dabei gehandelt haben mochte, aber es mußte auf jeden Fall größer gewesen sein als ein Drache. Die Knochen wirkten zu dick, als daß sie einem Rokh hätten gehören können, und es waren auch keine Anzeichen für Flügel zu sehen. Wahrscheinlich hatte es sich also um eine ausgewachsene Landsphinx gehandelt, die zehnmal so groß wurden wie ein Mensch. Der einzige Grund, weshalb Sphinxe nicht den Dschungel beherrschten, bestand darin, daß sie zu selten waren und sich nicht für gewöhnliche Alltagsdinge interessierten. Drachen kamen häufiger vor als Sphinxe. Bink fragte sich, warum dem wohl so sein mochte und was eine Sphinx auf dem Höhepunkt ihrer Kraft umbringen konnte. Vielleicht die Langeweile. »Crombie, zeig uns die Richtung der nächsten geeigneten Lagerstelle«, sagte er, um sich Gewißheit zu verschaffen.

Crombie gehorchte. Er zeigte auf die Knochen. Also hatte

Bink recht gehabt! Er war zufrieden. »Wir werden ein paar Deckblätter sammeln und sie über die Knochen ausbreiten«, sagte er. »Dann haben wir eine gute Unterkunft und können uns notfalls auch verbarrikadieren. Crombie, zeig uns, wo wir die nächsten Decken finden können.«

Der Greif zeigte – direkt in die bebenden Seile eines Raubbaumes hinein. Es war zwar kein Greifer, schien ihm aber verwandt zu sein. Das war wohl kaum ein sicherer Ort, um Decken zu suchen! »Na ja, vielleicht ist es sogar besser so. Wenn wir Wache halten, können wir wenigstens hinausschauen«, meinte Bink. »Chester, übernimm du doch die erste Wache. Weck mich, sobald du müde wirst und danach Crombie.«

Der Zentaur nickte. Er fragte nicht, ob Humfrey sich an der Wache beteiligen würde, denn es war offensichtlich, daß auf den Magier in seinem gegenwärtigen Zustand kaum Verlaß war.

VIII

Verrückte Konstellationen

Bink gehorchte einem Ruf der Natur – nicht der Magie – und blieb stehen, als er einen Holzklumpen erspähte, der so dunkel und moosüberwachsen war, daß er wie ein großer Stein aussah. So etwas konnte sich als nützlich erweisen, falls sie in der Nacht von einem Ungeheuer angegriffen wurden. Das Holz schien gerade die richtige Größe für ein Wurfgeschoß zu haben. Er kniete nieder, um es aufzuheben – und hielt inne für den Fall, daß es verzaubert war. Doch sein Talent würde ihn schon schützen. Sollte das Holzstück gefährlich sein, würde er es nicht berühren können.

Er hob es auf und bemerkte seine Maserung: braun, grün und weiß und absolut faszinierend. Für Holz war das Stück erstaunlich hart und schwer. Er fragte sich, ob es in Wasser wohl untergehen würde. Er spürte ein Prickeln in der Hand. Es war etwas Magisches an dem Ding, etwas Seltsames, Starkes. Er spürte, wie sein Talent das Ding abschätzte, genau wie damals, als er aus dem Lebensborn getrunken hatte. Wieder umhüllte seine Magie die des anderen Gegenstandes und nahm sie ohne Probleme auf. Binks Talent hatte Magier-Format. Er spürte es fast nur, wenn es auf starke oder komplizierte Gegenmagie traf. Aber ein Stück Holz?

Er trug den Klumpen in ihr provisorisches Lager. »Ich weiß zwar nicht, was es ist, aber es scheint eine starke Magie zu besitzen. Es kann uns vielleicht nützlich werden.«

Chester nahm den Klumpen in die Hand. »Holz, ungewöhnlich, haltbar. Das könnte von einem sehr sehr großen alten Baum stammen. Ich kann die Holzart nicht bestimmen; das macht es sehr ungewöhnlich. Vielleicht könntest du ja noch ein Stück Rinde finden –«

Crombie krächzte. »Gib schon her, Pferdefratze! Ich hab schon eine Menge Holz zu sehen bekommen in meinem Leben.«

Chester versteifte sich nur leise. »Aber immer, Vogelschnabel.«

Crombie hielt den Klumpen mit einer Klaue und musterte ihn eindringlich. »Skwaak!« »Komisch.«

»Ja«, meinte Bink. »Aber bevor du dich allzu sehr darein vertiefst, könntest du uns noch zeigen, wo wir am schnellsten Nahrung herbekommen. Wir können ja beim Essen darüber nachdenken.«

Crombie wirbelte hilfsbereit herum und zeigte in eine bestimmte Richtung. Bink folgte mit seinem Blick und entdeckte einen großen, leuchtenden Pilz ganz in der Nähe. »Das muß es sein. Ich habe zwar noch nie einen Leuchter gegessen, aber dein Talent irrt sich ja nie.« Er schritt zu dem Pilz, bückte sich und brach ein Stück ab. Der Pilz war fest und trocken, im Inneren fahl, und verströmte einen angenehmen Duft.

»Skwaak!« beschwerte Crombie sich bei dem Zentauren. »Ich bin damit noch nicht fertig!«

»Du hast es lange genug angestarrt, Bussardhirn!« sagte Chester. »Jetzt bin ich dran.«

Bink mußte zurücklaufen, um ihrem Streit Einhalt zu gebieten. Das Problem bei kämpferischen Wesen war, daß sie auch zum Kämpfen neigten! Nicht einmal zum Essenholen durfte er ihnen den Rücken kehren. »Jetzt ist der Magier an der Reihe!« rief er. »Vielleicht kann der das Ding ja bestimmen?« Er nahm das Holz und brachte es Humfrey. »Mein Herr, wenn Sie doch bitte einmal dieses seltene Exemplar bestimmen würden –«

Er hatte die magischen Worte benutzt! Der Magier richtete

seine Aufmerksamkeit auf ihn, starrte und zuckte zusammen. »Das ist ein Blauer Leidenspilz! Schmeiß ihn weg!«

Hoppla! Bink hatte die falsche Hand ausgestreckt und Humfrey den Pilz unter die Nase gehalten. »Entschuldigung. Ich wollte Ihnen eigentlich dieses Stück Holz zeigen und nicht –« Er stockte. »Ist der Pilz etwa giftig?«

»Seine Magie wird deinen ganzen Körper blau färben. Danach schmilzt du zu einer blauen Pfütze, die überall, wo sie in den Boden einsickert, alles pflanzliche Leben vernichtet«, versicherte Humfrey ihm.

»Aber Crombie hat ihn doch als sicher ausgewiesen!«

»Lächerlich! Man kann ihn ruhig anfassen, aber es ist so ziemlich das Unsicherste, was man überhaupt essen kann. Zu Zeiten der bösen alten Einwandererwellen hat man Leute damit hingerichtet.«

Bink ließ den Pilz fallen. »Crombie, hast du nicht –« Er unterbrach sich selbst nachdenklich. »Crombie, zeigst du uns mal das Schlimmste, was wir überhaupt essen könnten?«

Der Greif zuckte die Schultern und zeigte direkt auf den Pilz.

»Du Vollidiot!« schrie Chester den Greif an. »Sind die Federn in deinem Gehirn jetzt verfault? Du hast ihn gerade noch als sicher angezeigt!«

Crombie krächzte wütend. »Bink muß das Falsche aufgehoben haben. Mein Talent irrt sich nie.«

Humfrey untersuchte gerade das Holzstück. »Crombies Talent irrt sich ständig«, bemerkte er zerstreut. »Deshalb verlasse ich mich auch nie darauf.«

Da war selbst Chester erstaunt. »Magier, ich weiß ja, daß mit dem Soldaten kein Staat zu machen ist, aber sein Talent ist meistens ganz zuverlässig.«

Crombie krächzte empört.

»Mag sein. Ich weiß nicht.« Der Magier zeigte auf eine vorbeifliegende Schweißfliege. »Was ist das denn?«

»Wie, Sie erkennen nicht einmal eine gewöhnliche Schweißfliege?« fragte Bink erstaunt. »Gerade eben haben Sie doch die abwegigsten Insekten bestimmt und sogar neue Arten entdeckt!« Humfrey furchte die Stirn. »Warum hätte ich das tun sollen? Ich verstehe doch überhaupt nichts von Insekten.«

Bink und die anderen blickten sich an. »Erst Crombie und jetzt der Magier«, murmelte Chester. »Das muß der Wahnsinn sein.«

»Aber der müßte uns doch alle packen, oder?« fragte Bink besorgt. »Das erscheint mir mehr wie ein Irrlauf der Talente. Crombie hat die schlechteste Nahrung angezeigt anstatt uns die beste zu zeigen, und Humfrey hat von Wissen auf Unwissen umgeschaltet –«

»Und zwar genau dann, als er das Stück Holz in die Hand bekam«, warf Chester ein.

»Stimmt. Wir nehmen ihm besser das Holz ab.«

»Ja«, sagte Chester und trat auf Humfrey zu.

»Nein, laß mich das bitte tun«, sagte Bink, der davon überzeugt war, daß sein Talent damit am besten zurechtkommen würde. Er näherte sich Humfrey und sagte: »Entschuldigung, mein Herr.« Sanft nahm er dem Magier das Holz ab.

»Warum beeinflußt es dich nicht, Bink?« fragte der Zentaur. »Oder mich?«

»Dich beeinflußt es doch, Zentaur«, sagte Humfrey. »Aber weil du dein Talent nicht kennst, siehst du auch nicht, wie es in sein Gegenteil verkehrt wird. Was Bink angeht – der ist ein Sonderfall.«

Der Gute Magier war also wieder in Form. »Dann kehrt … dieses Holz Magie um?« fragte Bink.

»Mehr oder weniger. Zumindest ändert es die Richtung aktiver Magie. Ich bezweifle, daß es die Greifkuh oder die Steinmänner wieder herstellen kann, falls du daran denken solltest. Diese Zauber sind inzwischen passiv. Nur eine völlige Unterbrechung aller Magie könnte sie zunichte machen.«

»Ah ja«, sagte Bink unsicher.

»Was bist du denn für ein Sonderfall?« fragte Chester ihn. »Du betreibst doch gar keine Magie.«

»Man könnte sagen, daß ich immun dagegen bin«, sagte Bink vorsichtig und wunderte sich, wieso sein Talent sich anscheinend nicht mehr vor dem Entdecktwerden schützte. Dann blickte er das Holz in seiner Hand an. War er *wirklich* immun dagegen?

Er ließ das Holz fallen. »Skwaak!« sagte Crombie. »Deshalb

hat mein Talent also versagt! Das Holz ließ mich ... *mphmf skwaak kreisch* –«

Der Golem war zu dem Holz geschlendert, und sein Übersetzungstalent war ausgeschaltet worden. Bink hob Grundy sanft von dem Holz empor.

»... von dem, was ich vorhatte«, fuhr der Golem fort, der sich des Wechsels überhaupt nicht bewußt war. »Es ist gefährlich!«

»Das ist es gewiß«, sagte Bink und schleuderte das Holz mit einem Tritt davon.

Chester war jedoch nicht beruhigt. »Das bedeutet, daß wir nur aus Zufall Mist gebaut haben. Den Wahnsinn haben wir also erst noch vor uns.«

Crombie ortete das nächstgelegene sichere Essen, diesmal mit Erfolg. Es war ein hübscher Keksbusch, der im fruchtbaren Boden neben den Knochen wuchs. Sie aßen Schokoladensplitterkekse. Eine nahegelegene Wasserkastanie versorgte sie reichlich mit Wasser: Man mußte die frischen Kastanien einfach nur abpflücken und anbohren, bis das Wasser herauslief.

Als Bink vor sich hin kaute, fiel sein Blick erneut auf einen Erdhaufen. Diesmal hob er ihn sorgfältig mit einem Stock hoch, fand darunter jedoch nur loses Erdreich. »Ich glaube, die Dinger verfolgen mich«, sagte er. »Aber wozu? Die tun doch gar nichts, sondern hocken einfach nur da.«

»Ich werd mir morgen früh mal einen ansehen«, sagte der Magier, dessen Neugier mittelmäßig erweckt worden war.

Schließlich schlugen sie ihr Lager unter den Knochen auf. Bink legte sich auf ein Kissen aus Schwamm-Moos, das sich unter dem Skelett befand – er hatte es zuvor sorgfältig überprüft – und sah zu, wie die Sterne herauskamen. Es war *doch* nicht so schlecht, im Freien zu lagern!

Zuerst blinzelten die Sterne einfach nur als winzige Lichtpunkte zwischen den Stäben ihres Knochengitterkäfigs hervor, doch schon bald erkannte Bink einzelne Muster: die Sternbilder. Er kannte sich mit Sternen nicht aus, weil Xanth bei Nacht nicht sicher war. Er hatte die Nacht stets in Gebäuden verbracht, und wenn sie ihn im Freien überrascht hatte, hatte er sich beeilt, ein schützendes Dach zu finden. Deshalb fand er die

Landschaft des Nachthimmels äußerst faszinierend. Aus irgendeinem unerfindlichen Grund hatte er stets geglaubt, daß die Sterne regelmäßig über den Himmel verteilt seien und auch alle gleich hell leuchteten. Doch nun zeigte sich, daß es ganz anders war. Sie ergaben sogar Muster, deren Linien er gedanklich nachzog: Da war ein Männerkopf, dort eine gewundene Linie wie eine Schlange, und ein Knubbel mit Tentakeln wie ein Gewirrbaum. Als er sich darauf konzentrierte, verfestigten sich die Muster und wurden immer deutlicher und überzeugender.

»He, da ist ja ein Zentaur!« rief Bink.

»Natürlich«, sagte Chester. »Das ist eine der ganz bekannten Konstellationen, schon seit Jahrhunderten.«

»Aber er sieht lebendig aus! Ich meine, ich hätte geschworen, daß er sich bewegt hat.«

»Nein, die Sternbilder bewegen sich nicht. Nicht so. Sie –« Chester hielt inne.

»Er hat sich *tatsächlich* bewegt!« rief Bink. »Sein Arm, als wollte er einen Pfeil aus seiner Tasche holen –«

»Aus seinem Köcher«, berichtigte ihn Chester. »Das ist aber seltsam. Wahrscheinlich atmosphärische Störungen.«

»Oder Luft, die sich bewegt«, sagte Bink.

Chester schnaubte. Sie sahen zu, wie der Zentaur am Himmel seinen Pfeil hervorholte, ihn einlegte und Ausschau nach einem Ziel hielt. Es war zwar ein Schwan in Sichtweite, aber das war ein sehr großer, zahmer Vogel, der zum Jagen ungeeignet war. Auch ein Fuchs war zu sehen, doch der suchte plötzlich Schutz hinter einem Schäfer, bevor der Zentaur richtig auf ihn anlegen konnte. Da erschien ein großer Bär. Er versuchte, ein Löwenjunges zu fangen, doch der große Löwe war auch da. Er war beinahe so groß wie der Bär und ziemlich mißmutig gelaunt. Die beiden Raubtiere umkreisten einander, während die Pfeilspitze des Zentauren ihren Bewegungen folgte. Welches Tier sollte er als erstes erlegen?

»Nimm doch den Löwen, Blödmann!« brummte Chester. »Dann nimmt der Bär das Löwenjunge und läßt dich in Frieden.«

Bink war fasziniert, sowohl von den Bewegungen der Sternbilder, als auch von der Kraft und Anmut der wilden Tiere. Der

Zentaur war natürlich ein ganz gewöhnliches Wesen – aber nur in der mundanischen Mythologie gab es Tiere wie Bären, Löwen und Schwäne. Teile davon waren in der Gestalt von Sphinxen, Schimären, Greifen und so weiter zu finden, doch das zählte nicht wirklich. Einen mundanischen Löwen konnte man auch als Wesen mit dem Leib eines Greifs und dem Kopf eines Ameisenlöwen ansehen, als Zusammensetzung xanthischer Urtiere. Jetzt, da der Schild Xanth nicht mehr abschirmte, konnten die Tiere die Grenze ungehindert überschreiten, so daß sich im Grenzstreifen alle Arten vermutlich bereits vermischt hatten.

Da erschien ein weiteres mundanisches Tier, direkt unter dem Schweif des Zentauren: ein Wolf. Er ähnelte einem einköpfigen Hund. Bink hatte zwar bereits Werwölfe aus Fleisch und Blut gesehen, aber das zählte wahrscheinlich nicht. Welch ein Schrecken mußte in Mundania doch herrschen, wenn die Wölfe ständig in ihrer tierischen Gestalt gefangen blieben, ohne sich jemals in Menschen verwandeln zu können!

Der Himmelszentaur wirbelte zu dem Wolf herum und legte auf ihn an. Doch der Wolf lief bereits davon, weil ihm ein Skorpion folgte. Der wurde wiederum von einem Mann gejagt – nein, er glaubte bloß, von dem Mann verfolgt zu werden. Der Mann, ein riesiger, muskulöser Hüne, verfolgte in Wirklichkeit eine Schlange und versuchte, ihren Kopf mit einer Keule zu zertrümmern. Doch ein Drache war ihm bereits auf den Fersen, und diesen verfolgte ein seltsames Tier mit langem Hals. Der ganze Himmel war mit Merkwürdigkeiten übersät, so daß er viel interessanter aussah als das Land Xanth.

»Was ist denn das Ding mit dem Hals?« fragte Bink.

»Die mythische Zoologie ist nicht mein Spezialgebiet«, sagte Chester. »Aber ich glaube, es ist ein mundanisches Ungeheuer, das Gaffe heißt.« Er machte eine Pause. »Nein, das stimmt nicht ganz. Ein Grraff. Nein, auch nicht. Ach ja, jetzt weiß ich's wieder: eine Giraffe! Der lange Hals dient wohl dazu, sie vor bodennaher Magie zu schützen oder so. Das Seltsamste an ihr ist, daß sie, soweit ich weiß, trotz ihres langen Halses keine Stimme haben soll.«

»Wirklich seltsame Magie!« meinte Bink.

»Seltsam *un*magisch, wenn man's genau nimmt. Das Land Mundania könnte einen guten, vernünftigen Schuß Magie ganz gut vertragen.«

Der Himmel war nun dicht mit Tieren bevölkert, als die restlichen Sterne herauskamen. Weitab befand sich ein Krebs und ein flügelloser Bulle sowie ein echter einköpfiger Hund. Die Vögel waren in der Überzahl – halbvertraute wie der Phoenix und der Paradiesvogel, sowie eine Unzahl unbekannter wie der Kranich, der Tukan, der Adler, der Pfau, die Taube und die Krähe. Auch Leute waren da: Männer, Kinder und einige hübsche junge Frauen.

Das erinnerte Bink wieder an Chamäleon. Je länger er von ihr getrennt war, desto mehr fehlte sie ihm. Und wenn sie schon gerade ihre häßliche Phase durchlief – was machte das schon? Schließlich hatte sie auch ihre schöne Phase . . .

»Schau mal, der sagenumwobene mundanische Wal«, sagte Chester. »Ich bin ja nur froh, daß es in unserem Land kein solches Ungeheuer gibt!«

Bink stimmte ihm entschieden zu. Da erspähte er eine kleine Echse. »Ein Chamäleon!« rief er.

Als er den Namen aussprach, verwandelte sich die Echse in die menschliche Chamäleon, die er kannte und liebte: seine Frau. Sie blickte ihn aus den tiefsten Tiefen des Himmels an und öffnete den Mund. *Bink, Bink,* schien sie zu sagen. *Komm zu mir . . .*

Bink sprang auf und schlug mit dem Kopf beinahe gegen einen Knochen. »Ich komme!« rief er freudig. Warum hatte er sie nur jedesmal verlassen?

Doch es gab keinerlei Möglichkeit, sie zu erreichen. Er konnte weder die Luft emporklettern noch hochfliegen, und außerdem wußte er ja, daß es nur ihr Abbild war. Nur eine verwandelte Echse, die selbst seiner Einbildung entstammte. Und dennoch wünschte er sich –

Da verschoß der Sternbildzentaur endlich seinen Pfeil. Das Geschoß flammte über den Himmel, zog eine gleißende Leuchtspur und wurde immer heller und größer, als es sich näherte. Plötzlich war es geradezu beängstigend groß und nahe, als würde es aus dem Himmel selbst heraustreten – da fuhr es in einen nahen Hundsbaum. Der jaulte vor Schmerz laut auf, knurrte und bleckte seine zahnähnlichen Innenzweige und zerrupfte den Pfeil im Nu in kleine Stücke.

Bink blickte zu Chester hinüber, konnte seinen Gesichtsausdruck im Dunkeln jedoch nicht lesen. Dieser Konstellationspfeil war aber wirklich *sehr* nahe neben ihnen eingeschlagen! »Sag mal, hat dieser Zentaur etwa auf *uns* gezielt?«

»Wenn er das getan haben sollte, dann war er geradezu kriminell schlampig«, erwiderte Chester grimmig. »Dann war er ein verdammt schlechter Schütze. Das ist ein schlechtes Beispiel, das auf alle Zentauren zurückfällt. Ich werde ihm einen Denkzettel verpassen!« Nun war Chesters Silhouette vor dem funkelnden Nachthimmel zu erkennen. Er legte einen Pfeil ein, spannte die Sehne mit aller Kraft und ließ sie fahren.

Sie flog hoch und höher, irgendwie sichtbar, obwohl es doch Nacht war. Empor, unmöglich weit empor, bis zum Rand der nächtlichen Kuppel und immer weiter, auf das Zentaurensternbild zu.

Bink wußte, daß kein materieller Pfeil einen Stern oder ein Sternbild treffen konnte. Schließlich waren die Konstellationen doch nur imaginäre Linien, mit denen man die Sterne verbunden hatte. Und doch –

Chesters Pfeil traf den Sternbildzentauren in der Flanke. Das Wesen machte vor Schmerz einen Satz, und aus seinem Mund fuhren zwei Kometen und eine Sternschnuppe: ein höchst starker Ausruf!

»Ach ja? Gleichfalls, du Hohlkopf!« erwiderte Chester.

Die Konstellation beugte sich nach hinten und riß an Chesters Pfeil. Eine Nova explodierte aus dem Mund des Himmelswesens, als es seine Verletzung sah. An der verwundeten Stelle pulsierten mehrere matte Sterne. Der Sternenzentaur rupfte dem Schwan eine Handvoll weicher Daunenfeder aus und rieb sich damit die Wunde ab. Nun war der gerupfte Schwan an der Reihe, wütende Sternschnuppenhagel zu speien, doch er wagte es nicht, den Zentauren anzugreifen.

Der Himmelszentaur schnappte sich die ausziehbare Röhre, die Teleskop genannt wird, und setzte sie ans Auge. Mit Hilfe der Magie dieser Röhre war er imstande, wesentlich weiter zu sehen als gewöhnlich. »****!!« rief er in allerübelstem Schmähton und suchte nach dem Schützen des fraglichen Pfeils.

»Hier bin ich, Hufkopp!« grölte Chester und jagte einen weiteren Pfeil in den Himmel empor. »Komm runter und kämpfe wie ein Zentaur!«

»Äh, ich würde lieber nicht –« sagte Bink warnend.

Die Konstellation schien die Herausforderung gehört zu haben. Der Himmelszentaur riß das Teleskop herum und richtete es auf das Knochenlager. Er spie einen heimtückischen Planeten mit Ringen aus.

»Richtig so, Dösbartel!« rief Chester. »Komm und zeig uns, daß du deinen Namen verdient hast!«

Den Namen »Dösbartel«? Bink gefiel die Sache ganz und gar nicht, aber er konnte sie auch nicht mehr aufhalten.

Der Himmelszentaur legte einen weiteren Pfeil ein. Chester tat das gleiche. Einen Augenblick lang blickten die beiden sich mit gespannten Bogen an – dann ließen sie ihre Pfeile beinahe gleichzeitig fahren.

Beide Schüsse waren ungemütlich genau gezielt. Bink sah, wie die Pfeile sich auf halber Strecke kreuzten und wie magisch gelenkt auf ihre Ziele zuschossen. Keiner der Zentauren rührte sich vom Fleck: Das gehörte bei solchen Duellen offenbar zum Ehrenkodex.

Beide Pfeile verfehlten ihr Ziel – aber nur knapp. Chesters Schuß streifte beinahe die Stirn des Konstellationszentauren, während dessen Pfeil neben Chesters linkem Huf in den Boden fuhr. Das war knapp neben dem Kopf des Magiers.

Humfrey wachte mit einem Ruck auf. »Du pferdiger Schwerenöter!« rief er knurrig.

»Paß auf, was du da machst!«

»Ich halte Wache«, erwiderte Chester. »Das ist nicht mein Pfeil gewesen. Sehen Sie doch selbst: Er ist noch mit Sternenstaub bedeckt.«

Humfrey zog den Pfeil aus der Erde. »Tatsächlich!« Er spähte mit zusammengekniffenen Augen zum Himmel empor. »Aber hier unten sollte es eigentlich keinen Sternenstaub geben. Was geht hier vor?«

Nun rührte Crombie sich. »Skwaak!« »Sie sind der Magier«,

sagte der Golem. »Sie sind doch derjenige, der alles wissen soll.«

»Über belebte Konstellationen? Mit dieser Spielart der Magie habe ich mich lange nicht mehr befaßt.« Humfrey starrte weiter zum Himmel empor. »Aber das wäre ein lohnendes Studiengebiet. Crombie, wo ist der nächste und beste Aufstieg?«

Crombie zeigte auf ein Sternenmuster, das einer Treppe glich, die bis zum Horizont hinunterführte. Die Stufen sahen unglaublich massiv aus und waren bei näherer Betrachtung sogar noch dichter; denn sie führten beinahe bis an den Rand des Skeletts. Vielleicht war es ja doch möglich, emporzusteigen!

Er blickte wieder zu den Sternen empor. Sie schienen noch heller als zuvor, und ihre Verbindungslinien waren noch deutlicher zu erkennen. Sie wiesen sogar Schatten auf, was sie noch echter erscheinen ließ. Wieder erblickte er Chamäleon, die ihm winkte. »Ich steige empor!«

»Skwaak!« stimmte Crombie ihm zu. »Für eine ordentliche Prügelei bin ich immer zu haben, und dieser kometenmäulige Zentaur hat eine Lektion verdient!«

Chester war bereits unterwegs zu der Treppe, doch nun hielt er inne.

»Sei kein Narr!« fauchte der Magier ihn an. »Er hat den Zentaur am Himmel gemeint, nicht dich. Du bist großmäulig, nicht kometenmäulig.«

»Hmph. Ja, natürlich«, stimmte ihm Chester ohne allzu große Überzeugung zu. Es war deutlich, wie er sich bemühte, seinen Ärger abzuschütteln. »Zum Angriff!«

Sie rannten auf die Treppe zu.

»Seid ihr Idioten jetzt auch noch durchgedreht?« schrie Grundy.

»Da oben ist doch überhaupt nichts!«

Chester blickte ihn an. »Ich habe Crombie gar nicht krächzen hören.«

»Hat er auch nicht!« schrie der Golem. »Diesmal rede ich für mich selbst. Klettert nicht in den Himmel! Das ist doch Wahnsinn!«

»Es ist faszinierend«, sagte Humfrey. »Dort kann ich die

beliebten Konstellationen aus erster Hand studieren. Eine bessere Gelegenheit finde ich nie.«

»Ich muß diesem Zentauren eine Lektion erteilen«, sagte Chester.

Bink starrte inzwischen wieder Chamäleon an und schritt weiter.

»Das ist der Wahnsinn!« schrie Grundy und zerrte an Crombies Nackenfedern. »Mir kann der nichts anhaben. Ich sehe nur Tatsachen, weil ich nicht wirklich bin. Das ist feindliche Magie. Geht nicht!«

»Wahrscheinlich hast du recht, Miesepeter«, meinte Humfrey. »Aber dieses Angebot ist viel zu verlockend, als daß ich es ablehnen könnte.«

»Das war die Sirene auch! Tut's nicht!« wiederholte Grundy. »Wo bleibt denn eure Suche, wenn ihr euch jetzt vom Wahnsinn überwältigen laßt?«

»Was kümmert dich das denn?« wollte Chester wissen. »Du hast doch gar keine Gefühle.« Er stellte seine Vorderhufe auf die erste Stufe. Sie war massiv und an jeder Ecke mit einem Stern befestigt. Die Stufen waren wie Glas – eine durchsichtige, aber nicht ganz unsichtbare Treppe, die in den Himmel hinaufführte.

Bink wußte, daß es sich um Magie handelte und daß man ihr nicht trauen durfte. Doch oben harrte Chamäleon seiner, und er mußte zu ihr. Wenn es gefährlich wäre, würde sein Talent es ohnehin nicht zulassen.

»Ich komme jedenfalls nicht mit!« schrie Grundy. Er sprang vom Rücken des Greifs hinunter ins Blattwerk eines Blumenkäferbusches, schreckte einen Schwarm Blumenkäfer auf und war auch schon in der Nacht verschwunden.

»Ab mit Schaden!« brummte Chester und erklomm die Stufen, die unter seinem Gewicht leicht nachgaben. Crombie war das zu langsam. Er schwang sich in die Lüfte und landete über dem Zentauren auf einer höher gelegenen Stufe. Offenbar war der Anstieg zu steil für ein Geschöpf von seiner Größe, um ihn fliegend zu bewältigen. Deshalb zog er es vor, zu Fuß zu gehen. Der Gute Magier folgte an dritter Stelle, und Bink bildete den Schluß.

Im Gänsemarsch schritten sie empor. Die Treppe verlief spiralförmig, so daß sich Crombie schon bald direkt über Bink befand. Als er über die Wipfel gelangte, öffnete sich für Bink die nächtliche Landschaft Xanths. Er war einmal in einen Vogel verwandelt worden und war auf einem fliegenden Teppich mitgeflogen. Doch dieser langsame Aufstieg durch den Wald war anders als jeder Flug und irgendwie einmalig. Er war sich ständig bewußt, daß er abstürzen konnte, denn die Treppe besaß kein Geländer und auch keine schützenden Vorsprünge am Rande der Stufen. So war er unmittelbar mit der Situation verwachsen, in einer Weise, wie es das Fliegen ihm nicht ermöglicht hatte: Über der Erde und doch an sie angebunden...

Der nächtliche Wald war wunderschön. Einige der Bäume leuchteten. Manche streckten knochenbleiche Tentakel empor, während andere aus pastellfarbenen Bällen zu bestehen schienen. Manche besaßen riesige Augen, die sich auf Bink zu richten schienen. Andere Wipfel griffen mit ihren Ästen ineinander und bildeten labyrinthische Muster. Während er hinabblickte, formte der ganze Wald ein einziges menschliches Gesicht. GEH NICHT! sagte der Mund.

Bink blieb gereizt stehen. Versuchte die Wildnis tatsächlich, zu ihm zu sprechen? Wessen Interessen vertrat sie eigentlich? Es war möglich, daß sie ihm seine Flucht in den Himmel neidete. Vielleicht hungerte sie auch nach seinem Leib. Oder sie war einfach nur zu üblen Streichen aufgelegt.

Crombie hatte beim Gewirrbaum gezögert, Chester war glücklicherweise rechtzeitig taub geworden, um sie vor dem Ruf der Sirene zu retten. Da war sein Talent am Werk gewesen. Warum schwieg es denn jetzt?

Er blickte empor. Das gewaltige Panorama des Himmels erwartete ihn: Tiere, Ungeheuer und Menschen. Im Augenblick waren sie alle wie festgefroren und erwarteten Binks Gruppe. Dort oben lag das Abenteuer.

Er kletterte weiter. Er mußte sich beeilen, denn die anderen hatten keine Pause gemacht und besaßen deshalb bereits einen Vorsprung von mehreren Spiralwindungen. Er wollte nicht beim Abenteuer zu spät kommen!

Als er den Magier eingeholt hatte, der hinter den Vierbeinern etwas zurückgeblieben war, summte etwas in der Finsternis auf ihn zu. Es klang wie ein sehr großes Insekt, wie einer von den exotischeren Käfern. Hoffentlich nicht wieder ein Goldkäfer! Er wedelte mit den Armen, um es abzuwehren.

»Bink!« rief eine leise Stimme.

Was nun? Er war schon ganz aus der Puste von seinem schnellen Aufstieg und mußte äußerst vorsichtig sein, um keine Stufe auszulassen während er die Herrlichkeiten am Himmel bewunderte. Er wollte die einmalige Szenerie voll und ganz genießen und sich nicht von irgendeinem Käfer dabei stören lassen. »Hau ab!«

Das Insekt kam nähergeflogen. Es war ein fliegender Fisch, der sich mit Hilfe von Luftblasen fortbewegte, so daß ihm seine feststehenden Flügel genügend Auftrieb verliehen. Seine Kiemen dienten der Luftzufuhr, und er besaß mehrere kleine Stabilisierungsflossen, die ihn sehr wendig und manövrierfähig machten. Fliegende Fische waren sehr schnell, das wußte Bink. Das mußten sie auch sein, wenn sie nicht abstürzen wollten. Dieser hier trug eine winzige Laterne auf seinem Rücken und –

»Bink! Ich bin's, Grundy!« Tatsächlich, es war der Golem, der auf dem Rücken des Fisches hockte und ihn mit Hilfe eines winzigen Zaumzeugs lenkte. In der freien Hand hielt er die Laterne: offenbar ein winziger Stern, der in einem Netz gefangen war. »Ich habe diesen Fisch eingefangen, indem ich ihn mit Fischsprache angelockt habe. Jetzt versteht er, worum es geht, und will uns helfen. Ich habe das Umkehrzauberholz dabei.« Er klopfte mit seiner Zügelhand auf seinen Sattel: Es war das knorrige Holzstück, das Bink fortgeworfen hatte.

»Aber wieso kann der Fisch denn dann fliegen? Wie kannst du dann noch übersetzen?« fragte Bink. »Der Umkehrzauber müßte doch –«

»Den Fisch kann er nicht treffen, weil der kein Talent besitzt sondern magisch *ist*«, erklärte Grundy mit letzter Geduldreserve. »Das Holz kehrt nur äußere Magie um, aber keine innere.«

»Das leuchtet mir nicht ein«, sagte Bink.

»Das Holz hat Vogelschnabels Talent umgekehrt, aber es hat

ihn nicht wieder in einen Menschen verwandelt«, fuhr der Golem fort. »Es hat den Gnom dumm gemacht, aber deshalb ist er noch nicht zu einem normalen Menschen geworden. Es hat dich nicht beeinflußt, weil –«

Der Golem kannte Binks Talent nicht, aber das blieb nach wie vor die entscheidende Frage: Hatte Binks Talent das Holz besiegt, oder war es in sein Gegenteil verkehrt worden? Das war eine Frage von Leben und Tod! »Was ist mit dir?« fragte Bink. »Du übersetzt doch immer noch!«

»Ich bin nicht wirklich«, erwiderte Grundy knapp. »Wenn du mir meine Magie nimmst, bleiben nur Bindfäden und Schlamm zurück. Für mich ist das Holz einfach nur irgendein Holz.«

»Aber es hat dich doch vorher beeinflußt! Du hast völligen Unfug gefaselt, bis ich dich von ihm entfernt habe.«

»Das habe ich?« fragte Grundy erstaunt. »Das wußte ich ja gar nicht. Offenbar ist das Übersetzen mein Talent, deshalb...« Er stockte und dachte nach. »Natürlich! Im Augenblick ubersetze ich ja nicht, sondern spreche für mich selbst!«

Das war die Antwort. »Na ja, halt das Ding jedenfalls von mir fern«, sagte Bink. »Ich traue ihm nicht.«

»Im Gegenteil, ich bringe es dir nahe. Leg die Hand drauf, Bink!«

»Das werde ich nicht tun!« rief Bink.

Grundy riß die Zügel beiseite, trat dem Fisch in die Flanken und beugte sich vor. Der Fisch flog einen Bogen, machte kehrte und jagte direkt auf Bink zu. »He!« protestierte der als er seine Hand streifte.

Doch in diesem Augenblick veränderte sich seine Sehweise ganz gehörig. Plötzlich waren die Sterne nur noch Sterne, und die Treppen – waren die Äste eines Sparrenbaumes. Über ihm waren die anderen gerade im Begriff, auf die dünnen Gipfelzweige zu steigen, die ihr Gewicht nicht tragen konnten. Crombie flatterte bereits mit den Flügeln, um die Balance zu halten, und Chester –

Bink schüttelte erstaunt den Kopf. Ein Zentaur, der einen Baum emporkletterte!

Dann summte der Fisch davon, und der Wahnsinn kehrte zurück. Wieder befand Bink sich auf der durchsichtigen Treppe und kletterte den leuchtenden Sternbildern entgegen. »Ich weiß ja, daß es verrückt ist!« rief er. »Aber ich kann nichts dagegen tun. Ich muß einfach hinauf!«

Der Golem lenkte seinen Fisch wieder neben ihn. »Du kannst es nicht einmal sein lassen, obwohl du genau *weißt*, daß es den Untergang bedeutet?«

»Es ist der blanke Wahn!« stimmte Bink ihm zu und wurde wieder etwas vernünftiger als das Holz an ihm vorüberstrich. »Aber wahr! Mach dir mal keine Sorgen – ich werd's schon überleben. Bring Chester von diesem Ast dort oben herunter, bevor er sich noch zu Tode stürzt.«

»In Ordnung!« sagte Grundy. Er trieb sein Reittier an und surrte davon. Bink kletterte weiter und verfluchte dabei seine eigene Dummheit.

Der Fisch verschwand in der Nacht. Nur der Stern im Käfig – den Bink inzwischen als schlichte Glühbeere ausgemacht hatte – zeigte ihm, wo Grundy sich gerade befand. Das Licht bewegte sich empor zum Zentauren.

»Meine Güte, Golem!« rief Chester plötzlich. »Was, um alle Pferdefedern, mache ich auf einem Baum?«

Bink konnte Grundy zwar nicht verstehen, konnte sich aber denken, was er dem Zentauren sagte. Kurz darauf machte Chester sich an den Abstieg.

»He, du Lümmel!« rief der Magier. »Nimm gefälligst deinen Eselshintern aus meinem Gesicht!«

»Runtersteigen!« rief der Zentaur seinerseits. »Das ist keine Treppe, sondern ein Baum. Wir klettern in unser Verderben!«

»Es geht um Wissen. Laß mich vorbei!«

»Das ist der Wahnsinn! Grundy, bring das Holz zu ihm.«

Das Licht senkte sich. »Große Galaxis!« schrie Humfrey. »Das ist ja *wirklich* ein Baum! Wir müssen runter.«

Doch nun war der Zentaur wieder dabei, emporzusteigen. »Ich hab noch ein Hühnchen mit diesem Sternbildzentaur zu rupfen«, sagte er.

»Du Pferdenarr!« rief Humfrey. »Hör auf damit!«

Der Fisch jagte zu Bink hinab. »Ich kann mich nicht um beide kümmern!« rief Grundy. »Ich habe nur ein Stück Holz, und ihr seid zu viert!«

»Der Greif kann fliegen, dem wird schon nichts passieren«, sagte Bink. »Die Treppe – ich meine der Baum – ist sehr schmal. Gib Chester das Holz, dann kommt keiner an ihm vorbei. Danach kannst du noch mehr Holz suchen.«

»Daran hatte ich auch schon gedacht«, sagte der Golem. Der Fisch schwirrte davon. Kurz darauf machte Chester wieder kehrt. Der Gute Magier fluchte auf höchst unwürdige Weise, mußte aber angesichts des Zentaurenhinterteils wohl oder übel zurückweichen. Bald standen sie direkt über Bink – der ebenfalls wüst fluchte, als man ihm den Aufstieg blockierte.

Als die Sternbilder ihren Rückzug bemerkten, explodierten sie vor Wut. »***!!« rief der Sternenzentaur lautlos. Auch die anderen Himmelsungeheuer scharten sich auf sein Geheiß um ihn: der Drache, die Hydra, die Schlange, das geflügelte Pferd, der Riese und der Wal.

Bink war zwar noch immer vom Wahn geschlagen, mochte aber nicht länger die Treppe hochsteigen. Die Ungeheuer schickten sich an, auf sie zuzukommen. Bink wußte nicht genau, ob sie nun echt waren, oder ob es sich um Täuschungen handelte, aber als er an den Pfeil dachte, der in den Hundsbaum gefahren war, verspürte er keine Lust mehr, es darauf ankommen zu lassen. »Wir müssen in Deckung gehen!« rief er.

Doch Crombie, der an oberster Stelle war, unbeeinflußt vom Zauberholz, flatterte empor, um gegen das geflügelte Pferd zu kämpfen. »Skwaak!« rief er. »Hiiiaah!« erwiderte das Pferd.

Grundy kam an Bink vorbeigeflirrt. »Ooooh, wenn du wüßtest, was die sagen!«

Mit gespreizten Flügeln standen sich Pferd und Greif gegenüber. Da schlugen sie ihre Krallen und Hufe gegeneinander, doch Bink konnte in dem wirbelnden Gewirr nicht erkennen, welches der beiden Tiere die Oberhand behielt.

Plötzlich kam die Schlange auf sie zu. Chester konnte seinen Bogen nicht wirkungsvoll einsetzen, weil kein Pfeil eine Spiralbahn fliegen konnte. Bink fragte sich, was der Zentaur wohl sehen mochte, da er ja jetzt das Holz besaß und so die Wirklichkeit erkannte – oder was auch immer. Wahrscheinlich war es gar keine Schlange, sondern irgendeine ähnliche Gefahr.

Als der riesige Schlangenkopf näherkam, stieß der Zentaur

einen Warnschrei aus und schlug ihm mit dem Schwert auf die Nase. Die Klinge stieß gegen die im Sternenlicht wie giftig glitzernden Fänge. Zwei von ihnen traten weit hervor, und Chester mußte zurückweichen, da er nur ein Schwert besaß.

Da nahm er sich an dem geflügelten Pferd ein Beispiel und benutzte seine Vorderhufe. Er schlug sie der Schlange mehrmals auf den Kopf und blendete sie dabei mit seinem Schwert.

Was würde wohl passieren, wenn das Holz die Schlange berühren sollte, fragte sich Bink. Würde sie eine andere Sicht der Wirklichkeit bekommen? Würde der Zentaur ihr dann als etwas ganz anderes erscheinen? Wie sollte man jemals unterscheiden, welche Magie wirklich war und welche nur Trug?

Die Schlange zischte und riß ihr Maul so weit auf, daß es so groß wurde wie der Zentaur. Ihre sehnige Zunge schnellte hervor, um Chesters Schwertarm zu umwickeln und zu lähmen, doch Chester wechselte die Schwerthand und trennte die Zunge mit einem geschickten Hieb durch. Die Schlange heulte vor Schmerz zischend auf und klappte scheppernd das Maul wieder zu. Chester brauchte einen Augenblick, um das Zungensegment von seinem Arm zu entfernen. Dann drosch er wieder wacker auf die Nase ein.

Der Drache erschien und stürzte sich auf den Guten Magier. Humfrey mochte zwar dem Wahn verfallen sein, aber ein Narr war er nicht. Seine Hand stahl sich in seine Jacke und holte ein Fläschchen hervor. Doch der Drache war so schnell, daß keine Zeit mehr blieb, die Flasche umständlich zu entkorken. Statt dessen schleuderte Humfrey dem Drachen die ganze Flasche in den Schlund. Der schnappte automatisch zu, und das Fläschchen zerbrach zwischen den Fängen. Da explodierte Dampf und wurde zu einer Wolke, die zwischen den Zahnlücken des Drachen hervortrat. Sie verdichtete sich wiederum um seinen Kopf. Doch sie verwandelte sich in nichts anderes – weder in einen Dämonen, noch in eine Nebelwand oder auch nur in ein Sandwich. Sie hing einfach da, in immer härter werdenden Klumpen.

»Was ist das?« rief Bink. »Hat das Fläschchen versagt?«

»Ich mußte das nächstbeste nehmen«, erwiderte Humfrey. »Es . . . ich glaube, es ist Schaumisolierung.«

»Schwamm *was?*«

»Schaumisolierung. Es schäumt auf und verfestigt sich, so daß die Dinge warm bleiben – oder kalt.«

Bink schüttelte den Kopf. Der Magier war also doch verrückt. Wie konnte irgend etwas Sachen sowohl heiß als *auch* kalt halten? Und warum sollte sich jemand mit einer solchen Magie abgeben?

Doch der Drache trug es nicht mit Fassung. Er krümmte sich mitten in der Luft und schüttelte heftig den Kopf, um das klebrige Zeug abzuschütteln. Er kaute und schluckte verzweifelt. »Das würde ich an deiner Stelle nicht tun«, meinte Humfrey.

Der Drache ignorierte ihn. Er brüllte laut. Dann pumpte er einen Bauchvoll Feuer auf, wirbelte herum und stieß den schrecklichen Strahl auf Humfrey ab.

Doch der Strahl erwies sich als dünnes Feuerrinnsal. Der Drache aber begann sich zur allgemeinen Verblüffung wie ein Ballon aufzublähen, bis seine Beine, sein Schwanz, seine Flügelspitzen und seine Schnauze schlaff von dem riesigen Ball herabbaumelten.

»Was –« fragte Bink verwirrt.

»Die Isolierung wird sofort hart, wenn sie erhitzt wird«, erklärte Humfrey. »Der Drache hat sie also selbst mit seinem eigenen Feuer gehärtet. Leider hat diese Isolierung auch die unangenehme Eigenschaft –«

Der Drache explodierte. In alle Richtungen spritzten Sterne, versengten das Blattwerk des Urwalds unter ihnen, zischten an Bink vorbei und erzeugten ein prächtiges Feuerwerk am Himmel.

». . . zu explodieren, wenn sie entzündet wird«, beendete Humfrey seinen Satz.

Die bunten Funken ließen den Himmel einen Augenblick lang heller leuchten. »Ich habe versucht, ihn zu warnen«, sagte Humfrey ohne jedes Mitgefühl. »Man zündet eben keine brennbare Isolierung an.«

Bink konnte es dem Drachen kaum verdenken, daß er die Mahnung mißachtet hatte. Er hätte denselben Fehler gemacht, wenn sein Talent es gestattet hätte. Doch eines wußte er jetzt mit Sicherheit: Sollte er sich jemals (welch ein Gedanke!) mit dem Guten Magier ernsthaft anlegen, müßte er auf diese magischen Flaschen achten! Die waren wirklich unberechenbar!

Nun wurde Bink von einem Ungeheuer angegriffen. Es war die Hydra. Sie besaß keine Flügel und schien auch nicht die Treppe hinabgeklettert zu sein, denn die wurde von der Schlange blockiert. Sie hatte sich offenbar an einem Seil herabgelassen, doch das Seil war nirgendwo zu sehen.

Bink schlug mit seinem Schwert auf das Ungeheuer ein. Er war in Hochform, erwischte den nächsten der sieben Köpfe und trennte ihn säuberlich direkt hinter dem Hornansatz ab, so daß er wirbelnd hinabstürzte. Aus dem Hals schoß Blut mit einer solchen Kraft hervor, daß sich der Strahl in zwei Teile teilte. Wenn das alles war, was er tun mußte, dann würde es ein Kinderspiel sein!

Die beiden Strahlen geronnen in der Luft und bildeten zwei Klumpen, die immer noch mit dem Hals in Verbindung standen. Als noch mehr Blut hervorspritzte, verfestigten sie sich immer mehr – und wurden zu zwei neuen Köpfen! Sie waren zwar etwas kleiner als das Original, aber ebenso gefährlich. Bink hatte seine Gegner lediglich verdoppelt.

Das war wirklich ein Problem. Wenn jeder abgehauene Kopf zwei neue sprießen ließ, dann war er um so schlimmer dran, je besser er kämpfte! Wenn er sich jedoch nicht wehrte, dann würde er in sieben – nein, in acht Bissen vertilgt werden.

»Bink, hepp!« rief Chester und warf ihm etwas zu. Bink gefiel die Ablenkung gar nicht, doch er fing den Gegenstand auf. Sobald er ihn berührt hatte, kehrte die Vernunft wieder zurück. Er sah, wie er auf einem Ast stand und sein Schwert gegen –

Doch da fiel ihm der Umkehrzauber aus der Hand, und der Wahn kehrte zurück. Er sah, wie das Stück auf die Hydra zuflog – und wie einer ihrer Köpfe vorzuckte, um es zu verschlingen.

Nun mußte Bink seinen früheren Gedankengang blitzschnell fortsetzen. Was würde der Umkehrzauber im *Inneren* eines imaginären Ungeheuers anrichten? Wenn die Hydra nur in Binks verzerrter Wahrnehmung existieren sollte – in seinem Wahn, den er mit seinen Freunden teilte –, dann müßte sie ausgeschaltet werden – nein, das Holz mußte in *seiner* Nähe sein, um die Hydra auszuschalten. Sollte die Hydra jedoch wirklich existieren, würde das Holz ihre Gestalt nicht beeinflussen, sondern allerhöchstens ihr magisches Talent – sofern sie überhaupt eines besaß. Die meisten Ungeheuer besaßen keins, denn ihre Magie bestand aus ihrer bloßen Existenz. Also würde wohl gar nichts geschehen.

Die Hydra schrie aus allen acht Mäulern und stürzte in die Tiefe. Sie prallte auf dem Boden auf, wo sie reglos liegen blieb. Langsam erloschen ihre Sterne.

Bink starrte sie mit aufgesperrtem Mund an. Sie hatte ihre Gestalt nicht verändert, sondern war vernichtet worden. Was war geschehen?

Da begriff er es: Die Hydra hatte doch ein magisches Talent besessen, nämlich die Fähigkeit, sich von einem unsichtbaren Faden herabhängen zu lassen. Das Umkehrzauberholz hatte diese Magie ausgeschaltet, so daß sie abgestürzt war. Ihr unsichtbarer Faden war keineswegs verschwunden – er hatte das Wesen lediglich ebenso kräftig *hinab*gezogen wie er es sonst in die umgekehrte Richtung *hinauf*gezogen hatte. Das Ergebnis war verheerend.

Doch nun war das Holz verschwunden. Wie sollten sie da noch dem Wahnsinn entrinnen?

Bink blickte empor. Das Schaummittel des Guten Magiers hatte den Drachen vernichtet, während Chesters Hufe und sein Schwert die Schlange zurückgeschlagen hatte. Crombies Kampfmoral hatte ihn schließlich über das geflügelte Pferd siegen lassen. Sie hatten also ihre Einzelkämpfe gewonnen. Doch der Verlauf des Gesamtkrieges erschien ihm wenig verheißungsvoll.

Einige Sternbilder waren am Himmel verblieben. Der Zentaur, der Riese und der Wal hatten nicht herabsteigen können, weil sie weder Flügel noch Flugmagie besaßen und die Schlange die Treppe blockiert hatte. Als sie das Schicksal ihrer Gefährten sahen, stießen sie von ihrem sicheren nächtlichen Firmament herab wütende Schreie aus: Novas, Ringplaneten, winzige Blitze und Kometen mit gebogenen Schweifen, während der Wal obszöne Schnörkel ausspie.

»Ach ja?« grölte Chester wieder. »Wir kommen hoch, dann machen wir genau dasselbe mit euch! *Ihr* seid doch überhaupt die Feiglinge, die damit angefangen haben!« Und Crombie, Humfrey und Bink drängten sich so gut es ging an ihn.

»Nein, aufhören!« schrie Grundy, der sie mit seinem fliegenden Fisch umkreiste. »Ihr habt doch alle gesehen, in welchem Wahn ihr befangen seid. Jetzt gebt nicht schon wieder nach! Reicht das Holz herum und kommt wieder auf den Boden herunter. Laßt euch nicht von den Spukgestalten ins Verderben locken!«

»Er hat eigentlich recht«, murmelte Humfrey.

»Aber ich habe das Holz fallenlassen!« rief Bink. »Ich habe unsere Vernunft fallenlassen!«

»Dann steig herunter und hol sie!« rief der Golem. »Und du, Pferdehintern – du hast ihm das Stück zugeworfen. Jetzt komm gefälligst auch herunter, um ihm zu helfen!«

»Skwaak!« rief Crombie. »Und Vogelschnabel sagt, daß er allein nach oben fliegen will, um den ganzen Ruhm allein einzuheimsen.«

»Das wird er nicht!« brüllte Chester.

»Einverstanden!« meinte der Golem. »Ihr müßt zusammen gehen, wenn es fair bleiben soll. Euch wirklichen Wesen ist die Fairneß doch immer ziemlich wichtig, nicht wahr? Oder kennst du keine Ehre, Vogelschnabel? Du fürchtest dich wohl davor, daß der Pferdehintern dir Konkurrenz machen könnte, wie? Hast wohl Angst, daß er dir zeigt, was eine Harke ist, wenn du keinen Vorsprung vor ihm hast, eh?«

»Skwaak! Skwaak!«

»Also gut! Dann kannst du ihm ja beweisen, daß du es jederzeit und überall mit ihm aufnehmen kannst – indem du vor ihm das Holz wiederfindest! Und nimm den Gnom ruhig mit. Pferdehintern kann den Waschlappen mitschleppen.«

Waschlappen? Damit meinte der Golem wohl Bink? Binks Blutdruck stieg gefährlich an. Nur weil sein Talent unsichtbar war –

»Also gut! Daß der Dung dich treffe!« knurrte Chester. »Ich hole das dämliche Holz. Aber dann geht's zu ruhmreichen Kämpfen nach oben!«

So stiegen sie ruhmlos die gläserne Treppe hinab. Über ihnen konnten die Ungeheuer ihren Hohn nicht mehr beherrschen: Der Himmel erglühte von ihren Ausrufen, explodierende bunte Kirschbomben, die sich lautlos ausbreiteten, glühende Tornados, Waldbrände.

»Bewegung, ihr Lahmärsche!« bellte der Golem. »Bewegt euch nur von ihnen fort – wütender könnt ihr sie gar nicht machen als damit!«

»He, das stimmt ja«, meinte Chester.

»Für einen Hampelmann aus Bindfäden und Teer bist du ganz schön gewitzt.«

»Ich bin bloß vernünftig – weil keine blöden Gefühle meine Denkvorgänge beeinträchtigen«, sagte Grundy. »Vernünftig – gerade *weil* ich aus Bindfäden und Teer bestehe.«

»Dann bist du auch der einzige, der uns aus dem Wahn herausführen kann«, sagte der Magier. »Du bist der einzige, der die objektive Wirklichkeit erkennen kann – weil du keinen subjektiven Aspekt besitzt.«

Da begriff Bink plötzlich, daß Grundy sich nur zu gern ihrem Wahnsinn anschließen würde, wenn er könnte, auch wenn dies ins sichere Verderben führen sollte – solange er damit nur seine Wirklichkeit beweisen könnte. Nur seine fehlende Wirklichkeit ließ ihn an dem bißchen Leben hängen, das er besaß. Welch ein paradoxes Schicksal!

Ein Pfeil fuhr neben ihm in einen Katzenminzenstrauch. Der Strauch jaulte und spuckte und verprügelte den Pfeil schließlich ordentlich mit seinen Pfotenknospen.

»Hach, dem würde ich gerne einen Pfeil direkt unter seinem Schweif einpassen!« murrte Chester. »Dieser Zentaur blamiert ja die ganze Innung!«

»Erst das Holz suchen!« rief Grundy.

Der Riese hatte mit seinem Schlagholz einen Stern in ihre Richtung geschlagen. Der zischte knapp an Binks Kopf vorbei und setzte einen Gummibaum in Brand. Der Baum streckte sich gewaltig, um von seinen eigenen brennenden Teilen fortzukommen. Der Gestank war entsetzlich.

»Im Rauch können wir nichts finden«, beschwerte sich Chester hustend.

»Dann folgt mir!« rief Grundy und flog ihnen auf seinem Fisch voran.

Keuchend rannten sie hinter ihm her. Über ihnen tobten die Konstellationen und schossen ganze Salven auf sie ab, konnten sie jedoch nie treffen. Der Wahnsinn hatte keinerlei Gewalt über eine vernunftbegabte Leitung.

Und doch gab er sich alle Mühe! Der Wal packte seinen Fluß und riß ihn mit roher Gewalt aus seinem Bett. Das Wasser spritzte in dünnen, milchigen Schleiern über den Himmel, floß wieder zusammen, schwemmte einige Sterne mit sich und stürzte auf die Erde hinab.

»Aufpassen!« schrie Bink. »Wir befinden uns am Fuß eines Wasserfalls!«

Tatsächlich kamen die Wassermassen wie eine kugelförmige Lawine auf sie herabgeschossen. Verzweifelt stoben sie auseinander – doch mit donnerndem Getöse erwischte sie die Lawine, tauchte sie in ihre milchige Flüssigkeit und schäumte bis an ihre Hüften empor. Crombie war schon durchnäßt und kauerte sich zusammen. Seine Flügel hatten bereits ihren Glanz verloren. Chester umklammerte seinen menschlichen Torso, wie um die Flüssigkeit abzuhalten, und der Magier –

Der Gute Magier war in ein großes, helles und früher einmal flauschiges Badetuch gehüllt. Durchnäßt wie es war, war es schlimmer als gar nichts. »Falsche Flasche«, sagte er verlegen. »Ich wollte eigentlich einen Regenmantel haben.«

Gemeinsam stapften sie durch das eisige Himmelswasser.

»Im wirklichen Leben muß das wohl ein Gewitter sein«, sagte Chester nach einer Weile.

Der Weg wollte kein Ende nehmen. Unentwegt trieb der Golem sie durch die Nacht. Kurze Zeit wurden sie noch von der Wut der Konstellationen verfolgt, doch dann verlor sich auch die, als sie wieder unter das dichte Dach der Baumkronen vorstießen. Dennoch ließ der Wahnsinn nicht locker. Der Boden schien sich plötzlich in Schokoladenpudding verwandelt zu haben und wogte unter ihren Schritten. Die ohnehin bereits gefährlichen Bäume schienen neue, unbekannte Gefahren zu entwickeln: Sie wurden purpurrot, summten im Chor und boten ihnen verdächtige, längliche Früchte an.

Bink wußte, daß der Wahn sie in dem Augenblick vernichten würde, in dem sie ihm nachgaben, ob er nun angenehm oder bedrohend aussehen mochte. Sein Selbsterhaltungstrieb ermutigte ihn dazu, ihm zu widerstehen, und mit der Zeit bekam er immer mehr Übung, so daß es ihm leichter fiel. Dennoch konnte er nie ganz den Weg zurück in die Vernunft wiederfinden.

Er hörte, wie der Golem Crombie auf Greifisch ankrächzte. Dann ließ Grundy seinen fliegenden Fisch auf Crombies Kopf landen. Der Fisch war offenbar müde und bedurfte der Ablösung. »Er hat sich eine Belohnung verdient«, sagte Bink.

»Ach ja? Warum denn?« fragte Grundy.

Bink wollte antworten, doch dann wurde ihm klar, wie fruchtlos das war. Der Golem war unwirklich, er *sorgte* sich nicht. Er tat, was er tun mußte, aber menschliches Gewissen und Mitgefühl gehörten nicht zu seiner Ausrüstung. »Glaub's mir: Der Fisch muß eine Belohnung bekommen. Was will er denn haben?«

»Das ist vielleicht eine Plackerei!« brummte Grundy. Doch er gurgelte den Fisch an. »Er will eine Familie.«

»Dazu braucht er nur ein Weibchen seiner Rasse«, meinte Bink. »Oder ein Männchen, wenn er ein Weibchen sein sollte. Eine Sie. Wie auch immer.«

Weiteres Fischgerede. »In dieser wahnsinnigen Gegend kann er keins ausmachen«, meldete der Golem.

»Wenn wir etwas von diesem Umkehrzauberholz hätten, wäre das Problem gelöst«, sagte Bink. »Genaugenommen könnten wir alle etwas davon gebrauchen. Vielleicht kann Crombies Talent uns welches orten.«

Crombie krächzte entsetzt, als ihm ihre Lage bewußt wurde. Er wirbelte um seine eigene Achse – und zeigte auf einen wackelnden Geleehaufen.

»Das ist ein Blutsaugerbaum!« sagte Grundy. »Da dürfen wir nicht hin.«

»Ach, und warum nicht?« fragte Chester sarkastisch. »Du hast doch gar kein Blut!«

»Das Holz muß dahinter liegen«, meinte Bink. »Crombies Talent funktioniert zwar noch, aber wir müssen jetzt noch mehr auf zufällige Gefahren auf dem Weg achten als sonst schon. Jetzt in der Nacht und gepackt vom Wahnsinn – das schaffst nur du, Grundy.«

»Das *habe* ich bereits geschafft«, meinte der Golem gekränkt.

»Wir brauchen Licht«, sagte Chester. »Vogelschna-, äh, Crombie, wo können wir sicheres Licht finden?«

Der Greif zeigte auf eine Herde langbeiniger, blasiger Dinger mit riesigen Leuchtaugen. Bink schritt vorsichtig darauf zu und stellte fest, daß es keine Tiere waren sondern Pflanzen. Die scheinbaren Beine waren in Wirklichkeit Stengel. Er pflückte eine der Pflanzen, und das Auge gab einen Strahl von sich, der alles beleuchtete, worauf er traf. »Was ist denn das?« fragte Bink.

»Eine Fackelblume«, antwortete Grundy. »Paß auf, daß du nicht den Wald in Brand steckst.«

Der Regen hatte aufgehört, doch das Blattwerk tropfte noch immer. »*Die* Gefahr ist wohl nicht allzu groß«, sagte Bink.

Mit Lichtern bewaffnet, schritten sie in die Richtung, die Crombie für das Holz angezeigt hatte. Sie machten umständliche Umwege um die Gefahren, die der Golem entdeckte. Es war eindeutig, daß sie ohne seine Führung den Fallen des Urwalds niemals entgangen wären. Es wäre schon unter gewöhnlichen Umständen schlimm gewesen, doch der Wahn machte es so gut wie unmöglich.

Plötzlich waren sie am Ziel: Ein gewaltiger Baumstumpf ragte aus dem Boden hervor. Am Boden war er so dick, daß ein Mann ihn mit Mühe hätte umfassen können, doch er brach in Kopfhöhe in scharfen Splittern ab.

»Was muß das mal für ein Baum gewesen sein!« rief Bink. »Wie er wohl gestorben ist?«

Sie umringten den Stumpf – und waren plötzlich alle wieder bei Sinnen. Die Leuchtaugen stellten sich als eben die Fackelblumen heraus, als die der Golem sie bestimmt hatte, und der Urwald um sie herum zeigte ihnen seine wirkliche und nicht seine Wahnsinnsmagie. Bink fühlte sich sogar klarer im Kopf als je zuvor im Leben. »Dieser Wahnsinnszauber – er ist derart umgekehrt worden, daß wir nun absolut vernünftig sind!« rief er. »Wie der Golem!«

»Schaut euch mal den Pfad an, den wir gekommen sind«, sagte Chester. »Wir sind Giftdornen entgangen, fleischfressendem Gras, Ölfaßbäumen – he, wir hätten mit unseren Fackeln ja die ganze Gegend in die Luft jagen können!«

»Wem sagst du das?« meinte der Golem. »Was glaubt ihr wohl, weshalb ich euch ständig angeschrien habe? Wenn ich Nerven gehabt hätte, dann wären sie jetzt völlig zerrüttet. Jedesmal, wenn ihr dabei wart, vom Kurs abzuweichen –«

»Grundy, warum hast du überhaupt versucht uns zu helfen, anstatt auf deinem Fisch zu verschwinden?« fragte Bink, dem jetzt einiges klarer wurde. »Du hast dir wirklich außergewöhnlich viel Mühe gemacht –«

»Der Fisch!« rief Grundy. »Ich muß ihn noch entlohnen.« Er riß einen Holzsplitter aus dem Stumpf und befestigte ihn mit einem Stück seines eigenen Bindfadens an der Rückenflosse des Fisches. »So, Glubschauge«, sagte er mit einer Stimme, die verdächtig nach Rührung klang. »Solange du das Ding bei dir hast, kannst du in dieser Wahnsinnszone alles so sehen, wie es wirklich ist. Auf diese Weise kannst du deine Fischdame ausfindig machen. Wenn du sie hast, schmeiß das Holz weg. Soweit ich gehört habe, ist es nicht gut, eine Frau zu realistisch zu sehen.«

Crombie krächzte emphatisch, was jedoch keiner Übersetzung bedurfte.

Der Fisch verschwand blasenschlagend am Himmel. Ohne das Gewicht des Golems war es ein sehr schnelles Tier.

»Warum hast du das getan?« fragte Bink.

»Leidest du unter Gedächtnisverkalkung? Das hast du mir doch selbst geraten, du Schwachkopf!«

»Ich meine, warum du es derart nett gemacht hast? Du hast echte Gefühle für diesen Fisch gezeigt.«

»Das geht gar nicht«, bellte Grundy.

»Und warum hast du uns dann um die ganzen Gefahren herumgeführt? Wenn wir umgekommen wären, dann wäre deine Dienstzeit beim Guten Magier auch endlich zu Ende.«

»Und was hätte mir das gebracht?« fragte Grundy und stampfte mit einem bunten Fuß gegen ein Grasbüschel.

»Dann wärst du frei gewesen«, erwiderte Bink. »Statt dessen

hast du dich reichlich angestrengt, um uns von der Treppe zu holen und in Sicherheit zu bringen. Das hättest du gar nicht gemußt. Deine Aufgabe ist das Übersetzen und nicht das Führen.«

»Hör mal, Waschlappen – das muß ich mir von dir nicht bieten lassen!«

»Dann denk mal drüber nach«, sagte Bink. »Warum hast du denn einem Waschlappen geholfen?«

Grundy überlegte. »Hm, ich muß wohl doch den Verstand verloren haben«, gab er schließlich zu.

»Wieso konntest du denn den Verstand verlieren, wenn dich der Wahnsinn gar nicht berührt hat?«

»Was hast du vor?« unterbrach Chester ihn. »Warum belästigst du denn jetzt den Golem? Er hat doch gute Arbeit geleistet.«

»Weil der Golem ein Heuchler ist«, sagte Bink. »Es gibt nur einen Grund, weshalb er uns geholfen hat.«

»Weil ich mir *Sorgen* gemacht habe, du Dämel!« schrie Grundy. »Warum muß ich mich denn auch noch dafür verteidigen, daß ich dir das Leben gerettet habe?«

Bink schwieg. Crombie, Chester und der Gute Magier blickten den Golem stumm an.

»Was habe ich gesagt?« fragte Grundy wütend. »Was starrt ihr Schnorrer mich so an?«

Crombie krächzte. »Vogelschnabel sagt –« Doch der Golem machte eine Pause. »Er sagt . . . ich verstehe nicht, was er sagt! Was ist bloß los mit mir?«

»Das Holz dieses Baumes kehrt Zauber um«, sagte Humfrey. »Er hat dein Talent ausgeschaltet.«

»Aber ich fasse das Holz doch gar nicht an!«

»Wir auch nicht«, warf Bink ein. »Trotzdem sind wir im Augenblick völlig vernünftig, weil der große Stumpf eben stärker wirkt als ein kleiner Splitter. Deshalb sind wir auch dazu in der Lage, dich so zu sehen, wie du wirklich bist. Ist dir klar, was du gerade gesagt hast?«

»Soso, das Holz beeinträchtigt also mein Talent, genau wie eures. Das wußten wir auch schon früher.«

»Weil es unsere Magie verwandelt, ohne *uns* zu verwandeln«, fuhr Bink fort. »Denn das, was das *Ich* in uns ausmacht, ist wirklich.«

»Aber das würde ja bedeuten, daß ich halbwegs wirklich bin!«

»Du machst dir ja auch halbwegs Sorgen«, meinte Chester.

»Ach, das war doch nur eine Floskel! Ich habe keine Gefühle!«

»Dann geh mal vom Baum weg«, sagte Bink. »Außer Reichweite des Stumpfes. Erzähl uns, was du von dort aus siehst.«

Grundy folgte seinen Anweisungen und blickte sich um. »Der Urwald!« rief er. »Der ist ja verwandelt! Er ist wahnsinnig!«

»Sorgen«, sagte Bink. »Die Antwort des Guten Magiers. Als du uns gerettet hast, hast du dich selbst halb ans Ziel gebracht. Du hast damit begonnen, die Schwächen des Wirklichseins auf dich zu nehmen. Du empfindest Mitleid, Zorn, Freude, Ärger, Enttäuschung und Ungewißheit. Du hast getan, was du getan hast, weil das Gewissen über die Logik hinausreicht. Na, ist es die Sache nun wert?«

Grundy blickte die Verzerrungen jenseits des Baumstumpfs an. »Es ist der reinste Wahnsinn!« rief er, und alle lachten.

IX

Strudelungeheuer

Als der Morgen dämmerte, traten sie, jeder mit einem Stück Umkehrzauberholz in der Hand, aus dem Gebiet des Wahnsinns heraus. Ihre Reise war beschwerlich gewesen. Zwischendurch hatten sie immer wieder Crombie sein Holz abgenommen, um sich von ihm den nächstgelegenen sicheren Weg zeigen zu lassen. Dann hatten sie ihm das Holz zurückgegeben, damit er bis zur nächsten Ortung alle Gefahren richtig wahrnehmen konnte.

Als sie herauskamen, entdeckten sie ein einigermaßen sicheres Nest in einem Storchenbeinbaum, legten ihre Holzstücke im Kreis um seinen Stamm, damit jede sich nahende feindliche Magie umgekehrt wurde, und kletterten empor. Es war zwar kein perfekter Schutz, aber sie waren so müde, daß sie damit vorliebnehmen mußten. Einige Stunden später erwachte Bink, streckte sich und kletterte hinunter. Der Zentaur hing mit herabbaumelnden Hufen auf einem Ast. Offenbar hatte er bei ihrer Kletterpartie in der Nacht zuvor etwas durchaus Unmagisches dazugelernt. Der Magier lag zusammengerollt in einem großen Nest, das er aus einer Flasche hervorgezaubert hatte. Crombie war, ganz der gute Soldat, bereits auf und erkundete gemeinsam mit dem Golem die Gegend.

»Eins möchte ich gern wissen . . .« fing Bink an, als er an einer Scheibe Rosinenbrot kaute, das Crombie von einem Brotfruchtbaum gepflückt hatte. Es war etwas überreif, aber ansonsten ausgezeichnet.

Crombie krächzte. ». . . wer den Umkehrzauberbaum getötet hat«, beendete Grundy seinen Satz.

»Du übersetzt ja wieder!«

»Im Augenblick berühre ich ja auch kein Holz.« Der Golem zappelte unruhig.

»Aber ich glaube, daß ich nicht mehr so wirklich bin wie letzte Nacht, während des Wahnsinns.«

»Trotzdem, etwas Gefühl muß übriggeblieben sein«, sagte Bink. »So ist das manchmal, kurz vorm Ziel. Zwei Schritte vorwärts, einen zurück – aber man darf nie aufgeben.«

Grundy wirkte plötzlich lebhafter. »Vielleicht hast du damit gar nicht Unrecht, Matschhirn!«

»Woher wußtest du, was ich fragen wollte? Wegen des Baums –«

»Du stellst doch dauernd Fragen, Bink«, sagte der Golem. »Deshalb haben wir festgestellt, wo der Gegenstand deiner nächsten Frage zu finden ist. Er deckte sich mit dem Baumstumpf. Wir haben also nachgeforscht. Es war eine Herausforderung.«

Das war aber eine faszinierende Anwendungsmöglichkeit von Crombies Talent! Die Antworten auf zukünftige Fragen zu orten! Die Magie war doch nie frei von Überraschungen. »Nur wirkliche Wesen mögen Herausforderungen«, meinte Bink.

»Wahrscheinlich. Es macht irgendwie Spaß, diese Herausforderung, wirklich zu werden. Jetzt, wo ich weiß, daß es vielleicht möglich ist. Trotzdem habe ich immer noch diesen Lumpenkörper, das wird keine Sorge der Welt ändern. Der Unterschied ist, daß ich jetzt Angst vor dem Tod habe, der früher oder später kommen wird.« Er machte eine wegwerfende Geste. »Jedenfalls ist der Baum von einem Fluch aus dieser Richtung dort getroffen worden.«

Bink blickte in die angezeigte Richtung. »Ich sehe nur einen Teich.« Dann, erschrocken: »Hat der Oger nicht etwas über –?«

»Ungeheuer in einem Teich, die mit einem Fluch den ganzen

Wald vernichtet haben«, sagte Grundy. »Wir haben es überprüft. Es ist derselbe Teich.«

Humfrey kletterte vom Baum herab. »Ich werde wohl besser etwas von diesem Holz abfüllen, wenn meine Magie das irgendwie schafft«, sagte er. »Man weiß ja nie, wann man es mal wieder gebrauchen kann.«

»Vielleicht verhängen Sie ja einen Zauber, der es von Ihrer Flasche fortwirbelt«, schlug Chester vom Baum herab vor. Nach einigen heiklen Manövern, die sein prächtiges Hinterteil mehrmals in Gefahr brachten, war auch er dann endlich unten angelangt. Zentauren gehörten wirklich nicht auf Bäume!

Der Magier stellte seine Flasche auf und legte das Holz daneben. Dann murmelte er eine Beschwörungsformel. Ein Blitz, eine Rauchwolke – dann wurde die Luft wieder klar.

Dort stand die verkorkte Flasche. Daneben lag das Holz. Der Gute Magier war verschwunden.

»Wo ist er hin?« fragte Bink.

Crombie wirbelte umher und zeigte mit seinem Flügel direkt auf die Flasche.

»Oh *nein*!« schrie Bink entsetzt. »Sein Zauber ist also umgekehrt worden! Jetzt ist *er* es, der in die Flasche gebannt wurde.« Er rannte zu der Flasche und riß den Korken heraus. Der entweichende Rauch verdichtete sich schließlich wieder zu dem Guten Magier. Ein Spiegelei lag auf seinem Kopf. »Ich hatte ganz vergessen, daß ich in dieser Flasche ja das Frühstück aufbewahre«, sagte er verlegen.

Grundy konnte seine neugewonnenen Gefühle nicht länger unterdrücken. Er brach in Gelächter aus, stürzte zu Boden und rollte prustend umher. »So was hab' ich noch nicht gesehen«, keuchte er und bekam einen weiteren Lachanfall. »Ein belegter Gnom!«

»Sinn für Humor gehört auch zum Wirklichsein«, sagte Chester ernst.

»Ja, ja«, meinte Humfrey etwas kurzangebunden. »Gut, daß kein Feind die Flasche in die Hände bekommen hat. Wer sie besitzt, beherrscht den Inhalt.«

Der Magier versuchte es mehrmals wieder, bis er endlich wußte, wie er es bewerkstelligen mußte, um das Holz in die

Flasche zu befördern. Bink hoffte nur, daß es die Sache auch wert war. Wenigstens wußte er jetzt, woher der Gute Magier seine gewaltige Sammlung hatte: Er füllte einfach alles in Flaschen, was ihm als nützlich erschien.

Da entdeckte Bink wieder einen Erdhaufen. »He, Magier!« rief er. »Es wird Zeit, diese Dinge zu untersuchen. Was erzeugt diese Erdhaufen? Gibt es die in ganz Xanth oder immer nur dort, wo wir uns aufhalten?«

Humfrey trat zu ihm, um den Erdhaufen zu mustern. »Hm, das muß ich wohl tatsächlich untersuchen«, meinte er säuerlich. »Auf der Sireneninsel war auch einer, und in unserem Knochenlager ebenfalls.« Er holte seinen magischen Spiegel hervor. »Was ist das für ein Ding?« bellte er ihn an.

Der Spiegel bewölkte sich nachdenklich und zeigte schließlich das Bild eines wurmähnlichen Wesens.

»Das ist ja ein Zappler!« rief Bink entsetzt. »Sind die Zappler etwa wieder da?«

»Das ist kein Zappler«, widersprach ihm Chester. »Schau dir doch nur mal die Größe an. Das Ding ist doch zehnmal zu groß.« Worauf im Spiegel ein Meßstab erschien, der ihnen zeigte, daß das Wesen zehnmal größer war als ein Zappler. »Kennst du dich denn nicht mehr in der Artenbestimmung aus? Das ist ein Grabbler.«

»Ein Grabbler?« fragte Bink. Er mochte nicht zugeben, daß er noch nie von dieser Tierart gehört hatte. »Mir erscheint er wie ein überdimensionaler Zappler.«

»Es sind Verwandte«, erklärte Chester. »Die Grabbler sind größer, langsamer und treten nicht in Schwärmen auf. Es sind Einzelgänger, die sich unter der Erde bewegen. Sie sind harmlos.«

»Aber die Erdhaufen . . .«

»Ich hatte es vergessen«, sagte Chester. »Ich hätte sie schon vorher an ihrer Form erkennen müssen. Sie werfen beim Tunnelgraben die Erde hinter sich auf, und wo sie an die Oberfläche kommen, entsteht ein Haufen. Je weiter sie graben, desto mehr verstopfen sie dann den hinter sich liegenden Tunnel, so daß nichts übrig bleibt als ein schlichter Erdhaufen.«

»Aber was *machen* sie denn?«

»Sie bewegen sich durch den Boden und werfen Erdhaufen auf, sonst nichts.«

»Aber warum verfolgen sie mich? Ich habe doch nichts mit Grabblern zu schaffen.«

»Das könnte Zufall sein«, meinte Humfrey. Er befragte den Spiegel: »Ist es Zufall?«

Der Spiegel zeigte sein unglückliches Säuglingsgesicht.

»Dann hat irgend jemand oder irgend etwas die Grabbler also darauf angesetzt, uns auszuspionieren«, sagte Humfrey, und der Spiegel lächelte. »Die Frage ist: Wer?«

Der Spiegel verdunkelte sich. »Die Quelle der Magie etwa?« wollte Humfrey wissen. Doch der Spiegel stritt das ab. »Binks Feind also?« Wieder lächelte der Säugling.

»Doch wohl nicht derselbe wie die Ungeheuer im Teich?« fragte Bink.

Der Säugling lächelte.

»Heißt das, daß es *tatsächlich* derselbe ist?«

»Verwirr den Spiegel nicht mit deiner Unlogik!« fuhr der Magier ihn an. »Er hat bestätigt, daß es *nicht* derselbe ist!«

»Äh, klar«, sagte Bink. »Aber wenn uns unser Weg an den Ungeheuern vorbeiführt, dann stehen wir vor einem Problem. Wenn der Feind uns die ganze Zeit ausspioniert und uns Hindernisse in den Weg legt, dann wird er auch nicht zögern, die Ungeheuer zu etwas Bösem anzustacheln.«

»Ich glaube, da hast du recht«, sagte Humfrey. »Wahrscheinlich ist es an der Zeit, daß ich wieder etwas von meiner Magie opfere.«

»Nur keine Umstände!« meinte Chester ironisch.

»Halt's Maul, Pferdehintern!« fauchte Humfrey. »Ich will mal sehen. Müssen wir an den Seeungeheuern vorbei, wenn wir unser Ziel erreichen wollen?«

Der Spiegel lächelte.

»Und die Ungeheuer besitzen eine Fluchmagie, die ganze Wälder auslöschen kann?«

Der Spiegel stimmte zu.

»Wie kommen wir da am besten ohne Schwierigkeiten vorbei?«

Der Spiegel zeigte Bink, wie er einem Theaterspiel zusah.

Humfrey hob den Blick. »Versteht das einer von euch?«

Crombie krächzte. »Wo bin ich?« übersetzte Grundy.

»Die Frage will ich mal eben umformulieren«, sagte Humfrey hastig. »Wo ist Crombie, während Bink das Spiel beobachtet?«

Der Spiegel zeigte eine der Flaschen des Magiers.

Der Greif stieß ein Potpourri wütender Krächzer aus. »Nun hör schon auf, Vogelhirn!« sagte der Golem. »Du weißt doch ganz genau, daß ich so was nicht in aller Öffentlichkeit übersetzen kann. Nicht, wenn ich jemals wirklich werden will.«

»Schnabelhirns Sorgen sind ganz verständlich«, meinte Chester. »Warum sollte er ins Innere einer Flasche verbannt werden? Vielleicht kommt er ja nie wieder heraus!«

»*Ich* mache hier die Übersetzungen«, maulte Grundy und vergaß seine Zurückhaltung.

Humfrey steckte den Spiegel fort. »Wenn du meinen Rat nicht befolgen willst«, sagte er zu Crombie, »dann versuch's doch auf eigene Faust.«

»Ihr wirklichen Leute laßt euch mal wieder von eurem Temperament leiten!« brummte Grundy. »Vernünftig wäre es, sich die Ratschläge anzuhören, die Alternativen zu untersuchen, darüber zu diskutieren und dann zu einer Einigung zu kommen.«

»Der kleine Wicht besitzt wirklich ungesund viel Menschenverstand«, sagte Chester.

»*Welcher* kleine Wicht?« wollte Grundy wissen.

»Ich glaube«, sagte der Magier grimmig, »daß dieser unerträgliche Golem in einer Flasche am besten aufgehoben wäre.«

»Jetzt zanken wir uns schon wieder«, sagte Bink. »Wenn der Spiegel meint, daß wir die Geister am besten umgehen, indem wir in Flaschen reisen, dann würde ich das lieber riskieren als den Mist, den wir gerade erst durchgemacht haben.«

»*Du* brauchst ja auch nichts zu riskieren«, meinte Grundy. »Du mußt dir doch bloß so'n blödes Stück angucken.«

»Ich glaube an meinen Spiegel«, sagte Humfrey, und der Spiegel errötete so stark, daß er leicht durch seine Jacke hindurchschimmerte. »Um es zu beweisen, werde ich mich selbst in eine Flasche einsperren lassen. Ich glaube, Beauregards Flasche ist recht bequem gepolstert und groß genug für zwei.

Wie wär's, wenn Crombie, Grundy und ich in die Flasche steigen, und Bink sie trägt? Dann kann er auf Chester zu der Vorführung reiten.«

»Ich bin einverstanden«, sagte Bink. Er überlegte, ob der Gute Magier wohl alle anderen Flaschen mit in seine Flasche nehmen würde. Das schien zwar ein bißchen paradox, war aber zweifellos möglich. »Aber ich weiß nicht genau, wo diese Geister sind, und ich möchte ihnen lieber nicht unvorbereitet begegnen. Wenn wir uns ihnen ein bißchen vorsichtiger nähern und nicht so direkt bei ihnen hereinplatzen, sind diese Ungeheuer vielleicht nicht ganz so ungeheuerlich.«

Crombie zeigte zum See.

»Ja, ich weiß. Aber *wo* genau am See? Am Ufer? Auf einer Insel? Ich meine, bevor ich nichtsahnend in einen Zauber hineinrenne, der ganze Wälder vernichtet –«

Crombie krächzte und spreizte die Flügel. Seine stolzen Farben blitzten, als er sich emporschwang und auf den See zuflog.

»He, warte doch, Federhirn!« rief Chester. »Die sehen dich doch in der Luft! Damit verrätst du uns doch alle!«

Doch der Greif ignorierte ihn. Sie sahen zu, wie er mit stolzen Schwüngen über das Wasser schwebte und sein Gefieder rot, blau und weiß aufleuchtete. »Ich muß zugeben, daß dieser sture Schrat wirklich ein ganz hübsches Tier abgibt«, brummte Chester.

Da legte der Greif die Schwingen an den Körper und jagte kopfüber auf die Wasseroberfläche zu, wobei er sich um seine eigene Längsachse drehte. »Ein Fluch!« rief Bink. »Sie haben ihn mit einem Fluch abgeschossen!«

Doch da breitete der Greif auch schon wieder seine Schwingen aus, gewann an Höhe und kam zurückgeflogen. Crombie wirkte völlig unversehrt.

»Was ist passiert?« fragte Bink als der Greif aufsetzte. »War das ein Fluch?«

»Skwaak!« entgegnete Crombie. Grundy übersetzte: »Was für ein Fluch? Ich bin lediglich eine Wende geflogen, um mir die Jungs mal näher anzuschauen. Sie leben unter der Wasseroberfläche.«

»Unter Wasser?« rief Bink. »Wie kommen wir den dort hin?«

Humfrey holte eine Flasche hervor und reichte sie Bink. »Mit diesen Pillen. Unter Wasser alle zwei Stunden eine. Das wird –«

»He, da wird gerade ein Erdhaufen aufgeworfen!« rief Chester. »Ein Spion!«

Humfrey hatte schon eine weitere Flasche aus seiner Jacke gerissen und entkorkt. Er richtete sie auf das sich aufhäufende Erdreich. Ein Rauchstrahl fuhr in den Haufen, und Eiskristalle bildeten sich, bis der Aufwurf eingefroren war.

»Feuerlöscher«, erklärte der Magier. »Sehr kalt. Dieser Grabbler hockt jetzt steifgefroren in seinem Tunnel.«

»Ich will ihn töten, solange ich ihn noch erwischen kann!« sagte Chester eifrig.

»Einen Augenblick!« warf Bink ein. »Wie lange wird er gefroren bleiben?«

»Nur ein paar Minuten«, erwiderte Humfrey. »Dann wird der Grabbler weitermachen, als sei nichts geschehen.«

»Und er wird sich nicht an die fehlenden Minuten erinnern?«

»Die Lücke sollte ihm eigentlich nicht bewußt sein. Grabbler sind nicht besonders schlau.«

»Dann bring ihn nicht um! Geht aus seinem Beobachtungsradius raus. Dann wird er davon überzeugt sein, daß alles nur ein falscher Alarm war und daß wir nie hier gewesen sind. Das wird er seinem Herrn melden, und schon ist der Feind getäuscht.«

Der Magier hob eine Augenbraue. »Recht intelligent, Bink. Jetzt denkst du schon eher wie ein Anführer. Wir werden uns in der Flasche verstecken, und du und Chester könnt sie mit euch tragen. Schnell, bevor er wieder auftaut.«

Der Greif war zwar nicht überzeugt, willigte aber dennoch ein. Der Magier stellte die Flasche auf, murmelte seine Formeln – und schon waren Magier, Greif und Golem verschwunden.

»Schnapp dir die Flasche und spring auf!« rief Chester. »Die Zeit ist fast um! Halt dich fest!«

Bink gehorchte, und der Zentaur galoppierte davon. Einen Augenblick später planschten seine Hufe auch schon durch das seichte Wasser. »'ne Pille her!« rief Chester.

Bink fummelte eine Pille aus der Flasche und betete darum,

daß er beim Reiten nicht alle auf einmal verschüttete. Er nahm selbst eine und legte Chester eine in die ausgestreckte Hand. »Hoffentlich funktionieren die auch!« rief er.

»Das hätte uns gerade noch gefehlt!« rief Chester. »Eine Isolierschaumpille zu nuckeln . . .«

Bink wünschte, der Zentaur hätte nicht daran gedacht. Isolierung oder Eislöcher – oh weh!

Er blickte zurück. Lag es an seiner Einbildung, oder war der Erdhaufen tatsächlich wieder größer geworden? Waren sie noch rechtzeitig entkommen? Was, wenn der Grabbler ihre Fußstapfen gesehen hatte?

Da gelangte Chester an eine Senke, und sie verschwanden im Wasser. Bink würgte instinktiv, als das Wasser in seinen Mund eindrang – aber das Wasser erwies sich als eine Art Atemluft. Sie konnten tatsächlich unter Wasser atmen!

Chester bahnte sich vorsichtig seinen Weg durch das unvertraute Unterwasserterrain. Mit seinen Beinen wirbelte er dunkle Schlammwolken auf. Neugierige Fische musterten die beiden von Kopf bis Fuß. Chester hatte den Bogen gezückt für den Fall, daß sie auf ein Seeungeheuer treffen sollten. Doch von dieser Furcht abgesehen erwies sich die Strecke als recht langweilig.

Bink zog die Flasche mit dem Magier hervor und spähte hinein. Undeutlich war ein winziger Greif und ein noch winzigerer Mann zu erkennen. Sie befanden sich in einem mit Teppichen ausgelegten Raum wie in einem Palast und betrachteten bewegliche Bilder im magischen Spiegel. Es sah alles recht gemütlich aus. Viel gemütlicher, als sich einen Weg durch den Schlamm in Richtung Ungeheuer zu bahnen . . .

Bink steckte die Flasche zurück. Seinen Freunden schien es gut zu gehen. Er fragte sich, was wohl geschehen würde, wenn er die Flasche heftig schüttelte, aber er widerstand der Versuchung, es auszuprobieren. »Dann wollen wir mal die Ungeheuer besuchen gehen«, sagte er mit gespielter Fröhlichkeit.

Kurz darauf näherten sie sich einem prächtigen Meeresschloß. Es war aus Muscheln gebaut worden – was wiederum hieß, daß es vermutlich magisch war, da sich Muscheln in Seen nur selten ohne magische Hilfe bildeten. Von seinen Türmen stiegen kleine Strudel empor, die offenbar die Bewohner mit Luft versorgten. Anstelle eines Wassergrabens besaß das Schloß einen dicken Schutzwall aus Seetang, der von einem scharfäugigen Schwertfisch bewacht wurde.

»Na ja, hoffen wir, daß die Ungeheuer wenigstens nett zu Reisenden sind«, sagte Bink. Er sprach ohne jede Blasenbildung. Durch die Pille hatte er sich voll und ganz seiner Umgebung angepaßt.

»Hoffen wir, daß der magische Spiegel auch wußte, was er tat«, meinte der Zentaur grimmig. »Und daß die Ungeheuer diesen blöden Greif nicht mit uns in Verbindung bringen, wenn sie ihn gesehen haben sollten.«

Sie schritten auf das Haupttor zu. Ein Behemoth erhob sich aus dem Schlamm. Er bestand fast nur aus Maul.

»Haaaaaalt!« brüllte der Behemoth. »Wer daaaaaaa?« Langgezogene *A's* beherrschte er wirklich gut. Der Klang erfüllte das höhlenartige Maul.

»Chester und Bink, Reisende«, sagte Bink, nicht ohne zu beben. »Wir suchen Unterkunft für die Nacht.«

»Ach jaaaaaaa?« fragte das Ungeheuer. »Dann kommt reeeiiin!«

Es sperrte das Maul noch entsetzlicher auf.

»Das ist wohl wie bei dem Wasserspeier«, sagte Bink. »Ich glaube, wir müssen durchs Maul.«

Der Zentaur spähte mißtrauisch in den tunnelähnlichen Rachen hinein. »Ich will verdammt sein, wenn ich auch noch bei meiner eigenen Vertilgung mithelfe!«

»Aber das ist der Eingang zum Schloß!« rief Bink. »Der Behemoth selbst.«

Chester starrte ihn an. »Lieber laß ich mich kastrieren!« Dann galoppierte er ohne weiteres Zaudern in die Öffnung.

Tatsächlich führte der Schlund ins Innere des Schlosses. Am Ende des Tunnels erblickten sie Licht und traten kurz darauf in eine prunkvolle Empfangshalle. Raffiniert gewobene Wandteppiche bedeckten die Wände, und der Boden bestand aus verzierten Holzplatten.

Ein gut aussehender, beinahe schon schöner junger Mann kam ihnen entgegen, um sie zu begrüßen. Sein Haupthaar war an den Ohren gelockt, und er besaß einen säuberlich gestutzten Schnurrbart. Er war in eine fürstliche Robe gehüllt, die mit bunten Fäden durchwirkt war, und trug weiche Pantoffeln mit spitzen Enden. »Willkommen im Torschloß«, sagte er. »Darf ich fragen, wer Sie sind und zu welchem Behuf Sie gekommen sind?«

»Sie dürfen«, erwiderte Chester.

Eine Pause. »Nun?« fragte der Mann schließlich, etwas pikiert.

»Na ja, warum fragen Sie denn nicht?« meinte Chester. »Wir haben es Ihnen doch gestattet.«

Um die Mundwinkel des Mannes zuckten kleine Muskeln, was ihn weniger schön aussehen ließ. »Das tue ich hiermit.«

»Ich bin Chester Zentaur, und das ist mein Gefährte Bink. Er ist ein Mensch.«

»Das ist mir auch aufgefallen. Und Ihr Anliegen?«

»Wir suchen die Quelle der Magie«, sagte Bink.

»Da haben Sie sich verirrt. Die Quelle der Magie befindet sich im Amazonendorf nördlich von hier. Allerdings ist der direkte Weg dorthin recht gefährlich.«

»Da sind wir schon gewesen«, sagte Bink. »Da ist nicht die letzte Urquelle, sondern lediglich ein Aufwurf magischen Staubes. Was wir suchen, liegt tiefer. Unseren Informationen zufolge gibt es einen bequemeren Weg, der durch dieses Schloß führt.«

Der Mann lächelte fast. »Oh, dieser Weg würde Ihnen wohl kaum zusagen.«

»Es käme auf den Versuch an.«

»Das übersteigt meine Kompetenz. Da müssen Sie mit dem Hausherrn sprechen.«

»Einverstanden«, erwiderte Bink. Er fragte sich, was dieser Hausherr wohl für ein Ungeheuer war, wenn er einen solch friedlichen menschlichen Diener hatte.

»Wenn Sie die Güte hätten, mir zu folgen.«

»Wir haben die Güte«, sagte Chester.

»Aber zuerst müssen wir etwas wegen Ihrer Hufe unternehmen. Der Boden besteht aus Teakholzparkett. Wir wünschen nicht, daß er zerkratzt oder beschädigt wird.«

»Warum legen Sie das Zeug denn dann auf den Boden?« wollte Chester wissen.

»In den Stallungen tun wir das auch nicht«, sagte der Mann. Er holte mehrere Scheiben aus einem pelzigen Material hervor. »Legen Sie die an die Hufe. Sie werden selbsttätig daran haften und den Aufschlag dämpfen.«

»Wie wär's denn, wenn Sie sich die Dinger vor den Mund binden?« fragte Chester.

»Kommen wir ihm doch ein bißchen entgegen«, murmelte Bink. »Mach dem armen Mann doch eine kleine Freude. Wahrscheinlich sind die Ungeheuer sehr strikt bei solchen Sachen und bestrafen ihre Dienstboten sonst sehr hart.«

Chester drückte unelegant einen Huf nach dem anderen auf die Pelzscheiben, die haften blieben und seine Tritte dämpften.

Sie schritten durch eine elegante Halle, stiegen eine mit Teppichen belegte Treppe hinab und kamen in eine kleine Kammer. Chester hatte kaum genug Platz zum Stehen. »Wenn das Ihr Hauptsaal sein sollte –« fing er an.

Der Mann drückte auf einen Knopf. Die Tür schloß sich gleitend, und plötzlich setzte sich der Raum in Bewegung.

Bink streckte entsetzt die Hände vor, und Chester trat ein Loch in die Hinterwand.

»Immer mit der Ruhe, werte Gäste«, sagte der Mann mit leicht gefurchter Stirn. »Sind Sie noch nie in einem Aufzug gefahren? Es ist eine unbelebte Magie: eine Kammer, die sich senkt oder hebt, wenn man sie betritt. Das nützt die Treppen nicht so ab.«

»Ach so«, sagte Bink verlegen. Er zog konventionellere Magie vor.

Der magische Aufzug kam zum Halten und die Tür glitt auf. Sie traten in eine weitere Halle hinaus und gelangten schließlich zu den Gemächern des Hausherrn.

Zu Binks Überraschung stellte er sich als ein prunkvoll in silberne, mit Diamanten besetzte Stoffe gekleideter Mann heraus, der allerdings die gleichen närrischen Pantoffeln trug wie sein Diener. »Sie bieten uns also Ihre Dienste im Gegenzug für Unterkunft an«, sagte er knapp.

»So will es unsere Sitte«, sagte Bink.

»Unsere auch!« stimmte der Hausherr herzlich zu. »Haben Sie irgendwelche besonderen Talente aufzuweisen?«

Sein eigenes durfte Bink nicht verraten, und Chesters kannte er nicht. »Äh, nicht direkt. Aber wir sind kräftig und können arbeiten.«

»Arbeiten? Um Himmels willen, nein!« rief der Hausherr. »Hier arbeitet niemand.

»Oh! Wovon leben Sie denn dann?« fragte Bink.

»Wir organisieren, wir leiten – und wir unterhalten«, sagte der Hausherr. »Haben Sie irgendwelche unterhaltenden Fähigkeiten?«

Bink spreizte die Hände. »Ich fürchte nein.«

»Ausgezeichnet! Dann sind Sie ein ideales Publikum.«

»Publikum?« Bink wußte, daß Chester genauso verblüfft war wie er. Der Spiegel hatte ihn dabei gezeigt, wie er einem Schauspiel zusah – aber das konnte man doch wohl kaum einen Gegendienst nennen!

»Wir schicken unsere Truppen aus, um die Massen zu unterhalten, gegen Dienstleistungen und materielle Dinge. Es ist ein dankbarer Beruf, sowohl was das Ästhetische als auch was das Materielle angeht. Aber dafür ist es erforderlich, daß wir bereits vorher Publikumsurteile einholen, damit wir im voraus wissen, mit welchem Empfang und welcher Resonanz wir rechnen dürfen.«

Diese harmlose Beschäftigung deckte sich kaum mit dem Ruf dieser Gegend! »Dann wollen Sie nur, daß wir ein Publikum abgeben und ihren Vorführungen zusehen? Das erscheint mir kaum als angemessene Gegenleistung. Ich fürchte, daß wir Ihnen keinen qualifizierten kritischen Bericht abliefern –«

»Ist gar nicht nötig! Unsere magischen Überwacher werden Ihre Reaktionen messen und uns unsere Schwächen aufzeigen. Ganz ehrlich, Sie brauchen nichts zu tun als zu reagieren.«

»Na ja, das ginge wohl«, meinte Bink zweifelnd. »Wenn Ihnen das wirklich genügt . . .«

»Irgend etwas erscheint mir komisch«, sagte Chester. »Wieso haben Sie denn einen solch schlimmen Ruf als Ungeheuer?«

»Äh, das war aber nicht sehr diplomatisch«, murmelte Bink peinlich berührt.

»Ungeheuer? Wer nennt uns Ungeheuer?« fragte der Hausherr.

»Der Oger«, antwortete Chester. »Er hat gesagt, daß Sie einen ganzen Wald mit einem Fluch vernichtet haben.«

Der Hausherr strich sich durch seinen Ziegenbart. »Der Oger lebt noch?«

»Chester, halt's Maul!« zischte Bink.

Doch der Zentaur war wieder zum Opfer seiner störrischen Natur geworden. »Er hat bloß seine Ogerdame retten wollen, und Sie konnten es nicht mitansehen, daß er glücklich war, deshalb –«

»Ach ja, der Oger! Ich kann mir schon vorstellen, daß wir einem Oger als Ungeheuer erscheinen würden. Für uns ist es dagegen ungeheuerlich, wenn man Menschenknochen kaut. Es ist alles eine Frage der Perspektive.«

Offenbar hatte der Zentaur den Hausherrn doch nicht verärgert, obwohl das nach Binks Meinung pures Glück war. Es sei denn, der Hausherr war, wie seine Truppe, ein Schauspieler. In diesem Fall blühte ihnen eventuell noch erheblicher und sehr viel subtilerer Ärger ... »Dieser Oger ist inzwischen Vegetarier geworden«, sagte Bink. »Aber ich bin trotzdem neugierig. Verfügen Sie tatsächlich über derart vernichtende Flüche? Und warum sollte es Sie interessieren, was ein Oger tut? Hier unten im See brauchen Sie sich wegen Ogern doch keine Sorgen zu machen, denn die können nicht schwimmen.«

»Solche Flüche besitzen wir tatsächlich«, erwiderte der Hausherr. »Sie bestehen aus einer Gruppenanstrengung, aus einem Zusammenlegen all unserer Magie. Wir besitzen keine individuellen Talente, sondern nur die Möglichkeit, einzeln zu einem Ganzen beizutragen.«

Bink war erstaunt. Das war ja eine ganze Gesellschaft einander vergleichbarer Talente! Dann konnte sich die Magie also doch wiederholen!

»Aber wir wenden unsere Flüche nicht ohne guten Grund an. Wir haben den Oger aus beruflichen Gründen verfolgt. Er hat sich in unser Monopol eingemischt.«

»In Ihr was?« fragten Bink und Chester verständnislos.

»Wir sind für alle regulären Unterhaltungsvorführungen im

südlichen Xanth zuständig. Dieser miserable Schauspieler ist in eine unserer Aufführungen geplatzt und hat unsere Hauptdarstellerin geraubt. Eine solche Einmischung der Konkurrenz dulden wir nicht.«

»Sie hatten eine Ogerin als Hauptdarstellerin?« fragte Bink.

»Wir haben eine verwandelte Nymphe eingesetzt – eine vollendete Schauspielerin! *Alle* unsere Schauspieler sind vollendet, wie Sie selbst noch sehen werden. In dieser Rolle spielte sie die ogerhafteste Ogerin, die man sich nur vorstellen kann. Absolut scheußlich!« Er machte eine Pause und dachte kurz nach. »Genaugenommen wurde sie mit ihrem künstlerischen Temperament im Alltag auch ziemlich ogerähnlich. Eine echte Primadonna . . .«

»Dann war der Irrtum des Ogers ja verständlich.«

»Vielleicht. Aber nicht verzeihlich. Er hatte bei dieser Aufführung nichts zu suchen. Wir mußten die ganze Produktion abblasen. Hat uns die ganze Saison ruiniert.«

»Und was war mit dem Umkehrzauberbaum?« fragte Chester.

»Die Leute haben seine Früchte gepflückt und sich mit dem Umkehreffekt vergnügt und unterhalten. Diese Konkurrenz haben wir gar nicht geschätzt, deshalb haben wir ihn ausgeschaltet.«

Chester funkelte Bink böse an, sagte jedoch nichts. Vielleicht waren diese Leute wirklich eine Art von Ungeheuern. Alle konkurrierenden Formen der Unterhaltung auszuschalten –

»Und wohin, sagten Sie, wollen Sie reisen?« fragte der Hausherr.

»Zur Quelle der Magie«, sagte Bink. »Wir vermuten, daß sie sich unter der Erde befindet und daß der beste Weg durch dieses Schloß führt.«

»Witze auf meine Kosten schätze ich gar nicht«, sagte der Hausherr mit gerunzelter Stirn. »Wenn Sie mir nicht sagen wollen, was Ihre Mission ist, so kann ich Ihnen das nicht verwehren, denn es ist Ihr gutes Recht. Aber Sie sollten mir keine offenkundigen Lügenmärchen erzählen.« Bink hatte den Eindruck, daß für diesen Menschen das Offenkundige ein schlimmeres Vergehen darstellte als das Lügenmärchen.

»Hör mal, Ungeheuer!« sagte Chester, der aus seiner Verärgerung keinen Hehl machte. »Zentauren lügen nicht!«

»Äh, laß mich mal!« warf Bink hastig ein. »Da muß wohl ein Mißverständnis vorliegen. Wir suchen tatsächlich die Quelle der Magie. Aber vielleicht hat man uns ja über den Zugangsweg falsch informiert.«

Der Hausherr war etwas besänftigt. »So muß es sein. Unter diesem Schloß liegt nämlich nur der Strudel. Nichts, was dort hineingeht, kehrt jemals wieder zurück. Wir sind das Tor, wir liegen über dem Strudel und bewahren unschuldige Geschöpfe davor, ahnungslos in ihr schreckliches Schicksal zu stürzen. Wer hat Ihnen gesagt, daß Ihr Ziel in dieser Richtung liegt?«

»Na ja, ein Magier –«

»Trauen Sie nie einem Magier! Die führen doch immer Ungutes im Schilde.«

»Hm, vielleicht«, sagte Bink nervös, und Chester nickte nachdenklich. »Aber er war sehr überzeugend.«

»Das sind Magier meistens«, sagte der Hausherr finster. Dann wechselte er plötzlich wieder das Thema. »Ich werde Ihnen den Strudel zeigen. Hier entlang, wenn ich bitten darf.« Er führte sie an eine Holzverkleidung, die auf Berührung beiseite glitt und eine Glaswand freilegte. Nein, die Wand war gar nicht aus Glas, sie bewegte sich, und es waren waagrecht vorbeitreibende Schemen zu erkennen. Als sich seine Augen an das Licht gewöhnt hatten, erkannte Bink eine Säule von etwa zwei Armlängen Durchmesser mit einem hohlen Innenraum. Tatsächlich war es eine Wassersäule, die mit großer Geschwindigkeit herumwirbelte –

»Ein Strudel!« rief Chester. »Wir sehen den unteren Teil eines Strudels.«

»Ganz genau«, erwiderte der Hausherr stolz. »Wir haben unser Schloß drumherum gebaut und ihn mit Magie eingefaßt. Man kann hineingelangen, aber nicht wieder heraus. Verbrecher und andere unangenehme Personen werden in seinen Schlund geworfen, um auf immer zu verschwinden. Eine äußerst heilsame Abschreckung.«

Das war wahr! Die bewegten Wassermassen sahen derart schrecklich und doch auch faszinierend aus, daß Bink seinen

Blick mit Gewalt davon abreißen mußte. »Aber wohin führt er?«

»Wer weiß das schon?« fragte der Hausherr mit eindrucksvoll erhobener Augenbraue. Er ließ die Schiebewand wieder an ihren Platz gleiten, und der Strudel war verschwunden.

»Genug davon«, entschied er. »Wir werden Sie angemessen bewirten, und dann werden Sie unserer Aufführung beiwohnen.«

Das Essen war ausgezeichnet und wurde von hübschen jungen Mädchen in spärlichen grünen Kostümen serviert, die sich um die Reisenden auf geradezu schmeichelhafte Weise kümmerten, besonders um Chester. Sie schienen sowohl seinen muskulösen menschlichen Oberkörper als auch seine Pferdepartie zu bewundern. Bink fragte sich mal wieder, was die Frauen nur an Pferden fanden. Die Sirene war auch so versessen darauf gewesen, auf Chester reiten zu dürfen.

Als sie sich sattgegessen hatten, wurden sie ins Theater geführt. Die Bühne war einige Male größer als der Zuschauerraum. Offenbar führten diese Leute lieber selbst etwas vor, als anderen zuzusehen.

Der Vorhang hob sich, und schon ging es los: eine buntkostümierte Angelegenheit mit tapferen Fechtern, üppigen Frauen und lustigen Narren. Die Bühnenduells waren beeindruckend, aber Bink fragte sich, wie gut diese Männer wohl in einem echten Kampf abschneiden würden. Zwischen technischer Finesse und Kampfkraft war doch ein erheblicher Unterschied! Die Frauen waren zwar betörend verführerisch, aber wären sie das auch ohne ihre Spezialkostüme gewesen? Waren sie auch so geistreich, wenn sie nicht ihre auswendig gelernten Texte aufsagten?

»Ihnen sagt unsere Produktion nicht zu?« fragte der Hausherr.

»Ich ziehe das Leben vor«, erwiderte Bink.

Der Hausherr machte sich eine Notiz auf seinem Block: MEHR REALISMUS.

Dann kam eine Musikszene. Die Heldin sang ein wunderschönes Lied, das von Verlust und Sehnsucht handelte und dachte laut über ihren treulosen Geliebten nach, so daß man sich nur schwer vorstellen konnte, wie ein Flegel – und mochte er noch so flegelhaft sein – einem solch begehrenswerten Geschöpf jemals untreu werden konnte. Bink mußte wieder an Chamäleon denken und sehnte sich nach ihr. Auch Chester stand wie betörend neben ihm und dachte wahrscheinlich an Cherie Zentaur, die ja auch wirklich sehr attraktiv war.

Dann wurde der Effekt des Gesangs durch eine geradezu gespenstisch schöne Begleitung noch weiter erhöht. Eine Flöte erklang mit derart reinen Tönen, daß die Stimme der singenden Dame im Vergleich dazu beinahe armselig wirkte. Bink suchte den Ursprung des Klangs und entdeckte eine glitzernde Silberflöte, die neben der Heldin in der Luft schwebte und von allein spielte. Eine magische Flöte!

Überrascht hielt die Dame mit dem Gesang inne, doch die Flöte spielte immer weiter. Jetzt, da sie nicht von der weiblichen Stimme eingeengt wurde, konnte sie sich noch freier entfalten und trillerte eine Arie von phänomenaler Schönheit und Brillanz. Inzwischen lauschte die ganze Truppe der Flöte. Offenbar war den Schauspielern dieser Auftritt ebenso neu wie Bink.

Der Hausherr sprang auf. »Wer führt diese Magie da auf?« wollte er wissen.

Niemand antwortete. Alle waren sie wie gebannt von der Vorführung.

»Alles raus!« schrie der Hausherr mit rotem Kopf. »Raus! Raus!«

Langsam leerte sich die Bühne – doch die Flöte spielte unentwegt weiter, ein Potpourri verschiedenster Melodien, von denen eine schöner war als die andere.

Der Hausherr packte Binks Schulter. »Sind Sie das?« fragte er und sah aus, als würde er gleich ersticken.

Bink riß seinen Blick von der Flöte los. »Ich habe keine solche Magie!« sagte er.

Der Hausherr faßte Chesters muskulösen Arm. »He – dann müssen Sie das sein!«

Chester blickte ihn an. »Was?« fragte er, als würde er aus einem Traum erwachen. Sofort verschwand die Flöte, und die Musik brach ab.

»Chester!« rief Bink. »Dein Talent! All das Schöne in deinem

Wesen! Unterdrückt, weil es mit deiner Magie zusammenhängt, und als Zentaur durftest du nie –«

»Mein Talent!« wiederholte Chester erstaunt. »Das muß *ich* gewesen sein, ja! Ich habe nie gewagt, daran ... wer hätte gedacht –«

»Spiel noch einmal!« drängte ihn Bink. »Mach schöne Musik! Beweise, daß du Magie besitzt, genau wie dein heldenhafter Onkel Herman der Einsiedler!«

»Ja«, sagte Chester und konzentrierte sich. Die Flöte erschien aufs neue und begann zu spielen, erst zögernd, dann mit größerer Überzeugung und wunderschön. Und merkwürdigerweise schien sich etwas von dieser Schönheit plötzlich auch auf dem Gesicht des Zentauren widerzuspiegeln.

»Jetzt schuldest du dem Magier keinen Dienst mehr!« sagte Bink. »Du hast dein Talent selbst entdeckt.«

»Was für ein Gaunerstück!« schrie der Hausherr. »Sie haben unsere Gastfreundschaft unter der Bedingung angenommen, daß sie uns als Publikum dienen würden. Sie sind kein Zuschauer, sondern ein Künstler. Sie haben unser Abkommen gebrochen!« Jetzt verschaffte sich wieder ein Teil von Chesters Arroganz Raum. Die Flöte gab einen schrillen Ton von sich. »Menschenfedern!« fauchte der Zentaur. »Ich habe Ihre Heldin nur beim Gesang begleitet. Lassen Sie Ihre Leute weitermachen. Ich werde zusehen und das Stück begleiten.«

»Wohl kaum«, sagte der Hausherr grimmig. »Wir dulden keine Aufführungen von Subjekten, die nicht in unserer Gilde organisiert sind. Wir haben schließlich ein Monopol.«

»Und was wollen Sie jetzt machen?« fragte Chester. »Wollen Sie einen Anfall kriegen? Beziehungsweise einen Fluch verhängen?«

»Äh, sollten wir nicht lieber –« mahnte Bink seinen Freund.

»Eine solche Arroganz lasse ich mir von einem bloßen Halbmenschen nicht gefallen!« sagte der Hausherr.

»Ach nein?« erwiderte der Zentaur. Mit einer mühelosen und äußerst beleidigenden Bewegung hatte er den Hausherrn am Hemd gepackt und hochgehoben.

»Chester, wir sind ihre *Gäste*!« protestierte Bink.

»Jetzt nicht mehr!« tobte der Hausherr. »Machen Sie, daß Sie aus dem Schloß kommen, bevor wir Sie wegen Ihrer Frechheit vernichten!«

»Wegen meiner Frechheit? Weil ich eine magische Flöte gespielt habe?« fragte Chester ungläubig. »Wie wär's denn, wenn ich Ihnen die Flöte mal in den –«

»Chester!« rief Bink, obwohl er durchaus Verständnis für den Zentauren hatte. Er beschwor den einzigen Namen, der etwas Gewalt über Chesters Zorn besaß: »Cherie würde es gar nicht gefallen, wenn du –«

»Och, mit *ihr* würde ich das auch nicht machen!« sagte Chester. Dann dachte er kurz nach. »Jedenfalls nicht mit einer Flöte.«

Die ganze Zeit hatte der Zentaur den Hausherrn in der Luft hochgehalten. Plötzlich riß der Hemdstoff, und er stürzte ziemlich unwürdevoll zu Boden. Sogar äußerst unwürdevoll, nämlich in einen frisch aufgeworfenen Erdhaufen. Tatsächlich dämpfte das seinen Aufprall und bewahrte ihn vor ernsthaften Verletzungen, doch der Vorfall verdoppelte seine Wut. »Dreck!« schrie er. »Dieses Tier hat mich in den Dreck geworfen!«

»Na, da gehören Sie schließlich auch hin«, erwiderte Chester. »Ich wollte einfach nicht meine saubere Silberflöte an Ihnen schmutzig machen.« Er blickte Bink an. »Ich bin froh, daß sie aus Silber ist und nicht aus irgendeinem billigen Blech. Hat Qualität, diese Flöte.«

»Ja, ja«, stimmte Bink ihm hastig zu. »Ich glaube, wir sollten jetzt gehen –«

»Was hat ein Erdhaufen auf meinem Teakholzparkett zu suchen?« fragte der Hausherr. Inzwischen war er von einer Menge umringt: Schauspieler und Diener, die ihm auf die Beine halfen, ihn abbürsteten und um ihn herum katzbuckelten.

»Der Grabbler«, sagte Bink niedergeschlagen. »Er hat uns wieder aufgespürt.«

»Aha, das ist also ein Freund von Ihnen!« rief der Hausherr und stürzte sich theatralisch von einem Wutanfall in den nächsten. »Das hätte ich mir ja denken können! Er soll als erster verflucht werden!« Und er zeigte mit einem zitternden Finger auf den Erdhaufen. »Alle zusammen: Und-eins, und-zwei, und-drei!«

Alle faßten sich bei den Händen und konzentrierten sich. Bei drei schoß der Fluch wie ein Blitzstrahl aus dem Zeigefinger des Hausherrn hervor, verdichtete sich zu einer faustgroßen Masse, jagte auf den Erdhaufen zu und implodierte. Einen Augenblick herrschte völlige Finsternis, und ein ätzender Geruch stieg empor. Dann war die Luft wieder frei: Es war nichts mehr zu sehen, weder ein Erdhaufen, noch ein Grabbler oder ein Fußboden.

Der Hausherr blickte befriedigt auf das Loch. »Na, dieser Grabbler geht uns nicht wieder auf die Nerven«, sagte er. »Und nun zu Ihnen, Halbmensch.« Er hob seinen schrecklichen Finger, um ihn auf Chester zu richten. »Und-eins, und-zwei . . .«

Bink sprang gegen seinen Arm. Der Fluch wurde abgelenkt und schoß in eine Säule. Wieder eine Implosion, da war ein Stück der Säule verschwunden.

»Jetzt sehen Sie sich bloß an, was Sie da angerichtet haben!« schrie der Hausherr, der offenbar immer noch wütender werden konnte.

»Raus hier!« rief Bink. »Nimm mich auf deinen Rücken, bis wir aus der Reichweite dieser verfluchten Flüche sind!«

Chester, der gerade sein Schwert zücken wollte, hielt mitten in der Bewegung inne. »Stimmt, ich kann schon auf mich selbst aufpassen, aber du bist bloß ein Mensch. Komm!«

Bink kletterte auf den Rücken des Zentauren. Der Hausherr richtete gerade einen weiteren Fluch auf sie, als sie auch schon davonsprangen. Chester galoppierte die Halle entlang. Seine Hufe klangen durch die Schoner merkwürdig leise. Die Ungeheuer heulten auf und machten sich an die Verfolgung.

»Wo geht's denn nach draußen?« rief Bink.

»Woher soll ich das wissen? Das ist Vogelschnabels Revier. Ich bin doch bloß ein ungebetener Gast der Strudelungeheuer.«

»Wir sind irgendwo im Obergeschoß«, sagte Bink. »Nur, daß es hier keine Treppen gibt. Wir könnten ein Fenster einschlagen und schwimmen –« Er griff in die Tasche und betastete die Flasche, in der sich Crombie, Grundy und der Magier befanden. Er nestelte in seiner Tasche, bis er die Flasche mit den Wasseratmungspillen gefunden hatte. Jetzt durften sie sich am allerwenigsten einen Fehler erlauben! »Es ist besser, wenn wir frische Pillen nehmen. Die zwei Stunden sind schon längst vorbei.«

Im Laufen schluckten sie ihre Pillen. Jetzt waren sie aufs Wasser vorbereitet – sofern sie es auch fanden. Für einen Augenblick hatten sie ihre Verfolger abgehängt. Mit einem Zentauren konnte es kein Mensch zu Fuß aufnehmen.

Da hatte Bink einen neuen Einfall. »Wir sollten nicht nach draußen fliehen sondern nach unten. In die untere Region, wo die Quelle der Magie ist.«

»Ja, wovor sie uns Angst zu machen versuchten«, sagte Chester zustimmend. Er rammte die Vorderbeine ins Parkett und wirbelte so elegant um die eigene Achse, als wolle er explodierenden Granatäpfeln ausweichen. Dann trabte er den gleichen Weg wieder zurück, den sie gekommen waren.

»Halt!« schrie Bink. »Das ist doch der reinste Selbstmord! Wir wissen doch nicht einmal, wo sich der Eingang zum Strudel befindet!«

»Der Strudel muß sich im Mittelpunkt des Schlosses befinden. Eine Frage der architektonischen Statik«, sagte Chester. »Außerdem habe ich selbst einen sehr ausgeprägten Orientierungssinn. Ich weiß ungefähr, wo wir hin müssen. Und ich bin auch bereit, mir notfalls selbst einen Zugang zu schaffen.«

Sie kamen um eine Ecke – und stießen in die sie verfolgenden Strudelungeheuer. Nach allen Seiten stürzten Leute zu Boden – doch aus dem Gemenge fuhr ein gewaltiger Fluch empor und jagte hinter Chester her.

Bink, der nervös zurückblickte, erspähte ihn. »Chester, lauf!« schrie er. »An deinem Schweif hängt ein Fluch!«

»An meinem Schweif?« rief Chester wütend und sprang vor. Bedrohungen seines häßlichen Gesichts begegnete er stets gelassen, aber sein schönes Hinterteil war ihm heilig.

Der Fluch verfolgte sein Ziel voller Entschiedenheit. »Dem können wir nicht entgehen«, sagte Bink. »Der haftet uns an.«

»Ich glaube, da vorne liegt der Strudel schon«, sagte Chester. »Festhalten – ich springe.«

Er sprang – direkt auf die hölzerne Schiebewand zu. Das Holz zerbrach unter seinen Vorderhufen, und gemeinsam stürzten sie in den Strudel hinein.

X

Die Juwelennymphe

Bink erwachte nackt und zerschunden, aber ihm war nicht kalt. Er lag am Ufer eines warmen, leuchtenden Sees. Hastig zog er die Füße aus dem Wasser, aus Furcht vor Raubfischen und anderem Getier.

Da hörte er ein Stöhnen. Unweit von ihm lag der Zentaur und hatte die Gliedmaßen in sechs Richtungen von sich gestreckt. Es war ein äußerst harter, heftiger Abstieg gewesen. Ohne die Wasseratmungsmagie wären sie mit Sicherheit ertrunken. Bink erhob sich mühsam und torkelte auf seinen Freund zu.

»Chester! Bist du –«

Er machte eine Pause. Zwischen ihnen erblickte er das Glitzern eines Sterns oder eines Edelsteins. Närrischerweise bückte er sich, um ihn aufzuheben. Er hatte doch gar keine Verwendung für solchen Tand! Doch er stellte sich als Glasscherbe heraus.

Chester stöhnte erneut und hob den Kopf. »Um einen Zentaur zu erledigen, muß man schon mehr aufbieten als einen simplen Strudel«, sagte er. »Aber vielleicht nicht *allzu* viel mehr . . .«

Bink trat neben ihn und versuchte, seinem Freund beim

Aufstehen behilflich zu sein. »He, willst du mich schneiden?« fragte Chester.

»Oh, Entschuldigung! Ich habe dieses Stück –« Bink zögerte und blickte es erneut an. »Irgendwas ist da drin! Das ist –«

Chester erhob sich. »Laß mal sehen.« Er beugte sich vor, um die Scherbe entgegenzunehmen. Dann weiteten sich seine Augen erstaunt. »Das ist ja Humfrey!«

»Was?« Bink traute seinen Ohren nicht.«

»Schwer zu erkennen in diesem matten Licht, aber das ist er, ohne jeden Zweifel. Das muß ein Stück von dem magischen Spiegel sein, das zufällig an Land gespült wurde. Was ist mit dem Guten Magier passiert?«

»Ich habe die Flasche verloren!« rief Bink bestürzt. »Sie war in meiner Tasche –« Er klatschte mit der Hand gegen seine Haut an der Stelle, wo sich seine Tasche befunden hatte.

»Er hatte den Spiegel mit. Wie ist denn auch nur eine einzige Scherbe aus der Flasche gelangt, wenn nicht –«

»Wenn die Flasche nicht zerbrochen ist«, beendete Bink den Satz. »In diesem Fall –«

»In diesem Fall sind sie befreit worden. Aber wo – und in welchem Zustand? Sie hatten doch keine Wasseratmungspillen.« Chester musterte die Scherbe noch eindringlicher. »Humfrey scheint wohlauf zu sein – und neben ihm kann ich den Greif erkennen. Ich glaube, die sind immer noch in ihrer Flasche.«

Bink blickte ebenfalls hinein. »Stimmt! Ich sehe die gebogene Wand und die Polstermöbel. Ein bißchen durchgeschüttelt, aber heil.« Er war erleichtert. »Und sie haben noch eine Scherbe!« Er hob die Hand und winkte. »Hallo, Leute!«

Stumm erwiderte Humfrey sein Winken. »Er sieht uns in seiner Scherbe!« rief Chester. »Aber das ist doch unmöglich! Der kaputte Spiegel ist doch hier draußen.«

»Mit Magie ist nichts unmöglich«, entgegnete Bink. Es war zwar eine Binsenwahrheit, aber im Augenblick litt er unter erheblichen Zweifeln.

»Schau dir nur mal das Durcheinander da drinnen an«, sagte Chester. »Die Flasche muß gegen eine Wand geprallt sein.«

»Ja, und da ist der Spiegel zerbrochen, und eine Scherbe ist

ausgerechnet hier angespült worden«, sagte Bink zweifelnd. »Das ist aber ein merkwürdiger Zufall, selbst wenn wir die Möglichkeit einmal gelten lassen.«

»Was soll es denn sonst sein?« fragte Chester.

Dem hatte Bink nichts entgegenzusetzen. Sein Talent arbeitete nun einmal mit Zufällen. Wahrscheinlich hatte es auch hierbei seine Finger im Spiel gehabt. Aber wäre es nicht einfacher gewesen, die Flasche mit dem Magier hier anzuspülen anstelle einer Glasscherbe? »Wir können sie zwar sehen, aber nicht verstehen. Vielleicht sollten wir eine Botschaft schreiben –« Doch sie hatten nichts, womit sie hätten schreiben können.

»Wenn wir die Flasche finden, können wir sie auch daraus befreien«, warf Chester ein. Er schien sich erholt zu haben.

»Stimmt.« Bink hielt die Scherbe nahe an sein Gesicht und bildete mit den Lippen langsam die Worte: *»Wo seid ihr?«*

Humfrey breitete die Arme aus und zeigte auf die Flaschenwand. Dahinter war wirbelndes Wasser zu sehen, dessen Leuchten Linienmuster auf dem Glas hinterließ. Die Flasche befand sich irgendwo in einem Fluß und wurde von der Strömung davongetrieben – aber wohin?

»Ich fürchte, dieser Spiegel nützt uns nicht viel«, meinte Chester. »Crombie könnte uns zwar orten, aber er kann nicht zu uns. Wir könnten vielleicht an die Flasche heran, aber wir wissen nicht, wo sie ist.«

»Wir müssen den Flußlauf finden«, sagt Bink. »Er muß hier an diesem Strudelsee seinen Anfang haben und von dort abfließen. Aber wenn wir ihm folgen –«

»Dann verzögert sich unsere Suche nach der Quelle der Magie«, sagte Chester.

Bink zögerte. »Die Suche muß warten«, entschied er schließlich. »Wir müssen unsere Freunde retten.«

»Sieht so aus«, stimmte der Zentaur zu. »Sogar diesen arroganten Greif.«

»Magst du Crombie eigentlich wirklich nicht?«

»Na ja . . . Er ist eben ein Raufbold, genau wie ich. Das kann ich ihm wohl schwerlich verübeln. Aber ich würde ihm gerne mal auf den Zahn fühlen, wie stark er wirklich ist. Nur so, für die Unterlagen.«

Männlicher Konkurrenzkampf. Na ja, das konnte Bink ganz gut verstehen, weil er selbst manchmal so dachte.

Aber jetzt gab es Wichtigeres zu tun. »Ich habe Durst«, sagte Bink und schritt ans Ufer.

»Ist dir schon aufgefallen«, bemerkte Chester, »daß in diesem See keinerlei Leben herrscht? Weder Fische noch Ungeheuer, Pflanzen oder Strandwese . . .«

»Kein Leben . . .« wiederholte Bink. »Aber wir sind doch gesund.«

»Wir haben ja auch noch nicht daraus getrunken. Oder wenn doch, dann das frische Strudelwasser ganz oben, nachdem wir die Pille geschluckt hatten.«

»Das stimmt«, meinte Bink beunruhigt.

»Ich frage mich, ob sich vielleicht der Korken von Humfreys Flasche gelöst hat. Als er dann das Wasser geprüft hat, hat er den Korken sofort wieder befestigt, unmittelbar nachdem der Spiegel zerbrochen ist.«

»Das könnte sein. Wir gehen wohl besser kein Risiko ein. Wir brauchen auch bald etwas zu essen. Am besten, wir sehen uns hier mal etwas um. Wir können den Magier schlecht retten, wenn wir uns nicht auch selbst versorgen.«

»Stimmt«, meinte Chester. »Und als erstes müssen wir . . .«

». . . meine Kleider finden.«

Binks Kleidung befand sich etwas weiter entfernt am Ufer, wie das Glück es so wollte, zusammen mit seinem Schwert. Doch wie das Unglück es so wollte, war die Flasche nicht dabei. Chester hatte seine Waffen und sein Seil behalten und war so voll einsatzbereit.

Sie schritten durch die Höhle und ließen den verdächtigen Fluß hinter sich. Als sich ihre Augen an das matte Licht gewöhnt hatten, versuchten sie, ihren Weg zu markieren, indem sie in regelmäßigen Abständen ein X in den Boden kratzten, doch Bink blieb skeptisch, was die Effektivität dieses Vorgehens anging. So verging die Zeit, und der Weg schien kein Ende nehmen zu wollen, zumal sie nicht wußten, wohin er sie führte.

Plötzlich erblickten sie Licht – echtes Licht, nicht nur das Leuchten des Weges. Vorsichtig eilten sie darauf zu und ent-

deckten eine magische Laterne, die von einem Felsvorsprung herabhing. Es war ein willkommener Anblick, aber ansonsten war nichts zu sehen.

»Menschen – oder Kobolde?« fragte Bink, nervös und hoffnungsvoll.

Chester nahm die Lampe und musterte sie. »Sieht mir eher nach Feen aus«, sagte er. »Kobolde brauchen eigentlich kein Licht, und außerdem ist sie dafür viel zu fein gearbeitet.«

Sie nahmen die Lampe mit und schritten etwas hoffnungsvoller weiter. Doch nichts geschah: Offenbar hatte irgend jemand die Lampe einfach nur angezündet, sie aufgehängt und war verschwunden. Merkwürdig.

Abgekämpft, schmutzig, hungrig und unangenehm durstig, ließen sie sich schließlich auf einem Stein nieder. »Wir müssen unbedingt etwas Nahrung finden oder wenigstens Wasser«, sagte Bink und versuchte, in einem beiläufigen Tonfall zu sprechen. »In diesem Hauptgang ist offenbar nichts zu finden. Aber –« Er brach ab und lauschte. »Ist das vielleicht –«

Chester legte den Kopf schräg. »Ja, ich glaube schon. Tropfendes Wasser. Weißt du, ich wollte gar nicht erst was sagen, aber meine Zunge vertrocknet mir langsam im Mund. Wenn wir –«

»Hinter dieser Wand, glaube ich. Vielleicht können wir ja –«

»Geh beiseite.« Der Zentaur stellte sich so auf, daß seine bessere Hälfte zur Wand zeigte. Dann trat er heftig aus.

Ein Teil der Wand stürzte ein. Jetzt war das Geräusch schon lauter: Wasser, das über Gestein floß. »Ich werde mal hineinklettern«, sagte Bink. »Wenn ich ein Täßchen schöpfen kann –«

»Für alle Fälle«, sagte Chester und schnürte sein Seil um Binks Hüfte. »Man weiß ja nie in diesen dunklen Kammern. Wenn du in ein Loch stürzen solltest, hieve ich dich wieder heraus.« »Gut. Dann gib mir die magische Laterne.«

Bink kletterte durch das Loch. Als er das Geröll überwunden hatte, fand er sich in einer größeren, unregelmäßig geformten Höhle wieder, deren Boden leicht abschüssig in die Dunkelheit führte. Aus dieser Dunkelheit kam auch das Geräusch des Wassers.

Er schritt vorsichtig voran. Die Leine schleifte hinter ihm her.

Das Geräusch des Wassers wurde verlockend lauter, und schließlich entdeckte Bink eine Spalte im Boden. Er leuchtete sie mit seiner Laterne aus und erblickte ein glitzerndes Bächlein. Er griff hinab und konnte mit den Fingerspitzen das Wasser knapp erreichen.

Wie konnte er etwas davon schöpfen? Nach kurzem Grübeln riß er ein Stück Stoff aus seinem ohnehin schon ziemlich zerfetzten Ärmel und ließ es ins Wasser herabhängen. Als der Stoff sich vollgesogen hatte, zog er ihn wieder herauf.

Da hörte er fernen Gesang. Er erstarrte. Ob sich die Seeungeheuer näherten? Nein, das war recht unwahrscheinlich. Sie waren Wasserbewohner, keine Höhlenwesen, und der Hausherr hatte selbst zugegeben, daß sie nichts über die unteren Regionen wußten. Es mußte irgendein Höhlenlebewesen sein. Vielleicht der Eigentümer der magischen Laterne?

Als er den Stoffetzen schließlich an den Mund geführt hatte, war der Gesang schon sehr nahe. Ein Duft frischer Blüten umhüllte ihn. Bink hielt sich das Ende des Fetzens über den geöffneten Mund und drückte. Kühles, klares Naß tropfte herab. Es war das beste Wasser, das er je gekostet hatte!

Dann geschah etwas Seltsames. Ein Schwindel überkam ihn, doch das war keineswegs unangenehm. Im Gegenteil: Er fühlte sich plötzlich quicklebendig, kräftig und durchflutet von warmherziger Menschlichkeit. Das war aber wirklich sehr gutes Wasser!

Er ließ den Stoff wieder ins Wasser hängen, um ihn Chester bringen zu können. Das war zwar nicht gerade die wirkungsvollste Art der Flüssigkeitsaufnahme, aber wesentlich besser als gar nichts. Während er am Rande der Spalte lag, hörte er von neuem den Gesang. Es war eine Nymphe, die zwar mit ungeübter Stimme aber dennoch sehr schön und freudevoll sang. Sie hörte sich sehr jung an, und ein angenehmer Schauer durchfuhr ihn.

Bink zog den Lappen wieder herauf und legte ihn auf den Höhlenboden. Dann nahm er die Laterne auf und folgte dem Klang der Stimme. Die Nymphe schien sich jenseits des Wassers zu befinden. Bald war Bink ans Ende des Seils gekommen, doch er band sich einfach los und ging weiter.

Als nächstes entdeckte er einen Lichtstrahl, der durch einen weiteren Riß im Fels drang. Die Sängerin befand sich offenbar in einer Höhle dahinter. Bink kniete lautlos nieder und spähte durch die Spalte.

Sie saß auf einem silbernen Schemel und beschäftigte sich mit einem Faß, das mit Edelsteinen angefüllt war. Ihr Licht brach sich tausendfach und schmückte bunt die Wände der Kammer. Es war eine typische Nymphe: hochgewachsen und barbeinig, mit einem winzigen Röckchen, das ihren strammen Po mit knapper Not bedeckte, gertenschlank, vollbusig und mit großen Augen in einem unschuldig dreinblickenden Gesicht. Ihr Haar stand dem Juwelenbottich an Glanz in nichts nach. Er war schon vielen Nymphen wie dieser begegnet, doch waren sie alle einander in ihrer Schönheit völlig gleich gewesen, so daß es schon langweilig gewesen war. Diese Nymphe war also nichts Besonderes, während ihre Edelsteine dagegen einen unglaublichen Schatz darstellten.

Und doch gönnte Bink den Juwelen kaum einen Blick. Wie gebannt blickte er hingegen die Nymphe an. Sie – er konnte es deutlich spüren, er war völlig hingerissen.

Was mache ich hier eigentlich? fragte er sich. Chester wartete durstig auf etwas zu trinken, so daß er hier nichts zu suchen hatte. Doch als Antwort seufzte er nur sehnsuchtsvoll.

Die Nymphe hörte es, unterbrach ihr Lied und blickte um sich, ohne ihn jedoch ausmachen zu können. Verwirrt schüttelte sie ihre mädchenhaften Locken und machte sich wieder an die Arbeit. Offenbar war sie zu der Meinung gelangt, einer Täuschung aufgesessen zu sein.

»Nein, ich bin doch hier!« rief Bink und war von seiner Reaktion selbst überrascht.

»Hinter der Wand!«

Sie stieß einen herrlichen kleinen Schrei aus, sprang auf und floh. Das Faß kippte um und verstreute seine Edelsteine über den Boden.

»Warte! Lauf nicht davon!« rief Bink. Er hieb mit der Faust derart heftig gegen die Wand, daß der Stein brach. Er riß weitere Stücke heraus, bis der Spalt groß genug für ihn war, dann sprang er in die Kammer. Um ein Haar wäre er auf ein paar Perlen ausgerutscht, aber nach einem kurzen Tanz hatte er sich wieder gefangen.

Nun blieb er stehen um zu lauschen. Er nahm einen seltsamen Geruch wahr, fast wie der nahe Atem eines angreifenden Drachens. Bink blickte sich nervös um, doch es war kein Drache zu sehen. Alles war still. Warum hörte er ihre Schritte nicht mehr?

Einen Augenblick später wußte er es. Wahrscheinlich war sie vor Angst geflohen, aber ihren Schatz würde sie wohl kaum unbewacht zurücklassen. Offenbar war sie hinter einer Ecke verschwunden und beobachtete ihn nun aus ihrem Versteck.

»Bitte, Fräulein«, rief Bink. »Ich will Ihnen nichts Böses. Ich möchte Sie nur –«

Umarmen, küssen, –

Schockiert unterbrach er seinen Gedankenfluß. Er war schließlich ein verheirateter Mann! Was hatte er eine fremde Nymphe zu jagen! Er mußte zu Chester zurück, um dem Zentauren seinen Lappen voll Wasser zu bringen –

Wieder hielt er in seinen Gedanken inne. *O nein!*

Und doch hatte er keine Zweifel mehr, was seine plötzliche Empfindung anging. Er hatte aus einem Quell getrunken und sich in das erste Mädchen verliebt, das ihm begegnet war. Es mußte eine Liebesquelle gewesen sein!

Aber warum hatte sein Talent es dann zugelassen, daß er davon trank?

Die Antwort war geradezu schmerzlich offensichtlich. Er wünschte, daß er die Frage gar nicht erst gestellt hätte. Sein Talent kümmerte sich nicht um seine Gefühle oder um die anderer. Es schützte ihn nur körperlich, persönlich. Es mußte beschlossen haben, daß seine Frau Chamäleon eine Bedrohung für sein Wohlergehen darstellte und hatte ihm folglich eine neue Liebe gesucht. Es hatte ihm nicht genügt, sie vorübergehend zu trennen, es wollte diese Trennung nun auch noch besiegeln.

»Das werde ich nicht dulden!« rief er laut. »Ich liebe Chamäleon!« Und das stimmte auch. Liebestränke konnten bestehende Bindungen nicht lösen. Doch nun liebte er die Nymphe ebenfalls – und die war ein gutes Stück näher.

Stand er mit seinem Talent etwa auf dem Kriegsfuß? Er hatte ethische Grundsätze, die es offensichtlich nicht teilte, er war zivilisiert, während sein Talent primitiv war. Wer würde schließlich die Oberhand behalten?

Er kämpfte zwar dagegen an, konnte die Wirkung des Liebesquells aber nicht mehr rückgängig machen. Wenn er vorher gewußt hätte, wozu ihn sein Talent bringen würde, dann hätte er der Sache ausweichen können, doch nun war er ein Opfer vollendeter Tatsachen. Nun gut, er würde mit seinem Talent bei Gelegenheit schon noch ein passendes Hühnchen rupfen.

In der Magie war alles erlaubt. »Nymphe, komm her und sag mir, wie du heißt, oder ich klau dir deinen ganzen Schatz!« schrie er.

Als sie nicht reagierte, stellte er das Faß wieder auf und begann damit, die Edelsteine wieder hineinzuschaufeln. Es war ein erstaunliches Sortiment: Diamanten, Perlen, Opale, Smaragde, Saphire und viel zu viele andere Sorten, als daß er sie alle hätte bestimmen können. Wie war die Nymphe nur zu einem solchen Schatz gekommen?

Da erschien die Nymphe und spähte um eine Tunnelbiegung. Im gleichen Augenblick nahm Bink einen Duft von frischen Waldblumen wahr. »Aber ich *brauche* diesen Schatz!« protestierte sie.

Bink fuhr mit seiner Arbeit fort und warf die Steine in die Tonne. »Wie heißt du?« fragte er.

»Wie heißt du denn?«

»Ich hab' zuerst gefragt.« Er wollte nur eines: sie solange ablenken, bis er sie einfangen konnte.

»Aber du bist der Fremdling«, meinte sie mit weiblicher Logik.

Also gut. Er mochte ihre Logik. Er wußte zwar, daß das zu den Wirkungen des Liebestranks gehörte, aber er war ihren kleinen Tricks bereits verfallen. »Mein Name ist Bink.«

»Ich bin Juwel«, sagte sie. »Die Nymphe der Juwelen, wenn du auf der vollständigen Definition bestehen solltest. Und jetzt gib mir meine Edelsteine zurück.«

»Aber gerne, Juwel. Für einen Kuß.«

»Für was für eine Nymphe hältst du mich eigentlich?« protestierte sie auf typisch nymphische Art. Jetzt war ein Hauch wie von Kiefernöldesinfektionsmittel zu bemerken.

»Das will ich ja herausbekommen. Erzähl mir von dir.«

Mißtrauisch kam sie langsam näher. »Ich bin bloß eine Steinnymphe. Ich achte darauf, daß die Edelsteine alle richtig in den Boden gepflanzt werden, damit Kobolde, Drachen, Menschen und andere gierige Wesen sie schürfen können.«

Bink schnupperte die Ausdünstungen schwer arbeitender Menschen und Kobolde. »Das ist sehr wichtig, denn sonst würden diese Wesen noch wilder werden. Das Schürfen hält sie wenigstens beschäftigt.«

So also wurden die Edelsteine gepflanzt! Bink hatte sich schon immer danach gefragt, das heißt, er hätte sich bestimmt danach gefragt, wenn er daran gedacht hätte. »Aber woher bekommst du sie denn überhaupt?«

»Ach, die erscheinen einfach so, auf magische Weise natürlich. Der Bottich wird niemals leer.«

»Nein?«

»Sieh doch nur, er läuft doch schon von den Edelsteinen über, die du zurückzufüllen versuchst. Sie sind nicht dazu gedacht.«

Erstaunt sah Bink, daß das stimmte.

»Ach, wie soll ich jemals die ganzen Extrasteine gepflanzt bekommen?« fragte sie mit süßer Reizbarkeit. »In der Regel brauche ich pro Stein eine Stunde zum Einpflanzen, und du hast Hunderte verschüttet.« Sie stampfte mit ihrem hübschen kleinen Fuß auf und wußte nicht so recht, wie sie ihrer Verärgerung den rechten Ausdruck verleihen sollte. Nymphen waren darauf ausgerichtet, gut auszusehen, nicht aber, Gefühle zu haben oder zu äußern.

»Ich? *Du* hast sie doch verschüttet als du davongelaufen bist!« gab Bink zurück. »Ich versuche doch nur, sie wieder aufzuheben.«

»Na ja, jedenfalls ist das deine Schuld, weil du mich nämlich erschreckt hast. Was hast du hinter der Wand zu suchen gehabt? Dahin darf niemand kommen. Deshalb ist da ja auch die Trennwand. Das Wasser –« Aufs neue beunruhigt, stockte sie. »Du hast doch nicht etwa –?«

»Doch«, sagte Bink. »Ich hatte Durst und –«

Wieder stieß sie einen Schrei aus, und wieder lief sie davon. Nymphen waren von Natur aus scheu. Bink fuhr mit seiner Sammelarbeit fort und stapelte die überschüssigen Juwelen neben der Tonne zu kleinen Haufen; denn er wußte, daß sie zurückkehren würde. Irgendwie verachtete er sich selbst für sein Verhalten, aber er war unfähig, anders zu handeln.

Juwel spähte erneut um die Ecke. »Wenn du einfach nur weggehen würdest, könnte ich ja Überstunden –«

»Erst, wenn ich das hier aufgeräumt habe«, sagte Bink. »Du hast ja selbst gesagt, daß es mein Fehler war.«

Sie trat etwas näher heran. »Nein, du hattest recht. Ich habe die Tonne umgestürzt. Du brauchst nur ... nur zu gehen. Bitte.« Ein plötzlicher Staubgeruch kitzelte seine Nase, als ob eine Herde Zentauren mitten im Sommer über einen trockenen Weg dahingaloppiert sei.

»Dein magisches Talent!« rief Bink. »Düfte!«

»Also wirklich!« sagte sie, keusch empört. Jetzt vermengte sich der Staubgeruch mit dem von brennendem Öl.

»Ich meine, du kannst ... du riechst so, wie du dich fühlst.«

»Ach so, das.« Das Öl vermischte sich mit Parfüm. »Ja. Was hast du denn für ein Talent?«

»Das darf ich dir nicht sagen.«

»Aber ich habe dir doch gerade meins verraten! Da ist es doch nur gerecht, wenn –«

Sie kam in Griffweite und Bink packte sie. Sie kreischte höchst lieblich und wehrte sich ohne allzu große Kraft. Er riß sie an sich, um ihr einen festen Kuß auf den Mund zu geben. Ihre Lippen schmeckten wie Honig. Jedenfalls dufteten sie so.

»Das war aber nicht sehr nett!« tadelte sie ihn, als er den Kuß beendet hatte, aber besonders wütend wirkte sie eigentlich nicht. Sie roch nach frisch umgepflügter Erde.

»Ich liebe dich«, sagte Bink. »Komm mit mir –«

»Das kann ich nicht«, sagte sie, nach frisch gemähtem Gras duftend. »Ich habe meine Arbeit, die ich erledigen muß.«

»Ich auch.«

»Was denn?«

»Ich bin auf der Suche nach der Quelle der Magie.«

»Aber die ist doch irgendwo da unten, im Zentrum der Erde oder so«, entgegnete sie. »Da kannst du nicht hinreisen. Da gibt es Drachen und Kobolde und Ratten –«

»An die sind wir gewöhnt«, sagte Bink.

»Aber ich nicht! Ich habe Angst vor dem Dunkeln! Ich könnte nicht einmal mitkommen, wenn ich –«

Wenn sie wollte. Denn sie liebte ihn natürlich nicht. Sie hatte schließlich nicht das Liebeselexier getrunken.

Bink hatte eine hinterlistige Idee. »Komm mit, dann trinken wir gemeinsam einen Schluck. Dann können wir –«

Sie zappelte, bis er sie losließ. Er wollte ihr auf keinen Fall wehtun. »Nein, Liebe kann ich mir nicht leisten. Ich muß diese ganzen Edelsteine pflanzen.«

»Aber was soll ich jetzt tun? Seit ich dich das erste Mal sah –«

»Dann mußt du eben ein Gegenmittel einnehmen«, sagte sie und gab den Duft einer frisch angezündeten Kerze von sich. Bink erkannte die Verbindung: Die Kerze war ein Symbol für ihren guten Einfall.

»Dann gibt es ein Gegenmittel?« Daran hatte er ja noch gar nicht gedacht.

»Es muß eins geben. Für jeden Zauber gibt es irgendwo einen gleich starken Gegenzauber. Du mußt ihn nur suchen.«

»Ich weiß, wer ihn finden kann«, sagte Bink. »Mein Freund Crombie.«

»Du hast Freunde?« fragte sie überrascht und roch nach aufgeschreckten Vögeln.

»Natürlich habe ich Freunde.«

»Hier unten, meine ich. Ich dachte, du wärst allein.«

»Nein, ich habe nach Wasser für Chester und mich gesucht. Wir –«

»Chester? Ich denke, dein Freund hieße Crombie?«

»Chester Zentaur. Crombie ist ein Greif. Dann ist da noch der Magier Humfrey und –«

»Ein Magier!« rief sie beeindruckt. »Und die suchen alle nach der Quelle der Magie?«

»Ja. Der König will alles darüber wissen.«

»Ein König ist auch dabei?«

»Nein«, sagte Bink, einen Augenblick etwas unwirsch. »Der

König hat mir den Auftrag gegeben, danach zu suchen. Aber wir hatten Schwierigkeiten und wurden getrennt, da –«

»Ich glaube, ich zeige dir besser, wo du Wasser findest«, entschied sie. »Und Nahrung – du mußt auch Hunger haben.«

»Ja«, sagte er und griff nach ihr. »Ich bin auch gern bereit, eine Gegenleistung –«

»O nein!« rief sie und sprang auf allerliebste Weise davon, einen Duft von brennendem Walnußholz verströmend. »Erst, nachdem du das Gegenmittel eingenommen hast.«

Richtig. Nach kurzem Streit über den Rückzug ließ Bink sich von ihr zu Chester führen. Selbst wenn man einmal von dem Liebestrank absah, wies sie durchaus beachtenswerte Charakterzüge auf. Anders als die meisten Wildhafer- und Meerschaumnymphen war sie kein Hohlkopf, sondern besaß Zielbewußtheit und einen Sinn für das Angemessene und Schickliche. Zweifellos war sie an ihrer verantwortungsvollen Aufgabe des Edelsteinpflanzens gereift. Doch Liebestrank hin, Liebestrank her – er hatte eigentlich gar nichts mit diesem Wesen zu schaffen! Wenn seine Freunde erst einmal etwas zu Essen bekommen hatten, würde er sie verlassen müssen. Er fragte sich, wie lange der Liebestrank wohl anhalten würde. Manche Zauber wirkten nur eine begrenzte Zeit, andere dafür aber lebenslänglich.

Sie schritten durch die Gänge, und schon bald trafen sie auf Chester, der noch immer durch das Loch spähte. »Da sind wir!« rief Bink.

Chester sprang vor Schreck mit allen vier Hufen gleichzeitig in die Luft. »Bink!« rief er als er wieder aufprallte. »Was ist passiert? Wer ist diese Nymphe?«

»Chester, das ist Juwel. Juwel – Chester«, stellte Bink vor. »Ich . . .« Er stockte.

»Er hat einen Liebestrank getrunken«, sagte Juwel fröhlich.

Der Zentaur machte eine Bewegung, als wollte er sich zwei Handvoll Mähne ausreißen. »Dann hat der geheime Feind wieder zugeschlagen!«

Daran hatte Bink noch gar nicht gedacht. Natürlich, das klang einleuchtend! Sein Talent hatte ihn zwar nicht im Stich gelassen, hatte ihn aber auch nicht vor dieser nichtkörperlichen

Bedrohung geschützt. So hatte sein Feind also Punkte sammeln können. Wie konnte er die Quelle der Magie suchen, wenn sein Herz hier unten gefangengenommen wurde?

Doch sein Herz war auch mit seinem Zuhause verbunden, mit Chamäleon. Das war schließlich mit ein Grund, weshalb er überhaupt hier war. »Wenn wir mit Crombie und dem Magier zurückkehren, kann Crombie mir ja zeigen, wo das Gegenmittel zu finden ist«, sagte Bink.

»Wo sind denn eure Freunde?« fragte Juwel.

»In einer Flasche«, erklärte Bink. »Aber wir können mit ihnen durch diese Scherbe aus einem magischen Spiegel Kontakt aufnehmen. Warte, ich werde dich ihnen vorstellen.« Er suchte in seiner Tasche nach der Scherbe.

Doch ohne Erfolg. »O nein! Ich habe die Scherbe verloren!« Er stülpte die Tasche um: Offenbar hatte die scharfe Scherbe ein Loch hineingesägt, aus dem sie herausgefallen war.

»Na ja, irgendwie werden wir sie schon finden«, sagte Bink tonlos. »Wir werden nicht aufgeben.«

»Das ist wohl das Beste«, meinte Chester. »Aber wir müssen die Nymphe mitnehmen.«

»Warum?« fragte Bink mit gemischten Gefühlen.

»Das Objekt des Gegenzaubers muß anwesend sein. So funktioniert das eben. Du hast dich in das erste weibliche Wesen verliebt, das dir nach der Einnahme des Liebestranks begegnet ist. Du mußt dich auf gleiche Weise *ent*lieben.«

»Ich kann aber nicht mitkommen!« protestierte Juwel, obwohl sie Chester mit einem Blick musterte, der verräterisch danach aussah, als wollte sie gerne einmal auf seinem Rücken reiten. »Ich habe eine Menge Arbeit zu erledigen.«

»Wieviel würdest du denn schaffen, wenn Bink hierbliebe?« fragte Chester.

Sie warf die Arme mit weiblicher Bestürzung hoch. »Kommt in meine Wohnung, beide. Wir reden später noch darüber.«

Juwels Wohnung war ebenso attraktiv wie sie selbst. Sie hatte eine ganze Gruppe von Höhlen mit Teppichen ausgelegt: Das Teppichmoos verlief über den ganzen Boden, die Wände empor und ohne die geringste Fuge über die Decke, wenn man von den runden Türöffnungen absah. Es war wirklich äußerst gemütlich. Sie besaß weder Stühle noch Tische noch Bett, sondern setzte oder legte sich hin, wo es ihr gerade am besten paßte.

»Wir müssen etwas wegen dieser Kleider unternehmen«, sagte sie zu Bink.

Bink blickte auf seine Kleidung, die mittlerweile halbwegs getrocknet war und an mehreren Stellen fleckig leuchtete. »Aber andere habe ich nicht.«

»Du kannst sie trockenreinigen«, sagte sie. »Geh auf die Toilette und tu sie in den Reiniger. Es dauert nur einen Augenblick.«

Bink betrat den angezeigten Raum und zog den Vorhang vor. Er entdeckte den Reiniger, eine ofenähnliche Nische, durch die ein warmer Luftstrom strömte. Er hängte seine Kleidung in den Luftstrom und schritt zu dem Waschbassin, durch das ein Wasserrinnsal lief. Die Felsfläche darüber war poliert: ein Spiegel.

Es war ein Schock für ihn, sich selbst zu erblicken: Er sah ja noch mitgenommener aus als seine Kleider! Sein Haar war verfilzt und klebte an seiner Stirn, und sein Bartwuchs hatte gerade das häßliche Anfangsstadium erreicht. Gesicht und Körper waren mit Höhlenschmutz beschmiert. Er sah aus wie ein junger Oger. Kein Wunder, daß die Nymphe sich vor ihm gefürchtet hatte.

Mit der scharfen Klinge seines Schwerts rasierte er sich, da kein magischer Rasierpinsel zu sehen war, mit dem er seine Stoppeln hätte wegbürsten können. Dann wusch und kämmte er sein Haar. Seine Kleidung war inzwischen trocken, sauber und gebügelt. Offenbar war hier noch mehr im Spiel als nur heiße Luft. Sein zerfetzter Ärmel war säuberlich geflickt und gesäumt worden.

Er zog sich adrett an und ließ sogar seine Stiefel vom Reiniger putzen.

Als er aus der Toilette kam, blickte Juwel ihn mit staunender Bewunderung an. »Du bist aber ein gutaussehender Mann!«

Chester lächelte schiefmäulig. »War vorher wohl nicht so genau zu erkennen. Ich wünschte, bei mir würde eine Wäsche ebenfalls genügen!« Sie lachten etwas gequält.

»Wir müssen dir für deine Gastfreundschaft einen Gegendienst leisten«, fuhr Chester schließlich fort.

»Meine Gastfreundschaft gebe ich gern. Eine Bezahlung würde sie herabwürdigen«, erwiderte Juwel. »Und meine Hilfe wollt ihr euch sowieso erzwingen. Sklavenarbeit wird nicht bezahlt.«

»Nein, Juwel!« rief Bink, im tiefsten Inneren bestürzt. »Ich würde dich niemals zu irgend etwas zwingen oder dir Kummer machen.«

Sie blickte ihn etwas sanfter an. »Ich weiß, Bink. Du hast von dem Liebeswasser getrunken und würdest mir nicht wehtun. Aber da ich nun dabei helfen muß, eure Freunde zu suchen, damit sie den Gegenzauber finden, und da mich das von meiner Arbeit abhält –«

»Dann müssen wir dir eben bei deiner Arbeit helfen.«

»Das könnt ihr nicht. Ihr wißt weder etwas über Edelsteine, noch darüber, wo man sie einpflanzen muß. Und selbst wenn ihr es tätet, würde mein Bohrer nicht für euch arbeiten.«

»Dein Bohrer?«

»Mein Reittier. Er durchbohrt den Fels bis zu der Stelle, wo ich die Steine setzen muß. Ich bin die einzige, die ihn steuern kann, und auch nur wenn ich singe. Er arbeitet nur für meinen Gesang, für nichts sonst.«

Bink und Chester wechselten Blicke.

»Nach dem Essen führen wir dir mal unsere Musik vor«, sagte Chester.

Juwels Mahlzeit war zwar seltsam aber ausgezeichnet. Sie servierte eine Pilzplatte. Manche der Pilze schmeckten wie Drachensteaks, andere wie Kartoffelchips, frisch von einem Heißkartoffelbaum gepflückt, und der Nachtisch ähnelte dem Schokoladenpudding von einer braunen Kuh. Er war so rund und weich, daß er fast vom Teller floß. Sie hatte auch ein kreidiges Pulver, das sie mit Wasser vermischte, um damit eine ausgezeichnete Milch herzustellen.

Chester war mit dem Essen fertig. Nun konzentrierte er sich, und die silberne Flöte erschien. Sie spielte betörend schön. Juwel saß wie festgewachsen da und lauschte der silbrigen Melodie. Dann begann sie, ihn mit ihrem Gesang zu begleiten.

Ihre Stimme konnte die Reinheit der Flöte zwar nicht erreichen, aber es war eine hübsche Ergänzung.

Da kam etwas Bizarres ins Zimmer gestürzt. Chesters Flöte brach mitten in einem Ton ab, und er zückte sofort sein Schwert.

»Halt ein, Zentaur!« rief Juwel. »Das ist mein Bohrer!«

Chester griff das Wesen nicht an, hielt sein Schwert aber weiterhin kampfbereit in der Hand. »Sieht aus wie ein Riesenwurm.«

»Ja«, stimmte sie ihm zu. »Er ist zwar mit den Zapplern und Grabblern verwandt, ist aber viel größer und träger. Er ist ein Schaufler – nicht besonders schlau, aber für meine Arbeit unersetzlich.«

Chester beruhigte sich. »Ich dachte, ich hätte alles im Lexikon gelesen, aber den habe ich wohl übersehen. Mal sehen, ob wir dir helfen können. Wenn ihm meine Musik gefällt und du irgendwelche Steine hast, die in der Nähe des Flusses gepflanzt werden müssen –«

»Machst du Witze?« fragte Juwel. »Jetzt, wo der halbe Bottich ausgekippt worden ist, habe ich Dutzende von Steinen für den Fluß. Wir können ruhig gleich dort anfangen.«

Unter ihrer Anleitung bestiegen sie den Schaufler. Juwel stieg am Vorderende des Wurms auf, vor sich einen Korb voller Edelsteine. Bink saß hinter ihr, und Chester bildete den Schluß, wobei ihm seine vier Beine etwas hinderlich waren. Er war es gewohnt, geritten zu werden, und nicht selbst zu reiten, obwohl er das auf dem Drachen bereits getan hatte.

»Und jetzt machen wir Musik«, sagte Juwel. »Er wird solange arbeiten, wie ihm der Klang gefällt, und er braucht nicht viel Abwechslung. Nach ein paar Stunden werde ich meistens müde und muß aufhören, aber wenn die Zentaurenflöte –«

Die Flöte erschien und erklang. Der große Wurm kroch vorwärts und trug sie auf seinem Rücken, als seien sie leicht wie die Fliegen. Er krümmte sich nicht und scharrte auch nicht über den Boden, wie der Drache es getan hatte. Statt dessen verlängerte er seinen Körper in regelmäßigen Abständen, so daß die Segmente, auf denen sie ritten, ständig ihren Durchmesser veränderten. Es war zwar eine seltsame aber durchaus wirkungsvolle Art des Reisens. Der Wurm war sehr groß und kam schnell voran.

Der Wurm schob einen Flansch hervor, und während er sich in den Fels hineinbohrte, vergrößerte der Flansch das Bohrloch so weit, daß seine Reiter auch hindurchpaßten. Bink fiel ein, daß dieses eine Variante der gleichen Magieart war, wie sie die Wasseratmungspillen des Guten Magiers besaßen. Der Fels wurde, genau wie das Wasser, nicht im eigentlichen Sinne durchbohrt, sondern wurde vielmehr vorübergehend umgewandelt, so daß sie hindurchgelangen konnten, ohne ein echtes Bohrloch zu hinterlassen. Chester mußte den Kopf einziehen, um im Bohrabschnitt zu bleiben, und seine Flöte war plötzlich sehr eingeengt, aber sie fuhr fort, ihre bezaubernden Melodien zu blasen.

»Ich muß zugeben, daß das ein recht wertvoller Gegendienst ist«, sagte die Nymphe. »Ich dachte immer, Zentauren besäßen keine Magie.«

»Das dachten die Zentauren auch«, sagte Bink, der von hinten heimlich ihre Figur bewunderte. Zum Teufel mit dem Liebestrank! Sie besaß eine Figur, die in sich schon zu betören wußte.

Dann mußte der Wurm abrupt abbremsen, und Bink wurde gegen die vor ihm sitzende Nymphe geschleudert. »Äh, tut mir leid«, sagte er und richtete sich wieder auf. In Wirklichkeit tat es ihm keineswegs besonders leid. »Ich, äh –«

»Ja, ich weiß«, sagte Juwel. »Vielleicht legst du besser deine Arme um meine Hüfte, um dich festzuhalten. Manchmal wird es wirklich etwas holprig hier.«

»Ich . . . äh, besser nicht«, stammelte Bink.

»Auf deine Weise bist du irgendwie ziemlich edelmütig«, bemerkte sie. »Als Mädchen könnte man dich mit der Zeit direkt gernhaben.«

»Ich . . . ich bin verheiratet«, sagte Bink niedergeschlagen. »Ich . . . ich brauche dieses Gegenmittel.«

»Ja, natürlich«, meinte sie.

Plötzlich drang der Schaufler durch eine Wand in eine große Höhle ein.

»Der Fluß«, sagte Chester. Als er sprach, hörte die Flöte auf zu spielen, und der Wurm drehte sich nach der verschwundenen Musik um.

»Nicht aufhören!« rief Juwel. »Dann macht er nicht weiter . . .«

Die Flöte nahm ihr Spiel wieder auf. »Wir wollen dem Flußlauf folgen«, sagte Bink. »Wenn wir eine treibende Flasche sehen sollten –«

»Zuerst muß ich ein paar Steine einpflanzen«, sagte sie mit Entschiedenheit. Sie lenkte den Wurm an einen Vorsprung und brachte ihn zum Halten. Dann streckte sie ihre Hand aus: Ein dicker Diamant ruhte darin. »Dort hinein! Es wird eine Million Jahre dauern, bis das Wasser ihn freigespült hat.«

Der Schaufler nahm den Diamanten in sein Maul und trug ihn in den Fels. Sein Kopf verjüngte sich nach vorne fast bis zur Punktgröße, und sein Maul war kleiner als das eines Menschen, so daß ihm das Festhalten des Diamanten keine Mühe machte. Als die Schnauze wieder aus dem Fels hervortrat, war der Diamant verschwunden und das Gestein unversehrt.

»So, einen hätten wir«, sagte Juwel fröhlich. »Jetzt sind es nur noch neunhundertneunundneunzig.«

Doch Bink hatte nur Augen für den leuchtenden Fluß und hielt unentwegt Ausschau nach der Flasche. Der Liebestrank wirkte derart stark, daß er insgeheim fast hoffte, daß sie die Flasche nicht wiederfinden würden. Wenn sie erst einmal wieder mit dem Magier zusammen waren und den Gegenzauber geortet hatten, dann würde er Juwel nicht mehr lieben – und es war sehr schwer, sich das vorzustellen. Er wußte zwar, was recht und was unrecht war, aber sein Herz war nicht dabei.

So verging die Zeit. Juwel bestückte die Felsen am Fluß mit Diamanten, Opalen, Smaragden, Saphiren, Amethysten, Jade und zahlreichen Granatsteinen, während sie Perlen in das Wasser warf, damit sie von Austern gefunden wurden.

»Austern lieben Perlen«, erklärte sie. »Sie verschlingen sie einfach.« Sie sang bei der Arbeit und wechselte sich mit Chesters Flöte ab, während Binks Aufmerksamkeit zwischen Fluß und Nymphe hin und her sprang. Er hätte wirklich einem schlimmeren Opfer begegnen können, nachdem er das Liebeselixier getrunken hatte!

Dann kamen sie an eine Stelle, an der der Fluß in einen See strömte. »Das ist der Wohnort der Dämonen, die das vergiftete Wasser trinken und benutzen können«, warnte Juwel sie. »Mich kennen sie, aber ihr beide müßt erst eine Erlaubnis einholen, durch ihr Gebiet zu ziehen. Sie mögen keine Eindringlinge.«

Bink spürte, wie Chester hinter ihm offenbar nach Bogen und Schwert griff. Sie hatten schon Ärger mit Ungeheuern gehabt. Auf Ärger mit Dämonen konnten sie verzichten!

Die Höhlenwände waren hier behauen in Form von Steingebäuden mit geraden Kanten und Straßen dazwischen, ganz wie eine Stadt. Bink hatte noch nie eine echte Stadt gesehen, er kannte sie nur aus Bildern. Die frühen Besiedler von Xanth hatten Städte errichtet, doch als die Bevölkerung abnahm, waren sie nach und nach verschwunden.

Bink und Chester stiegen ab und gingen neben dem Wurm die Straße entlang. Kurz darauf kam ein magischer Wagen angerollt. Er glich einer von Ungeheuern gezogenen Kutsche, doch die Ungeheuer fehlten. Die Räder bestanden aus dicken federnden Gummiringen, und die Karosserie schien aus Metall zu sein. Aus dem Inneren des Gefährts war ein Schnurren zu hören. Wahrscheinlich saß dort ein kleines Ungeheuer, das die Pedale trat, um die Räder in Gang zu halten.

»Wo ist das Feuer?« fragte der Dämon aus der Kutsche. Er war von blauer Farbe, und sein Kopf war oben rund und flach wie eine Untertasse.

»Hier, Blaustahl«, sagte Juwel und legte eine Hand auf ihren Busen. »Würdest du meinen Freunden eine Eintrittskarte geben? Sie suchen nach der Quelle der Magie.«

»Nach der Quelle der Magie!« rief eine andere Stimme. Jetzt sah Bink, daß in dem Gefährt noch ein zweiter Dämon saß. Er war von kupferner Tönung. »Das ist was für den Chef.«

»Also gut, Kupfer«, willigte Juwel ein. Offenbar kannte sie diese Dämonen so gut, daß sie mit ihnen tändeln konnte. Bink spürte, wie ihn die gelbe Eifersucht übermannen wollte.

Juwel führte sie zu einem Gebäude, das die Markierung DISTRIKTSTATION trug, wo sie den Wurm parkte. »Ich muß bei dem Schaufler bleiben und ihm ein Lied vorsingen«, sagte sie. »Geht ruhig hinein und sprecht mit dem Chef. Ich werde hier warten.«

Nun fürchtete Bink, daß sie nicht warten, sondern fliehen würde, um sie an die Dämonen zu verraten. Auf diese Weise könnte sie sich allen Nachstellungen entziehen. Doch er mußte ihr vertrauen. Immerhin liebte er sie ja.

Der Dämon im Inneren des Gebäudes saß hinter einem breiten Schreibtisch über ein Buch gebeugt. Als sie eintraten, hob er den Blick. »Ach ja! Das Schicksal wollte es wohl, daß wir uns wiedersehen«, sagte er.

»Beauregard!« rief Bink erstaunt.

»Natürlich werde ich euch die Genehmigung erteilen«, sagte der Dämon. »Schließlich wart ihr an meiner Befreiung beteiligt, wenn man die Spielregeln genau nimmt, und ich fühlte mich euch auf höchst undämonische Weise verpflichtet. Aber ihr müßt mir erlauben, meine Gäste zu sein, wie ihr es mit mir im Heim des Ogers getan habt. Ihr bedürft noch mancher Ratschläge, bevor ihr eure Suche fortsetzen könnt.«

»Äh, da draußen wartet eine Nymphe...« warf Bink ein.

Beauregard schüttelte den Kopf. »Du bist aber wirklich ziemlich durcheinander, Bink. Erst verlierst du die Flasche und jetzt auch noch dein Herz. Aber mach dir keine Sorgen, wir werden die Nymphe mit einladen. Der Schaufler kann sich in unserem Motorenpark vergnügen, das wird ihm gut gefallen. Wir kennen Juwel gut. Genau genommen hättest du in deinem Unglück gar nicht mehr Glück haben können.«

Schließlich kam auch Juwel, um ihnen beim Abendessen Gesellschaft zu leisten. Die Mahlzeit des Dämonen glich der Nymphe, mit dem Unterschied allerdings, daß sie von winzigen magischen Wesen hergestellt wurde, die »Hefe« und »Bakterien« genannt wurden. Einiges glich frischem Brei, während andere Speisen gerösteten Schweinshaxen ähnelten.

Danach begaben sie sich in Beauregards Unterschlupf, wo ein zahmer Feuerdrache fröhlich vor sich hin flackerte. »Und jetzt werden wir euch ein ausgezeichnetes Nachtlager zuweisen«, sagte der Dämon. »Wir wollen in keiner Weise eurer Suche hinderlich sein. Allerdings –«

»Was weißt du, was wir nicht wissen?« fragte Bink besorgt.

»Ich weiß um die Natur von Dämonen«, erwiderte Beauregard.

»Oh, wir wollen euch aber gar nicht stören! Wir machen uns sofort wieder auf den –«

»Geduld, Bink.« Beauregard holte eine schmucke kleine Flasche hervor, murmelte ein undeutliches Wort und machte eine geheimnisvolle Geste. Der Korken sprang heraus, Dampf trat hervor und verdichtete sich schließlich – zum Guten Magier Humfrey.

Erstaunt fragte Bink: »Aber wo ist Crombie?«

»In der Flasche«, erwiderte Humfrey knapp. »Es wäre wirklich eine große Hilfe, wenn du deinen Kram beisammen halten könntest.«

»Aber wenn Beauregard Sie retten –«

»Ich habe ihn nicht gerettet«, warf der Dämon ein. »Ich habe ihn beschworen. Jetzt muß er mir gehorchen.«

»So, wie *du* ihm einst gehorchen mußtest?«

»Genau. Es hängt immer davon ab, wer eingeschlossen ist und über die Kontrollmagie verfügt. Der Magier hat sich mit Dämonologie befaßt. Jetzt untersteht er unserer Humanologie.«

»Heißt das etwa –«

»Nein, ich werde die Situation nicht mißbrauchen. Mein Interesse gilt der Wissenschaft und nicht der Ironie des Schicksals. Ich gebe diese Vorführung nur, um dich davon zu überzeugen, daß es mehr Magie gibt, als du wahrscheinlich vermutet hast, und daß die Folgen deiner Suche größer sein könnten, als es dir lieb wäre.«

»Ich weiß bereits, daß mich irgend etwas davon abzuhalten versucht«, entgegnete Bink.

»Ja. Eine Art Dämon – und genau da liegt auch das Problem. Die meisten Dämonen verfügen über genausoviel und genausowenig Magie wie die meisten Menschen, aber die Dämonen der Tiefe sind ein anderer Fall. Sie verhalten sich zu normalen Dämonen wie es Magier zu gewöhnlichen Menschen wie du einer bist tun. Es empfiehlt sich nicht, in ihre Domäne einzudringen.«

»Du bist doch selbst ein Dämon«, sagte Chester mißtrauisch. »Warum erzählst du uns das alles?«

»Weil er ein guter Dämon ist«, sagte Juwel. »Er hilft eben anderen Leuten.«

»Weil ich mich um das Wohlergehen Xanths sorge«, erwiderte Beauregard. »Wenn ich davon überzeugt wäre, daß Xanth ohne Menschen besser dran wäre, würde ich darauf hinarbeiten, sie zu eliminieren. Aber obwohl ich manchmal meine Zweifel habe, glaube ich, daß die menschliche Rasse im großen und ganzen einen gewissen Gewinn darstellt.« Er blickte den Magier an. »Einschließlich solcher Gnome wie er da.«

Humfrey stand wortlos da. »Warum läßt du ihn dann nicht frei?« wollte Bink wissen, der dem Dämon noch nicht ganz traute. »Ich kann ihn nicht freisetzen. Das kann nur derjenige, der seinen Behälter besitzt.«

»Aber er ist doch da! Du hast ihn doch aus deiner Flasche herbeigerufen!«

»Meine Magie hat mir eine vorübergehende Gewalt über seine Dienste verschafft. Ich kann ihn nur für kurze Zeit heraufbeschwören und kann ihn nicht bei mir behalten. Wenn ich *seine* Flasche besäße, könnte ich ihn beherrschen, da er so dumm war, sich auf diese Weise einzusperren. Deshalb müßt ihr auch jene Flasche bergen, bevor –«

»Bevor sie zerbricht!« sagte Bink.

»Sie wird niemals zerbrechen. Es ist eine verzauberte Flasche. Ich weiß es, denn ich habe selbst in ihr gelebt und dafür gesorgt, daß sie sicher ist. Nein, die Gefahr besteht darin, daß dein Feind sie als erster findet.«

Bink war entsetzt. »Mein Feind!«

»Denn dann würde dieser Feind den Magier beherrschen und hätte Humfreys gesamtes Wissen zu seiner Verfügung. In einem solchen Fall wären Humfreys Überlebenschancen recht gering, fast so gering wie deine.«

»Ich muß die Flasche haben!« rief Bink. »Wenn ich nur wüßte, wo sie sich befindet!«

»Das ist die Dienstleistung, die ich von ihm verlange«, sagte Beauregard. »Magier, sag Bink, wo du dich genau befindest, damit er dich retten kann.«

»Achtundzwanzig Grad nordwestlicher Breite, einhundertund –«

»Nicht so, du Einfaltspinsel!« unterbrach Beauregard ihn. »Sag's ihm so, daß er was damit anfangen kann!«

»Hm, ja«, meinte Humfrey. »Vielleicht holen wir besser Crombie her.«

»Dann tu's auch!« knurrte der Dämon.

Der Greif erschien neben dem Magier. »He«, sagte Bink erfreut, »wenn er uns deine Richtung von hier aus zeigt, ich meine unsere Richtung von euch aus, dann können wir sie einfach umkehren, um dich zu finden.«

»Das funktioniert nicht«, sagte Beauregard. Doch Crombie wirbelte bereits um seine eigene Achse. Sein Flügel zeigte schließlich genau auf Bink.

»Prima«, sagte Bink. »Dann werden wir in diese Richtung gehen.«

»Geh mal durch den Raum«, sagte Beauregard. »Greif, du hältst die Richtung!«

Verwundert schritt Bink durch den Raum. Crombie bewegte sich nicht, zeigte mit seinem Flügel aber dennoch ununterbrochen auf Bink. »Das ist ja bloß ein Bild!« rief Bink. »Egal, aus welchem Winkel man es betrachtet, es sieht einen immer an.«

»Ganz genau«, sagte der Dämon. »In gewisser Hinsicht handelt es sich bei dieser Beschwörung um ein Bild. Es hat also keinen Zweck, uns an dem Bild zu orientieren. Wir brauchen das Original.«

»Das läßt sich leicht lösen, Dämon«, bellte Humfrey. »Crombie, zeig die Richtung unserer Flasche, gesehen vom Ort der Beschwörung.«

Wie einfach! Die Beschwörung fand *hier* statt, also würde Crombies Ortung die Richtung nach *dort* anzeigen. Aber würde es auch funktionieren?

Der Greif drehte sich wieder und zeigte schließlich von Bink fort nach unten.

»In diese Richtung müßt ihr gehen«, sagte Beauregard mit ernster Stimme. »Bevor ich das Bild jetzt wieder banne: Habt ihr noch eine Frage?«

»Ja, ich«, sagte Chester. »Es geht um mein Talent –«

Beauregard lächelte. »Sehr schlau, Zentaur. Ich glaube fast, du hast den Verstand eines Dämons! In der Tat, jetzt kannst du die gewünschte Information vom Magier erhalten, ohne seinen normalen Preis zahlen zu müssen, sofern dein Gewissen so etwas zuläßt.«

»Nein«, sagte Chester, »ich will gar nicht betrügen! Magier, ich kenne jetzt mein Talent. Aber ich habe bereits einen Teil des Lohns bezahlt und habe noch etwas gut.«

Humfrey lächelte. »Ich habe nie gesagt, daß ich nur eine bestimmte Frage beantworten würde. Such dir eine weitere Frage aus. Das gehört ja zur Abmachung.«

»Prima!« sagte Chester und sah aus wie ein junges Fohlen, das plotzlich auf eine ferne, fette grüne Weide durfte. Er überlegte kurz. »Cherie . . . ich wüßte gerne, welches Talent *sie* hat, sofern sie eines hat. Ein magisches, meine ich.«

»Sie besitzt ein Talent«, sagte Humfrey. »Willst du die Antwort jetzt wissen?«

»Nein. Vielleicht finde ich es ja wieder selbst heraus.«

Der Magier spreizte die Hände. »Wie du willst. Wir sind allerdings nicht gegen Schicksalsschläge gefeit. Wenn du die Frage nicht löst und Bink meine Flasche nicht vor dem Feind findet, dann kann man mich dazu zwingen, die Antwort abzulehnen. Willst du dieses Risiko eingehen?«

»Was soll das heißen, ›vor dem Feind‹?« fragte Bink. »Wie nahe ist der Feind denn –«

»Darüber haben wir ja schon gesprochen«, sagte Beauregard. »Offenbar kann der Magier nicht vor seinem eigenen Wissenstalent geschützt werden. Er hat recht: Die Flasche ist schon weit in Richtung Feindesland getrieben worden, und es ist höchst wahrscheinlich, daß der Feind das auch weiß. Es geht also nicht einfach nur darum, eine verlorengegangene Flasche zu suchen, sondern wir haben es mit einem echten Wettlauf gegen einen aktiven Gegner zu tun.«

»Aber was ist das für ein Gegner?« wollte Bink wissen.

»Magier, verschwinde!« sagte Beauregard. Humfrey und Crombie wurden wieder zu Rauch und verschwanden in der Flasche. »Diese Frage kann ich nicht direkt beantworten. Ich kann dir nur sagen, daß der Gegner eine Art Dämon sein muß. Deshalb bitte ich euch, mir die Peinlichkeit zu ersparen, meine Unwissenheit in Gegenwart meines menschlichen Forschungskollegen zu gestehen. Eine Art berufliche Konkurrenz, könnte man sagen.«

»Berufliche Konkurrenz ist mir völlig egal«, erwiderte Bink. »Der Gute Magier und Crombie sind meine Freunde. Ich muß sie retten.«

»Du bist wirklich loyal«, sagte Juwel bewundernd.

»Du mußt eins begreifen«, fuhr Beauregard fort. »Wenn du dich der Quelle der Magie näherst, wird die Magie der unmittelbaren Umgebung immer stärker, sozusagen in einer Art Exponentialfunktion. Deshalb –«

»Das versteh ich nicht«, sagte Bink.

»Er meint damit, daß die Magie schneller stärker wird, je näher du kommst«, erklärte Chester. Zentauren waren brillante Mathematiker.

»Exakt«, bejahte der Dämon. »Deshalb neigen wir Dämonen, die wir näher an der Quelle leben, auch mehr zur Magie als ihr Randwesen. Aber in der unmittelbaren Umgebung der Quelle ist die Magie viel stärker, als wir begreifen können. Aus diesem Grund kann ich auch deinen Feind nicht identifizieren oder seine Magie beschreiben. Aber es ist jedenfalls wahrscheinlich, daß es sich dabei um stärkere Magie handeln dürfte, als dir jemals zuvor begegnet ist.«

»Ich bin schon reichlich starker Magie begegnet«, sagte Bink zweifelnd.

»Das weiß ich. Und du besitzt selbst eine äußerst starke Magie. Aber das hier – na ja, obwohl ich nie verstanden habe, was du für ein Talent besitzt, ist . . . nun, alles weist darauf hin, daß es bei der Gefahr um deine persönliche Sicherheit geht.«

»Ah, jetzt verstehe ich«, sagte Bink. »Dort, wo ich hingehe, ist die Magie stärker als meine.«

»Genau. Deshalb wirst du auch auf eine Weise angreifbar sein, wie es wohl noch nie der Fall gewesen ist. Deine eigene Magie wird zwar auch stärker, aber nur in einem geometrischen Verhältnis. Deshalb kann sie nicht –«

»Er meint, daß die Magie des Feindes schneller stärker wird als unsere«, erklärte Chester. »Deshalb verlieren wir im gleichen Verhältnis an Kraft.«

»Exakt«, bestätigte der Dämon. »Die Art der Kurve weist

darauf hin, daß das Differential erst dann sehr groß wird, wenn du extrem nahe an der Quelle bist, folglich wird es dich nicht sonderlich behindern, vielleicht merkst du es vorher auch gar nicht. Aber –«

»Wenn ich also weitergehe«, sagte Bink schleppend, »dann werde ich auf einen Gegner treffen, der stärker ist als ich.«

»Korrekt. Weil die Stärke des magischen Feldes in Xanth umgekehrt proportional zur Entfernung variiert, und zwar sowohl für das Individuum als auch für die Umwelt «,

»Was ist denn mit dem magischen Staub?« fragte Chester.

»Der verstärkt tatsächlich die Magie seiner unmittelbaren Umgebung«, stimmte Beauregard ihm zu. »Aber er ist nicht die Hauptverteilungsquelle der Magie. Der Staub ist im Prinzip konvektiv, während die Magie meistens konduktiv ist. Wenn dieses Dorf mit der Arbeit aufhörte, würde die Magie in Xanth nur ganz geringfügig schwächer werden.«

»Dann könnten die Damen sich also ruhig ein wenig ausruhen«, meinte Bink.

»Fahren wir fort: Wegen des Inversionsverhältnisses war der Feind nicht dazu in der Lage, dir auf der Oberfläche zu schaden, obwohl er es eifrig und mit diabolischer Ausdauer versucht hat. Deshalb bin ich auch davon überzeugt, daß du es mit einem Dämon zu tun hast. Aber hier unten kann und wird er überwältigende Magie einsetzen. Deshalb ist es Irrsinn, mit deiner Suche fortzufahren.«

»Ich bin ein Mensch«, sagte Bink.

»Ja, leider. Ein Dämon wäre viel vernünftiger. Aber da du wirklich ein närrischer Mensch eben jener Kategorie bist, wie ich sie in meiner Untersuchung beschrieben habe, wirst du unweigerlich fortfahren und deiner sicheren Vernichtung entgegengehen – und alles nur für deine Ideale und für deine Freunde.«

»Ich muß wohl menschlicher sein als ein Dämon«, meinte Juwel. »Ich finde, er ist edel.«

»Nun schmeichle mir nicht auch noch!« warnte Bink sie. »Das verstärkt höchstens noch die Wirkung des Liebestranks.«

Sie sah ihn zunächst erschrocken an, doch dann wirkte sie auf allerliebste Weise entschieden. »Es tut mir ja leid, daß das

Wasser... ich meine, du bist ja so ein attraktiver, tapferer, anständiger Mann... ich... ich kann nicht sagen, daß es mir wirklich leid täte. Wenn wir zurückkommen, nehme ich vielleicht auch einen Schluck.«

»Ja, aber einer der Gründe, weshalb ich den Magier finden muß, ist der, daß ich ein Gegenmittel brauche«, warf Bink ein. »Ich meine, ganz abgesehen von unserer Freundschaft. Wir hätten Crombie eigentlich auch nach dem Ort des Gegenmittels fragen sollen, damit ich –«

»Ich könnte die beiden noch einmal herbeirufen«, sagte Beauregard. »Aber das würde ich nicht empfehlen.«

»Warum nicht?« fragte Bink.

»Weil der Feind, falls er noch nicht wissen sollte, wo sich die Flasche genau befindet, nicht weiter darauf aufmerksam gemacht werden sollte. Wir wissen nicht, mit welchen Mitteln er dich jetzt beobachtet, seit der Grabbler nicht mehr da ist, aber wir können es uns nicht leisten, davon auszugehen, daß er nachlässig geworden ist. Es wäre besser, zuerst deine Freunde zu retten und dich erst dann um die persönlicheren Angelegenheiten zu kümmern.«

»Ja, das stimmt wohl«, sagte Bink. Er wandte sich an die Nymphe. »Juwel, es tut mir leid, dir noch weiter zur Last zu fallen, aber meine Loyalität gegenüber meinen Freunden hat Vorrang. Ich verspreche dir, sobald wir sie befreit haben –«

»Schon gut«, sagte sie und wirkte überhaupt nicht verärgert.

»Sie könnte ja hierbleiben«, schlug Chester vor. »Oder ihrer Arbeit nachgehen. Wenn wir dann das Gegenmittel haben, können wir damit zurückkehren und –«

»Nein, nur der Schaufler kann euch schnell genug ans Ziel bringen«, entgegnete Juwel. »Und den kann nur ich lenken. Im Flußkanal gibt es eine Menge schlechter Magie, im festen Fels dagegen kaum. Ich komme mit.«

»Ich hatte gehofft, daß du das sagen würdest«, gestand Bink. »Natürlich zählen meine persönlichen Gefühle jetzt nicht, aber –«

Juwel trat zu ihm und gab ihm einen Kuß auf den Mund. »Deine Ehrlichkeit gefällt mir auch«, sagte sie. »Gehen wir.«

Bink, der von diesem ersten freiwilligen Kuß wie vor den

Kopf geschlagen war, mußte sich erst wieder fangen, bis er erneut an ihre Aufgabe denken konnte. »Ja . . . wir müssen uns beeilen.«

»Weiter unten sind die Kobolde ziemlich schlimm«, meinte Beauregard. »An der Oberfläche haben sie ihre Wildheit in den letzten Jahren verloren, aber hier unten hat sich nichts geändert. Solche Kobolde hast du noch nicht gesehen.«

»Wir haben ja keine andere Wahl«, sagte Bink. »Wir müssen eben dorthin.«

»Dann bleibt auf gut erleuchteten Wegen, wenn ihr euch nicht gerade durch den Fels bewegt. Kobolde sind wie Nickelfüßler und mögen kein Licht. Sie werden sich ihm zwar stellen, wenn es sein muß, aber in der Regel meiden sie es.«

Bink drehte sich wieder zu der Nymphe um. »Hast du deswegen Angst vor der Dunkelheit? Kannst du uns auf hellen Pfaden führen?«

Sie nickte. »Ja.«

»Dann schlaft wenigstens eine Runde«, mahnte Beauregard sie. »Wir Dämonen brauchen ja keinen Schlaf im eigentlichen Sinne, aber ihr Menschen könnt ziemlich reizbar werden, wenn ihr –«

»Nein, wir machen uns besser gleich auf den Weg«, sagte Bink. »Ein paar Stunden können schon einen gewaltigen Unterschied machen.«

»Müdigkeit aber auch«, versetzte Beauregard. »Wenn ihr euch der großen Magie stellen müßt, braucht ihr alle eure Kräfte.«

»Ich hab' fast das Gefühl, daß wir hier einen Dämon haben, der gerne einen Rückzieher machen würde«, meinte Chester.

Beauregard spreizte die Hände. »Mag sein, Zentaur. Da ist noch eine Sache, die ich euch noch nicht erzählt habe.«

»Wenn du vorhast, es uns noch zu sagen, dann beeil dich«, drängte Bink. »Denn wir gehen jetzt.«

»Na ja«, sagte der Dämon zögernd. »Ich bin mir gar nicht sicher, daß sich eure Suche ziemt.«

»Nicht ziemt!« explodierte Bink. »Meine Freunde zu retten?«

»Nein, die Quelle der Magie von Xanth ausfindig zu machen.«

»Ich will nur Informationen. Das solltest du, von allen Dämonen, doch wohl verstehen!«

»Nur zu gut«, erwiderte Beauregard. »Information kann der gefährlichste Besitz von allem sein. Denk doch nur mal an die Macht deines Magiers, der sich darauf spezialisiert hat. Angenommen, er wüßte alles über die letzte Urquelle der Magie. Welche Grenzen wären seiner Macht dann noch gesetzt?«

»Humfrey würde Xanth niemals schaden«, protestierte Bink. »Er ist ein *guter* Magier!«

»Aber wenn nun alles über die Quelle in Erfahrung gebracht würde – was würde einen bösen Magier dann davon abhalten, sich dieses Wissen zu verschaffen? Damit könnte er – mit der stärksten Magie überhaupt! – über ganz Xanth herrschen. Oder es vernichten.«

Bink dachte nach. Er erinnerte sich daran, wie ein Böser Magier *tatsächlich* einmal die Krone von Xanth angenommen hatte – und sich als gar nicht so böse herausgestellt hatte. Aber das war auch eine besondere Situation gewesen. Angenommen, ein wirklich böser Mann – oder auch eine Frau – würde zu unvorstellbarer Macht gelangen? »Ich verstehe, was du meinst. Ich werde darüber nachdenken. Vielleicht stoße ich doch nicht ganz bis zur eigentlichen Quelle vor. Aber den Magier muß ich dennoch retten.«

»Ja, natürlich«, meinte Beauregard, aber für einen Dämon sah er ziemlich bekümmert aus.

Sie bestiegen den Schaufler und machten sich auf den Weg in die von Crombie angezeigte Richtung. »Ich kenne die tiefer gelegenen Gebiete nicht so gut«, sagte Juwel. »Aber hier ist eine Menge festes Gestein, da wir nicht so nahe am Fluß sind. Ich werde den Schaufler anweisen, im Fels zu bleiben bis wir am Ziel sind und nur aus dem Fels auszutreten, wo es beleuchtet ist. Ich glaube, ihr könnt euch beim Reiten etwas ausschlafen, während ich den Wurm mit meinem Lied antreibe.«

»Du bist wunderbar«, sagte Bink voller Dankbarkeit. Er lehnte den Kopf an ihren Rücken und wurde von ihrem durch ihre Nähe verstärkten und versüßten Gesang schon bald in den Schlaf gelullt. Der Wurm bohrte unentwegt weiter.

XI

Die Gehirnkoralle

Als der Schaufler anhielt, erwachte Bink mit einem Ruck. »Ich glaube, wir sind da«, krächzte Juwel. Ihre Stimme war vom stundenlangen Singen ganz heiser.

»Du hättest mich schon vorher wecken sollen!« sagte Bink. »Dann hätte ich dem Wurm auch etwas vorsingen können. Du bist ja ganz erschöpft!«

»Dein Kopf ruhte so nett an meiner Schulter, daß ich es einfach nicht über mich gebracht habe, dich zu wecken«, hauchte sie. »Außerdem wirst du alle deine Kräfte brauchen. Ich spüre schon, wie die Magie immer stärker wird.«

Bink spürte es ebenfalls: ein leises Prickeln auf der Haut wie bei dem magischen Staub. Vielleicht bestand der Fels ja sogar aus dem gleichen Material wie der Staub. Doch dann blieb immer noch die Frage, wodurch er mit Magie versehen wurde. »Äh, danke«, sagte er verlegen. »Du bist eine süße Nymphe.«

»Na ja . . .« Sie drehte den Kopf zu ihm um, wodurch sie sich leicht küssen ließ. Sie duftete nach besonders prächtigen Rosen. Auch diese Magie wurde deutlich verstärkt. Bink beugte sich vor, atmete den herrlichen Duft ein, führte seine Lippen an die ihren –

Da wurden sie von der plötzlich auf der Seeoberfläche auftauchenden Flasche unterbrochen. Irgend etwas war an dem Gefäß befestigt, ein Stück Bindfaden oder Teer –

»Grundy!« schrie Bink.

Der Golem blickte auf. »Wird auch Zeit, daß ihr endlich kommt! Hol die Flasche ein, bevor –«

»Kann man in dem See auch schwimmen?« fragte Bink. Das Leuchten des Wassers mochte vielleicht Kobolde abhalten, aber deshalb war es für Menschen noch nicht unbedingt sicher.

»Nein«, sagte Juwel. »Das Wasser wirkt auf die meisten Lebewesen wie schleichendes Gift. Wenn man etwas davon trinkt, ist das nicht weiter schlimm, sofern es oben ist, wo es von der Oberflächenströmung verdünnt wird. Aber hier unten, wo es sehr viel mehr Magie aufgenommen hat –«

»Also gut, es wird nicht geschwommen«, sagte Bink. »Chester, kannst du sie mit dem Lasso einholen?«

»Zu weit weg«, sagte der Zentaur. »Wenn die Strömung sie allerdings näher ans Ufer treibt, dann ist es ein Kinderspiel.«

»Beeilt euch lieber!« rief Grundy. »Da unten im See ist irgend etwas –«

»Die Strudelungeheuer leben auch in einem See«, sagte Chester. »Glaubst du, daß der Feind –«

Bink begann, sich auszuziehen. »Ich glaube, ich schwimme besser hinaus und hole die Flasche sofort. Wenn der See mir schadet, kann der Magier mir immer noch einen Tropfen von seinem Heilelixier verabreichen. Das müßte hier auch stärker wirken.«

»Tu das nicht!« rief Juwel. »Dieser See ... ich glaube, du würdest nicht einmal bis zur Flasche kommen. Komm, ich lasse den Schaufler durchs Wasser bohren. Wenn er am Bohren ist, kann ihm nichts anhaben.«

Sie lenkte den Wurm heiser singend ins Wasser. Er fuhr seinen kreisförmigen Flansch aus, um einen Tunnel durch das Naß zu schaffen, genau wie beim Fels. Er bewegte sich sehr langsam, bis Chesters Flöte erschien und einen strammen, schönen Marsch blies. Die Flöte wirkte größer und heller als zuvor, und ihr Klang war auch lauter: noch mehr Magieverstärkung. Der Schaufler beschleunigte sein Tempo und krümmte sich im Takt zusammen, um sich dann wieder zu strecken.

Zielstrebig bewegte er sich auf die Flasche zu. »Danke, Zentaur«, flüsterte Juwel.

»Beeilung! Beeilung!« schrie der Golem. »Die Koralle weiß um... sie versucht... ist... HILFE! SIE TAUCHT AUF, UM MICH ZU HOLEN!«

Dann stieß Grundy auch schon einen entsetzlichen Schrei aus, als verspürte er menschlichen Schmerz. »Ich bin noch nicht wirklich!« rief er, nachdem der Schrei bis in sein Innerstes durchgedrungen war. »Ich bin immer noch ein Golem, nur ein Ding aus Bindfaden und Gummi. Ich kann kontrolliert werden. Ich –«

Er brach ab, schrie erneut auf und fuhr in leiserem Ton fort. »Ich bin erledigt.«

Bink verstand nicht, worum es ging, und hatte doch das flaue Gefühl, daß er dem Golem irgendwie hätte helfen müssen, gegen – ja, gegen was eigentlich? Irgendeine Ermutigung hätte er ihm geben können, eine Erinnerung an die Gefühle, die Grundy offensichtlich ja doch besaß. Vielleicht hätte der Golem gegen sein eigenes Entsetzen ankämpfen können, wenn –

Jetzt hatte der Wurm fast die Flasche erreicht. Hastig klammerte Grundy seine Bindfadenarme um den Korken, stemmte die Füße gegen den Flaschenhals und zerrte am Korken. »Bei der Macht der Gehirnkoralle, kommt heraus!« keuchte er.

Der Korken sprang aus der Flasche. Rauch schoß hervor, wurde zu einem Wirbelwind, zu einer Kugel, und verdichtete sich schließlich zu dem Guten Magier und dem Greif. »Grundy hat sie gerettet!« rief Chester, und seine Flöte verstummte.

»Flieg ans Ufer!« schrie Bink. »Nicht das Wasser berühren!«

Humfrey packte Crombie, der seine Flügel ausbreitete und, zuerst etwas unsicher, dann aber immer zielstrebiger ans Ufer flog.

Bink rannte auf sie zu, als sie selbst wieder am Ufer angekommen waren. »Wir haben uns solche Sorgen gemacht! Wir hatten schon befürchtet, daß der Feind euch zuerst erwischen würde.«

»Das hat der Feind auch«, sagte Humfrey und griff nach einer Flasche, während er den Greif losließ. »Mach kehrt, Bink! Gib die Suche auf, dann wird dir nichts geschehen!«

»Die Suche aufgeben?« rief Bink verwirrt. »Gerade jetzt, wo ich so kurz vorm Ziel bin? Sie wissen doch, daß ich das nie tun würde!«

»Ich diene zwar einem neuen Meister, aber ich habe trotzdem noch gewisse Skrupel«, sagte Humfrey. Jetzt hatte er etwas Finsteres und Bedrohliches an sich. Noch immer war er ein kleiner, gnomenhafter Mann, aber darin war nichts Lustiges mehr. Sein Blick glich eher dem eines Basilisken als dem eines Menschen: ein kaltes, tödliches Starren. »Es ist wichtig, daß du verstehst, was los ist. Diese Flasche wurde durch das Tun der Wesenheit geöffnet, die unter diesem See haust. Es ist ein Wesen von gewaltiger Intelligenz und Magie und von großem Bewußtsein, aber es fehlt ihm die Möglichkeit der Bewegung. Es ist die Gehirnkoralle, die durch andere Helfer agieren muß, um ihr hehres Ziel zu erreichen.«

»Der – Feind?« fragte Bink entsetzt. »Der mir das magische Schwert geschickt hat, und den Drachen, und den Grabbler –«

»Und zahllose weitere Hindernisse, von denen die meisten durch dein Talent schon beseitigt wurden, bevor sie sich überhaupt manifestieren konnten, ja. Die Koralle kann kein bewußtes, intelligentes, lebendes Wesen direkt beherrschen. Sie muß durch Suggestionen handeln, die den Anschein haben, als entstammten sie dem eigenen Willen des jeweiligen Geschöpfs. Deshalb hat der Drache dich gejagt, hat der Grabbler dich ausspioniert, deshalb kam es auch zu den anderen scheinbar zufälligen Komplikationen. Doch dank deines Talents hast du fast alles ohne jede Schramme überlebt. Die Sirene hat dich zwar angelockt, aber die Gorgone hat dich nicht zu Stein verwandelt. Die Midasfliege wurde abgelenkt und fand ein anderes Opfer, der Fluch der Strudelungeheuer hat dich verfehlt. Doch jetzt, im Herzen der Magie der Koralle, bist du endlich ausgeschaltet. Du mußt umkehren, weil –«

»Aber *Sie* kann sie doch nicht kontrollieren und beherrschen!« wandte Bink ein. »Sie sind doch ein Mensch, ein intelligenter Mensch, ein Magier!«

»Sie hat den Golem übernommen, wahrscheinlich nur, weil Grundys Wirklichkeit noch nicht vollständig ist und die Magie der Koralle hier am stärksten ist. Sie hat den Golem dazu bewegt, die Flasche zu öffnen. Crombie und ich sind dem Besitzer der Flasche untertan. Dabei macht es nichts, daß die Flasche im Augenblick auf der Seeoberfläche treibt. Die Beschwörung hat im Namen der Gehirnkoralle stattgefunden und ist bindend.«

»Aber –« protestierte Bink, konnte aber nicht fortfahren, weil er seinen Gedanken nicht in Worten auszudrücken wußte.

»Das war der erbittertste Kampf von allen«, fuhr Humfrey fort, »die Jagd nach dem Besitz der Flasche. Der Koralle ist es gelungen, sie aus deiner Kleidung zu entwenden, aber deine Magie bewirkte, daß der Korken sich lockerte, so daß wir im Begriff waren, herauszugelangen. Das lag am Fluch der Strudelungeheuer, der dir durch einen scheinbaren, geradezu unglaublichen Zufall zu Hilfe kam. Er hat die Flasche im Strudel durchgeschüttelt. Aber die Koralle hat den Korken mit Hilfe einer starken Strömung wieder hineingedrückt, so daß Grundy draußen gefangen war. Deine Magie hat wiederum dafür gesorgt, daß der magische Spiegel sich in der Öffnung verklemmte und zerschmettert wurde. Mit Hilfe der Scherben konnten wir in Verbindung bleiben. Da sorgte die Magie der Koralle dafür, daß du deine Scherbe verlorst. Doch deine Magie führte euch zu Beauregard, der die Verbindung wieder herstellte. Fast hättet ihr die Flasche noch rechtzeitig erreicht, indem aus der Schwächung durch deine Verliebtheit eine Stärke wurde – da hat dein Talent die Koralle wirklich geschickt ausmanövriert! –, aber hier ist die Magie der Koralle stärker als deine, deshalb hat sie die Flasche als erste in ihre Gewalt gebracht. Es war äußerst knapp. Tatsächlich befanden sich eure beiden Talente im Patt-Zustand. Aber jetzt verfügt die Koralle durch den Besitz der Flasche über Crombie und mich. Unsere ganze Kraft steht jetzt zu ihrer Verfügung, also hast du verloren.«

Chester stellte sich neben Bink. »Dann sind Sie also zum Feind geworden«, sagte er schleppend.

»Nicht wirklich. Nun, da wir die Sicht der Koralle kennen, wissen wir, daß sie auf der Seite der Vernunft ist. Bink, deine Suche ist gefährlich, nicht nur für dich, sondern für das ganze Land Xanth. Du *mußt* aufgeben, glaub mir!«

»Ich glaube Ihnen nicht«, erwiderte Bink grimmig. »Jetzt nicht mehr, wo Sie zur anderen Seite übergewechselt sind.«

»Ich auch nicht«, sagte Chester. »Zaubern Sie sich in die Flasche zurück, dann werden wir die Flasche einholen, und Sie in unserem Namen freilassen. Wenn Sie das Ganze dann noch einmal wiederholen, dann werde ich Ihnen auch zuhören.«

»Nein.«

»Das habe ich mir gedacht«, sagte Chester. »Ich habe diese Mission in Ihrem Dienst unternommen, Magier, aber ich habe nie meine Antwort von Ihnen eingefordert. Ich kann Ihren Dienst jederzeit quittieren, wenn ich will. Aber ich werde diese Suche nicht einfach preisgeben, nur weil irgend so ein verstecktes Ungeheuer Sie so erschreckt hat, daß Sie es sich anders überlegt haben.«

»Deine Haltung ist verständlich«, sagte Humfrey überraschend milde. »Ich habe, wie du richtig sagst, keinen Anspruch auf deine Dienste. Aber ich bin dazu verpflichtet, euch beide darauf hinzuweisen, daß wir, wenn wir euch nicht mit Vernunftgründen überzeugen können, euch mit materiellen Mitteln an der Ausführung eures Planes hindern müssen.«

»Sie würden richtig gegen uns kämpfen?« fragte Bink ungläubig.

»Wir würden es vorziehen, nicht zur Gewalt greifen zu müssen«, sagte Humfrey. »Aber es ist von größter Wichtigkeit, daß ihr aufgebt. Hört auf, brecht eure Suche ab, dann wird nichts geschehen.«

»Und wenn wir nicht aufgeben?« fragte Chester und blickte Crombie kampflustig an. Es war offensichtlich, daß der Zentaur nichts dagegen gehabt hätte, sich mit dem Greif zu messen.

»In diesem Fall müßten wir euch ausschalten«, sagte Humfrey ernst. So klein er von Statur auch sein mochte, blieb er doch immer noch ein Magier, und sein Satz jagte Bink einen häßlichen Schauer über den Rücken. Niemand konnte es sich erlauben, die Drohung eines Magiers zu mißachten.

Bink stand zwischen unschönen Alternativen. Wie konnte er gegen seine Freunde kämpfen, die er doch so verzweifelt zu retten versucht hatte? Doch wenn sie unter dem Zauber des Feindes standen, wie konnte er es sich dann leisten, ihrer

Forderung nachzugeben? Wenn er doch nur bis zu der Gehirnkoralle vorstoßen könnte, um sie zu vernichten, dann würden seine Freunde von ihrem unheilvollen Einfluß frei sein! Doch die Koralle befand sich tief unter dem giftigen Wasser und war unerreichbar. Es sei denn –

»Juwel!« rief er. »Schick den Schaufler hinunter, um die Koralle zu durchbohren!«

»Das kann ich nicht, Bink«, erwiderte sie traurig. »Der Schaufler ist nicht wiedergekehrt, nachdem wir ihn hinter der Flasche hergeschickt haben. Jetzt stehe ich mit meinem Eimer voller Edelsteine hier.« Wütend schleuderte sie einen Diamanten ins Wasser. »Nicht einmal vernünftig einpflanzen kann ich sie jetzt noch!«

»Der Wurm ist fortgeschickt worden«, sagte Humfrey. »Nur die Vollendung eurer Suche kann die Koralle vernichten – zusammen mit ganz Xanth. Geht jetzt, oder ihr tragt die Konsequenzen!«

Bink blickte Chester an. »Ich will ihm nicht wehtun. Vielleicht kann ich ihn ja zu Boden schlagen und aus der Reichweite der Koralle zerren –«

»Während ich mich um Vogelschnabel kümmern muß«, sagte Chester mit geheuchelter Trauer.

»Ich will kein Blutvergießen!« rief Bink. »Es sind unsere Freunde, die wir retten müssen.«

»Ja, wahrscheinlich«, sagte Chester zögernd. »Ich werde versuchen, den Greif zu lähmen, ohne ihm allzu sehr wehzutun. Vielleicht rupfe ich ihm ja nur ein paar Federn aus.«

Bink begriff, daß das der größte Kompromiß war, zu dem er Chester bewegen konnte. »Also gut. Aber hör auf, sobald er aufgibt!«

Dann drehte er sich wieder zu Humfrey um. »Ich beabsichtige, meine Suche fortzusetzen. Ich fordere Sie auf, zu gehen und uns nicht aufzuhalten. Es schmerzt mich, auch nur an einen Kampf zwischen uns zu denken, aber –«

Humfrey nestelte an seinem Flaschengürtel und holte ein Fläschchen hervor. »O nein!« rief Bink und machte einen Satz nach vorn. Doch der Abscheu, seinen Freunden körperliche Gewalt antun zu sollen, bremste ihn, so daß er zu spät kam.

Der Korken sprang aus der Flasche, und der Rauch verdichtete sich zu einem – grünen Poncho, der flatternd zu Boden fiel.

»Falsche Flasche«, brummte der Magier und entkorkte ein weiteres Fläschchen.

Bink, der einen Augenblick lang erstarrt war, begriff, daß er dem Magier nur dann beikommen konnte, wenn er ihn von seinem Flaschenarsenal trennte. Binks Talent mochte zwar dabei geholfen haben, daß Humfrey die Flaschen verwechselte, aber darauf konnte man sich nun auch nicht mehr verlassen. Bink zog sein Schwert in der Absicht, den Gürtel des Magiers zu durchtrennen – doch dann wurde ihm klar, daß dies wie ein mörderischer Angriff aussehen würde. Wieder zögerte er – und wurde von dem sich verdichtenden Dampf gebremst. Plötzlich standen dreizehn schwarze Katzen vor ihm und fauchten ihn bösartig an.

Bink hatte noch nie eine artreine Katze gesehen. Er hatte immer gedacht, daß die Katze eine ausgestorbene Tierart sei. So stand er da und starrte sie unschlüssig an. Würde diese Tierart endgültig (oder erneut) aussterben, wenn er die dreizehn Katzen tötete?

In der Zwischenzeit waren der Zentaur und der Greif in ein Handgemenge verwickelt. Es war von Anfang an ein harter Kampf, trotz Chesters Versprechen. Er hatte seinen Bogen gezückt, und nun schwirrte ein Pfeil durch die Luft. Doch Crombie war ein erfahrener Soldat und wartete nicht erst, bis der Pfeil sein Ziel erreicht hatte. Er sprang beiseite, breitete die Flügel aus und knallte sie mit einem Luftstoß wieder zusammen. Er schoß schräg empor, und der Pfeil zischte unter seinen Schwanzfedern hinweg. Dann stürzte er sich kreischend und mit ausgefahrenen Krallen auf Chester hinab.

Sofort hatte Chester Bogen mit Seil vertauscht. Er warf eine Schlinge empor, die die Flügel seines Gegners umschlang und sich schloß. Er zog an seinem Seil, so daß Crombie in einem Viertelkreis herumgerissen wurde. Der Zentaur war etwa dreimal so schwer wie sein Gegner und konnte ihn auf diese Weise mühelos in Schach halten.

Eine schwarze Katze sprang Bink an, was ihn dazu zwang, sich auf seinen eigenen Kampf zu konzentrieren. Mit einem

Reflex schwang er sein Schwert herum – und durchtrennte das Tier säuberlich in zwei Teile.

Entsetzt erstarrte er. Er hatte nicht vorgehabt, es zu töten! Solch ein seltenes Wesen! Vielleicht waren das die letzten Katzen, die im Lande Xanth noch existieren, einzig erhalten durch die Magie des Magiers.

Doch zwei Dinge brachten ihn dazu, seine Einstellung zu ändern. Erstens starben die beiden Katzenhälften nicht, sondern verwandelten sich in kleinere Katzen. Es war also gar keine echte Katze, sondern eine Pseudokatze, die aus Lebenslehm gebildet und mit einem Katzen-Wesen versehen worden war. Bink brauchte sich über ihre Ausrottung also keine ernsten Sorgen zu machen. Und zweitens war eine andere Katze gerade dabei, ihn in den Fußknöchel zu beißen.

Mit einem plötzlichen Schrei der Erleichterung und des Zorns wütete Bink mit seiner Klinge unter den Angreifern. Er schnitt die Katzen in Stücke: in Hälften, in Viertel, in Achtel, und jeder Teil wurde zu einer kleineren Katze, die ihn erneut heftig angriff. Das war wie der Kampf gegen die Hydra – nur daß er diesmal kein Umkehrzauberholz dabei hatte, das er hätte verfüttern können, und es war auch kein Faden da, den er hätte durchtrennen können. Es dauerte nicht lange, und hundert winzige Katzen machten sich wütend über ihn her wie die Ratten. Kurz darauf waren es schon tausend, die ihn wie Nickelfüßler ansprangen. Je mehr er kämpfte, um so schlimmer wurde seine Lage. Wenn er doch nur ein Mittel gegen diese hydraähnliche Verdoppelungsmagie hätte –

»Bink, sei doch vernünftig!« rief Chester und stampfte nach einigen Katzen, die in sein Terrain vordrangen. »Schmeiß sie doch in den Tümpel!«

Natürlich!

Bink beugte sich vor und wischte mit der Breitseite seiner Klinge Dutzende von daumennagelgroßen Katzen in den See. Zischend platschten sie ins Wasser und versanken zappelnd. Ob sie ertranken oder vergiftet wurden, konnte Bink nicht sagen, jedenfalls kehrten sie nicht wieder zurück.

Während er sich siegreich seinen Weg bahnte, blickte Bink zwischendurch zu Chester und Crombie hinüber. Denn wenn

Chester etwas zustoßen sollte, würde er es mit einem weiteren Gegner zu tun haben.

Crombie, der zunächst gefesselt und unbeweglich war, durchtrennte das Seil mit seinem Schnabel, breitete die Schwingen mit einem explosiven Geräusch auseinander, stieß ein herausforderndes Krächzen aus und machte eine Dreifachattacke auf Chester: mit Schnabel, Krallen und Klauen.

Der Zentaur, der vom plötzlichen Reißen des Seils aus dem Gleichgewicht gebracht worden war, taumelte. Seine Pferdeschulter prallte gegen einen Stalagmiten, und als der Greif ihn berührte, brach der Stalagmit. Bink zuckte zusammen, doch da stellte sich heraus, daß der Stalagmit für Crombie ein wesentlich größeres Problem darstellte als für Chester. Die Spitze stürzte auf den linken Flügel des Greifs und drückte ihn zu Boden, so daß Crombie mit dem anderen Flügel heftig flattern mußte, um sich wieder aufzurichten.

Chester erhob sich, eine Klauenwunde im Gesicht, wo der Greif knapp sein Auge verfehlt hatte. Doch nun packte er die beiden Vorderbeine des Greifs. »Hab ich dich, Vögelchen!« rief er. Doch er konnte sein Schwert in dieser Haltung nicht benutzen, deshalb versuchte er, den Greif gegen die Basis des abgebrochenen Stalagmiten zu schlagen.

Crombie krächzte und schlug mit seinen Hinterbeinen nach dem Zentauren, die diesem beinahe seine menschlichen Eingeweide ausgerissen hätten, aber ihr Ziel zum Glück verfehlten. Chester ließ ihn hastig fahren und schleuderte ihn weit von sich. Dann griff er erneut nach Pfeil und Bogen. Doch der Greif spreizte seine Flügel, um seinen Flug zu bremsen, schlug einen Salto und kam wieder auf ihn zugeschossen, bevor Chester den Pfeil einlegen konnte.

Bink hatte die winzigen Katzen in seiner Umgebung mittlerweile beseitigt, doch der Gute Magier hatte inzwischen Zeit gehabt, eine weitere Flasche zu zücken und zu öffnen. Diesmal verdichtete sich der Dampf zu einem Haufen hellroter Kirschbomben. O nein! Bink hatte mit diesen gewalttätigen kleinen Früchten bereits im Palastgarten seine Erfahrungen sammeln dürfen. Wahrscheinlich stammten sie sogar vom selben Baum. Wenn auch nur eine davon treffen sollte –

Er sprang Humfrey an und erwischte seinen Arm, bevor der Magier werfen konnte. Humfrey wehrte sich verzweifelt, und beide stürzten zu Boden. Der Gürtel des Magiers riß, und eine bunte Sammlung Flaschen rollte über den Boden. Einige der Korken platzten heraus. Die Kirschbomben kullerten davon und verschwanden im See, wo sie harmlos verpufften und kleine Dampfwolken erzeugten. Eine davon rollte in Juwels Edelsteinkorb.

Die Explosion schleuderte die Edelsteine durch die ganze Höhle. Diamanten flogen Bink um die Ohren. Eine riesige Perle traf den Magier auf der Brust, während Opale unter Chesters Hufe gerieten. »Nein!« schrie Juwel entsetzt. »So soll man das aber nicht machen! Man muß jeden am richtigen Ort einpflanzen!«

Bink tat es wegen der Edelsteine zwar leid, aber im Augenblick hatte er wichtigere Probleme. Die neuen Flaschen spien die verwirrendsten Gegenstände aus.

Als erstes erschien ein Paar Flügelschuhe. »Also *da* habe ich sie hingesteckt!« rief Humfrey. Doch bevor er nach ihnen greifen konnte, waren sie schon davongeflogen. Aus der nächsten Flasche kam eine Sanduhr, die beinahe ausgelaufen war, eine harmlose Sache also. Dann kam eine Kollektion exotisch aussehender Samenkörner, von denen manche wie riesige Flachfischaugen aussahen, andere wie Salz und Pfeffer, wiederum andere wie einflügelige Fliegen. Sie flatterten umher, rollten auf dem Boden entlang, gerieten knirschend unter die Stiefel und hafteten am Körper, stellten aber keine unmittelbare Gefahr dar.

Unglücklicherweise gaben aber auch die anderen Flaschen ihre Dämpfe von sich. Es kam ein Müllkübel zum Vorschein (so hielt der Magier also sein Schloß sauber: Er kehrte einfach alles in eine Flasche!), ein Sack Superdünger, ein Miniatur-Gewitter und eine kleine Nova. Nun hatten die Samen Nahrung, Wasser und Licht. Sie dehnten sich aus, Keimlinge schossen hervor. Wurzeln griffen nach Steinen und Müll. Stengel wuchsen mit rasender Geschwindigkeit empor und bildeten einen dichten, bunten Teppich. Kurz darauf waren Bink und der Magier von einem sich unglaublich schnell ausdehnenden kleinen Urwald umgeben. Lianen schlangen sich um ihre Füße, Äste piekten sie, und Blätter verdeckten ihnen die Sicht.

Bald darauf begannen die Gewächse zu blühen. Nun konnte man sie auch bestimmen: Frauenschuhstauden brachten die allerfeinste Damenfußbekleidung hervor, so daß Juwel entzückt aufschrie und sich ein Paar abpflückte. Knöterichpflanzen bildeten die kompliziertesten Knoten: Schleifen, Taljereep, Klinsch, Henkersknoten und einen halben Stek. Bink mußte schnell umhertänzeln, um nicht verschnürt zu werden.

Der Magier war damit beschäftigt, den schnappenden Fängen des Hundsveilchens und Löwenzahns auszuweichen, während das Habichtskraut im Sturzflug seinen Kopf angriff. Bink hätte gerne gelacht, hatte aber selbst genug zu tun. Eine Goldrute versuchte, ihn mit ihrer metallischen Spitze aufzuspießen, während eine Sonnenblume seine Augen blendete. Die Nova wurde nicht mehr gebraucht: Die Höhle war inzwischen taghell erleuchtet, und das würde auch so lange so bleiben, bis die Sonnenblume ihre Samen abgab.

Bink konnte gerade noch rechtzeitig einem glitzernden Pfeilkraut ausweichen – doch da rutschte er auf einer glitschigen fetten Butterblume aus und setzte sich mit voller Wucht auf einen matschigen Stinkkohl. Plötzlich war er von ekligem Gestank eingehüllt.

Aber was hatte er denn auch erwartet? Die Gehirnkoralle hatte seine Schutzmagie ausgelöscht. Bink war auf sich selbst angewiesen und mußte zusehen, wie er zurechtkam. Wenigstens erging es Humfrey auch nicht besser. Im Augenblick wurde ihm von einem Flecken Feuerkraut ordentlich eingeheizt. Er riß eine Wasserlilie ab und goß ihr Wasser darauf, um das Feuer zu löschen. In der Zwischenzeit wurde er von Malven mit roten, grünen und blauen Farbstreifen bemalt. An seinen Kleidern klebten vereinzelte Diamanten aus Juwels Sammlung.

Das alles führte ja zu nichts! Bink bahnte sich mit Gewalt seinen Weg durch den Miniaturdschungel – da sah er plötzlich den Gürtel des Magiers mit den restlichen Flaschen. Wenn er diese in seine Gewalt bringen konnte, dann war ihm Humfrey hilflos ausgeliefert.

Doch da kam der Magier, mit Hahnenfuß übersät, selbst aus dem Blattwerk gestürzt. Er wischte den Hahnenfuß ab, und die Füße machten sich davon. Humfrey sprang im gleichen Augenblick auf seinen Gürtel zu wie Bink.

Bink packte den Gürtel, und es kam zu einem Tauziehen. Weitere Flaschen fielen auf den Boden. Eine davon gab einen ganzen Kessel Erbsensuppe von sich, der prompt umkippte. Gierig leckten die Urwaldwurzeln das Naß auf. Dann entdeckte Bink einen dampfenden Reispudding und schleuderte ihn gegen den Magier – doch der war schneller und hatte bereits eine Hackfleischpastete nach Bink geworfen, die ihn voll im Gesicht traf und ihm zum Teil die Sicht raubte. Bink wirbelte sein Schwert und versuchte, den Magier abzuhalten, bis er sich die Augen wieder freigewischt hatte. Seltsamerweise konnte er im Augenblick den Kampf zwischen dem Zentauren und dem Greif wesentlich besser wahrnehmen als seinen eigenen Gegner.

Chesters menschlicher Oberkörper war inzwischen von blutenden Kratzwunden übersät. Doch eines von Crombies Vorderbeinen war gebrochen und eine seiner Schwingen war zur Hälfte nacktgerupft. Das mußte aber wirklich ein wilder Nahkampf gewesen sein!

Nun jagte der Zentaur seinen Gegner mit dem Schwert in der Hand, während der Greif in abgehackten Kreisen umherflatterte und nach einer Ausfallmöglichkeit suchte. Trotz Binks Ermahnung kämpften die beiden offenbar um Leben und Tod. Wie sollte er sie aufhalten?

Der Magier fand eine Flasche und öffnete sie. Bink trat vorsichtig vor – doch es war schon wieder ein Irrtum. Eine gewaltige Schale Yoghurt erschien, die so aussah und so roch, als habe sie zu lange in der Flasche gelagert. Der Yoghurt war verdorben. Sanft floß er auf den See zu. Sollte die Gehirnkoralle ihn doch mal probieren! Humfrey hatte bereits eine weitere Flasche in der Hand. Diese Irrtümer waren weniger das Ergebnis von Binks Talent als des reinen Glücks: Humfrey schien an die hundert Dinge in seinen Flaschen aufzubewahren (es hieß ja auch, daß er über hundert Zauber verfüge), nur wenige davon waren für einen Kampf geeignet, und nun bildeten sie alle ein heilloses Ducheinander. So waren die Chancen, daß er etwas wirklich Gefährliches hervorholen würde, sehr gering.

Doch diese Chancen ließen sich auch überwinden. Das Fläschchen brachte ein Krakengewächs hervor, das sich wütend auf Bink stürzte, von ihm aber mit einem einzigen Schwerthieb zerteilt wurde. Er wußte jetzt, daß er die Situation nun würde beherrschen können. Es gab nichts in Humfreys Flaschen, das es mit seinem verheerenden Schwert hätte aufnehmen können.

Verzweifelt öffnete Humfrey Flasche um Flasche. Drei tanzende Feen erschienen und schwebten mit ihren durchsichtigen, pastellgetönten Schwingen umher. Doch die waren harmlos und flogen schon kurz darauf zu Juwel hinüber, die ihnen auftrug, die verstreuten Edelsteine wieder einzusammeln. Ein Päckchen Hustenbonbons materialisierte, platzte aber viel zu nahe neben dem Magier, der sofort einen Hustenanfall bekam. Doch da erschien ein Flügeldrache.

Flügeldrachen waren zwar klein, aber selbst der kleinste Drache war immer noch gefährlich. Bink sprang auf ihn zu und wollte seinen Hals treffen. Das gelang ihm auch – doch die harten Schuppen des Ungeheuers ließen sein Schwert abgleiten. Der Drache sperrte das Maul auf und stieß Bink einen heißen Dampfstrahl ins Gesicht. Bink wich tänzelnd zurück – dann sprang er vor und rammte dem Drachen mit aller Gewalt sein Schwert in den Rachen. Die Klinge durchbohrte den Gaumen des Ungeheuers und durchstieß ihm das Gehirn. Mit einem Schmerzensbrüllen sackte der Drache zusammen, und Bink zog sein Schwert wieder heraus.

Bink wußte, daß er Glück gehabt hatte – und das war echtes Glück gewesen, nicht sein aktiviertes Talent. Das Problem bei solchem Glück war allerdings, daß es keine Günstlinge kannte. Das nächste Mal konnte es auf der Seite des Gegners sein. Er mußte die Sache zu Ende bringen, bevor es wieder dazu kam.

Doch inzwischen hatte der Magier wieder in seiner Flaschensammlung gestöbert. Er suchte offensichtlich irgend etwas Bestimmtes, hatte aber Schwierigkeiten, es in dem Durcheinander zu finden. Doch jede Schlappe verringerte die Zahl der möglichen Flaschen und erhöhte seine Erfolgschancen. Als

Bink sich wieder Humfrey zuwandte, erschien gerade ein Satz langer Winterunterwäsche, eine Anzahl zerlesener Comicbücher, eine hölzerne Treppenleiter, eine Stinkbombe und ein Schock magischer Schreibfedern. Bink mußte laut lachen.

»Bink – paß auf!« rief Chester.

»Das ist doch nur ein Abendkleid«, sagte Bink, nachdem er einen kurzen Blick auf den nächsten Gegenstand geworfen hatte. »Das tut nicht weh.«

»Aber dahinter verbirgt sich ein Böser Blick!« schrie Chester.

Oh! *Das* hatte Humfrey also gesucht! Bink packte das Abendkleid und benutzte es als Schild gegen die tödliche Gefahr.

Ein Lichtstrahl schoß hervor, an Bink vorbei – und erwischte den Zentauren. Halb betäubt geriet Chester ins Torkeln – da stürzte sich der Greif zum tödlichen Angriff auf ihn. Mit seinem Schnabel versuchte er, auf Chesters geblendete Augen einzuhacken, so daß der Zentaur ihm rückwärts ausweichen mußte.

»Nein!« schrie Bink verzweifelt.

Doch es war wieder einmal zu spät. Bink begriff plötzlich, daß er sich wohl viel zu lange auf sein Talent verlassen hatte, so daß er auf spontane Zufälle viel zu träge reagierte. Chesters Hinterhufe rutschten an der Uferkante ab, und mit einem entsetzten Wiehern stürzte der Zentaur rücklings in das schlimme Wasser des Sees.

Die schlammigen Fluten schlossen sich über Chesters Kopf, und der Zentaur verschwand lautlos. Bink hatte seinen Freund und Verbündeten verloren.

Doch für Trauer hatte er jetzt keine Zeit. Humfrey hatte eine weitere Flasche entdeckt. »Jetzt habe ich dich, Bink! In dieser ist ein Schlaftrunk!« rief er und hielt sie hoch.

Bink wagte es nicht, ihn anzugreifen, weil das Auge des Bösen Blicks immer noch zwischen ihnen schwebte, von Binks schwachem Stoffschild abgehalten. Er konnte die Umrisse des Auges unscharf durch den schleierähnlichen Stoff erkennen und mußte sich ständig hin und her bewegen, um jeden Blickkontakt zu vermeiden. Doch dieser Schlaftrunk ließ sich nicht mit einem bißchen Stoff abwehren!

»Bink, gib auf!« rief Humfrey. »Dein Verbündeter ist fort und meiner schwebt hinter dir, das Auge hält dich in Schach, und der Schlaftrunk kann dich dort, wo du stehst, treffen. Gib auf, dann wird die Koralle dir dein Leben schenken!«

Bink zögerte – und spürte den Luftstrom von Crombies flatternden Schwingen hinter sich. Er fuhr herum, erblickte die vor Angst völlig starr dastehende Nymphe und erkannte blitzartig, daß die Koralle ihr humanes Versprechen noch im gleichen Augenblick gebrochen hatte, als Humfrey es aussprach.

Bis jetzt hatte Bink einen notwendigen, wenn auch ungewollten Kampf gekämpft. Doch nun packte ihn mit einem Schlag die Wut. Sein Freund war tot, ihn selbst hatte man verraten – warum sollte er jetzt noch Gnade walten lassen? »Dann schau dir das böse Auge doch ruhig mal an!« rief er Crombie zu und riß das Kleid beiseite. Crombie wandte sofort den Kopf ab, worauf Bink ihn rasend mit dem Schwert angriff.

Jetzt hieß es Schwert gegen Klauen und Schnabel – wobei keiner der beiden Kämpfenden es wagte, dem Magier auch nur einen Blick zuzuwerfen. Bink wedelte mit dem hellen Kleid, um Crombie abzulenken und wickelte sich den Stoff schließlich um seinen linken Arm, um ihn vor den Klauen zu schützen. Der Greif konnte nur mit seiner linken Vorderpranke angreifen. Seine zerfetzten Flügel machten Nahkampfflugmanöver unmöglich, so daß er sich mit seinen Hinterbeinen abstützen mußte. Doch Crombie besaß immer noch den tödlichen Körper eines Greifs und den kampferprobten Verstand eines Soldaten, und er war der schlaueste und wildeste Gegner, dem er je gegenübergestanden hatte. Crombie kannte Bink, war mit seinen Eigenarten seit langer Zeit vertraut und war ihm im Schwertkampf weit überlegen. Immerhin hatte er Bink ja sogar darin ausgebildet. Obwohl der Greif selbst kein Schwert besaß, konnte Bink nicht ein Manöver machen, das Crombie nicht gekannt hätte. Bink war also deutlich unterlegen.

Doch seine Wut hielt ihn aufrecht. Verbissen griff er den Greif an, hieb nach seinen Beinen und nach seinem Kopf, stach nach seinem Körper, um den Gegner dazu zu zwingen, dem Bösen Blick ins Auge zu sehen. Er schwang das Kleid um Crombies heilen Flügel, stieß einen furchterregenden Schrei aus und rammte seine Schulter mit voller Wucht gegen Crombies Heldenbrust. Bink war genauso schwer wie der Greif, und der Aufprall warf Crombie zurück, in die Nähe des tödlichen Wassers. Doch es war zwecklos: Als Bink gerade glaubte, einen Vorteil errungen zu haben, glitt Crombie zur Seite und ließ ihn auf das Wasser zutorkeln.

Bink versuchte zu bremsen, und beinahe gelang es ihm auch. Am Uferrand blieb er taumelnd stehen. Da sah er – den Golem Grundy, der auf der immer noch dahertreibenden Flasche hockte, ganz nahe am Ufer! »Fisch mich raus, Bink!« rief der Golem. »Das Gift kann mir zwar nichts anhaben, aber ich fange an, mich im Wasser aufzulösen. Vorsicht!«

Bink ließ sich sofort fallen und kam mit dem Gesicht nur wenige Zoll über der Wasseroberfläche zum Liegen. Crombie zischte über ihn hinweg und breitete die Schwingen aus, um über den dunklen See zu schweben. Grundy griff mit seiner winzigen Hand ins Wasser und spritzte ein paar Tropfen auf den Schwanz des Greifs, der sofort herabsackte. Dieses Wasser war wirklich tödlich!

Crombie strengte sich mächtig an, mit flatternden Flügeln außer Reichweite zu gelangen, jagte über den See hinweg und vollführte eine Bruchlandung, da sein gerupfter Flügel es ihm unmöglich machte, seinen Flug genauer zu steuern. Bink nutzte die Verschnaufpause, um dem Golem sein Schwert entgegenzustrecken, worauf dieser die Spitze packte und sich ans Ufer ziehen ließ.

Dann erinnerte sich Bink daran, daß Grundy Humfrey und Crombie im Namen der Gehirnkoralle befreit hatte. Warum kämpfte er jetzt plötzlich auf seiner Seite?

Dafür gab es zwei mögliche Erklärungen: Entweder hatte die Koralle sich den Golem nur »ausgeliehen«, um ihn dann wieder loszulassen. Doch in diesem Fall konnte sie sich seiner jederzeit aufs neue bemächtigen, so daß er Grundy nicht trauen konnte. Vielleicht hatte die Koralle den Golem in der Hitze des Gefechts einfach nur vergessen, doch je übersichtlicher der Kampf wurde, um so schneller würde sie sich seiner wieder entsinnen. Die zweite Möglichkeit war die, daß der Golem noch immer im Dienst des Feindes stand. In diesem Fall –

Aber warum sollte die Koralle ihn auf diese Weise täuschen wollen? Darauf wußte Bink zwar keine Antwort, aber es schien ihm das Vernünftigste zu sein, das Spiel mitzuspielen und so zu tun, als ließe er sich blenden. Vielleicht besaß der Feind ja irgendeine Schwäche, die Bink noch nicht bemerkt hatte, und wenn es ihm gelingen sollte, diese herauszufinden, indem er den Golem als Schlüssel benutzte –

Der Soldat hatte noch nicht aufgegeben. Da er sich wegen seiner beeinträchtigten Flugwerkzeuge nicht in der Luft drehen konnte, landete er auf der anderen Seite und orientierte sich, nahm einen Anlauf und machte sich an den Rückflug über den See.

»Faß mich nicht an, ich bin mit Gift vollgesogen!« rief Grundy. »Ich mache dir das Auge ausfindig, Bink. Konzentrier du dich auf –«

Trotz seiner Zweifel war Bink froh über seinen kleinen Verbündeten und richtete seine Aufmerksamkeit wieder auf den Greif. Als dieser auf ihn zustürzte, sprang Bink auf und machte zwei schnelle Hiebe. Crombie konnte nicht mehr ausweichen und fing einen Hieb mit seinem gesunden Flügel ab. Die Klinge durchschnitt die Federn, Sehnen und Knochen, und spaltete den Flügel in zwei Teile.

Crombie stürzte zu Boden – aber noch war er nicht am Ende. Er krächzte, sprang auf die Beine und stürzte sich mit ausgestreckten Vorderpranken auf Bink. Bink war von der Zähigkeit des Soldaten überrascht, stolperte über einen Stein und stürzte rücklings zu Boden. Als der Greif mit vorgeschobenem Schnabel über ihn herfiel, stieß Bink sein Schwert in die Höhe.

Diesmal traf er keinen Flügel, sondern den Hals des Gegners. Heißes Blut spritzte aus der Wunde. Die Verletzung mußte tödlich sein, und doch kämpfte der Greif weiter und hieb mit drei Pranken nach Binks Kehle.

Bink rollte sich zur Seite ab und zog sein Schwert dabei mit. Doch da verhakte es sich an einem Knochen und wurde ihm aus der Hand gerissen. Nun fiel er von hinten Crombies Hals an, warf beide Arme um ihn und versuchte, den Greif zu erwürgen und ihm das Genick zu brechen.

Crombie bäumte sich mit gewaltiger Anstrengung auf und warf ihn ab. Bink duckte sich und griff, wie Chester es auch getan hatte, nach einem der Hinterbeine. In seiner menschlichen Gestalt hätte diese Taktik bei Crombie hoffnungslos versagt, denn der Soldat war ein Nahkampfexperte. Doch er war in Tiergestalt und konnte mit seinem Expertentum hier nicht allzuviel anfangen. Um den Greif daran zu hindern, sich neu zu orientieren, zerrte Bink so fest er konnte an dem Bein, senkte den Kopf und zog die Gestalt über den Felsen.

»Nicht hinsehen!« schrie der Golem. »Das Auge befindet sich direkt vor dir!«

Konnte er Grundy trauen? Bestimmt nicht – und doch wäre es dumm, einen Blick in die falsche Richtung zu riskieren. Bink schloß die Augen, schnaufte und warf den Greif mit der größten Kraftanstrengung über seine Schulter nach vorn. Crombie flog durch die Luft – aber er landete nicht wieder. Er konnte wieder fliegen, oder versuchte es wenigstens! Bink hatte ihm lediglich beim Start geholfen. Kein Wunder, daß er sich nicht dagegen gesträubt hatte!

»Das Auge kreist auf dein Gesicht zu!« rief Grundy.

Glauben oder nicht glauben? Sobald der Golem eine falsche Aussage machte, war er als Agent des Feindes entlarvt. Deshalb würde er vermutlich möglichst lange die Wahrheit sagen, und zwar gerade *weil* er ein Helfer des Feindes war, so ironisch das auch sein mochte. Er hielt die Augen geschlossen und schüttelte sein Kleid frei. »Wo genau?«

»Vor dir, in Armlänge.«

Bink breitete das Kleid mit beiden Händen aus und sprang. Mit einem Ruck warf er den Stoff zu Boden. »Du hast es erwischt!« rief der Golem. »Wickel es ein und wirf es in den See!« Das tat Bink auch. Er spürte, wie sich das gefangene Auge wehrte. Der Golem hatte die Wahrheit gesagt. Dann hörte er ein Patschen und öffnete vorsichtig ein Auge. Das Kleid trieb auf dem Wasser, war aber völlig durchnäßt. Alles, was sich darin befinden mochte, war mit Sicherheit erledigt.

Nun konnte er wieder um sich blicken. Crombie war nur ein kurzes Stück weit gekommen und in eine Spalte gestürzt, wo er nun festgeklemmt war. Wegen seiner Wunden und seiner Schwäche war es ihm unmöglich, sich aus eigener Kraft zu befreien. Doch der Magier war immer noch aktiv. »Noch ein Schritt, und ich lasse den Schlaftrunk los!«

Bink hatte genug. »Wenn Sie ihn loslassen, werden sie als erster davon benebelt«, rief er und trat auf Humfrey zu. »Ich kann die Luft mindestens so lange anhalten wie Sie!« Sein Schwert lag immer noch auf dem Boden. Bink hob es auf, wischte das Blut an seiner Kleidung ab und hielt es kampfbereit aufrecht. »Außerdem bezweifle ich, daß er bereits anfängt zu wirken, bevor ich bei Ihnen bin. Und selbst dann wird er den Golem trotzdem nicht beeinträchtigen. Auf wessen Seite wird er dann wohl kämpfen? Er ist nur zum Teil wirklich, wie Sie wissen dürften. Die Koralle kann sich seiner nie ganz sicher sein.«

Der Magier riß den Korken aus der Flasche – er ließ sich nicht bluffen. Der Dampf wich aus der Öffnung, Bink machte mit wirbelndem Schwert einen Satz nach vorn – und hieb auf eine noch kleinere Flasche.

Eine Flasche, die aus einer Flasche kam?

»Nein!« schrie Humfrey entsetzt. »Da ist ja mein Vorrat an Klugheitspillen, den ich schon seit zehn Jahren vermisse!« Welch eine Ironie des Schicksals! Der Magier hatte in seiner Zerstreutheit seine Klugheitspillen in eine weitere Flasche abgefüllt und war ohne sie nicht mehr dazu in der Lage gewesen, sie ausfindig zu machen. Jetzt, beim Krieg der Talente, waren sie plötzlich aufgetaucht – zur Unzeit.

Bink setzte dem Magier die Schwertspitze auf die Brust. »Sie werden keine Klugheitspillen brauchen, um zu wissen, was mit Ihnen passiert, wenn Sie jetzt nicht aufgeben.«

Humfrey seufzte. »Offensichtlich habe ich dich unterschätzt, Bink. Ich hätte nie geglaubt, daß du den Greif besiegen könntest.«

Bink hoffte nur, daß er es nie wieder probieren mußte. Wenn Crombie nicht bereits ermattet und verwundet gewesen wäre – aber es hatte keinen Zweck, jetzt darüber nachzudenken, was alles hätte passieren können. »Sie dienen einem mir feindlich gesonnenen Herrn. Ich kann Ihnen nicht trauen. Geben Sie auf, dann werde ich Ihnen einen Dienst abverlangen und Sie wieder in die Flasche zwingen, bis ich meine Suche beendet habe. Sonst muß ich Sie töten, damit die Gehirnkoralle machtlos wird.« War das ein Bluff? Er wollte den Magier gar nicht töten, aber wenn der Kampf aufs neue ausbrechen sollte... »Also, wählen Sie!«

Humfrey zauderte. Offenbar stand er in Kontakt mit irgendeinem anderen Geist. »Kobolde kommen nicht. Erstens ist es zu hell, und zweitens hassen sie die Koralle. Sonst bleibt kein Ausweg. Nein, auf dein Schach kann ich nichts mehr entgegnen.« Er machte eine Pause. »Die Koralle kennt keine Ehre«, fuhr er schließlich fort. »Aber ich. Ich habe geglaubt, daß mein Angebot vorhin volle Gültigkeit hätte. Ich wußte nicht, daß der Greif dich in diesem Augenblick angreifen würde.«

»Ich würde Ihnen gerne glauben«, sagte Bink, dessen Wut sich zwar zu legen begann, der aber immer noch vorsichtig blieb. »Doch das wage ich nicht. Ich kann Ihnen nur mein Wort geben.«

»So wie die Lage aussieht, ist dein Wort immer noch besser als meins. Ich akzeptiere deine Bedingungen.«

Bink senkte das Schwert, steckte es aber nicht weg. »Und was ist mit dem Golem?« fragte er. »Auf wessen Seite steht er?«

»Er ist... einer von uns, genau wie du vermutet hast. Meine Reaktion soeben dürfte dir soviel verraten haben. Du bist wirklich sehr schlau, wenn du in der Klemme steckst, Bink!«

»Lassen Sie die Schmeichelei! Warum hat Grundy mir geholfen?«

»Die Koralle hat es mir befohlen«, sagte der Golem.

»Das ergibt keinen Sinn! Warum sollte die Koralle gegen sich selbst kämpfen? Wenn du auf Crombies Seite gekämpft hättest, dann hätte er mich schlagen können.«

»Um dann trotzdem zu verlieren«, meinte Humfrey. »Auch die Koralle hat dich weit unterschätzt, Bink. Sie hat geglaubt, daß sie nur dein Talent auszuschalten bräuchte – was an sich schon ständige Aufmerksamkeit verlangt, weil es so entsetzlich stark und schwer greifbar bleibt –, um dich dann mit physischen Mitteln überwältigen zu können. Statt dessen hast du immer besser und erbitterter gekämpft, je stärker der Druck wurde. So wurde aus einem sicheren Erfolg das genaue Gegenteil. Die Chancen der Koralle, mit Gewalt zu siegen, sanken immer mehr, und die Wahrscheinlichkeit, daß sie nur mit Vernunft ihr Ziel erreichen würde, wuchs.«

»Mit Vernunft?« rief Bink ungläubig.

»Folglich hat die Koralle dem Golem aufgetragen, dein Freund zu sein – ihr Agent in deinem Lager. Wenn du den körperlichen Kampf gewonnen und mich getötet hättest, hättest du auf deinen Freund gehört.«

»Na, das werde ich aber jetzt nicht mehr«, sagte Bink. »Ich habe Grundys plötzlichem Seitenwechsel nie getraut und hätte ihn sofort in den See zurückgeworfen, wenn er mich verraten hätte. Aber im Augenblick habe ich Wichtigeres zu tun. Suchen Sie die Flasche mit dem Heilelixier. Ich weiß, daß sie noch verschlossen ist.«

Der Magier kauerte sich nieder und durchstöberte die verbliebenen Fläschchen. »Hier.«

»Juwel!« bellte Bink.

Verschüchtert kam die Nymphe auf ihn zu. »Wenn du so bist, machst du mir Angst, Bink.«

Sie hatte den ganzen Kampf über Angst gehabt. Er hätte ihre Hilfe bei der Ortung des Bösen Auges gebrauchen können, anstatt sich auf die höchst dubiose Unterstützung des Golems verlassen zu müssen. In dieser Hinsicht war sie eine typische Nymphe: unfähig, in einer Krise entschieden zu handeln. Chamäleon war da anders gewesen, selbst in ihrer dümmsten Phase. Sie hatte gehandelt, um ihn zu retten und hätte sogar ihr Leben dafür gegeben. Er liebte sie beide – aber er würde bei Chamäleon bleiben.

»Nimm diese Flasche und benetze den Greif mit einem Tropfen.«

Sie sah ihn erstaunt an. »Aber –«

»Crombie mag vom Feind beherrscht werden und deshalb etwas Schreckliches getan haben, aber er bleibt immer noch mein Freund. Ich werde ihn heilen und ihn zusammen mit dem Magier in einer Flasche verschließen, bis das hier vorüber ist.«

»Oh.« Sie nahm die Flasche und schritt zu dem gebrochenen Greif hinüber. Bink stieß den Magier mit seiner Schwertspitze an, und gemeinsam folgten sie Juwel in langsamerem Tempo. Humfrey hatte Bink zwar gesagt, daß er gewonnen habe, aber Bink wußte, daß noch nicht alles vorbei war. Erst wenn der Magier, der Greif und der Golem sich wieder in der Flasche befanden und Bink die Gewalt über diese Flasche hatte, konnte er sich ihrer sicher sein. Und die Koralle würde alle Anstrengungen unternehmen, um das zu verhindern.

Juwel blieb am Rand der Spalte stehen und blickte hinab. Sie legte ihre freie Hand mit einer höchst weiblichen Geste vor den Mund, die Bink seltsam rührend fand. »Er ist ja blutüberströmt!« protestierte sie.

»Ich muß auf den Magier achten«, sagte Bink und fügte im Geiste hinzu: und auf den Golem. »Wenn diese Flasche kein Heilelixier enthalten sollte, werde ich ihn auf der Stelle umbringen.« Starke Worte, die seine schwindende Entschlossenheit auffangen sollten. »Du mußt es ihm verabreichen. Wir brauchen den Greif, damit er uns das Gegenmittel gegen den Liebeszauber ortet.«

»Ich... ja, natürlich«, sagte sie leise. Sie nestelte an dem Korken. »Er ist... da ist so viel Blut... wo soll ich –«

Crombie richtete sich halb auf. Sein Adlerkopf drehte sich matt auf dem durchgeschnittenen Hals, und ein weiterer Blutstrom spritzte hervor. »Skwaak!«

»Er sagt, du sollst das sein lassen«, übersetzte Grundy. »Er wird dich doch nur umbringen müssen.«

Bink hielt sein Schwert schräg, so daß es das Glitzern der Nova reflektierte und dem Greif in die getrübten Augen schien. Die Sonnenblume war zwar heller gewesen, hatte aber inzwischen an Leuchtkraft nachgelassen. Sie näherte sich ihrer Erntezeit. »Ich erwarte nicht, daß ein Geschöpf des Feindes Sinn für Ehre und Anstand besitzt oder Dankbarkeit zeigt«, sagte er grimmig. »Ich habe eine Art Abkommen mit der Gehirnkoralle getroffen, und ich werde ihm mit diesem Schwert hier Nachdruck verleihen. Crombie wird mir also aus diesem Grund gehorchen – sonst muß der Magier sterben. Wer zweifeln mag, soll zweifeln.«

Natürlich mußten sie daran zweifeln, da er es ja selbst auch tat! Doch wenn es zu neuen Kampfhandlungen kommen sollte, würde er es der Koralle nicht gestatten, das Ruder an sich zu reißen.

Crombie richtete seinen gequälten Blick auf Humfrey. »Es stimmt, was Bink sagt«, bestätigte der Magier. »Er hat uns besiegt und verlangt nun unsere Dienste im Austausch für unser Leben. Die Koralle ist einverstanden. Tu, was er von dir verlangt und laß dich danach wieder in die Flasche sperren – sonst muß ich sterben, und du mußt aufs neue gegen ihn kämpfen.«

Der Greif krächzte schwach. »Was soll ich tun?« übersetzte Grundy.

»Das weißt du selbst!« sagte Bink.

»Mir zeigen, wo sich die nächste und sicherste Liebesumkehrmagie befindet.« Wollten sie etwa Zeit schinden? Warteten sie vielleicht darauf, daß die Sonnenblume endgültig verlosch und die Kobolde kamen?

Ein erneutes Krächzen. Dann sackte der edle Kopf auf den Boden. »Er ist einverstanden, aber er ist zu schwach, um dir die Richtung anzuzeigen«, sagte Grundy.

»Wir brauchen das Gegenmittel doch gar nicht wirklich ...« warf Juwel ein.

»Los jetzt!« fauchte Bink. Er hatte tiefe Schnittwunden, wo die Klauen des Greifs ihn gepackt hatten, und war entsetzlich erschöpft, nun, da die Gewalt ein Ende gefunden hatte. Er mußte die Sache endlich beenden, bevor er zusammenbrach. »Besprüh ihn!«

Endlich bekam Juwel die Flasche auf. Die kostbare Flüssigkeit bespritzte sie, die Felsen und den Greif. Ein Tropfen erwischte den Golem, der plötzlich nicht mehr aufgeweicht aussah. Bink bekam jedoch nichts ab, aus welcher Ironie des Schicksals heraus wußte wahrscheinlich nur die Koralle.

Crombie richtete sich auf, um aus der Spalte zu klettern. Jetzt war er wieder glänzend und schön, breitete die Flügel aus und drehte sich zu Bink um. Binks Muskeln verspannten sich schmerzhaft. Er hatte den Magier zwar als Geisel in seiner Gewalt, aber wenn der Greif ihn jetzt doch angreifen sollte –

Juwel sprang dazwischen. »Wag es ja nicht!« schrie sie den Greif an. Es roch nach brennendem Papier.

Einen langen Augenblick musterte Crombie sie mit leise schlagenden, zurückgelegten Flügeln. Sie war ein so schwaches Mädchen, nur mit einer Flasche Elixier bewaffnet – sie hätte dem gewaltigen Tier nicht das mindeste anhaben können. Sie zitterte sogar am ganzen Leib vor Nervosität; ein Krächzer, und sie würde in Tränen zerfließen.

Und doch hatte sie eine Geste gewagt, begriff Bink. Das war eine erstaunliche, ungewöhnliche Tat für eine Nymphe. Sie hatte versucht, für etwas einzustehen, an das sie glaubte. Konnte er sie verdammen, nur weil ihr Mut ebenso klein war wie ihre Kräfte?

Dann drehte sich Crombie um die eigene Achse, streckte einen Flügel aus und zeigte – auf den See.

Bink seufzte. »Bannen Sie ihn in die Flasche«, befahl er dem Magier. »Und zwar ohne jeden Fehler. Wenn Sie versuchen sollten, *mich* in die Flasche zu bugsieren, sind Sie ein toter Mann.«

Es kam noch zu einer Verzögerung, weil Juwel erst noch die Flasche vom Seeufer holen mußte, wo sie immer noch auf dem Wasser trieb. Sie mußte sie vorsichtig herausschöpfen, ohne selbst mit dem Wasser in Berührung zu kommen. Dann stellte sie sie in Reichweite des Magiers.

Humfrey vollführte seine Beschwörung. Der Greif löste sich in Dampf auf und verschwand in der Flasche. Erst jetzt fiel Bink ein, daß Humfrey das während des Kampfes jederzeit auch mit ihm hätte tun können – wenn er daran gedacht hätte. Der Verlust der Klugheitspillen mußte ihn wirklich getroffen haben! Im übrigen war es immer schwierig, an das Offensichtliche zu denken, wenn man von einem Schwert bedroht wurde. Außerdem hatte ihm die beste Flasche, nämlich die Wohnflasche des Dämons, zu dieser Zeit noch nicht zur Verfügung gestanden.

»Jetzt sind Sie an der Reihe«, sagte Bink zu dem Magier. »Hinein in die Flasche – Sie und der Golem.«

»Die Koralle hat nachgedacht«, sagte Humfrey. »Sie glaubt, daß du ihr zustimmen würdest, wenn du die ganze Geschichte wüßtest. Würdest du sie dir anhören?«

»Ich halte es für wahrscheinlicher, daß die Koralle nur versucht, Zeit zu schinden, bis weitere Helfershelfer eingetroffen sind«, meinte Bink, der wieder an die Kobolde denken mußte. Die mochten vielleicht nicht viel für die Koralle übrighaben, aber wenn die beiden Parteien sich auf ein Abkommen einigen sollten...

»Aber sie weiß doch alles über Ort und Art der Quelle der Magie!« wandte Humfrey ein. »Hör zu, dann wird sie dich hinführen.«

»Führ mich zuerst dorthin, dann werde ich auch zuhören.«

»Einverstanden.«

»Einverstanden?«

»Wir vertrauen dir, Bink.«

»Aber ich vertraue euch nicht. Aber gut – ich gehe auf das Geschäft ein. Ich hoffe ja nur, daß ich keinen tödlichen Fehler damit begehe. Zeig mir die Quelle der Magie – und zwar ohne Rätselsprüche, die ich nicht verstehe –, und dann erzähl mir, warum die Koralle sich so sehr angestrengt hat, mich von dieser Quelle fernzuhalten.«

»Zuerst schlage ich aber vor, daß du selbst einen Tropfen von dem Heilelixier zu dir nimmst«, sagte der Magier.

Erschrocken drehte Juwel sich um. »Aber Bink! Du hättest das Elixier doch als erster nehmen müssen!«

»Nein«, sagte Bink. »Es hätte ja der Schlaftrunk sein können.«

Humfrey nickte. »Wenn ich versucht hätte, dich zu betrügen, wäre das bei der Behandlung des Greifs entlarvt worden«, sagte er. »Du hast dich wirklich sehr wirkungsvoll vor jedem Verrat geschützt. Selbst mit neutralisiertem Talent hast du dich wacker geschlagen. Du bist längst nicht mehr der kleine Grünschnabel, der du früher einmal gewesen bist.«

»Das gilt für jeden von uns«, knurrte Bink, die Hand immer noch am Schwertgriff.

Juwel beträufelte ihn mit dem Elixier. Sofort heilten seine Wunden, und seine Kräfte kehrten zurück. Doch sein Mißtrauen gegenüber dem Guten Magier war noch nicht geheilt.

XII

Der Dämon Xanth

»Hier entlang«, sagte Humfrey. Bink hielt sein Schwert gezückt, während er dem Magier folgte. Juwel folgte ihnen schweigend. Sie trug den Golem auf dem Arm.

»Ach, übrigens«, sagte Humfrey.

»Crombie hat dich nicht getäuscht. Das Gegenmittel, das du suchst, liegt tatsächlich in Richtung See – aber darüber hinaus. Die Koralle könnte dir dabei helfen, es zu finden – wenn alles klappen sollte.«

»Ich interessiere mich nicht für Bestechungsangebote des Gegners«, sagte Bink knapp.

»Nicht?« fragte Juwel. »Du willst das Gegenmittel gar nicht?«

»Entschuldige, ich wollte keinen Rückzieher machen«, sagte Bink zu ihr. »Es ist eine Frage des Prinzips. Ich kann dem Gegner nicht gestatten, mich zu korrumpieren, auch wenn ich dich nicht länger mit meiner Liebe belasten will als –«

»Aber das belastet mich doch gar nicht, Bink«, erwiderte sie. »Ich habe noch nie einen so tapferen –«

»Aber da das Gegenmittel offensichtlich nicht in Reichweite ist, hat es keinen Zweck, dich noch länger aufzuhalten. Es tut mir leid, daß ich dir solche Unannehmlichkeiten bereitet habe. Du kannst jetzt gehen, wenn du willst.«

Sie ergriff seinen Arm. Bink wich instinktiv mit dem Schwert aus. »Bink, ich –«

Schließlich gab Bink seinem Verlangen endlich nach und küßte sie. Zu seiner Verwunderung erwiderte sie den Kuß auf stürmische Weise. Der Duft gelber Rosen umhüllte sie. Dann schob er sie sanft beiseite. »Paß gut auf dich auf, Nymphe. Diese Art von Abenteuer ist nichts für dich. Es ist mir lieber, wenn du in Sicherheit bist, bei deinen Edelsteinen und deiner Aufgabe, und zwar für immer.«

»Bink, ich kann aber nicht gehen.«

»Du mußt gehen! Hier unten herrschen nur Schrecken und Gefahr, und ich habe kein Recht, dich dem auszusetzen. Du mußt gehen, ohne von der Quelle der Magie zu erfahren, damit du auch keinen Feind hast.«

Jetzt duftete sie nach Kiefern an einem heißen Tag, stechend und frisch und leicht berauschend. Das Elixier hatte auch ihre Heiserkeit kuriert und die Ringe unter ihren Augen beseitigt. Sie war immer noch genauso schön wie am Tag ihrer ersten Begegnung. »Du hast aber auch kein Recht, mich wegzuschicken«, maulte sie.

Humfrey machte eine Bewegung. Sofort sprang Binks Schwert warnend empor. Juwel wich verängstigt zurück.

»Keine Sorge«, sagte der Magier. »Wir nähern uns der Quelle der Magie.«

Bink war immer noch mißtrauisch und mochte es nicht glauben. »Ich kann nichts Besonderes erkennen.«

»Siehst du den Fels dort?« fragte Humfrey zeigend. »Das ist das magische Felsgestein, das im Laufe von Jahrhunderten durch einen Riß in der Kruste nach oben vordringt. Oben wird es dann zu Staub. Das ist Teil der natürlichen oder auch magischen Veränderung der Erdkruste.« Er deutete in die Tiefe. »Unten wird er aufgeladen. In der Quelle der Magie.«

»Ja, aber *wie*?« wollte Bink wissen. »Warum hat die Koralle sich so vehement gegen mein Kommen gestellt?«

»Das wirst du bald erfahren.« Der Magier führte sie zu einem natürlichen, abschüssigen Tunnel. »Spürst du, wie die Magie hier intensiver wird? Selbst das allerkleinste Talent bekommt hier Magierausmaße. Aber durch die Umgebung werden alle

Talente schließlich neutralisiert. Paradoxerweise ist es so, als existiere gar keine Magie, weil sie sich nicht richtig differenzieren läßt.«

Für Bink war das ein bißchen zu hoch. Er schritt weiter hinab und lauerte auf einen möglichen weiteren Verrat, des magischen Drucks seiner Umgebung bewußt. Wenn ein Blitzkäfer hier seinen winzigen Funken versprühte, dann würde das eine Explosion geben, die einen ganzen Berggipfel wegsprengen konnte. Sicher, sie näherten sich der Quelle – aber war das vielleicht auch eine Falle?

Der abschüssige Gang führte in eine gewaltige Höhle hinab, in deren gegenüberliegende Wand eine riesige Dämonenfratze eingemeißelt war. »Der Dämon Xanth, die Quelle der Magie«, sagte Humfrey schlicht.

»Diese Statue? Bloß diese Maske da?« fragte Bink ungläubig. »Was soll denn das für ein Witz sein?«

»Das ist wohl kaum ein Witz, Bink. Ohne diesen Dämon wäre unser Land nicht anders als Mundania. Ein Land bar jeder Magie.«

»Und mehr können Sie mir nicht bieten? Das soll ich glauben?«

»Ich erwarte gar nicht, daß du das glaubst. Du mußt dir erst einmal das Prinzip erklären lassen, erst dann wirst du die Bedeutung dessen, was du siehst, auch erfassen – und begreifen, welch ein unerhörtes Risiko deine Gegenwart hier für unsere Gesellschaft bedeutet.«

Bink schüttelte resigniert den Kopf. »Ich habe gesagt, daß ich zuhören würde, also höre ich auch zu. Aber ich garantiere nicht dafür, daß ich Ihnen Ihre Geschichte auch glaube.«

»Du wirst gar nicht anders können«, erwiderte Humfrey. »Es geht vielmehr darum, ob du sie *annimmst*. Die Information geht uns auf folgende Weise zu: Wir werden durch diese Höhle schreiten und einige von den magischen der Gedankenstrudeln des Dämons abfangen. Dann werden wir alles begreifen.«

»Ich habe kein Bedürfnis nach weiteren magischen Erfahrungen!« protestierte Bink. »Ich will nur wissen, was es mit der Quelle auf sich hat.«

»Das wirst du ja auch, das wirst du ja auch«, sagte Humfrey.

»Geh einfach mit mir mit, das ist alles. Es gibt keinen anderen Weg.« Er machte einen Schritt nach vorn.

Mißtrauisch folgte Bink ihm, denn er wollte nicht, daß der Magier außer Reichweite seines Schwerts kam.

Plötzlich verspürte er einen Schwindel, als würde er in die Tiefe stürzen; dabei stand er mit beiden Beinen fest auf dem Höhlenboden. Er blieb stehen, um sich gegen etwas zu rüsten, das er nicht zu definieren vermochte. War das ein weiterer Sieg des Wahnsinns? Wenn das die Falle sein sollte –

Da erblickte er Sterne. Nicht die armseligen Fünkchen am Nachthimmel, sondern monströse und fremdartige Kugeln aus einer lodernden und doch nicht verbrennenden Substanz, aus einem Gas, das dichter war als Wasser, und aus Gezeiten ohne Gewässer. Sie waren so weit voneinander entfernt, daß nicht einmal ein Drache die Entfernung in einem ganzen Leben ununterbrochenen Fluges zu überbrücken vermocht hätte, und so zahlreich, daß ein Mensch sie in einem Leben nicht alle hätte zählen können, und doch waren sie alle auf einmal zu sehen. Zwischen diesen magischen groß-kleinen, fern-nahen Gewißheiten unglaublicher Art flogen allmächtige Dämonen umher, die mal einen kleinen (gigantischen) Stern berührten, um ihn zum Flackern zu bringen, mal einen großen (winzigen) zum Glühen brachten und gelegentlich einen Stern so stark anhauchten, daß er mit einem grellen Blitzen zu einer Nova wurde. Das Reich der Sterne war das Spielfeld der Dämonen.

Die Vision verblaßte. Bink blickte sich verwirrt in der Höhle um. »Du bist aus diesem Gedankenstrudel herausgetreten«, erklärte Humfrey. »Sie sind alle äußerst schmal, aber dafür auch sehr tief.«

»Hm, ja«, meinte Bink. Er machte einen weiteren Schritt nach vorn – und stand einer hübschen Dämonin gegenüber, deren Augen so tief waren wie der Strudel der Ungeheuer, mit Haaren, die sich wie ein Kometenschweif hinter ihr ausbreiteten.

Sie war nicht im eigentlichen Sinne weiblich, da sich Dämonen nicht fortpflanzten und keine Geschlechtlichkeit besaßen, außer wenn sie sich damit amüsieren wollten. Sie lebten ewig, hatten immer existiert und würden es auch immer tun, solange

Existenz noch einen Sinn hatte. Doch um der Abwechslung willen spielten sie manchmal mit dem Geschlecht, indem sie männliche, weibliche, dingmännliche, mannmännliche, weibmännliche, neutralmännliche und anonymmännliche Gestalt annahmen. Doch diese hier ließ sich durchaus als weiblich bezeichnen.

»???«, sagte sie und formulierte ein derart all-umfassendes Konzept, daß es Binks Fassungsvermögen überstieg. Und doch hatte ihre Aussage einen so tiefen Sinn, daß es ihn innerlich heftig aufwühlte. Plötzlich hatte er den Drang – aber so etwas wäre nach menschlichen Maßstäben unaussprechlich obszön gewesen, wenn es überhaupt vorstellbar oder gar möglich gewesen wäre. Letztlich stand sie doch nicht der Kategorie »weiblich« am nächsten . . .

Bink gelangte aus dem Gedankenstrudel und sah Juwel, die wie gebannt in einem anderen Strudel stand. Ihr Mund war geöffnet, und sie atmete schwer. Was sie wohl gerade erleben mochte? Bink reagierte auf vier Ebenen gleichzeitig: Entsetzen darüber, daß sie einem derart hochgeistigen und doch groben, betörenden Gedanken ausgesetzt werden könnte, wie er ihn gerade erfahren hatte, denn sie war doch nur eine unschuldige Nymphe; Eifersucht, daß sie auf solch entzückte Weise auf einen anderen reagierte, erst recht wenn es sich dabei um eine so anzügliche Emotion handeln sollte, wie sie ihm gerade zuteil geworden war; Schuldgefühle, weil er solche Gefühle für eine Nymphe hegte, die er doch nicht haben konnte, und schließlich intensivste Neugier. Angenommen, ein dingmännliches Wesen würde ihr einen Antrag – oh, entsetzlich! Und doch auch so verlockend!

Doch Humfrey ging weiter, und Bink mußte ihm folgen. Er trat in ein Feld ewiger Erinnerung, die so lang war, daß sie einem magischen Pfad glich, der an beiden Enden in die Unendlichkeit mündete. Die Sichtlinie – obwohl es sich nicht wirklich um den Gesichtssinn handelte – in die Vergangenheit verschwand in einem weit, weit entfernten Blitz. Das Dämonenuniversum hatte mit einer Explosion begonnen und endete in einer weiteren, und Zeit und Materie waren nur eine Lücke zwischen beiden Explosionen – die wiederum nur zwei

Aspekte ein und desselben Knalls waren. Offensichtlich handelte es sich um ein Universum, das völlig fremdartig war. Und doch wurde es nach und nach in diesem Strom der Bedeutungslosigkeit immer glaubwürdiger. Ein supermagischer Rahmen für die supermagischen Dämonen! Bink trat aus dem GEDANKEN heraus. »Aber was haben denn die Dämonen mit der Quelle der Magie von Xanth zu tun?« fragte er kläglich.

Da trat er in einen völlig neuen Strudel. *Wenn wir zusammenarbeiten, können wir unser A vergrößern*, kommunizierte der pseudo-weibliche Dämon verführerisch. Jedenfalls war es das, was Bink einigermaßen sicher unter all den unterschwelligen und vielschichtigen Myriaden von Symbolen und Resonanzen heraushörte, die mindestens ebenso intensiv waren wie diffus und konfus. *Meine Formel ist* $L(A/N)^d$ *und deine ist* $X(A/N)^{th}$. *Unsere A's passen zueinander.*

Wenn man alles bedachte, war es ein ganz gutes Angebot, da ihre anderen Elemente sich zumindest teilweise voneinander unterschieden und nicht miteinander vergleichbar waren.

Bei deiner Existenz, nein! protestierte ein anderer. Es war $E(L/A)^n$.

Vergrößere unser L und nicht unser A. Er würde durch das größer werdende A verlieren.

Vergrößere doch sowohl L als auch E, schlug ein anderer vor. Es war $L(E/I)^d$, und $E(L/A)^n$ stimmte sofort zu. Auch $L(A/N)^d$ war dafür, weil sie in gewissem Umfang auch davon profitieren würde. Aber das ließ $X(A/N)^{th}$ außen vor. So kam es schließlich zu keinem Kontrakt.

Verwirrt trat Bink aus dem Strudel. Waren dies Namen oder Formeln? Hatten diese Buchstaben Werte? Was ging hier vor?

»Ah, du hast es gesehen«, sagte Humfrey. »Die Dämonen haben keine Namen, sondern Spielpunkte. Variable Eingaben werden substituiert, was die numerischen Werte beeinflußt – obwohl es eigentlich gar keine Zahlen sind, sondern Grade von Konzepten, mit Tiefe, Anziehungskraft, Ausstrahlung und anderen Dimensionen, die wir kaum begreifen können. Am wichtigsten ist das jeweilige Ergebnis.«

Diese Erklärung machte alles nur noch geheimnisvoller. »Dann ist der Dämon Xanth nur ein Spielergebnis?«

»Der Dämon, dessen Punktformel $X(A/N)^{th}$ ist – drei Variable und ein Exponentialfaktor, besser können wir das nicht verstehen«, sagte der Magier. »Die Spielregeln übersteigen unser Fassungsvermögen, aber wir sehen, wie ihre Spielergebnisse sich verwandeln.«

»Spielergebnisse sind mir egal!« rief Bink. »Was hat das alles für einen Sinn?«

»Was hat das Leben für einen Sinn?« gab Humfrey zurück.

»Na ja . . . na, wachsen, verbessern, irgend etwas Nützliches tun«, erwiderte Bink. »Aber nicht, mit Konzepten zu spielen.«

»Das siehst du so, weil du kein Dämon bist sondern ein Mensch. Diese Wesen sind unfähig, zu wachsen oder sich zu verbessern.«

»Aber was ist denn mit ihren ganzen Zahlen, ihrer Beschleunigungspotenzierung, Viskositätserhöhung . . .«

»Ach so, ich dachte, du hättest das verstanden«, sagte der Magier. »Das sind keine Erweiterungen dämonischen Intellekts oder dämonischer Macht, sondern ihrer Stellung. Dämonen wachsen nicht, sie sind bereits all-mächtig. Es gibt nichts, was sie sich vorstellen können, das sie nicht auch besitzen könnten. Nichts, was ihnen unmöglich wäre. Deshalb können sie nach unserer Definition auch nichts verbessern und nichts Nützliches tun, weil sie nämlich bereits absolut sind. Folglich gibt es keinerlei Grenzen, keinerlei Herausforderung.«

»Keine Herausforderung? Wird das nicht etwas langweilig mit der Zeit?«

»Ja, in einer Milliarde Jahre wird es sogar milliardenfach langweiliger«, meint der Magier.

»Und deshalb spielen die Dämonen Spiele?« fragte Bink ungläubig.

»Wie soll man die Zeit denn besser verbringen und das Interesse an der Existenz wiedererlangen? Da sie keine wirklichen Grenzen kennen, setzen sie sich selbst welche, freiwillig. Der Reiz künstlicher Herausforderung verjagt die Langeweile der Wirklichkeit.«

»Hm, vielleicht«, brummte Bink zweifelnd. »Aber was hat das alles mit uns zu tun?«

»Der Dämon $X(A/N)^{th}$ zahlt eine Spielstrafe, weil er die

Formel nicht innerhalb der festgesetzten Runde vollendet hat«, sagte Humfrey. »Er darf sich nicht mehr bewegen und muß in völliger Isolation bleiben, bis man ihn freiläßt.«

Bink stand still und bewegte sich nicht, um in keine weiteren Gedankenströme zu geraten. »Ich habe keine Fesseln gesehen, die ihn festgehalten hätten. Und was die Isolation angeht, so gibt es hier doch jede Menge Wesen.«

»Keine Fessel könnte ihn binden, denn er ist ja allmächtig. Er hält sich eben an die Spielregeln. Und wir beide zählen natürlich nicht als Gesellschaft, wie alles im Lande Xanth nicht zählt. Wir sind Parasiten und keine Dämonen.«

»Aber... aber...« Verzweifelt kämpfte Bink um den Sinn des Ganzen, konnte ihn aber einfach nicht fassen. »Sie haben doch gesagt, daß der Dämon die Quelle der Magie sei!«

»Das habe ich in der Tat. Der Dämon $X(A/N)^{th}$ ist seit über tausend Jahren hier gefangen. In dieser Zeit hat sein Körper geringe Mengen Magie verloren, die herausgesickert sind und seine Umgebung getränkt haben. Es ist so wenig, daß er es kaum bemerkt – so wie eine natürliche Abstrahlung, ähnlich wie unsere Körper Hitze abgeben.«

Bink fand das genauso phantastisch wie die Strudelgedanken des Dämons. »Seit tausend Jahren? Ein Heraussickern der Magie?«

»In einem solchen Zeitraum kann selbst ein kleines Leck eine ganze Menge hindurchlassen – jedenfalls nach den Maßstäben der Schmarotzer«, versicherte ihm der Magier. »Alle Magie im Lande Xanth rührt daher. Und diese ganze Magie zusammengenommen würde nicht einmal einen einzigen Buchstaben der Formel des Dämonen ausmachen.«

»Aber selbst wenn dem so sein sollte – warum hat dann die Gehirnkoralle versucht, mich daran zu hindern, das herauszufinden?«

»Die Koralle hat nichts gegen dich persönlich, Bink. Ich glaube, daß sie deine Entschlossenheit sogar achtet. Sie ist einfach nur dagegen, daß überhaupt *irgend jemand* die Wahrheit erfährt. Denn wenn jemand dem Dämon $X(A/N)^{th}$ begegnen sollte, könnte es sein, daß er in Versuchung käme, ihn freizulassen.«

»Wie könnte ein bloßer Parasit... ich meine, eine Person, eine solche Wesenheit freilassen? Sie haben doch selbst gesagt, daß der Dämon aus freier Wahl hier bleibt.«

Humfrey schüttelte den Kopf. »Was bedeutet jemandem, der allmächtig ist, freie Wahl? Er bleibt hier, weil das Spiel es so fordert. Das ist was ganz anderes.«

»Aber er spielt das Spiel doch nur zu seiner Unterhaltung! Er kann doch jederzeit aufhören!«

»Das Spiel gilt nur so lange, wie seine Regeln eingehalten werden. Wenn er schon über tausend Jahre darein investiert hat und nun kurz vor dem Erfolg – im Rahmen der Spielregeln – steht, warum sollte er da plötzlich aufhören?«

Bink schüttelte den Kopf. »Das ergibt keinen Sinn für mich. *Ich* würde mich jedenfalls nicht auf solche Weise selbst quälen.« Doch in einem verborgenen Teil seines Bewußtseins nagte der Zweifel. Er quälte sich schließlich auch mit Juwel herum, indem er die menschliche Konvention seiner Ehe mit Chamäleon respektierte. Das würde einem Dämon vielleicht unsinnig vorkommen...

Humfrey blickte ihn verständnisvoll an.

»Also gut«, meinte Bink schließlich. »Dann wollte die Koralle also nicht, daß ich von dem Dämon erfahre, damit ich ihn nicht freilassen kann. Wie könnte ich denn ein allmächtiges Wesen freilassen, das gar nicht freigelassen werden will?«

»Oh, $X(A/N)^{th}$ will bestimmt freigelassen werden! Es ist lediglich notwendig, daß das Protokoll dabei eingehalten wird. Du könntest es ganz einfach dadurch tun, indem du den Dämon anredest und sagst: ›Xanth, ich lasse dich frei!‹ Jeder kann das, außer dem Dämon selbst.«

»Aber wir zählen doch für ihn gar nicht! Wir sind doch ein Nichts, reine Parasiten!«

»Ich habe die Regeln nicht geschaffen, ich deute sie lediglich auf der Grundlage der Erfahrung, die die Gehirnkoralle über Jahrhunderte hinweg hat sammeln können«, sagte der Magier mit gespreizten Händen und hochgezogenen Schultern. »Natürlich ist unsere Deutung recht mangelhaft. Aber ich wage zu spekulieren, daß der Dämon eine Wette eingegangen ist, daß irgendwann einer der Parasiten etwas Bestimmtes sagen wird. Das verleiht dem Ganzen eine unterhaltsame Zufälligkeit.«

»Wenn er so viel Macht hat, kann Xanth doch einen von uns dazu zwingen.«

»Das wäre das gleiche, als wenn er es selbst täte. Es wäre Schummeln. Die Spielregeln verlangen, daß er bleiben muß und kein anderes Wesen in seinem Interesse beeinflussen darf. Das ist keine Frage der Macht, sondern der Übereinkunft. Der Dämon weiß von allem, was hier vor sich geht, einschließlich unserer jetzigen Unterhaltung. Doch sobald er eingreift, verliert er den Punkt. Also sieht er nur zu und wartet ab, ohne etwas zu unternehmen.«

»Abgesehen vom Denken«, warf Bink ein, den die Tatsache beunruhigte, daß der Dämon sie beobachtete. Wenn Xanth Binks Gedanken gelesen hatte, während Bink Xanths Gedanken gelesen hatte, vor allem während dieser weibmännlichen Erinnerung . . . o weh!

»Denken ist gestattet. Das ist eine weitere angeborene Eigenschaft, genau wie seine kolossale Magie. Er hat nicht versucht, uns mit seinen Gedanken zu beeinflussen, denn wir haben sie aus eigenem Willen heraus abgefangen. Da die Koralle dem Dämon in diesem Jahrtausend am nächsten gestanden hat, hat sie auch mehr von $X(A/N)^{th}$'s Magie und Gedanken aufgenommen als jedes andere eingeborene Lebewesen hier. Daher versteht sie ihn auch weniger mangelhaft als alle anderen Parasiten. Folglich ist die Gehirnkoralle zum Bewacher des Dämons geworden.«

»Und verhindert eifersüchtig, daß irgend jemand anders eine ähnliche Magie oder ein ähnliches Wissen erlangt!« rief Bink.

»Nein. Es ist eine notwendige, aber langweilige Aufgabe, die die Koralle schon vor Jahrhunderten gerne wieder abgegeben hätte. Ihr dringendster Wunsch ist es, einen sterblichen Körper zu bewohnen, zu leben und zu lieben und zu hassen und sich fortzupflanzen und zu sterben, wie wir es tun. Aber das kann sie nicht, es sei denn, der Dämon wird befreit. Die Koralle ist ebenso langlebig wie der Dämon, besitzt aber nicht seine Macht. Es ist eine nicht eben beneidenswerte Situation.«

»Dann wollen Sie also damit sagen, daß der Dämon Xanth

schon vor Hunderten von Jahren befreit worden wäre, wenn die Koralle nicht eingegriffen hätte?«

»So ist es«, sagte der Magier.

»Welch eine Anmaßung! Und der Dämon duldet das sogar?«

»Der Dämon duldet es, weil er sonst seinen Punkt verliert.«

»Na, für mich ist das jedenfalls eine eklatante Verletzung der Bürgerrechte des Dämons, den ich auf der Stelle aus der Welt schaffen werde!« rief Bink in gerechtem Zorn. Doch dann zögerte er. »Was gewinnt die Koralle denn dadurch, daß der Dämon angekettet bleibt?«

»Das weiß ich nicht mit Sicherheit, aber ich kann Vermutungen anstellen«, erwiderte Humfrey. »Sie tut das nicht für sich selbst, sondern um den Status quo aufrechtzuhalten. Denk doch mal nach, Bink: Was würde denn passieren, wenn der Dämon freigelassen würde?«

Bink überlegte. »Wahrscheinlich würde er zu seinem Spiel zurückkehren.«

»Und was wäre dann mit uns?«

»Hm, ja, da wäre die Gehirnkoralle wohl in Schwierigkeiten. Ich weiß, daß *ich* jedenfalls ziemlich wütend wäre, wenn jemand mich jahrhundertelang daran gehindert hätte, befreit zu werden. Aber die Koralle muß doch vorher gewußt haben, welches Risiko sie damit eingeht.«

»Das hat sie auch. Der Dämon kennt keine menschlichen Gefühle. Er akzeptiert die Behinderung durch die Koralle als Teil des natürlichen Spielrisikos. Er wird nicht nach Rache trachten. Aber es könnte trotzdem Konsequenzen haben.«

»Wenn Xanth keine menschlichen Gefühle kennt«, sagte Bink langsam, »dann kann ihn doch nichts daran hindern, uns alle zu vernichten, nicht wahr? Das wäre doch eine ganz leidenschaftslose, ja sogar vernünftige Methode, sicherzugehen, daß er hier nie wieder gefangengesetzt würde.«

»Jetzt beginnst du zu verstehen, was die Koralle bekümmert«, erwiderte Humfrey. »Unser ganzes Leben kann davon abhängen. Selbst wenn der Dämon uns ignorieren und einfach fortgehen sollte, hätte das mit Sicherheit Konsequenzen.«

»Das glaube ich auch«, meinte Bink. »Wenn Xanth die Quelle der ganzen Magie unseres Landes ist –« Bestürzt brach er ab.

»Das wäre ja dann das Ende der Magie! Wir würden werden wie –«

»Ganz genau. Wie Mundania«, schloß Humfrey. »Vielleicht würde das nicht gleich sofort geschehen. Es könnte eine Weile dauern, bis die in tausend Jahren angesammelte Magie sich aufgelöst hat. Vielleicht geschähe der Verlust aber auch sofort und vollständig, das wissen wir einfach nicht vorher. Auf jeden Fall würde es zu einer Katastrophe gleich welchen Ausmaßes kommen. Jetzt begreifst du endlich, welche Last die Koralle ganz allein auf sich genommen hat. Sie hat unser Land vor einem noch schlimmeren Schicksal als der Vernichtung bewahrt.«

»Aber vielleicht würde der Dämon ja gar nicht fortgehen«, warf Bink ein. »Vielleicht gefällt es ihm ja hier . . .«

»Würdest du für diese Annahme dein Leben aufs Spiel setzen?«

»Nein!«

»Verdammst du die Koralle noch immer, weil sie versucht hat, dich aufzuhalten?«

»Nein, ich hätte an ihrer Stelle vermutlich das gleiche getan.«

»Dann wirst du also umkehren, ohne den Dämon zu befreien?«

»Das weiß ich noch nicht«, sagte Bink. »Ich habe zugesichert, mir die Schilderung der Koralle anzuhören, und das habe ich auch getan. Aber ich muß allein entscheiden, was richtig und was falsch ist.«

»Ist das noch eine Frage, wenn das Wohlergehen unseres ganzen Landes davon abhängt?«

»Ja, denn das Wohlergehen des Dämons hängt ebenfalls davon ab.«

»Aber für X(A/N)th ist das alles nur ein Spiel. Für uns geht es um unser Leben.«

»Ja«, pflichtete Bink unverbindlich bei.

Der Magier sah ein, daß es keinen Zweck hatte, weiter zu diskutieren. »Das ist das große Risiko, das wir nicht eingehen wollten – das Risiko einer individuellen Gewissenskrise. Alles liegt in deiner Hand. Die Zukunft unserer ganzen Gesellschaft.«

Bink wußte, daß das stimmte. Weder Humfrey noch die Koralle konnten ihn bei seiner Entscheidung beeinflussen. Er konnte eine Sekunde, eine Stunde oder auch ein Jahr darüber nachgrübeln, frei von jeder Beeinflussung. Er durfte keinen Fehler begehen.

»Grundy«, sagte Bink, und der Golem lief auf ihn zu, unbeeinflußt von den Gedankenstrudeln. »Willst du, daß der Dämon Xanth befreit wird?«

»Ich kann solche Entscheidungen nicht treffen!« protestierte Grundy. »Ich bin nur ein Wesen aus Bindfäden und Lehm, ein Wesen aus Magie.«

»Wie der Dämon auch«, entgegnete Bink. »Du bist nichtmenschlich, nicht richtig lebendig. Man könnte dich als Miniaturdämon bezeichnen. Ich dachte, daß du mir vielleicht eine Einsicht vermitteln könntest.«

Grundy schritt ernst hin und her. »Meine Aufgabe ist das Übersetzen. Ich mag zwar nicht dieselben Gefühlserfahrungen machen wie du, aber von dem Dämon habe ich eine erschrekkend klare Vorstellung. Er gleicht mir tatsächlich, wie ein Drache einem Nickelfüßler gleicht. Ich kann dir eines sagen: Er besitzt weder ein Gewissen noch kennt er Mitleid. Er spielt sein Spiel genau nach den Regeln, aber wenn du ihn freisetzt, wirst du weder Dankbarkeit noch eine Belohnung von ihm bekommen. Es hieße für ihn ja sogar, im Spiel zu betrügen, wenn er dir für deinen Dienst etwas gäbe, weil er dich damit ja beeinflussen könnte. Aber selbst wenn die Belohnung zulässig wäre, würde er sie dir nicht zuteil werden lassen. Er kann dich ebenso einfach zertreten wie dich beschnuppern.«

»Er ist wie du«, wiederholte Bink. »So, wie du warst, bevor du dich verändert hast. Jetzt bist du halb wirklich. Du sorgst dich – wenigstens ein bißchen.«

»Ich bin jetzt ein unvollkommener Golem. Xanth ist ein vollkommener Dämon. Für mich stellt das Menschwerden einen Fortschritt dar, für ihn wäre es ein Sündenfall. Er ist nicht wie du.«

»Und doch interessiert mich nicht, ob er ist wie ich oder ob er Dankbarkeit zeigt. Mich interessiert die Gerechtigkeit«, sagte Bink. »Ist es recht, daß der Dämon befreit wird?«

»Nach seiner Logik wärst du ein arger Trottel, wenn du ihn befreien solltest.«

Der Gute Magier, der etwas seitlich von ihnen stand, nickte zustimmend.

»Juwel!« sagte Bink.

Die Nymphe hob die Augen. Sie roch nach alten Knochen. »Mir macht nichts so viel Angst wie der Dämon«, sagte sie. »Seine Magie . . . er kann uns mit einem Wimpernzucken völlig auslöschen.«

»Dann würdest du ihn nicht freilassen?«

»O nein, Bink – niemals.« Sie stockte kurz und lieblich. »Ich weiß ja, daß du den Liebestrank zu dir genommen hast, deshalb ist das vielleicht unfair, aber ich habe eine solche Angst vor der Reaktion des Dämons, daß ich absolut alles für dich tun würde, nur damit du ihn nicht freisetzt.«

Wieder nickte der Gute Magier. Nymphen waren recht schlichte, direkte Wesen, von keinerlei komplizierten Gewissenskonflikten oder gesellschaftlichen Konventionen behindert. Eine wirkliche Frau hätte vielleicht ebenso empfunden wie Juwel, aber sie hätte sich wesentlich indirekter ausgedrückt und dafür eine zumindest oberflächlich überzeugende Begründung abgegeben. Die Nymphe hatte ihren Preis klar offenbart.

Also rieten sowohl die logischen als auch die gefühlsbetonten Berater ihm, den Dämon $X(A/N)^{th}$ nicht freizulassen. Und doch war Bink noch unentschieden. Irgend etwas an dieser riesigen, supermagischen, spielenden Wesenheit –

Da hatte er es! Ehre! In seinem eigenen Rahmen war der Dämon ehrenhaft. Er verstieß nicht gegen die Spielregeln – nicht einmal im kleinsten Detail, obwohl niemand von seinen Genossen da war, um es zu bemerken, und das schon seit tausend Jahren. Eine Integrität, die jedes menschliche Vermögen überstieg. Sollte er dafür etwa bestraft werden?

»Ich respektiere Sie«, sagte Bink schließlich zu Humfrey. »Und ich respektiere auch das Motiv der Gehirnkoralle.« Er wandte sich an den Golem. »Ich meine, du solltest deine Chance haben, voll und ganz wirklich zu werden.« Und zu der Nymphe sagte er: »Und dich liebe ich, Juwel.« Er machte eine Pause. »Aber ich könnte nichts und niemanden respektieren, wenn ich nicht auch die Gerechtigkeit respektierte und achtete. Wenn ich es zuließe, daß meine persönlichen Bindungen und Wünsche über meine eigene Rechtschaffenheit siegten, dann dürfte ich mich nicht mehr als moralisches Wesen bezeichnen. Ich muß tun, was ich für richtig halte.«

Die anderen antworteten nicht, sondern blickten ihn stumm an.

»Das Problem ist folgendes«, fuhr Bink nach einer kurzen Pause fort. »Ich bin mir nicht sicher, was *wirklich* richtig und rechtens ist. Die Grundprinzipien des Dämons sind derart kompliziert und die Folgen eines Magieverlusts für unser Land sind derartig gewaltig... daß ich nicht weiß, was Recht und was Unrecht ist.« Er stockte erneut. »Ich wünschte, Chester wäre hier, damit ich mich mit ihm verständigen könnte, sowohl vernunft- als auch gefühlsmäßig.«

»Du kannst den Zentauren retten«, sagte Humfrey. »Das Wasser des Korallensees tötet nicht, es konserviert nur. Er schwebt im Salzwasser und kann nicht fliehen, aber er lebt. Die Koralle kann ihn nicht befreien, denn das Salzwasser konserviert sie selbst auf ähnliche Weise. Aber wenn du die Magie unseres Landes rettest, kannst du mit Hilfe der phänomenalen Kraft dieser Umgebung hier deinen Freund wieder hervorholen.«

»Sie bieten mir schon wieder eine Verlockung persönlicher Art an«, erwiderte Bink. »Ich darf mich nicht von Ihnen beeinflussen lassen!« Denn nun begriff Bink, daß er den Kampf gegen die Gehirnkoralle immer noch nicht gewonnen hatte. Äußerlich war er zwar der Sieger, aber innerlich blieb die Sache noch unentschieden. Wie konnte er sichergehen, daß die Entscheidung, die er treffen würde, auch tatsächlich seine eigene sein würde?

Dann hatte er eine brillante Idee. »Argumentieren Sie doch mal für die Gegenseite, Magier! Sagen Sie mir, warum ich den Dämon freilassen sollte!«

Humfrey winkte erschrocken ab. »Du sollst den Dämon aber nicht freilassen!«

»Das sagen *Sie*. Das glaubt auch die Koralle. Ich kann aber nicht feststellen, ob das wirklich Ihr Wille ist oder nur das Produkt einer Beeinflussung durch Ihren Herrn. Also werden

Sie jetzt für den Dämon argumentieren, und ich argumentiere dafür, daß er angekettet bleibt. Vielleicht finden wir auf diese Weise ja zur Wahrheit.«

»Du hast selbst etwas von einem Dämon an dir«, murmelte Humfrey.

»Jetzt werfe ich also ein, daß diese meine Freunde wichtiger sind als irgend so ein unpersönlicher Dämon«, sagte Bink. »Ich weiß zwar nicht, was für $X(A/N)^{th}$ gut ist, aber ich weiß auf jeden Fall, daß meine Freunde nur das Beste verdienen. Wie kann ich sie verraten, indem ich den Dämon befreie?«

Humfrey sah aus als hätte er sein Böser-Blick-Auge verschluckt, aber er machte dennoch gute Miene zum bösen Spiel. »Das ist doch keine Frage des Verrats, Bink. Keines dieser Wesen hätte jemals die Magie kennengelernt, wenn der Dämon nicht hier gewesen wäre. Jetzt ist $X(A/N)^{th}$'s Zeit der Gefangenschaft zu Ende, und er muß freigelassen werden. Wenn du das nicht tätest, würde das bedeuten, daß du deine Rolle im Spiel des Dämonen verrätst.«

»Ich habe keine Verpflichtung, am Spiel des Dämonen teilzunehmen!« gab Bink zurück. Langsam bekam er ein Gespür für die Diskussion. »Mich hat der reine Zufall hierher gebracht.«

»Das *ist* doch gerade die Rolle! Daß du, als bewußtes, denkfähiges Wesen, ohne vom Dämonen beeinflußt worden zu sein, aus eigenem Ansporn oder per Zufall hierher kommst, um ihn zu befreien. Du hast gegen uns alle gekämpft, um zu dieser Entscheidung zu finden, und du hast auch gewonnen. Willst du jetzt alles einfach wegwerfen?«

»Ja, wenn es das Beste sein sollte.«

»Wie kannst du dir anmaßen zu wissen, was das Beste für ein Wesen wie $X(A/N)^{th}$ ist? Befreie ihn und laß ihn sein Schicksal selbst in die Hand nehmen.«

»Auf Kosten meiner Freunde, meines Landes und meiner Geliebten?«

»Die Gerechtigkeit ist absolut. Du darfst keine persönlichen Faktoren dagegen aufwiegen.«

»Die Gerechtigkeit ist aber *nicht* absolut! Sie hängt von der jeweiligen Situation ab. Wenn in beiden Waagschalen Recht und Unrecht liegen, dann ist der Ausschlag –«

»Du kannst doch nicht Recht und Unrecht mit einer Waage gegeneinander aufwiegen, Bink!« sagte Humfrey heftig. Er hatte sich inzwischen in seine Rolle als Dämonenadvokat hineingesteigert. Jetzt war Bink überzeugt davon, daß es der Gute Magier selbst war, der zu ihm sprach, und nicht die Gehirnkoralle. Der Feind hatte Humfrey zumindest in diesem Umfang freigeben müssen, damit er das Spiel vorläufig mitspielen konnte. Weder Verstand noch Gefühl des Magiers waren ausgelöscht worden, und das war ein Teil dessen, was Bink wissen mußte. »Recht und Unrecht finden sich weder in Dingen noch in der Geschichte, und sie lassen sich auch nicht in menschliche oder dämonische Begriffe fassen. Es sind lediglich Standpunkte. Die Frage lautet vielmehr, ob man dem Dämon gestatten soll, seinen Weg auf seine Weise zu gehen.«

»Aber genau das tut er doch bereits!« wandte Bink ein. »Wenn ich ihn nicht befreie, dann entspricht das doch auch seinen Spielregeln. Ich bin doch zu nichts verpflichtet!«

»Die Ehre des Dämons zwingt ihn, eine Beschränkung hinzunehmen, die kein Mensch dulden würde«, meinte Humfrey. »Es ist nicht verwunderlich, daß dein eigenes Ehrgefühl, an diesem vollkommenen Maßstab gemessen, minderwertiger ist.«

Bink hatte das Gefühl, als habe ihn ein Waldvernichtungszauber mit einem Schlag getroffen. Der Magier war wirklich ein vernichtender Nahkampfgegner, selbst bei einer Sache, die er ablehnte! Nur daß dies vielleicht die wirkliche Meinung des Magiers sein konnte, die die Koralle ihn gezwungenermaßen vertreten ließ. »Meine Ehre gebietet es mir, mich an den Kodex meiner Art zu halten, so unvollkommen er auch sein mag.«

Humfrey spreizte schulterzuckend die Hände. »Dagegen kann ich nicht argumentieren. Der einzige wirkliche Kampf zwischen Gut und Böse findet im Innern deines Ichs statt – wer immer du auch sein magst. Wenn du ein Mensch bist, mußt du auch als Mensch handeln.«

»Ja«, sagte Bink. »Und mein Kodex verlangt –« Er hielt verwirrt und entsetzt inne. »... er verlangt, daß ich keine lebende, fühlende Kreatur durch meine Untätigkeit leiden lassen darf. Es spielt gar keine Rolle, ob der Dämon mich an meiner Stelle auch befreien würde oder nicht. Ich bin jedenfalls kein Dämon und werde auch nicht wie einer handeln. Wichtig ist vielmehr, daß ein Mensch es nicht zulassen darf, daß ein Unrecht, das ihm bewußt wurde, fortgesetzt wird. Nicht, wenn er etwas ändern kann.«

»Aber Bink!« rief Juwel, die plötzlich nach Myrrhe duftete. »Tu's nicht!«

Er blickte sie erneut an. Sie war so hübsch, selbst in ihrer Furcht, und doch so fehlbar! Chamäleon hätte seine Entscheidung unterstützt, nicht etwa weil sie ihm hätte gefallen wollen, sondern weil sie ein Mensch war, der, wie er auch, daran glaubte, daß man das Richtige tun mußte. Doch obwohl Juwel, wie alle Nymphen, keinerlei überwältigendes Gefühl sozialer Verpflichtung kannte, war sie innerhalb ihrer eigenen Grenzen ein gutes Wesen. »Ich liebe dich, Juwel. Ich weiß zwar, daß das nur einer von den Versuchen der Koralle ist, mich von meinem Vorhaben abzuhalten, aber . . . na ja, wenn ich den Liebestrank nicht eingenommen hätte und nicht bereits verheiratet wäre, wäre es mir auch so sehr leichtgefallen, mich in dich zu verlieben. Wahrscheinlich wird es dich nicht sonderlich trösten, wenn ich dir sage, daß ich auch das Leben meiner Frau und meines ungeborenen Kindes und meiner Eltern und aller, die ich liebe, aufs Spiel setze. Aber ich muß tun, was ich tun muß.«

»Du Narr!« rief Grundy. »Wenn ich wirklich wäre, würde ich die Nymphe packen und diesen Dämonen zur Hölle fahren lassen. $X(A/N)^{th}$ wird es dir nicht lohnen.«

»Das weiß ich«, sagte Bink. »Niemand wird mir dafür danken.«

Dann drehte er sich zu dem riesigen Dämonengesicht um. »Ich befreie dich, Xanth«, sagte er.

XIII
Verlorene Magie

Sofort brach der Dämon frei. Jene durchgesickerte Magie seiner unmittelbaren Umgebung war nichts, verglichen mit der Magie seines Ausbruchs. Ein greller Blitz, ein ohrenbetäubender Knall – da wurde Bink von der Explosion durch die Höhle geschleudert. Er krachte gegen eine Wand. Als er wieder zu sich kam, sah er, wie die Höhle langsam zusammenbrach. Riesige Felsbrocken stürzten herab und wurden zu Sand zertrümmert. Die ganze Welt schien in den Raum hineinzustürzen, den der Dämon freigemacht hatte. Damit hatte Bink nicht gerechnet: Er hatte an die Möglichkeit einer willkürlichen Zerstörung durch $X(A/N)^{th}$ oder die eines allmählichen Verlusts der Magie gedacht, aber nicht an eine achtlose Vernichtung im Zuge des Verschwindens des Dämonen.

Was hatte er getan? fragte er sich, als ihn der Staub zu ersticken drohte und nur die funkenstiebenden Felsen die Szene erhellten. Warum hatte er nicht auf die Warnung der Gehirnkoralle gehört und den Dämon in Frieden gelassen? Warum hatte er seiner Liebe zu Juwel nicht nachgegeben und –

Seiner Liebe? Nein, das stimmte ja gar nicht, dachte er inmitten der einstürzenden Trümmer. Er liebte Juwel nicht mehr!

Das bedeutete aber, daß die Magie tatsächlich verschwunden war. Der Liebestrank wirkte nicht mehr. Jetzt würde sein Talent ihn nicht länger schützen. Das Land Xanth war nun Mundania gleich.

Bink schloß die Augen und weinte. Die Luft war voller Staub, der ihm in den Augen brannte, und Angst hatte er außerdem auch, aber es war noch mehr als nur das. Er weinte um Xanth. Er hatte die Einzigartigkeit der ihm vertrauten Welt vernichtet. Selbst wenn er diesen Höhleneinsturz überleben sollte – wie konnte er jemals damit leben?

Er wußte nicht, wie die Gemeinschaft, zu der er ja gehörte, darauf reagieren würde. Was würde aus den Drachen und den Gewirrbäumen und den Zombies werden? Wie konnten die Menschen ohne Magie leben? Es war als sei die gesamte Bevölkerung plötzlich in die schäbige Kategorie der Nicht-Talentierten verbannt worden.

Nach und nach beruhigte sich das Gestein. Bink stellte fest, daß er mit Felsstaub beschmiert und auch zerkratzt war, aber seine Gliedmaßen und sein Schwert waren noch intakt. Wie durch ein Wunder hatte er überlebt.

Und die anderen? Er spähte durch das Geröll. Mattes Licht fiel duch ein Loch an der Decke herein. Das war offenbar der Fluchtweg des Dämons gewesen. $X(A/N)^{th}$ mußte einfach emporgeschossen sein und sich seinen Weg achtlos durch den Fels gebahnt haben. Welch eine Macht!

»Magier! Juwel!« rief Bink, doch er erhielt keine Antwort. Der Steinschlag war derart heftig gewesen, daß nur die Stelle, an der er gelegen hatte, davon verschont geblieben war. Sein Talent mußte ihn kurz bevor es verlosch noch gerettet haben. Doch das war nun vorbei.

Er bahnte sich seinen Weg über den Schutt. Staub wirbelte auf und bedeckte alles. Bink begriff, daß er zwar das Entweichen des Dämons mitbekommen hatte, wahrscheinlich aber eine Zeitlang auch ohnmächtig gewesen war. Es hatte sich eine Unmenge Staub angesammelt! Und doch wies sein Kopf nicht einmal eine Schramme auf und schmerzte auch nicht. Freilich konnte die physische und magische Explosion des entweichenden Dämons manche Widersprüche begründen.

»Magier!« rief er erneut, obwohl er wußte, daß es zwecklos war. Er, Bink, hatte überlebt – aber seine Freunde hatten im kritischen Augenblick nicht den gleichen Schutz genossen wie er. Irgendwo unter diesem Geröllberg . . .

Er erspähte ein Glitzern, eine matte Spiegelung, ein schwaches Glimmen zwischen zwei dunklen Steinen. Er schob sie auseinander. Da war es: die Flasche mit Crombie. Auf der Flasche lag ein Lumpen. Bink hob die Flasche auf und ließ den Lumpen herabfallen – da sah er, daß es die Überreste von Grundy dem Golem waren. Die kleine Menschengestalt hatte ihr Leben der Magie verdankt. Nun bestand Grundy nur noch aus ein paar Stoffetzen.

Bink schloß wieder die Augen. Eisige Trauer überkam ihn. Er hatte getan, was ihm als richtig erschienen war – aber er hatte die Konsequenzen nicht wirklich bedacht. Moralische Spitzfindigkeiten ließen sich nicht greifen, Leben und Tod dagegen waren sehr greifbar. Doch mit welchem Recht hatte er diese Wesen zum Tode verurteilt? War das seine Moral gewesen: sie im Namen der Moral umzubringen?

Er steckte den Lumpen zusammen mit der Flasche in seine Tasche. Offenbar hatte der Golem als letztes versucht, die Flasche mit seinem Körper zu schützen. Mit Erfolg. So hatte Grundy also sein Leben für das des Greifen geopfert, dem er gedient hatte. Er hatte sich gesorgt und hatte also seine Wirklichkeit tatsächlich erlangt – gerade noch rechtzeitig, um sie von widrigen Umständen wieder zerschmettern zu lassen. Wo blieb denn da die Moral?

Da kam ihm plötzlich ein anderer Gedanke, und er holte die Flasche wieder hervor. War Crombie immer noch dort drin? In welcher Gestalt? Wenn die Magie verschwunden war, war er möglicherweise tot – es sei denn, daß in der Flasche noch etwas Magie übriggeblieben war –

Es war wohl besser, sie nicht zu öffnen! So gering Crombies Chancen wahrscheinlich waren, hingen sie vermutlich von dieser Flasche ab. Wenn er ihn freiließ und die Magie sich in der Luft verflüchtigte – würde Crombie dann wieder als Mensch hervorkommen, als Greif oder als flaschengroße, komprimierte Masse? Bink war gerade bereits ein gewaltiges Risiko eingegangen, als er den Dämon freigelassen hatte. Bei seinem Freund durfte er kein ähnliches Risiko eingehen. Er steckte die Flasche wieder in die Tasche.

Wie trübselig dieses Loch doch war! Allein mit einer Flasche, einem kaputten Golem und seinem Entsetzen. Das ethische Prinzip, auf dessen Grundlage er seine Entscheidung getroffen hatte, war ihm nun völlig schleierhaft. Der Dämon Xanth war bereits über tausend Jahre lang ein Gefangener gewesen. Da hätten ihm ein, zwei weitere Jahrhunderte doch wohl auch kaum schaden können, oder?

Bink stellte fest, daß er sich doch noch nicht an der tiefsten Stelle des Lochs befand. Das Geröll ließ ein noch tieferes Loch frei, in dem dunkles Wasser zu sehen war. Der See! Aber sein Spiegel hatte sich drastisch gesenkt. Jetzt waren darin die dunkelgrauen Windungen einer ehemals unter Wasser gelegenen Gestalt zu erkennen. Das war also die Gehirnkoralle! Sie war tot. Ohne die mächtige Magie des Dämons konnte sie nicht existieren.

»Ich fürchte, du hast recht gehabt, Koralle«, sagte Bink niedergeschlagen. »Du hast mich durchgelassen, und ich habe dich zerstört. Dich und unsere Welt.«

Es roch nach Rauch. Nicht nach dem gesunden Duft eines munteren Feuers, sondern nach der verkohlenden Fäulnis nur teilweise brennender Vegetation. Offenbar hatte der Dämon irgendein Gestrüpp entzündet, sofern es hier unter der Erde überhaupt Gestrüpp gab. Wahrscheinlich hatte die intensive Magie das bewirkt und einen echten Brand zurückgelassen. Vermutlich würde das Feuer hier unten nicht lange brennen, aber auf jeden Fall verpestete es die Luft ganz erheblich.

Dann hörte er ein zartes Stöhnen. Das war doch wohl nicht die Koralle! Er kletterte in die Richtung des Geräuschs – und entdeckte Juwel, die in einer Erdspalte stak und aus einer Kopfwunde blutete, aber ganz eindeutig noch am Leben war. Hastig hob er sie aus der Ritze und schleppte sie an eine heller erleuchtete Stelle. Er lehnte sie gegen einen Felsen und schlug ihr sanft mit den Fingerspitzen auf die Wangen, damit sie wieder zu Bewußtsein gelangte. Sie bewegte sich. »Weck mich nicht auf, Bink. Laß mich in Frieden sterben.«

»Die anderen habe ich schon alle umgebracht«, sagte er verstockt. »Wenigstens du wirst wieder –«

»An meine Arbeit gehen können? Das kann ich nicht ohne Magie.«

Irgend etwas an ihr war seltsam. Bink dachte angestrengt nach, dann fiel es ihm ein. »Du duftest ja gar nicht!«

»Das war Magie.« Sie seufzte. »Na ja, wenn ich am Leben bin, bin ich wohl am Leben. Aber es wäre mir wirklich lieber, wenn du mich sterben ließest.«

»Dich sterben lassen! Das würde ich nie tun. Ich –«

Sie sah ihn mit einem wissenden Blick an. Selbst mit staub- und blutverkrustetem Gesicht war sie noch schön. »Die Magie ist doch weg. Du liebst mich doch gar nicht mehr.«

»Deshalb bin ich es dir trotzdem schuldig, dich nach Hause zu bringen«, erwiderte Bink. Er blickte empor und suchte nach dem geeignetsten Weg, ohne den rätselhaften Ausdruck auf ihrem Gesicht zu bemerken.

Sie durchsuchten das Geröll, konnten den Magier aber nicht finden. In gewisser Hinsicht war Bink sogar erleichtert. Nun durfte er hoffen, daß Humfrey das Ganze überlebt hatte und bereits vor ihm aufgebrochen war.

Bink spähte hinauf zu dem Austrittsloch des Dämons. »Da kommen wir nie hoch«, meinte er bedrückt. »Dazu ist die Felswand zu steil.«

»Ich kenne einen Weg. Ohne den Schaufler wird das nicht ganz leicht sein, aber es gibt auch natürliche Gänge und – oh!«

Ein Ungeheuer versperrte ihm den Weg. Es ähnelte einem Drachen, besaß aber weder Flügel noch Feueratem. So glich es mehr einer sehr langen Schlange mit Beinen.

»Das ist ein Tunneldrache, glaube ich«, sagte Juwel. »Aber irgend etwas fehlt.«

»Ja, die Magie«, antwortete Bink. »Er verwandelt sich in ein mundanisches Wesen – und versteht das alles nicht.«

»Meinst du etwa, daß ich mich auch in eine mundanische Frau verwandeln werde?« fragte sie, keineswegs unerfreut.

»Ich glaube schon. Es gibt ja eigentlich auch kaum Unterschiede zwischen einer Nymphe und –«

»Gewöhnlich lassen sie die Leute in Ruhe«, fuhr sie beunruhigt fort. Bevor Bink etwas sagen konnte, fügte sie hinzu: »Es sind ziemlich scheue Drachen.«

Ach so. Eine typisch nymphische Gedankenfolge. Bink behielt seine Hand am Schwertgriff. »Dies ist aber eine ungewöhnliche Situation.«

Tatsächlich griff die Schlange mit aufgesperrtem Maul an. Obwohl sie für einen Landdrachen relativ klein war, war sie immer noch ein beachtliches Tier. Ihr Kopf war etwas größer als Binks, und ihr Körper war sehnig und kräftig. Bink hatte nicht genügend Armfreiheit, um mit seinem Schwert voll ausholen zu können, deshalb hielt er es vorgestreckt.

Die Schlange biß nach der Klinge, was sehr dumm von ihr war, denn die verzauberte Klinge würde ihr mit großer Wahrscheinlichkeit das Maul zerreißen. Die Zähne schnappten zu – und die Klinge wurde Bink aus der Hand gerissen.

Da fiel es ihm wieder ein: Ohne Magie war der Zauber des Schwerts auch verschwunden. Er mußte es selbst zur Wirkung bringen, und zwar ganz und gar allein. Die Schlange schleuderte das Schwert beiseite und riß wieder das Maul auf. Ihre Unterlippe blutete. Die Klinge hatte sie also leicht verletzt, doch nun stand Bink dem Ungeheuer mit leeren Händen gegenüber.

Der Kopf stieß vor. Bink tänzelte zurück. Doch als der Vorstoß der Schlange ihn verfehlte und ihr Kopf sich senkte, hieb er ihr mit der Faust darauf. Das Ding zischte vor Wut und Verblüffung, als sein kinnloses Kinn gegen den Boden prallte. Doch Bink hatte bereits seinen Fuß auf den Schlangennacken gestemmt und hielt ihn unten. Mit scharrenden Beinen versuchte die Schlange sich loszureißen, doch Bink hatte sie säuberlich und sicher festgenagelt.

»Mein Schwert!« rief er. Hastig reichte Juwel es ihm, mit der Spitze zuerst. Bink griff bereits danach, als er es merkte. Beim Zurückweichen hätte er beinahe das Gleichgewicht und auch die Kontrolle über seinen Gefangenen verloren. »Andersrum!« fauchte er.

»Ach so.« Sie hatte nicht daran gedacht, daß er das Schwert am Griff packen mußte. Sie verstand überhaupt nichts von Waffen. Vorsichtig ergriff sie das Schwert an der Klinge und hielt es ihm entgegen.

Doch als er es packte, gelang es der Schlange, sich loszureißen. Bink sprang mit erhobenem Schwert einen Schritt zurück.

Das Ding hatte genug. Es wich unbeholfen zurück und verschwand seitlich in einem Loch. »Du bist aber tapfer!« sagte Juwel.

»Ich war dumm, mich von ihr entwaffnen zu lassen«, knurrte er. Er war überhaupt nicht stolz auf diese Begegnung. Er hatte durch und durch tapsig reagiert und überhaupt nicht elegant. Es war einfach ein dummes, sinnloses Handgemenge gewesen. »Gehen wir, bevor ich noch einen schlimmeren Fehler begehe. Ich habe dich aus deinem Heim verschleppt und werde dich auch wieder heil zurückbringen, bevor ich dich verlasse. Das ist nur recht und billig.«

»Recht und billig«, wiederholte sie leise.

»Stimmt irgendwas nicht?«

»Was soll ich denn machen, ohne Magie?« fragte sie wütend. »Jetzt wird nichts mehr klappen!«

Bink dachte nach. »Du hast recht. Ich habe dir deinen ganzen Lebensinhalt genommen. Ich nehme dich wohl besser an die Oberfläche mit.«

Sie sah ihn erfreut an, doch dann verdüsterte sich ihre Miene wieder. »Nein, das hat keinen Zweck.«

»Ist schon in Ordnung. Ich hab dir ja gesagt, daß der Trank nicht mehr wirkt. Ich liebe dich nicht und werde dich auch nicht belästigen. Du kannst dich in einem der Dörfer niederlassen oder vielleicht auch im Palast des Königs arbeiten. Ohne Magie wird es zwar nicht mehr besonders sein, aber schlimmer als hier unten kann es auch nicht werden.«

»Wer weiß«, murmelte sie.

Sie schritten weiter. Juwel kannte das Labyrinth der Höhlen recht gut, nachdem sie einmal aus den Dämonentiefen hervorgekommen waren, und führte sie stetig, wenn auch mit Umwegen, nach oben. Abgesehen von der unmittelbaren Umgebung des Dämonen war nicht viel zerstört, doch die Magie war überall verschwunden, so daß alle Wesen verrückt spielten. Ratten versuchten, ihn mit ihrer Nagemagie zu treffen, und als es ihnen nicht gelang, versuchten sie es mit ihren Zähnen. Da sie ebensowenig Übung mit dem Gebrauch ihrer Zähne im

Nahkampf hatten wie Bink mit dem Gebrauch eines entzauberten Schwerts, war der Kampf einigermaßen fair. Mit scharfen Schwerthieben trieb er sie zurück. Die Klinge mochte zwar nicht mehr magisch aufgeladen sein, aber ihre Schneide war noch immer sehr scharf und konnte durchaus verwunden und töten.

Doch es kostete viel Kraft, das Schwert zu schwingen, so daß sein Arm bald ermattete. Früher war das Schwert durch einen Zauber leichter gemacht worden und ließ sich auch müheloser führen. Die Ratten kamen wieder näher, hielten sich gerade außerhalb seiner Reichweite und versuchten seine Fußsohlen anzunagen, wenn er klettern mußte. Juwel erging es nicht besser: Sie besaß nicht einmal ein Messer und mußte sich Binks Messer ausleihen, um sich zu verteidigen. Ein Ungeheuer konnte man noch töten, aber diese Tiere hier schienen zahllos zu sein. Zum Glück waren es keine Nickelfüßler, aber sie erinnerten deutlich daran.

»Der Weg . . . er wird an manchen Stellen völlig finster sein«, sagte Juwel. »Daran habe ich nicht gedacht . . . ohne Magie gibt es natürlich kein magisches Licht. Ich fürchte mich vor der Dunkelheit.«

Bisher hatte es noch ein Restleuchten gegeben, aber das ließ bereits nach. Bink blickte die nahen Ratten an. »Aus gutem Grund«, meinte er. »Wir müssen wenigstens sehen können, wogegen wir kämpfen.« Ohne sein Talent fühlte er sich halbnackt, obwohl es ihn doch nur vor Magie schützte und jetzt völlig nutzlos gewesen wäre. Rein praktisch gesehen hatte sich seine Lage nicht geändert, da er nicht mehr von Magie bedroht wurde. Das würde auch nie wieder vorkommen. »Feuer . . . wir brauchen Feuer, Licht. Fackeln . . . wenn wir Fackeln herstellen könnten . . .«

»Ich weiß, wo es Feuersteine gibt!« sagte Juwel. Doch dann besann sie sich wieder. »Aber ich glaube nicht, daß die ohne Magie funktionieren.«

»Weißt du, wo es trockenes Gras gibt . . . Stroh meine ich? Irgend etwas, das man zusammenwickeln und verbrennen kann? Und – aber ich weiß ja gar nicht, wie die Mundanier Feuer machen, deshalb –«

»Ich weiß, wo es magisches Feuer gibt –« Sie brach ab. »Oh, das ist ja wirklich schrecklich! Keine Magie ...« Sie sah den Tränen nahe aus. Bink wußte, daß Nymphen keinen standfesten Charakter besaßen. Und doch hatte auch er geweint, als ihm zum ersten Mal klar geworden war, was er angerichtet hatte.

»Ich weiß!« rief Bink zu seiner eigenen Überraschung. »Da hat doch irgend etwas gebrannt ... ich habe es vorhin gerochen. Wenn wir dorthin gingen –«

»Großartig!« rief sie erfreut.

Sie folgten ihrem Geruchssinn und waren schon bald am Ziel: ein offenbar von Kobolden angelegter magischer Garten, der nun verdorrt und braun war. Das tote Laub schwelte, und der Rauch erfüllte in mehreren Schichten den oberen Teil der Gartenhöhle. Die Kobolde hatten sich natürlich sogleich davongemacht. Sie hatten sich so sehr vor dem Feuer gefürchtet, daß sie nicht einmal den Versucht gemacht hatten, es zu löschen.

Bink und Juwel sammelten das bestmögliche Material, flochten es zu einem unregelmäßigen Seil und entzündeten ein Ende. Das Ding knisterte und flammte kurz auf, dann erlosch es mit furchtbar stinkendem Qualm. Doch nach mehreren Versuchen gelang es ihnen schließlich, es am Brennen zu halten. Es genügte, wenn es solange schwelte, bis sie eine offene Flamme brauchten, was sie durch kräftiges Pusten mühelos erreichen konnten. Juwel trug das Seil, was ihr ein dringend notwendiges Gefühl der Sicherheit verlieh, während Bink so beide Hände für eventuelle Kämpfe freihielt.

Nun waren die Kobolde die schlimmsten Gegner. Offensichtlich waren sie wütend darüber, daß sie in ihren Garten eingedrungen waren. Jetzt, im Dunkeln, wurden sie frecher. Sie schienen eine Kreuzung von Menschen und Ratten zu sein. Nun, da die Magie verschwunden war, hatte auch ihre Menschenähnlichkeit nachgelassen, so daß der Rattenaspekt stärker zum Vorschein trat. Doch das mochte wohl vor allem an ihren Gewohnheiten liegen, dachte Bink. Körperlich glichen sie immer noch grobschlächtigen kleinen Männern mit großen weichen Füßen und kleinen harten Schädeln.

Das Problem bei Kobolden war, daß sie die Intelligenz von

Menschen und die moralischen Skrupel von Ratten besaßen. Sie verschwanden einfach im Dunkeln, aber feige waren sie nicht. Es lag einfach daran, daß sie allein, zu dritt oder zu sechst gegen Binks Schwert nichts hätten ausrichten können, und für eine größere Zahl von Angreifern war die Höhle zu klein. Deshalb hielten sie sich fern – aber sie gaben nicht auf.

»Ich glaube, sie wissen, daß ich den Dämon befreit habe«, murmelte Bink. »Jetzt wollen sie Rache üben. Ich kann es ihnen nicht verdenken.«

»Du hast getan, was du für richtig gehalten hast!« sagte Juwel empört.

Er legte den Arm um ihre schlanke Hüfte. »Und du tust auch, was du für richtig hältst, indem du mir dabei hilfst, zur Oberfläche zurückzufinden – obwohl wir beide wissen, daß ich falsch gehandelt habe. Ich habe die Magie von Xanth zerstört.«

»Nein, du hast nicht falsch gehandelt«, sagte sie. »Du hast Mitleid für den Dämon gehabt und –«

Er drückte sie fester. »Danke, daß du das sagst. Würde es dir etwas ausmachen, wenn ich –« Er brach ab. »Ich hatte es ja ganz vergessen! Ich bin ja gar nicht mehr in dich verliebt!«

»Es macht mir auch so nichts aus«, meinte sie. Doch er nahm verlegen den Arm zurück. Er hörte das böse Kichern eines Kobolds, hob einen Stein auf und warf ihn nach dem Wesen. Aber er verfehlte es natürlich.

Bink sammelte eine Anzahl Steine und warf sie auf jeden Kobold, den er erblickte. Mit der Zeit wurde er immer treffsicherer, so daß die Kobolde weiter zurückwichen. Steine hatten eine ganz besondere Magie an sich, die mit echter Magie nichts zu tun hatte. Sie waren hart und scharf und zahlreich, und Bink konnte wesentlich besser zielen als jeder Kobold. Trotzdem gaben sie nicht auf. Beauregards Warnung war keine Übertreibung gewesen: Solch mutigen und zähen Kobolden war er noch nie zuvor begegnet.

Bink hätte gerne Rast gemacht, weil er sehr müde war, aber das konnte er nicht riskieren. Wenn er ruhte, könnte er einschlafen, und das wiederum könnte zu einer Katastrophe führen. Natürlich hätte Juwel solange Wache halten können, aber sie war schließlich nur eine Nymphe, oder genauer, eine junge

Frau, und er fürchtete, daß die Kobolde sie überrumpeln würden. In den Händen der Kobolde drohte ihr ein noch wesentlich schlimmeres Schicksal als ihm.

Verstohlen blickte er sie an. Dieser harte Marsch forderte bereits seine Opfer: Ihr Haar hatte seinen ursprünglichen Schimmer verloren und hing in glanzlosen Strähnen herab. Sie erinnerte ihn irgendwie an Chamäleon – aber nicht in ihrer Schönheitsphase.

Langsam kamen sie voran. Als sie sich der Oberfläche näherten, wurde der Anstieg immer beschwerlicher. »Mit der Oberwelt gibt es kaum Verbindung«, sagt Juwel keuchend. »Das hier ist der beste Weg, aber wie man ihn ohne Flügel oder Seile bezwingt, weiß ich auch nicht.«

Bink wußte es auch nicht. Wenn dies ein geeigneter Weg gewesen wäre, hätte Crombies Talent ihn beim Einstieg angezeigt. Durch einen Riß im Boden über ihren Köpfen war der Tageshimmel zu erkennen, doch die Wände ragten steil von unten nach oben und waren feucht und glitschig. Ohne Magie war es unmöglich, hier hochzuklettern.

»Wir können hier nicht lange bleiben«, sagte Juwel beunruhigt. »Vor dem Eingang steht ein Gewirrbaum, und seine Wurzeln können ziemlich zornig werden.« Erschrocken hielt sie inne. »Immer der gleiche Fehler! Ohne Magie –«

Deshalb hatte Crombie diesen Weg also auch nicht angezeigt. Ein Greifer! Aber die böse Magie war nun zusammen mit der guten verschwunden. »Los!« rief er.

Er entdeckte die Wurzeln des Greifers und riß sie aus dem Gestein. Dort, wo sie sich nicht mühelos herausreißen ließen, schnitt er sie ab. Schnell verknüpfte er sie zu einem kräftigen, wenn auch zottigen Seil. Greiferwurzeln waren belastbar, denn sie dienten dazu, ihre um sich schlagenden Opfer schnell auszuschalten. Keine Frage: Dieses Seil würde sein Gewicht mit Sicherheit halten!

»Aber wie bekommen wir es oben fest?« fragte Juwel ängstlich.

»Da oben ist ein großer Wurzelstamm, der die schmalste Stelle kreuzt«, sagte Bink.

Sie blickte empor. »Der ist mir ja noch nie aufgefallen,

obwohl ich schon oft hier war, um den Greifer zu ärgern und um davon zu träumen, wie er wohl auf der Oberfläche aussieht. Du hast wirklich eine gute Beobachtungsgabe.«

»Und du machst wirklich nette Komplimente. Diesmal wirst du die Welt auf der Oberfläche sehen. Ich werde dich erst verlassen, wenn du in sicheren Händen bist. Vielleicht im Dorf des Magischen Staubes.«

Sie wandte wortlos den Blick ab. Besorgt blickte er sie durch den Rauch des glimmenden Krautseils an. »Was ist? Habe ich etwas Verkehrtes gesagt?«

Sie blickte ihn mit plötzlicher Entschiedenheit an. »Bink, erinnerst du dich an unsere erste Begegnung?«

Er lachte. »Als ob ich die vergessen könnte! Du warst so schön und verschmiert, fast so verschmiert, wie wir es jetzt beide sind! Und ich hatte gerade den Trank –« Achselzuckend brach er ab, weil er nicht schon wieder über diesen peinlichen Vorfall reden wollte. »Weißt du, fast tut es mir leid, daß es jetzt vorbei ist. Du bist wirklich eine schrecklich liebe Nymphe, und ohne deine Hilfe –«

»Damals hast du mich geliebt und ich dich nicht«, sagte sie. »Du warst gerissen, und ich war dumm. Du hast mich angelockt, mich gepackt und geküßt.«

Bink scharrte unruhig mit den Füßen. »Es tut mir leid, Juwel. Ich ... es wird nicht wieder vorkommen.«

»Das glaubst *du*!« sagte sie, warf die Arme um seinen Hals und gab ihm einen Kuß auf den halb geöffneten Mund. So schmutzig sie auch war, war es doch eine bemerkenswerte Erfahrung, und fast glaubte er den Zwang des Liebestranks wieder zu spüren. Vorher hatte er sie geliebt, ohne sie zu kennen. Nun kannte er sie und verstand ihre nymphische Beschränkung und achtete sie dafür, daß sie so angestrengt versuchte, über ihren eigenen Schatten zu springen. Und er mochte sie mehr, als schicklich war. Unter der künstlichen Liebe hatte sich eine echte Zuneigung entwickelt, und diese Zuneigung hatte Bestand. Was würde Chamäleon wohl denken, wenn sie diese Umarmung gesehen hätte?

Juwel ließ ihn wieder los. »So dreht sich das Karussell«, sagte sie. »Ich bin komplizierter als noch vor ein paar Stunden, und du bist simpler geworden. Und jetzt mach, daß du raufkommst!«

Was sie wohl damit meinte? Verwundert beschwerte Bink das Seil mit einem großen Stein und warf es in Richtung Wurzelstamm. Er verfehlte sein Ziel, weil das Seil so schwer war. Er versuchte es erneut, doch immer noch war das Seil zu schwer. Schließlich machte er aus dem Seil ein Knäuel, das er emporwarf. Es fiel wieder herunter – ohne über die Wurzel zu gefallen zu sein. Doch das war schon ein Fortschritt, und nach mehreren Versuchen hatte er endlich Erfolg. Der Stein fiel herab und riß das Seil mit sich, es verhakte sich, doch mit einem scharfen Ruck hatte Bink schließlich auch diese Schwierigkeit überwunden. Dann knotete er die beiden Enden zusammen und erhielt so eine Schlaufe, die klettersicher war.

»Ich werde zuerst emporklettern, dann kannst du dich in die Schlaufe setzen, und ich ziehe dich hoch«, sagte er. Er wußte, daß sie zu schwach war, um aus eigener Kraft emporzuklettern. »Laß die Fackel hoch aufflackern, damit die Kobolde fernbleiben.«

Sie nickte. Bink atmete mehrmals tief durch und merkte, wie dies seinem ermüdeten Körper neue Kräfte zuführte. Dann packte er das Seil und begann mit dem Aufstieg.

Der Anfang war angenehmer, als er erwartet hatte, doch schon bald wurde es wesentlich schlimmer. Seine ohnehin schon müden Arme erlahmten sehr schnell. Er umklammerte das Seil mit beiden Beinen, um seine Arme auszuruhen, die sich auch zögernd erholten. Wenn er jetzt doch etwas Heilelixier gehabt hätte! Aber Juwel wartete – genau wie die Ratten und Kobolde. Er durfte keine Zeit verschwenden. Mit immer kleiner werdenden Klimmzügen zog er sich mühsam empor. Sein Atem ging schwer, und seine Arme fühlten sich an wie mit Wasser vollgesogene Holzstämme, doch er gab nicht auf.

Plötzlich – es war wie ein Wunder – war er oben. Vielleicht war sein Verstand von der unablässigen Anstrengung auch etwas abgestumpft und erwachte nun zu neuem Leben. Er umklammerte die große, etwas pelzige Wurzel. Nie hätte er sich träumen lassen, daß er einmal froh sein würde, einen Gewirrbaum umarmen zu dürfen!

Er warf ein Bein hoch, verfehlte sein Ziel, merkte, wie er stürzte. Fast eine Erleichterung, dieser freie Fall! Doch das Seil war auch noch da, und er umschlang es keuchend. Nur noch eine kurze Strecke, und doch – was für eine Anstrengung!

Oben an der Spitze befand sich ein Knoten. Bink stemmte die Beine dagegen, um sich mit seinen relativ erholten Beinmuskeln emporzustemmen. Irgendwie gelang es ihm, um die Wurzeln herumzuklettern. Jetzt sah er, daß sich unter der pelzigen Schicht rauhe Rinde verbarg, an der man sich gut festhalten konnte. Er packte zu und gelangte schließlich auf die Oberseite, wo er ermattet nach Luft japste. Er war sogar zu erschöpft, um erleichtert zu sein.

»Bink!« rief Juwel von unten. »Bist du in Ordnung?«

Das rüttelte ihn auf. Seine Arbeit war noch lange nicht zu Ende! »Das sollte ich eigentlich *dich* fragen! Halten die Ratten sich zurück? Kannst du dich in die Schlaufe setzen, damit ich dich hochziehe?« Er wußte zwar nicht, wie er das in seinem gegenwärtigen Zustand schaffen wollte, aber das konnte er ihr schlecht sagen.

»Ich bin nicht in Ordnung. Ich komme nicht mit hoch.«

»Juwel! Pack endlich das Seil! Wenn du das andere Ende hinter dir hochziehst, können die Ratten dich nicht erreichen!«

»Es sind nicht die Ratten, Bink. Ich habe mein ganzes Leben hier unten gelebt. Ich kann mit Ratten umgehen und zur Not sogar mit Kobolden, solange ich mein Licht habe. *Du* bist das Problem. Du bist ein attraktiver Mann.«

»Ich? Das verstehe ich nicht.« Doch das stimmte nicht ganz: Sie meinte keineswegs seine derzeitige Verfassung, in der er sicherlich noch häßlicher sein mußte als Chesters Gesicht (ach, der edle Zentaur – in welchem Zustand mochte er sich wohl befinden?). Die Zeichen waren deutlich genug gewesen, er hatte sich einfach nur geweigert, sie wahrzunehmen.

»Als du den Liebestrank eingenommen hast, da bist du ein ehrlicher Mensch geblieben«, rief Juwel ihm zu. »Du warst stark, stärker als jede Nymphe es sein kann. Du hast den Trank niemals als Entschuldigung benutzt, um deine Suche abzubrechen oder deine Freunde zu verraten. Ich habe diese Ehrlichkeit bewundert und versucht, ihr nachzueifern. Die einzige Ausnahme war der Kuß, den du gestohlen hast, und den habe ich mir zurückgeholt. Ich liebe dich, Bink, und jetzt –«

»Aber du hast doch nie von diesem Trank getrunken!« protestierte er. »Und selbst wenn, die Magie ist doch verschwunden –«

»Nein, ich habe nie davon getrunken«, stimmte sie ihm zu. »Deshalb konnte der Verlust der Magie mir auch nicht meine Liebe nehmen. Ich wurde gezwungen, aus meiner nymphischen Unschuld herauszuwachsen. Jetzt sehe ich, wie die Dinge wirklich sind, und ich weiß, daß es für mich kein Gegenmittel gibt außer der Zeit. Ich kann nicht mit dir kommen.«

»Aber da unten gibt es doch kein Leben für dich!« rief Bink erschüttert. Seine Liebe zu ihr war magischer Art gewesen, doch ihre zu ihm war wirklich. Ihre Liebe war besser als die seine je gewesen war. In der Tat, ihre Nymphenzeit war wohl vorbei. »Irgendwie muß sich doch eine Lösung finden –«

»Die gibt es auch, und ich werde sie wählen. Als ich sah, wie du mich opfertest, als der Zauber auf dir lag, wußte ich, daß es völlig hoffnungslos sein würde, wenn alles vorbei wäre. Es ist eine Ironie des Schicksals, daß meine Liebe zu dir nur dann erblüht ist, als du mich aufgegeben hast, eben *weil* du es getan hast. Denn du bist dabei deinen Prinzipien und deinen früheren Verpflichtungen treu geblieben. Das werde ich nun auch tun. Lebwohl, Bink!«

»Nein, nicht!« rief er. »Komm da unten raus! Es muß noch eine bessere Möglichkeit geben –«

Doch da rutschte das Seil bereits herunter und glitt über die Wurzel hinweg. Sie hatte die Schlaufe unten wieder aufgeknüpft und zog das Seil nun in die Tiefe. Er wollte danach greifen – zu spät. Das Ende des Seils glitt über die Wurzel und fiel in die Dunkelheit hinab.

»Juwel!« schrie er. »Tu das nicht! Ich liebe dich zwar nicht, aber ich mag dich doch. Ich –« Aber das war eine Sackgasse. Sie hatte recht: Selbst als er sie geliebt hatte, hatte er gewußt, daß er sie nie besitzen würde. Und daran hatte sich nichts geändert.

Er erhielt keine Antwort aus der Tiefe. Die Nymphe hatte sich für den ehrenhaften Weg entschieden und war allein davongegangen, hatte ihn freigegeben. Er hätte an ihrer Stelle ebenso gehandelt.

Es blieb ihm nichts mehr übrig, als nach Hause zurückzukehren. »Lebwohl, Juwel!« rief er und hoffte, daß sie ihn noch hören konnte. »Du hast zwar nicht meine Liebe, aber meine Achtung. Du bist eine Frau geworden.«

Er hielt inne und lauschte, doch es war nichts mehr zu hören. Schließlich erhob er sich von der Wurzel und blickte sich um. Er befand sich in einer tiefen Erdspalte, die er nun als Teil der großen Spalte erkannte, die das Land Xanth in zwei Hälften teilte. Der Baum war unten in der Spalte verwurzelt, reichte aber bis an die Oberkante, und einer seiner Zweige wuchs über den Rand der Schlucht hinaus. Ohne Magie konnte man gefahrlos an ihm emporklettern. Das ganze Gebiet war jetzt frei von magischen Bedrohungen. Jetzt konnte er in einem Tag den Palast des Königs erreichen.

Er erblickte einige Käfer, die mit zuckenden Scheren in der Sonne lagen. Mitleidig schob er sie sanft mit dem Fuß in den Schatten. Arme kleine Dinger!

Da erkannte er sie. Das waren ja Nickelfüßler, ihrer Magie beraubt! Wie tief sie gefallen waren!

Doch als er sich vom letzten Greifarm des Gewirrbaums auf die Oberfläche schwang, mußte er feststellen, daß sie ihm unvertraut war. Die Spalte verlief in Nord-Süd-Richtung, es sei denn, der Verlust der Magie hatte irgendwie die Sonnenbahn umgekehrt. Das mußte eine andere Schlucht sein, nicht die Spalte. Also hatte er sich doch verlaufen.

Als er darüber nachdachte, kam er zu dem Schluß, daß er sich wahrscheinlich südlich der Spalte befand, also auch südlich des Palastes. Deshalb war es wohl das Beste, sich in nördlicher Richtung in Bewegung zu setzen bis er an die Spalte oder ein anderes bekanntes Landschaftsmerkmal gelangte.

Die Reise war schwieriger als erwartet. Zwar gab es keinerlei feindliche, hindernde Magie, aber eben auch keine freundliche, fördernde Magie. Die Landschaft hatte sich grundlegend verändert und war mundanisch geworden. Es gab weder fliegendes Obst, noch Schuhbäume oder Jeansbüsche, so daß er seine zerlumpte Kleidung nicht erneuern konnte. Auch Wassermelonen zum Trinken waren nicht zu sehen, so daß er sich nach gewöhnlicher Nahrung und nach gewöhnlichem Wasser umsehen mußte. Und dabei wußte er kaum, wonach er Ausschau halten sollte. Die Tiere, vom Verlust ihrer Magie wie betäubt, mieden ihn. Sie waren nicht so klug zu begreifen, daß er ja auch seiner Magie entledigt worden war. Das war ein echter Segen.

Es war später Nachmittag. Er wußte nicht, wie viele Stunden oder gar Tage er unter der Oberfläche verbracht hatte, doch hier konnte er sich wenigstens am Lauf der Sonne orientieren. Er würde die Nacht im Wald verbringen müssen. Das war offenbar ungefährlich. Er konnte ja auf einen Baum steigen.

Er hielt Ausschau nach einem geeigneten Baum. Viele der Bäume dieses Waldes schienen abgestorben zu sein. Vielleicht schliefen sie auch nur in diesem Winter der fehlenden Magie. Es würde möglicherweise Monate oder sogar Jahre dauern, bis man das volle Ausmaß dieses Winters erkannte. Einige der Bäume gediehen gut. Das mußten mundanische Arten sein, die nun in keinem Konkurrenzkampf mit der Magie mehr standen. War es besser, auf einen gesunden mundanischen oder auf einen abgestorbenen magischen Baum zu steigen?

Bink zitterte. Es wurde langsam kühl, und er konnte keine Deckenbüsche ausmachen. Doch es war nicht nur die Kälte, die ihn erschauern ließ. Er war müde und einsam und voller Reue. Morgen würde er seinen Freunden im Palast gegenübertreten müssen, um ihnen zu gestehen –

Doch bestimmt ahnten sie bereits, daß alles seine Schuld war. Nicht die Beichte machte ihm Sorgen, sondern die Strafe. Juwel war klug genug gewesen, ihn zu meiden: Zu Hause stand ihm keine Zukunft mehr offen.

Die Gegend kam ihm entfernt vertraut vor. Durchs Unterholz führten Pfade wie von Ameisenlöwen und –

»Das ist es!« rief er plötzlich. »Hier sind wir auf den magischen Pfad zum Dorf des Magischen Staubes gekommen!«

Er spähte durch das schüttere Laubwerk über seinem Kopf. Da war er ja: ein Pfad aus Stämmen und Schlingpflanzen, der von den strammsten Ästen herabhing. Er führte zwar nicht in Loopings durch die Luft, aber schließlich war er ja auch nicht mehr magisch.

Er kletterte an der niedrigsten Stelle empor und betrat den Hängepfad. Das Ding wirkte gefährlich und unsicher, sackte unter seinem Gewicht nach unten und schwang bedrohlich hin und her, brach aber nicht durch. So gelangte er schließlich zum Dorf.

Er hatte eine Szene der Niedergeschlagenheit erwartet, doch statt dessen schien das ganze Dorf fröhlich zu feiern. Wieder loderte ein großes Freudenfeuer, Männer und Frauen aller Art tanzten drumherum.

Männer? Wie waren die denn hierhergekommen? Das hier war doch ein Frauendorf! Bink schritt auf die Gruppe zu und suchte nach Trolla, der Anführerin.

Ein Mann erblickte ihn, als er eben vom Hängepfad herunterstieg. »Hallo Freund!« rief der Mann. »Willkommen daheim! Wer ist denn deine Witwe?«

»Witwe?« fragte Bink verständnislos.

»Deine Frau – bevor die Gorgone dich erwischt hat. Sie wird froh sein, dich wiederzusehen.«

Die Gorgone! Plöztlich begriff Bink was gemeint war. »Ihr seid die Steinmänner! Befreit durch den Verlust der Magie!«

»Ja, du denn nicht?« der Mann lachte. »Dann sprichst du wohl besser mit dem Chef.«

»Trolla«, sagte Bink. »Wenn sie noch hier sein sollte . . .«

»Wer fragt da nach Trolla?« fragte ein riesiger, häßlicher Troll. Na ja, ein durchschnittlicher Troll. Riesig und häßlich waren sie ja alle.

Binks Hand schwebte über seinem Schwertgriff. »Ich will nur mit ihr sprechen.«

»Schon gut«, sagte der Troll gutgelaunt. Er legte die Hände trichterförmig an den Mund. »He, du Aas, komm 'rüber!«

Ein Dutzend junger Frauen blickte erstaunt zu ihm herüber. Offenbar dachten sie, daß er sie gemeint habe. Bink mußte ein Lächeln unterdrücken. »Äh, die Gorgone«, sagte er. »Was ist denn aus der geworden?«

»Och, wir wollten sie ja aufknüpfen, nachdem wir, na, du weißt schon . . .« sagte der Troll. »Sie sah ja gar nicht so schlecht aus, die Schlampe, bis auf diese Schlangenlocken. Aber sie ist in den See gehüpft, und bevor wir begriffen hatten, daß da keine Ungeheuer mehr drin waren, hatte sie schon zu viel Vorsprung. Als wir sie zuletzt gesehen haben, lief sie in Richtung Norden.«

Richtung Norden. Also zum Schloß des Magiers Humfrey. Bink war zwar froh, daß sie entkommen war, wußte aber, daß sie den Magier dort nicht auffinden würde.

Trolla kam freudig auf Bink zu.

»Bink! Du hast es geschafft!«

»Ja, ich hab's geschafft!« erwiderte er ernst. »Ich habe es geschafft, die Magie von Xanth zu vernichten. Ich habe das Land in Mundania verwandelt. Jetzt komme ich zurück, um den Preis dafür zu zahlen.«

»Den Preis!« rief der Troll. »Du hast uns alle befreit! Du bist ein Held!«

So hatte Bink die Sache noch gar nicht betrachtet. »Dann seid ihr gar nicht böse über den Verlust der Magie?«

»Böse?« rief Trolla ungläubig. »Böse, daß mein Mann wieder zurück ist? Wie zum Anbeißen?« Sie umarmte den Troll mit einer Heftigkeit, die jedem normalen Mann die Rippen zerdrückt hätte.

Ein weiblicher Greif kam auf sie zugeflogen. »Aak?« fragte sie.

»Und hier ist die Greifin, die euch geführt hat, vom Midas-Zauber befreit«, sagte Trolla. »Wo ist denn euer prächtiger Greif abgeblieben?«

Bink hielt es für klüger, nichts von der Flasche zu erzählen. »Er ist... verhindert. Er war ja eigentlich ein verwandelter Mann. Er hat nett über die Greifendame gesprochen, bittet aber... ihn zu entschuldigen.«

Die Greifin wandte sich enttäuscht ab. Offenbar hatte sie keinen männlichen Partner.

»Komm, wir werden dich heute abend königlich feiern«, lenkte Trolla ab. »Dann kannst du uns alles erzählen.«

»Ich, äh, ich bin ziemlich müde«, wehrte Bink ab. »Mir wäre es lieber, nicht alles erzählen zu müssen. Mein Freund, der Gute Magier, wird... vermißt, ebenso der Zentaur, und die Erinnerungen würden –«

»Ja, du mußt dich ablenken«, meinte Trolla. »Wir haben noch

ein paar übriggebliebene Frauen, Töchter der älteren Dorfbewohnerinnen. Sie fühlen sich sehr einsam und –«

»Ich, äh, nein danke«, sagte Bink schnell. Er hatte schon viel zu viele gebrochene Herzen auf dem Gewissen. »Nur etwas zu essen vielleicht, und ein Nachtlager, falls ihr Platz haben solltet...«

»Platz ist bei uns im Augenblick Mangelware, denn unsere Bevölkerung hat sich verdoppelt. Aber die Mädchen werden sich schon um dich kümmern, dann haben sie etwas zu tun. Sie werden gern ihre Zimmer mit dir teilen.«

Bink war zu müde, um weitere Einwände vorzubringen. Doch die »Mädchen« erwiesen sich als Feen und Elfen, die sich zwar in schmeichelhafter Weise um ihn sorgten, sich für ihn als Mann jedoch nicht wirklich interessierten. Sie machten sich ein Spiel daraus, ihm dieses und jenes zu holen und ihn Happen um Happen abwechselnd zu füttern und dabei fröhlich zu schnattern und zu kichern. Sie gestatteten ihm keinen Teller. Alles mußte, Bissen um Bissen, aus dem Nebenzimmer geholt werden. Dann betteten sie ihn auf dreißig kleine bunte Kissen und schwirrten um ihn herum, um ihm mit ihren glänzenden Flügeln Luft zuzufächeln. Natürlich konnten sie nicht mehr fliegen, da ihre Magie verschwunden war, und schon bald würden ihre Schwingen abfallen, wenn sie sich in mundanische Wesen verwandelten, doch im Augenblick sahen sie wirklich sehr anmutig aus. Er schlief dabei ein, als er die Wesen zählte, die fröhlich über ihn hinwegsprangen.

Doch am Morgen hatte ihn die traurige Wirklichkeit wieder eingeholt: nun ging es nach Hause. Er war froh, daß seine Suche wenigstens ein bißchen Gutes bewirkt hatte. Vielleicht hatte sein Talent das vor seinem Verschwinden noch so eingerichtet, damit er wenigstens in der ersten Nacht ein gutes, sicheres Lager fand. Aber was den Rest von Xanth anging – welche Hoffnung blieb da noch?

Die Greifin begleitete ihn ein Stückchen, und in verblüffend kurzer Zeit fand er sich am toten Wald wieder: ein einigermaßen vertrautes Gebiet. Er dankte ihr, wünschte ihr noch alles Gute und schritt weiter, Richtung Norden.

Nun packte ihn die Einsamkeit. Der Mangel an Magie war so

total und so deprimierend! Alle kleinen Annehmlichkeiten waren verschwunden. Es gab keine Pfeifenwinden mehr, die ihren gewundenen Rauch von sich gaben. Kein Baum wich ihm mit seinen Ästen mehr aus oder verhängte einen Ausweichzauber. Alles war hoffnungslos mundanisch geworden. Wieder fühlte er sich müde, aber nicht nur vom Wandern. War das Leben ohne Magie eigentlich überhaupt noch lebenswert?

Nun, Chamäleon würde jetzt in ihrer »normalen« Phase steckenbleiben, die ihm am besten gefiel: weder schön noch klug, aber alles in allem sehr nett. Ja, damit würde er wohl eine Weile leben können bis es langweilig würde, immer vorausgesetzt, daß man ihm überhaupt gestatten würde –

Er blieb plötzlich stehen. Er hörte Getrappel wie von Hufen auf einem Trampelpfad. Ein Feind? Es war ihm fast egal – Hauptsache Gesellschaft!

»Haaallloooo!« rief er.

»Ja?« Es war eine Frauenstimme. Er lief darauf zu.

Vor ihm stand eine Zentaurin auf dem Pfad.Sie war nicht sonderlich hübsch. Ihre Flanken waren matt, ihr Schweif war voller Zecken (eine Dame konnte sie natürlich nicht fortfluchen), und ihr menschlicher Oberkörper und ihr Gesicht waren zwar offensichtlich recht weiblich, aber nicht besonders gut proportioniert. Ein Fohlen folgte ihr, und das war nicht nur unattraktiv, sondern regelrecht häßlich, wenn man von seinem glatten Hinterteil einmal absah. Eigentlich glich es –

»Chester!« rief Bink. »Das ist Chesters Fohlen!«

»He, du bist ja Bink!« erwiderte die Zentaurin. Doch sie glich in keiner Weise der Schönheit, auf deren Rücken er einmal geritten war. Was war nur geschehen?

Aber er war geistesgegenwärtig genug, sich unverbindlich zu äußern. »Was tust du denn hier? Ich dachte, du wolltest im Zentaurendorf bleiben, bis –« Doch das war schon wieder eine Falle, denn Chester würde nie wieder zurückkehren.

»Ich trabe zum Palast, um herauszufinden, wodurch das Wunder bewirkt wurde«, sagte sie. »Ist dir bewußt, daß die Obszönität aus Xanth verbannt worden ist?«

Bink erinnerte sich, daß Cherie Magie für obszön hielt, zumindest, wenn sie sich bei Zentauren zeigte. Bei anderen duldete sie sie zwar als notwendiges Übel, weil sie sich für liberal hielt, aber sie zog es vor, sie nur in klinischem Ton zu diskutieren.

Nun, da hatte er etwas beizusteuern! Er war froh, daß der Wandel wenigstens einer Person zusagte. »Ich fürchte, daß ich dafür verantwortlich bin.«

»*Du* hast die Magie abgeschafft?« fragte sie erstaunt.

»Das ist eine lange Geschichte«, sagte Bink. »Und eine schmerzliche. Ich erwarte nicht, daß andere sie ebenso leicht hinnehmen werden wie du.«

»Steig auf«, sagte sie. »Du bist zu langsam zu Fuß. Ich bringe dich zum Palast, und du kannst mir die ganze Geschichte erzählen. Die Neugier bringt mich ja fast um!«

Es konnte durchaus sein, daß es die *Geschichte* war, die sie tatsächlich umbringen würde, wenn sie nämlich die Wahrheit über Chester erfuhr. Aber er mußte es ihr sagen. Also stieg er auf und klammerte sich fest, während sie lostrabte. Er hatte sich schon auf einen tagelangen Marsch eingestellt, doch das war jetzt wohl nicht mehr nötig. Sie würden noch vor Nachteinbruch am Palast ankommen.

Dann berichtete er von seinen Erlebnissen. Er ertappte sich dabei, wie er wesentlich mehr Einzelheiten erzählte, als wirklich nötig gewesen wäre, und er merkte, daß er das nur tat, weil er sich vor der Enthüllung fürchtete – wie Chester seinen schrecklichen Kampf verloren hatte. Sicher, er hätte wohl gewonnen, wenn der Böse Blick, der eigentlich Bink hätte treffen sollen, ihn nicht gelähmt hätte, aber das würde sie wohl kaum trösten. Cherie war jetzt eine Witwe, und *er* war es, der es ihr beibringen mußte . . .

Da unterbrach ein Schrei seinen Bericht. Ein Drache erschien – aber was war das doch für ein erbärmliches Ungeheuer! Die einst so glänzenden Schuppen hatten eine fleckiggraue Färbung angenommen, und als er Feuer schnauben wollte, kam lediglich Staub hervor. Das Tier sah bereits abgemagert und kränklich aus. Er war von Magie abhängig, wenn er auf die Jagd gehen wollte.

Dennoch griff der Drache sie an, entschlossen, die Zentaurin samt Reiter und Fohlen zu vertilgen. Bink zückte sein Schwert, und Cherie trabte tänzelnd weiter, bereit, sich sofort mit einem heftigen Tritt zu verteidigen. Selbst ein abgekämpfter Drache dieser Größe stellte noch eine große Gefahr dar.

Da erblickte Bink eine Narbe am Hals des Drachen. »He, kennen wir uns nicht?« rief er.

Der Drachen hielt inne. Dann hob er den Kopf als Zeichen des Wiedererkennens.

»Chester, Crombie und ich sind diesem Drachen begegnet und haben mit ihm einen Pakt geschlossen«, sagte Bink. »Wir haben gemeinsam gegen die Nickelfüßler gekämpft.«

»Die Nickelfüßler sind jetzt harmlos«, sagte Cherie. »Ihre Scheren besitzen keine –« Sie schürzte angewidert die Lippen. ». . . Magie mehr. Ich bin direkt in die Spalte getrabt und habe auf ihnen herumgetrampelt. Sie konnten mir nichts anhaben.«

»Drache, die Magie ist aus Xanth verschwunden«, sagte Bink.

»Du mußt jetzt lernen, ohne dein Feuer zu jagen und zu kämpfen. Nach und nach wird deine stärkste mundanische Eigenart zum Tragen kommen und sich herauskristallisieren, vielleicht auch erst bei deinen Nachkommen. Ich schätze, das dürfte eine große Schlange ergeben. Es tut mir leid.«

Der Drache starrte ihn entsetzt an. Dann wirbelte er herum und eilte, halb galoppierend, halb gleitend davon.

»Mir tut es auch leid«, meinte Cherie. »Ich merke gerade erst, daß Xanth ohne Magie nicht mehr dasselbe ist. Zauber haben durchaus ihren Platz. Für Wesen wie dieses da . . . ist die Magie völlig natürlich.« Für ihre Verhältnisse war das ein beachtliches Zugeständnis.

Bink fuhr mit seinem Bericht fort. Nun konnte er sich nicht länger drücken und sagte ihr, was er sagen mußte. »Und so habe ich Crombie in seiner Flasche dabei«, schloß er. Und wartete ab und spürte, wie sich ihr Körper versteifte.

»Aber Chester und Humfrey –«

»Sind unten geblieben«, sagte er. »Weil ich den Dämon freigelassen habe.«

»Aber du weißt doch gar nicht, ob sie tot sind«, sagte sie, und ihre Muskeln waren derart angespannt, daß das Reiten richtig unbequem wurde. »Man wird sie suchen und zurückbringen –«

»Ich weiß nicht«, erwiderte Bink trübe. Diese Entwicklung des Gesprächs gefiel ihm überhaupt nicht.

»Humfrey hat sich wahrscheinlich bloß verirrt. Deshalb hast du ihn auch nicht gefunden. Er war vom Höhleneinbruch wahrscheinlich völlig durcheinander. Ohne seine Wissensmagie könnte man ihn mit einem Kobold verwechseln. Und Chester... der ist viel zu zäh, um... um... er ist einfach nur konserviert. Du hast doch selbst gesagt, daß das ein Einmachsee war –«

»Ja, das stimmt«, gab Bink zu. »Ich... aber er war so weit ausgelaufen, daß ich die Windungen der Gehirnkoralle erkennen konnte.«

»Aber er ist nicht ganz ausgelaufen! Er ist immer noch da unten, ganz in der Tiefe, wie der Greif in der Flasche, das weiß ich genau. Wir können ihn suchen und wiederbeleben –«

Bink schüttelte den Kopf. »Nicht ohne Magie.«

Sie warf ihn ab. Bink flog durch die Luft und sah, wie der Boden auf seinen Kopf zustürzte, wußte, daß sein Talent nichts mehr würde dagegen tun können – und landete in Cheries Armen. Sie war im letzten Augenblick hinter ihm her gesprungen, um ihn aufzufangen. »Tut mir leid, Bink. Es ist nur... ja ja, Obszönität stört mich einfach. Zentauren haben keine...« Sie stellte ihn wieder auf die Füße, ohne ihren Satz zu Ende zu führen. Sie mochte vielleicht nicht mehr schön sein, aber Zentaurenkräfte besaß sie immer noch.

Stark, aber nicht schön. Zur Zeit der Magie hatte sie wunderschöne Brüste besessen. Jetzt war sie zwar immer noch üppig, aber doch etwas hängebrüstig, wie die meisten menschlichen oder humanoiden Frauen ähnlichen Umfangs. Ihr Gesicht war früher herzerfrischend keck gewesen, doch nun wirkte es nur noch durchschnittlich. Woran konnte dieser rapide Wandel wohl liegen? Doch wohl nur am Verlust der Magie.

»Ich will mal eins klären«, sagte Bink. »Du meinst also, daß jede Magie obszön ist –«

»Nicht *jede* Magie, Bink! Für einige von euch scheint sie ganz natürlich zu sein – aber ihr seid ja nur Menschen. Bei einem Zentauren ist das etwas ganz anderes. Wir sind zivilisiert.«

»Angenommen, daß Zentauren auch Magie besäßen?«

Sie blickte ihn mit beherrschtem Ekel an. »Es ist wohl besser, wenn wir uns auf den Weg machen, damit es nicht zu spät wird. Es ist noch ein gutes Stück.«

»So wie Herman der Einsiedler, Chesters Onkel«, beharrte Bink. »Er konnte doch Irrlichter herbeirufen.«

»Er ist aus unserer Gemeinschaft verbannt worden«, sagte sie. Sie hatte einen mürrischen Ausdruck, der ihn an Chester erinnerte.

»Angenommen, andere Zentauren besäßen auch Magie –«

»Bink, warum bist du so eklig? Willst du etwa, daß ich dich allein in der Wildnis zurücklasse?« Sie winkte ihrem Fohlen, das schnell an ihre Seite trabte.

»Angenommen, du besäßest selbst ein magisches Talent?« fragte er. »Würdest du das dann immer noch obszön finden?«

»Das reicht!« schnaubte sie. »Ich dulde kein solch widerliches Verhalten, nicht einmal von einem Menschen. Komm, Chet.« Und sie machte sich auf den Weg.

»Verdammt, Mähre, hör mir doch mal zu!« schrie Bink. »Weißt du, weshalb Chester mich auf meiner Suche begleitet hat? Weil er sein magisches Talent entdecken wollte. Wenn du die Magie bei Zentauren ablehnst, dann lehnst du auch Chester ab . . . denn er besitzt Magie, gute Magie, die –«

Sie wirbelte herum und hob die Vorderhufe, um ihn niederzutrampeln.

Bink wich tänzelnd zurück. »Gute Magie«, wiederholte er. »Nicht so was Dummes wie grüne Blätter purpurn zu färben oder so was Negatives wie anderen Leuten heiße Fußsohlen anzuhexen. Er spielt eine magische Flöte, eine silberne Flöte, die schönste Musik, die ich je gehört habe. Tief in seinem Inneren hat er ein unwahrscheinlich schönes Wesen, aber er hat es unterdrücken müssen, weil –«

»Ich werde dich flachtrampeln!« wieherte sie und hieb mit ihren Vorderhufen nach ihm. »Du hast nicht das geringste Recht, auch nur anzudeuten –«

Doch er war jetzt ganz kühl und sachlich, während sie blind vor Wut war. Er wich ihren Tritten aus, wie er einem wilden Einhorn ausgewichen wäre, ohne ihr den Rücken zuzuwenden oder weiter zurückzutreten als absolut erforderlich. Er hätte sie ein halbes Dutzend Male mühelos abstechen können, doch er hatte sein Schwert nicht einmal gezogen. Die ganze Diskussion war zwar rein akademischer Art, da es in Xanth ja überhaupt keine Magie mehr gab, aber er war geradezu verstiegen in seine Absicht, sie dazu zu zwingen, die Wahrheit einzugestehen. »Und du Cherie – du besitzt auch Magie. Du gibst dich so, wie du dich geben willst, du verklärst dich. Das ist eine Art von Illusion, die –«

Voller Wut schlug sie mit beiden Vorderhufen auf einmal nach ihm aus. Er hatte ihre empfindlichsten Gefühle verletzt, indem er ihr gesagt hatte, daß sie selbst obszön sei. Aber er war auf ihre Reaktionen gefaßt und wich ihnen mühelos aus. Nun war seine Stimme sein Schwert, und er hatte vor, damit auch zu siegen. Er hatte genug von Täuschungen, einschließlich Selbsttäuschungen. Jetzt wollte er endlich reinen Tisch machen. In gewisser Weise griff er sich damit selbst an: seine Scham über das, was er Xanth angetan hatte, indem er den Dämon freigab. »Ich fordere dich heraus!« rief er. »Blick dich mal selbst in einem See an! Dann wirst du schon den Unterschied bemerken. Deine Magie ist fort!«

Selbst in ihrer Wut merkte sie immerhin noch, daß sie nichts erreichte. »Also gut, ich werde hineinsehen!« schrie sie. »Und dann verpasse ich dir einen Tritt, daß du bis zum Mond fliegst.«

Zufälligerweise waren sie vor kurzem an einem kleinen Teich vorbeigekommen. Schweigend kehrten sie zu ihm zurück, und Bink tat es bereits leid, was er ihr angetan hatte. Die Zentaurin besah ihr Spiegelbild. Sie war sich sicher gewesen, was sie dort sehen würde, war aber ehrlich genug, sich ihre Illusion nun nehmen zu lassen. »O nein!« schrie sie entsetzt. »Ich bin ja abstoßend, widerlich, häßlicher als Chester«

»Nein, du bist sehr schön – mit Magie!« beharrte Bink, der versuchte, etwas wiedergutzumachen. »Weil die Magie dir ebenso natürlich eignet wie mir auch. Du hast nicht den geringsten Grund, sie noch länger abzulehnen, genausowenig wie natürliche Funktionen wie Essen oder Fortpflanzung oder –«

»Hau ab!« kreischte sie. »Du Ungeheuer, du –« In einem neuen Wutanfall stampfte sie mit ihrem Huf in das Wasser.

»Hör zu, Cherie!« rief Bink. »Du hast gesagt, daß Chester gerettet werden könnte. Darauf baue ich ja gerade. Ich wage nicht, Crombies Flasche zu öffnen, weil dieser Vorgang nach Magie verlangt, und es gibt keine mehr. Und Chester muß aus dem gleichen Grund lebendig im See begraben bleiben. Wir *brauchen* die Magie! Es ist völlig unwichtig, ob wir sie mögen oder nicht. Ohne sie ist Chester so gut wie tot. Wir kommen einfach nicht weiter, wenn du ...«

Mit größtem Zögern nickte sie schließlich.»Ich hätte nie geglaubt, daß ich jemals Obszönität dulden könnte. Aber für Chester würde ich alles tun. Selbst –« Sie schluckte schwer und kniff den Schweif ein. »... sogar Magie. Aber –«

»Wir brauchen eine neue Suche!« sagte Bink in plötzlicher Erkenntnis, während er sich das Gesicht wusch. »Eine Suche, um dem Land Xanth die Magie wiederzugeben! Wenn wir alle zusammenarbeiten, Menschen und Zentauren und alle anderen Wesen von Xanth, dann finden wir vielleicht einen anderen Dämon –« Doch er brach ab, als ihm bewußt wurde, wie hoffnungslos dieses Unterfangen sein würde. Wie sollten sie $X(A/N)^{th}$ oder irgendein anderes supermagisches Wesen herbeirufen? Die Dämonen interessierten sich doch überhaupt nicht für dieses Land.

»Ja«, meinte Cherie und fand ihre Hoffnung wieder, als Bink die seine gerade wieder verloren hatte. »Vielleicht weiß der König ja, was wir tun müssen. Steig wieder auf, ich werde einen Galopp einlegen.«

Bink saß wieder auf, und sie raste los. Sie war zwar nicht ganz so kräftig und schnell wie Chester, aber er mußte ihre schlanke Hüfte dennoch umklammern, damit er nicht herabstürzte. »Und mit Magie ... werde ich wieder schön sein ...« murmelte sie wehmütig in den Wind.

Bink nickte müde, während Cherie weiter durch die traurige Wildnis jagte. Dann fiel er beinahe mit einem Ruck herunter, weil sie plötzlich scharf abbremste.

Vor ihnen standen zwei riesige zottige Gestalten. »Aus dem Weg, ihr Ungeheuer!« schrie Cherie ohne jede Gehässigkeit. »Es geht um das öffentliche Wohl. Das könnt ihr nicht blockieren!«

»Wir wollen niemals nichts blockieren. Geh aus dem Weg, und wir passieren«, sagte eines der Ungeheuer.

»Knacks der Oger!« rief Bink. »Was machst du den hier, so weit weg von zu Hause?«

»Kennst du dieses Ungeheuer etwa?« fragte Cherie.

»Und ob! Außerdem kann ich ihn jetzt sogar ohne Dolmetscher verstehen.«

Der Oger, der nun einem grobschlächtigen Hünen von einem Mann glich, blickte Bink unter seiner fliehenden Stirn an. »Du Mann, den wir auf der Suche getroffen? Ich mit Liebster auf Hochzeitszoffen.«

»Hochzeitszoffen?« murmelte Cherie.

»Aha, das ist also unser Dornröschen!« sagte Bink und musterte die Ogerin. Sie war so häßlich, wie man es sich nur vorstellen konnte. Doch unter ihrer Behaarung, die aussah wie ein Mop, mit dem man gerade Erbrochenes aufgewischt hatte, und ihrem sackartigen groben Kleid wirkte sie zarter, als man es von einer Ogerin erwartet hätte. Dann fiel es ihm wieder ein: Sie war ja auch gar keine echte Ogerin, sondern eine Schaupielerin aus der Truppe der Strudelungeheuer. Wahrscheinlich konnte sie auch schön aussehen, wenn sie sich Mühe gab. Doch warum tat sie es dann nicht? »Äh, eine Frage –«

Die Frau, nicht dumm, begriff sofort, worauf er hinauswollte. »Ja, ich mal gehabt anders Gesicht«, sagte sie zu Bink. »Doch mag ich diese Mühle nicht. Ich finden Mann, besser als jedes Ungeheuer. Gefällt mir besser, bleibt mir treuer.«

Dann hatte die Primadonna also einen Ehemann gefunden, der ihr entsprach! Nach seiner Begegnung mit den Ungeheuern war Bink geneigt, ihr zuzustimmen. Sie behielt die Ogerin-Verkleidung bei, die ja ohnehin nur eine physische Spiegelung ihrer normalen Persönlichkeit war, während sie Knacks beibrachte, deutlicher zu sprechen. Eine ganz schön clevere Ungeheuerdame! »Äh, gratuliere, sagte Bink. Und seitwärts, zu Cherie gewandt: »Sie haben auf unseren Rat hin geheiratet. Humfrey, Crombie, Chester, der Golem und ich haben es ihnen empfohlen. Na ja, Humfrey hat geschlafen. Es war eine schöne Geschichte.«

»Zweifellos«, meinte Cherie zweifelnd.

»Ich hau' ihm prima auf den Schopf«, sagte die hübsche Oger-Dame. »Ist ziemlich hart, wie Holz sein Kopf.«

»Oger sind sehr leidenschaftlich«, murmelte Bink.

Knacks war es offensichtlich zufrieden. Wahrscheinlich hatte er es besser getroffen als mit einer echten Ogerin, dachte Bink. Egal, welche Fehler die Schauspielerin haben mochte, sie wußte sicherlich, wie man mit ihm umgehen mußte.

»Hat der Verlust der Magie euch stark beeinträchtigt?« fragte Bink. Die beiden Oger blickten ihn verständnislos an.

»Sie haben es nicht mal bemerkt!« rief Cherie. »Das ist wahre Liebe!«

Das Ogerpärchen machte sich wieder auf den Weg, und Cherie setzte sich wieder in Bewegung. Sie wirkte nachdenklich. »Sag mal Bink, nur als abstraktes Beispiel – wollen Männer sich wirklich manchmal wie Tiere vorkommen?«

»Manchmal, ja«, sagte Bink und dachte an Chamäleon. Wenn sie in ihren dumm-schönen Phasen war, schien sie nur dafür zu leben, ihm zu gefallen, und er fühlte sich sehr männlich. Wenn sie dagegen in ihrer klug-häßlichen Phase war, stieß sie ihn sowohl durch ihren Intellekt als auch durch ihr Aussehen ab. So gesehen war sie eigentlich klüger, wenn sie dumm war, als wenn sie klug war. Aber das war ja jetzt wohl alles vorbei. Sie würde nun auf immer in ihrer »normalen« Phase bleiben und alle Extreme meiden. Sie würde ihn nie wieder abstoßen – oder auch anheizen . . .

»Und ein Zentaur? Wenn er sich zu Hause als Hengst fühlen könnte . . .?«

»Ja. Männer wollen das Gefühl haben, gebraucht und verlangt zu werden und Herr im Haus zu sein, auch wenn sie es gar nicht sind. Die Ogerin weiß schon, was sie tut.«

»Sieht so aus, »meinte Cherie. »Sie ist durch und durch falsch, eine bloße Schauspielerin, und doch ist er so glücklich, daß er alles für sie tun würde. Aber Zentaurinnen können auch schauspielern, wenn es sein muß . . .« Schweigend lief sie weiter.

XIV

Der paradoxe Wunsch

Bink war wieder eingenickt, als er mit einem plötzlichen Ruck gegen Cheries Menschenrücken prallte. Sie hatte heftig gebremst, und er hatte unwillkürlich die Arme um ihre Hüften geschlungen, wobei er allerdings darauf achtete, nicht zu hoch zu greifen . . . »Was –?«

»Ich hätte es beinahe vergessen. Ich habe Chet schon stundenlang nicht mehr gesäugt.«

Sie winkte ihrem Fohlen, das auch prompt angetrottet kam, um sich säugen zu lassen. Bink entschuldigte sich hastig, um einem eigenen natürlichen Bedürfnis nachzugehen. Zentauren waren nicht zimperlich, was Körperfunktionen anging, und erledigten manches sogar im Laufen. Menschen waren da empfindlicher, zumindest in der Öffentlichkeit. Er begriff, daß ein Grund dafür, daß Cherie nicht mehr so hübsch wie früher war, darin lag, daß ihre Brüste fast bis zum Bersten prall gefüllt waren, damit sie ihr Fohlen säugen konnte. Kleine Zentauren brauchten viel Milch, besonders wenn sie so viel laufen mußten wie Chet.

Nach einer Anstandspause kehrte Bink vorsichtig zurück. Das Fohlen war immer noch mit dem Säugen beschäftigt, doch Cherie hatte Bink bereits erspäht. »Herrje, sei doch nicht so verdammt menschlich!« schnappte sie. »Was glaubst du denn, was ich hier treibe – Magie etwa?«

Bink mußte lachen und wurde verlegen. Sie hatte recht: Er hatte ebensowenig Anlaß, sich durch seine Zimperlichkeit von seiner Aufgabe abhalten zu lassen wie sie. Seine Definition von Obszönität ergab nicht mehr Sinn als ihre auch. Er stellte fest, daß Zentauren gut angepaßt waren: Wenn Cherie einen Euter wie ein Pferd gehabt hätte, dann hätte das Fohlen es schwer gehabt. Es war ein strammer kleiner Bursche, dessen menschliche Partie sich nicht so leicht herunterbeugen ließ wie der Hals eines Pferdes.

»Wir gehen in die falsche Richtung«, erklärte Cherie.

»O nein! Bist du etwa vom Pfad abgewichen? Haben wir uns verlaufen?«

»Nein, wir sind schon auf dem Pfad. Aber wir sollten nicht zu Schloß Roogna gehen. Da kann uns niemand helfen.«

»Aber der König –«

»Der König ist jetzt einfach ein ganz gewöhnlicher Mensch. Was kann der schon tun?«

Bink seufzte. Er war einfach davon ausgegangen, daß König Trent schon irgendeine Antwort wissen würde, aber Cherie hatte natürlich recht.

»Als ich Chet säugte, habe ich angefangen, nachzudenken«, sagte sie und gab dem Fohlen einen liebevollen Klaps auf den Kopf. »Hier ist mein Fohlen, Chesters Hengstfüllen, ein Vertreter der vorherrschenden Lebewesen von Xanth. Wieso renne ich dann von Chester weg? Chet braucht einen richtigen Hengst, der ihm die Tatsachen des Lebens beibringt. Ich könnte mir nie verzeihen, wenn ich –«

»Aber du läufst doch gar nicht weg! Wir gehen zum König, um festzustellen, was wir ohne ... wie wir ...«

»Los, sag's ruhig!« rief sie wütend. »Magie! Du hast mir auf deine täppische menschliche Weise klar gemacht, daß sie zu unserem Leben gehört, sogar zu meinem eigenen, verdammt sollst du sein! Jetzt denke ich die Sache mal zu Ende. Es genügt nicht, wenn wir nach Hause gehen und zusammen mit ehemaligen Magiern Trübsal blasen. Wir müssen etwas *unternehmen*! Und zwar jetzt, sofort, bevor es zu spät ist.«

»Es ist bereits zu spät«, entgegnete Bink. »Der Dämon ist verschwunden.«

»Aber vielleicht ist er noch nicht weit. Vielleicht hat er irgend etwas vergessen und kommt noch einmal zurück, um es zu holen. Dann können wir ihn wieder einfangen und –«

»Nein, das wäre unrecht. Es war mir ernst damit, als ich ihn freiließ, auch wenn mir das Ergebnis nicht gefällt.«

»Du bist aufrichtig, Bink, so lästig das auch manchmal sein kann. Vielleicht können wir ihn ja zurückrufen, mit ihm reden und ihn dazu bewegen, uns ein paar Zauber zurückzugeben –«

»Nein«, sagte Bink kopfschüttelnd. »Nichts, was wir tun können, wird den Dämon Xanth beeinflussen. Es ist ihm völlig egal, wie es uns geht. Wenn du ihm begegnet wärst, wüßtest du das.«

Sie drehte ihm den Kopf zu. »Dann sollte ich ihn vielleicht mal kennenlernen.«

»Wie kriege ich das nur in deinen sturen Pferdeschädel?« rief Bink verärgert. »Ich habe dir doch gesagt, daß er fort ist!«

»Trotzdem will ich mir mal anschauen, wo er gewesen ist. Vielleicht hat er irgend etwas hinterlassen. Irgendwas, was dir entgangen ist. Das soll keine Beleidigung sein, Bink, aber du bist eben auch nur ein Mensch. Wenn wir irgendwie –«

»Wir können aber nirgendwie!« schrie Bink. Chester war ja schon stur gewesen, aber diese Stute –

»Hör mir mal zu, Bink. Du hast mich mit der Nase darauf gestoßen, daß ich Magie brauche. Jetzt will ich mal deine Nase darauf stoßen, daß du irgend etwas *tun* mußt, anstatt einfach aufzugeben. Vielleicht redest du dir ja ein, daß du Hilfe holen gehst, aber in Wirklichkeit rennst du nur davon. Die Lösung für unser Problem liegt im Gefängnis des Dämons und nicht im königlichen Palast. Vielleicht scheitern wir ja, aber versuchen müssen wir es.« Dann machte sie kehrt und lief in die andere Richtung zurück. »Du warst schon mal da, also zeig mir den Weg.«

Ohne es zu wollen, lief er neben ihr her, fast wie das Fohlen. »Zur Dämonenhöhle?« fragte er ungläubig. »Da sind aber Kobolde und entzauberte Drachen und –«

»Zum Teufel mit diesen ganzen Obszönitäten!« wieherte sie.

»Wer weiß, was vielleicht jetzt gerade mit Chester passiert?«

Das war der springende Punkt: ihre Treue gegenüber ihrem Lebensgefährten. Jetzt, wo er darüber nachdachte, kam ihm seine eigene Einstellung geradezu schäbig vor. Vielleicht machte ihn seine Menschlichkeit ja wirklich unvollkommen. Warum war er nicht wenigstens so lange am Ort des Einsturzes geblieben, bis er seinen Freund ausfindig gemacht hatte? Weil er sich vor dem gefürchtet hatte, was er dort vorfinden mochte. Er war wirklich nur davongelaufen!

Vielleicht konnte man Chester ja aus der Salzlake heben und ihn ohne Magie retten. Vielleicht hatte der Gute Magier Humfrey ja doch überlebt. Es war zwar nur eine geringe Chance, aber solange es überhaupt noch eine Chance gab, war es Binks Pflicht, seine Freunde mit allen verfügbaren Mitteln zu suchen. Er hatte zwar die schlimme Gewißheit, daß sie tot waren, aber die Bestätigung dieser Tatsache war immer noch besser, als sich vor dieser Wahrheit zu verstecken.

Er kletterte wieder auf Cheries Rücken, und sie machte sich erneut auf den Weg. Sie kamen erstaunlich gut voran. Bald galoppierten sie an der Stelle vorbei, an der sie einander begegnet waren. Zentauren waren wirklich schnell – es hatte beinahe etwas Magisches an sich. Doch das war natürlich nur eine Illusion, und zwar keine magische. Cherie drängte einfach darauf, ihren Hengst zu retten, so närrisch dieses Unterfangen auch sein mochte. Bink wies sie an, auf den Gewirrbaum zuzuhalten und das Dorf des Magischen Staubes links liegenzulassen.

Als sie zu dem Greifer kamen, schien es Bink als bebe der Baum. Das lag wohl am schwächer werdenden Licht, denn ohne Magie war das Ungeheuer machtlos.

Cherie blieb an dem Ast stehen, der über den Rand der Schlucht ragte. »Einen Gewirrbaum hinabklettern... irgendwie fällt es mir schwer...« Sie brach ab. »Bink, er hat sich bewegt! Ich hab's gesehen!«

»Der Wind!« begriff Bink plötzlich. »Er weht durch die Fangarme.«

»Natürlich!« sagte sie erleichtert. »Einen Augenblick lang dachte ich... aber ich wußte ja, daß es nicht sein konnte.«

Bink spähte in die Erdspalte hinab und erblickte die Ritze am Boden, durch die die Wurzeln des Baumes in die Tiefe griffen. Er verspürte keinerlei Verlangen, dort wieder hinunterzuklettern, aber zugeben wollte er das auch nicht. »Ich ... äh, ich kann mich an einer Liane herunterschwingen. Aber du –«

»Ich kann mich auch hinunterschwingen«, erwiderte sie. »Deshalb haben wir Zentauren so starke Arme und Brustmuskeln. Wir müssen mehr Gewicht tragen als ihr. Komm, Chet.« Sie packte einen großen Fangarm und trat über den Rand.

Tatsächlich ließ sie sich, Handbreit um Handbreit, herab, wobei sie sich mit den Vorderbeinen abstützte und ihr Hinterteil sich in einer ausladenden Spiralbewegung hinabschwang, bis sie unten angekommen war. Das Fohlen folgte ihrem Beispiel, doch mit solcher Mühe, daß sie zu ihm eilte, um es unten abzufangen. Verlegen schwang Bink sich nun hinab. Eigentlich hätte *er* ja vorangehen müssen, anstatt Stuten und Fohlen den Vortritt zu lassen!

Am Fuß des Baumes spähten sie in die finstere Öffnung, die in die Unterwelt hinabführte. Bink war immer noch beunruhigt. »Dieser Abstieg ist noch schlimmer. Ich glaube nicht, daß Chet das schafft. Und wie wollt ihr wieder hochklettern? Als ich emporgestiegen bin, hätte es mich fast umgebracht, und bei deinem Gewicht, äh ...«

»Chester würde es schaffen«, sagte Cherie voller Überzeugung. »Dann könnte er den Rest von uns hochziehen.«

Vor seinem geistigen Auge sah Bink erneut Chesters mächtigen menschlichen Oberkörper und erinnerte sich an die gewaltigen Kräfte des Zentauren. Nur ein Oger besaß noch kräftigere Armmuskeln. Vielleicht würden sie es knapp schaffen, wenn sie ein doppeltes Seil benutzten, so daß die anderen unten zogen, um Chester emporzuziehen. Aber das setzte voraus, daß sie Chester auch tatsächlich fanden und retteten. Wenn ihnen das nicht gelang, war Cherie verloren, denn Bink konnte sie unmöglich allein emporziehen. Das Fohlen würde er vielleicht noch schaffen, aber das war auch alles.

Cherie zerrte bereits an den Tentakeln, um ihre Tragkraft abzuschätzen. Ihr Glaube ließ keinerlei Zweifel zu, und darum beneidete Bink sie. Bisher hatte er stets Chester für den Dickkopf gehalten, doch nun begriff er, daß die Stärke dieser Familie bei Cherie lag. Chester war nichts als magische Knetmasse in ihren Händen – hoppla, welch obszöne Vorstellung! –, und Bink offenbar ebenfalls. *Er* wollte nicht wieder in die entsetzlichen Tiefen eindringen, um dort nutzlose Kämpfe mit Halb-Kobolden und Schlangendrachen im Finstern auszutragen. Aber er wußte auch, daß er genau das tun würde, weil Chester ihren armen toten Hengst retten wollte, und wehe, wenn –

»Der hier taugt was«, sagte sie und zerrte an einem besonders langen, dicken Greifarm, der vom Baumwipfel herabhing. »Bink, du kletterst hoch und schneidest ihn mit deinem Messer ab.«

»Äh, klar doch, ja«, sagte er ohne große Begeisterung. Dann schämte er sich. Wenn er sich schon auf diese Sache einließ, konnte er wenigstens etwas mehr Enthusiasmus zeigen. »Ja, natürlich.« Dann kletterte er den gefürchteten Stamm empor.

Er hatte ein merkwürdig beschwingtes Gefühl. Es war, als sei ihm eine schwere Last abgenommen worden. Dann begriff er, was es war: sein Gewissen. Nun, da er seine Entscheidung getroffen hatte und wußte, daß sie richtig, wenn auch selbstmörderisch war, war sein Gewissen beruhigt, und das war ein wunderbares Gefühl. Das war es, was auch Cherie gespürt hatte, so daß sie mit gesteigerten Kräften wie im Flug durch die Wildnis gejagt war.

Schließlich gelangte er an die Stelle, an der die Fangarme wie bizarre Haare aus dem Stamm heraustraten. Er umklammerte den Stamm mit beiden Beinen und hieb mit dem Messer auf den Fangarm ein. Da spürte er, wie der Baum erzitterte.

Nein! sagte er sich. Das konnte keine Magie sein. Der Baum lebte noch und hatte lediglich seine Magie verloren, so daß er jetzt mundanischen Bäumen glich. Vielleicht fühlte er den Schmerz des Einschnitts und zuckte deshalb, aber es war ihm unmöglich, seine Tentakel bewußt zu bewegen.

Er hieb den Fangarm ab und sah zu, wie er hinunterfiel. Dann schnitt er noch zwei weitere ab, um sicher zu gehen, daß sie auch genügende zur Verfügung hatten.

Doch der Baum zitterte immer noch während er sich an den

Abstieg machte, und seine Tentakel bebten stärker, als es durch den Wind allein möglich gewesen wäre. Ob der Greifer sich ohne Magie erholen konnte? Nein, es mußte an seinem Klettern liegen, das den Stamm erschütterte und die Schlingarme in Bewegung setzte.

Sie banden den ersten Tentakel an die Wurzel, verknoteten ihn unter großen Mühen, weil er sehr dick war, und ließen ihn hinab. Er baumelte geschmeidig in der Öffnung, und sie zogen ihn wieder herauf, um ihn mit einem weiteren Fangarm zu verlängern. Diesmal hörten sie ein dumpfes Plumpsen als das Ende unten aufprallte.

»Ich gehe als erster«, sagte Bink. »Dann halte ich mit dem Schwert Wache, während du Chet herabläßt. Es gibt Kobolde dort unten... äh, haben wir irgend etwas Brennbares, um sie mit dem Licht zu vertreiben?«

Cherie starrte ihm ins Gesicht. »Wenn du ein Kobold wärst, würdest du dich dann mit einer Zentaurin anlegen?« Sie stampfte vielsagend mit einem Huf auf.

Bink dachte daran, wie er vor kurzem noch mit Leichtigkeit ihrem Angriff ausgewichen war als er sie dazu gezwungen hatte, sich der Obszönität zu stellen. Aber er war auch zweimal so groß wie ein Kobold und kannte sich mit Zentauren aus. Außerdem hatte er gewußt, daß Cherie in Rage gewesen war und ihm, ihrem Freund, keinen wirklichen Schaden zugefügt hätte. Kein Kobold konnte sich darauf verlassen – und eine Zentaurin, die ihr Füllen beschützte, war wie eine Furie. »Das würde ich nicht mal tun, wenn ich ein Drache wäre«, meinte er.

»Wenn's sein muß, kann ich im Dunkeln ganz passabel sehen«, fuhr sie fort. »Ich kann das Echo meiner Hufe hören und damit die ungefähren Konturen der Höhle bestimmen. Wir werden's schon schaffen.«

Ohne etwas zu erwidern, beugte Bink sich vor, packte das Tentakelseil und schwang sich in das Loch hinab. Schnell glitt er nach unten. Er fühlte sich wesentlich stärker als beim Aufstieg. Plötzlich befand er sich am Boden und spähte ins matte Licht empor. »In Ordnung, ich bin unten.«

Das Seil zappelte als Cherie es emporzog. Zentauren waren wirklich gut darin, weil sie sich mit vier Beinen am Boden abstützen konnten während sie ihre volle Armmuskelkraft benutzten. Bald schwebte Chet hinab. Das Seil war um seine Mitte gewickelt, und er hielt sich mit beiden Händen daran fest. Die ganze Zeit über hatte er keinen Ton von sich gegeben, sich nie beklagt oder beschwert. Bink war überzeugt davon, daß sich das ändern würde, wenn Chet erst einmal reifer geworden war. Bink band den kleinen Burschen los und gab ihm einen Klaps auf den Rücken. »Chet ist heil angekommen!« rief er.

Nun war Cherie an der Reihe. In die Erdspalte war sie mühelos hinabgelangt, doch nun war der Abstieg enger, dunkler, länger, und das Seil war nicht so sicher. Bink machte sich insgeheim Sorgen. »Geh beiseite, für den Fall, daß ich... umherschwinge!« rief sie. Bink wußte, daß sie beinahe »falle« gesagt hätte. Sie war sich der Gefahr durchaus bewußt, aber sie besaß Mut.

Sie schwang sich ohne Zwischenfall herab, Handbreit um Handbreit, bis sie sich dem Boden näherte. Da riß der immer dünner werdende Fangarm, und sie stürzte einige Fuß in die Tiefe. Doch sie kam fest auf, ohne sich weh zu tun. Bink entspannte sich. »Alles in Ordnung, Bink«, rief sie sofort. »Steig auf und sag mir, wo's lang geht.«

Schweigend trat Bink auf sie zu – da hörte er ein Geräusch. »Irgend etwas bewegt sich hier!« fauchte er und war selbst überrascht, wie nervös er war. »Wo ist Chet?«

»Direkt neben mir«, sagte sie.

Sie horchten, und nun war das Geräusch nicht mehr zu überhören: Ein Kratzen und Scharren, seitlich von ihnen und etwas höher... Jedenfalls stammte es nicht von ihnen. Aber nach Kobolden hörte es sich auch nicht an.

Da erblickte Bink ein schlangenähnliches Ding, das sich zwischen ihnen und dem Loch wand und sich im matten Licht abzeichnete. »Eine Greiferwurzel! Sie bewegt sich!« rief er.

»Wir müssen sie aus dem Erdreich gerissen haben«, sagte sie. »Jetzt reißt sie sich durch ihr eigenes Gewicht endgültig los und krümmt sich im Fallen.«

»Ja.« Aber Bink war nicht gänzlich überzeugt. Dazu sahen die Bewegungen zu bewußt aus. War es möglich, daß der Greifer zu neuem Leben erwachte? Wenn das der Fall sein sollte, konnten sie auf diesem Weg nicht wieder entkommen.

Sie schritten den Höhlenpfad entlang. Bink stellte fest, daß er sich ganz gut an die Strecke erinnern konnte, sogar im Dunkeln, und er entdeckte, daß er sogar ein wenig sehen konnte. Vielleicht war doch etwas vom ursprünglichen Leuchten erhalten geblieben. Tatsächlich schien es sogar heller zu werden, als seine Augen sich daran gewöhnt hatten.

»Das Leuchten kehrt zurück«, sagte Cherie.

»Ich dachte erst, das würde ich mir einbilden«, erwiderte Bink. »Vielleicht gibt es hier unten ja noch Restmagie.«

Immer schneller liefen sie weiter. Bink konnte sich einen Gedanken nicht verkneifen: Wenn der Greifer wieder zum Leben erwachte und das Leuchten heller wurde, konnte das dann nicht bedeuten, daß die Magie wiederkehrte? Das würde aber wiederum heißen, daß –

Plötzlich führte der Weg – in einen Palastsaal, der so groß war, daß er das andere Ende nicht erkennen konnte. Überall funkelten Edelsteine und hingen glitzernd in der Luft. Ein umgekehrter Springbrunnen schoß von der Decke herab, und die schillernden Tropfen fielen wieder an die Decke zurück. Banner aus buntem Papier wirbelten in Spiralen und Kreisen wie aus eigenem Antrieb umher, legten sich schräg und streckten sich wieder. Überall waren weitere Wunder zu sehen, so zahlreich, daß es unmöglich war, sie alle auf einmal wahrzunehmen. Es war die phantastischste Magieschau, die Bink je gesehen hatte.

Aber es hatte hier vorher doch keine solche Höhle gegeben! Cherie blickte sich ebenso verwundert um wie er. »Ist . . . ist das vielleicht das Werk deines Dämons Xanth?«

Als sie den Namen ausgesprochen hatte, materialisierte sich der Dämon $X(A/N)^{th}$. Er saß auf einem Thron aus reinem Diamant. Sein glühendes Auge fixierte Bink, der immer noch auf Cherie saß, während sich das Fohlen an ihre Seite drängte.

»Dich will ich haben!« rief $X(A/N)^{th}$. »Dich dämliche Null, den, der sich und seine ganze Kultur für nichts und wieder nichts in Gefahr gebracht hast. Eine solche Idiotie muß bestraft werden.«

Bink war zwar beeindruckt, versuchte aber dennoch, sich zu

verteidigen. »Warum seid Ihr dann zurückgekehrt? Was wollt Ihr von mir?«

»Sie haben das Bezeichnungssystem geändert«, erwiderte $X(A/N)^{th}$. »Jetzt befassen sie sich mit Differentialen. Ich muß mich ein Äon oder zwei mit dem neuen System vertraut machen, damit ich nicht zu linkisch bin, deshalb bleibe ich einen Augenblick hier, an diesem vertrauten Ort.«

»Für einen Äonen-Augenblick?« fragte Bink ungläubig.

»Ungefähr. Ich habe dich hergeholt, damit ich ungestört bleibe. Jedes Wesen dieser Welt, das von meiner Existenz weiß, muß abgeschafft werden.«

»Abgeschafft?« fragte Bink wie vor den Kopf geschlagen.

»Nichts Persönliches«, versicherte ihm der Dämon. »Mir ist eure Existenz wirklich völlig gleichgültig. Aber wenn man von meiner Existenz weiß, kann es sein, daß noch weitere Schmarotzer kommen, um mich aufzusuchen. Ich will aber alleingelassen werden. Deshalb muß ich dich und die anderen, die von mir wissen, ausmerzen, um mein Geheimnis zu wahren. Die meisten von euch sind bereits eliminiert. Nur du und die Nymphe, ihr seid noch übrig.«

»Laß Juwel bitte aus dem Spiel!« sagte Bink. »Sie ist unschuldig, sie ist nur meinetwegen mitgekommen. Sie hat es nicht verdient –«

»Diese Stute und ihr Fohlen sind ebenfalls unschuldig«, warf der Dämon ein. »Das alles hat keinerlei Bedeutung.«

Cherie drehte sich zu Bink um. Ihr menschlicher Oberkörper war wieder so üppig wie früher, und ihre Schönheit war wiedergekehrt. Kein Zweifel, die Magie stand ihr gut! »Du hast dieses . . . dieses Ding da befreit, und jetzt dankt es dir das auf diese Weise? Warum geht er nicht irgendwo anders hin, wo ihn keiner von uns finden kann?«

»Er hat hier eine Menge Magie ausgeschieden«, sagte Bink. »Ohne ihn ist sie latent, aber solange es noch Drachen und Zentauren gibt, wissen wir, daß die Magie noch nicht völlig verschwunden ist. Das ganze Land Xanth ist davon durchtränkt, und deshalb ist es hier wohl bequemer für ihn. Genau wie gut eingelaufene Schuhe, anstatt frischer Schuhe vom Schuhbaum, die noch drücken. Der Dämon ist nicht von unserer Art, er kennt keine Dankbarkeit. Das wußte ich aber auch schon, als ich ihn freigelassen habe.«

»Es wird noch etwas dauern, bis ich euch ausmerze«, sagte der Dämon. »Macht es euch bequem.«

Trotz dieser Drohung war Bink doch neugierig geworden. »Warum denn diese Verzögerung?«

»Die Nymphe hält sich versteckt, und ich will meine Magie nicht darauf verschwenden, sie zu orten.«

»Aber du bist doch allmächtig! Dann hat das Wort ›Verschwendung‹ doch keinerlei Bedeutung für dich!«

»Ich bin allmächtig, das stimmt. Aber alles hat seine Grenzen. Es stört meine Sensibilitäten, wenn ich mehr Magie einsetze, als eine bestimmte Situation verlangt. Deshalb reduziere ich hier die Anstrengungen. Ich habe deine Persona verstärkt. Sie liebt dich – ich will nicht so tun, als verstünde ich diesen Begriff – und wird zu dir kommen, weil sie dich in einer Gefahr glauben wird, die sie vielleicht abwehren kann. Dann kann ich euch bequem alle auf einmal auslöschen.«

Dann bedeutete die Wiederkehr der Magie ins Land Xanth und für Bink und seine Freunde das Ende. Immerhin, da ganz Xanth davon profitierte, war es kein völliger Verlust. Und dennoch –

»Ich nehme an, daß es dir nicht genügen wird, wenn wir einfach versprechen, deine Anwesenheit nicht zu verraten, oder wenn wir ein Vergessenselixir einnehmen?«

»Bringt nichts«, sagte eine Stimme aus Binks Tasche. Es war Grundy der Golem, der nun wieder belebt worden war. Er kletterte heraus, um sich auf Binks Schulter zu setzen. »Du könntest ein solches Versprechen niemals halten. Die Magie würde dir in Augenschnelle die Wahrheit entlocken. Selbst wenn du ein Vergessenselixir einnehmen würdest, könnte das neutralisiert werden, so daß die Information preisgegeben würde.«

»Mit einem Wahrheitszauber«, stimmte Cherie ihm zu. »Ich hätte mich doch lieber auf mein ursprüngliches Urteil verlassen sollen. Die Magie ist *doch* ein Fluch.«

Bink weigerte sich, aufzugeben. »Vielleicht kehren wir die Sache doch einfach um«, schlug er dem Dämon vor. »Verbreite doch überall, daß du hier unten bist und jeden Eindringling sofort umbringen –«

»Dann freuen sich neunundneunzig Prozent aller Trottel auf die Herausforderung«, warf Cherie ein. »Der Dämon würde dann ständig störenden Besuch erhalten und müßte seine Magie darauf verschwenden, die Idioten einen nach dem anderen auszurotten.«

Der Dämon blickte sie anerkennend an. »Du hast zwar einen Pferdehintern aber ein kluges Köpfchen«, bemerkte er.

»Das ist eben so bei Zentauren.«

»Und was hältst du von mir?«

»Du bist für mich der absolute Gipfel der Obszönität.«

Bink erstarrte, doch der Dämon lachte nur. Das Geräusch war ohrenbetäubend und brachte den magisch geschmückten Palast zum Beben. Zerschmetterte Gegenstände wirbelten durch die Luft, ohne sie jedoch zu treffen.

»Weißt du was?« fragte Grundy. »Er ist dabei, sich zu verwandeln ... genau wie ich.«

»... genau wie du ...?« wiederholte Bink. »Aber natürlich! Als seine Magie herausgesickert ist und ganz Xanth getränkt hat, da ist auch etwas von unserer Kultur in ihn eingesickert, so daß er ein kleines bißchen so geworden ist wie wir. Deshalb fühlt er sich hier auch so wohl. Darum kann er auch lachen. Er besitzt doch so etwas wie grobe Gefühle.«

Cherie begriff sofort. »Das bedeutet, daß er wahrscheinlich auch ein Gefühl für Herausforderungen haben dürfte. Kannst du ihm eine bieten?«

»Ich kann's versuchen«, erwiderte Bink. Dann, als das Lachen des Dämons nachließ: »Dämon, ich weiß eine Möglichkeit, wie man dein Privatleben schützen kann. Wir besitzen einen Schildstein, der früher dazu benutzt wurde, das ganze Land Xanth vor Eindringlingen zu schützen. Wir haben unsere Ungestörtheit ebenso zu schätzen gewußt wie du deine. Nichts Lebendes kann durch diesen Schild dringen. Ich muß nur unserem König Trent von dir berichten, dann wird er den Schild aufstellen, damit niemand dich hier unten behelligt. Der Schild hat über ein Jahrhundert funktioniert, er wird auch für dich funktionieren. Dann wird es ganz egal sein, wer von dir weiß. Jeder Narr, der es dennoch versuchen sollte, wird automatisch sterben.«

Der Dämon dachte nach. »Der Vorschlag hat etwas für sich. Aber der menschliche Geist und seine Motive sind mir weitgehend fremd. Wie kann ich sicher sein, daß der König auf dein Ersuchen eingehen wird?«

»Ich weiß, daß er es tun wird«, sagte Bink. »Er ist ein guter Mann, ein ehrlicher Mann und ein kluger Politiker. Er wird sofort begreifen, wie wichtig es ist, deine Ungestörtheit zu gewährleisten und wird entsprechende Schritte unternehmen.«

»Und wie sicher bist du dir deiner Sache?«

»So sicher, daß ich mein Leben darauf verwetten würde.«

»Dein Leben ist völlig bedeutungslos im Vergleich zu meiner Bequemlichkeit«, sagte der Dämon humorlos.

»Aber nach menschlichen Maßstäben ist mein Talent alles andere als bedeutungslos«, entgegnete Bink. »Es wird in meinem Interesse handeln, indem es den König dazu bewegt –«

»Dein Talent bedeutet mir gar nichts. Ich könnte es auf der Stelle mit einem einfachen Fingerschnippen in sein Gegenteil umkehren.« Mit lautem Knall schnippte der Dämon seine Finger. Es klang wie die Explosion einer Kirschbombe. Bink spürte einen schrecklich beunruhigenden Krampf in seinem Inneren. »Aber deine Herausforderung fasziniert mich. Sie hat ein gewisses Zufallselement, das nicht vorhanden ist, wenn ich mir selbst eine Herausforderung stelle. Deshalb muß ich mich in gewissem Ausmaß an Stellvertretern ergötzen. Du sagst, daß du dein Leben auf deine Fähigkeit verwetten würdest, meine Ungestörtheit zu garantieren. Das heißt eigentlich gar nichts, weil dein Leben ohnehin bereits verspielt ist, aber ich nehme die Wette an. Sollen wir also darum spielen?«

»Ja«, sagte Bink. »Wenn ich damit meine Freunde retten kann. Ich bin zu allem bereit –«

»Bink, das gefällt mir aber gar nicht«, sagte Cherie.

»Hier ist das Testlabor«, sagte der Dämon und zeigte auf eine plötzlich erscheinende riesige Grube, an deren Wand sich ein halbes Dutzend Türen befand. Die Wände waren aus Stein und zu hoch und steil, um erklommen werden zu können. »Und hier ist der Eindringling.« Ein Ungeheuer erschien mitten in der

Grube, ein riesiger Minotaurus, der den Kopf, den Schwanz und die Hufe eines Stiers besaß und den Körper eines kräftigen Mannes. »Wenn er lebend aus diesem Raum entkommt, werde ich dies als störend empfinden. Du mußt versuchen, ihn aufzuhalten.«

»Gemacht!« rief Bink. Er sprang mit gezücktem Schwert in die Arena hinunter.

Der Minotaurus musterte ihn kühl. Die Wiederkehr der Magie hatte Bink neu belebt und ihm das Gefühl frischer Kraft verliehen – und ein Schwächling war er ohnehin nie gewesen. Durch seine zerfetzten Hemdärmel waren seine Muskeln zu erkennen, und sein Körper war kampfbereit. Sein Schwert bewegte sich mit geschmeidiger Gekonntheit, durch Magie leichter gemacht, und die verzauberte Klinge glitzerte. Das Ungeheuer entschied sich gegen die Freuden einer Auseinandersetzung, wirbelte auf einem Huf herum und schritt auf den Ausgang zu, der am weitesten von Bink entfernt lag.

Bink stürzte hinter ihm her. »Dreh dich um und kämpf wie ein Ungeheuer!« schrie er, da er den Gegner nicht von hinten niederstrecken wollte.

Doch das Wesen fing an zu laufen. Bink war allerdings schneller und holte den Minotaurus ein, bevor er den Ausgang erreichte. Er riß an seinem Schwanz, so daß das Wesen gegen die Wand geschleudert wurde. Bink setzte ihm die Schwertspitze an den Hals. »Ergib dich!« schrie er.

Der Minotaurus erzitterte – und wurde zu einem Käferungeheuer mit gewaltigen Kneifern, einem Stachel und scharfen Kiefern. Bink wich erschrocken zurück. Er kämpfte gegen ein magisches Ungeheuer, eines, das seine Gestalt nach Belieben verändern konnte!

Was für ein Narr er doch gewesen war, sich mit dem Zustoßen zurückzuhalten und zu glauben, daß sich dieses Ding ergeben würde! Er mußte es schnell töten, bevor es das gleiche mit ihm tat – oder floh, was auf dasselbe hinauslief.

Der Käfer glitt bereits auf den Ausgang zu. Bink sprang mit schwingendem Schwert hinter ihm her. Doch der Käfer besaß Stielaugen, die zu ihm zurückblickten – genaugenommen war er nun eine Riesenschnecke, die auf einer Schleimspur weiterglitt. Binks Schwert zischte über seinen Kopf hinweg, ohne Schaden anzurichten.

Immerhin war er schneller als jede Schnecke, und wenn sie noch so groß sein mochte. Bink sprang über sie hinweg und versperrte den Ausgang. Er zielte sorgfältig und schlug, das Schwert mit beiden Händen fassend, auf den Kopf der Schnecke ein, um ihn entzweizuspalten. Doch die Klinge prallte vom plötzlich entstandenen Schneckenhaus ab, das sich das Ungeheuer als die naheliegendste Abwehr zugelegt hatte. Entweder stand es unter großem Druck, oder es hatte nicht viel Phantasie.

Bink gab ihm keine Chance zum Nachdenken. Diesmal traf er – eine große grüne Qualle. Seine Klinge fuhr hindurch und trat tropfend wieder heraus, ohne dem Wesen ernsthaften Schaden zugefügt zu haben. Angewidert schüttelte er die Gallertmasse ab.

Doch da verwandelte sich das Ungeheuer auch schon in einen mannsgroßen Raubvogel. Bink sprang darauf zu – und rutschte prompt auf dem restlichen Quallengelee aus. Was für ein katastrophaler Zufall!

Zufall? Nein, hier war sein Talent am Werk, und zwar verkehrt herum. Der Dämon hatte es achtlos in sein Gegenteil verkehrt. Nun würden die scheinbaren Zufälle stets gegen Bink arbeiten anstatt für ihn. Er war jetzt sein eigener schlimmster Feind.

Aber er hatte sich auch ganz gut behauptet, als die Gehirnkoralle sein Talent ausgeschaltet hatte. Er mußte jetzt vor allem dafür sorgen, daß der Zufall so weit wie möglich ausgeschaltet wurde. Sein Talent war stark begrenzt, weil es niemals offen zutage trat, sondern immer erst einen günstigen Zufall abwarten mußte. Er mußte also genauestens planen und nichts dem Zufall überlassen.

Der Vogel flog nicht fort, sondern rannte in die Mitte der Arena hinaus. Bink erhob sich und verfolgte das Ungeheuer, wobei er darauf achtgab, vorsichtig zu sein. Da war ein Steinchen, über das er hätte stolpern können, dort erblickte er einen Fettfleck. Daß er auf dem Gelee ausgerutscht war, hatte vor allem an seiner Achtlosigkeit gelegen. Die konnte er verringern. Aber warum flog der Vogel nicht einfach davon, wo Bink sich doch so vorsichtig bewegen mußte?

Wahrscheinlich lag das an der Tatsache, daß das Ungeheuer kein Magier war. Jede Gestalt, die es annahm, war ungefähr gleich groß und stets an den Boden gebunden. Es war zwar ein gutes Talent, aber kein ungewöhnliches. Es hatte deutliche Grenzen. König Trent konnte eine Fliege in ein Hephalumph, in einen Wurm oder in einen Flugdrachen verwandeln. Größe und Fähigkeiten spielten überhaupt keine Rolle dabei. Doch dieses Ungeheuer verwandelte nur seine äußere Gestalt, nicht aber seine Fähigkeiten. Sehr gut!

Bink schritt vorsichtig auf den Raubvogel zu, sprungbereit für den Fall, daß er einen Ausfall in Richtung Ausgang versuchen sollte. Wenn er fliehen wollte, mußte er ihm den Rücken zukehren und dann könnte er ihn niederstrecken. Da war keinerlei Zufall mit im Spiel, also konnte sein umgekehrtes Talent ihm dabei auch keinen Streich spielen. Binks früheres Leben, als er noch nichts von seinem Talent gewußt hatte, hatte ihn geschult, ohne Talent auszukommen. Seine jüngsten Abenteuer, als sein Talent sowohl ausgeschaltet als auch gänzlich abhanden gekommen war, hatten ihm als Auffrischungstraining gedient. Das Ungeheuer würde sich stellen müssen, um zu kämpfen, anstatt sich darauf zu verlassen, daß er die Sache versiebte.

Plötzlich war es ein Mann – ein stämmiger Grobian mit zerzaustem Haar und zerfetzten Kleidern, der ein glitzerndes Schwert trug. Er machte den Eindruck, als verstünde er etwas von seinem Geschäft. Genau genommen sah er sogar irgendwie vertraut aus.

Tatsächlich – das war ja ein Abbild von Bink selbst! Das Ungeheuer wurde langsam klüger und stellte Schwert gegen Schwert. Bink griff an.

Das Ungeheuer war offensichtlich kein Schwertkämpfer, genau wie er es vermutet hatte. Es mochte zwar aussehen wie Bink, konnte aber nicht so gut kämpfen wie er. Dieser Kampf würde bald zu Ende sein!

Bink machte eine Finte und schlug dem Gegner plötzlich das Schwert aus der Hand. Dann drängte er das Ungeheuer gegen die Wand, bereit, ihm den Todesstoß zu versetzen.

»Bink!« rief eine Frauenstimme verzweifelt.

Bink erkannte sie: Es war Juwel! Vom Zauber des Dämons angezogen, war sie genau im falschen Augenblick eingetroffen. Das mußte ein Werk seines umgekehrten Talents sein, das sich gerade noch rechtzeitig einmischte, um den Feind zu retten. Es sei denn, er handelte sofort –

»Bink!« schrie sie wieder und sprang in die Arena hinunter, um sich zwischen ihn und das Ungeheuer zu stürzen. Sie duftete nach einem Sommersturm. »Warum bist du wieder in die Höhlen eingedrungen, anstatt draußen in Sicherheit zu bleiben?« Dann hielt sie verblüfft inne. »Ihr seid ja *beide* Bink!«

»Nein, er ist das Ungeheuer«, sagte das Ungeheuer, bevor Bink etwas erwidern konnte. »Er versucht, einen unbewaffneten Mann zu töten.«

»Schande über dich!« fauchte Juwel und drehte sich zu Bink um. Aus dem Sturm war ein Hurrikan geworden, der nach umherwirbelndem Staub und zertrümmerten Ziegeln roch. »Weiche, Ungeheuer!«

»Los, verschwinden wir«, sagte das Ungeheuer, ergriff ihren Arm und machte sich auf den Weg zum Ausgang.

»Das darf doch wohl nicht wahr sein!« rief Cherie von oben herab. »Schafft diese dämliche Nymphe aus der Arena!«

Doch Juwel blieb bei dem gerissenen Ungeheuer und schritt mit ihm in Richtung Sicherheit – in eine Katastrophe hinein, die sie sich in ihren kühnsten Träumen nicht vorstellen konnte. Bink blieb wie angewurzelt stehen, unfähig, gegen Juwel die Hand zu heben.

»Aber wenn du ihn gehen läßt, wird sie doch auch sterben!« schrie Cherie.

Das riß ihn aus seinem Stupor. Bink sprang auf das Paar zu, packte es bei den Hüften und riß beide zu Boden. Er wollte sie auseinanderreißen, das Ungeheuer niedermachen und Juwel hinterher alles erklären.

Doch plötzlich hatte er in jedem Arm eine Nymphe. Das Ungeheuer hatte sich in Juwel verwandelt, und Bink konnte die beiden nicht auseinanderhalten.

Er sprang mit gezücktem Schwert hoch. »Juwel, gib dich zu erkennen!« rief er. Das Ungeheuer war wohl kaum intelligent genug, um eigenständig zu denken. Wahrscheinlich steckte Binks Talent hinter dieser Maskerade. Da es Bink nicht hatte beeinträchtigen können, hatte es statt dessen auf das Ungeheuer eingewirkt. Der Zufall hatte vielerlei Gestalten.

»Ich bin's!« riefen beide Nymphen im Chor und standen auf.

O nein! Sie hörten sich ja sogar gleich an! »Juwel, ich kämpfe gegen ein Gestaltwandlerungeheuer«, rief er ihnen beiden zu. »Wenn ich es nicht umbringe, wird es mich umbringen. Ich muß wissen, wer es ist.«

»Er!« riefen beide Nymphen und zeigten aufeinander. Der Gestank von Stinkkohl erfüllte die Luft. Beide wichen voreinander – und von ihm – zurück.

Das wurde ja immer schlimmer! Jetzt hatte sein Talent Fuß gefaßt und war entschlossen, ihn nicht siegen zu lassen. Und doch mußte er das Ungeheuer töten und Juwel retten. Aber er konnte nicht willkürlich entscheiden, wer von beiden wer war.

Die Nymphen liefen auf zwei verschiedene Ausgänge zu. Es war bereits zu spät, beide einholen zu wollen. Von seiner Entscheidung hing sein eigenes Schicksal und das seiner Freunde ab – und sein infernalisches Talent würde ihn mit Sicherheit die falsche Wahl treffen lassen. Egal, wie er sich entschied, es konnte immer falsch sein. Doch keinerlei Entscheidung zu treffen, würde ebenfalls Desaster bedeuten.

Bink begriff, daß er nur sichergehen konnte, indem er beide umbrachte. Das Ungeheuer und die Nymphen-Frau, die ihn liebte. Eine entsetzliche Entscheidung.

Es sei denn, er konnte das Ungeheuer irgendwie dazu verlocken, sich zu erkennen zu geben.

»Du bist das Ungeheuer!« schrie er und rannte mit wirbelndem Schwert auf die Nymphe zu seiner Rechten zu.

Sie blickte über ihre Schulter zurück, sah ihn und stieß einen Schrei der Todesangst aus. Der Geruch von Drachenatem, die Essenz jeder Angst, erfüllte die Luft.

Bink schlug über sie hinweg als sie den Kopf einzog und schleuderte sein Schwert hinter der zweiten Nymphe her, die schon beinahe den anderen Ausgang erreicht hatte. Das mußte wirklich das Ungeheuer sein.

Doch die Nymphe neben ihm riß in ihrem Entsetzen schützend die Arme hoch und streifte das Schwert, so daß es abgelenkt wurde. Wieder sein Talent, das nun seine Freundin dazu benutzte, seinen Angriff auf seinen Gegner zunichte zu machen!

Aber es war noch nicht vorüber: Das Ungeheuer sah die heranwirbelnde Klinge, sprang beiseite – und direkt in ihre abgelenkte Flugbahn. Das Schwert schlug durch die Brust des Wesens hindurch. Das Ungeheuer stürzte durchbohrt zu Boden. Zweimal Pech – das hatte sich gegenseitig ausgeschaltet.

Bink war inzwischen gegen Juwel geprallt und hatte sie mit sich zu Boden gerissen. »Tut mir leid«, sagte er. »Ich mußte auf Nummer sicher gehen . . .«

»Schon gut«, sagte sie und erhob sich mühsam. Bink stand auf und ergriff ihren Ellenbogen, um ihr behilflich zu sein. Doch sein Blick blieb auf das tote oder sterbende Ungeheuer gerichtet. Was war wohl seine natürliche Gestalt?

Das Ungeheuer verwandelte sich nicht, sondern sah noch immer wie Juwel aus. Aus der Schwertwunde strömte Blut. Seltsam. Wenn das Ungeheuer tödlich verwundet war, weshalb verwandelte es sich dann nicht zurück? Und wenn es nicht wirklich verwundet war, warum erhob es sich dann nicht hastig, um zu fliehen?

Juwel löste sich aus seinem Griff. »Ich will mich saubermachen gehen, Bink«, sagte sie. Im Augenblick duftete sie nach gar nichts.

Nach gar nichts? »Gib einen Duft ab!« sagte Bink und ergriff erneut ihren Arm.

»Bink, laß mich los!« schrie sie und wollte auf den Ausgang zustürzen.

»Gib einen Duft von dir!« knurrte er und drehte ihr den Arm auf den Rücken.

Plötzlich hielt er einen Gewirrbaum in der Hand. Seine Fangarme wanden sich, um ihn zu packen, aber sie waren nicht so kräftig wie ein echter Greifer, nicht einmal wie ein Zwerggreifer. Bink umklammerte den Baum mit beiden Armen und drückte die Tentakel immer fester gegen den Stamm.

Der Baum verwandelte sich in eine gedrungene Seeschlange.

Bink neigte den Kopf vor und drückte weiter zu. Die Schlange verwandelte sich wiederum in einen zweiköpfigen Wolf, der mit beiden Mäulern nach Binks Ohren schnappte. Bink drückte noch fester zu. Er konnte es sich leisten, ein Ohr zu verlieren, wenn er damit den Kampf gewann. Aus dem Wolf wurde eine riesige Tigerlilie, die furchteinflößend knurrte, doch Bink war bereits dabei, ihren Stamm zu zerquetschen.

Schließlich wurde sein Gegner schlauer und verwandelte sich in einen Nadelkaktus. Die Nadeln stachen Bink in die Arme und in sein Gesicht – doch er ließ nicht locker. Der Schmerz war zwar schrecklich, aber er wußte, daß er dem Ungeheuer nicht den kleinsten Spielraum gewähren durfte, weil es sich sonst in etwas verwandeln würde, das er nicht wieder würde einfangen können, wenn nicht sogar sein Talent ihm auf »zufällige« Weise zur Flucht verhalf. Darüber hinaus war er voller Wut: Wegen dieses Wesens hatte er eine unschuldige Nymphe niedergemacht, die nur den einen Fehler begangen hatte, ihn zu lieben. Er blutete im Gesicht und an den Händen, und eine Nadel stach ihm ins Auge, doch Bink drückte den Kaktusrumpf mit der Kraft und Leidenschaft des schieren Hasses, bis er eine weiße Flüssigkeit verspritzte.

Das Ding löste sich in einen übelriechenden Schleim auf. Bink konnte es nicht mehr umklammern, weil es nichts mehr zum Umklammern gab. Doch er griff nach dem Zeug, schleuderte es klumpenweise durch die Arena und stampfte die Masse in den Boden. Konnte das Ungeheuer etwa selbst in diesem Zustand noch überleben?

»Genug«, sagte der Dämon. »Du hast es besiegt.« Er machte eine achtlose Gebärde, und plötzlich war Bink wieder kräftig und sauber, unverletzt – und spürte irgendwie, daß sein Talent wieder normal funktionierte. Der Dämon hatte *ihn* getestet und nicht sein Talent. Er hatte gewonnen – doch um welchen Preis?

Er rannte zu Juwel hinüber, zur wirklichen Juwel, und mußte daran denken, wie Chamäleon damals ähnlich verwundet worden war. Doch damals hatte der Böse Magier es getan, während diesmal Bink die Schuld traf. »Du begehrst sie?« fragte der Dämon. »Dann nimm sie mit.« Da war Juwel plötzlich wieder gesund und schön und duftete nach Gardenien, als hätte sie eben ein Bad im Heilelixier genommen. »Oh, Bink!« sagte sie – und floh aus der Arena.

»Laß sie laufen«, sagte Cherie weise. »Nur die Zeit kann unsichtbare Wunden heilen.«

»Aber ich kann sie doch nicht in dem Glauben belassen –«

»Sie weiß, daß du ihr nicht wehtun wolltest, Bink. Oder sie wird es erkennen, wenn sie erst einmal gründlich darüber nachdenkt. Aber sie weiß auch, daß du ihr keine Zukunft bieten kannst. Sie ist ein Höhlenwesen. Die Weiten der Oberfläche würden ihr Angst einflößen. Selbst wenn du nicht verheiratet wärst, würde sie ihr Heim nicht deinetwegen verlassen. Jetzt, wo du in Sicherheit bist, muß sie gehen.«

Bink starrte in die Richtung, in der Juwel verschwunden war. »Ich wünschte, ich könnte irgend etwas tun . . .«

»Du kannst sie in Ruhe lassen«, sagte Cherie mit Entschiedenheit. »Sie muß ihr Leben selbst leben.«

»Guter Pferdeverstand«, stimmte Grundy der Golem ihr zu.

»Ich werde dir gestatten, die gestellte Aufgabe auf deine Weise zu lösen«, sagte der Dämon zu Bink. »Du und dein Wohlergehen sind mir völlig gleichgültig, aber ich halte mich an die Bedingungen jeder Wette. Alles, was ich von eurer Gesellschaft verlange, ist, daß man mich in Ruhe läßt. Wenn das nicht geschieht, könnte ich mich gezwungen sehen, etwas zu tun, was euch leid täte – zum Beispiel, die ganze Oberfläche eures Landes mit einer einzigen Feuerschicht in Asche zu legen. Jetzt habe ich meine Anweisung doch wohl so deutlich formuliert, daß es selbst dein armseliger Intellekt verstehen kann, oder?«

Bink hielt seinen eigenen Intellekt keineswegs für armselig, auch nicht im Vergleich mit dem des Dämons. Dieses Wesen war zwar allmächtig, aber nicht allwissend. Doch es wäre nicht sonderlich opportun gewesen, dies jetzt offen zu sagen. »Ja.«

Dann hatte Bink einen Gedankenblitz. »Aber es wäre wesentlich leichter, deine Ungestörtheit zu garantieren, wenn es keine offenen Fragen und Spuren mehr gäbe wie zum Beispiel verschollene Magier oder eingelegte Zentauren –«

Cherie richtete sich ruckartig auf. »Bink, du bist ein Genie!«

»Dieser Magier hier?« fragte Xanth. Er griff durch die Decke und holte ein schauriges Skelett hervor. »Ich kann ihn dir wieder zum Leben erwecken –«

Nach dem ersten Schock erkannte Bink, daß das Skelett viel größer war als Humfrey. »Äh, den nicht«, sagte er erleichtert. »Er ist etwas kleiner, wie . . . wie ein Gnom. Und lebendig.«

»Ach so, der hier«, sagte $X(A/N)^{th}$. Er griff durch eine Wand und holte den Guten Magier Humfrey hervor, der etwas zerzaust aussah aber ansonsten unverletzt war.

»Wird aber auch langsam Zeit, daß du mich holen kommst«, knurrte Humfrey. »Bin ja fast erstickt unter dem ganzen Geröll.«

Nun griff der Dämon durch den Boden und holte Chester hervor, der in einer glitzernden Wasserhülle steckte. Als er den Zentaur auf den Boden stellte, verdampfte das Wasser, und Chester blickte um sich.

»Dann bist du also ohne mich Schwimmen gegangen!« sagte Cherie streng. »Da bleibt man zu Hause und plackt sich mit dem Fohlen ab, während du in der Gegend herumziehst . . .«

Chester zog eine Grimasse. »Ich ziehe deswegen umher, *weil* du dich die ganze Zeit nur um das Fohlen kümmerst!«

»Äh, es ist doch jetzt wirklich nicht nötig –« warf Bink ein.

»Misch du dich da nicht ein!« zischte sie ihm mit einem Augenzwinkern zu. Dann knurrte sie Chester an: »Weil es genauso ist wie du! *Dich* kann ich ja nicht davon abhalten, deinen dämlichen Schweif bei irgendwelchen dummen, nutzlosen Abenteuern aufs Spiel zu setzen, du großer Blödian, aber dann habe ich wenigstens noch das Fohlen, das mich daran erinnert –«

»Wenn du dich mir ein bißchen mehr gewidmet hättest, wäre ich auch öfter zu Hause geblieben!« gab er zurück.

»Na gut, dann werde ich mich dir in Zukunft ein bißchen mehr widmen, Pferdskopf!« sagte sie und gab ihm einen Kuß, während sich die Arena um sie herum auflöste und in einen etwas gemütlicheren Raum verwandelte. »Ich brauche dich.«

»Wirklich?« fragte er erfreut. »Wofür denn?«

»Um ein weiteres Fohlen zu machen, du Esel! Eines, das so aussieht wie ich, mit dem du umhertraben kannst –«

»Klar!« sagte er. »Wie wär's, wenn wir sofort damit anfingen?« Dann blickte er sich um, erinnerte sich daran, wo sie sich befanden und errötete sogar. Der Golem feixte. »Äh, bei nächster Gelegenheit...«

»Und mit Chet kannst du auch ruhig ein bißchen spazierentraben«, fuhr sie fort. »Dann kannst du ihm dabei helfen, sein Talent zu finden.« Sie ließ sich nicht anmerken, wieviel Überwindung sie dieses Wort kosten mußte.

Chester starrte sie an. »Sein... willst du damit sagen, daß du...«

»Ach, jetzt hör bloß auf, Chester!« knurrte sie. »Du irrst dich schließlich mindestens zehnmal am Tag. Kann ich mich da nicht auch wenigstens einmal im Leben irren? Ich kann zwar nicht gerade behaupten, daß es mir gefällt, aber wenn die Magie offensichtlich doch zum Zentaurenerbe gehört, muß ich wohl lernen, damit zu leben. Die Magie ist ja manchmal ganz praktisch. Immerhin hat sie dich zu mir zurückgebracht.« Sie machte eine Pause und blickte ihn von der Seite an. »Vielleicht gefällt es mir ja sogar, ein bißchen Flötenmusik zu hören.«

Verblüfft blickte Chester sie an, richtete seinen Blick auf Bink und begriff, daß wohl irgend jemand etwas ausgeplaudert haben mußte. »Das läßt sich vielleicht einrichten – im privaten Anstandsrahmen. Schließlich sind wir immerhin Zentauren!«

»Du bist vielleicht ein Tier...!« sagte sie und schlug mit ihrem Schweif nach ihm. Bink mußte ein Lächeln unterdrücken.

»Damit wäre diese langweilige Angelegenheit wohl endlich beendet«, meinte der Dämon. »Wenn ihr nun bereit wäret, auf Nimmerwiedersehen zu verschwinden...«

Doch Bink war noch nicht ganz zufrieden. Er traute dieser plötzlichen Großmut nicht ganz. »Und du bist wirklich damit zufrieden, für immer von unserer Gesellschaft ausgeschlossen zu bleiben?«

»*Ihr* könnt *mich* gar nicht ausschließen«, bemerkte der Dämon. »Ich bin die Quelle der Magie. Ihr werdet euch lediglich *selbst* ausschließen. Ich werde beobachten und eingreifen, wann immer mir danach ist – was vermutlich niemals der Fall sein wird, da mich eure Gesellschaft nicht im mindesten interessiert. Wenn ihr gegangen seid, werde ich euch vergessen.«

»Du solltest Bink wenigstens dafür danken, daß er dich befreit hat«, meinte Cherie.

»Ich danke ihm dadurch, daß ich sein lächerliches Leben verschone«, sagte $X(A/N)^{th}$, und wenn Bink es nicht besser gewußt hätte, hätte er geglaubt, daß der Dämon erzürnt wäre.

»Sein Leben hat er sich verdient!« erwiderte sie. »Du schuldest ihm mehr als das!«

Bink versuchte, sie zu besänftigen. »Bring ihn nicht in Rage«, murmelte er. »Er kann uns mit einem Augenzwinkern auslöschen –«

»Ja, sogar ohne mit dem Auge zu zwinkern«, bestätigte der Dämon. Eines seiner Augenlider machte den Eindruck, als wolle es gerade anfangen zu zwinkern.

»Na ja, Bink hätte dich schließlich weitere tausend Jahre vergammeln lassen können, ebenfalls ohne zu zwinkern«, rief Cherie, ohne auf Binks Warnung zu achten. »Aber das hat er nicht. Weil er nämlich etwas besitzt, was du nicht hast: Menschlichkeit!«

»Stute, du faszinierst mich«, murmelte $X(A/N)^{th}$. »Es stimmt zwar, daß ich allmächtig bin, aber nicht allwissend – aber ich glaube, daß ich menschliche Beweggründe durchaus verstehen könnte, wenn ich mich darauf konzentrieren würde.«

»Wetten, daß nicht?« rief sie.

Jetzt wurde selbst Chester nervös. »Was hast du vor, Cherie?« fragte er. »Willst du, daß wir alle ausgelöscht werden?«

Der Dämon blickte Grundy an. »Halbding, hat ihre Herausforderung Substanz?«

»Was steckt denn für mich dabei drin?« wollte der Golem wissen.

Der Dämon hob einen Finger, und Grundy wurde von Licht umhüllt. »Das hier.«

Das Licht drang in den Golem ein – und schon hatte er sich verwandelt. Nun war er kein Ding aus Lehm und Bindfäden mehr, sondern stand auf richtigen Beinen und besaß ein lebendes Gesicht. Nun war er ein Elf.

»Ich . . . ich bin wirklich!« rief er. Als er den Blick des Dämons auf sich ruhen sah, fiel ihm die Frage wieder ein. »Ja, ihre Herausforderung hat Substanz. Es gehört zum Wesen einer fühlenden Kreatur. Du mußt lachen und weinen. Leid und Dankbarkeit erfahren und... und... es ist einfach das Wunderbarste, was man –«

»Dann werde ich darüber nachdenken«, sagte der Dämon. »In einem Jahrhundert oder so, wenn ich meine neue Nomenklatur ausgearbeitet habe.« Er wandte sich an Cherie. »Würde ein Geschenk dich befriedigen, Stute?«

»Ich brauche nichts«, sagte sie. »Ich habe ja Chester. Bink mußt du fragen.«

»Dann gewähre ich Bink einen Wunsch.«

»Nein, doch nicht so! Du mußt zeigen, daß du es wirklich verstanden hast, indem du ihm etwas Nettes gibst, was ihm selbst nicht eingefallen wäre.«

»Aha, noch eine Herausforderung«, sagte der Dämon. Er überlegte. Dann hob er Cherie mit einer Hand auf. Bink und Chester zuckten beunruhigt zusammen, doch es wirkte nicht feindselig. »Würde das genügen?« Er hob sie an seinen Mund und flüsterte ihr etwas ins Ohr. Sein Mund war so groß, daß das Flüstern ihren ganzen Körper erschütterte, dennoch konnte man nichts verstehen.

Cherie zuckte zusammen. »He, natürlich würde das genügen! Du verstehst es ja doch!«

»Eine reine Interpolation aufgrund beobachteter Verhaltensweisen seiner Art.« Der Dämon stellte sie wieder auf den Boden und schnippte mit den Fingern. Eine kleine Kugel erschien in der Luft und schwebte auf Bink zu, der sie ergriff. Es schien eine feste Blase zu sein. »Das ist dein Wunsch«, sagte der Dämon. »Du mußt ihn selbst wählen. Halte die Kugel vor deinen Körper und sprich deinen Wunsch aus, dann soll dir alles gehören, was in den Bereich der Magie fällt.«

Bink hielt die Kugel hoch. »Ich wünsche, daß die Männer, die während des Verschwindens der Magie aus ihrer Versteinerung befreit wurden, frei bleiben«, sagte er. »Und daß die Greifin auch nicht wieder in Gold verwandelt wird, jetzt, wo die Magie wieder wirkt. Und daß alle Wesen, die durch den Verlust der Magie getötet wurden, wie etwa die Gehirnkoralle –«

Der Dämon winkte ungeduldig ab. »Du siehst ja, daß die

Blase nicht platzt. Das bedeutet, daß dein Wunsch nicht zulässig ist, und zwar aus zwei Gründen. Erstens betrifft er nicht dich selbst. Du hast nichts dadurch zu gewinnen. Zweitens können die Stein- und Goldzauber allenfalls erneut verhängt werden. Wenn sie einmal unterbrochen wurden, sind sie auch unwirksam geworden. Nur das magische *Leben* ist wiederhergestellt worden, wie etwa der Golem. Vergeude meine Aufmerksamkeit also nicht auf solch überflüssigen Kram. Dein Wunsch muß selbstisch sein.«

»Ach so.« Bink war perplex. »Mir fällt kein solcher Wunsch ein.«

»Es war aber sehr großzügig von dir«, murmelte Cherie.

Der Dämon wedelte mit der Hand. »Du mußt den Wunsch solange mit dir tragen, bis er erfüllt wurde. Genug. Mich beginnen diese Trivialitäten zu langweilen.«

Und schon standen sie alle in dem Wald, den Bink, Cherie und das Fohlen verlassen hatten. Es war fast, als hätte der Dämon nie existiert – bis auf die Kugel. Und Binks Freunde, die alle wieder anwesend und wohlauf waren. Und die Magie des Waldes, die wieder voll funktionierte. Selbst Cherie schien damit zufrieden zu sein.

Bink schüttelte den Kopf und steckte die Wunschkugel in seine Tasche. Alles, was er jetzt wollte, war, nach Hause zu Chamäleon zurückzukehren, und dafür bedurfte es keiner besonderen Magie.

»Ich werde Bink tragen, wie immer«, sagte Chester. »Cherie, du nimmst den Magier auf –« Er hielt inne. »Crombie! Wir haben den großschnäbeligen Greif vergessen!«

Bink fuhr mit der Hand in seine Tasche. »Nein, ich habe ihn hier in der Flasche. Ich kann ihn jetzt freilassen –«

»Nein, laß ihn ruhig noch ein Weilchen schmoren«, meinte Chester. Offenbar hatte er dem Soldaten den blutigen Kampf noch nicht vergeben.

»Das ist wahrscheinlich das Beste«, stimmte Cherie ihm zu. »Als er eingesperrt wurde, war er in einem Kampf um Leben und Tod befangen. Es könnte sein, daß er kämpfend heraus kommt.«

»Soll er doch!« sagte Chester kampflustig.

»Ich glaube, es ist besser zu warten«, sagte Bink. »Für alle Fälle.«

Trotz der Dämmerung kamen sie gut voran. Nur Chester hatte ein Problem. »Ich habe den Dienst für eine Antwort bezahlt«, sagte er zu dem Guten Magier. »Aber ich habe mein eigenes Talent selbst entdeckt. Jetzt könnte ich nach Cheries Talent fragen –«

»Aber das kenne ich doch schon«, sagte Cherie und errötete etwas bei diesem Eingeständnis etwas fast-Obszönem. »Verschwende deine Frage bloß nicht darauf!«

»Du kennst dein Talent?« sagte Chester verblüfft. »Was –«

»Ich sag's dir ein anderes Mal«, erwiderte sie keusch.

»Aber dann habe ich ja gar keinen Wunsch mehr übrig... eine Frage, meine ich natürlich. Ich habe mit meinem Leben dafür bezahlt, weiß aber nicht, was ich fragen soll.«

»Kein Problem«, meinte Humfrey. »Ich kann dir sagen, was du fragen sollst.«

»Ach ja?« Dann erkannte Chester die Falle. »Aber dann würde ich ja die Frage aufbrauchen! Ich meine, wenn Sie mir die Frage nennen, dann wäre das ja schon die Antwort – und dann muß ich erneut für die Antwort auf meine Frage bezahlen!«

»Stimmt, das ist wohl ein Problem«, meinte Humfrey. »Vielleicht willst du ja noch einmal bezahlen...«

»Auf keinen Fall!« rief Cherie. »Keine Abenteuer mehr fern von Zuhause!«

»Schon schwindet meine Freiheit«, brummte Chester, aber er war nicht wirklich böse.

Bink hörte beklommen zu. Er war zwar froh, nach Hause kommen zu dürfen, aber er hatte immer noch Schuldgefühle wegen Juwel. Er hatte einen Wunsch – aber wußte, daß er sich nicht einfach wünschen konnte, daß Juwel aufhörte, ihn zu lieben. Ihre Liebe war echt und nicht magisch und würde sich nicht durch Magie aus der Welt schaffen lassen. Und wie würde Chamäleon auf diese ganze Angelegenheit reagieren? Er mußte es ihr erzählen...

Als die Nacht vollends hereingebrochen war, galoppierten sie auf den Palast zu. Das Gelände wurde von Mondfaltern erleuchtet, die ein unirdisch schönes, grünliches Schimmern verbreiteten.

Königin Iris war offenbar wachsam; denn als sie den Palast betraten, stiegen drei Monde auf, um ihn zu beleuchten. Darüber hinaus erklangen Fanfarenklänge zur Begrüßung, und man führte sie sofort in die Bibliothek, in der sich der König am liebsten aufzuhalten pflegte.

Ohne große Umschweife erstattete Bink dem König Bericht, und Trent hörte ihm zu, ohne ihn zu unterbrechen. Als Bink geendet hatte, nickte er. »Ich werde dafür sorgen, daß der Schild aufgestellt wird, wie Sie es empfehlen. Ich denke, daß wir die Gegenwart des Dämons nicht öffentlich bekannt geben, aber dafür sorgen sollten, daß er ungestört bleibt.«

»Ich wußte, daß Euer Majestät das so sehen würden«, sagte Bink erleichtert. »Ich . . . ich hab ja nicht geahnt, welch schreckliche Folgen meine Suche haben würde. Es muß ja fürchterlich gewesen sein, so ganz ohne Magie.«

»O nein, ich hatte keinerlei Probleme«, sagte der König. »Vergessen Sie nicht, daß ich zwanzig Jahre in Mundania verbracht habe. Ich habe mir immer noch einige unmagische Eigenarten bewahrt. Aber Iris stand kurz vor einem Nervenzusammenbruch, und dem Königreich erging es auch nicht viel besser. Trotzdem glaube ich, daß das Ganze alles in allem ganz gut war. Jetzt wissen die Bürger ihre Magie wenigstens richtig zu schätzen.«

»Ja, das kann ich mir vorstellen«, meinte Bink. »Ich habe selbst nicht gewußt, wie wichtig die Magie für Xanth ist, bis sie verschwunden ist. Aber unsere Gruppe hier hat noch alle möglichen magischen Restprobleme mitgebracht. Chester hat eine Antwort zuviel, ich habe einen Wunsch, den ich nicht gebrauchen kann, und Crombie ist immer noch in –«

»Ach ja«, sagte der König. »Wir lassen ihn jetzt wohl besser frei.«

Bink entkorkte die Flasche, und der Greif flog heraus. »Skwaak!« rief er.

»Wurde aber auch Zeit«, übersetzte Grundy.

König Trent blickte den Greif an – da verwandelte er sich wieder in einen Menschen. »Na ja«, sagte Crombie und befühlte seinen Körper, um sicherzugehen. »Ihr hättet mich nicht eingesperrt lassen müssen. Ich hab' schließlich die ganze Zeit mithören können.« Dann drehte er sich zu Chester um. »Und was dich angeht, du Hufkopf – ich habe nur deswegen gegen dich gekämpft, weil die Koralle mich in ihrer Gewalt hatte. Als das vorbei war, hättest du dich nicht mehr vor mir zu fürchten brauchen.«

Chester schwoll an. »Mich vor dir fürchten! Du Federgehirn von einem –«

»Wir können's jederzeit noch mal miteinander probieren, Pferdeschwanz –«

»Das genügt«, sagte der König sanft, und beide schwiegen, wenn auch nicht gerade huldvoll.

König Trent lächelte und wandte sich wieder an Bink. »Manchmal scheint Ihnen das Offensichtliche zu entgehen, Bink. Lassen Sie sich von Chester seine Antwort geben.«

»Von Chester? Aber es ist doch *seine* –«

»Ach was, kannst du gerne haben«, sagte Chester. »Ich brauche sie nicht.«

»Aber ich habe doch schon einen Wunsch, den ich nicht gebrauchen kann und –«

»Und jetzt können Sie mit Chesters Frage den Guten Magier fragen, was Sie mit Ihrem Wunsch anfangen sollen«, schlug der König vor.

Bink drehte sich zu Humfrey um. Der Magier schnarchte gemütlich in einem bequemen Stuhl. Ein betretenes Schweigen setzte ein.

Grundy schritt zu dem Magier und zupfte ihn am Fußknöchel.

»An die Arbeit, Winzling!«

Humfrey schreckte auf. »Gib ihn an Crombie weiter«, sagte der Magier, bevor Bink auch nur den Mund öffnen konnte, dann nickte er wieder ein.

»Wie?« sagte Chester. »Ich soll dafür geschuftet haben, damit dieser Vogel einen Wunsch frei bekommt?«

Bink wunderte sich zwar auch, reichte Crombie aber die Wunschkugel. »Darf ich fragen, was du damit anfangen willst?«

Crombie zögerte einen Augenblick voller Verlegenheit, was bei ihm recht ungewöhnlich war. »Äh, Bink, du erinnerst dich doch sicherlich an diese Nymphe, die, die –«

»Juwel«, meinte Bink zustimmend. »Ich mag gar nicht daran denken, was ich meiner Frau –« »Na ja, ich . . . äh . . . ich hatte doch eine Scherbe des magischen Spiegels mit in der Flasche und habe damit Sabrina beobachtet, und . . .«

»Ich fürchte, Beständigkeit war noch nie ihre starke Seite«, warf der König ein. »Ich glaube sowieso nicht, daß Sie beide füreinander geschaffen sind.«

»Was ist denn nun mit ihr?« fragte Bink verwundert.

»Sie wollte mich linken«, sagte Crombie finster. »Gerade, als sie mich so weit hatte . . . aber der andere Bursche ist verheiratet, deshalb wollte sie so tun, als wäre es mein Kind, und . . . Ich wußte ja, daß man keiner Frau trauen kann!«

»Das tut mir leid«, sagte Bink. »Aber ich glaube, daß du sie wohl besser fahren läßt. Es hat keinen Sinn, einen Wunsch für Rache zu vergeuden.«

»Nein, das wollte ich auch gar nicht«, versicherte Crombie ihm. »Ich kann jetzt *keiner* Frau mehr trauen. Aber eine Nymphe könnte ich wohl lieben –«

»Juwel?« fragte Bink erstaunt.

»Ich erwarte ja gar nicht, daß du das glaubst«, sagte Crombie ernst. »Ich glaub's ja selbst kaum. Aber ein Soldat muß sich den Realitäten stellen. Ich habe die Schlacht schon verloren, bevor sie begonnen hat. Da lag ich in der Spalte, wo du mich fertiggemacht hast, Bink – nein, ich nehme es dir nicht übel, war ein höllisch guter Kampf, aber es tat wirklich schlimm weh. Plötzlich war sie dann da, duftete nach Tannennadeln und Gardenien und brachte mir das Heilelixier. Ich habe noch nie im Leben so was Schönes gesehen. Sie war schwach und unschlüssig, eben wie eine richtige Nymphe. Keine Bedrohung für einen Mann, schon gar nicht, wenn er Soldat ist. Keine Konkurrenz. Die Art Frau, mit der ich zurechtkäme. Und wie sie da so neben dir stand . . .« Crombie schüttelte den Kopf. »Deshalb bin ich auch wieder in der Flasche verschwunden, nachdem ich dir gezeigt hatte, wo das Gegenmittel war. Ich wollte dieser Nymphe nicht wehtun, und wenn ich dich getötet hätte, hätte es ihr das Herz zerrissen. Und wenn ihr das Gegenmittel findet, dachte ich mir, würdest du sie nicht mehr lieben, und das wäre mir sehr recht gewesen. Sie ist schön und treu. Aber da sie dich immer noch liebt...«

»Das ist hoffnungslos«, sagte Bink. »Ich werde sie nie wieder sehen, und selbst wenn...« Er zuckte die Schultern. »Zwischen uns kann es nichts geben.«

»Eben, und wenn du nun nichts dagegen hast, möchte ich mir wünschen, daß sie etwas von diesem Liebestrank einnimmt und mich als nächstes sieht.«

»Aber du reist doch gerne«, sprach Chester Binks Einwand aus. »Sie lebt unter der Erde und pflanzt Edelsteine. Das ist doch ihre Arbeit, und die wird sie nicht aufgeben.«

»Ja, dann werden wir uns eben immer wieder trennen und erneut treffen«, meinte Crombie. »Dann sehe ich sie nur einen Teil der Zeit. So gefällt mir das auch. Schließlich bin ich Soldat.«

Womit Binks Problem elegant gelöst war.

»Und was ist mit mir?« fragte Grundy. »Ohne Vogelschnabel bin ich arbeitslos. Ich bin jetzt wirklich, ich kann nicht einfach wieder verschwinden.«

»Hier am Hof brauchen wir gelegentlich Dolmetscher«, erwiderte der König. »Wir werden schon eine Beschäftigung für Sie finden.« Er blickte sich im Raum um. »Das dürfte für heute abend genügen. Es sind Unterkünfte für Sie im Palast vorbereitet worden.«

Und er führte sie aus der Bibliothek. Bink war der letzte. »Ich... es tut mir leid, daß ich diesen ganzen Ärger ausgelöst habe. Der Gute Magier hat versucht, mich zu warnen, und Beauregard der Dämon auch, aber ich wollte einfach nicht hören. Nur weil ich wissen wollte, was die Quelle der Magie ist –«

»Machen Sie sich darüber keine Sorgen«, sagte der König mit beruhigendem Lächeln. »Ich habe von Anfang an gewußt, daß die Sache nicht ungefährlich sein würde – aber ich war mindestens so neugierig wie Sie auch, und ich war der Meinung, daß es besser sei, wenn *Sie* diese Entdeckung machen würden als irgendein anderer. Ich wußte, daß Ihr Talent Sie vor Unheil bewahren würde.«

»Aber mein Talent war doch verschwunden, nachdem die Magie –«

»Wirklich, Bink? Ist es Ihnen nicht aufgefallen, daß die Wiederkehr des Dämons ein ungewöhnlicher Glücksfall war?«

»Na ja, er wollte halt an einen ungestörten Ort, wo er –«

»Den hätte er sich auch irgendwoanders im Universum einrichten können. Was hat ihn denn *wirklich* zurückgeführt? Ich meine, daß es Ihr Talent war, das immer noch Ihre langfristigen Interessen im Auge hatte. Ihre Ehe war bedroht, deshalb hat Ihre Magie sich einen etwas ungewöhnlichen Umweg erlaubt, um sie wieder in Ordnung zu bringen.«

»Ich ... ich kann einfach nicht glauben, daß mein Talent den Ursprung der Magie selbst beeinflussen kann!« protestierte Bink.

»Damit habe ich keinerlei Schwierigkeiten. Man nennt diesen Vorgang Rückkopplung, man kann das ganze Leben als einen Rückkopplungsvorgang betrachten. Davon wird dann natürlich auch der Ursprung des Ganzen berührt. Doch selbst wenn dem nicht so wäre, hätte Ihr Talent die Ereigniskette vorhersehen und einen Weg einschlagen können, der die Magie notgedrungen nach Xanth zurückbringen würde. Jedenfalls bin ich zufrieden mit dem Ergebnis Ihrer Suche, und das sollten Sie auch sein. Ich vermute, daß der Dämon $X(A/N)^{th}$ nicht zurückgekehrt wäre, wenn ihn ein anderer befreit hätte. Aber das ist wohl eine rein akademische Frage. Wir müssen eine neue Aufgabe für Sie finden, doch das hat keine Eile. Gehen Sie jetzt erstmal nach Hause zu Ihrer Frau und Ihrem Sohn.«

»Sohn?«

»Ach, habe ich das vergessen? Seit heute abend sind Sie der Vater eines Kindes von Magierformat, mein wahrscheinlicher Thronfolger – wenn es soweit ist. Ich glaube, daß das Talent des Säuglings das Geschenk des Dämons an Sie ist, und vielleicht ist das ein weiterer Grund, weshalb Ihr Talent Sie zu diesem Abenteuer getrieben hat.«

»Welches Talent hat das Baby denn?« fragte Bink, dem schwindlig zu Mute war. Sein Sohn – von Geburt an als Magier erkannt!

»Oh, ich will Ihnen doch nicht die Überraschung verderben!

Gehen Sie nur nach Hause und sehen Sie selbst!« König Trent klopfte ihm herzlich auf die Schulter. »Jedenfalls wird es bei Ihnen zu Hause nie mehr langweilig sein!«

Bink machte sich auf den Weg. Im Lande Xanth wiederholte sich niemals ein Talent, außer vielleicht bei den Strudelungeheuern, also konnte sein Sohn kein Verwandler wie der König sein und auch kein Sturmbeherrscher wie der vorige König. Auch kein Magieanpasser wie König Roogna, der Schloß Roogna erbaut hatte, oder ein Illusionsmagier wie Königin Iris. Was mochte es nur dann sein, wenn es sich schon so früh zeigte?

Als er sich der leicht nach Käse duftenden Hütte am Rande des Palastgeländes näherte, mußte Bink an Chamäleon denken. Sie waren erst eine Woche voneinander getrennt, aber es kam ihm vor wie ein ganzes Jahr. Sie würde jetzt in ihrer normalen Phase sein, von durchschnittlichem Aussehen und ebensolcher Intelligenz, genau so, wie sie ihm am liebsten war. Jetzt brauchten sie sich keine Sorgen mehr über ihr Kind zu machen, der Junge war kein Wandelmensch wie sie und sein Talent blieb auch nicht verborgen wie das seine. Binks Liebe zu ihr war durch den Liebestrank auf eine harte Probe gestellt worden. Welch eine Erleichterung, daß Crombie nun Juwel haben wollte . . . obwohl auch das eine weitere Leistung seines Talents sein konnte.

Jemand trat aus der Hütte. Es war eine Frau, die im Licht der drei Monde einen dreifachen Schatten warf und sehr schön war. Er lief mit einem Ausruf der Freude auf den Lippen auf sie zu, ergriff sie – und merkte, daß es gar nicht Chamäleon war.

»Millie!« rief er und ließ sie hastig wieder los. Sie besaß zwar einen phänomenalen Sexappeal, aber er wollte nur Chamäleon. »Millie das Gespenst! Was machst du denn hier?«

»Ich betreue deine Frau«, sagte Millie. »Und deinen Sohn. Ich glaube, mir gefällt es, wieder als Kindermädchen zu arbeiten. Besonders für eine derart wichtige Person.«

»Wichtig?« fragte Bink verständnislos.

»Er spricht mit Dingen!« platzte sie heraus. »Ich meine, er plärrt sie an, und sie antworten ihm. Seine Wiege hat ihm ein Wiegenlied gesungen, sein Kopfkissen quakte wie eine Ente, ein Stein hat mich gewarnt, nicht über ihn zu stolpern, damit ich den Magier nicht fallen lasse –«

»Kommunikation mit toten Gegenständen!« hauchte Bink, dem die Tragweite des Talents plötzlich klar wurde. »Dann wird er sich nie verlaufen, weil die Steine ihm den Weg zeigen. Er wird nie Hunger leiden, weil Seen ihm sagen werden, wo er am besten fischen kann, oder Bäume – nein, Bäume nicht, die leben ja, aber irgendein Stein ihm sagen kann, wo er Früchte suchen muß. Auf diese Weise wird er mehr Wissen ansammeln als der Gute Magier Humfrey, und das, ohne Verkehr mit Dämonen zu pflegen! Obwohl einige meiner besten Freunde Dämonen sind, Beauregard zum Beispiel... Niemand wird ihn betrügen und verraten können, weil schon die Wände ihn über jede Verschwörung aufklären können. Er –«

Eine grimmige Gestalt erschien aus dem Schatten, Erdklumpen fielen von ihr ab. Bink griff an sein Schwert. »Nein, das ist schon in Ordnung«, rief Millie. »Das ist bloß Jonathan!«

»Das ist kein Mensch, sondern ein Zombie!« wandte Bink ein.

»Es ist ein alter Freund von mir«, erklärte sie. »Ich kannte ihn schon damals, als Schloß Roogna noch jung war. Jetzt, wo ich wieder lebe, fühlt er sich für mich verantwortlich.«

»Aha.« Bink spürte, daß noch mehr dahinter stecken mußte – doch im Augenblick wollte er lediglich zu seiner Frau und zu seinem Sohn. »War das der Zombie, dem ich begegnet bin...?«

»Im Garten, ja. Er hat sich am Abend der Jubiläumsfeier im Labyrinth der Königin verirrt. Dann ist er in den Palast gekommen, zu mir, und ist eingemacht worden. Es war gar nicht so einfach, das wieder rückgängig zu machen! Jetzt suchen wir nach einem Zauber, der ihn wieder zum Leben erwecken kann, damit wir...« Sie errötete schamhaft. Der Zombie war wohl mehr als nur ein Freund gewesen. Millie hatte sich während der Feier auf geradezu peinliche Weise für Bink interessiert, aber das hatte sich durch das Erscheinen des Zombies offenbar geändert. Wieder ein unerledigtes magisches Problem, das sich plötzlich gelöst hatte.

»Wenn mein Sohn älter ist, können wir ihn danach fragen«, sagte Bink. »Es muß doch irgendwo einen Stein geben, der weiß, wo man einen Wiederherstellungszauber für Zombies finden kann.«

»Ja! Genau!« rief Millie erfreut. »Oh, danke schön!«

Bink wandte sich an den Zombie, reichte ihm allerdings nicht die Hand. »Ich glaube, du warst ein weiteres Omen für mich, Jonathan. Als ich dich das erste Mal traf, warst du ein Zeichen für den Tod mit all seinen Schrecken: den Tod der Magie. Aber durch diesen Tod habe ich eine Art Wiedergeburt gefunden – und das wirst du auch.«

Bink wandte sich zur Tür seiner Hütte um, bereit, endlich seine Familie aufzusuchen.

FANTASY

Eine außergewöhnliche Reihe für die Freunde heroischer Epen. Fantasy-Romane entführen Sie in mythische Welten. Niveauvolle, pralle Erzählungen aus dem Reich phantastischer Sagengestalten.

Band 20 053
Piers Anthony
Chamäleon-Zauber
Deutsche Erstveröffentlichung

In einer fernen Dimension, jenseits von Zeit und Raum, liegt das magische Land Xanth mit seinen Zauberern, Elfen, Kobolden, Greifen, Basilisken, Drachen und Zentauren. Dort besitzt jedes Wesen seinen eigenen Zauberspruch, und das Leben ist ebenso zauberhaft wie aufregend.
In dieser von Magie erfüllten Welt scheint der junge Bink das einzige Geschöpf ohne jede Zauberkraft zu sein, was ihm das Leben unter den merkwürdigen Kreaturen von Xanth nicht gerade leichter macht. Doch der gute Magier Humfrey nimmt sich des Jungen an, der über ein einzigartiges Talent verfügt – er ist immun gegen Zauberei. Kein Wunder, daß sich auch bald der böse Magier Trent für ihn interessiert, denn Bink könnte zum Schicksal von ganz Xanth werden.

BASTEI LÜBBE

Sie erhalten diesen Band im Buchhandel, bei Ihrem Zeitschriftenhändler sowie im Bahnhofsbuchhandel.